SOPHIE GREEN

# Willkommen im Fairvale Ladies Buchclub

Roman

Aus dem Englischen von
Claudia Franz



GOLDMANN

Die Originalausgabe erschien 2017 unter dem Titel
»The Inaugural Meeting of the Fairvale Ladies Bookclub«
bei Hachette Australia.
First published in Great Britain bei Sphere.



Dieses Buch ist auch als E-Book erhältlich

FSC
www.fsc.org
MIX
Papier aus verantwortungsvollen Quellen
FSC® C014496

Verlagsgruppe Random House FSC® N001967

1. Auflage
Deutsche Erstveröffentlichung März 2019

Umschlaggestaltung: UNO Werbeagentur, München,
nach einer Gestaltung von Christa Moffitt
Redaktion: Susanne Bartel
AB · Herstellung: kw
Satz: Vornehm Mediengestaltung GmbH, München
Druck und Einband: GGP Media GmbH, Pößneck
Printed in Germany
ISBN 978-3-442-48784-4
www.goldmann-verlag.de

Besuchen Sie den Goldmann Verlag im Netz

*Für meine Mutter Robbie,*
*die mich das Lesen gelehrt hat.*

*In Erinnerung an ihre Eltern, Amy und Tom Hille, und*
*die Geschichten, die sie mir erzählt haben.*

# 1978

| | |
|---|---|
| **13. Februar** | Bombenanschlag auf das Hilton in Sydney, Australien |
| **5. März** | *Wuthering Heights* von Kate Bush wird ein Nummer-eins-Hit in Großbritannien |
| **18. April** | Der US-Senat stimmt dafür, Panama die Kontrolle über den Panamakanal zu geben |
| **30. April** | Die Demokratische Volksrepublik Afghanistan wird ausgerufen |
| **15. Mai** | Der ehemalige australische Premierminister Sir Robert Menzies stirbt |
| **15. Juni** | König Hussein I. von Jordanien heiratet die Amerikanerin Lisa Halaby, die zukünftige Königin Nūr |
| **16. Juni** | Der Film *Grease* mit John Travolta und Olivia Newton-John kommt in die Kinos |
| **25. Juli** | In Großbritannien wird Louise Brown geboren, das erste Retortenbaby der Welt |
| **16. Oktober** | Papst Johannes Paul II. wird der 264. Papst |
| **27. Oktober** | Der Friedensnobelpreis geht an den ägyptischen Präsidenten Anwar al-Sadat und den israelischen Premierminister Menachem Begin |

# 1

Der Morgenhimmel war von dem üblichen pastelligen Blau der Trockenzeit, als Sybil am Küchenfenster stehen blieb und hinausschaute. Bevor sie ins Northern Territory gezogen war, hatte sie sich die Gegend als farbenprächtige Landschaft vorgestellt: blutrote Erde, strahlend blauer Himmel, smaragdgrüne Bäume und eine schwer über dem Land hängende, gleißende Sonne. Das alles hatte sie auch vorgefunden, aber eben nicht zur selben Zeit.

Die Farbpalette des Northern Territory veränderte sich mit den Jahreszeiten. Während der Trockenzeit war das Licht in der Morgen- und Abenddämmerung blass, wohingegen der Himmel in der Regenzeit oft so schwer von Wolken war, dass man kaum sagen konnte, was für ein Blau er hatte. Wenn es regnete – und regnete und regnete –, glänzten die Bäume, und die Erde und selbst die Felsen strotzten vor Lebendigkeit und Wachstum, sodass man sich wie in einem Gewächshaus fühlte. Während der Trockenzeit wurden die Farben der Bäume jedoch so stumpf, als würde sich das verbliebene Blattwerk nicht mehr berechtigt fühlen zu leuchten. Die Regenzeit war mächtig: Sie besaß die Kraft, den Katherine River zu einem reißenden Strom anschwellen zu lassen; in Wasserfällen rauschte er dann die Schluchten hinab, erfüllte die Luft mit bleierner Feuchtigkeit und verwandelte die Agilität der Menschen in Trägheit. Und brachte den Tod mit sich.

Jeder hier kannte jemanden, der gestorben war, als er in Zeiten gewaltiger Niederschläge einen Fluss zu überqueren versucht hatte. Oder ein Kind, das zu einem Wasserloch oder einem Bach gegangen war, die es gut zu kennen glaubte, nur um dann feststellen zu müssen, dass das freundliche Gewässer nun ein reißender Strom war und für kleine Füße etliche Fallen bereithielt: verkantete Äste, verwesendes Vieh, starke Strömungen. Wasser konnte einem sorglosen Kind schnell zum Verhängnis werden – und einem Erwachsenen ebenso. Das hatte Sybil nach ihrer Ankunft hier am meisten schockiert. Sie war in Sydney aufgewachsen, mit all seinem Verkehr, dem Geschiebe und Gedränge, aber dass jemand dem Wetter zum Opfer fallen könnte, war ihr nie in den Sinn gekommen. Schon in ihrem ersten Jahr auf Fairvale waren es zwei Menschen gewesen. Die unangenehme Lektion lautete: Das Northern Territory würde immer die Oberhand behalten. Die Menschen mochten alles dafür tun, das Land und die Jahreszeiten ihrem Willen zu unterwerfen, aber sie würden scheitern. Immer scheitern. Ihnen blieb nichts übrig, als sich zu ergeben und das Beste daraus zu machen. Und das Beste gab es im Überfluss.

Es war unmöglich, sich nicht in diese Landschaft zu verlieben. So viele Farben, so viele Widersprüche; so viele Geheimnisse und Überraschungen. Sybil war nun schon sechsundzwanzig Jahre hier, seit ihrem fünfundzwanzigsten Lebensjahr, und hatte begriffen, dass sie das Territory nie ganz verstehen würde. Dafür fühlte sie, dass das Land sie verstand. Es kannte ihre Schwächen, natürlich, aber es kehrte auch ihre Stärken hervor. Von sämtlichen Beziehungen ihres Lebens hielt diese die meisten Herausforderungen und Belohnungen bereit. Nicht dass sie dies ihrem Ehemann je gesagt hätte.

Wie aufs Stichwort erschien Joe. Sie lächelte, als sie sah, wie er seinen zerbeulten Akubra-Hut hob und sich am Kopf kratzte. Das tat er oft, vor allem, wenn er nachdachte, wie er mit einem seiner Arbeiter ein ernstes Wörtchen reden sollte, ohne dabei allzu ernst zu klingen. Er war ein freundlicher Mensch, in vielerlei Hinsicht. Sie war froh, mit ihm verheiratet zu sein, froh, dass er sie aus ihrem schwermütigen Dasein gerissen hatte. Damals hatte sie ihn nicht geliebt, aber heute tat sie es. Und nun war es an der Zeit, ihn zum Frühstück hereinzurufen.

Sie winkte überschwänglich durchs Fenster, um seine Aufmerksamkeit zu erregen; sein erhobener Finger deutete darauf hin, dass es ihr gelungen war. Joe drehte sich zu dem Vieh hinter den Weidezäunen und legte die Hände an den Mund; zweifellos rief er nach ihrem Sohn Ben, der den Tag ebenfalls früh begonnen hatte. Die Menschen auf Fairvale standen mit der Sonne auf, wenn nicht gar noch früher, und arbeiteten noch, wenn der Mond schon am Himmel stand. Manchmal fragte sich Sybil, ob sie sich für dieses Leben entschieden hätte, wäre ihr bewusst gewesen, wie unerbittlich es war: sieben Tage die Woche, jeden Tag so viele Stunden. Es blieb wenig Muße, um auch nur ein Buch zu lesen, weil man abends einfach nur erschöpft ins Bett fiel. Für die wesentlichen Dinge war jedoch immer Zeit. Sollte Sybil ein wenig Freizeit gelegentlich vermissen, war ihr doch klar, dass es im Leben nicht darum ging, untätig herumzusitzen. Der menschliche Körper war zum Arbeiten geschaffen, und die ewige Mühsal des Alltags ließ die wenigen entspannten Stunden umso kostbarer erscheinen.

Sybil beobachtete, wie ihr Mann und ihr Sohn das Tor öffneten und den Garten betraten. Obwohl das viele hunderttausend Hektar große Land der Fairvale Station kaum Zäune brauchte, weil es selbst seine natürlichen Hindernisse errichtet hatte, verhinderte dieses Tor, dass Arbeitshunde und verirrtes Vieh durch ihren Garten trampelten, ihre gegen den Willen der Natur und den gesunden Menschenverstand geschaffene Schöpfung. Der Garten mit seinem grünen Rasen zeugte immer noch von der Fruchtbarkeit der soeben zu Ende gegangenen Regenzeit. Doch es würde nicht mehr lange dauern, bis die Trockenheit wieder ihren Tribut forderte und Sybil auf das Brunnenwasser zurückgreifen musste, um ihn in all seiner Pracht zu erhalten.

Bei der Anlage des Gartens war sie so vorgegangen – so albern das klingen mochte –, als gehörte er zu einem urigen englischen Cottage und nicht zu einem schmucklosen Haus im Outback. Das große Haus von Fairvale war auf drei Seiten von einer Veranda umgeben, aber das war auch das einzig Besondere an ihm. Der Garten war Sybils Versuch, ein bisschen Kultur in ihre Umgebung zu bringen. Lang gestreckte Beete begrenzten die Rasenfläche. Mitten auf dem Gras stand eine Vogeltränke, in die aber nicht Schwalben ihre Schnäbel tauchten; stattdessen benutzten sie Kakadus als Planschbecken, in das sie sich wieder und wieder mit lautem Krächzen stürzten. Oft schien es, als würden sie Sybil auslachen – wegen ihrer Illusion, Ordnung und Schönheit erschaffen zu können –, und vielleicht taten sie es auch. Als junge Ehefrau hatte sie begonnen, den Garten anzulegen, um irgendetwas aus ihrem alten Leben in das neue hinüberzuretten. Hätte sie fünf Jahre gewartet, wäre es ihr nicht mehr so wichtig gewesen. Zu dem Zeitpunkt hatte sie längst begriffen, dass sie nicht in der Lage war, noch über etwas anderes außer sich selbst die Kontrolle zu haben.

Als die Beete fertig waren, hatte sie zu enormen Kosten Schösslinge von Pfauensträuchern und einen Palisanderbaum besorgt. Afrikanische Bäume hätten vielleicht eine Überlebenschance, hatte sie gedacht. Auch Kamelien hatte sie in der Hoffnung gepflanzt, dass sie, fern von ihrem natürlichen Habitat, einigermaßen gedeihen würden. Sie hatten tatsächlich überlebt, auch wenn das nicht immer abzusehen gewesen war.

Den Boden bedeckte Frauenhaarfarn. Sie hatte ihn gewählt, damit er die Beete auffüllte, sie feucht hielt und so vielleicht die anderen Pflanzen zum Wachstum animierte. Der Farn liebte die Regen- und hasste die Trockenzeit. In manchen Jahren hatte sie befürchtet, er würde eingehen, aber er hatte es immer geschafft. Vermutlich hielt eine Pflanze, die schon seit vielen Millionen Jahren auf der Erde wuchs, das bisschen Trockenheit auch noch aus.

Der Rasen war die größte Herausforderung; stets bestand das Risiko, dass er sich in der Regenzeit in Matsch verwandelte. Eines Tages war Joe nach Darwin gefahren und mit genug Rasen zurückgekehrt, um die kahlen Stellen zu bedecken, die nach Anlage der Beete entstanden waren. Manchmal lachte er über Sybil und schüttelte langsam den

Kopf, wenn sie über das Wetter fluchte oder gar ein Stoßgebet gen Himmel schickte, ihr Rasen möge vom Regen verschont bleiben.

»Warum lachst du?«, hatte sie ihn mal gefragt, irritiert darüber, dass es ihn amüsierte, wenn sie so wütend war.

»Weil dieser Rasen das Einzige ist, das den Glauben an Gott in dir wachhält.« Dann hatte er noch lauter gelacht, und sie wäre am liebsten davonmarschiert – weil er wie immer recht hatte. Stattdessen hatte sie die Lippen aufeinandergepresst und sich abgewandt, um eine Kamelie zurückzuschneiden.

Der Garten war über die Jahre hinweg vieles für sie gewesen: eine Quelle des Stolzes und der bitteren Enttäuschung; eine Zuflucht, wenn sie ein paar Minuten für sich brauchte; eine Gelegenheit, Kindern den behutsamen Umgang mit der Natur nahezubringen; ein Ort, an dem sie in der Trockenzeit mit Joe sitzen, den Sonnenuntergang beobachten und den Kakadus lauschen konnte, die unverändert über sie lachten.

Vor allem aber war der Garten ihr Kunstwerk – das einzige, das sie besaß. In der Einsamkeit von Fairvale, zwei Stunden von der nächsten Stadt entfernt und noch weiter von der Kultur und der gebildeten Lebensart ihrer Kindheit, brauchte sie etwas für die Sinne. Irgendetwas anderes als trampelndes Vieh und räudige Hunde, Kohlenfeuer oder ein Bachbett voller Tierskelette.

Als sich die beiden Männer jetzt der Tür mit dem Fliegengitter näherten, konnte sie hören, dass sie sich über einen der Arbeiter unterhielten. Das hatte sie schon befürchtet: Joe musste ihn unbedingt zur Räson bringen, brachte es aber nicht übers Herz.

»Wenn du es nicht tust, mach ich es«, sagte Ben gerade. »Und ich werde nicht halb so freundlich sein wie du.«

»Nun komm schon«, vernahm sie Joes tiefe, beherrschte Stimme. Er klang so wie früher, wenn Ben sich danebenbenommen hatte und er ihn zurechtweisen wollte. *Nun komm schon, Ben*, hatte er gesagt, *so möchtest du dich doch eigentlich gar nicht verhalten, oder?* Erstaunlicherweise hatte er mit dieser Art oft Erfolg gehabt. So wie er zweifellos auch bei dem Arbeiter das erreichen würde, was er wollte.

»Hallo, mein Schatz«, sagte Joe, als er die Tür öffnete, den Hut abnahm und ihn an einen Wandhaken hängte. Sybil liebte es, dass er sie immer so begrüßte, als hätte er sie nicht eine halbe Stunde zuvor noch gesehen, als sie aus der Dusche gekommen war, in ein Handtuch gewickelt, das Haar nass, das Gesicht ungeschminkt. Bei ihm klang es immer so, als wäre jede Begegnung mit ihr etwas Besonderes.

»Riecht köstlich, Mum.« Ben zog einen Stuhl vom Tisch zurück und setzte sich.

»Es steht doch gar nichts auf dem Herd, Ben«, sagte sie.

»Ich weiß.« Er zwinkerte. »Dann leg mal einen Zahn zu.«

»Du kannst ja mit den anderen im Speisesaal essen, wenn dir das nicht passt«, gab Sybil zurück. Die Bewohner von Fairvale aßen für gewöhnlich gemeinsam; das Essen kochte Ruby, die schon seit Jahren für sie arbeitete. Das Frühstück für ihre Familie bereitete Sybil aber gerne zu Hause zu. Die Tage waren anstrengend für Joe – alle wollten mit ihm reden, alles Mögliche wissen, hatten diverse Anliegen an ihn –, sodass sie Wert darauf legte, ihm einen ruhigen Start am Morgen zu ermöglichen, ein erstes Mahl in Frieden.

Joe klopfte seinem Sohn auf die Schulter. »Sei nett zu deiner Mutter«, sagte er. »Wir können von Glück sagen, dass wir uns unser Frühstück nicht selbst machen müssen.«

»Jaja.« Ben grinste Sybil an, nahm seinen staubigen Akubra-Hut ab und legte ihn auf den Tisch. Sie kannte dieses Grinsen: Es war Bens Glücksbringer, seine Art und Weise, dem Ärger aus dem Weg zu gehen. Ihr gegenüber hatte er es schon eingesetzt, als er noch nicht einmal reden konnte; sie hatte sich der Wirkung nie entziehen können, obwohl sie sich Mühe gab, ihren Sohn das nicht merken zu lassen.

»Denkst du, der Regen ist vorbei?«, fragte Sybil und schaute kurz zum Küchenfenster hinüber.

»Könnte noch etwas runterkommen.« Joe blinzelte in den Himmel. »Aber manchmal liege ich mit meiner Vorhersage auch daneben. Jedenfalls war es eine gute Regenzeit, mehr können wir nicht verlangen. Die Brunnen sind voll. Wir werden die Trockenheit gut überstehen.«

»Wo ist Katie?«, fragte Ben seine Mutter.

»Sie ist *deine* Frau, Ben«, antwortete Sybil. »Woher soll ich das wissen?« Ihr Sohn war dreiundzwanzig – alt genug, um nicht andere für sich springen zu lassen. Obwohl sie stets den mütterlichen Impuls verspürte, ihm alles abzunehmen.

»Weil ihr beide im Haus seid.« Wieder versuchte er es mit seinem Grinsen.

»Ich bin hier in der Küche«, erwiderte Sybil.

»Schon gut.« Ben klang erschöpft. »Ich hole sie.«

»Danke«, sagte Sybil. Dann drehte sie sich zu dem Brotlaib um, der neben dem Herd lag, und nahm ein Messer, um genau die Anzahl an Scheiben abzuschneiden, die sie fürs Frühstück brauchen würden.

»Kaaa-hate!«, rief Ben, als er durch das Haus ging.

Sybil schaute Joe an und zog eine Augenbraue hoch. Nur er verstand das Paradox, wie man Ben lieben und gleichzeitig an ihm verzweifeln konnte.

Joe lächelte. »Möchtest du eine Tasse Tee, mein Schatz?«, fragte er.

Sybil nickte. »Danke«, sagte sie und fing an, das Brot zu schneiden.

Ein weiterer Tag auf Fairvale brach an.

# 2

Sallyanne saß bei ausgestelltem Motor im Wagen und drehte ihren Ehering am Finger. Sie spürte, wie die Sonne durch das Seitenfenster brannte, dabei war es noch nicht einmal zehn Uhr.

Der Wagen war fast neu, aber das machte es auch nicht besser. Ihr Ehemann hatte ihn ausgesucht, benutzte ihn jedoch kaum. Mick hatte einen Pick-up für die Arbeit, den er auch am Wochenende fuhr. Sallyanne hätte lieber einen dieser kleinen Japaner gehabt statt des bräunlich orangefarbenen Chevrolet Kingswood, Baujahr 1976, der so behäbig war wie ein Lastwagen und im Innern so heiß wie ein Backofen.

Sie seufzte, immer noch an ihrem Ring drehend. Ihr war selbst nicht klar, warum sie das tat, wenn sie nervös war. Der Ring sah schließlich von jeder Seite gleich aus.

Es war ein schlichter Platinring. Platin, hatte ihre Mutter mal gesagt, sei wertvoller als Gold. Das war vor vielen Jahren gewesen. Ihre Mutter war schon lange tot – Sallyannes halbes Leben lang –, aber Sallyanne vergaß nichts von dem, was sie gesagt hatte. Oder getan.

Sie erinnerte sich auch noch daran, wie sie mal von

der Schule gekommen war und ihre Mutter in dem von Frauen bevölkerten kleinen Wohnzimmer gesessen und gegackert hatte – buchstäblich gegackert, vornübergebeugt vor Lachen. Der Tee wurde in den besten Porzellantassen serviert, und überall standen halb volle Teller mit Gebäck von Arnott's herum: Kekse mit Zitronencreme, Shortbread und Kokosplätzchen. Ihre Mutter hatte kaum von ihr Notiz genommen, bloß gesagt: »Hallo, mein Schatz, das sind nur Frauen von der CWA.« Und dann weitergelacht.

Die CWA – die größte Frauenorganisation Australiens – hatte sich nie wieder in ihrem Haus getroffen, aber ihre Mutter war bis zu ihrem Tod Mitglied geblieben. Sallyanne hatte immer gedacht, es sei eine Organisation für ältere Damen, die über ihre Enkel reden wollten, aber so alt war ihre Mutter damals gar nicht gewesen. Nicht viel älter als Sallyanne jetzt.

Als ein Hupen ertönte, zuckte sie zusammen. Sie schaute auf und sah eine Frau einem Wagen auf der Straße zuwinken. Es war dasselbe Winken, mit dem sich ihre Tochter Gretel heute Morgen von ihr verabschiedet hatte, mit wackelnden Fingern; dabei hatte sie auf einer Haarsträhne herumgekaut, eine neue Unart, die Sallyanne ihr schnell wieder austreiben musste.

Sie hatte Gretel bei Micks Mutter gelassen, die eine verlässliche Babysitterin war, wenn auch keine übermäßig enthusiastische. Auf Gretels Brüder Tim und Billy hatte sie nie gerne aufgepasst, weil Jungen »nichts als Ärger« machten und so anstrengend waren – »anstrengend, Sally, unbeschreiblich anstrengend«. Seit Gretels Geburt war sie etwas milder geworden. Allerdings hatte sie es bisher immer noch nicht geschafft, Sallyanne mit ihrem richtigen Namen anzusprechen.

Die Jungen waren jetzt in der Schule und freuten sich vermutlich auf die Pause. Während sie selbst hier saß, die Mutter der beiden, und sich wie an ihrem eigenen ersten Schultag aufführte.

Schon seit Billy in den Kindergarten gegangen war, dachte Sallyanne darüber nach, irgendetwas mit ihrer freien Zeit anzufangen. Mittlerweile war nur noch Gretel zu Hause, sodass sie sich wirklich nicht mehr rausreden konnte. Als sie also in der Lokalzeitung die kleine Anzeige der CWA gesehen hatte, die zum nächsten Treffen einlud und neue Frauen zur Teilnahme ermunterte, hatte sie die angegebene Nummer angerufen und sich stotternd erkundigt, ob sie wohl auch kommen könne. Natürlich, hatte eine freundliche Dame ihr mitgeteilt.

»Sie klingen jung, meine Liebe«, hatte die Dame noch gesagt. »Wir brauchen junge Frauen.«

Sallyanne freute sich, dass sie jung klang, weil sie sich in letzter Zeit so alt fühlte. Ihr Körper war ausgelaugt, weil sie drei Kinder geboren und gestillt hatte und jetzt einen Fünf-Personen-Haushalt führte. Dieser Morgen war wie jeder andere gewesen: Sie war früh aufgestanden und hatte Mick Tee und Toast zubereitet, ohne ein Wort des Dankes dafür zu erhalten, nur diesen finsteren Blick, den er neuerdings gar nicht mehr ablegte. Er trank mehr und lächelte weniger, ohne dass sie wusste, wieso; sie wusste nur, dass er ihr die Schuld daran gab, abends sechs Bier hinunterstürzen zu müssen, was vermutlich wiederum der Grund für seinen allmorgendlichen Missmut war – an dem sie seiner Meinung nach auch schuld war. Er war immer schon aufbrausend gewesen, hatte sich aber schnell wieder beruhigt; die jüngste Veränderung seiner Persönlichkeit hingegen saß tief, und das gefiel Sallyanne gar nicht. Ihr gefiel nicht, wie er sie ansah, so als würde sie ihn provozieren. Oder als wäre sie leichte Beute. Ihr gefiel auch nicht, wie er die Kinder anfuhr, deren einziger Fehler darin bestand, jung zu sein.

Sie gab sich Mühe, das Beste daraus zu machen. Sie plauderte fröhlich mit den Kindern, wenn sie aufwachten und zum Frühstück in die Küche trotteten, während Mick sich grimmig verabschiedete. Sie eilte geschäftig hin und her, schmierte den Jungen ihre Pausenbrote, stellte sicher, dass ihre Schuhe geputzt waren, und beantwortete Gretels unermüdliche Fragen – warum Welpen bellten und warum Bäume grün waren. Das war erschöpfend und führte bei ihr zu dem Gefühl, dass für sie selbst nichts blieb, keine Zeit, keine Energie, kein Antrieb.

Aber sie musste etwas unternehmen. Mit zweiunddreißig war sie zu jung, um es nicht zu versuchen. Zu jung, um mit dem Leben abzuschließen.

Am Haupteingang des Gebäudes war sie vorbeigefahren. Sie hätte davor parken können, aber da ihre Kehle sich anfühlte, als würde sie von einer Hand zusammengepresst, bog sie an der Ecke links ab und fuhr um den Block zur First Street. Wenn sie hinter dem Gebäude hielt und dort wartete, würde sie sich nicht wie auf dem Präsentierteller fühlen.

Allerdings gab es auch einen Hintereingang, wie sie nun registrierte. Prompt kamen zwei Frauen an ihrem Wagen vorbei und gingen lachend auf die Tür zu. Beide trugen einen Kurzhaarschnitt, der in dieser heißen Gegend so praktisch war, und kurzärmelige – und ebenso praktische –

Baumwollkleider. Sallyanne war sich sicher, dass sie auch Strumpfhosen anhatten. Sie schaute an sich hinab und betrachtete ihre nackten Beine. Hätte sie eine Strumpfhose anziehen sollen? War es das, was man von einem wahren CWA-Mitglied erwartete? Selbst an einem Ort, wo die Luft so heiß war, dass die Menschen sich lieber in heißen Quellen entspannten – Becken mit einer Wassertemperatur von achtunddreißig Grad Celsius –, als es im Trockenen aushalten zu müssen?

Jetzt war es zu spät, um noch eine Strumpfhose anzuziehen, sie konnte nur hoffen, dass niemand es merkte. Auch ihr Baumwollkleid war vielleicht nicht die richtige Wahl gewesen. Ihr Bauch, der nach drei Schwangerschaften ausgeleiert war, wurde von nichts zusammengehalten. Hätte sie sich für ein besser geschnittenes Kleid entschieden – und würde sie nicht so gerne Kekse und Kuchen essen –, hätte sie nicht so plump ausgesehen. Die beiden Frauen sahen alles andere als plump aus. Sie wirkten eher, als würden sie täglich in der Sonne Sport treiben: kräftig, stark, zupackend. Sie selbst war nie zupackend gewesen.

Krank vor Angst, was sie in dem Gebäude erwartete, öffnete Sallyanne die quietschende Autotür und setzte vorsichtig einen Fuß auf den Boden. Sie strich sich das feine blonde Haar hinter die Ohren, fuhr sich mit der Zunge über die Lippen und bat ihre Mutter, ihr die nötige Kraft zu verleihen. Dann stieg sie aus, knallte die Tür zu – nur so blieb sie wirklich geschlossen – und ermahnte sich, den Rücken durchzudrücken, als sie über den bräunlichen Rasen zur Gebäuderückseite ging. Zögernd schob sie die Tür mit dem Fliegengitter auf und trat in den Raum, der kleiner war als erwartet.

Sallyanne nahm an, dass ungefähr zwanzig Frauen dort herumstanden – sie war nie gut darin gewesen, Menschenmengen zu schätzen. Alle waren älter als sie, manche allerdings nicht viel. Sie sah viele Baumwollkleider; auf und neben einem großen Tisch, der den Raum dominierte, standen Handtaschen.

Fast alle trugen ihre Haare kurz oder bis zur Schulter, was Sallyanne wieder einmal bewusst machte, wie lang ihre eigenen waren. Eigentlich wollte sie sie schon seit Jahren abschneiden, aber Mick war strikt dagegen. Sie sehe aus wie Rapunzel, erklärte er immer, und es gab Tage, an denen sie sich tatsächlich so fühlte.

Eine ziemlich große Frau mittleren Alters schaute sie neugierig an. Sallyanne war sich sicher, dass sie ihr noch nie zuvor begegnet war – ein derart auffälliges Gesicht hätte sie sich in jedem Fall gemerkt. Sie sah aus wie Ava Gardner, bevor sie sich mit Frank Sinatra eingelassen hatte. Das graue Haar war sehr kurz geschnitten, und ihre Kleidung war absolut einzigartig im Raum: Stiefel und ein Westernhemd, das sie in den schmalen Bund ihrer am Saum leicht ausgestellten Hose gesteckt hatte. Solche Hemden hatte Sallyanne in Cowboyfilmen gesehen, aber ausschließlich an Männern. Eine große Silberschnalle schmückte ihren Gürtel. Die Frau wirkte, als wäre sie auf dem Weg zu ihrer Arbeit auf einer Farm, was darauf schließen ließ, dass sie vielleicht nicht aus der Stadt kam. Sallyanne war sich sicher, dass sie eine solche Erscheinung bemerkt hätte – vom Sehen her kannte sie fast jeden hier. Das war halt so, wenn man sein ganzes Leben an einem Ort verbrachte.

»Sie sind Sallyanne Morris, nicht wahr?«, fragte die Frau.

»Ja«, erwiderte Sallyanne zögerlich. »Woher wissen Sie das?«

Die Frau lächelte undurchschaubar. »Ich heiße Sybil Baxter. Ich wohne auf Fairvale.«

Sallyanne hatte von Fairvale gehört. So wie alle in der Gegend. Die Familie Baxter lebte schon so lange dort, dass sich niemand an ein Fairvale ohne die Baxters erinnerte – niemand außer dem lokalen Stamm der Aborigines, aber darüber wurde nicht wirklich geredet.

»Und Sie wollen zu uns stoßen?« Sybils Lächeln war jetzt herzlicher.

Sallyanne nickte und stieß den Atem aus, von dem sie nicht gewusst hatte, dass sie ihn anhielt.

»Ich bin zum ersten Mal da.« Sallyanne war sich sicher, dass sie stotterte.

Sybil nickte zu den Frauen hinüber, die sich um einen mit Tassen, Untertassen und Scones beladenen Tisch herum versammelten. »Wollen wir?«

Sallyanne spürte, wie sie sich, zumindest ein bisschen, entspannte.

»Warum denken Sie daran, sich uns anzuschließen?«, fragte Sybil, während sie ein paar langsame Schritte machte.

*Weil ich neue Freundinnen brauche*, hätte Sallyanne fast gesagt, merkte aber selbst, wie das klingen würde. »Ich habe gehört, dass Sie manchmal über Bücher reden«, sagte sie und erntete einen erfreuten Blick.

»Sie lesen gerne?« Sybil blieb stehen, bevor sie den Tisch erreichten.

Sallyanne nickte eifrig. »Ich liebe Bücher«, sagte sie. »Romane sind eine Art Schutzort für mich. Durch sie kann ich …« Sie biss sich auf die Lippe. Sie würde sich lächerlich machen, wenn sie Sybil erzählte, dass sie Bücher mochte, weil sie sie in eine andere Welt entführten, weit weg von dieser staubigen, heißen Stadt, in der sie aufgewachsen war. Wenn sie las, konnte sie in London oder auf Kreta oder in New York sein; sie konnte im achtzehnten Jahrhundert leben oder im Neuen Reich des Alten Ägypten. In Büchern fand sie Beispiele, wie sich eine echte Dame benahm, konnte sich in leidenschaftliche Liebesgeschichten verstricken oder lernen, wie man jemanden mit einem »Fiddle-dee-dee« zum Teufel jagte. Als Teenager hatte sie es mal ausprobiert, nachdem sie Scarlett O'Hara zu ihrem Rollenvorbild erkoren hatte. Ihre Freundinnen hatten sie eine ganze Woche lang damit aufgezogen.

Der fragende Blick, mit dem Sybil sie anschaute, machte ihr bewusst, dass sie in Gedanken mal wieder abgeschweift war, ausgerechnet in Gegenwart einer anderen Person. Ihre Mutter hatte immer gesagt, dass sie im Feenreich weile, was sie nie richtig nachvollziehen konnte – an Feen hatte sie nie ein so großes Interesse gehabt wie an Pharaonen.

»Entschuldigung«, sagte Sallyanne leise.

»Warum?« Sybil wirkte belustigt.

»Weil ich gerade woanders war.«

»Dafür muss man sich nicht entschuldigen.« Sybil schenkte ihr ein nachsichtiges Lächeln, und Sallyanne verspürte dieses schmerzliche Gefühl, das sie bereits aus ihrer frühesten Schulzeit kannte: die Sehnsucht nach Freundschaft.

»Sie sind also in Katherine aufgewachsen?«, fragte Sybil, obwohl ihr Tonfall nahelegte, dass sie die Antwort kannte.

»Ja. Hier geboren und hier aufgewachsen.« Sallyanne zog eine Grimasse. »Klingt vermutlich ziemlich langweilig.«

»Überhaupt nicht«, sagte Sybil. »Katherine ist eine schöne Stadt. Ich wünschte, ich könnte mehr Zeit hier verbringen.«

»Und Sie stammen aus …?« Sallyanne nahm an, dass Sybil von weit her kam. Sie wirkte, als würde sie ihren Platz in der Welt kennen und wäre rundum zufrieden damit. Diese Art von Selbstbewusstsein erwarb man nicht in einer Kleinstadt – man musste sich nur im Raum umschauen und die leicht gebeugten Schultern und unterwürfigen Körperhaltungen betrachten, um eine Vorstellung davon zu bekommen. All diese Frauen, die ein eigenes Leben und eine Familie hatten, machten den Eindruck, als müssten sie sich für irgendetwas entschuldigen.

»Sydney«, sagte Sybil.

»Da wollte ich immer mal hin«, erwiderte Sallyanne. »Ein paar meiner Lieblingsbücher spielen dort.«

»Aha? Welche denn?«

»*Harp in the South* ist das beste. Ich …«

»Sybil!«

Eine kleine breite Frau mit einer vermutlich mit Haarspray fixierten Dauerwelle winkte herüber, und Sallyanne verspürte Enttäuschung, dass ihre Unterhaltung so plötzlich beendet war.

Sybil warf ihr einen entschuldigenden Blick zu und berührte sanft ihren Arm. »Kommen Sie, ich stelle Ihnen Peg vor.« Sie winkte der anderen Frau kurz zu. »Außerdem … vielleicht habe ich ja eine Idee.«

Sallyanne runzelte die Stirn.

»Eine Idee, die mit Büchern zu tun hat«, erklärte Sybil. »Ich würde Sie gern anrufen, wenn Sie nichts dagegen haben.«

»Soll ich Ihnen meine Nummer geben?«, frage Sallyanne, die kaum zu hoffen wagte, dass sie so schnell eine Freundin gefunden haben sollte.

»Die brauche ich nicht. Ich bitte einfach die Zentrale, mich zu verbinden.« Sybil drückte erneut kurz ihren Arm. »Aber jetzt kommen Sie, Peg ist zum Brüllen komisch.«

Vielleicht war es ja tatsächlich so einfach. Oder vielleicht tat sie Sybil auch nur leid. Wie auch immer, Sallyanne ließ es zu, dass Sybil sie ins Getümmel der CWA-Mitglieder führte.

# 3

Das Haus war still – von dem Poltern mal abgesehen, mit dem ihr Ehemann schweren Schrittes durch den Flur stapfte. Kate lächelte und verspürte dieselbe nervöse Freude wie immer, wenn Ben in der Nähe war.

Knarrend öffnete sich die Tür, und da stand er nun: eins fünfundachtzig groß, dunkle Locken, braun gebrannt und das breiteste Lächeln im gesamten Northern Territory. Sie liebte es, wie sich eins seiner Augen fast unweigerlich schloss, wenn er sie anlächelte – als würde sein Lächeln immer breiter, indem er es über das gesamte Gesicht hochschob. Seine Zähne blitzten unfassbar weiß im Kontrast zu der braunen Haut, und seine Augen funkelten.

»Du bist bildschön«, sagte er, trat ein und schloss die Tür hinter sich. Dann zog er sich das Hemd über den Kopf.

Sie schaute an sich hinab: Ihr langes, ebenfalls dunkles Haar fiel ihr auf die Brust; ihr Nachthemd war fadenscheinig, weil sie schon monatelang nicht mehr in die Stadt gekommen war, um sich ein neues zu kaufen. Nun, da die Regenzeit vorüber war, trocknete ihre Haut aus, und sie fühlte sich wie die rote Erde, die sich auf Fairvale in jeder Pore festzusetzen schien. Wenn sie in den

Spiegel schaute – was sie seltener tat als früher, weil es ihr an einem Ort, wo alle unter denselben Bedingungen lebten, wie eine lächerliche Eitelkeit vorkam –, dann stellte sie sich ganz nahe davor und kontrollierte, ob sie Dreck in der Nase hatte oder in den Augen, die einst groß und rund gewesen waren, aber sich jetzt, da Kate ständig in die Sonne blinzelte, zu Schlitzen zu verengen drohten. Ihre hohe Stirn, die sie früher für aristokratisch gehalten hatte, schien jetzt nur noch eine weitere Stelle zu sein, wo sich Schmutz sammeln konnte.

Sie war immer noch überrascht, dass sie ihre erste Regenzeit überstanden hatte, aber so war es, auch wenn sie sich jeden Tag wie ein nasses Geschirrtuch gefühlt hatte, mit dem allzu viel Flüssigkeit aufgewischt worden war. Vor ihrer Ankunft in Australien hatte Ben ihr erklärt, wie es sich mit den Jahreszeiten im Northern Territory verhielt. Es gab nicht vier, sondern nur zwei. Die Regenzeit dauerte von November bis April, brachte sintflutartige Niederschläge mit sich und barg das Risiko, dass die Menschen von den anschwellenden Bächen und Flüssen auf ihren Anwesen eingesperrt wurden. Die Trockenzeit war ein Segen, aber wenn es zu trocken wurde, gingen die Wasservorräte zur Neige. Zusätzlich gab es noch zwei inoffizielle Jahreszeiten: den Build-up und den Build-down, also den Übergang zur Regen- und den zur Trockenzeit.

»Der Build-up«, hatte Ben kopfschüttelnd gesagt und zu lachen begonnen, »lässt die Menschen ›troppo‹ werden.«

»Troppo?«

»Das ist die Kurzform für ›tropisch‹. Die Region ist tropisch, daher macht das Wetter die Leute …« Er zuckte mit den Achseln.

»Troppo«, beendete sie den Satz für ihn. »Aber was bedeutet das? Was passiert dann?«

»Man dreht ein bisschen durch. Die Feuchtigkeit macht dich … Es ist schwer zu beschreiben.« Er grinste schnell. »Du bist der erste Mensch, der mich danach fragt.«

Sie hatte es selbst gespürt, als Ben und sie im Oktober 1977 hergekommen waren. Zu Beginn der Regenzeit war die Feuchtigkeit ein Schock gewesen. Als Jugendliche hatte Kate eine gewisse Zeit in Frankreich verbracht – die Fährüberfahrt nach Calais war eine Art Initiationsritus gewesen, wenn man denn so weit gehen wollte –, aber sonst war sie nirgendwo gewesen, geschweige denn an einem tropischen Ort. An die Tropen hatte sie nie einen Gedanken verschwendet, mal abgesehen von den Gelegenheiten, bei denen sie über die britischen Kolonien in Singapur, Malaysia und Indien gelesen hatte, und in diesen Geschichten hatten Diener den Engländern Luft zugefächelt und kühle Getränke serviert. Auf Fairvale gab es keine Diener, sondern Arbeiter – nicht einmal Ruby, die Köchin, wurde anders genannt –, und kühlen konnte man auch nichts, weil es keinen Kühlschrank gab.

Sie hatte den Build-up überstanden, ohne vollkommen troppo zu werden – im Nachhinein hegte sie den Verdacht, dass sie einfach zu schockiert über die Andersartigkeit dieser Welt gewesen war, um verrückt zu werden –, und die Regenzeit war gekommen und gegangen. Und nun, da die Trockenzeit begonnen hatte, musste sie sich daran ebenfalls gewöhnen.

»Bildschön würde ich nicht gerade sagen«, erwiderte sie und dachte, dass Ben es war, den man, wenn schon nicht als bildschön, so doch als Meisterwerk der Bildhauerei bezeichnen konnte. Brust und Arme waren so perfekt proportioniert, dass Kate manchmal dachte, ihre Wahrnehmung würde ihr einen Streich spielen. Er war zu schön, um wirklich zu sein. »Ich sehe zum Fürchten aus«, erklärte sie.

»Für mich siehst du nie zum Fürchten aus.« Ben zog seine Jeans aus und war nackt. Er sprang neben sie aufs Bett und küsste sie auf die Nasenspitze. »Du bist meine englische Rose«, sagte er. »Ewig blühend.«

»Das ist so abgedroschen, Ben.« Sie verdrehte die Augen.

»Aber wenn es doch wahr ist.« Er küsste sie auf die Wange, dann auf den Hals.

Sie seufzte, als sein Mund zu ihrem Schlüsselbein und dann zu ihrem Brustbein hinüberwanderte. »Englisch stimmt immerhin«, sagte sie und kicherte, als er sie am Bauch kitzelte.

»Nimm ein Kompliment doch einfach mal an.« Er küsste sie stürmisch auf die Lippen, und in ihr löste sich etwas. Als er ihre Arme, ihre Finger, ihre Füße und dann wieder ihren Hals küsste, um seine Lippen dann über ihren Kieferknochen gleiten zu lassen, spürte sie, dass die Anstrengungen des Tages von ihr abfielen.

Kate hatte einen langen Weg zurückgelegt, um hier zu sein, bei Ben. An manchen Tagen empfand sie das stärker als an anderen. Gelegentlich ächzte ihr Körper unter der Mühsal, in diesem fremden Land zu leben, das so weit weg war von allem, was sie kannte. Anfangs hatte sie oft gedacht, auf einem anderen Planeten gelandet zu sein statt nur in einer anderen Hemisphäre.

Im Gegensatz zu den legendenumwobenen Wäldern und Wiesen, die sie aus England kannte, lag ihr neues

Zuhause in einer Landschaft, deren Grundton rötlich war – oder doch eher orange? Die Farbe der Erde veränderte sich je nach Position der Sonne. Es gab keine dicht stehenden Bäume und kein sanftes Licht; alles war grell und besaß eine gewisse Schärfe. Sie hatte sich nicht auf den ersten Blick in das Northern Territory verliebt – anders, als Ben es vorausgesagt hatte. Unermüdlich hatte er sich über das Land seiner Kindheit ausgelassen, über seine Schönheit und Wildheit. Er hatte erzählt, wie faszinierend es war, voller Geheimnisse und neuer Entdeckungen. Kate hingegen sah nur Bäume, die wirkten, als würden sie sich nur mühsam am Leben halten, und Erde, die nach Regen lechzte. Sie hatte gehofft, sich daran zu gewöhnen, aber schon an ihrem ersten Tag war sie sich sicher gewesen, dass sie diese Gegend nie so lieben würde wie Ben.

Nach ihrer Ankunft, sie hatten einen turbulenten Flug aus Sydney hinter sich, wurden sie am Flughafen von Darwin abgeholt. Über vier Stunden lang fuhren sie den Stuart Highway entlang, dann nahmen sie die Straße nach Fairvale. Eine derart lange Strecke war Kate in ihrem ganzen Leben noch nicht gefahren, und sie war sich sicher, dass sie irgendeine Grenze passiert haben mussten. Doch Ben versicherte ihr, dass sie immer noch im Northern Territory waren. Stan saß am Steuer. Kate war der Meinung, dass ein Viehtreiber nicht Chauffeur spielen sollte, aber Stan erklärte grinsend, dass er Ben zu sehr vermisst und sich daher freiwillig für den Fahrdienst gemeldet habe.

Stan war der erste Aborigine, dem sie begegnet war, gehörte aber zu einer ganzen Gruppe, die auf Fairvale lebte. Kate gab sich Mühe, ihn nicht anzustarren – er sah so anders aus als alle anderen Menschen. Offenbar merkte er trotzdem, was in ihrem Kopf vor sich ging, denn irgendwann auf dem Stuart Highway in Richtung Süden nach Katherine drehte er sich um und zwinkerte ihr zu.

»Sie werden hier eine Menge sonderbarer Dinge zu Gesicht bekommen«, sagte er lachend. »Ich bin nur der Anfang.«

Sie war zutiefst beschämt, aber auch Ben lachte.

»Damit hast du nicht ganz unrecht, Kumpel«, erklärte er. »Aber richte deine Augen besser wieder auf die Straße und nicht auf meine Missus, okay?« Wieder lachte er, und Kate hatte das Gefühl, dass ihr etwas entgangen war: ein Witz, den Ben und Stan verstanden. Vielleicht war sie aber auch einfach nur zu empfindlich, wie ihre Mutter ihr gelegentlich vorgeworfen hatte.

Als sie an ihrem neuen Zuhause eintrafen – dem großen Haus, wie es genannt wurde –, wäre Kate vor Begeisterung fast aus dem Truck gesprungen. Dann öffnete sich die Haustür, Sybil erschien, das Gesicht schön und ernst, und Kate merkte, dass sie nervös wurde. Was hatte sie sich nur dabei gedacht, zu ihren Schwiegereltern zu ziehen, die sie gar nicht kannte?

Sie stieg die kurze Treppe zum Haus hinauf und trat auf Sybil zu, die ihr die Hand hinhielt, nicht die Wange, wie Kate gehofft hatte. In ihrer Heimat war das so, man küsste sich ein, zwei Mal.

»Hallo, Kate«, sagte Sybil. Sie lächelte mit geschlossenen Lippen und schien die Ruhe in Person zu sein. Offenbar bereitete ihr die erste Begegnung mit ihrer Schwiegertochter keinerlei Unbehagen, was man von Kate nicht sagen konnte. Sybil schaute ihr ein paar Sekunden in die Augen und senkte den Blick; dann nahm sie Kates Hand, schüttelte sie und sah zu Joe hinüber, der zu ihnen kam, seine Arme um Kate schlang und sie lautstark auf die Wange küsste.

»Willkommen auf Fairvale«, sagte er. »Wir freuen uns sehr, dass du hier bist.«

Sobald Joe sie wieder losließ, kehrte ihre Nervosität zurück. Sie konnte sich noch erinnern, dass sie sich im Wohnzimmer umschaute, ohne dass ihr Blick irgendwo haften blieb. Vielleicht machte sie ein merkwürdiges Gesicht, denn Ben schlang seinen kleinen Finger um den ihren, zog daran und zwang sie so, ihm in die Augen zu sehen.

*Alles in Ordnung?*, fragte er stumm.

Sie wusste nicht, was sie sagen sollte. Seit sie Ben kannte, war sie im siebten Himmel, aber nun in ihrem neuen Zuhause zu stehen – dem Zuhause seiner Eltern – fühlte sich komisch an.

Dafür, dass Ben in einer völlig anderen Welt lebte, waren sie sich auf ziemlich profane Weise begegnet: auf einer Cocktailparty von Kates Cousine Georgia, die sich gerade mit Bens Freund Charlie verlobt hatte. Ben und Charlie kannten sich aus ihrer Zeit im Internat. Charlie hatte für eine Weile in der »alten Heimat« arbeiten sollen, wie man es von jungen Australiern erwartete – das hatte Ben ihr an jenem Abend erklärt. Seine breite, braun gebrannte Hand lag dicht neben ihrer auf dem Tisch, und ihr Herz klopfte beunruhigend schnell, als sie beobachtete, wie seine Finger auf der Tischdecke trommelten und das Besteck hin und her schoben.

»Charlie sollte eigentlich …«, er schaute über die Schulter zu seinem Freund, der gerade eine Lammkeule tranchierte, »nur für ein Jahr hierherkommen. Sein Vater hat ihm eine Stelle bei einer Bank besorgt, damit er hart arbeitet, sich ein bisschen amüsiert und wieder heimkehrt. Aber dann hat er leider Georgia kennengelernt.« Ben grinste in ihre Richtung. »Und das war's. Er ist hier kleben geblieben und hat es tatsächlich geschafft, mich für die Hochzeit herzulocken.«

»Aber die ist doch erst in einem Monat«, sagte Kate verwirrt.

»Klar, ich weiß.« Ben fixierte sie, und das war der Moment, in dem sie begriff, dass sie ein Problem hatte. Er schaute sie unverwandt an – schaute in sie hinein –, und je deutlicher sie das Gefühl hatte, nackt vor ihm zu stehen, desto weniger konnte sie den Blick von ihm losreißen.

»Charlie hat gesagt, dass ich hier Urlaub machen soll.« Er zuckte mit den Achseln. »Ich brauche ein bisschen Zeit, um über ein paar Dinge nachzudenken.«

»Was denn für Dinge?«, fragte sie, vor allem um zu prüfen, ob ihre Stimme ihr noch gehorchte.

Er winkte ab. »Familiendinge. Mein Bruder soll unsere Farm übernehmen, und ich soll mich aus dem Staub machen.«

Sie vernahm einen seltsamen Unterton in seiner Stimme. Ärger?

»Aber das willst du nicht?«

»Nein«, sagte er, um dann in Lachen auszubrechen. »Lachie ist die Farm scheißegal, während sie für mich alles ist. Mehr ist dazu nicht zu sagen.«

»Und du kannst sie wirklich nicht … übernehmen?« Sie hatte keine Ahnung, wie solche Dinge funktionierten. Ihre Familie lebte in einer Kleinstadt, besaß keine Farm, und obwohl ihr klar war, dass es in manchen Familien so etwas wie Erbfolgeregelungen gab, war sie nur eine von zwei Töchtern und hatte nichts dergleichen zu befürchten.

»Nicht wenn Lachie nicht von seinem Erbe zurücktritt. Und da er keine anderen Qualifikationen vorweisen kann, würde ich glatt darauf wetten, dass man darauf lange warten kann.« Er lächelte angespannt. »Für mich fällt eine Stelle als Viehtreiber ab, bis ans Ende meines Lebens, wenn ich denn möchte. Dad war so nett, mir eine Weile freizugeben, damit ich hierherkommen kann. Charlie hat mir versprochen, dass ich ein nettes englisches Mädchen kennenlernen werde.« Er zwinkerte. »Was denkst du, wie meine Chancen stehen?«

Fast hätte sie sich verschluckt. »Ich, oh …« Sie holte tief Luft.

»Du musst die Frage nicht beantworten«, sagte er. »Ich glaube, ich weiß die Antwort auch so.«

Als sein Blick weiter auf ihr ruhte, war seine unbeschwerte Heiterkeit verflogen und einer großen Ernsthaftigkeit gewichen. Kate räusperte sich in der Hoffnung, besänftigen zu können, was auch immer da in ihrer Brust brodelte – was für dieses leichte, flatternde Gefühl verantwortlich war. Doch es verstärkte sich nur noch, als sie sah, wie seine Augen größer wurden und seine Mundwinkel sich hoben. Sie geriet in Panik – wahrhaft überzeugt davon, dass Ben sie gleich auslachen würde. Grund genug dafür hätte er gehabt. Wer war sie, dass sie sich zu diesem attraktiven Mann mit einem so aufregenden Leben hingezogen fühlte? Aber er lachte nicht, sondern schenkte ihr das wärmste Lächeln, das sie je gesehen hatte.

»Und woher kommst du, Miss Kate?« Er nahm Messer

und Gabel, um ihr die Gelegenheit zu geben, sich zu sammeln.

»Oh, äh …« Sie schluckte. Das flatternde Gefühl wollte einfach nicht verschwinden. »Das ist nicht besonders interessant.«

Er schaute sie an, eine Augenbraue hochgezogen. »Das kann ich kaum glauben.«

Sie spürte, dass sie rot wurde, was ihr seit ihrem dreizehnten Lebensjahr nicht mehr passiert war. »Ich stamme aus Gloucestershire«, sagte sie. »Aber die längste Zeit meines Lebens habe ich in London gelebt. Meine Schwester und ich haben in unserer Schulzeit bei meinen Großeltern gewohnt.«

»Gibt es in Gloucestershire keine Schulen?«, fragte er und schnitt ein Stück von dem Fleisch auf seinem Teller ab.

»Keine, die den Ansprüchen meiner Eltern genügt hätten.« Ihr war der Appetit vergangen. Sie konnte nicht essen, wenn er neben ihr saß. Vermutlich würden ihr nicht einmal die Hände gehorchen, wenn sie zum Besteck greifen wollte. »Meine …« Sie trank schnell einen Schluck Wasser. »Also, deshalb haben meine Großeltern angeboten, dass wir während der Schulzeit bei ihnen wohnen können. Das hat vermutlich die Ehe meiner Eltern gerettet.«

»Ach ja?« Er runzelte die Stirn.

»Ich meine … sie führen eine wunderbare Ehe, und ich denke immer, dass das auch daran liegt, dass sie uns nicht ertragen mussten, als wir nervige Teenager waren. Sie konnten Zeit miteinander verbringen, ohne sich mit uns herumschlagen zu müssen.«

Er nickte. »Bei uns war es ähnlich, würde ich sagen.

Lachie und ich sind aufs Internat gegangen. Und wenn wir mal daheim waren, haben wir nicht viel Zeit zu Hause verbracht.«

»Warum nicht?«

Er lachte kurz. »Ich saß immer im Sattel. Und Lachie hat …« Er zuckte mit den Achseln. »Keine Ahnung. Vermutlich hat er Fliegen die Flügel ausgerissen.«

Sie wusste nicht, ob das ein Witz sein sollte, und Ben wandte so schnell den Blick ab, dass sie es nicht herausfinden konnte.

»Das erklärt jedenfalls deinen vornehmen Akzent«, sagte er leichthin. »Vornehme Schulen.« Er grinste.

»Von wegen«, sagte sie leise. »Wenn ich wirklich vornehm wäre, hätte ich einen besseren Beruf. Oder gar keinen.«

»Vornehme junge Frauen arbeiten also nicht?«, fragte er.

Ihr Seufzer war lauter als beabsichtigt. »Jedenfalls nicht für langweilige Banker.«

»Was würdest du denn lieber tun?« Er legte sein Besteck hin und drehte ihr den Oberkörper zu, offenbar eine Aufforderung, die Wahrheit zu sagen. Aber sie war sich nicht einmal sicher, wie die Wahrheit lautete. Allerdings wurde ihr klar, dass sie den Gedanken, es müsse noch etwas anderes in ihrem Leben geben, nie aufgegeben hatte. Kürzlich erst war ihr bewusst geworden, dass sie darauf wartete, dass irgendetwas geschah – irgendetwas, das ihr Leben interessanter machen würde –, obwohl sie dazu doch eigentlich selbst etwas unternehmen müsste. Sie wünschte, man hätte ihr in der Schule beigebracht, wie man so etwas anstellte, statt immer nur »Ehe, Kinder, Familie, Zuhause« als ihr natürliches Schicksal heraufzubeschwören. Das Schicksal eines jeden Mädchens. Nicht dass sie das alles nicht wollte, aber sie hatte auch immer mehr als das gewollt. Leider war dieses Mehr undefinierbar für sie, und niemand in ihrem Umkreis konnte ihr helfen, es zu konkretisieren.

»Andere Orte sehen.« Die Worte platzten aus ihr heraus, ohne dass sich zuvor ein Gedanke in ihr gebildet hätte.

Sein Blick ermutigte sie fortzufahren.

»Ich weiß nicht«, sagte sie. Angesichts seines unübersehbaren Interesses geriet sie ins Stocken. Niemand hatte sich bislang in dieser Weise für sie interessiert.

»Doch, du weißt es«, sagte er ruhig, aber bestimmt. »Erzähl es mir.«

Ihr war bewusst, dass sie schneller atmete als sonst; sie genoss dieses Gefühl von Möglichkeiten und von Aufregung, das ihren ganzen Körper durchströmte.

»Ich möchte nicht mein gesamtes Leben damit verbringen, zu Hause zu hocken und zu bügeln und Kuchen zu backen«, erklärte sie, nur um im nächsten Moment Angst zu bekommen, dass er sie weniger anziehend finden könnte, wenn sie seinen Erwartungen nicht entsprach. »Ich meine, es würde mir natürlich nichts ausmachen, das zu tun. Aber eben nicht nur.«

Er grinste.

»Ist das so lustig?«, fragte sie.

»Vielleicht.« Er lachte. »Ich kenne keine einzige Frau, die nur zu Hause hockt und solche Dinge tut, daher frage ich mich, woher du deine Vorstellungen hast.«

»Du kennst solche Frauen nicht?« Fast alle, die sie kannte, lebten so oder warteten darauf, so leben zu dürfen. An manchen Tagen fand sie die Vorstellung sogar ganz nett. An anderen hingegen träumte sie von einem Leben, in dem sie ganz neue Dinge lernen und ganz andere Fähigkeiten entwickeln würde – einem Leben, das ihr mehr abverlangte, als nur zu tun, was andere von ihr erwarteten. Sie hatte keine Ahnung, wie ein solches Leben aussehen sollte, aber sie wusste, dass es irgendwo dort draußen auf sie wartete. Sie bräuchte nur die Gelegenheit, es zu finden.

»Da, wo ich herkomme, gibt es so etwas nicht«, sagte Ben. »Mum hat dafür viel zu viel um die Ohren. Und die anderen Frauen auf Fairvale haben auch einen Beruf. Dad bügelt seine Hemden selbst. Aber den Kuchen backt unsere Köchin.« Wieder grinste er. »Das ist sicher anders, als du es gewohnt bist.«

»Was macht deine Mum denn?«, erkundigte sie sich.

Ben lachte. »Sie ist der Chef im Haus«, antwortete er. »Und belässt Dad in dem Glauben, er sei es.«

Kates Neugierde, noch mehr von diesem muskulösen, maskulinen Mann, der mit einer solchen Mutter aufgewachsen war, zu erfahren, wuchs noch stärker. Im weiteren Verlauf des Abendessens unterhielt sie sich allerdings mit dem Sitznachbarn zu ihrer anderen Seite, der sich lautstark beschwert hatte, der »Kolonialist« habe ihre Zeit schon über Gebühr in Anspruch genommen.

Am Tag danach, einem Sonntag, rief Ben sie an und fragte, ob sie Lust habe, am Nachmittag mit ihm spazieren zu gehen – er sei lieber an der frischen Luft als in einem geschlossenen Raum. Nachdem er sie an ihrer Wohnung am Sloane Square abgeholt hatte, bot er ihr seinen Arm, und sie gingen in Richtung Kensington Gardens. Sie unterhielten sich vollkommen unverkrampft, lachten viel, und als endlich die Sonne hinter den Wolken hervorkam, hatte Kate das Gefühl, sie würde nur für sie scheinen.

Am Serpentine-See blieben sie stehen, und Ben nahm ihre Hand. Kate fühlte sich warm und geborgen und gleichzeitig euphorisch.

»Was tun wir jetzt?«, fragte Ben.

»Bald ist Zeit fürs Abendessen«, sagte Kate und schaute in die Richtung, aus der sie gekommen waren. »In der Nähe meiner Wohnung gibt es ein kleines Bistro. Da könnten wir hingehen.«

Ben wirkte amüsiert. »Das meinte ich nicht.« Er zog sie näher an sich.

»Oh?« Sie hatte das Gefühl, so schnell zu blinzeln, dass Ben denken könnte, sie würde unter Zuckungen leiden.

Er legte die andere Hand an ihre Wange, und sie wünschte, er würde sie nie mehr wegnehmen.

»Ich meinte, was sollen wir in den nächsten fünfzig Jahren unseres Lebens tun?«, fragte er.

Kate hätte am liebsten laut herausgelacht, vor Erleichterung und Glück – und Liebe. Sie hatte sich längst in diesen Mann von der anderen Seite der Erde verliebt. Und obwohl sie noch nie jemanden geliebt hatte, war sie sich sicher, dass es Liebe war, dieses Gefühl von Überzeugung, Mut und Verheißung, vom aufwallenden Begehren ganz zu schweigen. Und falls es keine war, würde sie das Risiko einer Fehlentscheidung bereitwillig eingehen, nur um mit ihm zusammen zu sein.

Als er sich zu ihr herabbeugte und seine Lippen ihren Mund berührten, fühlte sie nichts von der Abwehr, die sie sonst verspürt hatte, wenn Jungen oder junge Männer sie küssten. Sie hatte auch nicht das Gefühl, gegen Regeln zu verstoßen und für immer ihren guten Ruf zu ruinieren, sollte ihr Tun herauskommen. Es war auch nicht so, dass ihr

Bedürfnis, gemocht zu werden – *hübsch* oder *schön* gefunden zu werden –, sie zu etwas verleitete, das sie eigentlich nicht wollte.

Ben zu küssen war das Natürlichste von der Welt – und auch das Gefährlichste. Als er seine Arme um sie schlang und sein Körper sich an sie presste, fühlte sie sich gleichzeitig zu Hause und in der aufregendsten Fremde, die sie je bereisen könnte.

Schließlich – Minuten oder Stunden später – endete der Kuss.

»Ich denke, das sollten wir öfter tun«, sagte er. Sein Lächeln war liebevoll und herausfordernd zugleich.

»Das sehe ich auch so«, sagte sie und schob ihre Hand in seine Armbeuge, als sie sich wortlos umdrehten, um die ersten Schritte in Richtung Zukunft zu gehen.

Am Ende des Monats kehrte Ben nicht nach Australien zurück, sondern erklärte seinem Vater, dass er in England noch etwas Wichtiges zu erledigen habe. Joe beunruhigte das nicht, während Sybil schrieb, dass Lachie nur Unsinn anstelle und sie ein besseres Gefühl hätte, wenn Ben zurückkäme. Das war der Moment, in dem er Kate fragte, ob sie ihn heiraten wolle. Der Moment, in dem sie Ja sagte.

Es war eine kurze Verlobungszeit; selbst Georgia warnte sie davor, so überstürzt zu heiraten. Aber es sprachen so viele Gründe dafür und so wenige dagegen. Kate war, wie sie gerne sagte, ein gutes katholisches Mädchen und hatte schon so vielen Männern widerstanden – aber Ben gegenüber verspürte sie keinerlei Wunsch dazu. Sie hatte gar nicht darüber nachdenken wollen, wie trostlos ihr Leben gewesen wäre, wäre er ohne sie nach Australien zurückgekehrt.

»Ich denke, es ist an der Zeit, dass wir ein Baby bekommen«, sagte Ben nun. Seine Stimme klang gedämpft an ihrer Wange und riss sie aus ihren Erinnerungen.

»Dafür haben wir doch schon ziemlich viel getan«, erwiderte sie leichthin, obwohl das Thema sie beschäftigte. Sie hatte erwartet, schon längst schwanger zu sein; mit jedem Monat, der unverändert verstrich, fühlte sie sich niedergeschlagener. Es überraschte sie selbst, wie sehr sie sich ein Baby von Ben wünschte, obwohl sie ihr Leben doch eigentlich noch nicht durch die Mutterschaft bestimmt hatte sehen wollen. Doch sie hatte beschlossen, dass diese Sehnsucht Vorrang hatte, und sich ihr ergeben – auch wenn sie sich noch nicht erfüllt hatte.

»Wir werden sicher bald eins bekommen.« Er rutschte hoch, um ihren Mund zu küssen. Seine Lippen waren voll und ein wenig rau. Durch die starke Sonne pellten sie sich von Zeit zu Zeit. Kate störte das nicht, im Gegenteil, sie mochte Bens spröde Seite. Nur eins der vielen Dinge, die sie an ihm anziehend fand.

»Ich liebe dich«, sagte sie, als er auf sie herablächelte.

»Das will ich wohl meinen«, sagte er und tätschelte ihre Hüfte. »Ich liebe dich genauso.«

Als ihre Lippen sich fanden, versuchte sie, den Gedanken zu verdrängen, dass schon so viele Monate vergangen waren, ohne dass das Natürlichste der Welt passiert war: das Zeugen eines Kindes. Nach ihrer Heirat war sie davon ausgegangen, es würde einfach geschehen. Georgia war während der Flitterwochen schwanger geworden. Kate begriff nicht, warum es bei ihr so lange dauerte.

»Kate«, flüsterte Ben.

»Ja?«

»Ich kann dich denken hören«, sagte er, dann glitt seine Hand über ihre Hüfte und weiter hinab zwischen ihre Beine.

»Ich gebe mir Mühe, es abzustellen.« Und das meinte sie ernst, auch wenn es ihr nur für eine kurze Weile gelang.

# 4

Manche Pferde waren leicht zu verstehen. Andere an manchen Tagen leicht, an anderen gar nicht. Dieses Pferd aber – das Pferd, das Della nun schon seit Monaten ritt und das es besser wissen sollte – war ihr an allen Tagen ein Rätsel. Trotzdem musste sie es mit ihm aushalten. Sie hatte versucht, ein anderes zu bekommen, eins der gedrungenen Quarter Horses statt dieses Brockens mit seinem Anteil an Clydesdale, aber es war ihr verweigert worden.

»Arthur, lass das«, ermahnte sie das Tier, als es sie beim Festzurren des Sattels wieder einmal wegdrängte.

»*Arthur, lass* das«, äffte eine hohe Stimme sie nach.

Sie wusste, wem sie gehörte: Ross Watson. Er liebte es, sie nachzumachen. Als wäre ihr texanischer Akzent rasend komisch. Seinen eigenen fand sie viel komischer. Verrückter. Er bewegte kaum den Mund, wenn er sprach, und die Vokale verschwanden in seiner Nase. Trotzdem machte sie sich nicht über ihn lustig – weil man sie so erzogen hatte, aber auch, weil er doppelt so groß war wie sie. Della war sehr klein. »Mein winziges Mädchen«, so hatte ihr Vater sie immer liebevoll genannt. Und Ross benutzte seine Körpergröße als Waffe.

»Halt den Mund, Ross«, sagte Bob, der mit einem Sattel in den Stall kam. Er war ein bisschen älter und arbeitete schon eine Weile auf der Ghost River Station. Die meisten jüngeren Männer hörten auf ihn.

»Halt selber den Mund, Bob«, sagte Ross, immer noch mit hoher Stimme.

Bob warf Della nicht zum ersten Mal einen Blick zu; in ihm lag weniger Mitleid als Resignation. Ein schwaches Lächeln war alles, was Della sich abringen konnte. Bob und ihr war vollkommen klar, wie das lief: Selbst wenn Della gar nicht beachten würde, wie Ross sich aufführte, würde er eine Reaktion einfordern. Und sich bei ihren Chefs über ihn beschweren konnte sie nicht.

Ghost River gehörte einem Mann namens Augustus Major. Bob hatte ihr erzählt, wo der Name der Rinderfarm herrührte. Wenn der Fluss trockenfiel - was in der Trockenzeit gelegentlich geschah -, konnte man auf der fernen Sandbank die Geister eines jungen Paars sehen, das vor vielen Jahren gestorben war, als es in der Regenzeit den angeschwollenen Fluss überqueren wollte, und jetzt um Hilfe flehte. Sie wusste nicht, ob sie ihm glauben sollte, zumal einer der Viehtreiber ihr eine ganz andere Geschichte erzählt hatte - dass nämlich der Vorbesitzer des Anwesens gedacht hatte, die Bäume am Fluss seien Ghost Gums, bis ihm klar geworden sei, dass sie so weit im Norden gar nicht wuchsen. Della war sich nicht sicher, welche Erklärung ihr besser gefiel.

Während der Besitzer von allen kurz Aug gerufen wurde, wurde seine Frau Felicity nur »der Generalmajor« genannt. Sie kümmerte sich um alles, und Aug tat, was sie sagte. Es hatte also keinen Zweck, mit ihrem Anliegen zu Aug zu gehen, und Felicity würde Della nur zu verstehen geben, dass sie, wenn sie mit Männern arbeiten wolle, sich auch mit Männern abfinden müsse.

»Bist du bereit für ein paar Tage im Gelände, Del?«, fragte Bob und strich mit der Hand über Arthurs Flanke.

»Klar.« Della klopfte auf die Satteltasche. »Ich habe alles eingepackt, was ich brauche.«

»Lippenstift?«, erkundigte sich Ross lachend.

»So wie ich Del kenne«, sagte Bob ruhig und gelassen, »nimmt sie eher ein Buch mit. Du liest gerne, nicht wahr, Del?«

Sie lächelte ihn dankbar an. Immerhin setzte sich Bob für sie ein.

»Wo sind eigentlich deine Sachen, Ross?«, fragte Bob, woraufhin Ross leicht beunruhigt wirkte. »Hast du *deinen* Lippenstift etwa vergessen?«

Ross verließ den Stall und entfernte sich in Richtung Männerquartier.

»Dem ist wohl ein Känguru ausgebüxt«, sagte Bob kopfschüttelnd. »Tut mir leid, dass er dich immer wieder triezt.«

Della zuckte mit den Achseln und tätschelte Arthurs Hals. Sie hatte es immer noch nicht aufgegeben, das Pferd auf ihre Seite zu ziehen.

»Macht er doch gar nicht.« Sie wollte sich keine Blöße geben. Schließlich war sie eine Frau in einem Männerberuf und musste ihre Eignung immer wieder unter Beweis stellen.

»Doch, das tut er«, entgegnete Bob finster. »Aber ich behalte ihn im Auge.« Er wandte sich ab. »Bevor es losgeht, muss ich noch einmal ins Haus. Alles in Ordnung bei dir?«

Sie nickte. Alles in Ordnung. Abgesehen von Ross'

Manieren war sie genau da, wo sie sein wollte; einen besseren Ort konnte sie sich nicht wünschen.

Wann immer ein neuer Viehtreiber auf der Farm erschien, musste sie unweigerlich die Frage beantworten, wie sie hier gelandet sei, so weit weg von zu Hause. Stets erwiderte sie, dass sie keine Ahnung habe, sie aber bleiben würde, bis sie es herausgefunden habe. Dabei wusste sie es nur allzu gut: Ihr ganzes Leben hatte sie in ihrer Heimatstadt im Val Verde County im ländlichen Texas verbracht, und als sie die Highschool beendet hatte, war ihr klar gewesen, dass sie mehr wollte. In der Schule hatte sie ein Zitat von Helen Keller gelernt, und sie war wild entschlossen, danach zu leben: »Das Leben ist entweder ein spannendes Abenteuer oder gar nichts.« Sie wollte nicht, dass ihr Leben nichts war. Allerdings hatte sie keine Vorstellung gehabt, was sie daraus machen sollte, bis ihr Vater einen australischen Arbeiter einstellte: Johnno. Er käme aus Far North Queensland, hatte er ihr erzählt, als wäre das ein eigenständiges Land, das jeder eigentlich kennen müsste. Wochenlang arbeiteten sie auf der Ranch Seite an Seite, bis er ihr auch nur eine einzige persönliche Frage stellte. Sie saßen auf dem Rücken ihrer Pferde und kontrollierten, dass sich bei dem jüngsten Erdrutsch keine Tiere verletzt hatten.

»Du scheinst zu wissen, was du tust«, sagte er langsam. Sollte sie je gedacht haben, Texaner sprächen schleppend, Johnno übertraf sie alle.

»Soll das ein Kompliment sein?«, fragte sie und lenkte ihr Pferd um ein Erdloch herum.

»Vermutlich«, sagte er. »Du bist die erste Sheila, mit der ich zusammenarbeite. Ich war mir nicht sicher, ob du etwas draufhast.«

Ihr sträubten sich die Nackenhaare. »Sheila?«

»Mädchen. Frau. Ich vergaß, dass manche Worte nicht überall gleich sind. Aber egal, die meisten Sheilas in deinem Alter haben bereits Kinder.«

»Ich bin erst zweiundzwanzig.«

»Genau das meine ich. Willst du keine, oder was? Es ist ja nicht so, als wärst du hässlich – viele Typen hier müssen dich doch mögen.«

»Nein danke.« Plötzlich hatte sie das Gefühl, als würden sich Dornen in ihre Haut bohren. »Falls es dich interessiert: Mein Daddy sagt, ich sei der beste Arbeiter, den er je gehabt hat, also tue ich ihm einen Gefallen, indem ich keine Kinder bekomme. Außerdem hat mich bislang nur ein einziger Junge gefragt, ob ich ihn heiraten will. Ich habe abgelehnt. Ich möchte nicht hier festhängen und mit einem langweiligen Mann und seinen schreienden Blagen ein trostloses Leben führen. Lieber würde ich sterben.«

Nun musste Johnno lachen. Er warf den Kopf so weit in den Nacken, dass er fast den Hut verlor. »Du bist schon okay«, sagte er dann. »Ich wollte dich doch nur ein bisschen auf den Arm nehmen.«

Danach wurden sie Freunde, und Della stellte fest, dass Johnno viel netter war als ursprünglich gedacht. Als er wieder nach Australien zurückkehrte – er habe sein Abenteuer erlebt, sagte er, und wolle nach Cooktown zurück –, lud er sie ein, ihn dort zu besuchen. Er würde ihr die Zuckerrohrfelder und den Regenwald zeigen; außerdem würden sie Stachelannonen und Sternfrüchte essen und an einen Ort namens Port Douglas fahren, um am Four Mile Beach spazieren zu gehen.

Sie interessierte sich nicht für ihn als Mann, aber sie war

nicht so dumm zu übersehen, dass ihr das Schicksal eine Einladung geschickt hatte. Also sparte sie und hatte nach ein paar Monaten genug Geld beisammen, um den Bus nach San Francisco und dann ein Flugzeug nach Sydney nehmen zu können.

Bis nach Far North Queensland schaffte sie es allerdings nicht, weil sie schon bald nach ihrer Ankunft in Sydney eine Zeitung namens *The Land* in die Finger bekam. Darin stieß sie auf eine Anzeige, mit der die Ghost River Station »in der Nähe von Katherine, NT« einen Arbeiter suchte. Sie erkundigte sich bei der Besitzerin ihrer Pension, was eine »Station« sei, und schlussfolgerte aus deren Erklärung, dass es sich um eine Art Ranch handeln musste. Dann fragte sie, wo Katherine liege. Die Dame schnaubte. »Da möchten Sie bestimmt nicht hin, meine Liebe – da gibt es Krokodile. Außerdem steht das Land die eine Hälfte des Jahres unter Wasser, und in der anderen ist es so verdammt heiß, dass einem glatt die Augäpfel austrocknen. Die Mangobäume dort sollen so viele Früchte tragen, dass die Menschen schon ganz orange sind, weil sie so viele davon essen.«

Della wollte trotzdem hin. Das klang nach einem ziemlich exotischen Ort, und genau so einen wollte sie sehen. Also antwortete sie auf die Anzeige und gab die Nummer ihrer Pension an. Zwei Wochen später, als sie die Hoffnung bereits aufgegeben hatte, bekam sie einen Anruf.

Die Frau am anderen Ende stellte sich als Felicity Major vor und fragte Della, warum sich eine »junge Frau« für eine solche Stelle interessiere. »Normalerweise gibt es bei uns keine jungen Frauen«, sagte sie ohne jede Spur von Ironie.

Della erzählte ihr von der Ranch und den Rindern zu Hause; davon, dass sie reiten könne, seit sie laufen gelernt habe; davon, dass ihr Vater sie gebeten habe, nicht zu gehen, weil er niemanden finde, der so hart arbeite wie sie.

»In Ordnung«, hatte Felicity gesagt. »Wenn Sie bis Ende der Woche hier sind, haben Sie den Job.«

Ihr war selbst nicht klar, wie sie es geschafft hatte, pünktlich auf Ghost River zu erscheinen. Sie schrieb es blindem Vertrauen und ihrer Entschlossenheit zu. Wenn die Situation es verlangte, schaffte sie fast alles.

Ein Jahr war das jetzt her. In der Regenzeit, als die anderen Arbeiter verschwunden waren, war sie geblieben und hatte sich bei Felicity nützlich gemacht. Sie konnte backen und nähen – beides hatte ihre Mutter ihr beigebracht, weil sie der Meinung war, dass Della, auch wenn sie ihr Leben auf dem Rücken eines Pferdes zubringen wollte, für sich selbst sorgen können musste –, und als Felicity Hilfe im großen Haus suchte, meldete sie sich freiwillig. So saß sie nicht untätig herum und konnte auf Ghost River bleiben, in das sie sich in einer Weise verliebt hatte, wie es ihr mit noch keinem menschlichen Wesen passiert war. Außerdem hatte sie so mit Beginn der Trockenzeit sofort wieder ihre eigentliche Arbeit aufnehmen können.

Als sie Arthur jetzt noch einmal auf den Hals klopfte, sah sie, wie Ross in seinem merkwürdig hüpfenden Gang an den Viehweiden vorbei zum großen Haus eilte. Sie würden tagelang unterwegs sein, um Rinder zusammenzutreiben, und sie würde sich mit seiner Dummheit abfinden müssen. Jedenfalls wenn Bob außer Hörweite war. Aber sie käme schon damit klar.

»Sind Sie Della?«

Della fuhr zusammen. Sie hatte gar nicht gehört, dass jemand in den Stall gekommen war. Das war das Problem, wenn Ställe zu zwei Seiten hin offen waren: Jederzeit konnte sich jemand anschleichen. Sie drehte sich um und erblickte eine ziemlich große Frau mit kurzen grauen Haaren, die sie neugierig anschaute, ein Lächeln im Gesicht. Sie wirkte wie jemand, der unentwegt beschäftigt war: drahtig und mit leicht zusammengekniffenen Augen, als hätte sie ihr ganzes Leben damit verbracht, bis auf den Grund der Dinge zu blicken.

»Ja«, sagte Della langsam und streckte der Dame die Hand hin. Sich die Hand zu schütteln war bei Damen sicherlich nicht üblich, aber ihr gefiel die Geste.

»Ich bin Sybil«, sagte die Dame. Ihr Handschlag war kräftig, während sie noch immer breit lächelte. »Felicity hat gesagt, ich würde Sie hier finden.« Sie nickte zu dem großen Haus hinüber. »Ich bin zum Morgentee eingeladen. Ich wohne ungefähr eine Stunde von hier entfernt, auf der Fairvale Station.«

Della nickte. Von der Farm hatte sie gehört. Bob hatte einen Bruder, der dort arbeitete. »Wie kann ich Ihnen helfen, Ma'am?«

Sybil reichte ihr einen Zettel.

Della nahm ihn entgegen. Der Text darauf war handgeschrieben, in einer selbstbewussten, klaren Schrift. *Eröffnungstreffen des Fairvale Ladies Buchclubs*, stand da. *Sonntag, den 25. Juni, zehn Uhr.*

»Felicity hat mir erzählt, dass Sie gerne lesen«, sagte Sybil.

»Das stimmt«, erwiderte Della und wollte Sybil den Zettel zurückgeben.

»Nein, der ist für Sie«, sagte Sybil. »Ich möchte nämlich einen Buchclub gründen – nun, das ist vermutlich klar.«

Sie zeigte auf den Zettel. »Wir sind hier draußen alle ein bisschen isoliert, oder? Es wäre gut, Leute zum Reden zu haben.«

Della runzelte die Stirn. Dachte Felicity etwa, man müsse sich um sie kümmern?

»Eigentlich wollte ich auch Felicity hinzubitten, aber sie hat stattdessen Sie vorgeschlagen. Sie sagte, Sie würden mehr lesen als irgendjemand sonst von ihren Bekannten. Außerdem dachte ich …« Sybil lächelte schnell, »Sie könnten vielleicht andere Bücher als ich kennen, so als Amerikanerin …«

»Okay«, sagte Della langsam.

Sybil wirkte erleichtert. »Meine Schwiegertochter Kate wird auch teilnehmen. Und meine Freundin Rita. Außerdem eine Frau aus der Stadt, Sallyanne. Der erste Roman, über den wir sprechen werden, wird sein«, sie kramte in der großen Leinentasche, die an ihrer Schulter hing, und zog ein dickes Buch heraus, »*Die Dornenvögel* von Colleen McCullough.« Sie hielt es Della hin. »Sie können dieses Exemplar behalten.«

»Brauchen Sie es denn nicht?«

Sybil schüttelte den Kopf. »Ich habe das Buch bereits gelesen. Zwei Mal.«

»Dann haben Sie sicher schon eine Meinung dazu.« Della drehte das Buch um und überflog den Text auf der Rückseite. Als sie Sybil lachen hörte, schaute sie auf.

»Das kann man wohl sagen«, erklärte Sybil. »Werden Sie kommen?«

Della betrachtete das dicke Buch und überschlug, wie viel Zeit ihr bis zum fünfundzwanzigsten Juni blieb. Sie hatte noch ein paar Wochen, es dürfte also kein Problem sein. Vielleicht könnte sie es sogar auch zwei Mal lesen. Aber wollte sie überhaupt Mitglied eines Buchclubs sein? Bisher war Lesen immer ein privates Vergnügen für sie gewesen. Andererseits hatte sie ihre Heimat verlassen, da konnte sie sich auch auf neue Erfahrungen wie diese einlassen. »Wenn ich nicht beim Vieh draußen bin, klar«, sagte sie schließlich.

»Felicity hat mir versprochen, dass sie dafür sorgen wird«, sagte Sybil mit einem Grinsen. »Es würde mich wirklich sehr freuen, wenn Sie dabei wären.«

»In Ordnung.« Della betrachtete das Buch noch einmal. »Danke.« Dann lächelte sie Sybil zum ersten Mal an.

»Bis bald also«, sagte Sybil. »Ich sollte jetzt wieder ins Haus zurückkehren.«

Halbherzig hob Della die Hand, als Sybil sich verabschiedete, und sah sie mit selbstbewussten Schritten auf das Haus zugehen, wo Felicity auf der Veranda stand.

# 5

Als sie sich den Hals verrenkte, um aus dem Fenster zu schauen, und die Basis der königlich australischen Luftwaffe in Tindal als winzigen Fleck unter sich erblickte, konnte sich Rita ein Grinsen nicht verkneifen. So klein das Flugzeug auch sein mochte, es machte ihr nichts aus, schließlich war es gewissermaßen ihr Arbeitsplatz. Ihrem Empfinden nach hatte sie das Northern Territory bereits seiner gesamten Länge und Breite nach überflogen, da sie ständig zu Farmen, Camps der Aborigines und in den Busch unterwegs war. Sie arbeitete für den Royal Flying Doctor Service – für die Flying Doctors. Als sie vor einigen Monaten nach Alice Springs gezogen war, kannte sie vom Northern Territory nur die kleine Stadt Katherine, die Straße von Katherine zur Fairvale Station und die Farm selbst, weil sie gelegentlich Sybil besucht hatte. Bei ihrem letzten Flug in den Norden war sie noch auf dem Flughafen von Katherine gelandet. Aber nun, da man ihn geschlossen hatte, wurden alle Zivilflüge zur Luftwaffenbasis umgeleitet, die fünfundzwanzig Kilometer außerhalb der Stadt lag. Rita hätte das für eine Unannehmlichkeit gehalten, hätte sie nicht gewusst, dass fünfundzwanzig Kilometer in dieser

Gegend in der normalen Welt einem kurzen Spaziergang entsprachen.

Sie kam nicht oft genug hierher – und sah Sybil nicht so häufig, wie sie sollte. Das Leben hatte sich gegen sie verschworen und hielt sie auf Abstand. Allerdings waren sie schon so lange befreundet, dass sie ein Gespräch auch nach Ewigkeiten weiterführen konnten, als hätten sie es nie unterbrochen.

Sie hatten sich kennengelernt, als Rita mit siebzehn ihre Ausbildung zur Krankenschwester begonnen hatte und ihre Pflichtzeit im Kinderkrankenhaus in Camperdown in Sydney absolvierte. Sybil war schon länger dabei, und dass sie mit ihren zwanzig Jahren bereits so weit aufgestiegen war, ließ auf ihre Fähigkeiten schließen. Ritas Klasse war die erste, die sie betreute. Zu Beginn war sie zu verkrampft, zu sehr darauf bedacht, sich Autorität zu verschaffen. Mit der Zeit und im Verlauf ihrer Freundschaft merkte Rita, dass Autorität für Sybil zuvor einfach ein Fremdwort gewesen war und sie sich Führungsstärke und Lehrerfahrung erst hatte erwerben müssen. Dass sie Freundschaft schlossen, war angesichts ihrer unterschiedlichen Stellung in der Krankenhaushierarchie nicht zwangsläufig. Vielleicht wäre es gar nicht dazu gekommen, hätten sie nicht in einer düsteren Winternacht, als die Krankenhauskorridore direkt in die Antarktis zu führen schienen, zusammen Schicht gehabt.

Sie standen nebeneinander vor dem Baby, das nur wenige Stunden zuvor zu früh auf die Welt gekommen und für die weitere Behandlung ins Kinderkrankenhaus eingeliefert worden war.

»Er ist so winzig«, flüsterte Rita.

Sybil nickte. »Wir hatten schon Sorge, er würde durch die Gitterstäbe fallen.«

»Und er ist so …« Rita versuchte, einen Schauder zu unterdrücken. Das Baby war so entstellt, dass sie schon Probleme damit hatte, es »er« zu nennen. Es wirkte eher wie ein Es, und sie fühlte sich schrecklich, weil sie so dachte.

Sybil seufzte. Es klang sanft, fast bedauernd. »Ja, das ist er.« Sie hatte die Arme verschränkt, und ihre Miene war undurchdringlich. »Das arme Ding.«

»Was sollen wir denn nun tun?«

»Warten«, sagte Sybil.

Rita registrierte, dass sie unmerklich eine Grimasse zog. »Worauf?«, fragte sie.

Als Sybil ihr das Gesicht zudrehte, entdeckte Rita Spuren von Tränen.

»Dass er stirbt«, sagte Sybil mit fester Stimme.

Rita war schockiert über so viel Pragmatismus. Andererseits begriff sie, dass Sybil schon andere Nächte erlebt haben musste, in denen sie auf den Tod eines Kindes gewartet hatte.

»Und wir können nichts tun?«, flüsterte Rita. »Um ihn zu … retten?«

Nun schaute Sybil sie direkt an. Ihre Augen, die sonst kaum eine Gefühlsregung preisgaben, waren weit aufgerissen. Doch in der nächtlichen Beleuchtung auf der Station konnte Rita den Ausdruck nicht deuten.

»Nein«, sagte sie und schluckte.

»Aber …« Rita spürte, dass ihr der Atem stockte. Ihre Brust schmerzte.

»Das klingt hart, ich weiß«, sagte Sybil, aber als sie wieder das Baby betrachtete, verschwanden die Falten auf ihrer

Stirn. »Ich fand es auch hart, als ich so etwas zum ersten Mal erlebt habe.« Wieder wandte sie sich an Rita. »Ich bin nicht religiös, aber ich habe schon Dinge gesehen … Es gibt Momente der Gnade, Rita, selbst unter den schrecklichsten Umständen. Dieses Kind soll nicht lange leben, und was wir ihm bieten können, ist ein guter Tod. Es wird für einen Moment in der Welt sein, dann wird es gehen; seine Eltern werden trauern und dann weitermachen. Unsere Aufgabe ist es, den beiden zu helfen, sich mit etwas abzufinden, über das sie keine Kontrolle haben, auch wenn es ihr Leben für immer verändert. Diese Gnade müssen wir ihnen gewähren, wenigstens vorübergehend.«

An jenem Abend verstand Rita nicht wirklich, was Sybil meinte. Sie war zu jung und wartete begierig auf ihre Chance, die Welt zu verändern und alles besser zu machen. Doch das folgende Jahr in dem Beruf ließ sie ankommen, wo Sybil schon war. Nach diesem Abend hatte Sybil immer ein Lächeln und ein Nicken für sie übrig, und nach diesem Jahr gingen sie, wenn ihre Schicht zur selben Zeit endete, oftmals in eines der wenigen Cafés in Sydney. An ihren seltenen freien Tagen waren sie im Wylie's Baths in Coogee, legten sich auf den warmen Beton und tankten so viel Sonne wie möglich, bevor sie sich ins Meer stürzten.

»Fertig machen zur Landung, Schätzchen!«, rief Darryl, der Pilot, und holte sie wieder dahin zurück, wo sie war: hoch über dem Northern Territory, nicht an einem Strand in Sydney. »Bist du angeschnallt?«

»Ja!«, rief sie über den Lärm der einmotorigen Maschine hinweg.

Rita grinste immer noch, als Darryl auf der Landebahn aufsetzte. Die ersten Flüge mit dem winzigen Flugzeug waren ein Albtraum gewesen. Rita war noch nie mit etwas geflogen, das so klein und so laut war und so zerbrechlich wirkte. Mittlerweile hatte sie allerdings genug Erfahrung gesammelt, um zu wissen, dass ein einziger Motor ausreichte, um einen in der Luft zu halten. Dieses zähe Flugzeug und sein noch zäherer Pilot eroberten das Northern Territory, indem sie Krankenschwestern und Ärzte an entlegene Orte brachten und manchmal Patienten nach Alice Springs transportierten.

Es gab Tage – mittlerweile waren sie allerdings seltener geworden –, an denen Rita es zutiefst bedauerte, Sydney verlassen zu haben, um nach Alice Springs zu ziehen. Sydney war ihre Heimat, sie war dort geboren und aufgewachsen. Ihr ganzes Leben hatte sie in dem Vorort Punchbowl mit seinen großen Gärten, den Gemüsebeeten und den Eckläden gelebt. Sie hatte eine wohlbehütete Kindheit in einem mäßig großen gepflegten Haus verbracht und war auf die Mädchenschule in der Nähe gegangen. An den Wochenenden hatte sie Wanderungen durch den Busch unternommen, Tennis gespielt und Klavierstunden genommen. Im Sommer war sie zum Schwimmen an den Cronulla Beach gegangen; im Winter war ihre Mutter mit ihrem Bruder und ihr zu strammen Touren in die Southern Highlands oder die Blue Mountains aufgebrochen. Alle ihre Freunde hatten so gelebt.

Rita war der Überzeugung, in den fast dreißig Jahren, seit sie ihr Elternhaus verlassen und in Krankenhäusern gearbeitet hatte, fast alles zu Gesicht bekommen zu haben, was es ihrer Meinung nach gab. Sie hatte keinen dringenden Grund, ihre Stelle am Royal Alexandra Hospital for Children aufzugeben. Sie liebte die Kinderheilkunde und arbeitete nun schon so lange in dem Krankenhaus, dass es sich wie ihre zweite Heimat anfühlte. Allerdings bestand die Gefahr, allzu selbstgenügsam zu werden. Wenn die Arbeit schon die große Liebe ihres Lebens war – andere Kandidaten waren nicht auf den Plan getreten, sodass sie die Hoffnung, eines Tages einen Ehemann kennenzulernen, längst aufgegeben hatte –, musste sie diesen Funken sorgfältig bewahren.

Schon früh hatte Rita gewusst, dass sie nicht um jeden Preis heiraten wollte. Sie liebte ihren Beruf und war sich ziemlich sicher, dass sie Hausarbeit und Mutterpflichten nicht in gleichem Maße genießen würde. Sollte sie ihre Berufung also aufgeben, dann nur für eine leidenschaftliche Beziehung mit einem Mann, der mehr zu bieten hatte, als nur ein Mann zu sein. Einige ihrer Freundinnen hatten ihren Ehemann nur deshalb gewählt, weil er ein verlässliches Einkommen hatte und nicht schlecht aussah. Unglücklich waren sie nicht, aber für sich selbst konnte sie sich so etwas nicht vorstellen. Lieber blieb sie allein und ging das Risiko ein, von all ihren Bekannten misstrauisch beäugt zu werden, als einfach nur nicht unglücklich zu sein.

Sie hatte mehrere Anläufe unternommen, eine Beziehung einzugehen, aber die Männer hatten ihren Erwartungen nicht entsprochen, im Wesentlichen, weil sie nicht den erhofften Elan mitbrachten oder schlichtweg lieblos waren. Mit Ende dreißig gab sie diese Versuche auf und wurde auch nicht mehr von wohlmeinenden Freunden oder unfreundlichen Männern bedrängt. In den letzten Jahren hatte sie entschieden, dass sie sich, wenn ihr Leben schon nicht so war, wie alle anderen es verlangten oder vorlebten, auch gleich von sämtlichen Erwartungen anderer freimachen konnte.

Eine neue Kollegin erzählte ihr, dass sie mal für den Royal Flying Doctor Service mit Basis in Queensland gearbeitet hatte. Rita hatte von den Flying Doctors bereits gehört, wusste aber nicht viel über die Organisation. Sie erkundigte sich danach, und eines Tages rief sie an, um sich nach freien Stellen zu erkundigen. Innerhalb von vierzehn Tagen hatte sie in Camperdown gekündigt und mit den Planungen ihres Umzugs ins Herz von Australien begonnen, in eine Stadt, die nichts Vergleichbares zu dem bot, was sie von Sydney gewohnt war.

Während Sydney wunderschön war und sich seit ihrer Kindheit immer prächtiger entwickelt hatte, gab sich Alice Springs karg und mysteriös. Beiden Städten gemeinsam war der strahlend blaue Himmel, der sich über den Horizont hinauszuziehen schien, aber dass Alice Springs in der Wüste lag, war nie zu übersehen. Die üppige Küstenlandschaft von Sydney, das überwältigende Violett der blühenden Jakarandabäume im Frühjahr und die baumbestandenen Straßen hätten sich nicht stärker von den Gelb-, Orange-, Braun- und Rottönen in Alice Springs unterscheiden können.

Ihre Abenteuerlust hatte sie ins Herz von Australien geführt und sie dabei ganz übersehen lassen, dass sie niemanden dort kannte. Sie vermisste ihr Leben mit seinen vertrauten Rhythmen. Sie vermisste es, über die Bridge Road in Glebe zu spazieren und die alten Häuser und die gewaltigen Bäume zu bewundern. Sie vermisste den Keksgeruch aus der Weston-Fabrik gegenüber vom Krankenhaus. Sogar die scheinbar endlosen Krankenhauskorridore, die sie irgendwann schon gar nicht mehr bewusst wahrgenommen hatte, vermisste sie.

An den Tagen, an denen das Heimweh sie besonders plagte, rief Rita sich ins Gedächtnis, dass sie, wenn sie nicht nach Alice Springs gekommen wäre, nie erfahren hätte, wie anders und wild Australien sein konnte. Sydney war groß, aber mit der Landschaft im Landesinneren nicht zu vergleichen. Und so still war es auch nicht – nie.

»Na, wie fandest du den Flug?«, rief Darryl über die Schulter, als sie gelandet waren.

»Bist du schon wieder auf Komplimentenfang?«, fragte sie lachend.

»Natürlich.« Er hielt den Blick strikt nach vorn gerichtet. Seine Hände lagen ruhig auf den Steuerelementen, als er über die Landebahn navigierte. Darryl konnte sich wie ein Rüpel benehmen, aber bei der Arbeit war er immer professionell. »Mein Ego ist größer als der verdammte Ayers Rock.«

»Wenn du jetzt Widerspruch erwartest, hast du dich geschnitten.«

Darryl grinste und brachte das Flugzeug zum Stehen. Rita steckte ihr Buch in die Handtasche. Sie hatte Sybil erzählt, sie habe *Die Dornenvögel* »vor Ewigkeiten« gelesen. Was ein bisschen geschwindelt gewesen war: Sie war davon ausgegangen, das Buch bis zum Treffen des Buchclubs gelesen zu haben. *Fairvale Ladies Buchclub*, so sollte er heißen, hatte Sybil gesagt und ihr sogar per Post eine etwas altmodisch gestaltete Einladung geschickt. Rita hatte während des Fluges die letzten Kapitel flüchtig gelesen und sich gleichzeitig bemüht, dass ihr nicht übel wurde.

Sie konnte nachvollziehen, warum Sybil den Roman

als erstes Buch ausgewählt hatte. Die Handlung war nicht kompliziert, sodass sie bei ihrem Treffen nicht viel Zeit darauf verschwenden mussten. Stattdessen konnten sie über die Charaktere sprechen – nicht dass Rita davon ausging, dass man ihre Meinung dazu teilen würde. Ihrer Ansicht nach war es töricht von Meggie, sich in Pater Ralph zu verlieben – einen Mann, den sie natürlich nie bekommen würde. Rita war die temperamentvolle Justine wesentlich lieber, Meggies Tochter, die schon im Windelalter begriffen hatte, wie töricht ihre Mutter war.

Nachdem sie das Buch verstaut hatte, zog sie schnell ihren kleinen Kosmetikspiegel hervor. Sie mochte jetzt im Busch leben, aber auf ihre äußere Erscheinung legte sie trotzdem noch Wert; wenn man sie deswegen für eitel hielt, war ihr das egal. Sie wusste, dass jemand an der Landepiste auf sie warten würde – Sybil schickte immer jemanden, wenn sie selbst nicht kommen konnte –, und sie wollte kein Bild des Jammers abgeben.

Sie drehte den Spiegel so, dass sie ihre Frisur kontrollieren konnte. Ihr dunkelbraunes Haar hatte bereits ein paar graue Strähnen; an den Schultern war es glatt abgeschnitten, und sie haderte immer noch mit dem Pony, zu dem sie der Friseur in Alice Springs überredet hatte. Er mochte die Falten kaschieren, die sich allmählich in ihre Stirn gruben, aber für das heiße Klima war er nicht sehr praktisch. Doch sie musste mit ihm klarkommen, wenigstens so lange, bis er herauswuchs.

Sie schloss ein Auge, dann das andere, um zu kontrollieren, ob der Lidschatten noch okay war. Brauner Lidschatten, um das Braun ihrer Augen zu spiegeln – vor langer Zeit hatte sie beschlossen, dass es das Einfachste war, am

Bewährten festzuhalten. Zu braunem Lippenstift hatte sie sich allerdings nicht durchringen können, ein rosafarbener war ihr immer noch lieber.

Neben der Piste erspähte sie Ben Baxter, der an einem schlammverkrusteten Geländewagen lehnte. Sie hatte ihn schon einige Jahre nicht mehr gesehen. Er war attraktiver, als sie es in Erinnerung hatte, und unübersehbar Sybils Sohn. Sie hätte ihn überall wiedererkannt.

»Tante Rita!«, rief er, als sie auf ihn zueilte, und kam ihr auf halbem Weg zwischen Flugzeug und Wagen entgegen, die Hand nach ihrem Koffer ausgestreckt.

Er gab ihr einen Kuss auf die Wange, und als sie zu ihm hinaufblinzelte, fiel ihr ein, dass ihre Sonnenbrille im Koffer war.

»Ben«, sagte sie. »Hatte ich nicht gesagt, dass du mich nicht so nennen sollst? Dann fühle ich mich wie hundert.«

»Bist du das denn nicht?« Er setzte eine verwirrte Miene auf. Sie wuschelte ihm durchs Haar, und er lachte. »Ich weiß nicht, wie ich dich sonst nennen soll«, fuhr er fort. »In dieser Gegend ist ›Tante‹ so was wie ein Ehrentitel.«

»Ich weiß«, sagte sie in einem gespielt resignierten Tonfall. »Dann werde ich mich wohl in mein Schicksal ergeben.«

Die nächsten Schritte legten sie schweigend zurück.

»Schön, dass du gekommen bist«, sagte Rita schließlich.

»Mum hat mich geschickt«, sagte Ben, dann lächelten sie beide. Er hatte sie immer gerne geneckt, schon seit er sprechen konnte. Ihr Umgang war liebevoll und ungezwungen, und manchmal hatte Rita das Gefühl, dass Ben der Sohn war, den sie nie gehabt hatte. Seinem Bruder Lachie hatte sie solche Gefühle nie entgegengebracht.

»Wie ist das Eheleben?«, erkundigte sie sich, als er ihr die Beifahrertür aufhielt.

»Wunderbar«, sagte Ben und schlug die Tür zu, um dann ihren Koffer in den Wagen zu hieven.

Als er sich hinters Steuer setzte, blickte Rita ihn an. »Ist das alles? Wunderbar?«

»Wir sind frisch verheiratet, Tante Rita«, sagte Ben und drehte den Schlüssel im Zündschloss. »Wir befinden uns noch im Stadium der Verliebtheit, da ist eben alles wunderbar.«

»Und Kate macht es gar nichts aus, auf Fairvale zu leben?«, fragte Rita beiläufig. In ihren Briefen hatte Sybil geschrieben, sie habe die Befürchtung, Kate würde sich nicht so leicht an das Leben im Northern Territory gewöhnen.

Ben konzentrierte sich auf die Straße, sodass sie auf der langen Fahrt zur Fairvale Station mit seinem linken Ohr redete.

»Sollte es ihr etwas ausmachen, hat sie es jedenfalls nicht gesagt.« Er kurbelte sein Fenster herunter.

*Hast du sie denn nicht gefragt?*, hätte Rita am liebsten erwidert. Aber das würde wie ein Verhör klingen, und sie wollte nicht die nächsten zwei Stunden mit einem Menschen verbringen, der das Gefühl hatte, sich verteidigen zu müssen. Lieber wollte sie hören, was seit ihrem letzten Besuch passiert war – in diesem Leben, das nichts für sie war, sie aber trotzdem interessierte. Im Gegenzug würde sie ihm ein paar Horrorgeschichten von ihrer Arbeit erzählen. Er würde den Kopf schütteln und sich glücklich schätzen, dass sie auf Fairvale von solchen Dingen verschont blieben. Rita würde zustimmend murmeln, obwohl sie wusste, dass das vielleicht nur eine Frage der Zeit war. Was Sybil so erzählte – und was Rita in der kurzen Zeit, die sie nun bei den Flying Doctors arbeitete, selbst erlebt hatte –, ließ erwarten, dass es jeder Bewohner einer Farm irgendwann mit Verletzungen oder Verstümmelungen oder überraschenden Todesfällen zu tun bekommen würde; mit Kindern, die zu früh geboren wurden, obwohl ihre Mütter kilometerweit vom nächsten Krankenhaus entfernt waren; und mit Herzinfarkten auf den Weiden, wo weit und breit kein Arzt in Sicht war. Ben lebte noch nicht lange genug, um zu wissen, dass sich solche Dinge in bestimmten Zyklen ereigneten, so als hätte sich die Natur ihrem unergründlichen Rhythmus unterworfen.

Die beiden Stunden vergingen wie im Flug. Rita schaute aus dem Fenster und sah die überall verstreuten Termitenhügel und die niedrigen Bäume. Für das ungeübte Auge wirkte die Gegend hier monoton, aber die Zeit in Alice Springs hatte Rita gelehrt, dass das Land, das manche Menschen als platt bezeichneten, tatsächlich einer aufregenden, sich verändernden Leinwand glich und eine gründliche Betrachtung verdiente.

Ben brachte sie auf den aktuellen Stand und erzählte auch von dem Skandal, dass einer der Viehtreiber eine Affäre mit der Lehrerin gehabt hatte, einschließlich der noch interessanteren Facette, dass die Ehefrau des besagten Viehzüchters gute Miene zum bösen Spiel gemacht und ihren Mann nicht einmal des Bettes verwiesen hatte, während die Lehrerin am nächsten Tag gegangen war. Er berichtete von Geburten im Camp der Aborigines und erwähnte schließlich auch, was Sybil ihr bereits geschrieben hatte: dass sein Bruder Lachie nicht aus Melbourne zurückgekehrt war, wohin er einige Monate zuvor vorgeblich zum Studieren gegangen war. Sybil hatte ihm Briefe geschrieben und immer, wenn sie in Katherine war, die Nummer angerufen, die er ihr gegeben hatte – vom Funktelefon auf Fairvale konnte man nicht in andere Bundesstaaten telefonieren –, aber es hatte sich niemand gemeldet. Rita wusste, dass sich Sybil keine Sorgen machte – noch nicht. Auch früher hatte Lachie selten aus dem Internat geschrieben. Außerdem war er launisch, was bedeutete, dass er sich oft tagelang geweigert hatte, mit seinen Eltern und seinem Bruder zu reden.

»Das scheint dich nicht besonders aufzuregen«, stellte Rita fest.

»Wieso sollte es?«, fragte Ben, aber Rita vermeinte zu sehen, dass sich sein Kiefer für den Bruchteil einer Sekunde anspannte.

»Was meinst du damit?«

»Rita.« Er zog ihren Namen in die Länge und hob kurz den Blick von der Fahrbahn, um die Augen in ihre Richtung zu verdrehen. »Es ist doch kein Geheimnis, dass er eine Nervensäge ist.«

Rita musste lachen. »Und ich habe immer gedacht, das würde nur ich so sehen.«

»Bestimmt nicht. Ich kann dir versichern, dass er allen auf den Geist geht.« Bens Schultern hoben sich, als er einen Seufzer ausstieß. »Für uns ist es besser so. Und für ihn vermutlich auch.«

»Dann bist *du* nun der Erbe?«

»Bislang nur des prächtigen Haars.« Ben fuhr sich durch die dichten Locken.

»Das du allerdings deiner Mum verdankst und nicht deinem Dad.«

»Warum sollte ich nicht auch etwas von ihr erben? Dad wird bald eine Glatze haben.«

»Geht es deinem Dad gut?« Rita hatte Joe immer gemocht. Er war Sybil ein guter Ehemann – mehr konnte sie sich für ihre Freundin nicht wünschen.

»Ja«, sagte Ben ausweichend. »Er hat ein paar Zipperlein, aber das ist eben so im Alter. Letzte Woche hat er manchmal unter Atemnot gelitten.«

»Wirklich?« Atemnot war nichts, das man auf die leichte Schulter nehmen sollte.

»Ja. Aber es ist okay. Nichts Ernstes. Mum hat ein Auge auf ihn.«

Ben hielt vor dem Tor, das den Beginn der langen Zufahrt nach Fairvale markierte. Als er die Wagentür öffnete, schaute er Rita an.

»Ohne Lachie geht es uns besser«, sagte er finster. »Du wirst schon sehen, was ich meine.«

# 6

Sybil hatte das Beste aus dem Zimmer gemacht, nachdem es über Jahrzehnte hinweg benutzt und mit Erinnerungsstücken an mehrere Baxters vollgestopft worden war. Das Zimmer – das ganze Haus – hatte früher Joes Eltern gehört, und obwohl sie schon lange fort und mittlerweile auch gestorben waren, wurde Sybil das Gefühl nicht los, dass ihre Schwiegermutter Una in jeder Ecke lauerte. Jede Veränderung – das Aufhängen eines Fotos oder die Entfernung einer Lampe – schien sie missbilligend zur Kenntnis zu nehmen.

In Sybils ersten Ehejahren war das Haus Unas Reich gewesen. Sybil hatte vergessen müssen, was ihre Mutter ihr über gute Haushaltsführung beigebracht hatte, um alles nach Unas Vorstellungen zu erledigen. In diesen Jahren hatte sich Sybil ständig beobachtet gefühlt und unter einer großen Anspannung gestanden. Das Haus war nicht das ihre gewesen, und auch ihre Ehe schien oft nicht die ihre zu sein. Nur die Kinder hatten ihr das Gefühl gegeben, etwas zu haben, das nur ihr gehörte. Nach Unas Auszug hatte Sybil wieder auf die Methoden ihrer Mutter zurückgegriffen, weil sie weniger militärisch, aber genauso effizient waren.

Nun ließ sie den Blick über den langen niedrigen Couchtisch schweifen, wo Tassen darauf warteten, mit dem Tee gefüllt zu werden, den sie sofort nach Sallyannes und Dellas Ankunft zubereiten würde.

Sie bückte sich, um die Kissen auf dem alten Sofa aufzuschütteln; es hatte ebenfalls Una gehört. Sybil hatte sogleich nach Unas Auszug ein neues kaufen wollen, aber Joe hatte protestiert. Das Sofa war sein Lieblingsplatz und hatte eine Kuhle an dem Ende, wo er jahrelang gesessen und gelesen hatte. Also hatte sie es aufpolstern und in blassem Senfgelb neu beziehen lassen, einem Farbton, von dem sie gedacht hatte, dass er schön alterte. Allerdings bleichte er bereits aus, so wie alles in der Gegend. Die Bedingungen waren hart für Menschen und noch härter für Möbel.

Als alle Kissen aufgeschüttelt waren, richtete Sybil sich auf und betrachtete die Ansammlung von Familienfotos. Eines zeigte Joe als grinsenden kleinen Jungen, der ein Pferd an der Leine hielt, während ein Hund ihm die Füße leckte. Dann seine Eltern, beide mit finsterer Miene. Ben und Lachie als Kinder im Garten, einander an der Hand haltend – vielleicht das letzte Mal, dass sie so liebevoll miteinander umgegangen waren. Schon damals hatte sich Lachie auf Fairvale – genauso wie in seiner Familie – nicht wohlgefühlt.

Sybil erinnerte sich an eine Episode aus der Zeit, als die Jungen neun und zehn Jahre alt gewesen waren. Einer der Viehtreiber, der Aborigine Tommy, hatte die beiden auf dem Anwesen herumlaufen sehen. Dann hatte er langsam genickt und sich mit ernster Miene an Sybil gewandt.

»Der große Junge gehört nicht hierher«, befand er.

»Was meinst du damit?«, fragte Sybil in der Annahme, Lachie habe etwas angestellt.

Tommy schüttelte den Kopf. »Er war nie hier«, sagte er, was Sybil in noch größere Verwirrung stürzte. »Er gehört woandershin.«

Sie starrte ihn an, weil sie nicht wusste, was sie sagen sollte.

»Der kleine Junge«, Tommy deutete mit dem Kinn auf Ben, der kopfüber am Weidezaun hing und lauthals kicherte, »der ist schon lange hier.« Tommy lächelte. »Sie werden schon sehen, Missus.« Mit diesen Worten zog er den Hut und schlenderte in Richtung Stall.

Sybil erzählte Joe davon, weil sie hören wollte, dass es Unsinn war. Woher wollte Tommy das alles wissen, wo er doch kaum mit ihren Kindern sprach? Doch Joe hatte der Kommentar nachdenklich gestimmt.

»Vielleicht hat er recht«, hatte er gesagt.

Und Tommy hatte recht behalten, so wie Joe. Sobald Lachie die Schule hinter sich hatte, war klar, dass er nicht gerne auf Fairvale war und kein Interesse daran hatte, den Rest seines Lebens damit zu verbringen, mit seiner und für seine Familie zu arbeiten. Trotzdem hätte niemand im Traum daran gedacht, dass er irgendwann einfach nicht mehr da sein und auf diese Weise verschwinden könnte.

»Alles bereit?«

Sybil fuhr zusammen, als Rita sie ansprach.

»Wo kommst du denn her?«, fragte sie.

Rita warf ihr einen sonderbaren Blick zu. »Aus meinem Zimmer.« Ihr Blick wanderte zu dem Bild hinüber, das Sybil betrachtet hatte. »Alles in Ordnung?«

»Ich habe mich nur gerade gefragt …« Wieder besah

sich Sybil das Foto von ihren Söhnen, die darauf so jung und sorglos wirkten.

»Ja?«

»Hätte ich es eher merken müssen?« Sie bemühte sich um ein Lächeln. Der Versuch, eine Situation herunterzuspielen, die zunehmend ernst wurde. Manchmal befiel sie der Gedanke, dass sie vielleicht nie wieder etwas von ihrem Sohn hören würde. Dann ermahnte sie sich, nicht albern zu sein. Auch wenn irgendein schreckliches Gefühl in ihrem Innern ihr sagte, dass sie nicht albern war. »Wir haben versucht, etwas aus ihnen zu machen, das sie nicht waren. Etwas, das ihrem Wesen widersprach.«

»Das glaube ich nicht.« Rita zuckte mit den Achseln. »Ihr habt einfach getan, was ihr für das Beste gehalten habt.«

Sie klang überzeugt, und Sybil war ihr dankbar dafür. Aber der Verantwortung konnte sie sich nicht entziehen.

»Ich habe nicht aufgepasst«, sagte Sybil. »Die Zeichen waren nicht zu übersehen, und ich habe sie nicht bemerkt. Als die Jungen im Internat waren, wollte Lachie in den Ferien nie heimkommen. Ben hingegen ...« Sie konnte sich ein Lächeln nicht verkneifen, als sie daran dachte, wie ihr zweiter Sohn nach längerer Abwesenheit stets nach Hause zurückgekehrt war. »Er konnte es kaum abwarten, dass der Truck anhielt. Dann rannte er sofort los, um zu schauen, wer zu Hause war und wer im Camp. Er suchte seine Freunde, suchte Joe. Lachie hingegen ...« Sie erinnerte sich noch an das finstere Gesicht, mit dem er vom Lastwagen weggestapft war, ohne sein Gepäck, das jemand anders für ihn reinschleppen durfte. Ganz der kleine Prinz, zu dem sie ihn erzogen hatten.

»Jetzt ist es zu spät, Syb«, sagte Rita. »Ihr werdet Lachie nie dazu bringen, anders über sein Zuhause zu denken.«

Sybil nickte, obwohl sie noch ein Fünkchen Hoffnung hegte, dass Rita falsch damit lag. »Dass er nicht hier ist, heißt aber noch lange nicht, dass er überhaupt nicht mehr mit uns reden wird«, sagte sie.

Rita legte Sybil den Arm um die Schulter und drückte sie. »Du warst eine großartige Mum«, sagte sie. »Und er ist jetzt erwachsen. Er muss selbst eine Meinung zu den Dingen entwickeln. Das habt ihr ihm doch beigebracht, oder?«

Damit hatte Rita natürlich recht. Sybil fragte sich trotzdem, ob eine gute Mutter ein Kind haben konnte, das nichts mit ihr zu tun haben wollte. Das den Kontakt abgebrochen hatte und auch nicht auf Versuche reagierte, Kontakt aufzunehmen. Die Frage brachte sie um den Verstand, wenn sie sie an sich heranließ, daher verzichtete sie lieber darauf.

Es war Zeit, dass sie aufhörte, sich mit Selbstvorwürfen zu quälen. Stattdessen sollte sie lieber Tee kochen und das Gründungstreffen des Fairvale Ladies Buchclubs eröffnen.

# 7

Hallo, Sallyanne«, sagte Sybil, als sie die Tür öffnete. Sie trat zurück und winkte die junge Frau herein.

»Hallo, Sybil.« Sallyanne klang, als wäre sie außer Atem, und schien die ausgestreckte Hand schon wieder zurückziehen zu wollen. In der anderen hielt sie einen Teller mit etwas, das wie ein glasierter Sandkuchen aussah.

Die junge Frau war sichtlich nervös, daher begrüßte Sybil sie mit einem Kuss auf die Wange. Sie wollte, dass sie sich willkommen fühlte. Dem Stadtgespräch zufolge hielt sich Sallyannes Ehemann abends meist in den örtlichen Hotelbars statt zu Hause bei seiner Familie auf, und Sybil wusste auch, dass Sallyanne keine Mutter mehr hatte, der sie ihr Herz ausschütten konnte. Ein paar Freundinnen konnten ihr vermutlich nicht schaden. Das war auch der Grund, warum sie am Tag des CWA-Treffens nach ihr Ausschau gehalten hatte.

»Sie hätten doch nichts mitbringen müssen«, sagte Sybil, als Sallyanne ihr den Teller reichte, wollte aber nicht zu streng klingen. Sallyanne hatte sich Mühe gegeben, und auf dem Land war es eben Sitte, dass man etwas mitbrachte, wenn man irgendwo eingeladen war. Es war auch Sitte, dass die Gastgeberin freundlich protestierte, und so hatten letztlich beide Beteiligten das Gefühl, sich angemessen dankbar zu zeigen.

»Ich backe gerne«, sagte Sallyanne. Ihre Stimme klang hell, fast aufgedreht. »Dabei habe ich ein bisschen Zeit für mich.«

»Das kann ich gut verstehen. Bitte setzen Sie sich doch. – Ah, nach dir hatte ich schon gesucht. Sallyanne, ich würde Sie gerne meiner Schwiegertochter Kate vorstellen. Und meiner lieben Freundin Rita natürlich auch, die extra aus Alice Springs eingeflogen ist.«

Während sich die Frauen begrüßten, sah Sybil durch die offene Tür einen Truck der Fairvale Station die Zufahrt herauffahren. Das musste Stan sein, der Della von der Ghost River Station abgeholt hatte. Sie war froh, dass er Zeit dafür gehabt hatte, da seine Künste hinter dem Steuer seinen Fähigkeiten als Viehtreiber in nichts nachstanden. So konnte sie sicher sein, dass Della heil ankam. Von Farm zu Farm brauchte man etwa eine Stunde, und es half, wenn man Erfahrung mit unbefestigten Straßen hatte.

Sie beobachtete, wie der Truck hielt, Della ausstieg und aufs Haus zukam. Sybil hätte schwören können, dass sie vor sich hin lächelte, obwohl Della bei ihrer ersten Begegnung nicht den Eindruck erweckt hatte, so etwas häufig zu tun.

»Danke, Stan!«, rief Sybil und erhielt als Antwort ein Winken, als Stan schon zum Schuppen an der Viehweide ging.

»Herzlich willkommen, Della«, sagte sie und küsste sie ebenfalls auf die Wange. Eine Geste, die Della eher widerstrebend über sich ergehen ließ. Vielleicht war sie schüchtern oder generell eher reserviert. Das hatte Sybil schon bei ihrem ersten Gespräch gedacht, hielt sie aber nicht davon ab, ihr das Gefühl geben zu wollen, willkommen zu sein.

»Della, ich möchte auch Ihnen meine Schwiegertochter Kate vorstellen.« Sybil sah, dass sich die beiden Frauen zunickten.

»Sie haben ein schönes Hemd an«, sagte Kate.

»Oh … danke.« Della errötete leicht und zupfte am Saum des Hemds. »Das habe ich von zu Hause mitgebracht.«

»Wo ist denn Ihr Zuhause?« Kate deutete auf das Sofa, und die beiden Frauen setzten sich.

»In Texas. In der Nähe von San Antonio.« Della lächelte verhalten. »Meine Familie besitzt dort eine Ranch.«

»Dann ist es dort ähnlich wie hier, oder?«, fragte Kate. Sybil registrierte ihr warmes Lächeln. Man sah Kate nicht oft lächeln, wenn sie nicht mit Ben zusammen war. Vielleicht bot ihr Fairvale nicht viel Anlass dazu. Aber in der alltäglichen Hektik, die der Betrieb einer solchen Farm mit sich brachte, konnte einem auch leicht etwas entgehen.

Dellas Lächeln wurde breiter. »Hier ist es schon anders«, sagte sie.

»Ja, das ist es, nicht wahr?« Kates Augen leuchteten.

»Und woher kommen Sie? Aus England?«

Kate nickte. »Ich bin auf dem Land aufgewachsen – aber nicht auf einem solchen Land wie dem hier.« Sie lachte, ein leiser, erstickter Laut. Sybil fragte sich, ob sie nervös war.

»Dieses Land ist einzigartig«, sagte Della. »Es ist ein sonderbarer Ort.« Jetzt huschte ein undurchschaubares Lächeln über ihr Gesicht.

»Sie arbeiten also auf der Ghost River Station, Della?«, mischte Rita sich ein.

»Ja, ich bin Viehtreiber. Viehtreiberin?« Sie runzelte die Stirn. »Ich weiß selbst nicht so genau, was ich bin.«

»Wie ungewöhnlich.« Rita rutschte auf die Sofakante vor. »Ich hatte ja keine Ahnung, dass auch Frauen so etwas tun.«

»In meiner Heimat habe ich für meinen Daddy gearbeitet. Wir haben Rinder.« Della schaute schnell zu den anderen Frauen hinüber. »Aber eigentlich möchte ich nicht so viel über mich sprechen. Viel lieber würde ich etwas über Sie erfahren.«

»Oh, Sybil ist langweilig.« Rita rümpfte die Nase. »Über die möchten Sie bestimmt nichts wissen.«

Sybil schaute ihre Freundin mit zusammengekniffenen Augen an, und Rita zwinkerte ihr zu.

»Sallyanne und ich sind uns beim CWA-Treffen in Katherine begegnet«, sagte Sybil und registrierte Dellas verwirrten Blick. »Das ist eine große australische Frauenorganisation. Es ist eine … Wie würden Sie es nennen, Sallyanne? Eine Gruppe? Ein lockeres Treffen?«

Sallyannes Wangen waren gerötet, und sie starrte in ihren Schoß; ihre Hände kneteten den dünnen Stoff ihres Baumwollrocks. Sie war ziemlich hübsch, dachte Sybil, und sah jünger aus, als sie war. An einem anderen Ort – in Sydney etwa – wäre sie vermutlich zu jung und zu hübsch, um bei einem Ehemann zu bleiben, der sich abends lieber betrank, als zu ihr heimzukehren. Aber eine Frau in Katherine hatte weniger Möglichkeiten als in Sydney. Vielleicht sogar gar keine.

»Ich … ich würde sagen, es war ein lockeres Treffen«, sagte Sallyanne und schaute sich im Kreis um. »Ich hatte Spaß, und es war schön, all diesen … diesen Frauen zu begegnen.«

»Und nun sind Sie hier«, sagte Sybil und strahlte sie an. »Ich hoffe, Kate dazu überreden zu können, mich zur nächsten Versammlung zu begleiten.« Sie schaute ihre Schwiegertochter an, die überrascht wirkte. »Beim letzten Mal habe ich sie nicht mitgenommen, weil ich dachte, es kämen nur alte Damen, die über ihre Enkelkinder reden wollen. Aber da Sie nun dabei sind, Sallyanne, haben wir dieses Problem nicht mehr.«

»Oh.« Sallyannes Wangen glühten noch stärker, und sie warf Kate einen schüchternen Blick zu. »Das wäre wunderbar. Wenn Sie auch kämen.«

Kate schenkte ihr ein strahlendes Lächeln, und Sybil spürte, wie ein Ruck durch ihr Inneres ging. Sie würde gerne denken, dass die Dinge, die ihren Lauf nahmen, dafür verantwortlich waren, aber vielleicht war es auch nur die Erleichterung. Alle lächelten. Niemand sah aus, als würde er am liebsten zur Tür hinauslaufen. Das Treffen könnte ein Erfolg werden.

»Gut, bevor ich uns gleich einen Tee kochen werde: Wollen wir nicht ein paar Worte zu dem Buch sagen, um einen Anfang zu machen?«, fragte Sybil.

»Gern«, sagte Rita mit lauter, deutlicher Stimme. »Ich möchte über das alte Miststück Mary Carson reden. Und über Meggie natürlich. Mich würde interessieren, ob alle hier der Meinung sind, dass sich Meggie tatsächlich in diesen unheimlichen Priester hätte verlieben sollen.«

»Er ist nicht unheimlich!« Sallyanne wirkte entgeistert. »Er liebt sie wirklich!«

Rita tätschelte Sallyannes Hand. »Alle Meinungen sind hier erlaubt, Sal«, sagte sie. »Darf ich dich Sal nennen?«

Sybil zog sich in die Küche zurück. Während sie darauf

wartete, dass das Teewasser kochte, drangen Stimmen und Gelächter durch den Flur. Sie konnte sich nicht erinnern, so etwas in diesem Haus schon einmal erlebt zu haben – nicht in dieser Weise. Als ihre Schwiegereltern noch hier gewohnt hatten, hatte kaum jemand gelacht, und wenn Joe und sie Gäste hatten, dann meistens Familien. Zweifellos war bei diesen Gelegenheiten auch gelacht worden, aber eine Gruppe Frauen hatte sie noch nie hier empfangen. Aber sie war ja auch noch nie auf eine solche Idee gekommen. Frauen in ihrer Position schufteten sieben Tage die Woche, damit der Haushalt lief, und wenn während der Regenzeit die Arbeit weniger wurde, war es fast unmöglich, sich wechselseitig zu besuchen. Auf den Farmen verbrachte man seine Zeit vor allem mit den Menschen, die dort lebten.

Als sie mit der Teekanne ins Wohnzimmer zurückkehrte, hüpfte ihr Herz. Alle vier Frauen hatten leuchtende Gesichter, waren auf die Kanten ihrer diversen Sitzgelegenheiten vorgerutscht und beugten sich einander entgegen.

»Sallyanne ist der Meinung, dass Della die Meggie des wirklichen Lebens ist«, erklärte Rita, als Sybil die Teekanne absetzte.

»Aber ohne die dramatischen Verwicklungen«, fügte Della mit einem trockenen Lachen hinzu. »Dramen dieser Art brauche ich in meinem Leben wirklich nicht.«

»Warum solltest du denn Meggie sein?«, erkundigte sich Sybil, die beschlossen hatte, dass es Zeit zum Duzen war, und setzte sich in ihren Lieblingssessel.

»Weil sie mit Männern ausreitet und sich dem Land verbunden fühlt.« Sallyanne schaute Della mit einer gewissen Bewunderung an. »Das ist irrsinnig spannend.«

»Reitest du?«, fragte Kate.

»Nein!« Sallyanne lachte, dann wurde sie wieder ernst. Sybil fragte sich, ob sie jemals für eine längere Zeit glücklich gewesen war. »Ich habe noch nie in meinem Leben auf einem Pferd gesessen. Ihr?«

»Ja.« In Kates Lächeln mischte sich eine gewisse Sehnsucht. »Bei jeder sich bietenden Gelegenheit.«

»Vielleicht solltet ihr mal zusammen ausreiten, Della und du«, sagte Rita und warf Sybil einen beredten Blick zu. Sybil hatte Rita anvertraut, welche Absichten sie mit der Gründung des Buchclubs verband. Kate ein paar Freundinnen zu verschaffen war eine der wichtigsten.

Kate und Della warfen sich einen schüchternen Blick zu.

»Warum nicht«, sagte Kate.

»Das wäre schön«, sagte Della.

»Gut«, warf Sybil ein, dann kam ihr ein Gedanke, ausgelöst von der Erinnerung an Dellas leises Lächeln bei ihrer Ankunft auf Fairvale. »Stan kann dich bestimmt nach Ghost River fahren, Kate. Es wird Zeit, dass du mehr von der Umgebung kennenlernst.«

Sie registrierte ein kaum merkliches Flackern in Dellas Augen und verspürte Genugtuung, dass sie die Situation richtig gedeutet hatte: Stan war der Grund für Dellas Lächeln gewesen.

»Und nun«, sagte Sybil, »lasst uns darüber reden, ob Meggie Justine eine gute Mutter war.«

Sallyanne legte sich sofort ins Zeug, um Meggie zu verteidigen. Sybil freute sich, wie lebhaft die junge Frau plötzlich war. Es war richtig gewesen, sie heute dazuzubitten. Ursprünglich mochte Mitleid der Grund dafür gewesen sein, aber das spielte jetzt keine Rolle mehr. Je länger Sallyanne redete, desto stärker verflüchtigte sich ihre Schüchternheit. Sie war leidenschaftlich und impulsiv, und Sybil freute sich darauf, diese Seite von ihr noch öfter erleben zu dürfen. Vorausgesetzt natürlich, die anderen legten Wert auf ein weiteres Treffen des Buchclubs.

Tatsächlich hatte sie vor, ihnen keine andere Wahl zu lassen. Noch vor Beginn der Regenzeit im November würde sie ein weiteres Treffen anberaumen und außerdem dafür sorgen, dass Kate nach Ghost River fuhr und Della besuchte. Sie konnte ihnen einen Schubs in die richtige Richtung verpassen, aber sie nicht zu ihrem Glück zwingen, auch wenn sie die Neigung dazu verspürte.

»Syb?«

Rita schaute sie an.

»Ja?«, fragte sie.

»Das hier ist deine Veranstaltung, aber du bist mit den Gedanken ganz woanders«, sagte Rita. »Nun komm schon, wir reden gerade über Rock Hudson.«

»Rock Hudson?«

»Sallyanne meint, in einer Verfilmung der *Dornenvögel* müsse er Pater Ralph spielen.«

»Das stimmt so nicht!«, sagte Sallyanne und klang fast empört. »Ich meinte den *jungen* Rock Hudson.«

»Die Idee ist definitiv besser«, sagte Sybil. »Wer möchte noch etwas Tee?«

Da die Kanne leer war, kehrte Sybil in die Küche zurück. Sie sah gerade noch, wie Della und Kate sich ein verschwörerisches Lächeln zuwarfen und Sallyannes Hände gestikulierten, während sie sich mit Rita darüber stritt, ob der junge Paul Newman nicht die bessere Wahl wäre.

Draußen war Joes Stimme zu vernehmen, der jemandem zurief, er möge einen Sattelgurt kontrollieren. Möglicherweise war er auf dem Weg zu ihr. Er hatte angekündigt, hereinzukommen und ihre »Buchladys« zu begrüßen. Wie immer freute sie sich darauf, ihn zu sehen.

# 8

Es war ein langer interessanter Tag gewesen. Nach dem ersten Treffen des Buchclubs auf Fairvale, als Stan sie wieder nach Hause fuhr, lehnte Della den Kopf an das geschlossene Wagenfenster. Mehrere Stunden lang hatten sie über Bücher und Texas und die Flying Doctors geredet, dann hatte Kate sie auf Fairvale herumgeführt und ihr alles gezeigt. Die Farm verfügte über weniger Gebäude und Arbeiter als die Ghost River Station, wirkte aber dennoch größer. Della hatte erfahren, dass Adelaide River, das man in drei Fahrstunden über den Stuart Highway erreichte, während des Zweiten Weltkriegs ein bedeutendes Militärlager gewesen war und man Darwin in demselben Krieg bombardiert hatte.

Als Della auf dem Weg nach Ghost River erstmals im Northern Territory gewesen war, hatte sie eine Nacht in Darwin verbracht, um am nächsten Morgen den Bus nach Katherine zu nehmen. Sie kannte niemanden und hatte auch nicht das Bedürfnis, jemanden kennenzulernen – was die Leute nicht davon abhielt, sie anzusprechen. Männer und Frauen jeden Alters erkundigten sich, woher sie kam, und zwar so häufig, dass ihr klar wurde, dass sie mit ihrem

Westernhemd und den schweren Cowboystiefeln ziemlich exotisch aussehen musste. Nicht dass es den Einheimischen etwas ausgemacht hatte, dass sie nicht aus der Gegend stammte; aber sie hätten Stunden auf sie eingeredet, hätte sie es zugelassen.

Manche erzählten Geschichten vom Zyklon Tracy, der vor weniger als vier Jahren Darwin verwüstet hatte, Weihnachten 1974; sie könne doch sicher die neue Stadt erkennen, die im Entstehen begriffen sei, ein wirres Stilgemisch – oder besser, der vollkommene Mangel an Stil. Ein Mann erklärte ihr, dass Darwin ein ödes Land mit »Häuserruinen und kaputten Leben« sei. Manche Menschen hätten bei dem Zyklon alles verloren; manche vermissten noch immer Freunde, die evakuiert worden und niemals zurückgekommen waren. Hinter all dem Gerede schien allerdings immer die Überzeugung durch, dass man die Dinge anpacken müsse; die Stadt müsse wieder auf die Beine kommen.

Darwin war der merkwürdigste Ort, den Della je gesehen hatte, das hatte sie damals gedacht: eine Tropenstadt, die sich vollkommen neu erfand, umgeben von einem Meer, das wie die Opale leuchtete, die sie in Sydney bewundert hatte – wobei niemand mit einem Funken Verstand darin baden würde, wegen der Krokodile und wegen einer Quallenart, die zu klein war, um sie zu sehen, und zu gefährlich, um eine Begegnung mit ihr zu überleben.

Auch der Sonnenuntergang in Darwin war denkwürdig. An jenem ersten Nachmittag empfahl ihr ein Einheimischer, in den Ski-Club in der Fannie Bay zu gehen – den Wasserski-Club, klärte er sie auf, als sie sich erkundigte, wo denn dort Schnee liege –, um sich die untergehende Sonne anzuschauen. Sie sah zu, wie sie in tiefem Orange erglühte, um dann urplötzlich zu verschwinden, so als hätte sie nie am Himmel gestanden. Der Sonnenuntergang im Northern Territory schien gut zu dieser so heißen, wilden Gegend zu passen.

Jetzt, da sie fünf Stunden südlich von Darwin wohnte, wusste sie, dass er nicht im gesamten Territory so ablief. Auf Ghost River dauerten die Sonnenuntergänge ewig und warfen lange Schatten über die sanft gewellten roten Hügel, sodass diese die Farbe von Hershey's-Schokoladenriegeln annahmen. Della hatte sich immer noch nicht daran gewöhnt, dass ein Ort so unterschiedlich aussehen konnte, je nachdem, wie die Sonne am Himmel stand.

Bei einem einzigen Treffen des Buchclubs hatte sie mehr über ihre neue Heimat erfahren als in all den Monaten auf der Ghost River Station zusammen. Als Sybil sich erkundigt hatte, ob sie beim nächsten Mal auch wieder dabei sein werde, hatte sie keinen Moment gezögert. Die Stirn an die Scheibe des Trucks gelegt musste sie an das Buch denken, das sie besprochen hatten, an die Tragödie, die im Mittelpunkt der Geschichte stand: diese unmögliche Liebe. Nie hatte sie derart mit jemandem mitgelitten wie mit Meggie und Pater Ralph. Sie fragte sich, wie es wäre, jemanden so zu lieben und gleichzeitig zu wissen, dass man ihn nicht oft sehen konnte. Quälend musste das sein, so stellte sie sich das zumindest vor – falls es so etwas in Wirklichkeit überhaupt gab. Manchmal glaubte Della, dass Liebesgeschichten in Büchern nichts mit dem wahren Leben zu tun hatten.

Sie dachte an Sallyanne, die ihren Ehemann nur ein einziges Mal erwähnt hatte, und fragte sich, wie ihre Kinder wohl aussahen. Dann stellte sie Mutmaßungen an, was der eigentliche Grund dafür war, dass Rita nach Alice Springs gezogen war; sie konnte sich kaum vorstellen, dass es ihr nur darum gegangen war, »etwas Neues auszuprobieren«. Kate mochte sie auch – wie sie selbst musste sie sich an ihre neue überwältigende Umgebung noch gewöhnen, und sie schien sehr nett zu sein.

Ihre Gedanken wanderten weiter zu Stan, der neben ihr saß und sie heimfuhr. Sie gab sich Mühe, ihn nicht allzu oft anzuschauen, denn sie spürte, dass sich auch hier ein Gefühl der Zuneigung entwickelte. Eine gewisse Anziehung. Als er am Morgen auf Ghost River erschienen war, um sie abzuholen, hatte er sie angelächelt, und sie hatte ... so ein komisches Gefühl gehabt. Eine Art Kitzel in der Brust. Und ein Ziehen im Bauch. Es war dasselbe Gefühl, das sie einst immer dann empfunden hatte, wenn ein bestimmter Ranch-Arbeiter von der benachbarten Farm sie besuchen gekommen war. Damals hatte sie keine Konsequenzen daraus gezogen, und das hatte sie auch jetzt nicht vor. Aber sie konnte das Gefühl auch nicht leugnen, zumal sich der Kitzel und das Ziehen, während sie jetzt aus dem Fenster schaute, prompt wieder einstellten.

»Wird es nicht schon zu dunkel sein, um heute Abend wieder nach Fairvale zu fahren?«, fragte Della, als sie das Licht am Himmel verblassen sah. »Sybil hat gesagt, dass diese Straßen nachts gefährlich sind.«

»Das ist schon in Ordnung«, sagte er mit ruhiger, besänftigender Stimme. »Mein Bruder arbeitet auf Ghost River, da kann ich mir eine Schlafstelle mit ihm teilen.«

Sie schaute ihn an. Seine dunkle Haut hob sich im Dämmerlicht kaum noch von der Umgebung ab. Sein Lächeln sah sie trotzdem, und sie hörte sein Lachen.

Auch seine langen, eleganten Finger am Lenkrad konnte sie erkennen.

»Das war ein Witz«, sagte er. »Wir schlafen nicht mehr zusammen in einem Bett, seit wir erwachsen sind.«

»Wer ist denn Ihr Bruder?«

»Bob. Bob Ridge.«

Natürlich. Sie wusste ja, dass Bob einen Bruder auf Fairvale hatte. Unerklärlich, warum sie nicht auf die Idee gekommen war, Bob nach ihm zu fragen, bevor sie von Stan heute Morgen abgeholt worden war.

»Ich kenne Bob«, sagte sie.

»Ich weiß.« Man hörte mehr, dass er lächelte, als dass man es sah. »Er hat Sie gelegentlich erwähnt.«

»Wirklich?«

»Klar. Es gibt nicht viele Frauen, die mit Rindern umgehen können. Er hält Sie für begabt. Sie arbeiten hart.«

»Er ist immer sehr nett zu mir.«

Stan lachte wieder. Sie mochte den Klang. »Nett? Bob? Mein Bruder ist ein ungemütlicher Kerl. Er muss Sie wirklich für talentiert halten, wenn er nett zu Ihnen ist.«

Della hatte noch nie erlebt, dass Bob jemanden hart angegangen hatte. Vielleicht war er nur zu seinem Bruder so – oder war es in ihrer Kindheit gewesen. Wahrscheinlich sollte sie das Thema fallen lassen, da sie sich in dieser Sache nicht einig wurden.

»Stan und Bob – ziemlich schlichte Namen«, sagte sie.

»Nicht so hübsch wie Della, was?«

Er hatte es so nett gesagt, dass sich das Ziehen in ihrem Bauch verstärkte.

»Aber es sind nicht unsere richtigen Namen«, erklärte er.

Sie runzelte die Stirn. »Nein?«

»Ich könnte Ihnen unsere richtigen Namen verraten, aber die würden Sie sich ohnehin nicht merken können. Niemand hier kann das.«

Er hielt den Blick auf die Straße gerichtet, daher konnte sie seine Miene nicht erkennen. Sie wusste nicht, ob der letzte Satz sachlich oder abwertend gemeint war.

»Sind es Ihre … Stammesnamen?« Sie wollte nichts Falsches sagen. Die Menschen, deren Heimat dieses Land war, verdienten Respekt. Sie hatten zu der Landschaft gehört, die Ghost River, Fairvale und all die anderen Rinderfarmen einst gewesen waren, bevor man Grenzen gezogen und sie errichtet hatte. Auch das hatte Della heute gelernt: Das Northern Territory war in Grundstücke aufgeteilt, die zum Teil größer waren als europäische Staaten, doch keins davon gehörte den Aborigines.

»Ja«, sagte er. »Aber Bob nennt mich Stan, und ich nenne ihn Bob.« Er grinste. »Das ist leichter so.«

Sie schaute wieder aus dem Fenster und betrachtete die Umrisse der Pflanzen, Bäume und Palmen im schwindenden Tageslicht.

»Ich habe keine Ahnung, wie all diese Pflanzen heißen«, sagte sie, und ihr war nicht klar, ob Stan ihre Worte bei dem Lärm des Trucks und der knirschenden Kiesel überhaupt gehört hatte.

»Ich werde es dir beibringen, Della«, sagte er irgendwann. Aus seinem Mund klang ihr Name weich, wie etwas Besonderes.

»Das würdest du tun?« Sie wagte es, ihm einen Blick zuzuwerfen und ihn ebenfalls zu duzen. Er hielt die Augen auf die Straße gerichtet.

»Klar«, sagte er. »Ich könnte dich mal besuchen.«

Jetzt wandte er ihr sein Gesicht zu, aber seine Augen wurden von der hereinbrechenden Nacht verschluckt. »Wäre das in Ordnung, Della?«

Sie freute sich riesig, kam sich aber gleichzeitig albern vor. Sie war kein Teenager mehr, sie war zweiundzwanzig. Hübsche Männer sollten ihr nicht den Kopf verdrehen. Und doch tat Stan genau das.

»Ja«, sagte sie. »Das wäre es.«

Sie lächelte vor sich hin. Auf dem gesamten Rückweg nach Ghost River schlug ihr Herz spürbar schneller.

# 9

Die Sonne war noch nicht lange untergegangen, als sich Rita und Sybil in die abgewetzten Korbsessel auf der Veranda setzten, die sich auf drei Seiten um das große Haus herumzog. Alle außer Sybil und ihre Familie nannten es so. Für die Arbeiter war es das, weil der Boss – Joe – darin lebte und es größer war als die Cottages und anderen Gebäude des kleinen Dorfs, das die Fairvale Station eigentlich war.

Als Rita ihre Freundin zum ersten Mal besucht hatte, zu Beginn von Sybils Ehe, war das große Haus das einzige annehm- und bewohnbare Gebäude auf dem Gelände gewesen. Seither haben Joe und Sybil richtige Unterkünfte für die Arbeiter und für die in ihrem eigenen Camp lebenden Aborigines bauen lassen. Auch die Köchin Ruby besaß ihr eigenes Reich in der Nähe des großen Hauses.

Rita hatte einmal gewitzelt, dass Joe von Fairvale aus eine Invasion starten könne, so durchorganisiert wirke es. Joe hatte gekontert, dass seine Frau den besseren General abgeben würde. Joes Achtung vor Sybil – und seine tiefe Liebe zu ihr – hatten Ritas ursprüngliche Bedenken beiseitegefegt. Anfangs war sie der Überzeugung gewesen, dass Sybil einen Fehler beging. Nicht notwendigerweise, indem sie Joe heiratete, aber indem sie ins Northern Territory zog, so weit weg von allem, was sie kannte, so weit weg von ihrem alten Leben. Doch Sybil hatte ihre Gründe gehabt.

Irgendwo in der Finsternis wieherte ein Pferd, und Sybil schaute in die Richtung. Rita folgte ihrem Blick, konnte aber nichts Interessantes erkennen. Im Schein des Halbmonds sah sie die Viehweiden und dahinter die Baumgruppen am Fluss, der sicher bald austrocknen würde, da es ein paar Monate nicht mehr regnen würde.

Noch wenige Stunden zuvor hatte es auf den Weiden von Arbeitern gewimmelt. Vor langer Zeit hatte Sybil ihnen deutlich gemacht, dass man sofort nach Beginn der Trockenzeit so hart arbeiten musste wie nur möglich, um das Beste aus dem Betrieb herauszuholen. Schließlich konnte man während der Regenzeit nicht viel tun. Sobald sich die Himmelsschleusen öffneten, kehrten viele Viehtreiber nach Hause zurück – manche sogar bis nach Queensland oder New South Wales –, um erst in der Trockenzeit wiederzukommen. Dann schrumpfte auch die Einwohnerzahl von Fairvale.

Jetzt waren die Weiden leer, und die Arbeiter hatten sich in ihre Quartiere zurückgezogen. Joe, Kate und Ben hatten sich ebenfalls verabschiedet und Rita und Sybil sich selbst überlassen.

Seit sie vor zwei Tagen eingetroffen war, hatte Rita ihre Freundin kaum für sich gehabt. Am ersten Abend hatten sie alle zusammen gegessen, und Ben hatte das Gespräch mit seinen Erzählungen über wilde Rinder und durchgegangene Pferde dominiert. Und nach Sallyannes und Dellas

Aufbruch gestern Abend hatte sich Joe zu ihnen gesellt, um ihnen seine Meinung über die *Dornenvögel* zu unterbreiten. Er hatte sich Sybils Exemplar ohne ihr Wissen ausgeliehen und mit seinen Ausführungen, wie Mary Carsons Anwesen eigentlich geführt werden sollte, für schallendes Gelächter gesorgt. »Und bloß keine Priester einstellen«, so hatte seine wichtigste Empfehlung gelautet. »Die wissen vielleicht, wie man einen Vogelschwarm domestiziert«, hatte er gesagt, »aber bei einer Herde Rinder, die der Brandmarkung zu entkommen versucht, bringt das nicht das Geringste.«

Sie waren alle spät ins Bett gefallen, so spät, dass man Joe und Ben vor dem Morgengrauen ungewohnt laut durchs Haus trampeln hören konnte – so als wollten sie sich darüber beschweren, dass die Frauen im Bett liegen bleiben durften, selbst wenn sie nicht mehr schliefen.

Der Tag wurde von der üblichen Geschäftigkeit auf Fairvale bestimmt; Kate war im Büro, während sich Sybil an zehn verschiedenen Orten gleichzeitig aufzuhalten schien. Angesichts dieser Hektik war Rita froh, ausnahmsweise einmal nicht gefordert zu sein. Während ihrer Arbeit konnte sie jederzeit aus den schlimmsten Gründen gerufen werden: ein krankes Kind, eine sterbende Mutter, ein Mann, der von einer Schlange gebissen worden war. Es war eine Erleichterung zu wissen, dass hier andere die Verantwortung trugen. Als Frau des Bosses war Sybil Krankenschwester, Haushälterin und Hotelchefin in einem. Es kam selten vor, dass sie auf Fairvale keinen Besuch hatten, seien es Viehinspektoren, Tierärzte, Regierungsvertreter oder Freunde wie Rita, die aus anderen Teilen Australiens kamen. Sybil war unentwegt damit beschäftigt, Bettwäsche zu wechseln und zu waschen, Handtücher bereitzulegen und Ruby für die Essensplanung darüber zu informieren, wer kam und wer ging. Sie nur dabei zu beobachten war schon anstrengend, fand Rita.

Wenigstens musste Sybil nicht alle Mahlzeiten kochen, wobei sie an Rubys freiem Tag auch das übernahm. Heute Abend hatte Ruby allerdings Dienst gehabt, und Sybil hatte sich ein wenig entspannen können. Und nun, nach dem Abendessen, konnten sich Rita und Sybil noch ein Stündchen unterhalten, wozu sie viel zu selten kamen. Seit Sybil Kinder hatte, hatten sie sich während Ritas Besuchen immer nur gelegentlich eine Stunde abzwacken können. Telefonate wiederum wurden im Drei-Minuten-Takt abgerechnet, und hatte man die Zwölf-Minuten-Marke überschritten, machte sich stets der Vermittler in der Leitung bemerkbar, um sich zu erkundigen, ob sie das Gespräch wirklich fortführen wollten. Da Rita davon überzeugt war, dass er die Gespräche mithörte, widerstrebte es ihr, während der Telefonate etwas wirklich Persönliches zu erzählen.

»Und? Wie ist es in Alice Springs?«, fragte Sybil erschöpft.

»Trocken«, sagte Rita und kicherte. »Es erstaunt mich immer noch, *wie* trocken.«

»Du bist in die Wüste gezogen«, sagte Sybil und unterdrückte ein Gähnen. »Aber ich habe auch mindestens ein Jahr gebraucht, um mich an das Klima hier zu gewöhnen. Es ist so anders als in Sydney.«

»Zweifellos.« Rita überlegte eine Weile. »Was gedenkst du, wegen Lachie zu unternehmen? Oder willst du dir weiterhin einreden, dass du gut damit leben kannst, sollte er nie wieder zurückkommen?«

Es war schon fast zu dunkel, um Sybils Gesicht zu erkennen. Trotzdem bemerkte Rita den gequälten Blick, der fast so schnell wieder verschwand, wie er gekommen war. Sybil war eine hochemotionale Person, das hatte Rita früh erkannt, auch wenn sie selbst darauf beharrte, sich immer unter Kontrolle zu haben. Doch alles, was sie unter Kontrolle hatte, war die Schnelligkeit, mit der sie ihre Gefühle verbarg. Andere konnte sie damit täuschen, Rita nicht, dafür kannte sie Sybil zu gut.

»Nun komm schon, Syb. Und wage es nicht, mir einen Bären aufzubinden«, sagte Rita.

Sybil schnaubte. »Geschwindelt ist nicht gelogen.«

Rita lachte. »Doch, ich denke schon.«

»Barney, was tust du da?«, fragte Sybil.

Rita schaute nach unten und sah, dass sich der Hund auf die Füße seines Frauchens gelegt hatte. Es war ein leicht pummeliger Blue Heeler mit einem großen schwarzen Fleck um ein Auge und einer ewig triefenden Nase. Rita war aufgefallen, dass er kaum von Sybils Seite wich, obwohl er jahrelang beim Viehtreiben geholfen hatte und erst kürzlich von der Arbeit abgezogen worden war.

»Offenbar gefällt es ihm, Haushund zu sein. Kaum zu glauben bei dem Leben, das er zuvor hatte«, sagte Rita und hörte ein schwappendes Geräusch – Sybil, die einen Schluck Whisky trank. Rita nippte ebenfalls an ihrem Glas.

»Mich wundert es nicht – er war ein lausiger Treibhund.« Sybil beugte sich hinab und kraulte ihn zwischen den Ohren, bevor sie sich wieder aufsetzte. »Und mir ist er ein guter Freund«, sagte sie mit leicht zitternder Stimme.

»Aber du hast doch noch andere Freunde hier, Syb«,

sagte Rita sanft. Sie war böse auf Lachie, weil er seiner Mutter Kummer bereitete, aber das sollte Sybil nicht merken. »Und ich lebe zwar nicht in der Nähe, aber du weißt, dass ich sofort komme, wenn du mich brauchst.«

Sybil seufzte. »Ja, das weiß ich«, sagte sie, und Rita hörte das Klacken der Eiswürfel in ihrem Glas.

»Also …« Rita schluckte. »Wir waren gerade bei Lachie.« Sie wollte ihre Freundin nicht aufregen, aber sie konnte das Thema nicht einfach ignorieren, da es Sybil sicher beschäftigte. Sie liebte ihre Söhne viel zu sehr, um sich keine Sorgen um sie zu machen.

»Tatsächlich?«

Rita räusperte sich.

»Na gut.« Sybil zögerte. »Ich weiß nicht, was ich tun soll«, begann sie leise und unsicher. »Wir haben alle unsere Bekannten angerufen, doch niemand hat ihn gesehen. Ich würde Joe glatt in ein Flugzeug setzen, um ihn zu suchen, aber ich hätte keine Ahnung, wo er anfangen sollte.«

»Lachie würde niemals zu Freunden von euch gehen«, sagte Rita.

»Wieso nicht?«

»Syb, dieser Junge hat sich allem widersetzt, was ihr ihm je geboten habt. Du weißt, dass ich ihn liebe, schließlich ist er dein Sohn. Aber er ist widerspenstig, ist es immer schon gewesen.«

Rita nahm noch einen Schluck, überrascht über ihre eigene Kühnheit, auch wenn sie eigentlich lieber ein drastischeres Wort als widerspenstig gewählt hätte. Sie hatte das oft über Lachlan gedacht – jedes Mal, wenn er gemein zu seiner Mutter gewesen war oder wenn Sybil von einer seiner Schandtaten erzählt hatte.

»Ich weiß«, sagte Sybil leise, und Rita hörte, dass ihre Stimme brach.

»Du weißt?«

Als Sybils Stuhl knarrte, schaute Rita in die Richtung. Sie sah die Fältchen, die sich um die Augen ihrer Freundin gebildet hatten; vielleicht traten sie im Dämmerlicht auch nur stärker hervor.

»Er hat nie zu uns gehört«, sagte Sybil. »Egal was ich getan habe. Egal wie viel er mir bedeutet hat.«

Noch ein Knarren, während Sybil das Gesicht abwandte.

»Ich habe versagt«, schloss sie.

»Sei nicht albern«, widersprach Rita. »Wir beide haben doch genug Familien kennengelernt, um zu wissen, dass Eltern ihr Bestes tun können, um ihre Kinder in die richtige Richtung zu lenken, und diese trotzdem aus der Art schlagen. Kannst du dich noch an den Jungen erinnern, den wir mal behandelt haben? Die Eltern hatten sein Fahrrad abgeschlossen, aber er hat nicht nur mit einer Drahtschere das Schloss aufgebrochen, sondern ist auch noch mitten in der Nacht losgefahren, um schließlich in einem Graben zu landen und sich den Oberschenkel zu brechen.«

»Kann man das wirklich vergleichen?«, fragte Sybil, musste aber doch lachen.

»Vielleicht nicht«, gab Rita zu, erleichtert, dass sich Sybils Laune zu bessern schien. »Aber manchmal ist es schwer, auf die Schnelle ein gutes Beispiel zu finden.«

Sybil schnaufte. »Eigentlich ist es gar kein so schlechtes Beispiel. Lachie hat immer versucht, sich aus allem herauszuziehen. Was aber noch lange nicht bedeutet, dass ich ihn aufgeben werde.«

»Wie macht sich denn Ben bei der Arbeit? Mit seinen breiten Schultern scheint er dafür wie geschaffen.«

»Wir sind froh, dass wir ihn haben«, sagte Sybil schnell.

»Und Kate?«

Schweigen.

»Na ja«, erwiderte Sybil dann und flüsterte fast, »am Anfang hatten wir so unsere Probleme, aber jetzt raufen wir uns zusammen.«

Rita beschloss, das Thema zu wechseln. Über Lachie zu reden hatte sie beide melancholisch gestimmt. »Ich habe Ruth Park noch einmal gelesen.«

»Welches Buch von ihr?«

»*The Harp in the South* und *Poor Man's Orange*.«

»Ein bisschen leichte Unterhaltung?«

Rita lächelte trocken. »Vielleicht würden unsere Ausländerinnen trotzdem gerne etwas von ihr lesen – für sie könnte es lehrreich sein.«

»Unsere Ausländerinnen?« Sybil lachte müde. »Keine schlechte Idee. Aber ich glaube, wir sollten ihnen erst mal eine Pause gönnen. Immerhin haben sie schon die *Dornenvögel* gelesen.«

»Was für ein Buch schwebt dir denn als Nächstes vor?«

Sybil presste die Lippen aufeinander. Ihr fielen fast die Augen zu. »Noch gar keins. Ich könnte Kate fragen, ob sie einen Vorschlag hat.«

»Gute Idee. Vielleicht haben die jungen Frauen interessante Ideen.«

»Die jungen Frauen? Du bist doch auch noch nicht alt.«

Ritas Lächeln war angespannt. »Alt genug.« Sie hob eine Hand. »Fang jetzt bloß nicht wieder damit an.«

»Du weißt doch gar nicht, was ich sagen wollte«, erwiderte Sybil. Rita kannte diesen Gesichtsausdruck, wenn Sybil so tat, als wäre sie beleidigt.

»Du wolltest sagen, dass ich noch nicht jenseits von Gut und Böse bin. Das erklärst du mir nun schon seit zehn Jahren.«

»Weil es stimmt.«

»Es macht mir nichts aus, nicht verheiratet zu sein.« Rita hatte diesen Satz schon oft genug wiederholt.

»Wer spricht denn von heiraten? Ich hege doch nur die Hoffnung, dass du dir einen Liebhaber zulegst und mir dann Geschichten über ihn erzählst.«

Rita lachte auf. »Nicht sehr wahrscheinlich, dass ich in Alice Springs jemanden kennenlerne. Der einzige Single in der Stadt ist zweiundachtzig, und man munkelt, er habe für jeden Tag der Woche eine andere Freundin.«

Sybil stöhnte verzweifelt auf. »Du und deine Übertreibungen«, sagte sie und faltete die Hände im Schoß. »Aber wir sollten uns unbedingt noch einmal mit unserem Buchclub treffen, bevor die Regenzeit beginnt. Wie sieht es im September bei dir aus?«

»Ich werde meine Patienten bitten, sich in der Zeit keine Knochen zu brechen, damit ich mir dann einen Tag freinehmen kann.«

»Ich denke, wir sollten zwei Mal im Jahr zusammenkommen, im Mai und im September. Oder im Oktober, je nachdem, wann ihr Zeit habt. Mir ist bewusst, dass wir schon Ende Juni haben, aber die Idee mit dem Buchclub ist mir ja auch erst gekommen, als die Regenzeit schon vorbei war.«

»Wir treffen uns also nur in der Trockenzeit?«

»Dann ist es für alle leichter herzukommen. In der Regenzeit kann ich das niemandem zumuten.« Sie zeigte in Richtung Fluss. »Jeder Besucher würde auf dem Weg zu uns ertrinken.«

»Wir sind also Trockenzeit-Leserinnen, was?«

»Wir sind der Fairvale Ladies Buchclub«, sagte Sybil. »Lesen könnt ihr, wann immer ihr wollt. Nur die Treffen werden ausschließlich während der Trockenzeit stattfinden. Die Regenzeit könnt ihr nutzen, um nach guten Büchern Ausschau zu halten.«

»Das klingt nach einem Plan.« Rita seufzte zufrieden.

Ein paar Meter weiter bellte ein Hund, dann noch einer. Die Geräusche auf der nächtlichen Farm unterschieden sich nicht wesentlich von denen in Alice Springs. Rita wandte sich zu Sybil, um ihr zuzulächeln, aber ihr Gesicht wurde jetzt vollständig von der Dunkelheit verschluckt.

Über dreißig Jahre kannten sie sich nun schon, und beide hatten sie in dieser Zeit Freud und Leid erfahren. Sie waren beide alt genug – und hatten genug erlebt –, um zu wissen, dass niemand den eigenen Schmerz lindern oder einen glücklich machen konnte. Das konnte man nur selbst tun, und wenn man vom Leben begünstigt wurde, war man dabei nicht allein.

Sybil und sie hatten sich in all der Zeit zur Seite gestanden. Und Rita war auch jetzt zur Stelle, da einige Veränderungen in Sybils Leben permanent zu werden schienen. Genauso würde Sybil zu ihr halten, wann auch immer Rita etwas Gutes oder Schlechtes widerfuhr. Was unweigerlich geschehen würde. So war das Leben, und nirgendwo war es so lebendig – so extrem – wie im Northern Territory, davon war Rita überzeugt.

Doch jetzt genoss sie die wenigen Minuten, die sie mit ihrer Freundin noch zusammensitzen konnte, und freute sich, dass sie sich bald wiedersehen würden. Ein Luxus, in dessen Genuss sie schon viele Jahre nicht mehr gekommen waren.

# 10

Ein Auto fuhr vorbei und hupte. Sallyanne drehte den Kopf, aber das Hupen schien nicht ihr gegolten zu haben. Sie sah sich nach Tim und Billy um, die ihr halfen, die Einkäufe zum Wagen zu tragen. Mick war zu Hause bei Gretel. Hoffentlich stellte sie keinen Unfug an, da sie sich nie sicher war, dass Mick wirklich gut auf ihre Tochter aufpasste. Nicht dass sie es ihm verdenken könnte; sie war selbst schon zu sehr von Liebesromanen abgelenkt gewesen, um ihre Söhne im Auge zu behalten. Gott sei Dank waren sie jetzt nur ein paar Schritte hinter ihr, kniffen sich gegenseitig in den Arm und kicherten jedes Mal, wenn der andere »Autsch!« schrie.

»Jungs, hört auf damit!«, rief Sallyanne erschöpft. Sie taten sich nicht wirklich weh, aber es wäre nicht gut, ihnen auch nur irgendeine Form von Gewalt durchgehen zu lassen.

»Helft mir lieber, die Taschen ins Auto zu packen«, sagte sie und schob den Einkaufswagen zu ihrem Kingswood.

Wenigstens hielt sich die Luftfeuchtigkeit in Grenzen. Sallyanne war die Trockenzeit schon immer lieber gewesen. Auch als Kind hatte sie diese ewige Feuchtigkeit gehasst, wenn sich die Welt wie ein Gefängnis anfühlte, aus dem man nur noch rauswollte. Bevor sie gelernt hatte, dass junge Damen sich beherrschen mussten, hatte dieses Gefühl, in einer Falle zu sitzen, sie wahnsinnig gemacht. Ihre Mutter hatte über ihre Wutanfälle immer gelacht und erklärt, sie könne sie gut verstehen – bei dieser Feuchtigkeit würde auch sie am liebsten jemandem den Schädel einschlagen. Ihr Vater hingegen hatte erklärt, sie würde keinen Mann abbekommen, wenn sie sich nicht zu beherrschen lerne.

Mit acht oder neun hatte sie das nicht verstanden, und mit zwölf auch noch nicht. Als Jugendliche ging sie dann dazu über, bis zehn zu zählen, wenn sie sich über irgendetwas aufregte. Prompt zog sie die Aufmerksamkeit vieler Jungs auf sich, die alle von ihren blonden Haaren und ihren blauen Augen schwärmten, obwohl ihr klar war, dass das, was sie eigentlich mochten, ihre Figur war. Ihre Kurven, die sie von Beginn an verflucht hatte – sie machten fett, wie eins der hageren Mädchen in der Schule behauptet hatte –, waren das Bemerkenswerteste an ihr.

Mick war einer dieser Jungen gewesen, wenn auch nicht der erste. Sie waren auf dieselbe Schule gegangen. Er wirkte schüchtern – erst später war ihr aufgegangen, dass er, im Gegenteil, eigentlich allzu selbstsicher war. Er ließ die anderen jungen Männer ihre Plattitüden an Sallyanne verschwenden, um dann daherzukommen, ihre Englischaufsätze zu loben und sie um Hilfe zu bitten, weil er nicht verstand, warum der Erste Weltkrieg ausgebrochen war.

Sie war derart fassungslos, dass er sie wegen etwas anderem als ihrer Figur zu mögen schien, dass sie ihm Nachhilfe in Sachen Erster Weltkrieg gab. Er war witzig. Ihr Vater hätte ihn einen Sonderling genannt, wenn er ihn damals kennengelernt hätte. Doch Sallyanne erzählte ihren Eltern nicht, dass sie einen Freund hatte.

Sie hatte klare Vorstellungen von ihrer Zukunft. Obwohl sie die meiste Zeit mit Mick verbrachte, wollte sie auch etwas Eigenes erreichen. Sie erklärte ihm, dass sie nach der Schule eine Weile fortgehen wolle – in eine große Stadt, nach Melbourne oder Sydney vielleicht –, um etwas von Australien zu sehen, vielleicht sogar von der Welt. Doch als sie sechzehn war, starb ihre Mutter, und ihr Wunsch, Katherine zu verlassen, geriet ins Wanken. Ihrem Vater stand sie nicht sehr nah, aber sie wollte ihn auch nicht allein lassen. Und Mick war ein Moment der Verlässlichkeit in ihrem Leben, etwas Vertrautes, als sie genau das besonders brauchte. Sie war sich nicht sicher, ob sie ihn liebte, aber er schien sie zu lieben – oder wenigstens zu mögen.

Nach der Schule begann er eine Lehre bei dem örtlichen Klempner, und Sallyanne arbeitete in dem Pub, den ihr Vater seit zwanzig Jahren betrieb. Ursprünglich war er der Meinung gewesen, dass es sich für eine »junge Dame« nicht zieme, in der Gastronomie zu arbeiten, aber in Katherine gab es nicht viele Stellen für Schulabgänger. Und aus denselben Gründen, aus denen sie nicht nach Melbourne oder Sidney gegangen war, kam es für Sallyanne auch nicht infrage, auf einer Rinderfarm zu arbeiten, die einzige andere Option in dieser Gegend. Sie konnte nicht reiten und interessierte sich auch nicht für Rinder, daher hätte sie auf einer Farm nur als Köchin oder Putzfrau arbeiten können. Auch studieren wollte sie nicht, weil es im Northern Territory keine Universität gab und sie nicht mehr das brennende Bedürfnis verspürte, ihre Heimat zu verlassen. Für das, was sie wollte, gab es keinen Abschluss.

Also blieb nur der Pub, und sie hatte nichts dagegen einzuwenden. Sie plauderte mit den Gästen und hörte jede Menge Geschichten. In ihrer Freizeit las sie Liebesromane – die von Georgette Heyer mit ihren aufregenden Geschichten aus der Regency-Zeit – oder traf sich mit Mick oder ihren Freundinnen, die sich eine nach der anderen verlobten. Deren Leben kam ihr vor wie aus einem ihrer Bücher: Die Jungen gingen vor ihnen in die Knie und machten Heiratsanträge, während an ihren Fingern glänzende Ringe erschienen, die möglicherweise nicht allzu wertvoll waren, aber viel hermachten. Sallyanne war nicht wild darauf, dass Mick es den anderen Jungen nachtat, aber sie fragte sich schon, wieso er zögerte. War das nicht genau das, worauf ihr Leben hinauslief?

Eines späten Nachmittags kam Mick mit einem seiner Kumpel von der Arbeit. »Sal!«, rief er über den Tresen, und sie stellte überrascht fest, dass der Klang seiner Stimme sie beunruhigte. Normalerweise ging er nach Feierabend in einen anderen Pub, weil sie ihm klargemacht hatte, dass sie während der Arbeit nicht mit ihm reden könne.

Sie trat an den Stehtisch, an dem er mit glasigen Augen lehnte. Er hatte bereits getrunken – das konnte sie sehen und riechen.

»Hallo«, sagte sie mit einem gezwungenen Lächeln.

»Das ist Damo.« Er zeigte mit dem Daumen auf den jungen Mann neben sich, der aussah, als hätte man ihn rückwärts durch einen Kamin gezogen. Vermutlich war das nicht ganz abwegig.

»Hallo, Damo«, sagte sie schüchtern. Wenn sie hinter dem Tresen stand, war sie nie schüchtern. An ihrer Arbeit gefiel ihr, dass sie ihr die Möglichkeit bot, jemand anders zu sein. Aber hier draußen im Schankraum, konfrontiert mit einem Freund von Mick, war sie einfach nur sie selbst.

Damo kicherte, und sie zuckte zusammen.

»Du hast nicht zu viel versprochen, Micko«, sagte er und stieß seinem Kumpel den Ellbogen in die Rippen. »Die ist echt ein Kracher. Wieso lässt du zu, dass sie hier arbeitet?«

Sie hätte sagen sollen, dass Mick nicht über ihr Leben entschied, tat es aber nicht. Nette Mädchen gaben keine Widerworte. Das hatte sie durch die Beobachtung anderer junger Frauen gelernt – die sagten keinen Mucks, wenn ihre Ehemänner tönten, sie seien zu dick oder kochten nicht mehr so gut wie früher oder kämen langsam in die Jahre, sodass man sich wohl nach einer Jüngeren umsehen müsse.

»Sie wird ja nicht ewig hier arbeiten«, sagte Mick und warf ihr einen unergründlichen Blick zu. »Nicht wahr, meine Süße?«

Sie hasste es, wenn er sie »meine Süße« nannte, und das wusste er auch – nicht dass es ihn davon abhielt. Sie wollte »Schatz« genannt werden wie die Frauen in ihren Romanen. Eine »Süße« war eine Laune, eine Liebelei, nur eine Torheit. »Schatz« bedeutete schon etwas. Ein Schatz war etwas Besonderes.

»Oh, keine Ahnung«, sagte sie. »Soll ich euch ein Bier bringen?«

In diesem Moment packte Mick sie am Handgelenk. Sie wich unwillkürlich zurück, schockiert davon, was er ihr antat. Wenn er betrunken war, konnte er streitsüchtig werden, aber er hatte sie noch nie angerührt.

*Sag nichts*, konnte sie ihre Mutter förmlich hören. *Stell ihn nicht vor seinem Freund bloß.*

»Mick«, sagte sie leise, weil er ihr wehtat und sie nicht wusste, wie sie es ihm anders vermitteln sollte.

»Du wirst nicht immer hier sein«, er drückte noch einmal zu, bevor er ihre Hand losließ, »weil du mich heiraten wirst.« Er sagte es triumphierend. »Dann musst du nicht mehr arbeiten.«

»Das ist löblich, Kumpel!«, rief eine Stimme, in der Sallyanne die von George erkannte, einem der Stammgäste. »Mach sie zu einer anständigen Frau.«

Sallyanne drehte sich um und sah, wie George sein halb leeres Glas hob. Alles, was sie gerne erwidert hätte – *ich bin eine anständige Frau* –, löste sich in Luft auf. Das wollte ohnehin niemand hören, und sie selbst verspürte etwas, das sie gleichzeitig herbeisehnte und fürchtete: die Erleichterung, nicht jeden Tag arbeiten zu müssen, die Entlastung, jemanden zu haben, der sich um einen kümmerte. Ihre Mutter hatte nie außer Haus gearbeitet so wie die Freundinnen ihrer Mutter. Nicht alle Ehemänner waren schlecht, daher war der Handel vielleicht gar nicht so übel.

Irgendwann machte Mick ihr einen ordentlichen Heiratsantrag – auf den Knien und mit dem Ring seiner Urgroßmutter –, und sechs Monate später, als Sallyanne dreiundzwanzig war, heirateten sie. Sie hatten auf die Trockenzeit gewartet, damit sie am Tag der Hochzeit nicht im Schlamm versinken würden. Damals redete Mick ständig von Kindern – seine Mutter wünsche sich Enkel, erklärte er, als wäre das ein triftiger Grund für seine Ehefrau –, und Sallyanne wollte auch welche, obwohl ihre Freundinnen, die bereits Kinder hatten, ihr Horrorgeschichten über die Qualen der Geburt und das mangelnde Mitgefühl der Krankenschwestern erzählten. Wie sie sich vor einer

Schwangerschaft schützen konnte, wusste sie nicht, und den Arzt wollte sie nicht danach fragen – er hatte ihr bereits klargemacht, dass es als verheiratete Frau ihre Pflicht sei, so schnell wie möglich so viele Kinder wie möglich zu bekommen. Ein Jahr nach der Hochzeit wurde Tim geboren, der nun zehn war. Billy war acht, während Gretel mit ihren drei Jahren das Überraschungskind war, das sie eigentlich nicht gewollt hatte, das aber jetzt aus ihrem Leben nicht mehr wegzudenken war.

»Maamaa, waarum müssen wir denn helfen?«

»Hör auf zu quengeln, Tim.« Sallyanne öffnete den Kofferraum. »Hier«, sagte sie und zeigte auf die Tüten. »Und jetzt rein damit.«

»Warum?«

Sallyanne seufzte. »Damit ihr groß und stark werdet. Los, Billy, hilf auch mit.«

Ihr mittleres Kind streckte ihr die Zunge heraus, aber sie war zu erschöpft, um es dafür zu rügen. Als Tim und Billy die Taschen in den Kofferraum hievten, holte sie das bereits schmelzende Eis aus einer Tüte und reichte es ihnen anschließend.

»Fahren wir jetzt zu den Quellen, Mum?«, fragte Tim, während er das Papier von seinem Vanilleeis mit Zitronenglasur riss.

Sie hatte versprochen, dass sie kurz in die heißen Quellen springen würden, die an einem Tag wie diesem gar nicht so heiß wirkten. Eigentlich war das Wasser sogar erfrischend. Die Kinder mochten besonders die Blasen, die an einer Stelle des Pools aufstiegen und auf der Haut kribbelten. Außerdem taten sie so, als würden sie in den schmalen Kanälen zwischen den uralten Bäumen nach Krokodilen

Ausschau halten. Tatsächlich könnten in dem Wasser Krokodile leben – Krokodile gab es überall in der Gegend –, aber es war witzlos, sich deshalb allzu viele Gedanken zu machen. Wenn man sich wegen allem sorgte, was einen in diesem Land verstümmeln oder töten konnte, würde man morgens nicht mehr aufstehen.

Sallyanne schlug die Kofferraumklappe zu. »Klar«, sagte sie. »Lasst uns nur schnell die Einkäufe nach Hause bringen.«

»Maa-maa!«

»Steig ein, Billy!«

Sobald sich die Jungen in ihren Kindersitzen angeschnallt hatten, bekamen sie sich wieder in die Haare und begannen zu kichern. Glücklicherweise war die Fahrt nicht lang. Ihr Haus lag nur drei Minuten entfernt, aber zu weit, um alles zu Fuß nach Hause zu schleppen. Es wäre einfacher, die Einkäufe ohne die Kinder zu erledigen, aber Sallyanne hatte sie gerne um sich, auch wenn sie einen auf die Palme bringen konnten.

Als sie mit dem Kingswood in die Einfahrt bog, hegte sie die Hoffnung, Mick würde herauskommen und ihr bei der Schlepperei helfen. Doch die Tür blieb geschlossen, dafür hörte sie Gretel weinen. Die Einkäufe mussten warten.

Sallyanne überließ die Jungen sich selbst, riss die Haustür auf und sah ihre Tochter auf dem Küchenboden sitzen, eins ihrer Bücher vor sich und Spielsachen um sich herum verstreut. Ihr Gesicht war knallrot; Tränen rannen ihre Wangen hinab, und an ihrer Nase hing Schnodder.

»Mein Schatz!«, rief sie, bückte sich, um sie auf den Arm zu nehmen, und küsste sie drei Mal auf die Wange. »Wo ist denn dein Daddy?«

Gretel schniefte und hickste nur.

Mick war auch nicht im Wohnzimmer neben der Küche.

»Mick!«, rief Sallyanne, erntete aber nur Schweigen.

»Mick?«

Sie schaute im Bad und im Schlafzimmer nach, aber auch da war er nicht. Erst als sie die Hintertür zum Garten aufstieß, Gretels Kopf an ihrer Schulter, entdeckte sie ihn: Er hing in einem Liegestuhl, den Kopf zurückgelehnt, den Mund geöffnet, eine Bierdose neben sich im Gras.

Sie hätte es wissen müssen. Er hatte sie gebeten, auf Gretel aufpassen zu dürfen, während sie einkaufen war. Er hatte ihr versprochen – geschworen –, sie nicht aus den Augen zu lassen. Nicht wie letztes Mal, hatte er gesagt; dieses Mal werde er es besser machen. Beim letzten war ihre Tochter in der Einfahrt gestürzt und hatte sich den Kopf aufgeschlagen. Mick war nicht einmal auf die Idee gekommen, mit ihr zum Arzt oder ins Krankenhaus zu fahren, obwohl ihr das Blut übers Gesicht gelaufen war. Damals war er betrunken gewesen – so betrunken, dass er mit dem Trinken angefangen haben musste, bevor sie das Haus verlassen hatte, denn sie war nur eine halbe Stunde fort gewesen. Sie hatte erklärt, sich mit seiner Trinkerei abfinden zu können, solange sein Zustand nur sie betreffe, dass sie es aber nicht toleriere, wenn die Kinder deshalb Schaden nähmen. Er hatte sie eindringlich um eine zweite Chance gebeten. Und da hing er nun, vollkommen von Sinnen.

Sallyanne ließ ihre Gedanken abschweifen, so wie immer, wenn sie Mick so erlebte. Der Ort, zu dem ihre Gedanken wanderten, war ihre Zuflucht, auch wenn er in der Realität nicht existierte und ihr klar war, wie unwahrscheinlich es war, dass sich daran je etwas ändern würde. Sie fragte sich, wie lange es dauern würde, sich die Kinder zu schnappen und ihren Mann zu verlassen, das Haus zu verlassen, Katherine zu verlassen. Nach Darwin zu gehen, wo Tausende von Menschen während des Wiederaufbaus der Stadt ein neues Leben anfingen. Dort könnte sie untertauchen. Mick wäre vermutlich zu faul, um sie zu suchen. Vielleicht aber auch nicht – vielleicht würde er sie mit sämtlichen Mitteln, die ihm zur Verfügung stünden, verfolgen, da er wusste, dass er Geld verdiente und sie nicht. Dass er sich einen Anwalt leisten konnte und sie nicht.

Das war das Einzige, was sie hier noch hielt – die Unsicherheit, wie er sich verhalten würde. Früher hatte sie sich eingebildet, ihn zu kennen, zu wissen, dass er sich mit der Zeit schon ändern würde. Nachdem er seine Ration auf zehn Dosen Bier am Tag erhöht hatte, hatte er sich tatsächlich verändert. Im Prinzip konnte man sich nur darauf verlassen, dass man vor keiner Veränderung sicher war. Vielleicht würde er sich als Nächstes in den verantwortungsvollen Familienvater verwandeln, der seine weggelaufene Ehefrau bestrafen wollte. Und diesen Kampf würde er gewinnen. Er würde den Sieg davontragen. Das Recht stand nicht auf ihrer Seite. Das wusste sie von anderen Geschichten, die sie gehört hatte: Frauen, die ihren Ehemann verlassen wollten und zu hören bekamen, dass sie das gerne tun könnten, ihre Kinder dann aber nie wiedersähen. Sie hatte viel von diesem neuen Familiengericht gehört, glaubte aber nicht, dass man ihr dort helfen würde. Nicht jetzt sofort.

»Was ist mit Dad?«, fragte Billy.

Sallyanne schaute auf ihn hinab. »Er schläft«, sagte sie.

»Kommt er mit zu den heißen Quellen?«, fragte Tim hoffnungsvoll.

»Nein, mein Schatz.« Sallyanne schob Gretel auf ihre andere Hüfte. »Wir sollten ihn schlafen lassen. Los, zieht euer Badezeug an, dann brechen wir auf.«

»Juchhu! Heiße Quellen!«, rief Tim, als er in das Zimmer rannte, das er sich mit seinem Bruder teilte.

Gretel wurde allmählich schwer in ihren Armen. Sie musste unwillkürlich lächeln, wenn ihre Kinder sich so aufführten. Ihr Leben war so einfach; es bestand aus den Dingen, die man tat, und den Orten, wo man hinging. Und so sollte es auch bleiben, solange sie es ihnen ermöglichen konnte.

»Hast du dein Handtuch, Billy?«, rief sie ihrem zweiten Sohn hinterher, als er schon an ihr vorbei zum Auto flitzte.

»Ja, Mum!«, antwortete er, obwohl sie es in seiner Hand nicht sehen konnte.

Sie sollte in sein Zimmer gehen und es holen. Andererseits würde es dann vielleicht nicht bei dem Handtuch bleiben. Sie könnte seine und Tims Sachen aufheben und in eine Tasche werfen, außerdem ein Kleid für Gretel und eines für sich. Dann könnte sie in den Wagen steigen und so weit fahren wie nur möglich und Mick einfach lassen, wo er war. Zurücklassen, sodass er sich beim Erwachen fragen würde, wo sie alle waren.

Wenn sie denn den nötigen Mut hätte.

## 11

Als sie sah, dass ihre Jeans mit Mehl bestäubt war, dachte Kate, dass sie doch Rubys Angebot einer Schürze hätte annehmen sollen. Die Hose würde sie bis zum Waschtag tragen müssen, sodass sie in nächster Zeit ziemlich schmutzig herumlaufen würde.

Kate war von Sybils Vorschlag begeistert gewesen, gelegentlich in der Küche mit Ruby zu backen und ein paar ihrer Gerichte kochen zu lernen. Endlich könnte sie eine richtige Arbeit ausüben und zum Leben auf Fairvale etwas beitragen. In den paar Jahren, die sie in London gelebt und gearbeitet hatte, hatte sie nie viel gekocht; dabei hatte ihre Mutter ihr immer in den Ohren gelegen, sie würde keinen Ehemann finden, wenn sie nicht kochen könne.

Kate wusste, dass ihre Mutter es nur gut gemeint hatte, aber sie war viel zu beschäftigt damit gewesen, ihr Leben zu genießen, um sich solche Gedanken zu machen – und wie sich herausgestellt hatte, hatte es ihr nicht geschadet. Von all den Männern, die Kate in ihrem relativ jungen Leben kennengelernt hatte, war Ben derjenige mit den am wenigsten eingefahrenen Vorstellungen, was Frauen und Männer zu tun und wie sie sich zu benehmen hatten. Ben nahm alle Menschen, wie sie waren, und maßte sich über niemanden ein Urteil an.

Das hieß aber nicht, dass Kate nicht gerne etwas lernen würde – ganz besonders eine Fähigkeit, mit der sie in den kommenden Jahren zur Versorgung auf der Farm beitragen könnte. Heute war sie allerdings nicht besonders erfolgreich darin. Ruby wollte ihr zeigen, wie man Brot backt, und Kate hatte es geschafft, das Mehl auf dem Boden, der ziemlich großen Arbeitsfläche und sich selbst zu verteilen.

»Schauen Sie sich nur an!«, sagte Ruby, als sie sich die Hände an der Schürze abwischte. »Weiße Weihnacht!«, lachte sie, und Kate gab sich Mühe, nicht zu erröten.

»Tut mir leid«, murmelte sie und sah sich nach einem Lappen um.

»Das muss Ihnen nicht leidtun, Schätzchen«, sagte Ruby. »Das passiert allen beim ersten Mal. Man muss sich vertraut machen, wie sich das Mehl bewegt, wenn man Wasser dazugießt. Hier, schauen Sie.«

Ruby trat an ihren Arbeitsbereich heran – der erfreulicherweise weit genug von dem von Kate lag, um nicht auch in Mitleidenschaft gezogen worden zu sein – und formte aus dem Mehl eine Art kleinen Vulkan. Während sie langsam Wasser hinzugab, bearbeitete sie die Mischung mit der anderen Hand, knetete immer zur Mitte hin, weg vom Rand. Es dauerte nicht lange, bis eine Teigkugel entstanden war, die sie kräftig durchwalkte.

»Man braucht nur ein bisschen Übung«, sagte Ruby, den Blick immer auf den Teig gerichtet. »Möchten Sie es noch einmal versuchen?«

Kate zögerte.

»Vor Brot kann man keine Angst haben, meine Liebe«,

sagte Ruby und lachte wieder. Kate mochte ihr Lachen. Es begann tief, endete hoch und ließ Rubys ganzen Körper beben.

»Außerdem bin ich doch schon etwas in die Jahre gekommen«, fuhr Ruby fort. »Ich kann doch nicht für den Rest meines Lebens Brot backen. Es ist an der Zeit, dass irgendjemand das mal übernimmt.« Sie grinste listig in Kates Richtung.

»Haben Sie denn keine Tochter, die das gerne tun würde?«

Ruby schüttelte den Kopf. »Die ist bei ihrem Ehemann. Drüben auf der Ghost River Station.«

Dann muss Della sie kennen, dachte Kate. Und Stan vielleicht auch. Ben hatte ihr erzählt, dass Stans Bruder dort arbeitete. »Wie heißt sie?«

»Rose.« In Rubys Lächeln lag eine Spur von Traurigkeit. »Meine kleine Rosie.«

»Sie beide sind also Ruby und Rose?« Kate gefiel die Poesie, die in den Namen lag, wollte aber auch nicht allzu viel Aufhebens darum machen.

»Das sind wir. Rosafarbene Zwillinge!« Ruby kicherte wieder, und Kate musste grinsen.

»Kann Rose backen?«

»Nein, Missus. Sie meint, das sei meine Aufgabe. Aber ihr Ehemann könnte daran etwas ändern. Er ist der Ansicht, dass sie so gut kochen lernen sollte wie ich!«

Kate lächelte, während sie sich noch einmal an dem Teig versuchte. »Hätten Sie etwas dagegen, mich Kate zu nennen?«, fragte sie, wohl wissend, was für ein kühner Vorstoß das war. Die Aborigines nannten Sybil »Missus« und Joe »Mister«. Dafür gab es sicher gute Gründe, aber Kate gefiel es nicht, die zweite »Missus« zu sein. Das ließ sie sich alt fühlen. Sie schaute Ruby an, die über ihre Bitte nachzudenken schien.

»Wie wär's mit Katie?«, fragte Ruby. »Kate heißen eher reife Damen.«

Kate schnaubte und fragte sich, was ihre Mutter wohl über diesen Kommentar gedacht hätte. »Gerne.«

Ruby wandte sich jetzt ganz Kate zu. »Und Sie, Katie? Was ist mit Babys?«, fragte sie direkt.

Kate verspürte einen Stich, schlicht und scharf. Das Gefühl passte so überhaupt nicht zu Rubys gutmütigem Gesichtsausdruck. Sie wusste, dass die ältere Frau sie nicht verletzten wollte.

»Nein … noch nicht«, presste Kate hervor und gab sich Mühe, sich ihren Schmerz nicht anmerken zu lassen.

»Aber Sie möchten welche?« Ruby wirkte jetzt ernst.

»Natürlich«, sagte Kate schnell. »Es ist bislang nur noch nicht … passiert.«

Ruby legte ihr die Hand auf den Arm. »Lieben Sie Mister Ben?«

»Ja.« Sie nickte und musste lächeln, als sie an das verschmitzte Grinsen ihres Ehemanns dachte. O ja, sie liebte ihn.

»Und er liebt Sie.« Es war keine Frage. »Dann wird sich schon alles fügen.« Ruby grinste. »Sie müssen einfach daran glauben, meine kleine Katie. Alles wird sich fügen.«

Kate wusste nicht, ob die Worte als Vorhersage oder Segen gemeint waren. Ruby war die erste Person, die sie direkt nach Kindern gefragt hatte. Sybil und Joe dachten zweifellos darüber nach, würden aber nicht darüber reden – vermutlich hätten sie das Gefühl, sich in die Angelegenheiten ihres Sohns einzumischen. Aber da niemand fragte, waren Kates Kinderwunsch und ihr Kummer über das Ausbleiben einer Schwangerschaft noch nicht real geworden. Stattdessen hatte sie sich allein gefühlt, selbst wenn Ben bei ihr war.

Wie sie nun so dastand, Rubys Hand auf dem Arm und ihr warmes Lächeln auf ihrem Gesicht, fühlte sich Kate plötzlich merkwürdig leer – als hätte man sie ausgehöhlt und ihr nur ihre Verletzlichkeit gelassen. Nur dass sie sich nicht so schwach fühlte, wie sie es von einer verletzlichen Person immer gedacht hätte. Sie fühlte sich voller Hoffnung – als hätte man ihr in ihrer Nacktheit einen Weg gewiesen.

»Danke«, sagte sie lächelnd und war klarsichtiger und glücklicher als in der ganzen letzten Zeit. »Aber können Sie jetzt mal schauen, bitte?« Sie zeigte mit ihrem bemehlten Finger auf die kleine Mulde, die sie geformt hatte. »Ich möchte schließlich alles richtig machen.«

Ruby hatte ein Leuchten in den Augen, als sie dastand, an ihrer Schürze spielte und Kate zuschaute, wie sie einen Krug mit lauwarmem Wasser nahm, das bereits mit Hefe und Zucker versetzt war und eine blubbernde Masse bildete.

»Ganz langsam.« Ruby wiegte den Kopf hin und her wie ein Metronom, das man auf Largo eingestellt hatte.

Kate holte tief Luft und gab das Wasser dazu. Als sie Ruby einen schnellen Blick zuwarf, floss prompt etwas über die Kante der Arbeitsfläche. »O nein!«, rief sie, stellte den Krug ab und versuchte hektisch, alles zusammenzuwischen.

Wieder lachte Ruby keckernd. »Ich denke, es ist Zeit für

die nächste Lektion«, sagte sie. »Wie können wir Fehler korrigieren.«

Im ersten Moment war Kate verlegen, musste dann aber lachen. Wenn es Ruby nicht störte, dass sich Mehl und Wasser auf dem Fußboden verteilten, würde sie sich auch nicht darüber aufregen.

Nach einem weiteren Versuch, bei dem sie endlich mit einer Teigkugel belohnt wurde, stellte Kate fest, dass sie sich schon lange nicht mehr so amüsiert hatte. Und wenn sie in der Küche tatsächlich etwas Nützliches lernen könnte, dann war das mehr, als sie sich hätte träumen lassen. Sie wollte am Ende eines jeden Tages das Gefühl haben, etwas geschafft zu haben.

## 12

Rita schaute sich auf der trostlosen Weizenfarm um, zu der Darryl sie geflogen hatte, ein paar hundert Kilometer südlich von Alice Springs in Südaustralien. Die Flying Doctors des Northern Territory wurden auch in angrenzenden Bundesstaaten eingesetzt, sodass das kleine Flugzeug sie zwischen den Extremen hin und her flog: zwischen verdorrtem Land im Territory und den landwirtschaftlich geprägten Flächen im Süden.

Während ihrer Kindheit und Jugend in Sydney hatte Rita nicht wirklich über den Rest Australiens nachgedacht. Ganz sicher hatte sie sich nie klargemacht, dass er so anders sein könnte, und nun wunderte sie sich, dass ein einziger Kontinent so gewaltige Unterschiede in sich vereinte. Sie genoss das Privileg, aus dem Flugzeug der Flying Doctors die perfekte Vogelperspektive zu haben. Wenn ihre Zeit in Alice Springs vorbei sein würde – nicht dass sie vorhatte, bald zu gehen, aber sie konnte auch nicht ewig bleiben, ganz bestimmt nicht –, dann würde sie das Land unter sich in bester Erinnerung behalten. Vielleicht würde sie in einem kleinen Haus oder einer Wohnung in Sydney wohnen, würde wieder die vertrauten Orte aufsuchen und die Wege gehen, die sie schon Hunderte von Malen gegangen war, und gleichzeitig die Weite des australischen Binnenlands in sich tragen.

Auf der Weizenfarm wohnte ein Junge namens Albert, der vom Pferd gefallen war und sich am Unterarm die Speiche gebrochen zu haben schien. Normalerweise würde Rita bei einem solchen Fall einem Arzt assistieren, aber der letzte Arzt war überstürzt aufgebrochen, als man ihm eine lukrativere Stelle in Adelaide angeboten und offensichtlich einen sofortigen Arbeitsantritt verlangt hatte. Daher traf Rita sämtliche Entscheidungen allein. Sie war eine fähige Krankenschwester und wusste auch, dass man einen Patienten im Ernstfall direkt ins Krankenhaus bringen musste. Das hieß aber nicht, dass sie nicht jedes Mal unter einem gewissen Druck stand, weil sie alles richtig machen wollte.

Dieser Unfall war glücklicherweise simpel, was die medizinische Seite betraf. Rita redete mit Albie – wie er laut seiner Mutter gerufen wurde –, um ihn abzulenken, tastete dabei seinen Unterarm ab und versuchte, die Schwere der Verletzung abzuschätzen. Die Eltern standen daneben, die Mutter bleich und mit unruhig zuckendem Mund, der Vater mit einer Miene, als würde er Rita lieber erschießen, als sie seinen Sohn anfassen zu lassen – nur dass er Albie nicht helfen konnte und daher keine andere Wahl hatte, als zuzuschauen.

»Hier tut es weh, nicht wahr?«, fragte Rita freundlich, als sie eine Fingerspitze auf eine Stelle nahe von Albies Ellbogen legte.

Er biss sich auf die Lippe und nickte.

»Stell dich nicht so an«, knurrte sein Vater, und der Junge zuckte zusammen.

Rita würdigte den Mann keines Blickes. Er war nicht der erste verständnislose Vater, dem sie begegnete, und ihre Taktik war immer dieselbe: Sie ignorierte ein solches Verhalten einfach. Ihre Theorie lautete, dass diese Männer vor ihren Frauen, ihren Kindern und allen Menschen, denen sie begegneten, als tough gelten wollten. Indem sie einem solchen Mann die gewünschte Anerkennung seines Verhaltens verweigerte, sprach sie ihm die Macht ab, nach der er so verzweifelt gierte. Und er musste wirklich verzweifelt sein, sonst würde er sich nicht so aufführen – das war eine weitere Theorie, die sie in all den Jahren, in denen sie in Krankenhäusern allen möglichen Menschen begegnet war, entwickelt hatte.

Rita sah, dass Albies Mutter ihrem Ehemann nervöse Blicke zuwarf; der knirschte nun mit den Zähnen und blitzte Rita wütend an. Unterhalb und seitlich des einen Auges der Frau war ein schwacher Schatten auszumachen, vielleicht die Reste eines Blutergusses. Möglicherweise war Albie deshalb so tapfer: Er hatte schon Schlimmeres erlebt als einen gebrochenen Knochen.

»Ich werde Albies Arm mit einer Schlinge ruhigstellen«, sagte Rita an die Mutter des Jungen gewandt. »Aber er muss unbedingt in ein Krankenhaus, damit der Knochen gerichtet werden kann. Gibt es eine Klinik in der Nähe, in die Sie fahren können?«

»Das geht nicht«, sagte der Vater.

»Warum nicht?«, fragte Rita, als Albies Mutter das Gesicht verzog

»Zu viel Arbeit«, lautete die barsche Antwort. »Niemand kann hier weg.«

»Könnte nicht Ihre Frau …?«

»Nein.« Er trat auf Rita zu. Einen kurzen Moment lang dachte sie, er würde sie schlagen, aber sie durfte sich ihre Gedanken nicht anmerken lassen. Sie schaute zu Darryl hinüber, der neben seinem Flugzeug stand, die Beine fest auf dem Boden, die Arme verschränkt, das Kinn vorgereckt und seinen nicht unbeträchtlichen Bauch vorgeschoben. Er nickte kurz.

»Gut.« Rita stand auf und lächelte zu Albie hinab. »Vielleicht möchtest du dann bei uns im Flugzeug mitfliegen?«

»Nein«, knurrte der Vater, und Rita wusste, dass die Sache entschieden war. Das Kind würde für den Rest seines Lebens mit einem schiefen Arm herumlaufen, weil der Vater seinen Sohn und seine Frau nicht aus den Augen lassen wollte.

Rita beobachtete Albies Mutter. Die Frau hob nicht den Kopf, wollte ihrem Blick nicht begegnen.

»Wenn Sie Albie nicht zu einem Arzt bringen, damit er sich der Sache annimmt, werde ich zurückkommen und ihn noch mal untersuchen müssen«, sagte sie. »In der Zwischenzeit muss er den Arm in der Schlinge tragen und ihn so wenig wie möglich bewegen.«

»Sind Sie jetzt fertig?«, fragte der Vater.

Rita wollte Albie nicht seinem Schicksal überlassen – sie wollte sicherstellen, dass er ordnungsgemäß behandelt wurde –, aber sie würde mit Darryl aufbrechen müssen und den Jungen und seine Mutter damit in den Fingern dieses Unmenschen lassen, mit dem sie ohnehin schon jeden Tag auskommen mussten. Wie immer in solchen Fällen würde sie versuchen, Albie aus ihrem Kopf zu verbannen, und sich sagen, dass er schon irgendwie klarkäme. Andernfalls könnte sie ihre Arbeit nicht machen. Wenn sie sich um alle

Menschen sorgen würde, würde ihr Gehirn platzen und ihr Herz zerspringen. Sie würde ihn vergessen müssen, so wie alle anderen vor ihm.

»Ja, das bin ich«, sagte sie. »Auf Wiedersehen, Albie. Ich komme bald wieder.«

»Das werden Sie nicht.«

»Doch, das werde ich.« Rita starrte den Mann an. »Wir haben eine Fürsorgepflicht für Ihren Sohn und werden sie auch erfüllen. Und wenn Sie das nicht zulassen, werde ich ein Wörtchen mit den zuständigen Behörden reden.«

Das Kinn des Mannes schoss vor, aber er erwiderte nichts. Rita genoss den kleinen Triumph, nahm ihre Arzttasche und schaute Darryl an. Der reckte den Daumen. Sie nickte Albies Mutter zu, schenkte dem Jungen noch ein Lächeln und ging die wenigen Schritte zum Flugzeug.

»Bisschen stur, der Typ, was?«, murmelte Darryl, als er die Hand nach ihrer Tasche ausstreckte.

»Das kann man wohl sagen«, antwortete Rita und kletterte in das Flugzeug. »Und jetzt bring mich bitte wieder nach Hause.«

»Jawohl, Chef.«

Sie sah, dass sich seine Augen hinter der dunklen Pilotenbrille zu einem Lächeln zusammenzogen, und merkte selbst, dass sie sich zum ersten Mal seit ihrer Landung auf der Farm wieder entspannte.

Auf dem Rückflug schloss sie erschöpft die Augen, wollte ausnahmsweise einmal nicht die Landschaft unter sich betrachten. Ehe sie sichs versah, hatten sie den Flughafen von Alice Springs erreicht – die »Landeweide«, wie Darryl ihn nannte.

Der Pilot hatte eine eigene Unterkunft auf dem Gelände.

Dort warteten sie auf Hilferufe, die sie über Funk erreichten. Manchmal waren die Tage lang und bestanden nur aus Warten; dann schwand innerhalb einer Stunde das Adrenalin, das Rita zu Beginn jeder Schicht durchströmte, und sie begann zu überlegen, ob sie ein Buch lesen oder einen lokalen Radiosender hören sollte.

Es war ein außergewöhnlicher Job. Wenn sie nicht Krankenhäuser besuchten, was sie gelegentlich taten, warteten sie darauf, dass etwas Schlimmes passierte. Dann stürzten sie sofort ins Flugzeug, nur um während des Fluges an einen weit entlegenen Ort wieder in den Wartestand versetzt zu werden. Rita hatte mittlerweile gelernt, ihren Energiepegel und ihre Erwartung zu steuern – unentwegt in angespannter Alarmbereitschaft zu sein hatte sie am Anfang ausgelaugt. Sobald ein Anruf kam, verspürte sie große Erregung, die sie aber im Flugzeug wieder abzubauen versuchte. Bei der Ankunft musste sie ruhig und konzentriert sein.

In den letzten Tagen, in denen sie auf sich allein gestellt gewesen war und auf das Eintreffen eines neuen Arztes gewartet hatte, hatte sie sich selbst sämtliche Daumen und Zehen gedrückt, dass nichts allzu Schlimmes passieren möge.

»Dünnbrettbohrer«, hatte Darryl über den Vorgänger gesagt und die Nase gerümpft, als würde er etwas Unangenehmes riechen. »Dieser Typ hätte es keinen Tag länger hier ausgehalten. Nicht einmal, wenn ihm jemand Luft zugefächelt, die Weintrauben geschält und kaltes Eis über seine zarte Städter-Wirbelsäule gerieben hätte.«

»Na, na«, protestierte Rita freundlich.

»Was denn?«

»Ich habe auch eine zarte Städterinnen-Wirbelsäule.«

Darryl lachte herzlich. »Du?«, sagte er. »Du magst vielleicht aus der Stadt kommen, Schätzchen, aber zart warst du bestenfalls als kleines Baby. Und selbst damals hat deine Mum vor dem Stillen harte Kämpfe mit dir austragen müssen, darauf könnte ich wetten.« Er lachte noch lauter und zog an seiner soundsovielten Zigarette.

Rita hatte sich seltsam geschmeichelt gefühlt, sich aber dann gefragt, ob sie sich tatsächlich über seine Meinung über sie freuen sollte. War sie wirklich so undamenhaft? Ihre Mutter wäre entsetzt gewesen. Allerdings konnte sie auch nicht aus ihrer Haut, zumal sie zu alt war, um sich noch zu ändern. Wenn sie jetzt noch keine Dame war, würde sie niemals mehr eine werden. Obwohl sie immerhin Dame genug war, um sich jedes Mal zu freuen, wenn Darryl ihr die Tasche abnahm und in das Flugzeug hievte.

Jetzt lud er sie sich mit einem Grunzen auf die Schulter und gewährte Rita mit einer Geste den Vortritt.

»Ihre Majestät«, sagte er und beugte ein Knie.

Rita winkte huldvoll, wie sie es bei der Queen gesehen hatte, und ging voran.

Vor dem Büro der Flying Doctors lehnte ein unbekannter Mann und hielt mit einer Hand die Fliegengittertür auf. Er sah gut aus, das war auf den ersten Blick zu erkennen. Das goldbraune Haar war ordentlich geschnitten, die Haut braun gebrannt. Er war groß und schlank und trug ein blassblaues Hemd mit hochgekrempelten Ärmeln; seine Beine steckten in einer hellen Baumwollhose und braunen Stiefeln von RM Williams. Rita war nun schon lange genug im Busch, um diese Sorte Stiefel aus mehreren Metern zu erkennen. Ein einziges Mal hatte sie den Fehler begangen, jemanden zu fragen, was für Stiefel er trug, und hatte sich dafür auslachen lassen müssen. »Hier draußen gibt es nur zwei Arten«, hatte der Typ gesagt. »RMs oder keine.« Der gut aussehende Mann im Türrahmen kam also entweder aus dem Busch oder hatte schnell gelernt.

»Hallo!«, rief der Fremde, als Rita sich näherte. »Sind Sie Rita?«

»Ja«, antwortete sie, als sie so nah war, dass sie erkennen konnte, wie attraktiv er tatsächlich war. »Und das ist Darryl.« Sie nickte über die Schulter. »Mein Kofferträger.«

Sie hörte Darryl schnauben. »Ich bin der verdammte Pilot«, sagte er und ließ ihre Tasche unsanft zu Boden fallen.

Der Fremde lachte. »Ich bin Hamish«, sagte er und schüttelte erst Rita und dann Darryl die Hand. »Der neue Arzt.«

Rita taxierte ihn und hoffte, er würde es nicht merken. Er schien jünger als sie zu sein, aber nicht viel – er dürfte also hinreichend Erfahrung in seinem Job haben, sodass sie ihm nicht Händchen halten musste. Das war gut, vor allem, wenn man bedachte, dass der letzte Mediziner auf der Stelle etliche fachliche Wissenslücken aufgewiesen hatte.

»Wo kommen Sie her, Doc?«, erkundigte sich Darryl, holte seine Benson & Hedges aus der Hemdtasche, öffnete die Schachtel und schaute hinein.

»Brisbane«, sagte Hamish. »Und Sie?«

Darryl wirkte überrascht. »Von hier«, sagte er. Dann nickte er zu Rita. »Und die da ist aus Sydney.«

»Außerdem braucht *die da* jetzt einen Tee«, sagte Rita.

»Ich wäre für etwas Stärkeres«, erklärte Darryl, als Hamish beiseitetrat, um sie vorgehen zu lassen. »Doc?« Er riss die Tür des kleinen Kühlschranks auf, der in dem

Gebäude mit dem Wellblechdach und dem unregelmäßig arbeitenden Ventilator kaum etwas kalt hielt, holte eine Dose KB Gold heraus und hielt das Bier dem Neuankömmling hin. Der schüttelte den Kopf.

»Nein danke«, sagte Hamish. »Ich habe festgestellt, dass mir die Mischung aus Alkohol und Hitze nicht gut bekommt.«

Darryl öffnete die Dose und zog die Augenbrauen hoch. »Dann wird das ein langer Sommer für Sie werden, was?«

»Haben Sie vorher in einem Krankenhaus oder in einer Privatpraxis gearbeitet?«, erkundigte sich Rita, als sie den Wasserkocher anstellte.

»Im Krankenhaus«, antwortete Hamish und trat zu ihr. »Im Mater Hospital in Brisbane.«

Rita nickte. »Tee?«

»Gerne.« Er lächelte sie an, und Rita schaute schnell weg. Er sah wirklich gefährlich gut aus, und sie durfte attraktive Männer nicht beachten. Das war Teil eines Abkommens, das sie vor vielen Jahren mit sich selbst geschlossen hatte: Sie würde nicht hinschauen, würde sich nicht in Tagträumen verlieren, würde sich einfach nur auf ihren Job konzentrieren.

»Arbeiten Sie schon lange hier?«, fragte er.

»Ein Jahr ungefähr. Milch?«

Er schüttelte den Kopf. »Gefällt es Ihnen?«

Rita schaute zu Darryl hinüber, der sein Bier in einem Zug hinunterstürzte.

»Ja«, sagte sie. »Man braucht eine Weile, bis man sich eingewöhnt hat, und manchmal bekommt man ein paar schreckliche Dinge zu sehen. Aber ich nehme an, das ist in der Stadt nicht anders.« Sie hängte Teebeutel in die zwei

Becher. »Die Menschen, denen man begegnet, entschädigen einen für die Strapazen.« Sie warf ihm einen bedeutungsvollen Blick zu. »Die Menschen, die man behandelt, nicht Darryl.«

»He!«, protestierte der Pilot.

»Oh, du bist noch da?« Rita tat überrascht. »Solltest du nicht längst bei deiner leidgeprüften Ehefrau sein?«

Darryl seufzte schwer. »Das sollte ich.« Er hielt Rita die Bierdose hin. »Kannst du die für mich wegwerfen, Schätzchen?«

»Wirf sie selbst weg«, erwiderte Rita. »Dein Verhalten mag zu Hause funktionieren, aber nicht hier.«

»Zu Hause funktioniert es auch nicht«, sagte Darryl und seufzte erneut. »Ich wollte es nur noch mal versuchen. Gelegentlich sollte sich ein Mann wie der König in seinem Reich fühlen, nicht wahr, Hamish?«

Hamish wirkte verunsichert. »Ich, äh …«

»Jetzt aber Abmarsch, Daz«, befahl Rita. »Bis morgen.«

»Okey-dokey.« Mit einem Winken ging er zur Bürotür. »Adios, Kollegen.«

»Das ist ja ein echtes Original«, stellte Hamish lächelnd fest.

»Auf langen Flügen ist das durchaus von Vorteil«, sagte Rita. »Es wird nie langweilig.« Sie reichte ihrem neuen Kollegen seinen Tee. »Lassen Sie uns doch Platz nehmen«, sagte sie, »dann kann ich Ihnen alles über unser kleines Unternehmen erzählen.«

»Danke«, sagte Hamish herzlich, als Rita sich setzte.

Sie unterhielten sich ein paar Minuten, bis die nächste Schicht eintraf: Michelle, die andere Krankenschwester, und ein Pilot namens Kevin, der sich mit Darryl abwechselte. Einem Gerücht zufolge – das Darryl verbreitete – war Kevin als Hubschrauberpilot im Vietnamkrieg gewesen; man solle ihn besser nicht reizen, weil er traumatisiert sei, pflegte Darryl mit ernstem Nicken zu sagen.

Keine von Darryls Schauergeschichten passte zu dem fröhlichen Mann, der zu enge Shorts und zu lange Socken trug und sie immer mit einem Winken und einem strahlenden Lächeln begrüßte. Einem weiteren von Darryls Gerüchten zufolge waren Kevin und Michelle ein Paar. »Ich schwöre dir, Rita, ich habe sie wild herumknutschen sehen!«, hatte Darryl ihr mal erzählt, aber Rita war das Blitzen in seinen Augen nicht entgangen.

Sie war zu dem Schluss gelangt, dass Darryl sie die meiste Zeit auf den Arm nahm oder regelrecht anlog, aber statt deshalb sauer zu werden, verstand sie es als Versuch, sie in das Leben vor Ort einzubeziehen, ihr hier das Gefühl des Zu-Hause-Seins zu geben. Er erzählte Geschichten und brachte sie damit zum Lachen. Sie beschloss, Hamish nicht vorzuwarnen; er würde schnell seine eigenen Erfahrungen mit Darryl machen.

»Die Ablösung ist da«, sagte Rita, schob ihren Stuhl zurück und stand auf, »ich überlasse Sie nun sich selbst.«

»Danke«, sagte Hamish. Um seine Augen herum kräuselten sich Fältchen, wenn er lächelte, aber gleichzeitig lag in seinem Lächeln etwas, das sie nicht benennen konnte. Erschöpfung vielleicht. »Ich hoffe, wir werden bald zusammenarbeiten.«

»Zweifellos.« Sie wollte etwas Bedeutsames sagen, schließlich war es sein erster Tag. Stattdessen schaute sie ihn viel zu lange an und merkte, dass sich leichte Verwirrung auf seinem Gesicht abzeichnete.

»Okay, ich bin dann mal weg.« Sie drehte sich um und marschierte davon. Als sie sich noch einmal umdrehte, um zu sehen, ob Michelle oder Kevin sich schon mit dem Neuankömmling unterhielten, bemerkte sie, dass Hamish ihr mit einem leichten Lächeln nachblickte.

## 13

Sybil war die Zeit davongerannt. Wie immer war sie schon vor der Dämmerung auf den Beinen gewesen, weil sie gerne mit Joe aufstand. Unter anderem hatte sie zwei Kinder im Camp besucht. Eines hatte sich an einem Nagel das Bein aufgerissen, und die Wunde heilte nicht zu Sybils Zufriedenheit. Das andere hatte eine Erkältung, die schon zu lange anhielt, und bekam seit ein paar Tagen nur keuchend Luft. Sybil dachte die ganze Zeit darüber nach, ob sie die beiden nach dem Mittagessen ins Krankenhaus fahren sollte. Sie war zwar Krankenschwester, maß sich aber nicht an, alles zu können.

Dann bezog sie das Bett im Gästezimmer, weil sich für den Nachmittag ein Viehbeschauer angemeldet hatte. Außerdem hatte sie ein paar Briefe geschrieben: an Rita, an eine alte Kollegin, die jetzt in Perth wohnte, an ihren Bruder in Sydney und an Kates Eltern. Sie schickte ihnen alle zwei, drei Monate einige Zeilen, weil sie eine Verbindung zu diesen Leuten suchte, die nun Teil ihrer Familie waren, auch wenn sie auf der anderen Seite der Erde wohnten.

Jetzt bereitete sie für Joe das Mittagessen zu, wie immer, wenn er in der Nähe des Hauses arbeitete. Heute bekam er etwas anderes als sonst, da sie am Vortag Obst aus der Stadt mitgebracht hatte. Das kam selten vor, und sie wusste, dass er sich über einen frischen Obstsalat und ein Käse-Zwiebel-Sandwich freuen würde. Sie waren es derart gewohnt, immer dasselbe zu essen – Fleisch vornehmlich –, dass alles andere schon exotisch anmutete.

»Hallo, mein Schatz«, sagte er, als er durch die Küchentür trat und sie auf die Wange küsste, bevor er seinen Hut aufhängte.

»Hallo.« Sie fuhr ihm mit den Fingern durchs Haar, das nach einem Morgen in der Hitze am Schädel klebte, dann tätschelte sie seine Wange. Er sah müde aus, dachte sie, seine leuchtend blauen Augen waren stumpfer als sonst. Seit Lachie verschwunden war, wirkte auch er ein wenig niedergeschlagen, was gar nicht zu ihm passen wollte. Er war eigentlich ein Mann, der für alles einen Plan hatte und sich von nichts unterkriegen ließ.

»Ich habe eine Überraschung für dich«, sagte sie.

»Ja?« Erschöpft ließ er sich langsam auf seinen Stuhl sinken.

Als Sybil ihn kennengelernt hatte, war sie fünfundzwanzig gewesen und er acht Jahre älter. Nun war sie einundfünfzig, aber der Altersunterschied war ihr noch nie so groß vorgekommen wie heute. Joe machte plötzlich den Anschein, als wäre er ein alter Mann, und er verhielt sich auch so. War die Veränderung schleichend eingetreten, oder hatte sie einfach nicht darauf geachtet? Oder strengte ihn das Leben nun stärker an?

»Ich möchte nicht, dass du dich allzu sehr aufregst«, sagte sie mit einem Zwinkern, »aber heute gibt es Obst.«

Sein Gesicht leuchtete auf.

»Wirklich? Äpfel?«

»Und Orangen.« Sie lachte. »Das letzte Mal ist sicher ein Jahr her.«

Er lächelte. »Das ist wunderbar, mein Schatz. Eine echte Überraschung.«

»Wie war dein Vormittag?«, fragte sie, als sie an die Arbeitsplatte trat, um die Früchte zu schälen und klein zu schneiden.

Joe erzählte ihr von einem lahmen Bullen, den Stan mühsam einzufangen versucht hatte, während Ben über seine eigenen Füße gestolpert war. Sybil musste daran denken, wie er ihr zum ersten Mal eine Geschichte erzählt hatte, bei ihrer allerersten Begegnung.

Damals hatte ihr ihre Arbeit gefallen, und sie war schneller als erwartet in der Krankenhaushierarchie aufgestiegen. Manchmal arbeitete sie noch als Krankenschwester oder betreute jüngere Schwestern, obwohl es ihr nicht immer leichtfiel, ihre Autorität zu behaupten. Sie war froh, dass sie ihren Beruf mochte, weil ihr Leben außerhalb der Arbeit zu einem Stillstand gekommen zu sein schien.

Eigentlich hatte sie immer gedacht, dass sie mit fünfundzwanzig längst verheiratet sein und mindestens ein Kind haben würde. Ihr ganzes Leben war darauf ausgerichtet, und tatsächlich lief alles nach Plan, als sie sich im Alter von neunzehn mit ihrer Jugendliebe Ray verlobte. Sie versprach ihm, sofort nach der Hochzeit ihren Beruf aufzugeben, doch er erklärte ihr, vor der Heirat noch Geld verdienen zu wollen. Er wolle erst sicherstellen, dass er ihr zu gegebener Zeit auch ein Haus kaufen könne. Also warteten sie.

An einem Januartag im Jahr 1950 fragte Ray, ob sie mit

ihm und seinen Freunden an den Strand gehen wolle, an den Queenscliff Beach. Sybil lehnte ab. Sie hatte am benachbarten Strand, dem Manly Beach im Norden von Sydney, schwimmen gelernt. Ihr Vater hatte ihrem Bruder und ihr beigebracht, wie man Strömungen erkannte, sich überschlagende Wellen vermied und wann man erst gar nicht ins Wasser gehen sollte. Weil sie als Teenager am Queenscliff Beach ausgerutscht und in den Strudel einer Welle geraten war, mochte sie diesen Ort nicht besonders. Sie konnte noch immer spüren, wie sie hin und her geworfen worden war und Wasser in die Nase und Sand in den Mund bekommen hatte.

Sybils Ansicht nach war der Queenscliff Beach gänzlich zu meiden. Außerdem hatte eine Kollegin sie gebeten, mit ihr die Schicht zu tauschen, weil sie sich mit einem jungen Mann treffen wollte, den sie kürzlich beim Tanzen kennengelernt hatte. Also übernahm Sybil die Schicht und gab Ray einen Abschiedskuss.

Er war ein guter Schwimmer und prahlte gerne damit, mit allen Verhältnissen zurechtzukommen. Wie Sybil war er mit den Wellen aufgewachsen – aber anders als sie hatte er nicht gelernt, wie man das Wasser las. Vielleicht war das der Grund, warum er von der Welle erwischt wurde, die ihn mit voller Wucht auf den Strand knallte und ihm das Genick brach. Er war schon tot, bevor seine Freunde überhaupt merkten, dass er aus der weißen Gischt nicht mehr auftauchte.

Noch Jahre später – selbst nach ihrem Umzug nach Fairvale, als sie längst Mutter war – konnte sie mit geschlossenen Augen vor sich sehen, wie ihr Vater in der Tür ihrer Wohnung in Elizabeth Bay gestanden hatte. Sie war so stolz auf ihre Bleibe gewesen, obwohl sie sich die Miete kaum hatte leisten können, weshalb sie Rita das andere Zimmer untervermietet hatte. Sie waren dort glücklich gewesen.

Stumm hatte ihr Vater seinen Hut immer wieder von einer Hand in die andere genommen. Seine Augen waren ernst gewesen. Auch Rita war aus ihrem Zimmer getreten.

»Sybil, mein Schatz …«, sagte ihr Vater leise, dann brach seine Stimme. Sybils erster Gedanke war, dass ihre Mutter gestorben sein müsse.

»Ja?«, sagte sie und spürte, dass ihre Schultern bebten. Die Reaktion war seltsam, zumal sie sie nicht als die ihre empfand. Unwillkürlich wunderte sie sich, wie ein einziger Gedanke in ihrem Kopf solche Auswirkungen auf ihren Körper haben konnte.

»Mein Schatz«, wiederholte er und schloss die Tür hinter sich. Rita stand mit verschränkten Armen da, die blassen Lippen aufeinandergepresst, das Gesicht starr.

Sybil überlegte, ob sie etwas wusste. »Es geht um Mum, richtig?«, platzte es aus ihr heraus. Dann trat sie zu ihrem Vater und legte ihm die Hand auf den Arm.

»Nein, mein Schatz.« Er schloss die Augen und schüttelte langsam den Kopf. »Um Ray.«

Es geht um Ray.

Sie wusste Bescheid. Sie wusste Bescheid, weil sie selbst schon erlebt hatte, dass Ärzte schlechte Nachrichten auf diese schlichte Weise übermittelten. *Sie ist fortgegangen. Es ist vorbei. Es tut uns leid, aber …*

Sie wollte etwas sagen, versuchte es mit aller Kraft. Dann schlang Rita die Arme um sie und hielt sie fest, so als müsste sie sie auf den Beinen halten. Erst jetzt merkte Sybil, dass sie zusammengeklappt war. Sie spürte eine warme Hand im Nacken – die ihres Vaters vermutlich – und hörte ein Geräusch. Ein ersticktes, kehliges Geräusch.

»Syb«, flüsterte Rita. »Syb, Syb.«

Wieder dieses Geräusch. Es klang so komisch, fast als wäre es in ihrem Kopf und würde gleichzeitig aus einem anderen Raum kommen.

Sie holte Luft, musste sich darauf konzentrieren, weil sie sich nicht sicher war, ob sie atmete. Dann wieder das Geräusch. Sie war dessen Urheber, oder? Sie fühlte, wie es sich aus den Tiefen ihres Körpers emporkämpfte. Es war kein Schrei. Kein Heulen. Es war Protest.

*Es ist nicht wahr. Ich weigere mich, es zu glauben.*

Das waren Worte, die einen Sinn ergaben, und sie wollte sie aussprechen. Aber da waren nur dieses Geräusch und Ritas Arme, die sie umschlangen, und die Hand ihres Vaters auf ihrem Kopf, als wollte er sie zurückhalten, etwas zu tun. Als wüsste er, dass sie am liebsten aus der Tür rennen und vor der Tatsache davonlaufen wollte, dass Ray fort war und mit ihm das Leben, das sie miteinander geplant hatten, und als wäre ihm bewusst, dass es sie ab sofort jeden Morgen unendliche Mühe kosten würde aufzustehen, sich zu waschen, zu essen, einfach nur zu leben.

Aber sie hatte nicht aufgegeben. Mit Ritas Hilfe hatte sie einen Weg gefunden weiterzuexistieren, auch wenn es sich die meiste Zeit so anfühlte, als würde sie durch dicken Schlamm kriechen. Sie hätte nicht sagen können, dass es ihr mit jedem Tag besser ging. Damals veränderte sich ihre Zeitrechnung: Sie zählte nur mehr in Jahren. Ein Jahr nach Rays Tod ging es ihr ein klein wenig besser. Nach dem zweiten Jahr wiederum hatte sie das Gefühl, in den Morast der Hoffnungslosigkeit zurückzurutschen, in dem sie in den ersten Wochen nach seinem Tod am liebsten versunken wäre. Doch dann wurde etwas anders: Der Schlamm war nicht mehr so zäh, und sie fühlte sich freier. Sie vermisste Ray – an jedem einzelnen Tag vermisste sie ihn –, aber gleichzeitig hatte sie das Gefühl, zu sich zurückzukehren.

Drei Jahre nach Rays Tod saß sie mit Freunden in einem Café in Double Bay. Joe war im Cosmopolitan Hotel in der Nähe abgestiegen. Er kannte einen ihrer Freunde und rief einen Gruß herüber. Sybil bewunderte seine Ausstrahlung von Selbstbewusstsein und Stärke, als er zu ihnen herüberschlenderte, ihren Freunden die Hand gab und sich vor den Frauen an den abgewetzten Akubra-Hut tippte. Sein Gesicht war offen und ehrlich, und seine Augen strahlten Neugierde aus. Er konnte sich gut ausdrücken und war intelligent. In diesen ersten wenigen Minuten fand sie heraus, dass er für ein paar Tage auf Urlaub in Sydney war, um dann auf die Farm im Northern Territory zurückzukehren, die er später erben würde. Er erzählte ihr von Fairvale und davon, wie sehr er es liebte.

Seine Herkunft verlieh ihm etwas Exotisches, und nachdem sie sich – auf seine Bitte hin – noch einmal mit ihm getroffen hatte, war sie davon überzeugt, dass er ein freundlicher und nachdenklicher Mensch war. Er scheute nicht davor zurück, ihr bereits nach einer Woche zu gestehen, dass er sich in sie verliebt habe und sie heiraten und mit nach Hause nehmen wolle. Jahre später gab Sybil Rita gegenüber zu, dass sie Joe damals nicht geliebt habe; ihr Herz habe immer noch an Ray gehangen, und sie habe sich gefragt, ob sie überhaupt je wieder Liebe empfinden könne.

Doch Joe bot ihr etwas, das sie sich nicht selbst bieten konnte: die Hoffnung, dass sich das Leben ändern und ihr wieder ein Ziel geben könnte. Joe war zielstrebig und energisch und hatte Pläne für die Zukunft; er war so *lebendig*. Also willigte sie ein, ihn zu heiraten und mit ihm auf das Land zu ziehen, das immer schon seine Heimat gewesen war – gegen die Proteste ihrer Eltern, die befürchteten, dass sie ihre Entscheidung irgendwann bereuen würde.

Sie vermisste ihre Heimat – anfangs sogar schmerzlich, obwohl sie sich stets mahnte, dass sie an dem Leben und dem Mann, für die sie sich entschieden hatte, schon aus Gründen der Anständigkeit festhalten müsse –, aber mit der Zeit lernte sie, Joe zu lieben. Es war nicht die Liebe, die sie für Ray empfunden hatte, sondern eine bessere, weil sie sie stärker zu würdigen wusste. Joe konnte sie das so nicht sagen, aber sie fand Wege, es ihn spüren zu lassen.

Als Sybil ihm jetzt den Obstsalat hinstellte, nahm Joe ihr Handgelenk.

»Du bist so gut zu mir«, murmelte er.

»Du bist ja auch gut zu mir«, sagte sie sanft und küsste ihn auf die Wange.

»Weil du es verdient hast.« Er nahm ein halbes Sandwich. »Isst du nichts?«

»Später.«

»Ich habe den Eindruck, dass du zu wenig isst, seit Lachie …« Er verzog das Gesicht.

»Möglich. Vermutlich weil ich mir Sorgen um ihn mache.«

Das war die Wahrheit, und was sonst hätte sie ihrem Ehemann sagen sollen? Ich glaube, ich habe ihm Dinge durchgehen lassen, weil du früher zu streng mit ihm warst, und jetzt lassen wir es ihm sogar beide durchgehen, dass er uns verlässt.

Wenn Joe flach wie ein Brett im Bett lag und schlief, während sie nicht in den Schlaf fand und ihren durcheinanderwirbelnden Gedanken freien Lauf ließ, hatte sie das letzte Gespräch mit ihrem ältesten Sohn innerlich oft rekapituliert. Ihr war selbst nicht klar, ob sie vielleicht darauf hoffte, dass es sich bei der soundsovielten Wiederholung anders abspielen würde, oder ob sie einfach nur Lachies Stimme hören und Anzeichen von Liebe darin entdecken wollte.

An jenem Tag im August hatte das Telefon im Büro geklingelt, und Joe hatte den Anruf entgegengenommen. Den Beginn des Gesprächs bekam sie nicht mit, aber dann war Joe in der Küche und bat sie, schnell zu kommen.

*Lachie*, flüsterte er ihr stumm zu, als er ihr den Hörer reichte. Sie legte das Ohr an die Muschel und hörte die anderen Stimmen in der Gemeinschaftsleitung. Sie hatte sich schon oft gewünscht, ohne so viele Zuhörer telefonieren zu können, aber noch nie war der Wunsch so stark gewesen wie in diesem Moment.

»Lachie?«, sagte sie in den Hörer. Ihr war fast schwindelig vor Erleichterung, dass er sich bei ihnen gemeldet hatte.

»Ja. Hallo, Mum.« Er klang weit entfernt. Als wäre er nicht bei der Sache.

»Wo bist du, mein Schatz?«

»Oh …« Sie hörte einen tiefen Seufzer. »Das tut nichts zur Sache, oder?«

»Für mich schon.« Sie fühlte, wie sie von Angst gepackt wurde. Warum wollte er nicht, dass sie wusste, wo er war? »Wie soll ich wissen, wo ich dich finden kann, wenn du mir nicht sagst, wo du bist?«, fragte sie.

»Ich möchte nicht, dass du mich findest, Mum.« Seine Stimme war so spröde wie immer, als wollte er sie mit seinen Worten verletzen. Das hatte er oft getan, und sie hatte sich nie einen Panzer zulegen können. Stattdessen hatte sie gelernt, die Wunden schnell heilen zu lassen.

»Aber mein Schatz …«

»Ich komme nicht zurück«, sagte er heftig. »Ich möchte mit Fairvale nichts mehr zu tun haben. Soll doch der liebe Ben sich um alles kümmern.«

»Das ist nicht gerecht, Lachlan. Was auch immer du denkst, es hat nichts mit Ben zu tun.«

Am anderen Ende der Leitung herrschte Schweigen, und Sybil hatte schon Sorge, dass er den Hörer weggelegt haben könnte.

»Drei Minuten«, ertönte die Stimme des Vermittlers in der Leitung. »Wollen Sie das Gespräch fortsetzen?«

»Ja!«, antwortete Sybil, bevor ihr Sohn es konnte.

»Natürlich hat es etwas mit ihm zu tun«, sagte Lachie, und sie meinte, ihn lachen zu hören. »Er war doch immer der große Held und konnte nie etwas falsch machen. Das, was ich getan habe, war dagegen nie gut genug, nicht wahr? Ich bin nicht schlau genug, um mich um den Betrieb zu kümmern, das hat Dad selbst gesagt.«

Sybil schnappte nach Luft. Joe hatte damals, als ihre Söhne noch zu Hause unterrichtet wurden, seinem Unmut Luft gemacht, weil Lachie partout seine Hausaufgaben nicht erledigen wollte. Ein einziges Mal hatte er das gesagt. Nur ein Mal. Danach hatte er sich nie wieder so geäußert.

»Darüber regst du dich so auf?«, fragte Sybil. »Aber das kann doch nicht der Grund dafür sein, dass du nicht nach Hause kommen willst – nach all den Jahren.«

Lachie schwieg, aber immerhin hörte sie ihn atmen. »Es ist nur der erste von vielen Gründen«, sagte er nach ein paar Sekunden.

»Wir lieben dich genauso sehr wie Ben«, sagte Sybil, war sich aber bewusst, dass das für jemanden, der das anders sah, nicht besonders überzeugend klingen musste.

»Klar«, sagte er. »Das könnt ihr euch gerne einbilden.«

»Lachie …«

»Versuche nicht, mir das auszureden, Mum. Ich möchte nicht bei euch sein. Ich hasse die Farm.«

Die Worte trafen sie bis ins Mark, und vielleicht hatte er genau das beabsichtigt. Sybil war froh, dass Joe sie nicht gehört hatte.

»Warum?«, fragte sie fast flüsternd.

Er lachte, ein kurzer, scharfer Laut ohne jede Spur von Humor. »Es ist einfach so. Ich möchte nicht mit Dad zusammenarbeiten. Ich möchte Fairvale nicht übernehmen. Mir ist egal, was ihr für Pläne mit mir hattet, ich werde nichts davon tun. Ich werde nicht mein Leben damit vergeuden, mir sieben Tage die Woche den Arsch aufzureißen, ohne ein bisschen Spaß oder Geld dafür zu bekommen. Ich habe etwas Besseres verdient.« Er hielt inne. »Oder etwa nicht?« Seine Stimme klang fast triumphierend.

Sie dachte an all die Gelegenheiten, bei denen sie ihm erzählt hatte, dass er etwas Besonderes war; denn davon war sie tatsächlich überzeugt gewesen. Aber sie konnte sich auch noch erinnern, dass er nach seinem Wechsel aufs Internat damit angefangen hatte, lautstark über Fairvale herzuziehen. Er hatte sich beklagt, dass sie in den Ferien nicht wie seine Freunde ins Ausland reisten und dass sie im Winter nicht Ski fuhren und auch kein Haus am Meer besaßen. Sybil hatte er dafür kritisiert, dass sie sich nicht modischer kleidete, während ihm an seinem Vater die alten Stiefel nicht passten. Sie hatten ihm alles durchgehen lassen, vor lauter Angst, dass er sie ganz zurückweisen könnte. Ihre Pläne hatten immer vorgesehen, dass Lachie die Farm übernahm, so wie Joe sie übernommen hatte. Auch Joe hatte einen jüngeren Bruder, der wie Ben hatte zurückstecken müssen.

Jetzt waren ihre Ängste wahr geworden, und Sybil erkannte, wie töricht sie gewesen waren. Fairvale würde auch ohne Lachie fortbestehen. Trotzdem hatte sie ihren Sohn schon Monate nicht mehr gesehen. Am liebsten hätte sie die Zeit zurückgedreht und ihm gesagt, dass er tun könne, was er wolle – dass er auch nicht auf Fairvale wohnen müsse –, wenn er nur Teil ihrer Familie bliebe.

Aber sie konnte nicht mit ihm reden, weil er ihr keine Gelegenheit dazu gab. Seine Meinung stand fest. »Ich vermisse dich«, sagte sie.

»Aha«, sagte er.

»Meldest du dich gelegentlich? Wenn du mir schon nicht verrätst, wo du bist.« Ihre Arme und Beine fühlten sich schwer an. Die Empfindung kannte sie: Kummer, der sie zu Boden zog. Sie hätte dem Drang gerne nachgegeben.

»Nein«, erwiderte er.

»Bitte sag mir, wo du bist«, flüsterte sie.

»Tschüss, Mum.«

In der Leitung hatte Schweigen geherrscht. Die anderen Leute mussten ihrem Gespräch gelauscht haben. Und Sybil hatte gedacht, dass es nun nicht lange dauern würde, bis jeder in der Gegend darüber Bescheid wusste, dass Lachlan Baxter für immer fort war.

Jetzt griff sie nach der anderen Sandwichhälfte auf Joes Teller. »Vermutlich sollte ich etwas essen«, sagte sie.

»So gefällst du mir schon besser«, sagte Joe und lächelte kurz. »Wenn du verhungerst, bringt ihn das auch nicht zurück.«

»Nein.« Sie biss ab und gab sich Mühe, nicht zu würgen.

»Die Dinge werden sich schon finden«, sagte Joe barscher, als es sonst seine Art war. »Wir haben ja Ben. Ich denke, wir können von Glück sagen, dass wenigstens einer Interesse hat hierzubleiben.«

»Aber Ben weiß nicht …«

»Ben weiß genug.« Joe legte sein Sandwich hin. »Und was er nicht weiß, wird er lernen. Vielleicht …«

»Vielleicht was?«

»Vielleicht ist es besser so«, sagte Joe und griff wieder zu seinem belegten Brot. »Vielleicht hätte es immer schon so sein sollen.«

»Aber Lachie ist unser Sohn«, sagte Sybil.

»Er hat eine Menge Schaden angerichtet.« In Joes Stimme war ein Groll herauszuhören, den Sybil von ihm nicht kannte. Sein Blick mahnte sie, besser nicht darauf hinzuweisen, dass sie ihrem Sohn zuerst Schaden zugefügt hatten. Joe hatte seine Söhne erzogen, wie er selbst erzogen worden war; was nicht funktionierte, hatte er einfach ausgeklammert. Das hatte er sich nur zu spät klargemacht. Darüber hatten sie sogar gesprochen, als die Jungen herangewachsen waren. Immer wieder hatten sie diskutiert, was sie richtig oder falsch machten.

»Das alles ist schwer zu akzeptieren«, sagte Sybil und schluckte.

»Aber so ist es.« Joe seufzte. Das Geräusch hallte in der

kleinen Küche wider. »Wir müssen an unserem Leben festhalten, mein Schatz. Wenn Lachie uns wiedersehen will, wird er sich schon melden. Dazu zwingen können wir ihn nicht.«

»Ich möchte ihn nicht aufgeben«, erklärte Sybil leise.

»Das musst du auch nicht. Aber dich darfst du auch nicht aufgeben.« Sein Lächeln war matt, aber verständnisvoll. »Und jetzt erzähl mir, was für ein Buch ihr als Nächstes in eurem Buchclub lesen werdet«, sagte er, als sie das Sandwich zum Mund führte und zögerlich hineinbiss.

Sie kaute und schluckte. »Vielleicht eignet es sich gar nicht für unsere Runde«, sagte sie. »Ich lese es gerade, um das beurteilen zu können.«

Sie sah ihn an, und er zog die Augenbrauen hoch und nickte knapp.

»Der Titel lautet *Die Clique*. Es ist ein amerikanischer Roman«, fuhr sie fort.

»Nie davon gehört«, sagte er lächelnd. »Obwohl das vermutlich kein Wunder ist. Du weißt ja, dass ich kein begeisterter Romanleser bin.«

»Ja.« Joe mochte Tatsachen: Geschichte, Wissenschaft, Zeitgeschehen. Für die *Dornenvögel* hatte er eine Ausnahme gemacht. Ihr war bewusst, dass er es ihr zuliebe getan hatte, und das war einer der zahllosen Gründe, warum sie ihn liebte.

»Das Buch ist schon vor längerer Zeit erschienen«, fuhr sie fort und versuchte sich zu entsinnen, ob sie irgendwo das Erscheinungsjahr gesehen hatte. »Ich glaube, in den frühen Sechzigern.«

»Und du hast es vorher noch nie gelesen?«

»Nein. Rita hat mir kürzlich davon erzählt. Sie hat eine

amerikanische Freundin, die es ihr offenbar empfohlen hat. Aber egal ...«

»Von wegen egal.« Joe nahm seine Tasse und schlürfte lautstark seinen Tee. »Erzähl mir, worum es geht.«

»Im Mittelpunkt steht eine Gruppe Freundinnen.«

»Klingt schon mal so, als könnte es zu euch passen«, sagte er. »Warum sollte es sich nicht für euch eignen?«

Sie stieß einen Seufzer aus. »Weil ... Nun ja, ich mag es bis jetzt. Es ist ein großartiges Buch. Aber ich bin mir nicht sicher, ob es das Richtige für unseren Buchclub ist. Es ist ein wenig«, sie suchte nach dem passenden Wort, »anzüglich.«

»Anzüglich?« Joe schlug mit der Hand auf den Tisch. »Tatsächlich? Ich denke, ich werde es nicht zulassen, dass meine unschuldige Ehefrau ein anzügliches Buch liest.« Seine Augen blitzten verschmitzt, und sie musste lachen.

»Wir leben hier in einer wohlbehüteten Welt.« Sie schenkte ihm ein Lächeln und trank einen Schluck Tee.

»Absolut. Die Menschen hier sind so rein wie Schnee. Es ist ja nicht so, als hättest du schon einmal einen Betrunkenen gesehen oder ein Mädchen versteckt, das sich von einem verheirateten Mann hat schwängern lassen. Nun, ich denke, du wirst ein bisschen Anzüglichkeit schon verkraften.«

»Ich sorge mich ja auch nicht um mich.« Sybil schob ihre Tasse auf der Untertasse hin und her.

»Um wen dann?«

»Um Kate«, sagte Sybil. »Ich habe keine Ahnung, ob sie solche Bücher mag. Immerhin ist sie Engländerin. Die sind immer so ... höflich.«

»Meines Erachtens müssen wir uns um Kate keine Sorgen machen. Kürzlich ist sie mit dem Pferd davongaloppiert, als wollte sie Ben übertrumpfen.« Joe schaute auf seine Uhr. »Aber falls du mehr darüber erfahren möchtest, was ›anzüglich‹ bedeutet, kann ich die Mittagspause auch gern noch etwas ausdehnen.« Er neigte den Kopf und schaute sie mit einem schiefen Lächeln an.

Das taten sie gelegentlich, wenn das Haus leer und nicht zu erwarten war, dass so schnell jemand zurückkam. Es war die einzige Zeit, die sie für sich hatten, der einzige Freiraum, den sie sich schaffen konnten. Sybil wunderte sich, dass Joe sie nach so vielen Ehejahren immer noch anziehend fand, während sie an seiner Wirkung auf sie nie zweifelte. Er war genauso groß, stark und attraktiv wie damals, auch wenn sein Gesicht von der Arbeit in der Natur gezeichnet war und seine Haare allmählich ergrauten. Seine Augen leuchteten wie früher, und sein Lächeln war immer noch magisch. Sie liebte ihn mehr denn je.

Joe erhob sich. »Meine wunderbare Ehefrau«, murmelte er und streckte die Hand aus.

Sie ergriff sie und erwiderte: »Mein liebster Mann.«

Sie führte ihn durch den Flur zu ihrem Schlafzimmer. Als sie seine Lippen im Nacken spürte, seufzte sie lächelnd, bevor sie der Welt die Tür vor der Nase zuschlug.

# 14

Das Klopfen an der Tür riss Della aus dem Schlaf, der sie übermannt hatte, als sie sich ihren Tagträumen hingegeben hatte. Stan hatte sie an diesem Morgen besucht, und sie versuchte immer noch herauszufinden, warum sie ihn so mochte. Sie kannte ihn kaum, und er kannte sie genauso wenig. Auch hatten sie noch nicht so viel Zeit miteinander verbracht, dass sie behaupten könnte, viel über sein Leben zu wissen. Doch irgendetwas an ihm flößte ihr ein Gefühl von Leichtigkeit ein.

»Willst du zu Bob?«, hatte sie ihn gefragt, weil sie ihn zuvor zu den Ställen hatte gehen sehen. Ihr Herz pochte wild, als er bei ihrem Anblick übers ganze Gesicht strahlte.

»Warum sollte ich zu Bob wollen, kleine Della?«, fragte er zurück. »Bob kenne ich schon mein ganzes Leben lang.« Sein Lächeln war vollkommen natürlich, offen.

Unwillkürlich lächelte sie zurück.

»Ich bin wegen dir hier.« Seine Lippen entspannten sich wieder, dafür wurde sein Blick immer eindringlicher.

Dann wandte er sich an Arthur, der sich gesträubt hatte, als sie ihn satteln wollte. Zu ihrem Unmut musste sie feststellen, dass ihr Pferd leise in Richtung Stans Brust wieherte, als er es am Kinn kraulte.

»Das glaube ich nicht«, flüsterte sie.

Stans Kopf fuhr hoch. »Warum sollte ich denn nicht wegen dir hier sein?«, fragte er mit gerunzelter Stirn.

»O Gott, nein!«, rief sie. »Ich meinte … Ich fasse es nicht, dass Arthur dich mag. Mit den meisten Menschen hat er so seine Schwierigkeiten.«

Stan nickte langsam. »Man muss nur nett zu dir sein, was?«, sagte er und legte seine Nase an Arthurs Kopf. Dann schaute er wieder Della an. »Das ist wie bei uns.«

Sie waren zu einem Spaziergang aufgebrochen, immer am Fluss entlang, wo niemand sie sehen würde. Dabei war es nicht so, dass sie nicht mit ihm gesehen werden wollte, aber sie wollte auch kein Getratsche provozieren. Sie war in der Nähe einer Kleinstadt aufgewachsen und wusste nur zu gut, wie es dort zuging. Und Ghost River war die kleinste aller möglichen kleinen Städte.

Ein erneutes Klopfen – fester dieses Mal – brachte sie auf die Beine. Schnell ging sie zur Tür und riss sie auf. Ross Watson ragte vor ihr auf.

»Tag«, sagte er und beugte sich ihr entgegen. Sie trat einen Schritt zurück.

»Hallo«, erwiderte sie und gab sich Mühe, nicht nervös zu klingen. Draußen war es noch hell, sodass noch andere Arbeiter unterwegs sein dürften. Da Sonntagnachmittag war, herrschte zwar nicht das übliche Treiben, aber in der Ferne hörte sie jemanden rufen und jemand anderen antworten.

»Was tust du hier?«, fragte Ross. Della wurde bewusst, dass sie besser nicht noch weiter zurücktrat, sonst würde er im Zimmer stehen. Sie machte einen Schritt zur Seite, um ihn so vielleicht etwas zurückdrängen zu können.

»Ich lese«, flunkerte sie, weil sie sich kein Gespräch aufdrängen lassen wollte. Sie wusste, dass er nicht einmal in die Zeitung schaute.

Er sah sich im Raum um. »Dieser Typ ist nicht hier?«

Della spürte, wie sich ihr Magen zusammenkrampfte. Man hatte sie also doch zusammen gesehen. Sie hätte gar nicht erst hoffen sollen, unbemerkt zu bleiben.

»Nein«, sagte sie.

»Du solltest dich besser von ihm fernhalten.« Ross spannte den Kiefer an, sein Blick war leer. Plötzlich hatte Della einen komischen Geschmack im Mund. Etwas Metallisches. Adrenalin. Ihr war nicht klar gewesen, dass sie Angst vor dem Mann hatte, aber jetzt wusste sie es.

»Warum?« Vermutlich hätte sie das nicht fragen sollen – schließlich wollte sie die Antwort gar nicht wissen –, aber ihr fiel nichts ein, womit sie ihn sonst auf Distanz halten sollte.

»Ich denke, das weißt du. Du könntest noch wie Amelia enden.« Das sagte er so leicht dahin, als würde er ihr einen freundlichen Rat geben. »Sie wurde geschwängert«, sagte er, »wie ich hörte, von Lachie Baxter.« Er stieß ein grausames Lachen aus, und Dellas Angst wuchs noch mehr. »Tja, er ist mit ihr durchgebrannt. Und dann musste sie auch verschwinden.« Er stieß einen Finger gegen Dellas Brustkorb. Wieder wich sie zurück.

»Kann ich dir irgendwie behilflich sein?« Della drückte ihren Rücken durch und bemühte sich um einen selbstbewussten Blick.

»Ich würde sagen, du kannst mir sogar in vielerlei Hinsicht behilflich sein.« Er kam auf sie zu und lächelte in einer Weise, die ihr nicht gefiel. »Brauchst du nicht jemanden, dcr dich in der Nacht wärmt?«, fragte er.

»Nein.«

»Das solltest du aber. Es ist nicht gut, wenn Mädchen wie du allein sind.«

Mit einem großen Schritt trat sie um ihn herum und durch den Türrahmen, sodass er sich umdrehen musste, um sie anschauen zu können.

»Das ist wirklich nicht dein Problem«, sagte sie mit gesenkter Stimme und hoffte, dass sie sich stark anhörte.

Er zuckte mit den Achseln und schien nicht im Mindesten beeindruckt. »Das denke ich aber doch.« Seine Augen verengten sich zu Schlitzen, sodass sie seinen Blick nicht mehr einordnen konnte. »Alle Sheilas tun so, als wollten sie es nicht. Dabei wollen sie es immer.«

Sie gab sich Mühe, langsam zu atmen, aber es gelang ihr nicht. Die mit Wut vermischte Angst zog sich in ihrer Brust zu einem Klumpen zusammen.

Ross legte ihr die Hände auf die Schultern.

Della machte sich so steif, wie sie nur konnte. Sie wollte vermeiden, dass ihr Körper irgendwelche einladenden Signale aussandte. »Nimm die Hände weg«, sagte sie.

»Weil sonst was passiert?«

Sie stemmte sich gegen seine Brust, aber er hielt sie fest. Plötzlich hatte sie den Geschmack von Galle im Mund.

»Della!« Die vertraute raue Stimme erklang genau zur rechten Zeit. Als Felicity um die Ecke des Hauses bog, begannen Dellas Knie zu zittern.

»Ja?« Vor Erleichterung hätte sie am liebsten geweint.

»Ich kann die Kekse nicht finden, die du gebacken hast«,

sagte Felicity, während sie näher kam. Als sie Ross erblickte, blieb sie stehen. »Was zum Teufel tust du hier?«, fragte sie. Dann wandte sie sich mit zorniger Miene an Della, die ahnte, was sie dachte.

»Das wüsste ich auch gern«, sagte Della laut.

Ross ließ die Arme sinken und ging auf Abstand.

Felicity stemmte die Hände in die Hüften. Im schwindenden Licht des Tages konnte Della erkennen, wie sich die Augenbrauen ihrer Chefin zusammenzogen.

»Ross Watson, ich habe dir schon mal erklärt, was passiert, wenn ich dich noch einmal bei so etwas erwische«, sagte sie streng.

»War nicht mein Fehler«, brummte er mürrisch.

»Ach ja? Du stehst an Dellas Tür, nicht andersherum. Deshalb würde ich zu behaupten wagen, dass es sehr wohl dein Fehler ist.« Ihr Mund wurde zu einem dünnen Strich. »Aug wird dich morgen in die Stadt bringen. Und den Versuch, dir irgendwo anders in der Gegend um Katherine eine neue Stelle zu suchen, kannst du dir abschminken. Denn die wirst du nicht bekommen.«

»Ich habe nichts getan«, sagte er und klang noch wütender.

»Aber es hat nicht viel gefehlt«, sagte Felicity knapp. »Außerdem hast du es schon in der Vergangenheit getan. Und jetzt lass Della in Frieden.« Felicity nickte in Richtung der Männerquartiere. Ross blitzte sie an; es sah aus, als würde er seine Zähne fest aufeinanderpressen.

»Eine Sheila macht die Beine nicht breit, und Sie erklären mir, dass *ich* verschwinden soll?«, schimpfte er. »Sie ist es, die gehen sollte. Sie hat mich angemacht. Es ist nicht meine verdammte Schuld, dass sie ihre Meinung geändert hat.«

Felicity wirkte amüsiert. »Und wie genau hat das Mädchen dich angemacht, Ross Watson? So wie die andere damals, ja? Indem sie dich angelächelt hat, als sie dir das Essen serviert hat? Indem sie dich angelächelt hat wie jeden anderen Menschen auch?«

»Sie wollte es aber«, murrte er. »Sie hat nur so getan, als würde sie es nicht wollen.«

»Ich bin mir ganz sicher«, sagte Felicity laut, »dass jede junge Frau in jedem beliebigen Teil Australiens erfreut sein wird, dir über den Weg zu laufen – und für dich die Beine breit machen zu dürfen, wie du es so entzückend ausgedrückt hast. Hier gibt es solche Frauen allerdings nicht.«

Ross schaute sie mit offenem Mund und gerunzelter Stirn an. Della bohrte ihre Fingernägel in die Handflächen und wünschte, er wäre schon fort.

»Kriege ich denn noch meinen Lohn?«, erkundigte sich Ross mit hängenden Schultern.

Felicity reckte das Kinn und blieb breitbeinig stehen. »Ich werde ihn dir schicken«, sagte sie dann.

Sein Kiefer spannte sich wieder an, dann wandte er sich ab und marschierte mit schweren Schritten davon.

Della schaute zu Felicity hinüber, die ihrerseits sie anstarrte.

»Du darfst sie nicht ermutigen«, sagte Felicity. Ihre verschränkten Arme drückten ihre Brüste so hoch, dass sie fast ihre Schlüsselbeine berührten. »Männer kennen ihre Grenzen nicht.«

»Ich habe ihn nicht ermutigt.« Della stellte sich gerade hin und schaute die ältere Frau an. »Ich habe nie irgendetwas gesagt, das ihn auf die Idee gebracht haben könnte, sein Verhalten wäre angemessen.«

Sie sahen sich so lange an, bis Felicity langsam nickte. »Gut«, sagte sie. »Aber ich möchte keine jungen Männer mehr in deiner Nähe sehen. Du bist eine zu gute Arbeitskraft, als dass wir es uns leisten könnten, dich zu verlieren.«

Della biss sich auf die Unterlippe und verkniff sich eine Erwiderung.

Zum ersten Mal, seit sie ihre Heimat verlassen hatte, wünschte sie sich, ihre Brüder wären in der Nähe und würden sie verteidigen. Ihr war es selbst zuwider, dass sie so dachte – sie wollte sich nicht auf andere verlassen –, aber in ihrer Jugend hatten ihre Brüder immer auf sie aufgepasst und alle Menschen, die ihr zu nahekommen wollten, von ihr ferngehalten. Das war gar nicht selten passiert. Da sie so klein war, hatten die Jungen in der Schule sie für Freiwild gehalten; hatten sie gehänselt und versucht, sie anzubaggern. Aber als hätten ihre Brüder das gespürt, war immer mindestens einer von ihnen zur Stelle gewesen und hatte Della denjenigen vom Hals geschafft.

Auf Ghost River hatte sie sich nie unsicher gefühlt – bis zu diesem Moment.

Nachdem sie die Tür ihrer Behausung hinter sich geschlossen hatte, setzte sie sich auf die Bettkante. Der Klumpen in ihrer Brust hatte sich aufgelöst, aber das Adrenalin war ihr auf den Magen geschlagen; sie hatte das Gefühl, sich übergeben zu müssen. Sie schaute sich nach einem Behältnis um, entdeckte aber nur ein Wasserglas. Das würde sie nicht missbrauchen, und sie würde auch nicht nach draußen zu den Sanitäranlagen gehen.

Sie schluckte den metallischen Geschmack hinunter und versuchte, langsamer zu atmen.

Zum ersten Mal verspürte sie in Australien am ganzen

Körper Heimweh. Es begann in ihren Eingeweiden und strahlte bis in ihre Finger und Zehen. Ihr Bauch wurde hart, und ihre Rippen fühlten sich an, als würden sie sie einengen. Sie kniff die Augen zusammen, als hinter ihren Lidern die Erinnerungen an all das aufblitzten, was sie zurückgelassen hatte. Dann weinte sie – wegen all der Menschen, die sie vermisste, und weil sie nicht wusste, was die Zukunft ihr bringen würde. Auch Wut mischte sich in ihre Gefühle: auf Ross, weil er sie ihre Verletzlichkeit hatte spüren lassen; und auf sich selbst, weil sie nicht stärker aufgepasst hatte. War sie eine Idiotin, dass sie sich von ihrem Freiheitsbedürfnis und ihrer Abenteuerlust dazu hatte verleiten lassen, alles Vertraute hinter sich zu lassen?

Da niemand sie hören konnte, ließ sie ihren Tränen freien Lauf. Als die letzten verebbt waren, ging Della im schwindenden Tageslicht zu den Ställen und legte die Stirn an den Körper eines Pferdes. Sie tröstete sich, wie sie es immer getan hatte, damals, Tausende von Kilometern entfernt, in ihrer Heimat.

# 15

Kate legte ihren Stift hin, schaute aus dem Bürofenster und lauschte auf die Geräusche im Haus. Auf den Mangel an Geräuschen im Haus. Vormittags hatte sie es oft ganz für sich allein.

Sie betrachtete den angefangenen Brief an ihre Eltern. Wann immer sie mit ihrer Arbeit in der Küche oder im Büro fertig war, schrieb sie Briefe: an ihre Eltern und an ihre Freunde. Darin berichtete sie Einzelheiten ihres Lebens auf Fairvale und schilderte die Menschen dort: zunächst Ruby; dann Stan, der sich immer an den Hut tippte, wenn er sie sah; Stans Cousin Harry, einer der Viehtreiber, der immer zur Trockenzeit kam und in der Regenzeit wieder verschwand; Harrys Frau Barbara und ihre zwei kleinen Kinder. Es gab noch andere, viele andere, einschließlich der Besucher aus der Stadt, die Zeitungen mitbrachten, auf die sie sich stürzte, um sie nach Neuigkeiten aus der Heimat zu durchforsten. Sie fühlte sich immer noch als Engländerin, und das würde sich vermutlich auch nie ändern. Auch wenn ihre Haut nun braun gebrannt war und ihr dunkles Haar unter der Sonne des Northern Territory einen rötlichen Schimmer angenommen hatte.

Ihre Mutter würde sie, ihre stets so gepflegte Tochter, nicht wiedererkennen, sähe sie sie jetzt mit ihren wilden, ungewohnt langen Haaren. Ihre beste weiße Bluse war mit rotem Staub bedeckt, was sie nicht davon abhielt, sie weiterzutragen. Sie legte keinen Lippenstift auf und feilte sich auch nicht die Nägel, weil diese Dinge hier nicht zählten, in diesem Leben voller Sonne, Tiere, Schmutz, Bäume und Menschen, die sich schreiend verständigten und schallend lachten, während Pferde dagegen protestierten, dass man ihren Sattelgurt stramm zog. Und dann war da Ben, der allgegenwärtige Ben, der gut gelaunt seine Arbeiter anführte und immer Zeit für die Kinder fand, die sich nach der Schule bei den Weiden herumtummelten und mit großen Augen zusahen, wie »Mister Ben« und die anderen Männer schufteten. Heute kastriere er Bullen, hatte er am Morgen angekündigt. Nach Details hatte sie sich lieber nicht erkundigt.

Ihr Ehemann begann jeden Tag mit so viel Begeisterung, dass diese auf Kate abfärbte. Selbst an ihren melancholischen Tagen – denen, wenn sie ins Brüten verfiel, weil sich immer noch keine Anzeichen für eine Schwangerschaft zeigten. Mittlerweile gelang es ihr besser, sich dann nicht von ihrer üblen Laune beherrschen zu lassen. Bens unerschütterlicher Optimismus half ihr für gewöhnlich dabei.

Joe hatte mal die Bemerkung fallen lassen, Ben habe nach Lachies Verschwinden zu sich selbst gefunden. Das war als Lob gedacht gewesen, wie man auch an Joes glücklicher Miene erkennen konnte. Kate hatte die Gelegenheit fast genutzt, um Joe nach seinem älteren Sohn zu fragen, aber dann war das Gespräch auf ein anderes Thema gekommen – Joe hatte darauf gepocht, dass man sich allmählich auf die Viehschau in Katherine vorbereiten müsse, die im Juli stattfand.

»Oh, du bist hier«, hörte Kate plötzlich Sybils Stimme in der Tür und zuckte zusammen. »Tut mir leid, ich wollte dich nicht erschrecken.« Sybil trat ins Büro.

»Kein Problem«, sagte Kate. »Ich habe nur vor mich hin geträumt.«

»Das passiert einem hier leicht.« Sybils Blick wanderte zum Fenster, bevor sie Kate anschaute. »Della ist da.«

»Ich habe den Truck gar nicht gehört«, sagte Kate und stand auf.

Sybils Lippen zuckten. »Stan kann sich heimlich anschleichen, wenn er möchte.«

»Vermutlich. Dann ziehe ich besser mal die Stiefel an.«

Eigentlich hatten Kate und Della auf Ghost River ausreiten wollen, aber Della hatte ihr in einem kurzen Brief mitgeteilt, sie würde dafür lieber nach Fairvale kommen. Einen Grund hatte sie nicht genannt. Als Kate Sybil von der Planänderung unterrichtete, hatte die ihr einen bedeutsamen Blick zugeworfen – auch wenn Kate nicht verstand, warum.

»Habt ihr schon entschieden, in welche Richtung ihr reiten werdet?«, fragte Sybil und trat in den Flur, um sie vorbeizulassen.

»Noch nicht. Kannst du uns etwas empfehlen?«

Sybil lachte. »Eher nicht. Ich war schon seit Jahren nicht mehr mit dem Pferd unterwegs. Mir geht es eher darum zu wissen, wo wir euch suchen müssen, wenn ihr bei Sonnenuntergang nicht wieder hier seid.«

»Oh, bis dahin sind wir natürlich zurück«, sagte Kate unbekümmert, obwohl sie registrierte, dass Sybils Blick ernst war.

»Nur für alle Fälle«, hakte Sybil nach.

Kate schaute ihre Schwiegermutter an. Zu Beginn ihrer Ehe, als sie sich gleichzeitig an das Leben unter Fremden und die extremen Bedingungen ihrer neuen Umgebung gewöhnen musste, hatte Sybils ewige Sorge sie oft irritiert. Mittlerweile sah sie ein, dass ihre Schwiegermutter einfach so war, und empfand sogar ein Gefühl der Geborgenheit dabei, wenn sie sich auf ihre Art um sie kümmerte. Ben bemerkte es gar nicht, weil er es nicht anders kannte.

»Wir reiten in Richtung Osten«, sagte Kate. »Hinten zu den Ställen hinaus und dann über den Fluss. Es wird ein Spazierritt.« Sie grinste. »Ohne wilden Galopp.«

Sybils Miene entspannte sich zu einem Lächeln. »Das ist gut. Dann viel Spaß. Ich habe euch ein paar Wasserflaschen abgefüllt. Sie stehen in der Küche.«

»Danke.« Kate erwiderte ihr Lächeln. »Bis später.«

»Bring Della doch anschließend mit, damit sie noch eine Kleinigkeit mit uns essen kann!«, rief Sybil ihr hinterher, während sie schon nach den Feldflaschen griff. Dann öffnete Kate die Hintertür und schlüpfte in ihre Stiefel, die sie vorher auf Schlangen hin kontrolliert hatte.

»Mach ich!« Sie schloss die Tür und schaute zum Gartentor hinüber, wo Della stand und zu Stan aufblickte. Das Grinsen in seinem Gesicht war noch breiter als sonst. Neben der winzigen Della wirkte er wie ein Riese. Kate sah eine Weile zu, wie sie flirteten, dann fühlte sie sich plötzlich wie eine Voyeurin. Immerhin hatte sie jetzt eine Ahnung, wieso Sybil zuvor so bedeutungsvoll geschaut hatte.

»Hallo!«, rief sie, als sie auf die beiden zuging.

Stan sah herüber und nickte, während Della so wirkte,

als hätte man sie dabei ertappt, wie sie Münzen aus der Kollekte stahl.

»Hallo, Kate«, sagte sie und öffnete ihr das Tor. Kate wollte sie auf die Wange küssen, erinnerte sich dann aber daran, dass sich Della beim ersten Buchclubtreffen lieber hatte umarmen lassen, weil man sich in ihrer Heimat zur Begrüßung nicht küsste. Also nahm Kate sie schnell in den Arm, während Della ihr auf die Schulter klopfte.

»Ihr zwei reitet jetzt aus?« Stan schaute zwischen ihnen hin und her.

»Ich werde sie schon heil wieder nach Hause bringen, versprochen«, sagte Kate und zog eine Augenbraue hoch, damit er wusste, dass sie begriffen hatte: Er mochte Della. Mochte sie wirklich.

»Oh«, sagte Della und hustete, »ich glaube nicht, dass er sich Sorgen macht.«

Kate fing Stans Blick auf und erkannte die Wahrheit, die darin lag. »Das denke ich aber doch«, sagte sie. »Aber da er nicht mitkommt, kann er nicht viel tun, um uns zu beschützen, was, Stan?« Sie zwinkerte ihm zu und fasste Della am Ellbogen.

»Die Pferde sind dahinten«, sagte Kate und zog sie in Richtung Stall. »Und Stan wird ganz sicher noch da sein, wenn wir zurückkommen.«

Della schaute sich schnell noch einmal nach ihm um, und Kate sah, dass er sich an den Hut tippte.

Die beiden Frauen schwiegen, bis sie außer Hörweite waren.

»Jaja«, sagte Kate dann.

»Was denn?«, fragte Della mit hoher Stimme.

»Man könnte fast meinen, dass Stan dich in sein Herz geschlossen hat.«

Della stieß ein kehliges Geräusch aus und schaute weg. »Davon weiß ich nichts«, sagte sie langsam, weil ihr texanischer Akzent seine Zeit brauchte.

Kate schnaubte. »Natürlich tust du das, Della. Aber wir müssen nicht darüber reden, wenn du nicht möchtest.«

Als sie den Stall erreichten, ließ sie Dellas Ellbogen los. »Die Pferde sind bereits gesattelt.« Sie zeigte auf Joes Lieblingswallach, den er immer seinen Gästen überließ. »Das ist Sonny. Er ist sehr lebhaft, hält sich aber streng an deine Kommandos. Du wirst also keine Probleme mit ihm haben.«

»Ich bin mir sicher, dass wir wunderbar miteinander auskommen werden.« Della ging zu ihm und tätschelte seinen Hals. »Und damit meine ich nichts anderes als das. Ich rede *ausschließlich* von dem Pferd.«

Kate lachte. »Sicher.« Sie saß auf. »Der Ausritt wird ein paar Stunden dauern, währenddessen hast du viel Zeit, mir von Stan zu erzählen.«

Della starrte sie mit großen Augen an. »Das werde ich nicht tun.«

»Das wirst du bestimmt.« Kate nickte zu dem Pferd hinüber. »Und jetzt rauf mit dir. Du erzählst mir von Stan, und ich erzähle dir, wie Ben mein Herz erobert und mich dann nach Australien verschleppt hat.«

»Das ist mal ein Wort.« Dellas Miene entspannte sich, als sie den linken Fuß in den Steigbügel schob. Dann saß sie so schnell im Sattel, wie es nur jemand vermochte, dem der Bewegungsablauf in Fleisch und Blut übergegangen war.

»Nach dir.« Della zeigte auf die Stalltür.

»Nein, nach dir. Bitte.« Kate lächelte, als Della zum Stall hinausritt und die Richtung zum Fluss einschlug.

Bis sie das Flussbett erreichten, ritten sie schweigend. Kate nickte, um Della zu bedeuten, in den Creek hineinzureiten, dann folgte sie ihr. Schließlich schloss sie auf, und sie ritten gemeinsam flussaufwärts – hätte der Fluss denn Wasser geführt.

»Also«, sagte Kate, da ihre gesellschaftlichen Umgangsformen sie dazu drängten, ein Gespräch zu beginnen. »Beim Treffen unseres Buchclubs hast du deine Brüder erwähnt.«

»Schon«, sagte Della und schaute nach oben, als Kakadus über ihre Köpfe hinwegflogen.

»Was ist?« Auch Kate blickte zu den Vögeln hoch, die sich schnell von ihnen entfernten.

»Wir haben uns schon eine Weile nicht mehr gesehen.« Sie zuckte mit den Achseln. »Tja, Brüder«, setzte sie hinzu.

Kate fragte sich, ob Della lieber nicht über das Thema reden wollte, obwohl sie es damals selbst aufgebracht hatte. Kate hatte das als Einladung verstanden. »Wie viele sind es denn?«, wagte sie sich vor.

»Vier«, sagte Della, und Kate war sich sicher, einen Seufzer gehört zu haben.

»Vier?«

Wieder zuckte Della mit den Achseln. »Mama wollte noch ein Mädchen. Sie dachte, ich würde Gesellschaft brauchen. Nach vier Versuchen hat sie es endlich aufgegeben.«

»Wie … großzügig von ihr«, sagte Kate. »Ich habe keinen einzigen Bruder. Wie das mit vieren ist, kann ich mir kaum vorstellen.«

»Versuch's lieber erst gar nicht«, sagte Della schnell und räusperte sich dann. »Ich meine, sie sind schon in Ordnung. Aber zusammen sind sie eine geballte Ladung *Jungen*, falls du verstehst, was ich meine.«

Kate lachte. »Ich denke schon.«

»Hast du Schwestern?«

»Mhm. Eigentlich nur eine.« Sie rang sich ein Lächeln ab, als sie an sie dachte. Manchmal war es einfach zu schwer. »Wir verstehen uns nicht allzu gut«, fuhr Kate fort. »Vermutlich ist sie sogar froh, dass ich hier bin.«

Della senkte die Fersen und brachte ihr Pferd zum Stehen. »Aha?«, sagte sie und drehte sich zu Kate um, die ihr Pferd ebenfalls anhielt.

Kate schüttelte den Kopf, um anzudeuten, dass es sich um kein interessantes Thema handelte, bewirkte damit aber genau das Gegenteil. »Ich war in der Schule beliebt«, erklärte sie, als sie Dellas erwartungsvolle Miene sah. »Meine Schwester ... Abigail ... eher nicht.«

»Verstehe«, sagte Della und trieb ihr Pferd wieder an.

Kate war erleichtert. Sie hatte wenig Lust, ihr Verhältnis zu Abigail zu erläutern. Sie wollte nicht erzählen, dass die Hauptursache für Abigails Abneigung nichts mit Beliebtheit zu tun gehabt hatte, sondern damit, dass Kate immer gute Noten nach Hause brachte und sie nicht. Abigail hatte nie die korrekte Rechtschreibung gelernt, trotz aller Ermahnungen und Übungen und gelegentlicher Drohungen von Seiten ihrer Eltern. Immer hatte sie die Buchstaben b und p verwechselt und die Reihenfolge der Konsonanten in einem Wort durcheinandergebracht, egal wie oft die Lehrer sie auch korrigieren mochten. Kate hatte versucht, ihr zu helfen, aber diese Bemühungen hatten die

Unterschiede zwischen ihnen nur noch stärker hervortreten lassen und ihre Beziehung noch einmal verschlechtert.

»Sollen wir in den Trab wechseln?«, fragte Kate und schenkte Della ein strahlendes Lächeln, das den Gedanken an ihre Schwester auslöschte.

»Klar.« Della gab ihrem Pferd die Sporen und hatte schon etliche Meter Vorsprung, als Kate begriff, dass ein Wettrennen begonnen hatte.

# 16

Der Kingswood war so schwerfällig wie ein Panzer, als Sallyanne ihn aus Tindal herausmanövrierte und ihn auf den Stuart Highway lenkte.

Sybil hatte sie am Morgen angerufen und gefragt, ob sie Rita mitnehmen könne, da deren Flugzeug mit Verspätung landen würde. Sybil hätte es nicht geschafft, in die Stadt zu fahren, sie abzuholen und rechtzeitig wieder auf Fairvale zu sein, um alles für das Treffen des Buchclubs vorzubereiten.

Sallyanne machte das nichts aus. Das frühe Aufstehen war kein Problem für sie. Die Kinder waren immer mit dem ersten Tageslicht auf den Beinen und mussten dann beaufsichtigt werden. Sie hatte genug Zeit, um sie zu ihrem Vater zu bringen und ihnen die üblichen Ermahnungen mit auf den Weg zu geben, damit sie ihren Großvater nicht allzu sehr nervten. Ihr Vater hatte nichts dagegen, auf die Kinder aufzupassen, solange sie nicht dazwischenredeten, wenn das Radio lief.

»Nett, dass du eingesprungen bist«, sagte Rita.

Sallyanne lächelte schnell, dann richtete sie die Augen wieder auf die Straße. »Das mache ich doch gerne«, sagte sie. »Es war ja kein großer Umweg.«

»Nein.« Rita lachte. »Fünfundzwanzig Kilometer sind hier in der Gegend nicht viel, was?«

»Nicht wirklich.«

»Und was unternimmt Mick heute mit den Kindern? Machen sie sich einen schönen Tag?«, fragte Rita.

Sallyanne hätte fast laut aufgelacht – nicht nur wegen der Vorstellung, Mick könnte sich um seine Kinder kümmern, sondern weil Rita das auch noch für normal zu halten schien. Sie dachte daran, wie sie ihre Antwort auf eine solche Frage normalerweise verbrämte. Wie sie log und erklärte, Mick müsse arbeiten oder sei schon verplant, weshalb er keine Zeit habe, sich um die Kinder zu kümmern. Aber wen schützte sie mit diesen Lügen?

»Die Kinder sind nicht bei Mick«, sagte sie und konnte selbst die Entschlossenheit in ihrer Stimme hören.

»Nicht?« Rita klang eher neugierig als abfällig. Dass sie sich kein Urteil anmaßte, ermutigte Sallyanne.

Sie atmete aus. »Mein Ehemann hat ein Alkoholproblem«, sagte sie, als sie den Stadtrand von Katherine erreichten. »Ich kann ihm die Kinder nicht anvertrauen.«

Rita erwiderte nichts. Sallyanne traute sich nicht, sie anzuschauen. Vielleicht würde ja jetzt das vernichtende Urteil kommen.

»Dann dürfte dein Leben nicht ganz leicht sein«, sagte Rita schließlich.

Sallyanne holte Luft. Dann noch einmal. »Nein, das ist es nicht«, flüsterte sie fast und klammerte sich ans Lenkrad.

»Wie lange geht das schon so?«

*Seit Ewigkeiten*, wollte sie sagen, weil es ihr so vorkam. »Schon seit einer Weile«, sagte sie stattdessen. »Es hat schleichend begonnen. Alle Männer hier trinken. Es hat ein bisschen gedauert, bis mir klar wurde, dass Mick mehr trinkt als früher.«

»Und bei wem sind die Kinder dann heute?«

»Bei meinem Dad.«

»Hat Mick dir … wehgetan?«

Sallyanne schaute nach links und sah, dass Rita ihren Blick nach vorn gerichtet hielt. Das verlieh ihr den Mut, die Frage zu beantworten. »Nicht körperlich.« Sie bog auf den Victoria Highway, der nach Fairvale führte. »Aber ich fürchte immer, dass er es tun könnte. Er wird sehr …« Das Bild, wie er groß vor ihr stand, erschien vor ihrem inneren Auge, und sie fühlte sich wie immer, wenn er sie einzuschüchtern versuchte – sie wollte einfach nur weg.

Sie räusperte sich. »Er hat mich nie geschlagen«, sagte sie. »Und die Kinder auch nicht. Aber manchmal fügt er ihnen Schaden zu, indem er einfach vergisst, sich um sie zu kümmern. Und wenn ich versuche, mit ihm darüber zu reden, dann … dann wird er wütend.« Sie schluckte und zwang sich, die Hände am Lenkrad ruhig zu halten. »Er ist so viel größer als ich. Es würde ihn nicht viel Mühe kosten, mich … du weißt schon.«

Die Luft im Wagen war stickig. Am liebsten hätte Sallyanne das Fenster heruntergekurbelt, aber die trockene Hitze von draußen würde vermutlich auch keine Erleichterung bringen.

»Redest du zum ersten Mal mit jemandem darüber?«, fragte Rita.

Sallyanne hörte die Sorge in ihrer Stimme. »Es ist das erste Mal, dass mich jemand gefragt hat.« Plötzlich spürte Sallyanne die ganze Last der letzten Jahre; sie wäre nicht überrascht gewesen, wären ihre Rippen unter dem Druck gebrochen. All die Zeit über hatte sie diese Bürde mit sich herumgeschleppt, und niemand hatte es auch nur bemerkt. Bis jetzt.

Sie zählte ihre Atemzüge. Eins-zwei-einatmen. Eins-zwei-ausatmen. Wie ihre Mutter es ihr beigebracht hatte, wenn sie wegen einer Prüfung oder einer anderen schulischen Angelegenheit nervös gewesen war.

»Tut mir leid, das zu hören«, sagte Rita. Ihre Stimme war über den Lärm des Wagens hinweg kaum zu vernehmen. »Es tut mir leid, dass du mit solchen Problemen leben musst.«

Sallyanne schaute geradeaus. Sie kannte diese Straße gut; selbst vor der Einladung nach Fairvale war sie sie öfter gefahren. Was aber nicht bedeutete, dass sie es sich leisten konnte, nicht aufzupassen. Auf der Fahrbahn konnten tote Tiere liegen, oder ein entgegenkommendes Auto konnte plötzlich ins Schleudern geraten. Trotz allem fühlte sie sich erleichtert – nicht nur, weil Rita nach Dingen fragte, die sie so lange versteckt hatte, sondern auch, weil sie nach Fairvale fuhren, zu Sybil.

»Du musst dich nicht damit abfinden«, sagte Rita. »Wenn du Angst vor ihm hast, kannst du zur Polizei gehen. Du kannst die Beamten um Hilfe bitten.«

»Die würden sich einen Dreck darum scheren«, sagte Sallyanne.

»Warum? Es ist doch ihre Aufgabe, Menschen zu schützen.«

Sallyanne wünschte, sie würde in einer Welt leben, in der es so lief. Vielleicht war das in den Städten der Fall, aber hier bestimmt nicht.

»Mick ist mit einem der hiesigen Polizisten in die Schule

gegangen«, sagte sie. »Und die anderen kennt er auch alle, weil er hier aufgewachsen ist.«

»Und du bist nicht hier aufgewachsen? Ich dachte, Sibyl hätte mir das erzählt.«

»Das tut nichts zur Sache«, erklärte Sallyanne traurig. »Warum sollten sie mir zuhören? Wer bin ich schon?«

»Du bist Sallyanne«, sagte Rita fast empört. »Ich kenne dich noch nicht lange, aber ich weiß bereits, dass du eine großartige Person bist. Wenn du das nächste Mal Angst hast, ruf mich an. Auch wenn du keine Angst hast. Oder ruf jemand anders an, wenn dir das lieber ist. Aber du kannst das nicht mit dir allein ausmachen, und das musst du auch nicht. Hätte Sybil das gewusst, wäre es ihr sicher lieber gewesen, du hättest deine Kinder eingepackt und in Fairvale ein Zelt aufgestellt. So zu leben – meine Liebe, das solltest du nicht müssen.«

Sallyanne spürte, dass Tränen in ihren Augen brannten. Sie kannte Rita kaum, aber sie war bereits netter zu ihr, als die Menschen in Katherine es je sein würden. Mick und seine Familie stellten etwas dar in der Stadt. »Danke«, sagte sie.

»Nichts zu danken. Ich werde Sybil gegenüber nichts davon erwähnen, wenn du das nicht möchtest. Die Sache geht niemanden etwas an, es sei denn, du entscheidest dich dafür.«

Sallyanne nickte und gab sich Mühe, die Tränen zurückzuhalten. Sie musste sich aufs Fahren konzentrieren und brauchte dafür einen klaren Blick.

»Erzähl mir etwas über dein Leben«, sagte sie, weil sie das Thema wechseln wollte, bevor sie sich noch mehr aufregte. Außerdem interessierte es sie wirklich. Sie war fast neidisch gewesen, als sie in Fairvale Zeugin der ungezwungenen Freundschaft zwischen Rita und Sybil geworden war. Außer ihrer Mutter hatte sie nie eine solche Freundin gehabt – und natürlich erwartete sie nicht, dass Rita ihr je eine solche werden würde. Trotzdem war sie neugierig. Sie war neugierig auf all diese Frauen.

»Warum bist du nach Alice Springs gezogen?«, fuhr sie fort. Sie hatte Salzgeschmack auf den Lippen und hoffte, dass Rita die paar Tränen nicht gesehen hatte.

»Tja, na ja«, sagte Rita und klang angespannt. »Warum eigentlich?«

Sallyanne schaute zu ihr hinüber und sah, dass Rita aus dem Fenster blickte und sich mit einer Hand immer wieder das Haar hinters Ohr strich. Sallyanne wünschte, sie hätte solches Haar: dicht und dunkel, fast wie ein Helm. Mit ihren eigenen blassen Strähnen sah sie aus wie ein frisch geschlüpftes Küken.

»Vielleicht könnte man sagen«, fuhr Rita mit sanfter Stimme fort, »dass ich ein Abenteuer gesucht habe. Zum Teil ist das wohl auch wirklich so.«

Aus den Augenwinkeln beobachtete Sallyanne, wie Rita den Kopf vom Fenster abwandte.

»Aber eigentlich hatte es eher damit zu tun, dass es keinen Grund gab, in Sydney zu bleiben«, fuhr Rita fort. »Keinen zumindest, für den es sich gelohnt hätte.«

Sallyanne wollte etwas sagen, damit Rita wusste, dass sie ihr voller Verständnis zuhörte. Doch ein Einwurf wäre eine sinnlose Störung gewesen, daher schwieg sie lieber.

»Ich bin nicht verheiratet«, stellte Rita sachlich fest. »Ich habe auch keine Kinder. Meine Familie bestand also nur aus meinen Eltern und meinem Bruder. Und der ist vor zwanzig Jahren nach London gezogen und kommt nur noch selten nach Hause.« Sie hielt inne. »Ich habe also viel Zeit mit meinen Eltern verbracht«, fuhr Rita fort. »Was sehr schön war. Wir waren Freunde.«

Sallyanne warf ihr schnell einen Blick zu. Rita schaute gedankenverloren auf die Straße.

»Tja, und dann ist Mum vor ein paar Jahren an Krebs gestorben.«

»Oh«, sagte Sallyanne und verspürte einen vertrauten Schmerz in ihrem Innern. Auch ihre Mutter war an der Krankheit gestorben. Lange hatte man nicht die richtige Diagnose gestellt und irgendetwas von »Frauenproblemen« gefaselt; dann war ein Tumor in den Eierstöcken gefunden worden, und acht Wochen später war sie tot gewesen.

»Dad war sehr einsam«, fuhr Rita fort. »Ich habe versucht, ihm zu helfen, aber ich konnte nicht immer bei ihm sein. Nach sechs Monaten bekam er einen Herzinfarkt.« Sie schwieg ein paar Sekunden lang. »Und das war's dann. Meine Familie existierte nicht mehr. Als ich von den Flying Doctors hörte, dachte ich, das könnte etwas für mich sein.«

»Und sind deine Erwartungen erfüllt worden?«, fragte Sallyanne schnell, weil sie ein schlechtes Gewissen hatte, da sie ein Thema angeschnitten hatte, das Rita traurig machte.

Ritas Lippen verzogen sich zu einem verhaltenen Lächeln. »Ja, doch. Alice Springs ist eine interessante Stadt. Die Leute haben keine Allüren. Das kann man vermutlich vom gesamten Northern Territory sagen.«

Sallyanne nickte eifrig. »Manchmal denke ich, ein paar Allüren würden uns nicht schaden.«

»Mir gefallen die Leute, wie sie sind«, sagte Rita, die jetzt wieder fröhlicher klang. »Sie quatschen nicht um den heißen Brei herum. Sie sagen, was sie meinen. Und bei meiner Arbeit sehe ich interessante Orte. Es gibt hier so außergewöhnliche Landschaften. Natur, wie ich sie mir vorher in meinen Träumen nicht vorgestellt habe.«

»Wirst du denn eine Weile bleiben?« Sallyanne hoffte es; sie mochte Rita. Und sie hoffte, dass Rita sie ebenfalls mochte und sich nicht nur aus Mitleid mit ihr abgab.

»Ich denke schon.« Rita nickte knapp, entschieden. »Aber wie ist es, in Katherine aufzuwachsen? Ich weiß nichts über die Stadt. Du musst mir alles erzählen.«

Sallyanne hielt die Augen auf die Straße gerichtet, während sie sich unterhielten. Seit ihre Mutter tot war, hatte sie mit niemandem mehr in dieser Art und Weise gesprochen. Sie konnte nur hoffen, dass Rita es ernst meinte und Alice Springs nicht so bald verlassen würde. Sie wusste schon jetzt, dass sie sie dann vermissen würde.

# 17

Sybil wischte sich mit der Hand über die Stirn, als sie die Tür öffnete, um nach den Keksen zu schauen, die sie auf einem Blech vor einer Viertelstunde in den Backofen geschoben hatte. Dabei fragte sie sich, wie man an einem Tag wie diesem, in dieser Jahreszeit und in dieser Gegend von Australien überhaupt auf die Idee kommen konnte, Kekse zu backen. Backöfen waren etwas für kalte Gegenden, wo sie gleichzeitig das Haus heizten, wenn sie in Betrieb waren. Und trotzdem kannte sie niemanden, der darauf verzichten wollte. Niemand wunderte sich, dass man eine Technik, die für den englischen Winter erfunden worden war, in eine Gegend importiert hatte, in der es keinen Winter gab. Keinen Winter jedenfalls, wie die Engländer ihn kannten. So wie Kate.

»Das riecht ja köstlich«, sagte ihre Schwiegertochter, die in der Tür lehnte. »Sind die für uns?«

»Ja.« Sybil nahm ein Geschirrtuch, zog das obere Blech heraus und betrachtete die Kekse, bevor sie es auf die Arbeitsplatte stellte. »Ritas Lieblingsplätzchen. Sie hat eine so lange Anreise, da hat sie sich eine kleine Belohnung verdient.«

Kate nickte. Sie war blass für jemanden, der immer mehr Zeit in der Sonne verbrachte. Es war ihr anzusehen, dass sie unter dem Build-up litt; sie war ständig müde und schlapp.

»Möchtest du einen probieren?«, fragte Sybil.

Kate schüttelte schnell den Kopf. »Nicht unbedingt. Ich warte, bis die anderen eintreffen.« Sie schaute auf die Uhr an der Küchenwand. »Müsste Rita nicht längst hier sein?«

»Das Flugzeug ist verspätet abgeflogen.« Sybil schaltete den Ofen aus und schloss die Tür. »Sallyanne bringt sie mit.«

»Aha.« Kate nickte langsam. »Du hast noch nie etwas von Ritas Freund erzählt.«

Sybil zog eine Augenbraue hoch. »Du meinst, von einem männlichen Freund?«

»Ja«, sagte Kate und sah so aus, als wäre ihr das Gespräch peinlich.

»Weil sie keinen hat«, erwiderte Sybil und wunderte sich, warum Kate an dem Privatleben ihrer Freundin interessiert war.

»Dann hat Rita nie geheiratet?«

»Nein. Sie ist nie dem Richtigen begegnet.«

»Würde sie es denn gerne? Also, heiraten?«

Sybil schaute sie neugierig an. »Ich glaube nicht«, sagte sie dann. »Dazu genießt sie ihr Leben viel zu sehr.«

Kate wirkte überrascht. »Wirklich?«

»Die Ehe ist nicht für jeden das Richtige«, sagte Sybil und hängte das Geschirrtuch wieder über den Stuhl. »Ich höre ein Auto.«

Sybil registrierte amüsiert, dass Sallyanne ihr Exemplar von *Liebe unter kaltem Himmel* an die Brust drückte.

»Ich bin von dem Buch ganz begeistert«, sagte Sallyanne.

»Tatsächlich?« Kate schien überrascht. »Findest du die Personen nicht alle etwas langweilig? Sie sitzen doch nur in ihren Wohnzimmern herum, reden über andere Leute und tun selbst praktisch nichts. Die Frauen jedenfalls. Während die Männer am Kamin stehen und tratschen.«

»Aber der Skandal!«, sagte Sallyanne leidenschaftlich. »Wenn der alte Mann ein so junges Mädchen heiratet.«

»All seine Freunde und Verwandten sind der Meinung, dass er trotz seines Alters die Situation nicht im Griff hat – dass er irgendwie dazu getrieben wurde.« Kate wirkte fast missmutig. »Er ist einfach ein alter Widerling, der sich nur wegen des Geldes für eine sehr junge Frau interessiert.«

»Suchst du eigentlich nur Bücher mit schmierigen alten Männern aus, Sybil?«, fragte Rita mit hochgezogenen Augenbrauen.

»Pater Ralph ist kein schmieriger alter Mann!«, rief Sallyanne.

»Nein, das mit ihm ist natürlich die wahre Liebe.« Ritas Augen blitzten amüsiert. »Trotzdem denke ich, dass Sybil eine gewisse Affinität zu diesem Thema hat.«

Sybil rümpfte die Nase. »Wenn ihr mir so kommt, dürft ihr meine Schwiegertochter nicht aussparen.« Sie bedachte Kate mit einem Lächeln. »Der Titel war ihr Vorschlag.«

»Tja, Kate. Immer mit Sybil zusammen zu sein scheint schon auf dich abgefärbt zu haben.« Rita betrachtete den Teller mit den Keksen. »Oh, du hast Ingwerplätzchen gebacken! Wie bist du an die Zutaten gekommen?«

»Ich habe einen jungen Ochsen gegen gemahlenen Ingwer eingetauscht«, sagte Sybil ernst und wurde mit einem verwunderten Blick von ihrer Freundin belohnt.

»Das ist nicht wahr!«, sagte Rita.

»Doch«, sagte Kate zu Sybils Erstaunen. Kate war normalerweise nicht der Typ, der sich an Witzen auf Kosten anderer beteiligte.

Rita schaute zwischen den beiden hin und her. »Ist Ingwer hier so schwer zu kriegen?«

Sybil musste lachen. »Ich habe ihn in der Stadt gekauft, Rita. All unseren Rindviechern geht es wunderbar. Jedenfalls bis wir sie zum Abdecker bringen.«

»Oh.« Rita biss in einen Keks und verdrehte verzückt die Augen. »Die habe ich schon ewig nicht mehr gegessen. Danke und viele Grüße an den Ochsen.«

»Della, du bist so still«, sagte Sybil und drehte sich zu der jungen Frau um, die sich in die Sofaecke gekuschelt hatte. »Irgendwas Neues auf Ghost River?«

Della warf allen einen kurzen Blick zu. »Nichts Besonderes«, antwortete sie. »Ich mache einfach nur meine Arbeit.«

»Stan hat sich doch auf dem Weg hierher anständig benommen, oder?« Sybil lächelte. Della wurde rot, was ihre Vermutungen bestätigte.

»Ich ...« Della blinzelte und senkte den Blick.

»Ich wollte nur wissen, ob er dich sicher hergebracht hat«, erklärte Sybil.

»Ja«, sagte Della schnell. »Die Fahrt war gut.«

»Schön.« Noch immer lächelnd erhob sich Sybil von ihrem Stuhl. »Ich werde noch einen Tee kochen.«

»Ich helfe dir.« Della sprang auf und folgte Sybil in die Küche.

»Ich wollte dich nicht in Verlegenheit bringen«, sagte Sybil, als sie außer Hörweite waren.

»Das hast du auch nicht.«

Sybil merkte, dass Della aufgewühlt war, und hoffte, sich nicht zu weit vorgewagt zu haben. »Ist irgendetwas vorgefallen?«

»Ich …« Della zog die Nase hoch und verschränkte die Arme vor der Brust. Sie wirkte so winzig wie ein kleines Mädchen – nur dass ihr Blick viel härter war. »Ich habe etwas gehört. Und ich weiß nicht, ob ich es dir erzählen soll. Andererseits denke ich, dass du es erfahren wollen würdest.«

Die Worte waren in einer Weise aus ihr hervorgesprudelt, dass Sybil im ersten Moment sprachlos war. »Worum geht es denn?«, brachte sie schließlich hervor.

Della hielt ihrem Blick stand. »Um deinen Sohn«, antwortete sie leise.

»Um Ben?«

Della schüttelte den Kopf.

»Lachlan? Was weißt du über ihn?«, fragte Sybil und bemühte sich, ihre Stimme zu kontrollieren.

»Wir hatten auf Ghost Station eine junge Köchin. Sie ist gegangen, kurz nachdem ich angefangen habe.«

»Amelia, klar«, sagte Sybil ungeduldig. Sie konnte sich noch erinnern, dass Felicity sich beklagt hatte, weil sie die Farm ohne Vorwarnung verlassen hatte, ausgerechnet zu Beginn der Regenzeit, wenn es schwer war, Ersatz zu finden.

»Ich habe gehört, dass sie mit … mit ihm abgehauen ist.«

Davon hatte Sybil nichts mitbekommen – Della hingegen anscheinend schon. Sybil fühlte sich hintergangen, wusste aber nicht, wem sie daran die Schuld geben sollte.

Sie erinnerte sich, dass Lachlan oft kommentarlos länger fortgeblieben war. Eigentlich hatte sie dann immer gedacht, er sei in Katherine. War er damals in Wirklichkeit auf Ghost River gewesen? Die Idee war ihr nie gekommen. Er war nie zu den anderen Nachbarn gefahren. Fairvale interessierte ihn nicht, was hätte er also auf Farmen in der Umgebung zu suchen gehabt?

»Aha«, sagte Sybil. Das, was Della ihr erzählt hatte, war ein Hinweis darauf, was geschehen war, aber keine Antwort. Lachie hatte viele Freundinnen gehabt. Einige Jahre lang war die Viehschau in Katherine ein willkommener Anlass für wütende Väter gewesen, sich bei Joe über den Hang seines Sohns zu beschweren, das Leben ihrer Töchter zu ruinieren. Vor dem Hintergrund war Sybil nicht überzeugt davon, dass Amelia für Lachie ein Grund gewesen war, sein Leben umzukrempeln.

Della schluckte. »Es gab wohl ein Baby.«

Sybil vernahm ein Geräusch: ein Brüllen, vermischt mit einem panischen Schrei. War das die Realität, oder fand es nur in ihrem Kopf statt? Sie konnte es nicht sagen. Sie spürte nur, dass ihre Hände kalt wurden und ihre Kehle sich zusammenschnürte.

»Sybil?« Della legte ihr die Hand auf den Arm.

»Ja?« Sie starrte Della an, ohne sie zu sehen. »Was meinst du damit?«, fragte sie. Aber sie wusste es.

»Amelia war schwanger. Laut den Gerüchten, die ich gehört habe, war das Kind von deinem Sohn.«

Plötzlich packte Sybil die Wut. Die Leute zerrissen sich über Lachie – über ihre Familie – das Maul, aber offenbar dauerte es Ewigkeiten, bis die Neuigkeiten auch bei ihr ankamen. Zwischen den Farmen herrschte ein reges Kommen und Gehen von Viehinspektoren, Tierärzten, Fahrern und anderen Leuten; Nachrichten wie diese gingen nicht an ihnen vorbei. Was bedeutete, dass sie hierhergekommen waren, ihr in die Augen geschaut hatten, mit ihr gegessen und in ihrem Haus übernachtet hatten, ohne auch nur ein Wörtchen darüber zu verlieren.

»Weißt du noch mehr?«, fragte Sybil und versuchte, ruhig zu erscheinen. Della war schließlich nicht für diese Situation verantwortlich und hatte zweifellos allen Mut zusammengenommen, um ihr davon zu erzählen.

Della schüttelte den Kopf.

»Danke«, sagte Sybil. »Ich weiß es zu schätzen, dass du offen zu mir warst.«

Della nickte ernst. »Ich dachte, du solltest es wissen.«

»Ja, das sollte ich.« Sie musste tief Luft holen. Zwei Mal. Zehn Mal. Andererseits hatte sie Gäste. Sie würde sich später mit diesen Neuigkeiten auseinandersetzen müssen, zusammen mit Joe und Ben. Und mit Kate.

»Jetzt lass uns endlich frischen Tee kochen«, sagte sie und reichte Della die Kanne.

# 1979

| | |
|---|---|
| **7. Januar** | Das brutale Pol-Pot-Regime in Kambodscha wird gestürzt |
| **1. Februar** | Ayatollah Khomeini kehrt nach fünfzehn Jahren im Exil in den Iran zurück |
| **8. März** | Die Firma Phillips präsentiert der Öffentlichkeit die erste Compact Disc |
| **28. März** | Im Kernkraftwerk Three Mile Island in Pennsylvania kommt es zum schwersten Atomunfall der USA |
| **4. Mai** | Margaret Thatcher wird zur Premierministerin von Großbritannien gewählt |
| **11. Juli** | Das NASA-Weltraumlabor Skylab landet nach sechs Jahren und zwei Monaten in der Umlaufbahn wieder auf der Erde |
| **27. August** | Lord Louis Mountbatten wird von der IRA ermordet |
| **9. Oktober** | Der australische Rennfahrer Peter Brock gewinnt das Bathurst-1000-Rennen |
| **4. November** | Mit der Besetzung der amerikanischen Botschaft in Teheran beginnt die Geiselaffäre im Iran |
| **9. Dezember** | Das Pockenvirus wird von der WHO für ausgestorben erklärt |

# 18

In der Regenzeit ging mehr Wasser auf Fairvale nieder, als Sybil es je zuvor erlebt hatte. Am Neujahrstag hatte sie aus dem Küchenfenster in ihren Garten geschaut, der mit Beginn der Regenzeit aufgeblüht war, und begeistert registriert, dass die Pflanzen und Bäume den Regen begrüßten, indem sie eine satte Farbe annahmen und ihre Blätter und Stängel gen Himmel reckten. Jetzt war der Garten aufgeweicht, die Äste hingen bis auf den Boden herab, und der Rasen hatte Furchen, wo der Regen die Erde weggespült hatte. Sybil würde sich glücklich schätzen können, wenn nach dem Ende der Regenzeit nicht eine einzige Matschfläche zurückblieb.

Entsetzt sah sie, dass Ben mitten über den Rasen stapfte. Seine Stiefel sanken ein und hinterließen Löcher, die man nur mit großer Mühe und viel Geduld wieder ausbessern könnte.

Als sie die Küchentür öffnete und den Kopf hinausstreckte, fiel ihr ein großer Tropfen mitten auf die Stirn. »Ben!«, rief sie.

»Ja, Mum?« Mit seinem üblichen Grinsen blieb er vor ihr stehen, der Hut durchweicht, die Kleidung vollgesogen.

»Kannst du nicht den Weg benutzen? Du ruinierst noch meinen Rasen.«

Er schaute sich mit zusammengekniffenen Augen um. »Ich habe Neuigkeiten für dich, Mum – er *ist* schon ruiniert.« Dann beugte er sich vor und küsste sie schnell auf die Wange.

Sie seufzte. »Kommst du rein?«, fragte sie.

»Nein. Ich wollte nur vorbeischauen, um zu fragen, ob Dad mich zum Lager begleitet. Ich muss ein paar Dinge reparieren.«

»Wir wollten gerade Tee trinken.«

»Oh … Tee.« Er zwinkerte. »Dann sollte ich euer kleines Ritual wohl nicht stören, was?«

Sybil lächelte, weil sie den Spötteleien ihres Sohns nie widerstehen konnte. »Du könntest dich zu uns gesellen.«

»Danke, aber ich lege besser los. Dad kann ja später dazustoßen, wenn er mag.«

»Gut, mein Schatz.«

Ben tippte sich an die Hutkrempe. »Bis später.«

Sie hob die Hand und schloss dann hinter ihm die Tür, womit sie die Feuchtigkeit ein- und den Regen aussperrte.

Als sie an den Herd zurückkehrte, sah sie den Brief auf dem Küchentisch liegen; er enthielt nicht die Neuigkeit, die sie sich erhofft hatte. Sie hatte ihn bereits zwei Mal gelesen, aber der Inhalt war derselbe geblieben: Ihr Bruder Geoffrey teilte ihr mit, dass er Nachforschungen zu Lachie angestellt, aber nichts herausgefunden hatte. Sybil wusste sowieso nicht, wieso sie Geoffrey um Hilfe gebeten hatte; es war einfach eine instinktive Entscheidung gewesen. Er war Rechtsanwalt, daher hatte sie vermutlich gehofft, dass er mehr Möglichkeiten hatte als sie. Wochenlang hatte er versucht, Lachlan aufzuspüren, war aber auf keine einzige Spur gestoßen. Geoffrey bestätigte nur, was sie schon vermutet hatte: In Melbourne war Lachie nicht, obwohl er es ihnen gesagt hatte – eine glatte Lüge, wie Sybil nun realisierte. In Brisbane, Adelaide oder Perth war er auch nicht. Hobart hielt Geoffrey für unwahrscheinlich – ein Mann, der das Klima des Nordens gewohnt war, würde wohl kaum in den eiskalten südlichsten Zipfel Australiens gehen. Und Canberra? Geoffrey war der Meinung, dass niemand freiwillig nach Canberra ging, und Lachie war jemand, der nur tat, was er wollte.

Die Suche in Sydney hatte am längsten gedauert; auch dort hielt sich kein Lachlan Baxter auf. Andererseits war Sydney riesig, sodass es möglich war, dass man ihn dort einfach nicht fand. Sollte sie, Sybil, verschwinden wollen, würde sie vermutlich dorthin gehen.

So wie sie ihn kannte, hielt sie es für wahrscheinlich, dass er nicht mehr mit Amelia zusammen war, sondern sie verlassen hatte. Die ehemalige Köchin würde sich also allein durchschlagen müssen. Ein Kind würde Lachie nicht wollen – er lehnte seine Familie ab, also war es nicht sehr wahrscheinlich, dass er noch mehr Familie wollte –, sicher auch ein Grund für ihn, das Weite zu suchen. Er rannte vor der Verantwortung weg, so wie er es schon sein ganzes Leben lang getan hatte.

Was bedeutete, dass Amelia und Sybils Enkelkind irgendwo dort draußen waren und vielleicht Hilfe brauchten. Das war jetzt *ihre* Verantwortung, ihre und Joes. Wenn sich Lachie nicht um die junge Frau kümmern wollte – oder nicht konnte –, musste sie das übernehmen.

»Sybil, mein Schatz?«

Joe hatte sie von der Haustür aus gerufen, was ungewöhnlich war. Normalerweise kam er wie Ben durch die Hintertür.

»In der Küche!«, rief sie zurück und stellte den Wasserkessel auf den Herd. »Könntest du Kate bitte fragen, ob sie einen Tee möchte?«

Sybil hörte, dass seine Schritte verstummten, vermutlich vor dem Büro, wo Kate arbeitete. »Kate?«

Sybil schaute auf, als sie die Sorge in Joes Stimme hörte, und nahm den Kessel wieder vom Herd. Ihre Mutter hatte ihr eingeschärft, niemals etwas unbeaufsichtigt auf dem Herd stehen zu lassen, nicht einmal für ein paar Sekunden. Das war ihr in Fleisch und Blut übergegangen.

Sie eilte durch den Flur.

»Was ist?«, fragte sie flüsternd ihren Ehemann, der in der Bürotür stand und verwirrt und besorgt wirkte.

Als sie in den Raum schaute, sah sie, dass Kate blass war und sich die Hand auf den Unterleib presste. Ihre Augen waren geschlossen.

»Kate?«, fragte sie vorsichtig, aber eine Antwort war nicht nötig, um zu wissen, dass sie Schmerzen hatte.

»Lässt du uns einen Moment allein, mein Schatz?«, sagte sie zu Joe und hoffte, dass er ihren Blick verstand: Bei dem anstehenden Gespräch würde Kate keinen Schwiegervater – überhaupt keinen Mann – dabeihaben wollen.

Als er fort war, ging Sybil neben Kates Stuhl in die Hocke. Kate verzog das Gesicht und schnappte nach Luft, beide Hände auf den Bauch gepresst.

»Krämpfe?«, fragte Sybil.

Kates Augen öffneten sich, und Sybil sah die Angst darin.

»Ich bin schwanger«, sagte Kate und schloss die Augen wieder.

Sybil konnte ihre Überraschung nicht verbergen, sammelte sich aber schnell. »In der wievielten Woche?«, fragte sie sanft.

»Ich glaube …«, wieder verzog Kate das Gesicht, »zehnte ungefähr.«

*Zehnte*? Und Ben und sie hatten nichts gesagt? Und sie selbst hatte auch nichts gemerkt? Dabei bildete sie sich ein, Schwangerschaften sehr schnell erkennen zu können, weil sie in ihrem Berufsleben so viele erlebt hatte.

»Ben weiß es noch nicht.« Kates Augen füllten sich mit Tränen. »Ich wollte ihm keine falschen Hoffnungen machen.« Sie lächelte matt, dann fielen ihre Mundwinkel wieder nach unten. »Und jetzt ist es zu spät.«

»Wie meinst du das?« Sybil legte ihre Hand auf Kates Hände.

»Ich glaube, ich blute«, flüsterte Kate heiser, und eine Träne rann ihre Wange hinunter.

Sybil musste sich nicht vergewissern. Wenn Frauen sagten, sie glaubten zu bluten, dann bluteten sie, da gab es kein Vertun. Diese Worte hatte sie schon oft gehört, dieses »Ich glaube«. Schon vor langer Zeit war sie zu dem Entschluss gelangt, dass es sich dabei um eine Art Talisman oder Beschwörungsformel handelte, um das, was schon geschah, vielleicht doch noch abwehren zu können.

Blutungen hießen nicht notwendigerweise, dass man das Baby verlor, aber sie mussten einen Arzt aufsuchen – oder, besser noch, ein Krankenhaus. Sie mussten Kate nach Katherine bringen. Selbst wenn der Fluss ihnen den Weg noch nicht abgeschnitten hatte, bedeutete das eine zweistündige Fahrt über meist unbefestigte Straßen. Fast war es ein Glück, dass dieser Weg in Kates Zustand nicht infrage kam.

»Wir müssen dich von hier wegbringen«, sagte Sybil.

»Nein«, widersprach Kate.

»Kate«, sagte Sybil in dem strengen Tonfall, den sie widerspenstigen Patienten gegenüber so oft angeschlagen hatte, »das war kein Vorschlag.«

»Ich möchte nicht, dass Ben es erfährt.« Weitere Tränen strömten über Kates Wangen und fielen auf Sybils Hand.

»Meine Liebe«, sagte Sybil und stand auf, »er wird sich noch viel mehr aufregen, wenn er herausfindet, dass wir ihm nichts gesagt haben.«

Kate sah auf, ihre Augen glänzten.

»Er möchte nur das Beste für dich«, fuhr Sybil fort. »Und das Beste ist jetzt, dich in die Stadt zu bringen.« Sie legte Kate die Hand auf die Schulter. Der jungen Frau mochte die Berührung nicht groß helfen, aber es war besser als nichts.

Sybil wusste, dass sie keine Zeit verlieren durften – nicht einmal, um Ben zu holen –, aber sie musste gut darüber nachdenken, wie sie mit Kate in die Stadt kam.

Kein Truck konnte jetzt noch den Fluss durchqueren, und sie hätte es auch nicht riskiert, selbst wenn das Wasser nur halb so hoch gestanden hätte – bei starker Strömung konnte selbst ein großer Lastwagen von der Straße geschwemmt werden. Sie könnte die Flying Doctors anrufen, aber der Boden war derart aufgeweicht, dass das Flugzeug Schwierigkeiten haben würde abzuheben.

Im Kopf ging sie sämtliche Möglichkeiten durch: Wer war in der Nähe, und über welche Transportmöglichkeiten verfügten die Leute?

Dann kam ihr die zündende Idee. Die Ghost River Station besaß einen Hubschrauber. Er war 1976 angeschafft worden, um damit das Vieh zusammenzutreiben. Alle hatten sie ausgelacht und erklärt, dass Pferde durch nichts zu ersetzen seien, aber auf einer Farm von der Größe von Ghost River waren Pferde – und Männer – nach ein paar Tagen am Ende ihrer Kräfte. Der Hubschrauber hatte sich als Segen erwiesen.

Und da in der Regenzeit kein Vieh zusammengetrieben wurde, bedeutete das, dass der Heli momentan nutzlos auf dem Anwesen herumstand. Sybil hoffte, dass irgendjemand da war, der ihn fliegen konnte.

Sie nahm das Funktelefon vom Schreibtisch und hörte die Stimmen in der Gemeinschaftsleitung. Da sie nicht wollte, dass alle erfuhren, was los war, würde sie das Gespräch knapp halten und keine Details erwähnen.

»Val, ich muss mit Ghost River reden«, wies sie die Vermittlerin an. Sie hätte auch die Nummer nennen können, aber die war ihr gerade entfallen. Komisch, ihr Gedächtnis ließ sie doch sonst nicht im Stich. Und komisch war auch, dass ihre Beine zitterten.

»Hallo erst mal, Sybil«, krächzte Val aus der Leitung.

»Val, ich hab's eilig.« Sie versuchte, nicht allzu genervt zu klingen, damit Val nicht auf die Idee kam, sie in der Leitung verhungern zu lassen. Die Frau war für ihre Launen bekannt.

»Immer langsam mit den jungen Pferden.«

Sybil lauschte, während Val sie verband.

»Felicity!« Sybil stotterte fast vor Erleichterung.

»Hallo, Sybil!«, rief Felicity mit hoher Stimme. »Lustig, dass du anrufst, ich wollte …«

»Wir brauchen euren Hubschrauber«, sagte Sybil, worauf die anderen Stimmen in der Leitung sofort verstummten. Für Höflichkeiten blieb jetzt keine Zeit, was Felicity sie das ganze nächste Jahr über spüren lassen würde. So lange würde sie ihr mindestens unter die Nase reiben, dass sie damals am Telefon so unfreundlich gewesen war.

Als Kate keuchte, sah Sybil, dass sie sich krümmte, und hörte sie weinen. Nein, sie hatten keine Zeit zu verlieren.

»Wir treiben momentan kein Vieh zusammen«, sagte Felicity. »Der Regen …«

»Wir haben einen Notfall. Wir brauchen jemanden, der uns nach Katherine bringt.«

»Uns?«

»Felicity.«

Sybil behielt Kate im Auge und vernahm ein verzweifeltes Stöhnen in der Leitung. Dann hörte sie, wie Felicity nach jemandem rief, und die anderen Leute in der Leitung nahmen ihre Gespräche wieder auf. Sobald sie nicht mehr in der Leitung sein würde, hätten sie etwas zu tratschen: *Sybil Baxter braucht für irgendetwas einen Hubschrauber, was könnte das nur sein? Wusstest du eigentlich, dass Felicity allen Leuten erzählt hat, eigentlich hätten Joe und sie heiraten sollen, bis dann Sybil dazwischenkam und ihn ihr ausgespannt hat? Die arme Felicity, musste sich mit dem nutzlosen August zufriedengeben. Aber Ghost River gehört ihr, nicht ihm – das wusstest du aber, oder? Sie war das einzige Kind, und ihr Dad musste die Farm ja jemandem hinterlassen.*

In dieser Tour würde es weitergehen, Sybil hatte das alles schon mehrfach mit angehört. Vermutlich war es eine Art Zeitvertreib. Aber warum verging die Zeit immer so langsam, wenn sie eigentlich rasen müsste? Kate hätte längst im Hubschrauber sein müssen – und bei einem Arzt, der ihr sagte, dass alles in Ordnung sei, dass es dem Baby gut gehe.

»Aug kann euch hinbringen«, sagte Felicity, als sie wieder in der Leitung war.

»Wie viele Leute haben im Heli Platz?«

»Zwei. Er selbst und eine weitere Person.«

Sybil stieß Luft aus. Kate würde allein mit ihm fliegen müssen, und Sybil müsste darauf vertrauen, dass Aug sie nachholte. Es war nicht die beste Option, aber die einzige.

»Das wäre wunderbar«, sagte sie. »Danke.«

»Fünfzehn Minuten«, sagte Felicity. »Und ich lasse dich nie wieder beim Bridge gewinnen.«

Sybil konnte sich ein Lächeln nicht verkneifen. Wenn das der Preis war, würde sie ihn zahlen, ohne einen weiteren Gedanken daran zu verschwenden. »Danke, Felicity. Er kann neben den Viehweiden landen.«

Sie beendete das Gespräch, ging wieder neben Kate in die Hocke und nahm ihre Hände. Kate war deutlich anzusehen, dass sie sich Mühe gab, nicht zu weinen. Sybil wusste, wie tapfer es von ihr gewesen war, Ben zu heiraten und ihm an einen so merkwürdigen Ort zu folgen. Zunächst hatte Sybil das nicht zu würdigen gewusst – vielleicht weil sie es selbst getan hatte und es so großspurig wirkte, von Tapferkeit zu reden, aber das machte es nicht weniger tapfer. Doch dies war eine andere Form von Tapferkeit – dieses Mal war Kate nicht gewillt, den Weg zu gehen, den das Leben für sie vorgesehen hatte.

»Aug kommt und wird dich in die Stadt fliegen«, teilte Sybil ihr mit. »Ich werde das Krankenhaus informieren und bitten, dass man dich am Landeplatz in Empfang nimmt.«

»Mit einem Hubschrauber?«, fragte Kate und keuchte wieder.

»Das ist die einzige Möglichkeit. Ich werde anschließend nachkommen. Aug kann nur eine Person mitnehmen, und ich möchte sicher sein, dass du schnell im Krankenhaus versorgt wirst.«

»Und Ben?« Kate schüttelte den Kopf, und Sybil glaubte, den Grund dafür zu kennen.

»Ben wird es wissen wollen«, sagte sie so liebevoll wie möglich. »Kate, mein Schatz, er würde tot umfallen, sollte er erfahren, dass es dir nicht gut ging und er nichts davon wusste.«

»Denkst du denn, es geht mir nicht gut?«, fragte Kate, und ihre Schultern bebten.

»Ich weiß es nicht«, antwortete Sybil wahrheitsgemäß.

Sie wünschte, sie würde schon die Rotorblätter des Hubschraubers hören. Sie wünschte, Kate würde nicht bluten, und der Tag könnte noch einmal von vorn beginnen, wünschte, dass schwere Entscheidungen und schlimme Erlebnisse dieses Haus nie wieder so heimsuchen würden wie damals, als sie genauso geblutet hatte wie Kate jetzt – ein Mal, ein zweites Mal. Und immer hatte sie am Ende ohne Baby dagestanden. Doch davon sollte Kate heute nichts erfahren. Heute musste Sybil ihre Schwiegertochter ins Krankenhaus bringen, wo alles seinen Gang gehen würde.

# 19

Kate spürte, wie sich die Pferdemähne um ihre Finger wickelte, das raue Haar so anders als das glatte Fell des Tiers. Die Zügel in einer Hand grub sie die Finger tiefer in die Mähne hinein, während sie weiterritt. Es war ihre Art und Weise, dem Pferd mitzuteilen, dass sie bei ihm war – dass sie dieses Abenteuer gemeinsam bestehen würden.

Komisch, in der Ferne stand eine Person und winkte. War das ihre Mutter? Was tat sie hier?

Sie blickte sich um. Wo war sie eigentlich? Diese Bäume am Wegesrand – waren das Eichen oder Ulmen? Bäume jedenfalls, die sie schon seit einem Jahr nicht mehr gesehen hatte. Sie schaute hinab auf das saftige smaragdgrüne Gras neben dem Weg. Auch so ein Gras hatte sie nicht mehr gesehen, seit sie England verlassen hatte.

Sie betrachtete die Mähne, die sie sich um die Finger gewickelt hatte. Sie war schwarz. Dieses Pferd war nicht Mrs Simpson. Mrs Simpson war kastanienbraun. Wessen Pferd war das? Und wie war sie auf seinen Rücken gekommen?

Als sie nach vorn schaute, sah sie, dass sich der Weg veränderte – nein, er verschwand. Rief ihre Mutter nach ihr?

Hinter sich hörte sie etwas. War das ihre Mutter? Oder Sybil? Jemand sagte: »Es geht Ihnen gut.« Aber als sie nach vorn blickte – weites Land, kaum Bäume, in der Ferne dunkle Wolken und eine Rinderherde –, war sie sich dessen nicht sicher.

»Es geht Ihnen gut.«

Wieder diese Stimme. Sprach jemand hinter ihrem Rücken? Sie drehte sich um, aber da war niemand. Selbst die Eichen und Ulmen waren fort, nur eine Ebene aus schwarzer Erde erstreckte sich hinter ihr; und an den Hufen des schwarzen Pferdes klebte rote Erde.

In diesem Moment sah sie die Schlange. Sie war kupferbraun. Sybil hatte sie vor braunen Schlangen gewarnt. Jetzt schlängelte sie sich auf das Bein ihres Pferdes zu. Kate senkte Fersen und Gesäß und riss an den Zügeln, aber das Pferd blieb nicht stehen. Die Schlange kam näher. Sollte sie das Pferd in einen wilden Galopp treiben, um so der Schlange zu entkommen? Blieb die Zeit dazu? Die Schlange war schon so nah, dass Kate sicher war, sie würde das Pferd beißen. Es würde stürzen und sie mit ihm, und dann könnte die Schlange sie ebenfalls beißen. Hier draußen war keinerlei Hilfe zu erwarten. Das große Haus war nicht zu sehen, andere Menschen auch nicht. Was sollte sie nur tun? Wer würde ihr helfen? Würde sie …

»Nein!«, schrie sie.

»Kate.« Dieses Mal war es Sybils Stimme, da war sie sich sicher. Nur dass Sybil noch nie so freundlich geklungen hatte.

Sie fühlte eine Hand an der Wange. Sie war warm. Und weich.

Sie schlug die Augen auf und versuchte zu begreifen, wo sie war. Sie sah rote Erde, aber die befand sich jenseits eines Fensters; Regen fiel auf sie hinab. Zwei Bäume standen vor der Fensterscheibe. Keine Eichen. Keine Ulmen. Ihre Borke schälte sich. Eukalyptusbäume. Sie war nicht in England. Sie war auch nicht auf Fairvale. Und Pferde waren ebenfalls nirgendwo zu sehen.

Sie lag in einem Bett. Es war nicht sehr bequem und von Gitterstäben aus Metall umgeben.

Der Raum war karg. Weiß. In der Ecke stand ein durchgesessener Stuhl, sonst nichts.

Als sie aufschaute, sah sie, dass Sybil sie mit gerunzelter Stirn musterte. Nicht ihr übliches Stirnrunzeln, das Kate anfangs immer für Missbilligung gehalten hatte. Es strahlte Sorge aus. Sybil strich ihr über den Kopf. Es fühlte sich gut an. Tröstlich. Wie etwas, das ihre Mutter tun würde, wenn sie denn da wäre.

»Du bist im Krankenhaus, mein Schatz«, sagte Sybil.

Jetzt kehrten die Erinnerungen wieder: der winzige Hubschrauber und Aug, der unentwegt darüber redete, wie schwer es war, Viehtreiber zu finden, die nicht ihre Kollegen auszustechen versuchten. Und dann die ganze Zeit etwas Warmes, Feuchtes zwischen ihren Beinen, von dem sie wusste, was es war, wusste, was es bedeutete, aber sie schwieg und ließ ihn reden, ließ sich von ihm ablenken. Dann hatte sie eine vage Erinnerung an einen Wagen am Landeplatz, an einen Arzt mit einem sympathischen Gesicht und eine Schwester, die ihre Hand hielt. Irgendwann war auch Sybil da, kurz bevor sie die Augen schloss, kurz bevor man sie aufforderte, von zehn rückwärtszuzählen. Sie war bis acht gekommen.

Sie holte Luft. Es fühlte sich an, als hätte man ihr gegen die Brust geboxt.

»Das Kind?«, fragte sie, obwohl sie die Antwort kannte. Aber sie wollte, dass jemand anders es sagte, dass jemand es bestätigte, damit sie nicht verrückt wurde, damit sie nicht dachte, sie habe sich das alles nur eingebildet.

Sybil streichelte immer noch ihren Kopf.

»Das hast du verloren«, sagte sie leise.

Noch ein Boxhieb.

Die erste Schwangerschaft, und schon war sie vorbei. Nach so vielen Monaten, in denen sie nicht schwanger geworden war, hatte sie schon wieder versagt, weil sie ihr gemeinsames Baby nicht behalten konnte. Sie war daran gescheitert, Ben ein Kind zu schenken. Sie war nutzlos. Er würde sich eine andere Frau suchen müssen. Eine, die stärker war, gesünder, mehr für das harte Leben auf dem Land gemacht, eine, die das alles verkraftete und trotzdem Kinder bekam.

»Ich werde dir etwas erzählen«, sagte Sybil, »denn ich sehe deinem Gesicht an, was du denkst. Und damit musst du aufhören.«

Kate schaute auf, blickte dann zum Fenster und nickte.

Sybil zog sich einen Stuhl ans Bett und nahm ihre Hand. »Ich hatte mehrere Fehlgeburten«, sagte sie. »Und ich habe Kinder bekommen. Manchmal passiert beides, Kate. Nicht jede Schwangerschaft ist von Erfolg gekrönt, und viele Frauen, die Kinder haben, hatten auch Fehlgeburten. Die erste ist besonders hart.« Sie drückte Kates Hand. »Aber es wird nicht deine letzte Schwangerschaft gewesen sein. Du kannst schwanger werden, das ist das Wichtigste. Ich weiß, dass du das im Moment nicht so siehst, aber es wird schon alles gut werden.«

Als Sybil Kate die Hand auf den Kopf legte und sie sanft streichelte, schloss sie die Augen.

»Ich denke nicht …« Sie fuhr sich mit der Zunge über die Lippen, weil sie sich trocken anfühlten. Alles an ihr schien abgenutzt und verbraucht zu sein. »Ich denke nicht, dass ich dir glauben kann«, flüsterte sie und kniff die Augen zusammen.

»Nein«, sagte Sybil. Ihr Blick verriet, wie sehr sie mit Kate litt. »Das kannst du vermutlich nicht.«

»Habe ich etwas falsch gemacht?«, fragte Kate, die Augen immer noch geschlossen.

»Nein, mein Schatz. So etwas passiert eben. Glaub mir, ich habe Frauen in solchen Situationen betreut, und ich habe sie auch selbst erlebt. Ich habe nichts falsch gemacht und diese Frauen auch nicht. So ist die Natur, wir können sie nicht kontrollieren. Oder auch nur verstehen. Die meiste Zeit wenigstens nicht.«

Kate wollte ihr gerne glauben, aber das hielt sie nicht davon ab, in ihren Erinnerungen an die letzten Wochen zu wühlen und nach Anzeichen zu suchen. Einem Grund.

Sybil streichelte sie weiter. »Du Arme.« Ihre Stimme klang wie ein Wiegenlied. »Ich weiß, dass du dir Vorwürfe machst, aber ich versichere dir, Kate: Es ist nicht dein Fehler.«

Doch egal was Sybil auch sagte, Kate wusste, dass das Problem bei ihr lag – wenn sie nur eine Ahnung hätte, worin es bestand. Sie war sich bewusst, dass es nicht gut war, weiter darüber nachzugrübeln. Später, wenn Sybil aufgebrochen und die Sonne untergangen sein würde, wäre noch genug Zeit dafür.

»Wo ist Ben?«, fragte sie. »Kann er kommen?«

»Nein«, sagte Sybil. »Die Straße ist noch gesperrt, und wir dürfen Augs Hilfsbereitschaft nicht überstrapazieren. Aber Ben kommt, so schnell er kann.«

Vielleicht wäre Kate also schon vorher wieder zu Hause, obwohl sie nicht wusste, wie sie nach Fairvale gelangen sollte. Und sosehr sie Ben liebte, ein winziger Teil von ihr war froh, dass er sie nicht so erleben musste. Der Kummer – dieser *Zorn*, denn eigentlich war es eher das –, den sie nur mühsam unterdrücken konnte, würde bei seinem Anblick sofort hervorbrechen, denn Ben würde genau wie sie fühlen. Natürlich könnte es sein, dass ihr Leid gemindert würde, wenn sie es mit ihm teilte, aber Kate hatte eher die Befürchtung, dass sich ihre momentanen Gefühle verstärken würden. Und wenn das der Fall wäre, musste sie stark sein. Sie brauchte einen Plan für die Zukunft, dafür, was wäre, wenn sie noch eine Fehlgeburt haben oder nie ein Kind bekommen würde.

»Bis dahin«, sagte Sybil und riss sie aus ihren Gedanken, »sollten wir uns auf die nächsten Tage konzentrieren. Man wird dich bald entlassen, aber du solltest unbedingt noch eine Weile in der Nähe des Krankenhauses bleiben. Ich habe auch schon eine Idee.«

Kate fühlte, wie sie wegsackte. Wenige Sekunden später hörte sie Sybil sagen, dass sie sie nun in Ruhe lassen und später wiederkommen werde. Sie spürte Sybils Lippen auf der Stirn, dann überkam sie der Schlaf oder die Bewusstlosigkeit, und sie entschwand in ein Reich ohne Träume.

# 20

Das Knallen der Tür des Pick-ups in der Einfahrt ließ Sallyanne zusammenzucken. Mick war offenbar wütend. Vorsichtig legte sie das Messer in die Spüle; die Gurke würde, nur zur Hälfte klein geschnitten, auf dem Brettchen liegen bleiben müssen. Sallyanne fühlte ihr Herz klopfen – ein bisschen schneller, dann noch ein bisschen schneller – und gab sich Mühe, sich nicht von ihrer Angst überwältigen zu lassen. Mick war in letzter Zeit häufig so, manchmal sogar, wenn er nüchtern war.

»Sallyanne!«

Sie wischte sich die Hände an der Schürze ab, bevor sie die Tur mit dem Fliegengitter öffnete. »Nicht so laut, Mick, bitte.« Sie ging auf ihn zu und versuchte, bestimmt zu klingen, so wie jemand, den man nicht herumkommandieren konnte. »Ich dachte, du wolltest nach der Arbeit direkt zu Dad fahren?«

Seine Haare standen ab, und seine Augen starrten sie blicklos an.

»Du hast vergessen, meine beschissene Tasche in den Pick-up zu stellen«, sagte er und trat auf sie zu. Ihr stockte der Atem.

Er hatte eine Bierfahne, und sie fragte sich, ob sie ihn überhaupt fahren lassen durfte. Nicht dass sie erpicht darauf war, dass er blieb. Sie fühlte sich schrecklich, weil unvermittelt der Gedanke in ihr aufblitzte, was wäre, wenn er einen Unfall hätte und für ein paar Wochen ins Krankenhaus müsste. Oder nie mehr wiederkommen würde. Was war sie nur für eine abscheuliche Person. So sollte man nicht denken. Sie war kein guter Mensch, obwohl sie sich immer solche Mühe gegeben hatte, einer zu sein.

»Ich wusste nicht, dass ich das tun sollte«, sagte sie und gab sich Mühe, ruhig zu bleiben. Daran hatte sie gearbeitet: Rede ruhig und gefasst; schau Mick in die Augen, selbst wenn du Angst hast. Rita hatte ihr ein paar Tipps gegeben, als Sallyanne sie das letzte Mal anrief. »Ich hatte die Tasche neben die Tür gestellt. Ich dachte, du würdest sie sehen.«

»Aha, und woher sollte ich das wissen?«

Sie musste sorgfältig über ihre Reaktion nachdenken. Wenn sie sich dafür entschuldigte, dass sie die Tasche nicht in den Pick-up, sondern an die Tür gestellt hatte, würde er sagen, dass sie dumm und nutzlos sei, und es ihr wochenlang unter die Nase reiben. Und wenn sie die Tasche jetzt in den Pick-up brachte, würde sie schwach wirken, was wiederum ein willkommener Anlass für ihn wäre, sie zu demütigen. Sie befand sich in einer Zwickmühle. Wenn sie das Problem doch nur vorhergesehen hätte. Sie hätte doch wissen müssen, wie er reagierte, und die Tasche einfach in den Wagen stellen können. Dann würde sie jetzt nicht hier draußen stehen, in Hörweite der Nachbarn, während jeden Moment ihre Tochter aus ihrem Nickerchen erwachen oder Sybil eintreffen könnte, zusammen mit Kate, die frisch aus dem Krankenhaus kam.

»Ich hol die Tasche«, sagte sie, nachdem sie sich für einen Mittelweg entschieden hatte. Keine Entschuldigung, aber ein Friedensangebot.

Bevor er etwas erwidern konnte, sprang sie die wenigen Stufen zur Küche hinauf, schnappte sich seine Tasche und hielt sie ihm mit ausgestrecktem Arm hin.

»Wie lange darf ich also nicht in meinem eigenen Haus wohnen?«, fragte Mick, als er die Tasche entgegennahm. Er klang etwas besänftigt.

»Kommt drauf an«, sagte Sallyanne und hustete. Es war schwer, nicht klein und schwach zu wirken, wenn sie mit ihm sprach. Er hatte ihr immer das Gefühl gegeben, minderwertig zu sein, sodass sie sich mittlerweile auch so verhielt. Sie solle üben, so zu reden, als müsse sie mit ihrer Stimme einen ganzen Raum füllen, hatte Rita gesagt.

»Kate braucht Ruhe, und sie können sie erst dann heimholen, wenn der Regen nachlässt.« Sie schaute in den Himmel, der bedrohlich aussah; obwohl es vermutlich für den Rest des Tages nicht mehr regnen würde. Die Wolkenbrüche fanden meist morgens statt, dann hatte man für den Rest seine Ruhe vor ihnen.

»Was fehlt ihr überhaupt?«, fragte Mick und musterte sie eindringlich. Vermutlich wollte er sie bei einer ihrer Lügen ertappen, die er ihr immer unterstellte – wobei er in diesem Fall sogar recht hatte.

»Man hat ihr den Blinddarm herausgenommen.« Das hatte Sybil sich ausgedacht, weil niemand neugierig Kates

Unterleib inspizieren würde, um nach der Operationsnarbe zu suchen.

»Aha«, sagte er. »Und ich soll also bei deinem Dad bleiben, bis du mir mitteilst, dass ich wieder nach Hause kommen kann? Das hier ist mein verdammtes Haus. Ich habe ein Recht darauf …«

»Das weiß ich doch, Mick«, erwiderte Sallyanne bestimmt. »Aber Kate hat keine andere Möglichkeit, wo sie sonst unterkommen soll. Ich bitte dich ja nur, mir diesen Gefallen zu tun. Für mich. Für meine Freundinnen.« Sie zerbrach sich den Kopf nach einem überzeugenderen Grund. »Und Dad trinkt gerne mal ein Bierchen. Er wird sich freuen, wenn ihm jemand dabei Gesellschaft leistet.«

Mick grummelte.

»Außerdem wartet er schon auf dich«, sagte sie munter. Sie ging auf ihn zu und gab ihm einen Kuss auf die Wange. »Ich ruf dich morgen an.«

Seine Lippen verzogen sich zu einem schmalen Strich, und sie hätte nicht sagen können, ob er sie wieder anschreien oder endlich aufbrechen wollte. In letzter Zeit war nur noch sicher, dass er unberechenbar war.

»Gut«, sagte er schließlich, riss die Tür an der Fahrerseite des Pick-ups auf und kletterte auf den Sitz. Dann knallte er die Tür mit einer solchen Wucht zu, dass der Wagen wackelte.

Sie wollte sich von ihm verabschieden, aber er schaute sie nicht an, also verzichtete sie darauf.

Mit quietschenden Reifen setzte Mick in die Straße zurück. Nach den Kindern hatte er nicht gefragt. Sie wünschte, sie wäre überrascht darüber. Sie wünschte, es würde sie nicht aufregen. Aber es waren doch ihre Kinder – diese drei kleinen Wesen, die einen verlässlichen, fürsorglichen Vater brauchten.

Sallyanne wartete, bis sie den Motor nicht mehr hörte, dann ging sie wieder ins Haus hinein, nahm das Messer und fuhr fort, die Gurke klein zu schneiden.

Sallyanne wusste, dass sie Glück hatte, drei Kinder zu haben, die ohne Komplikationen auf die Welt gekommen waren. Sie hatte so viele Geschichten gehört: Ausschabungen im vierten Monat, ständige Fehlgeburten, bis endlich ein Kind kam, Totgeburten der lang ersehnten Babys und noch viele andere Dramen. Man musste sich nur klarmachen, dass es noch nicht lange her war, dass Frauen im Kindbett oft gestorben waren. Manchmal geschah das heute noch, Lynette aus der Schule zum Beispiel. Massive Blutungen und dann wenige Minuten nach der Geburt – tot. Ihr Ehemann hatte mit einem Kleinkind und einem Baby dagestanden, von dem er später erzählen sollte, nur Lynette habe es gewollt. Er selbst hätte sich mit einem Kind begnügt.

Jede Schwangerschaft ist ein Glücksspiel, dachte sie. Ihre Geburten waren leicht gewesen, aber dafür hatte sie jetzt einen schwer zu ertragenden Ehemann, mit dem sie leben musste. Vielleicht hatte jeder sein Päckchen zu tragen. Jede Frau zumindest. Die Männer, die sie kannte, waren nicht so leicht aus der Bahn zu werfen. Lynettes Ehemann hatte eine sehr junge Frau gefunden, die bereit war, die Kinder einer anderen zu übernehmen, und die jetzt seine zweite Ehefrau war.

Das hieß nicht, dass sie Kate von ihren Problemen mit

Mick erzählen würde. Die arme junge Frau musste gerade genug verkraften. Nicht lange nach Kates Ankunft hatten sich die Kinder auf sie gestürzt und sie mit Fragen nach England bombardiert. Tim und Billy versuchten, ihren Akzent nachzuahmen, um sich dann zu erkundigen, ob sie die Queen und Prinz Philipp schon einmal getroffen habe. Sallyanne war entsetzt über ihr Verhalten. Kate lachte nur müde und erzählte ihnen etwas vom Buckingham Palace.

In der Nacht hörte Sallyanne sie leise weinen. Am liebsten wäre sie zu ihr gegangen, wollte sich aber nicht aufdrängen, wenn sie sich ihrem Kummer hingab.

Am Morgen wartete sie, bis sie Geräusche aus Kates Zimmer vernahm, dann setzte sie Wasser auf, toastete etwas Brot und kochte Eier.

Das Tablett in der einen Hand klopfte sie mit der anderen leise an die Tür zum Gästezimmer.

»Ja?«, hörte sie.

»Ich bin's nur. Ich habe dir ein kleines Frühstück gemacht.«

»Oh.«

Sallyanne hörte einen Laut, als würde Kate sich aufsetzen.

»Danke!«, rief Kate. »Komm doch rein.«

Als sie die Tür öffnete, stützte sich Kate unbeholfen auf die Kissen. Sie war bleich und hatte dunkle Schatten unter den Augen.

»Konntest du ein wenig schlafen?«, fragte Sallyanne und stellte das Tablett auf den Nachttisch.

»Ein bisschen.« Kates Lächeln war knapp und freudlos. »Ich habe gelesen.« Sie zeigte auf Sallyannes zerfleddertes Exemplar von *Snugglepot and Cuddlepie* von May Gibbs.

»Ich wünschte, man hätte mir das Buch gleich bei meiner Ankunft in Australien gegeben. Dann wäre mir einiges klar geworden.« Sie suchte nach einer anderen Sitzposition, um nach der Teekanne zu greifen.

»Ich schenke dir ein«, sagte Sallyanne und drehte die Teekanne im Uhrzeigersinn um sich selbst, wie sie es von ihrer Mutter gelernt hatte. »Freut mich, dass es dir gefällt. Ich weiß, dass es ein Kinderbuch ist, aber ich lese es immer noch manchmal ... Tim und Billy lieben es, aber Gretel hat Angst vor den Banksia Men.«

»Ich auch!« Kate lachte – das erste Lachen, das Sallyanne von ihr seit ihrem Eintreffen am Tag zuvor vernommen hatte. Sie grinste, so froh war sie, dass sie Kate ein wenig hatte aufmuntern können.

Als sie ihr den Teller mit dem Toast reichte, lächelte Kate sie an.

»Es muss komisch gewesen sein, nach Fairvale zu ziehen«, sagte Sallyanne. Sie schloss die Augen und versuchte, sich vorzustellen, wie Kate im Northern Territory angekommen war. »Die Gegend ist so anders als England. Eigentlich als alles auf der Welt.«

Kate nickte und schluckte einen Bissen Toast hinunter. »Ehrlich gesagt habe ich am Anfang gedacht, ich befände mich in einem Film. Ständig habe ich erwartet, dass jemand kommt und das Set auseinanderbaut. Es ist so ... unreal hier, findest du nicht auch?« Ihre Augen leuchteten, und ihr Teint sah rosiger aus als noch vor wenigen Minuten. »Die Farben wirken nicht natürlich«, fuhr Kate fort. »Der Himmel ist so groß und weit – weiter als alle Himmel, die ich je gesehen habe. Aber für dich ist das vermutlich normal.«

Sallyanne überlegte. Wenn sie an ihre Heimat dachte, überkamen sie die verschiedensten Gedanken und Gefühle.

»Ich glaube nicht, dass man sich je daran gewöhnt«, sagte sie zögerlich und hatte die Wasserfälle in den Schluchten der Katherine Gorge während der Regenzeit vor Augen, die Erstarrung während des Build-up, die Erde, die die Stadt ständig zurückzuerobern drohte. »Das Land scheint nie wirklich uns zu gehören. Es ist …« Sallyanne seufzte. »Aber vielleicht sind eher wir es, die nicht hierhergehören.«

Kates Blick wanderte zum Fenster. Der Regen ließ die Blätter der Bäume schwer herabhängen.

»Ich weiß, was du meinst«, sagte sie und fing Sallyannes Blick auf. »Aber ich würde gerne hierhergehören.«

Sallyanne lachte nervös. »Vielleicht gehöre ich auch einfach nicht in mein eigenes Leben. Vielleicht ist das mein Problem.«

»Du hast ein Problem?« Kate runzelte die Stirn.

»Findest du nicht?«, fragte Sallyanne zurück. »Ich tu nichts, als meine Kinder aufzuziehen. Ich bin hier in diesem Haus gefangen.« Sie zeigte an die Decke. »In der Stadt. Wo du lebst, ist es viel aufregender.«

Kate schnaubte ungläubig. »Rinder würde ich nicht gerade als aufregend bezeichnen. Und du sagst, du tust nichts, als deine Kinder aufzuziehen – aber das ist doch eine wichtige Aufgabe. Die allerwichtigste sogar.«

Die Worte verhallten, und Sallyanne begriff, wie unsensibel ihre Bemerkung gewesen war, wo Kate doch gerade ihr Baby verloren hatte.

»Ich bin eine schreckliche Person«, platzte es aus ihr heraus.

»Was? Wieso?« Kate runzelte immer noch die Stirn.

»Du warst … Du hast …« Sie mochte es nicht einmal aussprechen. »Ich stelle mich hin und erkläre, es sei unbedeutend, Mutter zu sein, während du …« Sie schüttelte den Kopf. »Es tut mir so leid.«

Sallyanne hätte fast geweint, so schrecklich empfand sie die Situation, aber auch das wäre nicht höflich gewesen. Wenn sie sich über ihren eigenen Fauxpas aufregte, würde sich ihr Gast bestimmt nicht wohler fühlen. Aber an manchen Tagen hatte sie wirklich das Gefühl, nirgendwohin zu gehören.

Während sie noch die Zähne aufeinanderbiss, um die Tränen zurückzuhalten, nahm Kate ihre Hand.

»Geh nicht so hart mit dir ins Gericht«, flüsterte sie. »Du bist so freundlich. Du hast mich bei dir aufgenommen, obwohl du mich kaum kennst.«

Sallyannes Unterlippe zitterte, als sie in Kates große Augen schaute, die sie so gut zu verstehen schienen.

»Und du bist eine wunderbare Mum«, fuhr Kate fort. »Deine Kinder sind bezaubernd. Sie sind so lebendig, Sallyanne. Warst du als Kind auch so?«

Darüber musste Sallyanne erst nachdenken. Wie oder was war sie als Kind gewesen? Eine Leseratte, da war sie sich sicher. Aber sie konnte sich auch erinnern, wie sie vor Begeisterung gekreischt hatte, wenn sie mit ihrem Fahrrad die Third Street hinuntergesaust war oder in den heißen Quellen gebadet und an einer Stelle die Blubberblasen gefühlt hatte. Immer hatte sie zu den heißen Quellen gewollt. Ihr war selbst nicht klar, wie sie das hatte vergessen können, seit ihre Kinder ständig darum bettelten. Die heißen Quellen waren laut Erzählungen des lokalen Stamms der Aborigines der Urin der Regenbogenschlange. Als

Kind hatte ihr die eklige Vorstellung gefallen – dass man in Pipi schwamm, obwohl das Wasser so rein und klar war, dass es offensichtlich kein Pipi sein konnte.

»Ja«, sagte Sallyanne nach einer Weile. »Ich glaube, ich war auch so.«

Kate betrachtete sie, als studierte sie ihr Gesicht. »Darauf würde ich wetten«, sagte sie. »Weil du es immer noch bist.«

Sallyannes Mutter hatte mal gesagt, dass man sich nie so sehen würde, wie andere Menschen einen sahen, daher solle sie nicht so streng mit sich sein. »Du weißt gar nicht, wie wunderbar du bist«, hatte sie gesagt, »und wie du strahlst, wenn du lächelst.«

Sallyanne hatte keine Ahnung, was sie erwidern sollte. Sie legte die Hände an die Wangen, die sich heiß anfühlten, und senkte den Blick.

Sie könnte sich bedanken, das wäre höflich, aber sie konnte es einfach nicht.

»Della hat angerufen«, sagte sie stattdessen.

»Ja?« Kate setzte sich aufrechter hin. Das Buch rutschte von ihrem Schoß aufs Bett.

»Sie wollte wissen, wie es dir geht. Ich soll dir ausrichten, dass sie dich gerne besuchen würde, aber sie kommt nicht über den Fluss.«

Kate nickte mit einem verhaltenen Lächeln. »Natürlich«, sagte sie. »Sybil musste sich nach Hause bringen lassen, mit dem Hubschrauber von Ghost River, aber ich glaube nicht, dass Aug so nett ist, Della für einen Besuch hier einfliegen zu lassen.«

»Ich würde gerne einmal mit dem Hubschrauber fliegen«, sagte Sallyanne und stellte sich vor, wie es wäre, etwas derart Aufregendes zu tun. Was würde sie nicht alles zu sehen bekommen! Von dort oben würde sie auf die Bäume, den Fluss und die ganze majestätische Landschaft hinabschauen – die Landschaft, von der sie jetzt wusste, dass sie dorthin gehörte, auch wenn sie gelegentlich die Sehnsucht überkam, woanders zu sein.

Sallyanne merkte, dass sie mal wieder in Gedanken abgeschweift war. Sie fragte sich, ob ihr Gast es wohl seltsam fand, blickte zu Kate, sah aber nur ein eigentümliches Lächeln auf deren Lippen.

»Wo warst du gerade?«, fragte Kate, immer noch lächelnd.

»Entschuldigung.« Sallyanne spürte, dass ihre Wangen schon wieder heiß wurden.

»Wofür? Ich wünschte, ich könnte mich so leicht in meinen Träumen verlieren.« Kate senkte den Blick. »Das würde es leichter machen, sich mit den Dingen abzufinden.«

»Rita kommt übrigens zu Besuch«, sagte Sallyanne, als ihr wieder einfiel, was sie noch hatte ausrichten sollen.

»Rita?« Kate runzelte die Stirn.

»Sie sagte, es handele sich um einen Hausbesuch.«

»Sie fliegt von Alice Springs hierher, um einen Hausbesuch zu machen?«

»Da Sybil dich nicht besuchen kann, will sie nach dir schauen, hat sie gesagt.«

Kate stieß Luft aus. »Mir war gar nicht klar, dass ihr euch alle solche Sorgen um mich macht.«

»Warum denn nicht?«, fragte Sallyanne.

Kates Augen leuchteten auf. Dann glänzten sie plötzlich, als würde sie …

Sallyanne bemerkte, dass Kate, die bei ihren ersten Begegnungen so beherrscht gewirkt hatte, die Tränen über die Wangen liefen.

»Danke«, flüsterte Kate.

»Du musst dich nicht bedanken«, sagte Sallyanne. »Freundinnen tun so etwas halt.« Sie lächelte zaghaft. »So wie Freundinnen manchmal den Kindern von Freundinnen Bücher von May Gibbs vorlesen.«

Kate lachte und schniefte, dann wischte sie sich mit den Fingerknöcheln die Tränen weg. »Schick sie rein«, sagte sie.

# 21

Das Panorama vor ihren Augen war von einem satten Grün, als Della ihr Pferd langsam durch die Weiten von Ghost River mit der vom Regen platt gedrückten Graslandschaft lenkte, immer den Spuren der Rinder nach. An den Bäumchen, die in der Trockenzeit so kümmerlich aussahen, sprossen nun neue winzige Blätter. Am Morgen hatte sie Felicity im großen Haus geholfen und dann, als der Regen am Nachmittag nachgelassen hatte, beschlossen auszureiten. Womit sie nicht gerechnet hatte, war, dass Stan sie begleiten würde.

In den letzten Monaten hatten sie sich gesehen, als Stan sie zum zweiten Treffen des Buchclubs abgeholt hatte und als er vor zwei Wochen ein weiteres Mal mit ihr nach Fairvale gefahren war, damit sie Kate nach der Rückkehr von ihrem Aufenthalt im Krankenhaus und bei Sallyanne besuchen konnte.

»Für mich wird es immer ein Wunder bleiben, wie anders diese Gegend in der Regenzeit aussieht«, sagte Della. »Natürlich weiß ich, dass sie sich verändert, aber es ist einfach …« Der Trampelpfad der Rinder durchzog eine schwarze Ebene, die sich in sämtliche Richtungen erstreckte, als würde sie die ganze Erde bedecken. In der Trockenzeit wirbelte man beim Reiten Staub auf, in der Regenzeit blieb der Dreck am Boden.

Sie drehte sich zu Stan um, der kerzengerade im Sattel saß, in einer Hand die Zügel, die er entspannt nahe dem Hals des Pferdes hielt; die andere hing an der Seite herab. Er ritt wie ein Cowboy, ein Amerikaner. Wie sie selbst.

»Es ist ein gutes Land«, sagte er. Seine Stimme klang distanziert, und seine Miene erstarrte kurz, bevor sie sich wieder entspannte.

»Ist es euer Land?«, erkundigte sie sich. Das hatte sie ihn – oder Bob – noch nie gefragt.

Er schaute sie an, als ihre Pferde weitergingen.

»Nein«, sagte er. »Das hier ist das Land der Wardaman. Ich bin vom Jawoyn-Stamm.«

»Gehört Fairvale den Jawoyn?«

Er schüttelte den Kopf. »Nein, auch das ist Wardaman-Land.«

»Ich …« Sie hielt inne, weil sie nicht wusste, wie sie es ausdrücken sollte. »Mir ist nicht klar, wie sich das alles verhält, aber … würdest du nicht gerne auf deinem Land leben?«

Er lächelte. »Natürlich würde ich das gerne, kleine Della. Aber dort gibt es keine Arbeit für mich. Arbeit habe ich hier.« Sein Lächeln erlosch, und sein Gesichtsausdruck wurde ernst. »Und du bist auch hier. Grund genug für mich, auf Fairvale zu sein.«

Sie hielt seinem Blick eine Weile stand, dann schaute sie weg, schüchtern. Sie wusste selbst nicht, warum sie ihn nicht ansehen konnte. Vielleicht war sie verlegen, weil sie ihn so sehr mochte.

»Und warum bist du hier?«, fragte Stan freundlich. »Dein Land ist es auch nicht.«

Della schaute sich noch einmal um und spürte das Auf und Ab von Arthurs Schritten unter sich. Dann sah sie in den Himmel, der schwer herabhing und weiteren Regen versprach. Selbst mit den Wolken war es der gewaltigste Himmel, den sie je gesehen hatte. Gewaltiger als der von Texas.

»Ich habe ein Abenteuer gesucht«, sagte sie nach einer Weile. »Ich wollte … mehr. Meine Heimatstadt ist klein. Ich hatte das Gefühl, dort festzusitzen, wäre ich noch länger geblieben.«

Sie wagte es, ihn anzuschauen, und wurde mit einem Grinsen belohnt.

»Und du möchtest nicht irgendwo festsitzen?«

»Nein.« Sie holte tief Luft. »Ich möchte frei sein. Ich möchte leben. Verstehst du, was ich meine?«

Stan zog überraschend an den Zügeln. »Ja, kleine Della, ich glaube schon.«

Sie wendete Arthur, damit sie Stan ansehen konnte, und ritt neben ihn. »Warum halten wir an?«

Er hob sein Gesicht zum Himmel. »Es wird bald regnen. Ich denke, wir sollten umkehren.«

Sie schaute ebenfalls hoch, konnte aber nicht erkennen, was er dort sah. Obwohl sie so viel Zeit in der Natur verbrachte, hatte sie es nicht gelernt, das Wetter so einzuschätzen wie viele der Leute hier. Sie wusste, dass Regen kam, aber nicht, wann.

»Gut«, sagte sie und wollte Arthur antreiben.

Stan streckte die Hand aus und hielt Della zurück. »Nicht gleich«, sagte er. »Der Regen wird noch ein paar Minuten auf sich warten lassen.«

Sie blickte den Trampelpfad zurück und konnte das Haus in der Ferne sehen. »Wir brauchen mindestens eine Stunde für den Rückweg.«

Wieder grinste er, und ihr Herz tat einen Satz, so wie immer, wenn er sie anlächelte. »Nicht im Galopp«, sagte er.

Erst wollte sie fragen, worauf sie denn warteten, aber irgendetwas sagte ihr, dass sie es eigentlich wusste. Als er seine Hand ausstreckte und auf die ihre legte, lösten sich sämtliche Fragen in Luft auf. Und als ihre Lippen sich fanden, hatte sie das Gefühl, nie wieder reden zu wollen – wenn das hieß, dass sie dies hier – ihn – jeden Tag ihres Lebens haben könnte.

Sie spürte, wie er Arthurs Zügel nahm und ihr Pferd zu sich herüberzog, sie zu sich herüberzog. Sie legte ihre freie Hand an seine Schulter, um das Gleichgewicht zu halten und nicht vom Pferd zu fallen, denn sie spürte die Gefahr, die in diesem Kuss lag. Er war so anders – so viel besser – als jeder Kuss bisher. Ihr Inneres löste sich auf, und ihre Gedanken schmolzen dahin.

Als er sich von ihr löste, verharrte sie in ihrer Haltung, die Lippen geöffnet. Sie schaute in seine dunklen Augen und fragte sich, was er wohl sah.

»Fühlst du dich frei, kleine Della?«, murmelte er, und sie nickte.

»Und du?«, flüsterte sie.

Er atmete langsam ein und aus. »Hier draußen schon«, sagte er und strich ihr mit den Fingern über die Wangenknochen. Dann blickte er über die Schulter in Richtung Haus. »Dort drüben«, sagte er, »bin ich nicht so frei.« Er drehte sich zu ihr zurück. »Dort können wir nicht zusammen sein, du und ich.«

Ihre Brust fühlte sich an, als läge ein großes Gewicht darauf. »Das war also …« Sie stieß Luft aus.

»Ich musste dich einfach küssen«, sagte er mit einem traurigen Lächeln. »Das wollte ich, seit ich dich zum ersten Mal gesehen habe.«

»Das … wolltest du?«

»Ja.« Er lachte. »Und du wolltest mich auch küssen.«

Sie wurde rot, weil er recht hatte.

»Aber wir können uns nicht wieder küssen?«, fragte sie.

»Doch, ich denke schon«, sagte er. »Aber nicht auf Ghost River. Deine Chefin würde das nicht gutheißen.«

Della hätte sich fast verschluckt vor Erleichterung. Sie hatte schon befürchtet, »dort drüben« meinte jeden anderen Ort.

»Auf Fairvale wäre es also in Ordnung?« Della fühlte sich wie ein Schulmädchen, das Pläne schmiedete, wie es sich heimlich aus dem Elternhaus davonstehlen konnte.

»Natürlich. Bei Mister und Missus Baxter gilt nur eine Regel – dass die Leute anständig miteinander umgehen. Wir müssen dich nur irgendwie dorthin bringen, und dazu brauchen wir einen Plan.«

»Ich werde dich wiedersehen.« In ihrem Kopf war es eine Frage gewesen, hörte sich jetzt aber nicht so an.

»Möchtest du das denn?« Plötzlich wirkte er nervös.

Niemand hatte sie je so direkt nach ihren Wünschen gefragt. Die Werberituale junger texanischer Männer sahen so aus, dass sie einem mitteilten, was sie wollten; nie hätten sie einen gefragt, was man selbst denn wolle. Nun, da ihr die Frage gestellt worden war, war ihr die Antwort nicht wirklich klar. Aber sie musste antworten, denn Stan bat sie um eine Entscheidung. Deutlicher hätte er seine Wertschätzung nicht zum Ausdruck bringen können.

»Natürlich«, sagte sie und lächelte, so breit sie konnte.

Er war sichtlich erleichtert. »Dann müssen wir uns wohl ein paar Vorwände ausdenken, weshalb du zu Besuch kommen solltest«, sagte er im selben Moment, als auf Dellas Hand ein großer Regentropfen landete. Er blinzelte in den Himmel. »Zeit zum Aufbruch. Wollen wir?«

Noch bevor Della antworten konnte, hatte er sein Pferd gewendet und in den Galopp getrieben. Sie gab Arthur die Sporen, damit er hinterherjagte. Bevor sie zu Stan aufschloss, sah sie, wie er aus dem Sattel ging und sich über den Hals seines Pferdes beugte, eine Hand an den Zügeln, die andere in der Luft, als würde er jubeln.

Della wollte ihn gar nicht einholen, sie wollte ihn einfach nur reiten sehen. Sie wollte dabei zuschauen, wie dieser Mann in ihre gemeinsame Zukunft ritt.

# 22

Rita hatte in den Jahren ihrer beruflichen Tätigkeit schon viele Leichen gesehen und wusste, dass der Tod keine Regeln kannte: Die Menschen gingen im hohen Alter oder in der Jugend; sie gingen unvermittelt oder nach langem Leiden. Man konnte nicht sagen, dass man nur starb, wenn man bestimmte Dinge erreicht oder genug von der Welt gesehen hatte; oder wenn man seine große Liebe gefunden hatte und nun im Kreise seiner Lieben diese Ebene der Existenz verließ und in eine andere überwechselte.

Sie hatte auch genug Leichen gesehen, um zu wissen, dass tot tot war. Sobald das Herz nicht mehr schlug und die Lunge sich nicht mehr aufpumpte, sobald das Gehirn keine Botschaften mehr an Finger, Zehen und Zunge schickte, blieb nichts zurück. Es gab kein Wesen, das im Körper der Person gewohnt hatte. Was blieb, war eine leere Hülle, die aussah wie die von den Angehörigen betrauerte und von den Freunden schmerzlich vermisste Person.

Rita hatte versucht, sich eine persönliche Theologie zurechtzulegen. Sie hätte gerne geglaubt, dass es eine Seele gab, die sich von dem Körper löste, um dann an einem besonderen Ort im Universum geborgen zu sein. Gesehen hatte sie sie nie. Eine Zeit lang hatte sie Ausschau danach gehalten. Wenn ein Patient gestorben war, hatte sie ihn ein paar Minuten lang beobachtet, um vielleicht etwas zu erhaschen, das sonst niemand sah.

Aber natürlich war sie nicht die besondere Person, die dem Geheimnis des Todes durch bloße Beobachtung auf die Spur gekommen wäre. Tot war tot.

Die Augen des Mädchens, das vor ihr auf dem Bett lag, waren geschlossen; ihr weißblondes Haar war auf dem Kissen aufgefächert.

»Ist schon in Ordnung, Kumpel«, sagte der Vater zu ihrem Bruder, der an der Hüfte seiner Mutter schniefte, das Gesicht tränenüberströmt. Die Hand seiner Mutter, deren Gesicht selbst von Tränen aufgequollen war, lag an seiner Wange.

»Es ist nicht deine Schuld«, sagte der Mann sanft und tätschelte unbeholfen die Schulter seines Sohns.

»Ich …« Der Junge hickste. »Ich hätte ihr sagen müssen, dass sie … dass sie … weglaufen soll.«

»Nein, mein Sohn. Es ist nicht dein Fehler. Schlangen kann man nicht entkommen«, erwiderte er. Rita fand es fast unbegreiflich, wie gefasst Mr Stephens war.

Der Junge begann zu wimmern, und seine Mutter beugte sich hinab, um ihm den Kopf zu küssen. Ein Kind war fort. Rita wusste, warum sie dem Jungen niemals böse sein würden, egal wie sich die Szene abgespielt haben mochte.

Die Eltern hatten dem Mädchen einen Druckverband angelegt. Zuvor hatten die Schreie ihres Sohns die Mutter aus dem Haus geholt. Sie war ungeschickt gewesen und hatte vor lauter Panik, weil ihr jüngstes Kind so zappelte und weinte und die Symptome des Schlangenbisses am Knöchel unübersehbar waren, alles vergessen, was man in einem solchen Fall normalerweise tat. Sie hatte nach ihrem Ehemann geschrien, der gerade ein Pferd sattelte und sofort herübergestapft kam. Er war ruhiger gewesen, weil er es gewohnt war, mit den Lebensumständen hier draußen zurechtzukommen, fernab jeder Hilfe.

Der Druckverband war fachgerecht angelegt worden, das sah Rita. Sofort danach hatte der Vater die Flying Doctors gerufen. Aber als das Flugzeug landete, war das Mädchen schon fort gewesen. Es war so klein; das Gift hatte nicht lange gebraucht, um es zu töten.

»Wir müssen sie mitnehmen«, sagte Rita so sanft wie möglich.

Mrs Stephens schaute sich um, sichtlich verwirrt. »Warum?«, fragte sie. »Kann sie nicht bei uns bleiben?«

Hamish legte Mrs Stephens eine Hand auf die Schulter. In solchen Dingen war er gut, wie Rita schon ein paarmal beobachtet hatte. Menschen, die unter Schock standen, waren nicht zugänglich für rationale Erklärungen, also setzte Hamish seine ruhige, tiefe Stimme ein, um ihnen mitzuteilen, was nun geschehen würde.

»Wir müssen noch ein paar Untersuchungen machen, Mrs Stephens«, sagte er, die Hand immer noch auf ihrer Schulter.

»Aber Sie bringen sie doch zurück, oder?«, fragte Mr Stephens und schaute von Rita zu Hamish. »Wir müssen sie … Wir wollen sie bei uns behalten.«

»Natürlich«, versprach Hamish, nahm seine Hand weg und nickte Rita zu, die ihm in den Nebenraum folgte.

»Soll ich Darryl Bescheid sagen, dass er sie zum Flugzeug tragen soll?«, fragte Rita so leise, dass das Ehepaar sie nicht hören konnte.

Hamish schüttelte den Kopf. »Das übernehme ich.«

Er sah müde aus. Er sah schon lange müde aus. Seit dem Tag seiner Ankunft war sein strahlender Optimismus durch die Strapazen der Schichtarbeit, die langen Stunden im Flugzeug, die unvorhersehbaren Fälle und die grausamen, ungewöhnlichen Tode allmählich ausgelöscht worden.

»Dann sage ich Darryl, dass wir fertig sind.« Rita nahm ihre Tasche – die ihr in diesem Fall nichts mehr genützt hatte – und ging in Richtung Flugzeug. Von der Familie verabschiedete sie sich nicht. Die würde ohnehin nicht mehr wissen, dass sie da gewesen war, würde sich kaum noch an Dinge erinnern, die unmittelbar nach dem Tod ihres Mädchens passiert waren. In der künftigen Wahrnehmung dieses Tages würden die Flying Doctors keine Rolle spielen. Das hatte Rita schon häufiger erlebt: Die Geschichten von plötzlichen Todesfällen klangen sehr unterschiedlich, je nachdem, wer sie wann erzählte.

Aber egal wie oft Rita so etwas schon erlebt haben mochte, der Verlust eines Kindes war immer schrecklich. Zu Beginn ihrer Arbeit hatte sie gelernt, ihre Mimik zu kontrollieren, damit man ihr die Gefühle nicht ansah. Was dazu geführt hatte, dass sie irgendwann auch die Gefühle unter Kontrolle hatte. Doch sobald Patienten und Angehörige außer Sicht waren, hörte sie auf, irgendetwas kontrollieren zu wollen. Als sie also nun zum Flugzeug ging, wo Darryl am Rumpf lehnte und rauchte, ließ sie ihren Tränen freien Lauf. An den Tod von Kindern würde sie sich nie gewöhnen, und das würde sich hoffentlich auch nicht ändern.

»Der Salat ist ein bisschen dürftig«, sagte Rita, als sie Hamish den Teller hinstellte. »Tut mir leid.«

Er lächelte matt. »Du musst dich nicht entschuldigen. Du hast mir Abendessen gemacht – das ist wirklich nett.«

Rita verzog das Gesicht. »Welker Blattsalat und ein hoffentlich nicht zu lange gebratenes Steak. Kochen ist nicht meine große Stärke.«

»Rita«, sagte er mit drohendem Unterton.

»Ja?«

»Hör auf, dich dafür zu entschuldigen, dass du mir einen Gefallen getan hast.«

Wieder verzog sie das Gesicht. Das tat sie oft in Hamishs Gegenwart. In den letzten Wochen ihrer Freundschaft fühlte sie sich zunehmend wegen Sachen unsicher, an die sie früher keinen Gedanken verschwendet hatte, etwa wegen ihrer Kochkünste. Sie wollte ihn beeindrucken, das war der Grund.

»Gut«, sagte sie und setzte sich. »Ich höre auf.«

Er lächelte mit geschlossenem Mund und nahm sein Besteck. »Kannst du dir vorstellen, dass das der erste Schlangenbiss war, der mir als Arzt begegnet ist?«, sagte er und schnitt ein Stück von seinem Steak ab.

»Ja«, sagte sie. »Ich hatte auch nur wenige gesehen, bevor ich hierherkam, und das war, als ich während der Ausbildung in einem Krankenhaus bei Sydney gearbeitet habe, draußen im Busch.«

Er nickte und kaute. Sein Gesicht war ernst. »Als Kind war das für mich nichts Seltenes«, sagte er. »Aber eben nicht als Arzt.«

»Wo bist du denn aufgewachsen?«

»In Young«, erwiderte er. »Sagt dir das was?«

»Vage. Ist das nicht in der Nähe von Canberra?«

Er lächelte trocken. »Leute, die im Busch leben, würden es wohl als nah bezeichnen. Meine Familie hatte dort einen kleinen landwirtschaftlichen Betrieb. Dad arbeitete als Anwalt in der Stadt. Eigentumsübertragung und solche Sachen.«

»Er war kein Farmer?«

»Nein. Ihm gefiel einfach die Idee, eine kleine Farm zu besitzen.«

Es war das erste Mal, dass er etwas über seine Herkunft erzählte. Sie hatten über seine Studienzeit in Brisbane geredet, wohin er gegangen war, weil er dort bei seinen Großeltern mütterlicherseits wohnen konnte, während er in Sydney niemanden gekannt hätte. Diese Überlegungen hatte Rita nie anstellen müssen: Sie kannte so viele Leute in Sydney, dass sie ein paar Monate lang von einem zum anderen ziehen könnte, ohne jemals obdachlos zu sein.

Während Hamish nicht viel über die Jahre vor seinem Umzug nach Queensland berichtet hatte, war Rita über die Zeit danach gut im Bilde. Er hatte sehr jung geheiratet, und seine beiden Kinder waren bereits Anfang zwanzig. Ihre Mutter war vor zwei Jahren an einer Gehirnblutung gestorben.

»Es ging blitzschnell«, hatte er gesagt. »Ich war sogar zu Hause, aber ich …« Ein Schatten huschte über sein Gesicht. »Ich konnte nichts mehr tun. Sie war schon tot, als sie auf dem Boden aufschlug.«

Er wirkte fast verlegen, und Rita kannte den Grund: Sie waren für die Gesundheit der Menschen zuständig, und solche Dinge sollten ihnen nicht passieren. Ihre Lieben sollten einen Vorteil haben, weil Ärzte und Krankenschwestern sensibel für Symptome sein und schnell reagieren sollten. Tatsächlich aber waren Ärzte und Schwestern in ihrem Verhalten ihren Verwandten gegenüber oft härter als sonst. Rita hatte Kolleginnen gehabt, deren Kinder sich in der Schule erst übergeben mussten, bevor ihre Mutter ihnen abnahm, dass sie krank waren.

»Das muss furchtbar gewesen sein«, sagte Rita. »Wobei mir furchtbar kein angemessenes Wort dafür zu sein scheint.«

»Das war es«, sagte er. »Und es ist ein ziemlich angemessenes Wort.« Er hatte die Augen halb geschlossen. »Meine Frau – Rachel – hat alles für unsere Kinder getan.« Er schaute sie wieder an. »Erst damals wurde mir klar, was für ein schrecklicher Dad ich war«, fuhr er fort.

»Ich bin mir sicher, dass das nicht stimmt«, sagte Rita schnell.

»O doch.« Er lächelte reumütig. »Ich wusste, was sie taten – was sie in der Schule lernten und was für Sportarten sie trieben –, aber was für Menschen sie waren, das wusste ich nicht. Ich war so selten daheim, wenn sie wach waren, und dann benahmen sie sich immer vorbildlich.« Einen Moment lang wirkte er gequält. »Als hätten sie Angst vor mir.« Wieder schloss er die Augen. »In den letzten Jahren musste ich also lernen, was einen richtigen Dad ausmacht. Wenn Rachels Tod etwas Gutes hatte, dann das.«

Mittlerweile hatte er ein enges Verhältnis zu seinen Kindern, aber sie lebten ihr eigenes Leben. Seine Tochter arbeitete als Rechtsanwaltsgehilfin, während sein Sohn in seine Fußstapfen getreten war und Medizin studierte. Hamish wohnte weiterhin in dem Haus, in dem sie aufgewachsen waren, und vereinsamte allmählich. Er brauchte etwas, das ihn von seinen Erinnerungen und seinen Schuldgefühlen ablenkte – die er immer haben würde, weil er den Tod seiner Frau nicht hatte verhindern können –, und so gelangte er irgendwann zu dem Schluss, dass Brisbane das Problem war. Er musste irgendwohin gehen, wo er noch nie gewesen war, an einen Ort, mit dem er keine Erinnerungen verband. Also nahm er die Stelle bei den Flying Doctors an und zog nach Alice Springs.

Rita hatte sich getäuscht, als sie ihn für jünger gehalten hatte; er war genauso alt wie sie, sechsundvierzig. Allerdings sah er jünger aus; sein Gesicht hatte sich eine Jugendlichkeit bewahrt, um die sie ihn beneidete. Aber er war ein »echter Erwachsener«, wie sie es nannte.

Seit ihrer ersten Begegnung hatten sie viel miteinander geredet. Rita fühlte sich in seiner Gegenwart wohl, und ihm schien es andersrum genauso zu gehen. Da sie nicht mehr in dem Alter war, in dem sie noch nach einem Ehemann Ausschau hielt, nahm sie ihn als das, was er war: einen netten Begleiter. Und er hatte ihr bis jetzt nicht zu erkennen gegeben, dass er etwas anderes in ihr sah.

»Wolltest du nicht in Young bleiben?«, fragte Rita.

»Ich liebe den Busch, aber Dad war enttäuscht, dass ich seine Kanzlei nicht übernehmen wollte. Ich hätte keinen guten Anwalt abgegeben.« Er lachte. »Keine Ahnung, warum er das nicht so sah wie ich.« Er zuckte mit den Achseln. »Andererseits hätte ich Young auch verlassen müssen, wäre ich Anwalt geworden. Dort gibt es keine Uni.«

»Vielleicht wollte er einfach, dass du in seiner Nähe bleibst. Vielleicht solltest du deshalb die Kanzlei übernehmen.«

Hamish zog eine Augenbraue hoch. »Mag sein. Ich besuche sie, sooft ich kann, aber …« Er seufzte und schaute aus dem Fenster. Ritas Haus lag am Stadtrand; in der Regenzeit war die Umgebung üppig grün und hob sich leuchtend von der roten Erde und den roten Felsen in der Ferne ab. Bevor sie nach Alice Springs gekommen war, hatte sie sich das Land hier als eine riesige Fläche nackter Erde mit ein paar verstreuten Häusern darauf vorgestellt. Die pulsierende Energie dieser Gegend hatte sie überrascht. An manchen Tagen hatte sie den Eindruck, sie unmittelbar aus der Erde aufsteigen zu spüren. So etwas hatte sie noch nie in ihrem Leben erlebt, und ihr fehlten die Worte, um es zu beschreiben. Ohnehin hätte sie niemandem davon erzählt: weil es ihr zu esoterisch erschien, obwohl sie keine spirituelle Person war.

»Es ist ganz anders als hier«, fuhr Hamish fort. »Das Land kann furchtbar trocken und braun werden. In den Dürrephasen ist es … ein ziemlich trostloser Ort. Hier ist alles so viel lebendiger. Selbst wenn es nicht regnet, lebt die Gegend.«

Er schaute sie an, und als ihre Blicke sich begegneten, spürte sie ein Flattern im Bauch.

Sie kannte dieses Flattern, es führte zu nichts Gutem. Nur dazu, dass sie mit offenen Augen von einem Mann träumte, und solche Träume waren sinnlos.

»Was hältst du eigentlich von unserem Premierminister?«, fragte sie, um zu einem Thema überzuleiten, das garantiert alle falschen Empfindungen abtötete.

Hamish warf ihr einen erstaunten Blick zu, dann stieß er ein scharfes, kurzes Lachen aus.

»Fraser?«, fragte er. »Für einen Schafbauern aus Victoria ist er gar nicht mal so übel. Aber mich interessiert eher, was hier passiert.«

»Du meinst, mit der Regierung des Northern Territory?«

»Genau, mit der eigenständigen Regierung des Northern Territory.« Er aß ein Stück von seinem Steak. »Das ist übrigens köstlich, danke. Ich weiß es sehr zu würdigen, dass du für mich kochst.«

Rita spürte, dass ihre Wangen glühten.

»Gerne«, sagte sie. »Die Selbstverwaltung war notwendig, oder?«

»Ja.« Er nickte heftig. »Aber die Idee ist so neu. Sie werden eine Weile brauchen, um herauszufinden, was sie da überhaupt tun. Jahrzehnte vielleicht. Niemand hat Erfahrung damit, wie man diese Gegend regiert.« Er lächelte sie an. »Ich mag es, dass ich mit dir über Politik und solche Dinge reden kann. Es ist nicht leicht, Freunde zu finden, die … Verständnis dafür haben, um es mal so auszudrücken. Die meisten halten mich für einen Langweiler.«

»Das bist du bestimmt nicht«, sagte Rita. »Ich unterhalte mich gerne mit dir darüber.« Lieber als über sein Leben, ihr Leben, seine Vergangenheit, ihre Vergangenheit. Ihrer beider Zukunft. Sie würde das Gespräch so lange auf andere Themen lenken, bis das Flattern irgendwann verschwunden wäre. In der Zwischenzeit würde sie sich zusammenreißen. Darin war sie gut.

Rita aß einen Bissen, dann noch einen. Sie konzentrierte sich auf ihr Steak, schaute nicht oft auf und ließ Hamish reden.

# 23

Die Zeitung lag auf Sallyannes Küchenbank und zog Sybils Blick unwiderstehlich auf sich. Sybil hatte schon seit Wochen keine Zeitung mehr gelesen, und diese wäre es vermutlich wert – denn die Schlagzeile lautete, dass Großbritannien die erste weibliche Premierministerin hatte, die Tochter eines Kolonialwarenhändlers namens Margaret Thatcher. Allerdings wäre es unhöflich, Zeitung zu lesen, während Sallyanne in der Küche herumwirbelte und für alle Tee kochte. Rita, Della und Kate wiederum saßen im Wohnzimmer und unterhielten sich über einen Tornado, dem einen Monat zuvor in Texas zweiundvierzig Menschen zum Opfer gefallen waren.

»Wer hätte gedacht, dass das Leben in Texas so gefährlich sein kann«, hörte sie Rita sagen.

»Ich«, sagte Della. »Was meinst du, warum ich dort weggezogen bin?«

»Ist das nicht schrecklich?«, fragte Sallyanne und riss Sybil aus ihren Gedanken.

»Der Tornado?«

»Nein.« Sallyanne deutete auf die Zeitung. »Dass diese Frau Premierministerin geworden ist.«

Sybil war überrascht. Natürlich, Sallyanne legte Wert auf gesellschaftliche Traditionen – das konnte man schon an ihrer Vorliebe für die Autorin Georgette Heyer erkennen –, aber sie konnte doch nichts dagegen haben, dass eine Frau ein Land regierte.

»Du möchtest nicht, dass eine Frau Premierministerin wird?«, fragte Sybil.

»Doch, auf jeden Fall! Aber sie ist grässlich. Diese Frisur! Diese Stimme!« Sallyanne schnaubte und wirkte verletzt, als Sybil lachte.

»Man kann doch einen Politiker nicht nach solchen Dingen beurteilen«, sagte Sybil. »Hast du je einen Gedanken an die Frisur und die Stimme von Malcolm Fraser verschwendet?«

Sallyanne hielt in ihrer Bewegung inne. »Nein. Hätte ich das tun sollen?«

»Wenn du eine Frau danach beurteilst, solltest du das auch bei Männern so handhaben, oder?« Sybil tätschelte Sallyanne den Arm. »Solange du Männer und Frauen nach den gleichen Maßstäben beurteilst, kannst du von mir aus sagen, was du willst.«

Sallyannes Miene, die immer so lebhaft war, drückte etwas zwischen Betroffenheit, Verletztsein und Entschiedenheit aus.

»Gut«, sagte sie schließlich. »Gough Whitlams Stimme mochte ich auch nicht.«

Angesichts dieser unerwarteten Wendung ihrer Unterhaltung musste Sybil noch lauter lachen.

»Er klang immer so aufgeblasen«, sagte Sallyanne und reckte trotzig das Kinn vor.

»Damit hast du sicher recht. Was macht eigentlich der

Tee? Ich fürchte, Rita wird Della gleich erklären, warum sich Texas für den Tod von John F. Kennedy schämen sollte. Vielleicht wäre es angebracht, bald wieder rüberzugehen.«

»Oh.« Sallyanne wirkte plötzlich betroffen. »Das war schrecklich, nicht wahr?« Mit einem Seufzer schaufelte sie so viel Tee in die Kanne, dass Sybil fürchtete, das Ergebnis würde eher an Kaffee erinnern. »Stell dir doch mal vor, du würdest deinen Ehemann auf diese Weise verlieren.«

Dann hielt sie unvermittelt in der Bewegung inne und warf einen Blick in den Raum, in dem die anderen drei Frauen saßen. Sallyannes Haus war klein, sodass sie es sehr gemütlich hier hatten. Als sie Sybil angerufen und ihr mitgeteilt hatte, dass weder Mick noch ihr Vater auf die Kinder aufpassen und sie folglich nicht nach Fairvale kommen könne, sie aber gerne alle zu sich nach Hause einlade, hatte Sybil sofort zugestimmt. Es war nur gerecht, dass sich der Buchclub auch an Orten traf, zu denen sie und Kate eine Anreise auf sich nehmen mussten.

»Nur gut, dass Mick nicht in der Politik ist, oder?«, sagte Sybil und nahm den Kessel vom Herd. Sallyanne wirkte immer noch abgelenkt. Sybil goss Wasser auf und drehte die Teekanne zwei Mal gegen den Uhrzeigersinn um sich selbst, um die Teeblätter zu verteilen. Sallyanne stand reglos neben ihr und beobachtete sie.

»Was ist?«, fragte Sybil.

»Ich musste an unser Buch denken.«

*»Picknick am Valentinstag?«*

»Ja.« Sallyannes Blick ging ins Leere. »Hast du dich nicht auch gefragt …«

Nachdem sie eine Weile innegehalten hatte, wollte

Sybil sie zum Weiterreden drängen, übte sich dann aber in Geduld. Sallyanne verlor sich manchmal in Gedanken, kehrte aber immer wieder zurück. Sybil war zu der Ansicht gelangt, dass man ihr das nicht austreiben sollte, weil es Teil ihrer Persönlichkeit war.

»Was, wenn man einfach so verschwinden könnte wie diese Frauen?«, fragte Sallyanne. Sie schaute Sybil an und dann schnell wieder weg.

»Aber sie sind doch gar nicht verschwunden, sie sind gestorben.«

»Ja, vermutlich.« Sie flüsterte nun mehr, und Sybil konnte nur Vermutungen anstellen, was Sallyanne wirklich durch den Kopf ging.

»Sallyanne«, begann sie, »willst du etwa …«

»Es geht mir gut.« Sallyanne lächelte, und ihr Lächeln war so hinreißend, dass es sämtliche Sorgen zerstreuen konnte. Nicht dass Sybil sich täuschen ließ.

»Ich nehme dich beim Wort«, sagte sie. »Aber du weißt ja, wo ich wohne. Benutze nicht das Telefon, wenn du Hilfe brauchst: Bei uns gibt es nur eine Gemeinschaftsleitung, sodass alle zuhören können. Komm einfach vorbei, selbst wenn die Fahrt zwei Stunden dauert. Deine Kinder sind auch herzlich willkommen.«

Sallyanne öffnete den Mund und blinzelte.

»Wirklich?«, fragte sie ungläubig.

»Natürlich.« Sybil nickte zum Wohnzimmer hinüber. »Und jetzt lass uns zu den anderen gehen. Ich könnte schwören, dass ich gerade den Namen ›Dealey Plaza‹ aus Ritas Mund gehört habe.«

Sybil nahm das Tablett mit der Teekanne und den Tassen und trat zurück, damit Sallyanne vorgehen konnte.

»Rita, was habe ich zum Thema John F. Kennedy gesagt?«, fragte Sybil, als sie das Tablett abstellte.

»Wir haben nur darüber geredet, wie interessant es sein muss, in einem Land zu leben, wo derart … *bedeutsame* Dinge passieren«, erklärte Rita.

»Stimmt das?«, fragte Sybil mit Blick auf Della, die ein Lächeln andeutete.

»Nun …«, antwortete die und schaute Rita an, die sie mit aufgerissenen Augen ansah. »Natürlich.«

»Mhm.« Sybil setzte sich neben Kate. »Milch?«

Kate nickte schnell. Sybil sah, dass sie sich bemühte zu lächeln, obwohl ihre Augen traurig waren. Schon seit Wochen ging das so, und Sybil überlegte, was sie dagegen unternehmen könnte.

Gespielte Fröhlichkeit war nicht nach Sybils Geschmack, und sie glaubte auch nicht, dass Kate der Typ dazu war. Aber sie hatte das Gefühl, irgendetwas tun zu müssen. Vielleicht brauchte Kate Urlaub – Urlaub von Fairvale, Urlaub von ihnen allen.

»Wie geht es dir, Kate?«, fragte Rita.

»Ich …« Kate schaute zu Sybil hinüber, die ihr ein aufmunterndes Lächeln zuwarf. »Mir geht es gut. Besser jedenfalls.«

»Das war ein schwerer Schicksalsschlag«, sagte Rita und rührte Zucker in ihren Tee. »So was braucht seine Zeit. Aber immerhin lebst du mit einer erstklassigen Krankenschwester unter einem Dach. Wenn ich mich von etwas erholen müsste, könnte ich mir niemand Besseren als Sybil wünschen, der sich um mich kümmert.«

»Ich weiß nicht, ob ich Kate eine große Hilfe bin«, sagte Sybil.

»O doch, das bist du«, sagte Kate sachlich und beugte sich vor, um nach ihrer Tasse zu greifen.

Sybil war so überrascht, dass ihr Tränen in die Augen traten. Sie wechselte einen Blick mit Rita.

Nun schaute Kate sie an und legte ihre Hand auf die ihre. Noch eine Überraschung. »All die Kleinigkeiten, die du für mich tust, sind mir nicht entgangen.«

Sybil blinzelte und schaute in ihren Schoß. Dort gab es nichts zu sehen, aber sie brachte es nicht über sich, Kate oder sonst jemanden anzublicken.

»Wann können wir denn wieder ausreiten?«, fragte Della. Sybil nutzte die Gelegenheit, um einen Schluck vom Tee zu nehmen und ein Stück Kuchen zu essen.

Kate atmete hörbar ein. »Bald«, sagte sie bestimmt. »Bald werde ich so weit sein.«

»Gute Nachrichten«, sagte Rita mit einem Zwinkern. »Sal, möchtest du nicht auch reiten lernen, was meinst du? Dann könnte ich Sybil vielleicht dazu überreden, sich auch mal wieder auf ein Pferd zu schwingen. Es ist ja schon eine Weile her, was, Syb?« Sie grinste boshaft.

»Niemals«, gab Sybil scharf zurück. »Ausgerechnet du musst das sagen – du bist seit der Grundschule nicht mehr geritten. Das sollte dich aber nicht davon abhalten, Sallyanne.«

»Ich könnte mir das gut vorstellen«, sagte Sallyanne und nickte. »Ich könnte mir das sogar sehr gut vorstellen.«

»Toll«, sagte Della. »Dann kannst du mit Kate und mir zusammen ausreiten.«

»Oh, so schnell wird das wohl kaum gehen, wenn ich noch nie auf einem Pferd gesessen habe.« Sallyanne schüttelte den Kopf.

»Doch, klar.« Della lächelte aufmunternd. »Wir werden es dir schon beibringen.«

»Aber ich …«

»Es besteht keine Eile, Sallyanne«, sagte Kate besänftigend.

Doch Sallyanne wirkte durchaus begeistert. »Ich wollte immer schon reiten«, erklärte sie.

Im Garten hörte man ein Kind schreien, und Sallyanne sprang auf. »Entschuldigt mich bitte«, sagte sie mit einem Stoßseufzer. »Ich muss nur schnell nachschauen, ob meine Jungs sich gegenseitig umbringen.«

»Mummy!«, erklang ein Schrei vom Flur.

Sallyanne seufzte noch einmal. »Und jetzt haben sie auch noch Gretel aufgeweckt.« Sie zog die Augenbrauen zusammen. »Wie soll ich da je reiten lernen?«

»Ich werde auf sie aufpassen«, sagte Sybil. »Wenn du zurückkommst, fassen wir schon mal einen Tag ins Auge.«

Sallyanne verließ den Raum mit einer dankbaren Miene.

»Diese Frau braucht eine Auszeit«, murmelte Rita.

»Und es liegt an uns, sie ihr zu verschaffen«, erwiderte Sybil. Kate und Della nickten.

»Wir haben einen Plan, meine Damen«, sagte sie.

# 24

Zehn Brotlaibe lagen zum Gehen auf der Arbeitsplatte. Der Backofen war bereits eingeschaltet. In einer Schüssel wartete der Plätzchenteig, aber eigentlich wollte Kate nur ins Bett zurück.

Als sie sich bereit erklärt hatte, Rubys Küchenpflichten zu übernehmen, damit die ihre Tochter auf der Ghost River Station besuchen konnte - gefahren von Stan, der sich die Gelegenheit, Della zu sehen, niemals hätte entgehen lassen -, wusste Kate, dass sie der Aufgabe gewachsen war. Seit Monaten arbeitete sie nun schon mit Ruby Hand in Hand. Sie hatte sich vieles aufgeschrieben, und bestimmte Dinge überließ Ruby ihr bereits ganz. Wie schwer ihr das alles jedoch fallen würde, das hatte sie nicht vorhergesehen.

Seit ihrer Rückkehr nach Fairvale fiel ihr alles schwer. Die Tage zogen sich zäh wie Kaugummi, obwohl Ben sich Mühe gab, sie morgens zum Aufstehen zu bewegen und aufzumuntern.

»Schatz?«

Kates Kopf schnellte hoch. Ben stand in der Tür und musterte sie besorgt – wie so häufig in letzter Zeit.

»Was machst du denn hier?«, fragte sie unfreundlicher

als beabsichtigt. Sie konnte es ihm ansehen – die Überraschung in seinen Augen.

»Ich wollte dich sehen.« Er machte einen Schritt in die Küche, dann noch einen, dann blieb er stehen. »Wie kommst du allein zurecht?«

»Gut«, sagte sie schnell. »Ich bin gerade dabei, das Brot in den Ofen zu schieben.«

»Wir wissen das wirklich zu schätzen«, sagte er und trat noch näher auf sie zu.

Sie lächelte matt und hoffte, sich ein wenig zusammenreißen zu können. »Ich bin froh, dass ich mich nützlich machen kann.«

Sie fragte sich, ob er sich ihr gegenüber wie einem Pferd verhielt, das man noch einmal einreiten musste, so vorsichtig, wie er auf sie zukam und besänftigend die Hand ausstreckte. Vielleicht hatte er Angst, sie könnte sich wie einer seiner Bullen benehmen, die unversehens durchgingen und randalierten. Aber ihr war selbst nicht klar, was ihr lieber wäre. Ihr war selbst nicht klar, wie sie sich fühlte.

»Ich dachte, wir könnten vielleicht ausreiten … später«, sagte er zögerlich. »Ich kann ein bisschen früher Schluss machen.«

Ausreiten. Draußen. Sie hatte nicht mehr auf einem Pferd gesessen, seit … seit davor. Als sie gemerkt hatte, dass sie schwanger war, war sie nicht mehr geritten. Sie vermisste es. Sie vermisste ihr Pferd. Mrs Simpson.

Sie hatte laut lachen müssen, als sie erfuhr, dass sie einen Wallach namens Mrs Simpson reiten würde. Da man das Pferd seiner Kronjuwelen entledigt habe, sei der Name nur angemessen, hatte Joe erklärt. Und gegrinst, als Kate rot geworden war. »Ich war mir nicht sicher, ob ›Die Herzogin von

Windsor‹ nicht origineller gewesen wäre, aber der Name ist einfach zu lang. Also ist es ›Mrs Simpson‹ geworden.«

In den letzten Wochen hatte sie gelegentlich Zeit mit Joe verbracht. Er blieb immer häufiger zurück, wenn Ben mit den Arbeitern ausrückte, um Rinder zusammenzutreiben. Obwohl es nicht mehr von ihm erwartet wurde, fiel es Joe schwer, mit diesem Teil seines Lebens abzuschließen. Er vermisse das Land, hatte er Kate anvertraut. Dieses Gefühl der unbeschränkten Möglichkeiten, wenn sich die Grenzen des eigenen Anwesens bis zum Horizont erstreckten. Er vermisse die Farben der schwarzen Ebene und des Lebens, das sie hervorbrachte. Auch von seinen Lieblingsbergen hatte er erzählt. In manchen befänden sich Höhlen mit Malereien der Aborigines. Er wisse, wo sie lagen, auch ohne Landkarte. Ben habe er sie schon gezeigt, und eines Tages solle Ben wiederum sie ihr zeigen.

Ben redete nie wie sein Vater über Fairvale, obwohl Kate wusste, dass er die Farm ebenso liebte. Joe hingegen hatte ihre Neugierde geweckt, indem er von dem erzählte, was sich da draußen befand, jenseits dessen, was man vom großen Haus aus sehen konnte. Das war eines der Dinge gewesen, die ihr Antrieb verliehen hatten. Und wenn sie jetzt den Mut aufbringen würde, die Weiten von Fairvale zu erkunden, dann würde sie vielleicht erkennen, dass ihre Probleme winzig waren. Sie war schon so lange traurig, dass sie gar nicht mehr wusste, wer sie ohne diese Trauer war.

»Das wäre nett«, sagte sie und bereute das letzte Wort schon, als sie es aussprach. »Nein«, sagte sie und versuchte es noch einmal, »das wäre sehr schön.«

Sie wurde von Ben mit einem strahlenden Lächeln belohnt. »Ich hole dich nach dem Mittagessen ab.«

Er nahm sie fest in den Arm. So hatte er sie schon lange nicht mehr gedrückt. Sie ließ ihre Hände über seinen Rücken gleiten.

»Ich habe dich vermisst«, sagte er in ihr Haar.

Als ihr der Atem in der Kehle stockte, wurde ihr bewusst, dass es ihr genauso ergangen war.

»Ich möchte zu dir zurück«, sagte sie, »aber ich weiß nicht, wie.«

Er küsste ihre Schläfe und presste sie an die Brust. »Wir werden schon einen Weg finden.«

Sie nickte, weil sie ihm glauben wollte, und hoffte, er spürte die Tränen nicht, die sie in sein Hemd weinte.

Die Pferde gingen im Schritt nach Süden, am Flussbett entlang. Kate hatte das Gefühl, zum ersten Mal zu reiten – und auch Mrs Simpson hatte sich verhalten, als würde er sie nicht kennen. Er ließ sich nur widerwillig satteln, und als sie ihm die Trense ins Maul schieben wollte, warf er den Kopf zurück. Erst als Ben ihn hinter den Ohren kraulte, beruhigte er sich ein wenig. Kate hatte ganz vergessen gehabt, dass er das liebte.

»Hierher komme ich nicht oft«, sagte Ben nach ein paar Minuten »Wir reiten meist dort entlang.« Er nickte Richtung Osten. »Ich hatte gar keine Vorstellung mehr davon, wie schön es hier ist.«

Kate betrachtete die Palmfarne, die hier und da sprossen; ihre grünen Wedel erinnerten an die Stacheln von Stachelschweinen. Sie konnten abweisend wirken, waren dabei aber wunderschön und bildeten einen Kontrast zu den schlanken blassen Eukalyptusbäumen.

»Lachie und ich sind manchmal über Nacht hier draußen geblieben«, sagte Ben und blinzelte in den Himmel. »Mum hat dann Kuchen und Kekse für uns gebacken, und außerdem haben wir Corned Beef mitgenommen.«

Er verstummte. Kate schaute ihn an und sah, dass er wehmütig wirkte.

»Es waren gute Tage«, sagte er schließlich und räusperte sich.

»Ihr wart euch damals also nah? Als Jungen?«

»Wir sind miteinander ausgekommen«, sagte Ben. »Jetzt, wo ich darüber nachdenke, würde ich sagen, dass wir uns nie so gut verstanden haben wie hier in der Natur.« Sein Lachen klang hohl. »Wenn wir zu Hause waren, konnte er mich nie leiden.«

»War er … gemein zu dir?«, fragte Kate, während Mrs Simpson geschmeidig über einen herabgestürzten Ast trat.

»Ja, das könnte man sagen – gemein. Oder auch brutal.«

Kate schaute wieder zu ihm hinüber. Jetzt war seine Miene leicht verkniffen.

»Was hat er denn getan?«

Ben schüttelte den Kopf. »Lachie mochte nichts und niemanden, keine Ahnung, wieso. Er bekam schließlich alles, was er wollte. Alle Mädchen, die ihm über den Weg liefen, waren hin und weg von ihm. Und für Mum und Dad war er das Zentrum des Universums.«

»Und du?« Kate behielt ihren Ehemann im Blick und vertraute Mrs Simpson, dass er schon wusste, wohin er trat.

Ben seufzte tief. »Ich habe ihn geliebt, klar – wie es sich für einen Bruder gehört. Er hingegen hat mich nicht geliebt. Es ist besser, dass er nicht mehr hier ist. Ruhiger. Mum ist traurig, aber selbst sie muss zugeben, dass das

Leben leichter ist, wenn man nicht immer auf Zehenspitzen um Lachie herumschleichen muss.«

»Denkst du, er kommt zurück?«

»Möglich ist alles. Aber ich glaube, dass er eher wegbleibt. Vermutlich hat er irgendeinen Plan. Dabei könnte er auf der anderen Seite der Welt landen. Oder im Knast.«

»Meinst du?«

»Wie ich schon sagte, er kann brutal sein.« Bens Blick war finster. »Stan hat mal gesagt, er würde sich nicht wundern, sollte Lachie jemanden umbringen.«

»Das klingt ein wenig … extrem«, sagte Kate. »Besonders aus Stans Mund.«

Bens Augen wurden zu Schlitzen, bevor er sie wieder aufriss. »Er hat damals gesehen, wie Lachie einen unserer Hunde getreten hat.« Er verzog das Gesicht. »Ohne jeden Anlass. Als Stan ihn von dem Tier wegzog, war der Hund schon so übel zugerichtet, dass er …« Ben schluckte. »Man musste ihn erschießen.«

»Warum hat Lachie das getan?«, fragte Kate fast flüsternd.

»Wer weiß das schon.« Ben warf ihr einen Blick zu. »Er hat sich nicht dazu geäußert. Aber Stan war überzeugt davon, dass das nur eine Art Aufwärmprogramm war. Für etwas viel Schlimmeres.« Er schluckte ganz langsam, als würde er einen Stein hinunterwürgen. »Ich bin mir nicht sicher, ob ich so weit gehen würde, aber …« Er schaute weg, und Kate beschloss, das Thema auf sich beruhen zu lassen.

Schweigend ritten sie weiter. Kate dachte an die Geister in ihrer Familie. Sie hatte versucht, das Baby, das sie verloren hatte, nicht als Geist zu betrachten, aber sie konnte nicht anders – und dann war da Lachlan, der sie ebenso als Geist verfolgte, obwohl er quicklebendig war.

»Manchmal frage ich mich«, sagte Ben, »ob unser Kind ... eines unserer Kinder ...« Er seufzte. »Was, wenn es wie Lachie wird? Wenn Lachie etwas von einem Verwandten geerbt hat, den wir nicht einmal kennen?«

Kate konnte ihn nicht anschauen. »Es macht keinen Sinn, sich solche Fragen zu stellen«, sagte sie.

»Warum nicht?«

Sie versuchte, ruhig weiterzuatmen. »Du weißt, warum«, sagte sie angespannt.

»Nein«, erwiderte Ben ruhig. »Ich habe wirklich keine Ahnung.«

»Ich kann kein Kind austragen.« Kate gab sich Mühe, das Zittern in ihrer Stimme zu unterdrücken.

»Es ist ein einziges Mal passiert, Kate, aber das heißt noch lange nicht, dass es noch einmal geschieht.« Er klang so vernünftig, so ruhig, so gefasst. Er hatte ihr nie Vorwürfe gemacht, er hatte sich nie aufgeregt. Nur gesagt, dass alles gut werden würde. Was auch immer passieren würde, alles würde gut werden. Aber sie glaubte es nicht.

Kate drückte die Knie in Mrs Simpsons Flanken, worauf er loslief und an Bens Pferd vorbeizog. Es war besser, vor Ben zu reiten, während sie sich wieder sammelte.

»Kate!«, rief er, als sie ein paar Meter vor ihm war.

Sie wusste, dass er aufschließen würde, aber sie brauchte noch etwas Zeit. Daher trieb sie Mrs Simpson in den Galopp und war versucht, ihn immer schneller laufen zu lassen, vorbei an den spindeldürren Bäumen mit ihren leuchtend grünen Blättern, über die schwarze Erde der Ebene und das nahezu weiße Buschgras, das daraus hervorspross, vorbei an vereinzelten Kuhgerippen und ausgebleichten Skeletten, um meterhohe Termitenhügel herum und um verbrannte Baumstümpfe, die an den letzten Buschbrand erinnerten; und immer wieder blitzte der Fluss auf, der sich durch die Landschaft schlängelte. Alles Elemente einer mittlerweile vertrauten Landschaft, die sie lieben gelernt hatte, wie ihr jetzt klar wurde, als sie Mrs Simpson unter sich arbeiten fühlte und ihre Oberschenkel in seine Seiten presste, um das Gleichgewicht zu halten.

Es wäre so leicht, ihn zu drängen, an seine Grenzen zu gehen. Als sie ihn regelmäßig geritten hatte, hatten sie einander vertraut; sie war überzeugt davon, dass er alles für sie tun würde und sie sich von ihm fortreißen lassen könnte. Sie konnten in den Horizont reiten, weg von Fairvale, weg von allem, das ihr Leben geworden war.

Sie hörte Mrs Simpsons schweren Atem, mit dem sich ihr eigener abgehackter mischte. Tränen rannen aus ihren Augen und wurden sofort vom Gegenwind mitgenommen. Das war die beste Art und Weise zu weinen, ohne jeden Beweis.

Der Boden veränderte sich. Der Creek wurde breiter, an seiner Seite wuchs nun dichter Farn. Hier war sie noch nie gewesen; sie kannte das Land nicht so gut wie Ben. Plötzlich packte sie Angst. Schwer zu sagen, wann Mrs Simpson über einen dicken umgestürzten Baum springen würde. Dann würden ihr nur wenige Sekunden bleiben, um die Zügel kürzer zu fassen, sich über seinen Hals zu beugen und die Beine so eng wie möglich an ihn zu drücken, um die Balance zu halten und noch ein Gebet oder einen Fluch zu murmeln, was auch immer ihr in den Sinn käme. Sollte sie den Moment verpassen, würde sie vom Pferd stürzen und sich das Bein brechen. Oder das Genick.

Sie verlangsamte das Tempo und ließ Mrs Simpson wieder in Trab fallen. Er warf den Kopf zurück. Als sie in den Himmel schaute, erinnerte sie sich daran, wie sie zum ersten Mal das Blau des Northern Territory erblickt hatte. Es war anders als das sämtlicher anderer Himmel. Sie sah sich um, nahm die verschiedenen Farbtöne der Landschaft in sich auf. Sie spürte die Sonne auf ihrem Rücken und roch die Erde unter sich. Sie fühlte ihr Herz klopfen und ihre Hände von dem Adrenalin in ihren Adern zittern. Die Angst vor einem Sturz löste sich in Luft auf.

Sie wusste, was das Gefühl der Angst bedeutete: Sie lebte. Sie *fühlte* sich lebendig. Zum ersten Mal seit Monaten musste sie sich nicht mehr einreden, dass es so war. Und sie wollte lebendig bleiben. All der Schmerz, den sie ertragen hatte, war ebenfalls ein Beweis dafür, dass sie noch da war. Dass sie noch da sein wollte.

Innerhalb einer Minute hatte Ben sie eingeholt. Sein Pferd war es sichtlich nicht gewohnt, sich derart zu verausgaben. Ben hatte ihr mal erzählt, dass er es beim Zusammentreiben der Rinder kaum zum Trab animieren konnte.

»Was zum Teufel war das denn?«, rief er, und sie sah ihm an, dass er Mühe hatte, sich seine Aufregung nicht anmerken zu lassen.

Sie schnappte nach Luft. »Mir war nach einem kurzen Galopp.«

»Tu das nie wieder«, befahl er. Seine Stimme war tief, und seine Augen durchbohrten sie. »Ich will dich nicht verlieren. Nicht hier draußen. Nirgendwo. Hast du mich verstanden?«

Sie nickte.

»Und der wirkliche Grund?«, fragte er sanfter.

Sie drehte den Kopf weg und blinzelte in die Sonne. Eine gute Frage. Was hatte sie dazu getrieben? Es war nicht nur darum gegangen, ihn hinter sich zu lassen. Vielleicht hatte sie beweisen wollen, dass sie etwas konnte. Sie konnte reiten. Konnte galoppieren. Und sie konnte Entscheidungen treffen.

»Katie?«

Sie blinzelte und spürte Tränen auf den Wangen, kühl und beruhigend.

»Katie«, sagte er wieder und klang mürrisch.

»Das tut nichts zur Sache«, sagte sie. »Es ist ja vorbei.«

Er hielt ihren Blick fest, und sie sah, was sie immer in seinen Augen sah: seine Freundlichkeit, sein riesiges Herz. Sie atmete scharf ein.

»Lass uns noch ein Stück weiterreiten«, sagte er und nickte in die Richtung, »und dann umkehren.«

Auch sie nickte und ließ ihm den Vortritt. So konnte sie seinen langen Rücken betrachten, seinen Hals, seine starken Schultern, das weite Land um sie herum, das zu Fairvale gehörte, der Bogen zwischen ihrer Vergangenheit und ihrer unbekannten Zukunft. Sie musste einen Weg finden, hier glücklich zu werden, unabhängig davon, ob sie ein Kind bekam oder nicht. Selbst wenn sie nie eins haben sollte, war sie immer noch Bens Frau und er immer noch ihr Ehemann. Er hatte klargestellt, dass alles gut werden würde, egal ob sie Kinder haben würden, und sie war es ihm schuldig, daran zu glauben. Er war ein guter Mann, ihr Ben. Gut und ehrlich.

Kate trieb Mrs Simpson an, damit er zu Bens Pferd aufschloss, dann ritten sie nebeneinander weiter.

# 25

Der Tag war fast schon zu heiß, um wahr zu sein. Della saß mit Kate auf der Veranda des großen Hauses von Fairvale. Die Markise schützte sie, aber die Hitze schien vom Boden aufzusteigen, sich um sie zu wickeln und an ihnen festzukleben.

Della nahm das Glas mit Wasser, das erst fünf Minuten neben ihr stand.

Sie verzog das Gesicht, weil es warm geworden war. Zu warm, um es genießen zu können.

»Gibt es hier denn nichts Kaltes?« Sie stellte das Glas hin und blies sich Luft unter den Pony, der hartnäckig an ihrer Stirn klebte.

»Leider sind uns die Eisblöcke ausgegangen«, sagte Kate und musste selbst lachen.

»Oh, die Eisblöcke, die ihr die ganze Zeit unter Verschluss gehalten habt?« Della lachte ebenfalls und schaute ihre Freundin an.

Bob hatte Della einen Tag freigegeben. Angeblich brauchten die Pferde ein bisschen Ruhe, aber sie war nicht überzeugt davon, dass das der eigentliche Grund war. Sie wusste, dass er ihre Verbindung mit Stan begrüßte und darauf achtete, dass niemand auf Ghost River davon erfuhr, und war ihm dankbar dafür.

»Ich habe mich immer gefragt, warum die Menschen in heißen Ländern Tee trinken«, sagte Kate. »In England weiß ich, warum, aber in Indien zum Beispiel? Wie kann man das bloß aushalten?«

»Keine Ahnung. Wo ich herkomme, trinkt niemand Tee.« Della dachte an die Kaffeekanne ihrer Mutter, die immer auf dem Herd gestanden hatte und regelmäßig von ihren Brüdern geleert worden war.

»Wirklich?« Kate wirkte nachdenklich. »Ich versuche, mir gerade ein Leben ohne vorzustellen.«

»Das kann ich dir in allen Einzelheiten schildern, wenn du magst.«

Als eine Männerstimme etwas rief, schauten sie zu den Viehweiden.

»War das nicht dein Freund?«, fragte Kate.

Della sah sie überrascht an. Sie selbst hatte dieses Wort für Stan noch nie benutzt, nicht Kate gegenüber und auch sonst niemandem. Sie redete immer um den heißen Brei herum, wenn die Sprache auf ihn kam. Nicht dass das oft passierte. Aber vielleicht redete sie auch mehr über ihn, als ihr bewusst war.

»Jetzt zieh nicht so ein Gesicht«, sagte Kate verschmitzt. »Du weißt doch, dass er das ist.«

»Tu ich nicht«, sagte Della mit Bestimmtheit.

»Della, er verehrt dich. Und ich denke, du hast ähnliche Gefühle für ihn.« Sie streckte den Arm aus und drückte Dellas Hand. »Das ist doch wunderbar. Was für eine schöne Geschichte. Wir freuen uns alle für euch.«

»Alle?« Jetzt fragte sich Della doch, was man sich auf

Fairvale über sie erzählte. Oder meinte Kate den Buchclub? Redete sie mit Sallyanne über Stan? Mit Rita? Della wusste, wie es war, wenn die Leute über einen tratschten. Bei ihr zu Hause musste ein Mädchen einen Jungen nur anlächeln, und schon galt es als leichte Beute. Bisher hatte sie gedacht, das hinter sich gelassen zu haben.

»Schau dich nur an!«, sagte Kate lachend. »So, wie du mich anstarrst, könnte man meinen, ich hätte dir soeben eröffnet, ich wolle Ben verlassen, um Prinz Charles zu heiraten.«

Della blinzelte und versuchte, die Gefühle abzuschütteln, die sich in ihrem Gesicht widerspiegelten. »Aber der muss doch tatsächlich unter die Haube«, sagte sie.

»Das stimmt. Aber bei seinem Tempo werden ihm die standesgemäßen Aristokratinnen noch ausgehen, und er wird bei Caroline von Monaco landen – wenn sie denn ihren braun gebrannten Gatten verlässt. Du kannst dir sicher vorstellen, was die englische Presse dazu sagen würde. Die Journalisten machen jetzt schon Jagd auf jede Frau, der er zwei Mal zuzwinkert.« Kate schnaubte und wischte über ihre Jeans, die einen rötlichen Schimmer hatte. »Verdammter Staub«, murmelte sie. »Überall setzt er sich fest.«

Della lachte herzhaft.

»Was ist denn so lustig?«

»Du«, sagte Della, die sich gar nicht mehr einkriegte. »Als ich dir zum ersten Mal begegnet bin, hast du kaum zwei Worte herausgebracht. Jetzt redest du wie ein Wasserfall – und gerade hast du *geflucht*.«

»Das musst gerade du sagen! Beim ersten Treffen des Buchclubs warst du ein richtiges Mäuschen. Außerdem sagt in der Gegend hier jeder ›verdammt‹.« Kate lächelte.

»Ich war schüchtern«, sagte Della.

»Das waren wir beide.« Kate zog eine Augenbraue hoch. »Jetzt sind wir es nicht mehr. Das Northern Territory hat uns das ausgetrieben, was?«

»Vielleicht bin ich einfach lockerer geworden«, sagte Della.

»Oder jemand hat dich lockerer gemacht?« Kate kniff sie leicht.

»Kate!« Della schnappte nach Luft und erntete schallendes Gelächter. Das war eine so andere Kate als die, die sie bei Sallyanne erlebt hatte. Della war erleichtert, dass sie das Leben wieder zu genießen schien.

»Ich bin frech, ich weiß.« Kate seufzte zufrieden. »Wäre es übrigens nicht mal an der Zeit, dass auch du ein Buch vorschlägst?«

»Ist das nicht Sybils Aufgabe?«

Kate schüttelte den Kopf. »Ich weiß, dass sie sich über eine Empfehlung von dir sogar freuen würde. Sie möchte, dass wir auch – wie hat sie sich gleich ausgedrückt? – ›amerikanische Geschichten‹ lesen. Also, Miss Della aus Texas, was für amerikanische Geschichten schlägst du uns vor?«

Als Kate sie erwartungsvoll ansah, fühlte Della, wie ihr Gehirn aussetzte. Das war immer so, wenn sie jemand nach einem Buchtipp fragte. Sie hatte so viele Bücher gelesen, dass sie manchmal alle durcheinanderwirbelten. Dann aber bahnte sich doch ein Name den Weg durch den Gedankenmorast.

»Flannery O'Connor«, sagte sie.

»Wer?«

»Eine Schriftstellerin aus Georgia. Sie ist bereits tot und hat Kurzgeschichten geschrieben. Eine heißt ›Ein guter

Mensch ist schwer zu finden‹.« Della schüttelte sich. »Die ist großartig, aber auch irgendwie unheimlich. Man kann sie nicht mehr vergessen, falls du verstehst, was ich meine.«

»Ich denke schon. Hast du ein Exemplar von dem Buch?«

»Nein. Aber ich könnte meiner Mum schreiben und sie bitten, uns meins zu schicken. Es ist immer noch daheim.« Sie sah es förmlich vor sich, wie es auf dem einzelnen Regalbrett in ihrem alten Kinderzimmer stand, neben den Damon Runyons ihres Vaters, ihren eigenen Ernest Hemingways und der Bibel, die ihre Großmutter ihr zu ihrem zwölften Geburtstag geschenkt hatte, verbunden mit der Aufforderung, jede einzelne Seite des Neuen Testaments zu lesen, damit sie lerne, sich »von der Sünde fernzuhalten«.

Als Kate lächelte, bildeten sich Grübchen, die Della noch nie zuvor bemerkt hatte. »Das wäre schön«, sagte Kate.

»Meine Damen.« Ben trat auf die Veranda. Della hatte ihn nicht kommen hören und fragte sich, was er von ihrem Gespräch gehört hatte.

»Hallo, mein Schatz.« Kate stand auf und umarmte ihn.

Sie küssten sich schnell auf den Mund, und Della schaute weg, weil sie sich wie ein Eindringling vorkam.

»Stan!«, rief Ben. »Komm her.«

Della stand auf, plötzlich nervös. So fühlte sie sich immer, wenn Stan in der Nähe war. Es war eine angenehme Nervosität, die von der Aufregung herrührte. Della wurde es nie leid, sie zu spüren.

»Bist du fertig mit der Arbeit?«, fragte Kate, die immer noch die Arme um Bens Hals geschlungen hatte.

»Nein, ich bin nur zum Mittagessen da.«

Stan erschien hinter ihm, lächelte Della an, und ihre

Nervosität war wie weggeblasen. Auch das war immer so. Ihn nur zu sehen flößte ihr Ruhe ein.

»Stan, deine Missus und meine haben über uns geredet«, sagte Ben und zwinkerte Della zu, als sie ihn mit offenem Mund anstarrte.

»Stimmt das?« Stans Lächeln war umwerfend, als er sie mit glasigen Augen anblickte; seine verschwitzte Kleidung klebte an seinem Körper. Für gewöhnlich schaute Della weg, wenn sie ihn so sah; sie hatte das Gefühl, dass es ihr peinlich sein sollte, wenn sie ihn so begehrte.

»Was hast du über mich gesagt, Del?« Er trat näher an sie heran.

»Dass du ein wunderbarer Mann bist«, erklärte Kate. »Und ich kann ihr nur zustimmen.«

»Mum meinte, du hättest für uns gekocht?« Ben wandte sich an seine Frau.

»Das stimmt.« Kate drehte ihr Gesicht zu Della. »Das ist Teil meiner kulinarischen Ausbildung bei Ruby. Das Essen steht in der Küche.«

Sie löste die Arme von Bens Hals und trat von der Veranda in den Garten, dicht gefolgt von ihrem Mann.

»Schön, dich zu sehen, kleine Della«, sagte Stan und schenkte ihr sein übliches Lächeln, in dem sich Zärtlichkeit und Begehren mischten.

Sie nickte. »Es ist …« Sie schluckte, weil sie sich nicht sicher war, überhaupt ein Wort herauszubringen. Er war daran schuld, aber sie hatte nichts dagegen. »Es ist schön, *dich* zu sehen.«

Stan nahm ihre Hand und küsste sie auf den Handrücken, dann verschränkte er die Finger mit ihren, und sie gingen zusammen in Richtung Küche.

»Wie … wie ist es dir ergangen?«, fragte sie, seine Hand drückend.

»Wenn ich dich sehe, ist es besser«, sagte er und erwiderte den Druck.

Della blieb stehen und schaute ihn an. »Was ist los?«

Sie sah einen Schatten über Stans Gesicht huschen, dann lächelte er breit. »Nichts«, sagte er.

»Ich habe es gesehen, Stanley«, sagte sie und runzelte die Stirn.

»Was?« Er lächelte immer noch, wirkte aber jetzt angespannt.

»Deine Miene.«

»Da war nichts, Del«, sagte er. »Du träumst.«

»Bestimmt nicht.« Sie ließ seine Hand los und kreuzte die Arme vor der Brust. Mehr konnte sie nicht tun, um sich ihm ebenbürtig zu fühlen, da er so viel größer war als sie.

Er stieß Luft aus und tat es ihr nach. »Das würdest du nicht verstehen«, sagte er.

»Vielleicht doch«, erwiderte sie und versuchte, selbstbewusst zu klingen.

»Meine Familie …« Er kniff die Augen zusammen, und als er sie wieder öffnete, war es, als hätte man Rollläden davor heruntergelassen. »Sie hat an diesem Ort gelebt. Auf unserem Land.« Er seufzte. »Aber jetzt ist es eine Farm. Wie diese hier.« Er nickte zu den Viehweiden hinüber. »Es ist schon lange nicht mehr unser Land.« Er zog eine Grimasse.

»Aha«, sagte Della, die das Gefühl hatte, etwas sagen zu müssen, um ihn zum Weiterreden zu animieren.

»Jetzt gibt es neue Besitzer. Sie möchten, dass meine Leute gehen.« Er lachte bitter. »Ich meine … Sie werden meine Leute dazu zwingen.«

»Können sie das denn?«, fragte Della. Sie wusste, dass es auf dem Gebiet von Fairvale ein Camp für Aborigines gab und auf Ghost River nicht, hatte sich aber nie nach dem Grund gefragt. Aber sie hatte Aug mal über »diese verdammten Schwarzen« herziehen hören. Es hatte sie eigentümlich berührt, weil auf seiner eigenen Farm ein paar »dieser Schwarzen« arbeiteten.

»Natürlich können sie das«, sagte Stan. Auf seinem Gesicht zeichnete sich etwas ab, das sie noch nie bei ihm gesehen hatte: Wut. »Sie können alles tun, was sie verdammt noch mal wollen. Das Land gehört uns ja nicht mehr.« Seine Augen blitzten, sein Blick war hart geworden.

»Das tut mir leid«, sagte sie in der Hoffnung, dass er begriff, wie ernst es ihr war.

»Tja, nun ja ... Könnte sein, dass ich hingehen und ihnen helfen muss«, sagte er etwas sanfter und griff nach ihrer Hand.

»Was willst du damit sagen?« Sie umklammerte seine Finger und drückte sie sich an die Brust.

»Ich meine, dass ich vielleicht eine Weile fort sein werde.« Er zog sie sanft an sich.

»Wie lange?«

»Solange es eben dauert.«

Della verspürte ein Pochen in ihrer Brust. Kein angenehmes wie das, wenn Stan sie küsste. Es war ein warnendes Pochen. Sie hatte zugelassen, dass sie sich in diesen Mann verliebte, und nun würde er verschwinden. Wenn sie nicht zusammen waren, träumte sie von ihm, aber sie wollte nicht ewig tagträumen müssen.

»Stan! Wo steckst du denn?«, rief Ben aus dem Küchenfenster.

»Ich komme schon, Chef!«, rief Stan zurück.

»Nenn mich nicht so!«, schimpfte Ben, und auf Stans Gesicht erschien ein kleines Lächeln.

»Wann gehst du?«, fragte Della, die Gewissheit wollte, um sich darauf einstellen zu können.

Stan fuhr mit der Fingerspitze über ihre Nase und berührte sanft ihre Lippen. »Sobald sie mich rufen.«

Er beugte sich herab und küsste sie, mit heißen Lippen, drängend. Della hätte ihn am liebsten von sich gestoßen. Wenn sie nicht wusste, wann sie ihn wiedersehen würde, konnte sie auf die Erinnerung an diesen Kuss verzichten, der sie zu verspotten schien. Sie wollte nicht, dass sie sie nachts wachhielt, wenn sie Stan vermisste und sich fragte, wo er wohl war.

Aber vielleicht war es auch ihr letzter Kuss. Dann sollte sie sich jede einzelne Sekunde davon einprägen. Sie sollte Stan die Arme um den Hals schlingen und dieses Gefühl solange wie möglich auskosten, um ihm zu zeigen, wie sehr sie ihn liebte und wie ungern sie ihn gehen ließ. Und dass sie darauf eingestellt war, auf ihn zu warten.

## 26

Sallyanne küsste Gretel auf die Stirn, und ihre Tochter schniefte im Schlaf. In den letzten Wochen litt sie unter Albträumen – seit Mick eines Abends betrunken heimgekommen und mit seinem Pick-up ins Tor vor der Einfahrt gefahren war. Er machte sich gar nicht erst die Mühe, es auf die übliche Weise zu öffnen. Der Krach schreckte fast die ganze Straße auf. Als Sallyanne herausrannte, sah sie bereits mehrere Nachbarn zu Micks demoliertem Wagen laufen.

Gretel folgte ihr, barfuß und mit wehendem Nachthemd, obwohl Sallyanne die Jungen gebeten hatte, darauf zu achten, dass sie im Haus blieb. Gretel sah also, wie Mick schräg in seinem Sitz hing, nicht verletzt, sondern betrunken. Er war nicht einmal bewusstlos – für Sallyanne war diese starre Haltung nichts Neues. Doch für ein Kind in Gretels Alter war der Unterschied nicht zu erkennen, sodass sie dachte, ihr Daddy sei verletzt. Sie weinte so laut, dass noch mehr Nachbarn herbeieilten.

Wie durch ein Wunder hatte keiner von ihnen die Polizei gerufen, diese Schande war Sallyanne also erspart geblieben. Andererseits fragte sie sich seither, ob es Mick nicht die Unmöglichkeit seines Verhaltens vor Augen geführt hätte, wäre die Polizei aufgekreuzt. Nicht dass man ihn verhaftet oder ihm auch nur eine Geldstrafe aufgedrückt hätte – alle wussten, dass man mit den Betrunkenen dieser Stadt, wenn es sich nicht um Aborigines handelte, Nachsicht hatte, vor allem dann, wenn man mit ihnen in die Schule gegangen war. Das Äußerste, auf das sie hätte hoffen können, war, dass sich die Polizisten erkundigten, wieso er verdammt noch mal mit seinem Pick-up durch das Tor gebrettert war und seine Kinder erschreckt hatte.

Nachdem Sallyanne ihre Kinder beruhigt und Mick mit Hilfe zweier Männer von der Straße ins Haus geführt hatte, parkte sie den Pick-up und brachte Gretel ins Bett. Eine Stunde später hatte ihre Tochter den ersten Albtraum gehabt und war seither fast jede Nacht davon geplagt worden.

»Gute Nacht, Bubba«, flüsterte Sallyanne jetzt, als sie sich wieder erhob. Es war wirklich albern, was Mütter zu ihren Kindern sagten, obwohl diese es nicht hören oder verstehen konnten. Trotzdem mussten sie ausgesprochen werden, diese Beschwörungsformeln, die Kosenamen, die sie schützen sollten. Sallyanne sah immer noch einmal nach ihren Kindern, bevor sie selbst ins Bett ging, einfach um sicherzustellen, dass sie sich nicht in Luft aufgelöst hatten.

Nachdem sie auch noch nach Tim und Billy geschaut hatte, lehnte sich Sallyanne an die Wand im Flur und schloss die Augen. Diesen Moment würde sie sich nehmen, bevor sie wieder zu Mick ins Wohnzimmer zurückkehren musste. Er sah fern und hatte den Ton so laut aufgedreht, dass es erstaunlich war, dass die Kinder davon nicht aufwachten. Andererseits waren sie natürlich daran gewöhnt.

Sallyanne ging im Kopf die Liste der Erledigungen für den morgigen Tag durch; alle hatten mit den Kindern zu tun.

Umgeben von Jungs, die überall im Haus ihren Dreck und ihre alten Schuhe verteilten und sich nicht im Mindesten um Ordnung scherten, war Gretel wie ein Engel zu ihr gekommen, der Sallyanne auf gewisse Art sich selbst zurückbrachte. Endlich hatte sie eine Tochter, mit der sie flüstern und der sie nette Geschichten vorlesen konnte; sie trat sie auch nicht gegen das Schienbein, wenn ihr etwas nicht passte. Billy und Tim waren gute Jungen, aber ein wilder Haufen. Gretel war die reinste Erlösung dagegen. Ein kostbares Geschenk.

»Schlafen die Kinder?«

Micks Stimme schreckte sie auf.

»Ja«, sagte sie ruhig und nickte in Richtung Wohnzimmer. »Ich komme gleich.«

»Gehst du mir aus dem Weg?« Mick stand im Türrahmen, den er praktisch ausfüllte. Er war über eins fünfachtzig groß, und sein wilder Lockenschopf ließ ihn noch größer erscheinen. An diesen Schultern und diesem Brustkorb, die in den Jahren körperlicher Arbeit immer breiter geworden waren, käme sie beim besten Willen nicht vorbei, würde sie es versuchen.

»Nein«, sagte sie fast flüsternd und schaute ihm in die Augen. Sie wünschte sich, nicht schon wieder dieses Gespräch führen zu müssen. Er erwiderte ihren Blick, aber nicht zum ersten Mal zweifelte sie daran, dass er sie überhaupt sah.

»Warum versteckst du dich dann im Flur?« Sein Tonfall klang nicht einmal bedrohlich, nur neugierig. Aber sie musste auf der Hut sein – er trank, seit er nach Hause gekommen war.

»Ich verstecke mich nicht«, sagte sie. »Ich brauche einfach nur ein bisschen Zeit für mich. Die habe ich so selten.«

Er betrachtete sie interessiert.

»Du hast doch den ganzen verdammten Tag für dich.« Im Dämmerlicht sah sie, wie er die Lippen schürzte. »Du tust, was immer du willst. Hörst dir Hörspiele im Radio an. Liest diese albernen Bücher.« Er grinste spöttisch. »*Romane*.«

»Immerhin lese ich überhaupt etwas«, sagte sie im Bemühen, streng zu klingen. Die Bemerkung, angeblich nichts zu tun zu haben, ließ sie auf sich beruhen – sie hatte sie schon so oft gehört.

»Weil du *Zeit* zum Lesen hast, so ist das doch.« Er beugte sich zu ihr vor, und sein Bieratem umfing sie wie eine Wolke. »Selbst nachts liest du, wenn du eigentlich …«

Er legte die Hand auf ihre Brust, unterhalb ihres Halses, die Finger gespreizt. Die Berührung war sanft, fast zärtlich. Zehn Jahre zuvor hätte sie seine Annäherung begrüßt, mehr als das. Jetzt fühlte sie sich an wie eine Forderung, eine Beschwichtigung, eine Bedrohung, alles in einem.

Sallyanne schluckte und senkte den Blick, damit Mick nicht erkannte, was sie sich sehnlichst wünschte: dass er sofort seine Hand wegnahm.

»Warum verbringst du deine Zeit nicht mit mir?«, fragte er, und sie gab sich alle Mühe, vor seinem Biergeruch nicht zurückzuweichen.

Sallyanne dachte über die Antwort nach. Sie würde es nie auf einen Streit mit ihm ankommen lassen, weil sie nicht wollte, dass die Kinder etwas mitbekamen. Das hieß nicht, dass sie sich nicht gerne mit ihm streiten würde. Manchmal hätte sie Mick am liebsten ins Gesicht geschrien, wie nutzlos und hoffnungslos und niederträchtig er geworden war. Im nüchternen Zustand war er anständig, ja sogar liebevoll. Aber wenn er getrunken hatte, war er aggressiv und streitsüchtig. Oft genug hatte er Möbel umgestoßen oder sie mit erhobener Faust angebrüllt, sodass sie sich fragte, was für ein Mensch tatsächlich in ihm steckte. Vielleicht zeigte er in solchen Momenten sein wahres Ich, während sie, wenn er nicht betrunken war, nur eine Maske sah, die er sie sehen lassen wollte. Trotzdem war ihr die Maske lieber – die Kinder und sie selbst waren sicherer, wenn er sie trug.

»Ich möchte doch Zeit mit dir verbringen«, sagte sie und lächelte. »Ich räume nur schnell das Geschirr weg und schaffe Ordnung, dann komme ich.«

Er betrachtete sie einen Moment, bevor er zurücktrat, um sie durchzulassen. Als sie an ihm vorbeiging, kniff er sie in den Po. Ekel packte sie, und sie ballte die Fäuste.

»Mach aber nicht so lange«, sagte er nahe an ihrem Ohr, die Hand immer noch an ihrem Po. Sein Atem stank.

Sie nickte und entspannte sich, als er endlich ging. Dann überlegte sie, wie viel Zeit sie damit zubringen könnte, die Besteckschublade umzuräumen.

# 27

Sybil wusste nicht, ob sie Kate oder sich selbst trösten sollte. Bens Ankündigung, während der Regenzeit eine Stelle in Tamworth anzunehmen, hatte alle überrascht. Wie immer saßen sie nach dem Abendessen im Wohnzimmer und lasen und unterhielten sich, bis sich die Strapazen des Tages bemerkbar machen und sie ins Bett fallen würden.

»Sind wir in Schwierigkeiten?«, fragte Sybil nach einem Moment der Stille, der sich allzu lange hinzog.

»Wie meinst du das?«, fragte Ben, der ungewöhnlich missmutig wirkte.

»Finanziell«, sagte Sybil. »Brauchen wir das Geld? Ist das der Grund, warum du gehst?«

Bens Blick huschte zu Joe hinüber, und Sybil überlegte, was ihr die beiden verschwiegen haben könnten.

»Nein«, sagte Ben langsam. »Aber eine zusätzliche Finanzspritze kann nie schaden.«

»Die BTEC hat uns zugesetzt, mein Schatz«, sagte Joe, den Mund zu einer schmalen Linie zusammengekniffen. Die BTEC war eine umfassende Regierungsmaßnahme, die in den Viehbeständen des Northern Territory die Brucellose und die Tuberkulose ausmerzen sollte, indem man sie herauszüchtete. Joe hatte in den letzten Jahren etliche befallene Rinder erschießen müssen, und obwohl sie neue Tiere dazugekauft hatten – vor allem, um sie zu kreuzen und die Fleischqualität zu verbessern –, war ihr Viehbestand um Tausende Rinder geschrumpft. Eine große Belastung, aber Joe hatte immer beteuert, sie würden gut damit zurechtkommen.

»Das habt ihr nie erwähnt«, sagte Sybil und schaute zu Kate hinüber, deren Miene starr war. Sie hatte die Schultern hochgezogen, und ihre Hände umklammerten einander.

»Wir dachten, es würde schon gehen.« Ben klang wütend, wieder etwas, das gar nicht zu ihm passte. Sybil fragte sich, wie viel Lust er tatsächlich hatte, die Farm zu verlassen.

»Während der Regenzeit bin ich hier so nützlich wie ein Euter für einen Bullen«, fuhr Ben fort. »Da kann ich genauso gut woanders ein bisschen Geld verdienen. In der Nähe von Tamworth gibt es einen Viehbetrieb, der einem Mann gehört, mit dem ich zur Schule gegangen bin. Er hat mich gebeten auszuhelfen.«

»Gibt es in Tamworth keine Regenzeit?«, fragte Sybil, obwohl sie die Antwort kannte.

Ben schüttelte langsam den Kopf. Er wirkte entmutigt, dachte sie, als würden die Umstände schwer auf ihm lasten. Zum ersten Mal, seit sie sich erinnern konnte, ärgerte sie sich über ihren Ehemann. Sie war sich sicher, dass er es war, der Druck auf Ben ausgeübt hatte. Ihr Sohn würde Fairvale niemals freiwillig verlassen, nicht einmal für ein paar Monate.

»Kate?«, fragte Sybil. »Alles in Ordnung?«

Kate schloss für einen kurzen Moment die Augen. »Was

soll ich machen?«, antwortete sie fast flüsternd. »Wie es sich anhört, werde ich ja nicht mitkommen.«

»Natürlich könntest du das«, sagte Ben, klang aber nicht sehr überzeugend. »Allerdings werde ich wie ein Berserker arbeiten müssen. Du würdest mich nicht viel zu Gesicht bekommen. Es ist ja nur für die Regenzeit. Im April bin ich wieder zurück. Und hier bist du …« Er räusperte sich. »Wenn du bei Mum bleibst, wird es dir wesentlich besser ergehen.«

Kate schluckte und starrte an die Wand.

»Ich möchte nicht noch einen Sohn verlieren, Ben«, sagte Sybil, deutlich darum bemüht, mit fester Stimme zu sprechen.

»Du verlierst mich nicht, Mum«, sagte Ben ungeduldig. »Ich komme doch zurück. Und das Geld schicke ich nach Hause. Das kommt uns allen zugute. Manchmal muss man so etwas eben tun. Dad hat es doch auch getan.« Er betrachtete seinen Vater, der mit verschränkten Armen dasaß, das Gesicht unter der rostartigen Sonnenbräune bleich.

Sybil hatte das Jahr, in dem Joe sie mit zwei kleinen Kindern und seinen Eltern allein gelassen hatte, ganz vergessen. Der Grund war genau derselbe gewesen: die Aufbesserung der Familienkasse. Es war die längste Regenzeit ihres Lebens gewesen, und sie hatte ihm das Versprechen abgenommen, nie wieder so lange fortzubleiben.

»Du willst also wirklich gehen?«, fragte sie.

»Das ist keine Frage des Wollens, Mum, ich muss es tun. Dad und ich haben lange darüber gesprochen. Er kann nicht weg, weil er für die Farm verantwortlich ist. Also bleibt niemand außer mir. Stan wird meine Aufgaben übernehmen, aber in der Regenzeit wird es sowieso ruhiger. Wann, wenn nicht dann, sollte ich gehen?«

Kate wirkte immer noch gequält, und Sybil konnte es ihr nicht verdenken. Sie war nicht auf die andere Seite der Erde gezogen, um über Monate hinweg mit ihren Schwiegereltern allein zu sein.

»Offenbar ist jede weitere Diskussion sinnlos«, sagte Sybil. »Die Angelegenheit scheint ja bereits entschieden zu sein.«

»Das ist sie«, sagte Ben. »Im Oktober breche ich auf.«

Sollte Kate bis dahin schwanger werden, würde sie den größten Teil der Schwangerschaft – vielleicht sogar die Geburt – ohne Ben erleben. Schon jetzt waren Sybil die Monate ohne Ben ein Graus. Das Jahresende. An Weihnachten würde sie dasitzen und sich fragen, mit wem er das Fest verbrachte und ob man sich gut um ihn kümmerte. Dass er erwachsen war, hieß nicht, dass sie sich keine Sorgen mehr um ihn machte. Das Geheimnis der Elternschaft, auf das sie niemand vorbereitet hatte, lautete: Man konnte zur gleichen Zeit der glücklichste und der ängstlichste Mensch der Welt sein. Was Lachie betraf, versuchte sie, sich zusammenzureißen – immer noch bat sie Geoffrey gelegentlich, nach ihm zu suchen, und immer noch hoffte sie, dass mit der Post Nachrichten von ihm einträfen oder am anderen Ende der Telefonleitung seine Stimme erklingen würde –, trotzdem war die Angst zermürbend. Ob ihre Kraft reichte, wenn Ben sie auch noch verließ? Sie wusste es nicht.

»Ich glaube, ich gehe ins Bett«, sagte Kate und stand auf. Sie wirkte so verletzlich. Sybil registrierte – was ihr bislang nie aufgefallen war, weil man Veränderungen an Menschen, die man jeden Tag sah, nicht sofort bemerkte –, dass sie dünner geworden war. Kate ritt oft aus. Sybil nahm an, dass es ihre Art und Weise war, mit dem Verlust des Babys und der Enttäuschung über das Ausbleiben einer weiteren Schwangerschaft klarzukommen. Sie konnte sehen, dass ihre Schwiegertochter durch das Reiten sehniger geworden war; ihre Züge wirkten fast hart, während sie vorher so sanft gewesen waren. Seltsamerweise schien ihr trotzdem ein Panzer zu fehlen, etwas, das sie gegen die Herausforderungen des Lebens schützte.

Sybil kannte das Gefühl, wie einem die Liebe erst das Gefühl der Unbesiegbarkeit und dann das der Schutzlosigkeit einflößte. Man war so anfällig für Schmerzen, wenn man liebte. Sybil hatte unendlich gelitten, als Ray gestorben war. Und auch später, als Joe sie so lange allein gelassen hatte.

»Ich schließe mich an«, sagte Sybil. »Ich kann mich vermutlich sowieso nicht mehr auf mein Buch konzentrieren.«

»Mum«, sagte Ben, der aufstehen wollte, als Kate den Raum verließ.

»Ich werde mich schon um sie kümmern«, sagte Sybil. »Aber sieh zu, dass du heil zurückkehrst, und zwar so schnell wie möglich.«

Sie wünschte, sie könnte sauer auf ihn sein. Aber wenn Fairvale den Bach runterging, würde sich ihrer aller Leben in einer dramatischen Weise verändern, von der sie jetzt noch keine Vorstellung hatten. Sybil hatte nie ernsthaft darüber nachgedacht, die Farm zu verlassen, im Gegenteil. Und jetzt brachte Ben ein Opfer, damit ihnen solche Sorgen noch eine Weile erspart blieben. Sie konnte ihm einfach nicht böse sein.

Also küsste sie ihn auf die Wange. »Ich werde dich vermissen«, sagte sie, »aber ich verstehe dich.«

Auch Joe gab sie einen Kuss auf die Wange. »Gute Nacht, mein Schatz.«

Joe setzte sich auf. »Gute Nacht, Liebling.«

Erst in ihrem Schlafzimmer erlaubte sich Sybil, ein paar tröstende Tränen zu vergießen. Noch ein Sohn, der sie verließ. Sie würde sich auf jene Menschen konzentrieren müssen, die blieben, und die Tage bis zu seiner Rückkehr zählen.

# 28

Während sie darauf wartete, dass das Wasser kochte, öffnete Rita die Fliegengittertür zum Garten – nicht dass die Fläche diese Bezeichnung verdiente. Sie hatte versucht, etwas daraus zu machen, war aber dann doch zu dem Schluss gelangt, dass die Natur in Alice Springs immer stärker sein würde als ihre Ideen – besonders jene, Büsche und Bäume zu pflanzen, die sie aus ihrer Kindheit in Sydney kannte. Hier waren sie vollkommen fehl am Platz.

Obwohl die Sonne kaum aufgegangen war, herrschte bereits sengende Hitze. Doch es würde nicht mehr lange dauern, dann würden die Nächte kalt werden. Niemals hätte sie gedacht, dass es in der Wüste so kalt sein könnte. Im höchsten Baum im Garten saßen zwei Inka-Kakadus und krächzten; möglicherweise weil auch sie die Kälte nicht mochten. Rita bewunderte ihre blassrosafarbenen Federn, die im frühen Morgenlicht changierten.

Sie wandte das Gesicht der Sonne zu. Das hatte sie schon als Kind gerne getan, in einem gemäßigteren Klima. Sie vermisste es und den Lebenswandel, der damit verbunden war: Spaziergänge durch den Busch in den relativ milden Wintern, faule Tage am Strand in den relativ milden Sommern.

Sie dachte an die kostbaren Tage, an denen sie sich am Balmoral Beach unter einem Baum direkt neben dem Schwimmbad ausgetreckt hatte. Ein geschützter Ort an warmen Tagen, daher war sie schon frühmorgens hingegangen und hatte zwei Handtücher ausgebreitet. Eines für sich und eines für Charles. Er war immer später gekommen, wenn die Sonne bereits vom Himmel brannte – sobald er seine Ehefrau unter einem Vorwand hatte verlassen können, etwa, indem er vorgab, Dienstbereitschaft zu haben und vom Krankenhaus gerufen worden zu sein.

Rita hatte sich nicht in ihn verlieben wollen. Eigentlich hasste sie Frauen, die sich mit verheirateten Männern einließen; die Erklärung: »Man könne nicht anders«, hatte sie stets lächerlich gefunden. Vor Charles war sie absolut überzeugt davon gewesen, dass man immer »anders konnte«. Dann musste sie feststellen, dass ihr selbst es nicht gelang, und empfand es fast als Strafe dafür, dass sie Unbekannte zuvor derart harsch verurteilt hatte. Nun war sie diejenige, die man verurteilen konnte, was man ihres Wissens auch tat. Es gefiel ihr nicht – aber sie gab Charles auch nicht auf.

Die Tage am Strand in jenem Sommer waren alles, was sie gehabt hatten, wenn man mal von ihren gemeinsamen Schichten absah. Rita schloss die Augen und sah sein strohblondes Haar vor sich; es war im Nacken und an den Seiten kurz geschnitten und oben eher lang gehalten. Wenn es ihm in die Augen fiel, strich er es sich hinters Ohr. Sie wusste noch genau, wie unbeeindruckt sie von ihm bei ihrer ersten Begegnung gewesen war.

»Schwester Hammond«, hatte er sie angesprochen. Er war neben ihr aufgetaucht, als sie gerade etwas in einem

Krankenblatt notierte. »Ich soll einen Blick auf den Jungen hier werfen.«

Er zeigte auf den Zehnjährigen, der mit einem Tropf am Arm, einer verbundenen Unterleibswunde und blassem Gesicht im Bett lag.

»Und Sie sind?« Rita musterte ihn und entschied bereits im nächsten Moment, dass er ein aufgeblasener Kerl war, so wie er seine Hand in die Kitteltasche schob.

»Mr Pierce«, sagte er und streckte ihr die andere Hand hin.

»Sie sind nicht der Chirurg, der den Jungen operiert hat«, sagte sie und wunderte sich, was er hier wollte.

»Nein. Aber da heute mein erster Tag hier ist, hat man mich gebeten, mir sämtliche Patienten anzuschauen, um mir einen Überblick zu verschaffen.«

Sie kniff die Augen zusammen und überlegte, ob er ein Hochstapler war. Niemand hatte ihr etwas von einem neuen Chirurgen mitgeteilt.

Er beugte sich vor. »Möchten Sie mein Examenszeugnis sehen?«, flüsterte er ihr in ihr Ohr.

Bestürzt darüber, dass er ihre Gedanken erraten hatte, blinzelte sie hektisch, und er musste lachen.

Nach diesem Tag lernte sie, seine Fähigkeiten zu schätzen, und er die ihren. Sie wurden Freunde, dann enge Freunde, aber immer in den Grenzen der Arbeit. Eines Abends fragte er sie, ob sie Lust habe, mit ihm essen zu gehen.

»Stört es deine Frau nicht, wenn du zum Dinner nicht nach Hause kommst?«, fragte sie.

»Schon möglich«, sagte er mit einem unbekümmerten Lächeln und hielt ihren Blick mit seinen grauen Augen fest. »Aber ich muss es ihr ja nicht erzählen.«

Später wurde ihr bewusst, dass dies der Moment gewesen war, in dem sie eine Entscheidung hätte treffen können. Hätte sie die Einladung abgelehnt, wären sie Freunde geblieben, und ihr Leben wäre einfach weitergegangen. Sie konnte nicht sagen, ob sie dann schlechter dran gewesen wäre. Sie hatte die Wahl gehabt, war sich aber gleichzeitig sicher gewesen, dass es nur eine Antwort gab: Ja. Es war auch der Moment gewesen, in dem sie begriff, dass sie sich in ihn verliebt hatte und er es vermutlich wusste.

Sie fand nie heraus, ob er auch in sie verliebt war. Das Wort »Affäre« erschien ihr für ihr Verhältnis unangemessen; es fühlte sich nach so viel mehr an. Und doch benutzte er es, als er sich von ihr trennte.

Sie lagen im Bett, ihre Haut mit einer Salzkruste überzogen; Sand überall auf dem Teppich. So war es immer: Sie verbrachten ein paar Stunden am Strand, dann gingen sie in Ritas Wohnung in der Nähe und liebten sich. Zum Abendessen würde er wieder zu Hause sein, wie er es seiner Frau versprochen hatte.

Er küsste ihre Lider, ihre Wangen, ihr Kinn. »Hör zu, Liebling, ich muss dir etwas sagen«, begann er und betrachtete sie mit einer Miene, die seine Zuneigung zum Ausdruck zu bringen schien, obwohl sie sich später dessen nicht mehr sicher war.

»Was denn?«, fragte sie und kratzte sanft mit den Fingernägeln über seine Brust.

»Unsere Affäre …« Er seufzte, eine Spur zu dramatisch vielleicht, aber so war er eben. Es machte ihn zu einem guten Liebhaber, dass er extravagant war und keine Mühen scheute. Dann schob sie den Gedanken an den Klang des

Seufzers beiseite und beschäftigte sich mit dem Wort: *Affäre*. Das hatte er vorher noch nie benutzt.

»Ich muss sie beenden.« Seine Augen waren voller Mitleid. »Meine Frau ist schwanger«, sagte er, und sie hätte sich am liebsten übergeben.

Sie hätte nicht schockiert oder auch nur überrascht sein dürfen: Er hatte nie gesagt, dass er seine Frau für sie verlassen würde. Und doch konnte sie nicht anders, als sich betrogen zu fühlen und sich selbst dafür zu verachten, dass sie sich mit ihm eingelassen hatte. Man hatte sie nicht dazu erzogen, mit den Männern anderer Frauen zu schlafen; man hatte sie nicht dazu erzogen zu vergessen, wer sie war.

Fünf Jahre war das jetzt her. In der Zwischenzeit hatte sie nie mehr auch nur romantische Gedanken an Männer verschwendet. Sie traute sich selbst nicht mehr über den Weg. Eine einzige falsche Entscheidung hatte ihr das Herz gebrochen, während Charles einfach seine Ehe fortgeführt und ein Kind bekommen hatte.

»Höre ich da Wasser kochen?«

Rita zuckte zusammen und drehte sich um. Hamish lehnte mit einem trägen Grinsen im Türrahmen. Sein glattes Haar stand ab; sein altes T-Shirt und die Shorts schlabberten an seiner schlanken Gestalt.

»Ja«, sagte Rita. Sie schüttelte den Kopf wie ein nasser Hund, um sich von etwas Unerwünschtem zu befreien: ihrer Vergangenheit. Doch sie ließ sich nicht abschütteln. Rita würde es sich nie verzeihen, sich mit Charles eingelassen zu haben. Gleichzeitig musste sie anerkennen, dass die Notwendigkeit, über ihn hinwegzukommen, einer der Gründe war, die sie nach Alice Springs geführt hatten. Zu Hamish.

Sie ging zur Tür, um Hamish einen Kuss zu geben, eine Hand an seiner Taille, mit der sie ihn zu sich zog.

Ihre Beziehung hatte sich ganz natürlich ergeben. Nachdem sie wochenlang Freunde gewesen waren, hatte Hamish sie eines Abends nach dem Essen gefragt, ob er nicht bleiben könne. Rita hatte keinen Grund gesehen, warum er das nicht konnte. Oder sogar sollte.

Seither verbrachten sie so viel Zeit wie möglich miteinander – nicht wirklich anders als in den Wochen davor, als sie die einzigen Menschen gewesen waren, die nicht erkannt oder laut ausgesprochen hatten, dass ihre Freundschaft nur ein Vorgeplänkel zu etwas anderem war.

»Das sieht doch ein Blinder mit Krückstock, dass sich zwischen euch etwas anbahnt«, hatte Darryl eines Tages gesagt, als Hamish zu einer anderen Schicht eingeteilt war und sie nicht hören konnte.

»Quatsch!«, protestierte Rita, aber selbst in ihren Ohren hatte es nicht überzeugend geklungen.

»Okay, okay, dann glaub eben, was du willst.« Darryl hob eine Augenbraue und zog an seiner Zigarette. »Zehn Dollar, wenn ich bis Ende des Monats nicht recht behalten habe.«

Wenige Tage später reichte Rita ihm kommentarlos zehn Dollar. Es war nicht das erste Mal, dass Darryl sich als weitsichtiger erwiesen hatte, als man es ihm zugetraut hätte. Er wirkte fast enttäuscht, als er den Schein ins Portemonnaie steckte.

»Damit ist mein Zigarettenbedarf wohl für eine Weile gesichert«, murmelte er. »Vielleicht hätte ich um eine höhere Summe wetten sollen.«

»Zu spät, Daz«, sagte sie und klopfte ihm auf die Schulter. »Ich dachte, du würdest dich freuen. Immerhin hast du gewonnen.«

»Ja.« Er nickte und verschränkte die Arme vor der Brust. »Hätte trotzdem nicht gedacht, dass du auf solche Stadttypen stehst.«

»Was?« Ihr wäre nie in den Sinn gekommen, dass Darryl einen Gedanken an ihr Privatleben verschwenden könnte.

»Ja«, knurrte er. »Schließlich hast du keine Allüren.«

»Und Stadtmenschen haben welche?«

Er zuckte mit den Achseln und schaute weg. »Dieser Typ vielleicht schon.«

»Er ist einfach nur höflich, Daz.« Sie kniff ihn in die Wange. »Davon könntest du dir ein Scheibchen abschneiden.«

»Jaja, schon gut.« Er zog seine Zigarettenschachtel aus der Hemdtasche und steckte sich eine an. Rita tat so, als müsste sie husten, und verzog sich. Hinterher hatte sie sich gefragt, ob es stimmte – ob Hamish tatsächlich Allüren hatte. Ihrer Ansicht nach hatte er nicht mehr, als gut war – jedenfalls für ihren Geschmack.

»Arbeitest du heute?«, fragte Hamish, nahm ihre Hände und küsste die Innenseiten. Sie liebte das, da sie ihre Hände immer als zu rau empfunden hatte, um Zärtlichkeiten zu verdienen. All die Jahre, in denen sie geschrubbt und hart gearbeitet hatte, waren ihnen nicht zuträglich gewesen.

»Nein.« Sie lächelte. »Du?«

»Nein.« Er drückte ihre Hände an seine Brust. »Dann könnten wir doch eigentlich ins Bett zurückgehen.«

Sie fuhr ihm mit einer Hand durchs Haar, um es zu glätten.

»Woher bist du nur gekommen?«, flüsterte sie.

Er schaute sie irritiert an. »Wie meinst du das?«

»Ich hatte dich gar nicht …« Sie kniff die Augen zu und überlegte, ob er wohl verschwunden sein würde, wenn sie sie wieder aufschlug.

Sie tat es – und er war nicht fort.

»Ich glaube nicht, dass ich je einem Mann begegnet bin, den ich so sehr mochte. Du bist ein wirklich außergewöhnlicher Typ.«

Er lächelte unergründlich, wie es seine Art war. »Und du bist eine außergewöhnliche Frau«, sagte er und hielt ihren Blick fest. Sie liebte diese Augen mittlerweile.

»Ich möchte dich ja nicht erschrecken …«, begann er – woraufhin sie natürlich sofort erschrak.

Sanft stieß sie ihn gegen die Brust. »Mach dich nicht über mich lustig.«

»Ich mache mich nicht lustig, ich bereite dich nur vor. Also, ich möchte dich wirklich nicht erschrecken, aber …« Er nahm ihr Gesicht in die Hände und küsste sie. »Ich liebe dich«, sagte er.

Ritas erster Impuls war Abwehr. Hamish nutzte jede Gelegenheit, um sie zu berühren, sie zu küssen, ihr zu sagen, dass sie schön sei, ihr zu sagen, dass er es nicht erwarten könne, mit ihr allein zu sein. Sie war ihm gegenüber lange nicht so offen, weil sie sich schämte, dass sie Charles so sehr begehrt und die Sache das bekannte Ende genommen hatte. Diese Scham hielt sie davon ab, Hamish zu sagen, was er ihr bedeutete. Nie wieder wollte sie sich so fühlen: nackt, verletzlich, verliebt in einen Mann, der sie nicht liebte.

Nur dass Hamish es tat.

»Ich liebe dich auch«, sagte sie.

Er wirkte überrascht – fast überrumpelt.

»Ich war mir nicht sicher, ob du das sagen würdest«, erklärte er. In seinen Mundwinkeln lauerte ein Lächeln. »Ich hatte Angst.«

»Es gibt keinen Grund, Angst zu haben«, sagte sie und hatte das Gefühl, als würden Millionen Schmetterlinge durch ihren Körper flattern.

»Nein.« Er küsste sie noch einmal, und dieses Mal lagen seine Hände auf ihrem Rücken, an ihrer Hüfte, griffen nach ihren Armen. Er küsste ihre Kehle, ihr Schlüsselbein und wieder ihre Lippen.

Sie schob ihre Hände unter sein altes T-Shirt und fuhr mit den Fingerspitzen über seine Haut. Er hielt die Luft an.

»Kitzelig?«, fragte sie an seinen Lippen.

»Ein bisschen.« Er kniff sie mit einem Lachen in den Po, und sie ließ ein Kreischen hören.

»Gut«, sagte sie, und er küsste sie noch einmal. Sein Körper presste sich an ihren, seine Arme umschlangen sie.

Sie ließ zu, dass er sie hochhob und ins Bett trug. Dort könnten sie den ganzen Tag bleiben. Sie mussten nirgendwohin. Und an einem anderen Ort wollte sie auch gar nicht sein.

# 29

Nun, da sie zu Hause war, erkannte Della, wie sehr die Ranch ihrer Familie der Ghost River Station ähnelte. Oder dass es jedenfalls Ähnlichkeiten gab, die erklärten, warum Ghost River ihr sofort gefallen hatte. Die Bäume und das Gras waren anders, aber Texas konnte genauso braun sein wie das Northern Territory und die Landschaft genauso weit. Nur dass es hier Berge gab – oder vielleicht eher Hügel, die mit ihren unvermittelt aufragenden Felsnasen die Sicht begrenzten. Auf Ghost River gab es kaum etwas, das den Horizont verstellte.

Sie mochte Ghost River, doch Fairvale verdankte sie ihre schönsten Erlebnisse. Es war nicht ganz so verlassen, und man hatte eher das Gefühl, dass man wieder heimfinden würde, wenn man sich verirrte. Während der Arbeit auf Ghost River konnte man hingegen tagelang weiterreiten und auf Nimmerwiedersehen verschwinden.

Stan hatte sie zuletzt auf Fairvale gesehen. Er hatte sie gebeten zu kommen, weil er wie angekündigt zu seiner Familie reisen musste. Dass Della dasselbe vorhatte, konnte er nicht ahnen, und sie wusste nicht, wie sie es ihm mitteilen sollte. Schließlich hielt sie ihm einfach den Brief ihrer Mutter hin. Das dünne Luftpostpapier flatterte in der sanften Brise am Fluss. Die roten Eukalyptusbäume hatten einen Baldachin über ihnen gebildet, sie konnte sich noch an ihre Farbe und den Geruch der Erde erinnern.

»Was ist das?«, hatte Stan gefragt.

»Ein Brief von meiner Mum.« Della versuchte, sich ein Lächeln abzuringen, schaffte es aber nicht.

»Was schreibt sie?«

Sie hielt ihm immer noch den Brief hin, aber er schüttelte den Kopf.

»Es steht mir nicht zu, ihn zu lesen«, sagte er ernst.

Es war naiv von ihr gewesen zu erwarten, dass sie sich davor drücken könnte, es ihm mitzuteilen.

»Mein Dad ist krank«, sagte sie. »Es sieht nicht gut aus. Angeblich hat er Krebs.«

Stan legte sofort den Arm um sie und zog sie an seine Seite. »Das ist schlecht, Del«, sagte er und küsste sie auf den Kopf. Noch jetzt musste sie oft daran denken, wie sich seine Lippen auf ihrer Haut angefühlt hatten.

»Ich muss heimfahren. Daddy kann nicht arbeiten, und meine Brüder sind …« Sie zuckte mit den Achseln. »Lass uns einfach sagen, dass Daddy mehr schuftet als alle vier zusammen. Er hat nach mir gefragt. Ich soll heimkommen und mit anpacken.«

Stan nahm ihre Arme und ging in die Knie, sodass sich ihre Köpfe fast auf gleicher Höhe befanden. Sein Blick war so eindringlich, dass das Weiße aus seinen Augen verschwunden schien.

»Du gehst fort.«

»Ich möchte es nicht«, flüsterte sie.

»Du musst«, sagte er, obwohl seine Stimme fast brach.

»Es ist deine Familie. So wie ich wegen meiner Familie gehen muss.«

»Aber du kommst zurück«, sagte sie im Wissen, dass sie selbst das nicht versprechen konnte. Wenn ihr Vater starb, wer wusste dann schon, was geschah.

»So wie du«, sagte Stan lächelnd.

»Wieso lächelst du?«, fragte sie verwirrt.

»Du wirst zurückkommen, weil du dieses Land liebst, kleine Della«, sagte er mit einem Zwinkern. »Und mich liebst du auch, glaube ich jedenfalls.«

Es war das erste Mal, dass er dieses Wort benutzte – »Liebe« –, es hatte etwas Kühnes gehabt. Damals war sie sich mutig, aber nicht verwegen vorgekommen. Sie hatte schon lange gewusst, dass sie ihn liebte und dass dieses Gefühl sie veränderte, weil sie plötzlich Nuancen der Welt sah, die sie zuvor nie wahrgenommen hatte. Nuancen der Hoffnung, der Erwartung, der Gelegenheit – der Zukunft.

»Das tue ich«, hatte sie gesagt, die Arme an der Seite herabhängend. Mit einer Hand umklammerte sie den Brief. »Ich liebe dich tatsächlich.«

Stan schaute sie an. Sie versuchte, sich vorzustellen, was in ihm vorging, was für Gedanken ihm durch den Kopf schossen, aber er konnte undurchschaubar sein, wenn er wollte.

»Und ich liebe dich«, sagte er mit ernster Miene. »Ich werde dich auch lieben, wenn du fort bist. Und wenn du zurückkehrst.«

Doch die Rückkehr könnte sich als schwierig erweisen. Nach ihrem Aufbruch wäre nichts mehr sicher – nicht einmal die Sache mit Stan. Sie konnte ihn einfach nicht bitten, auf sie zu warten.

»Wenn ich gehe, verliere ich meine Arbeit«, sagte sie. »Und wenn ich nicht weiß, wo es Jobs gibt, wird eine Rückkehr umso schwieriger.«

»Du wirst schon Arbeit finden. Deine jetzige Stelle hast du ja auch bekommen, oder?« Er nahm ihre freie Hand. »Und ich kann mich auch um dich kümmern.«

»Vielleicht möchte ich mich ja um *dich* kümmern«, sagte sie. Er zog sie an sich und drückte ihren Kopf an seine Brust.

»Lass uns darüber sprechen, wenn du wieder da bist«, hatte er in ihr Haar gesagt.

An diesen Moment musste sie oft denken, jetzt, da sie so weit weg war. Sie wunderte sich selbst, wie erfüllt ihr Herz war. Dabei hatte sie schon befürchtet, dass ihre Gefühle nachlassen könnten, wenn die Vorfreude auf die Begegnungen mit Stan und die Begeisterung des Zusammenseins wegfielen. Stattdessen hatten sie sich verstärkt. Gehört hatte sie nichts von ihm. Er hatte Fairvale verlassen, bald nachdem sie geflogen war. Außerdem hatte er schon angekündigt, kein großer Briefeschreiber zu sein. Aber er hatte auch gesagt, dass sie jedes Mal, wenn sie in den Himmel blickte und die Sonne scheinen sah, ein Zeichen darin erkennen solle, dass er an sie denke. Wenn sie also morgens das Haus verließ und die Sonne erblickte, dachte sie jedes Mal an Stan und auch daran, dass sie in seinen Gedanken war, und wusste, dass sie warten konnte.

»Della?«, hörte sie ihre Mutter von der Hintertür rufen.

»Ja, Momma?«, rief sie zurück, ohne den Blick von der Landschaft zu wenden.

»Dein Daddy möchte mit dir reden.«

»Okay, Momma. Ich komme gleich.«

»Außerdem brauche ich gleich ein bisschen Hilfe mit deiner Gran«, sagte ihre Mutter, und Della begriff, dass der Moment des Friedens, den sie eben noch genossen hatte, vorbei war.

»Was soll ich tun?«, fragte sie resigniert.

»Ihre Bettwäsche müsste gewechselt werden. Außerdem wäre es gut, ihr mal wieder die Haare zu waschen.«

Dellas Großmutter lebte seit dem Tod von Dellas Großvater in einem Hinterzimmer. Sie war nicht ganz so hinfällig, wie sie sich gab, da aber so sämtliche Hausarbeit für sie erledigt wurde, hatte sie wenig Anlass, den Eindruck ihrer Mitmenschen von ihr zu korrigieren. Ihr war klar, dass Della ihre Taktik durchschaute, daher ließ sie immer extra nach ihr rufen, um sich dann von vorn bis hinten bedienen zu lassen.

»Klar, Momma.« Della gab sich Mühe, nicht allzu verärgert zu klingen. Hätte sie diese Aufgaben erledigt, würden unweigerlich die nächsten anfallen. Mehr und immer mehr. Außerdem hatten ihre Brüder mit ihrem Eintreffen beschlossen, dass sie täglich draußen bei den Rindern gebraucht wurden, weshalb sie die Büroarbeit nicht mehr erledigen konnten – Bestellungen aufgeben, Probleme klären, alles Dinge, die vorher ihr Vater getan hatte.

»Es ist gut, dass du endlich wieder zu Hause bist, Della«, sagte ihre Mutter mit einem sanften Lächeln.

Della liebte ihre Mutter und hatte nichts dagegen, sich von ihr einspannen zu lassen. Ihr war bewusst, dass sie erschöpft war, weil sie sich immer um alle kümmern musste. Aber auch Della war bereits erschöpft. Allerdings würde sie nicht ewig bleiben, selbst wenn ihre Mutter das hoffte und stets so redete. Sie würde auch keinen »netten jungen

Mann in der Stadt« finden, wie ihre Großmutter jeden Tag mindestens ein Mal erklärte. Sie hatte bereits einen netten jungen Mann gefunden – einen mehr als netten. Und sie war fest entschlossen, zu ihm zurückzukehren, auch wenn sie keine Vorstellung hatte, wie sie sich den Familienbanden entziehen sollte, die sie einmal mehr in ihren Fängen hatten.

# 30

Nach zwei Jahren auf Fairvale hatte Kate sich daran gewöhnt, während der Trockenzeit im Idealfall alle zwei Wochen Post zu bekommen und während der Regenzeit monatelang darauf verzichten zu müssen. Auch ihre Mutter hatte nach dem ersten Weihnachtsfest begriffen, dass sie ihr Geschenk so schicken musste, dass es im Oktober eintraf, weil es sonst erst im März oder April ankäme.

Die Zustellung der Post folgte einem bestimmten Ritual. Sybil ging zum Truck, überprüfte, für wen was bestimmt war, und verteilte die Sendungen dann eigenhändig.

»Ich komme mir vor wie der Weihnachtsmann«, hatte sie einmal fröhlich erklärt.

Seit Bens Abreise hatte die Postzustellung noch einmal an Bedeutung gewonnen, aber es war zu früh, um etwas von ihm erwarten zu können. Dafür waren diesmal ein Brief von ihrer Mutter und ein dickes Päckchen von Della dabei.

Das Päckchen reizte sie mehr. Als Kate das schnöde braune Papier aufriss, entdeckte sie vier Exemplare mit Kurzgeschichten von Flannery O'Connor.

*Ich wünschte, ich könnte bei eurem nächsten Treffen dabei sein*, stand auf der Karte, die ihnen beilag. *Da dem nicht so ist, dachte ich, ich schicke euch wenigstens das Buch. Es ist von Flannery O'Connor, von der ich dir bereits erzählt habe. Da es verdammt schwer war, diese Exemplare zu besorgen, hoffe ich, ihr werdet sie auch lesen! Sag Sybil bitte, dass O'Connor zwar aus Georgia stammt, man durch die Geschichten aber trotzdem viel über den Süden lernen kann, wo ich jetzt bin. Herzliche Grüße an alle, Della.*

Sie hatte zwei verschiedene Ausgaben geschickt, und nur ein Exemplar war nicht gebraucht. Vermutlich hatte sie suchen müssen, um die Bücher aufzutreiben. Kate freute sich, dass Della an sie gedacht hatte, war aber gleichzeitig traurig, dass sie nicht da sein würde, um mit ihnen über die Geschichten zu reden. Dieser Tumult der Gefühle war etwas Neues. Seit Ben fort war, wurde Kate schnell traurig, obwohl sie gleichzeitig mit ihrem Leben auf Fairvale sehr glücklich war. Sie hatte das Gefühl, gebraucht – und gemocht – zu werden. Sie war nicht untätig und erkannte, dass ihre Bemühungen zum großen Ganzen beitrugen. Als sie in London gearbeitet hatte, als Sekretärin eines wichtigen Bankers, hatte sie sich nie so gefühlt.

Sie legte die Bücher beiseite und öffnete den Brief ihrer Mutter. Es gab Neuigkeiten in der Familie: Georgia und Charlie zogen nach Cornwall, was überraschend war, weil ihre Cousine London so liebte. Aber Charlie wollte Landwirt werden, und in Cornwall konnten sie mehr Land erwerben und von dem besseren Klima profitieren.

Kates Eltern wiederum dachten darüber nach, das Haus zu verkaufen und nach Bath zu ziehen, wo es ihnen bei verschiedenen Aufenthalten immer gut gefallen hatte. Es war das Haus, in dem Kate aufgewachsen war, das einzige, in dem sie außer in dem auf Fairvale gelebt hatte. Als sie nach London gezogen war, hatte sie ihm keine Träne nachgeweint und seither auch nie wirklich daran zurückgedacht. Aber nun, da ihre Eltern umziehen wollten …

Kate ließ den Brief sinken. Vermutlich sollte sie sich darüber aufregen – Zeichen dafür, dass ein Teil von ihr England so sehr vermisste, dass der bevorstehende Verlust ihres Elternhauses sie erschütterte. Aber es gab kein solches Zeichen.

Sie konnte Sybil am Funktelefon im Büro sprechen hören. Es war schon fast Zeit für den Vormittagstee. Sybil und sie würden sich unterhalten, und sie würde Sybil von den Büchern berichten, die Della geschickt hatte. Nach einer Stunde würde sie wieder in der Küche erwartet, um Ruby mit dem Mittagessen zu helfen.

Sybils Stimme war verstummt.

»Sybil!«, rief sie und stand auf, um ins Büro zu gehen.

»Ja?«, hörte sie die knappe Antwort.

Als Kate das Büro erreichte, sah sie, dass Sybil die Stirn runzelte und eine Hand in die Hüfte gestützt hatte. Ein Fuß wippte nervös.

»Was ist los?«, erkundigte sich Kate.

»Das war Felicity. Rubys Tochter …« Die Sorge in Sybils Blick war unverkennbar. »Sie hatte einen Unfall.«

»Was heißt das? Ist sie verletzt?«

»Ja, sie …« Sybil sog Luft ein. »Aus irgendeinem Grund ist sie auf einen Baum geklettert und heruntergefallen. Dabei hat sie es geschafft, sich von einem am Boden liegenden Ast aufspießen zu lassen.« Sybil war fahl geworden. »Es klang gar nicht gut. Und der Ehemann von Rose ist bei den Rindern, er weiß also noch nichts davon.«

Kate fuhr sich mit der Hand an die Kehle, wieso, wusste

sie selbst nicht. Vermutlich musste sie gegen ihr Unbehagen ankämpfen. Ruby vergötterte Rose. Die Nachricht würde sie schier umbringen.

»Ruby muss sofort nach Ghost River.«

»Ja«, sagte Sybil und schaute aus dem Fenster. Die Männer waren alle fort, auf den Weiden war keine Menschenseele zu sehen. »Ich werde sie hinbringen.«

Als sie sich wieder umdrehte, hatte sie das aufgesetzt, was Kate mittlerweile als Sybils »Geschäftsmiene« bezeichnete. Sie war weniger gefühllos als vielmehr undurchschaubar, so als würde sich Sybil Mühe geben, auf Leute, die sie im weiteren Sinne zur Familie zählte, zu wirken, als hätte sie alles unter Kontrolle.

»Du musst die Küche übernehmen«, erklärte Sybil. »Ich sehe zu, ob eins der Mädchen aus dem Aborigines-Camp dir zur Hand gehen kann. Tut mir leid, dass ich dir das zumute, aber …«

»Schon in Ordnung«, sagte Kate. »Ich weiß, was ich zu tun habe.«

Sybil nickte. Ihr Blick irrte hin und her. »Ich muss kurz überlegen, was sonst noch anliegt.«

»Mach dir keine Sorgen«, sagte Kate bestimmt. »Ich kümmere mich um Büro und Küche.«

»Das ist eine Menge Arbeit.« Sybil runzelte wieder die Stirn.

Kate zuckte mit den Achseln. »Ist ja nicht so, dass ich meinen Ehemann verärgern kann, weil ich zu viel arbeite.«

Sybils Gesicht entspannte sich. »Das ist wahr«, sagte sie.

»Soll ich dich begleiten, wenn du jetzt zu Ruby gehst?«

»Ja. Das wäre nett.«

Sybil begab sich in Richtung Tür. Als sie Kate erreichte, blieb sie unvermittelt stehen und küsste sie auf die Wange.

Kate schaute sie irritiert an.

»Danke«, sagte Sybil. »Ohne dich würde ich das nicht schaffen.«

Kate nickte. Ein Gefühl wilder Freude durchströmte sie, bevor sie ein schlechtes Gewissen bekam, weil sie doch Ruby eine derart schreckliche Nachricht überbringen mussten. Und trotzdem war es ein bedeutender Moment: Endlich fühlte sich Kate wie ein richtiges Mitglied der Familie. Eine gleichberechtigte Partnerin im Unternehmen Fairvale.

»Ist mir ein Vergnügen«, sagte sie und trat beiseite, um Sybil vorbeizulassen. Im Kopf erstellte sie bereits eine Liste der Dinge, die sie heute noch zu erledigen hatte.

# 31

Rita war es, die Sallyanne von Dellas Abreise erzählte. Sie hatte angerufen, um sich nach Sallyannes Befinden zu erkundigen. Das hatte sie in letzter Zeit regelmäßig getan. »Wollte nur mal nachhören«, sagte sie dann immer fröhlich.

»Was will sie von dir?«, fragte Mick nach jedem Telefonat.

»Sie ist meine Freundin«, lautete Sallyannes Antwort, die eigentlich keine Antwort war.

»Was erzählst du ihr?«, hatte er mal nachgebohrt und war dabei so dicht neben ihr stehen geblieben, dass sich Sallyanne in sich selbst verkrochen hatte, um kleiner zu wirken, unscheinbarer, um ihn bloß nicht zu provozieren.

»Wir reden nur über belangloses Zeug«, hatte sie gesagt, um einen lockeren Tonfall bemüht. Und das stimmte sogar: Wenn jemand zuhörte – was Mick natürlich tat –, dann klang es so, als würden sie über Romanfiguren reden. Rita und sie hatten eine Geheimsprache entwickelt: »Mir gefällt nicht, wie der Held beschrieben wird«, bedeutete, dass Sallyanne eine schlechte Woche gehabt hatte. »Er ist kein Errol Flynn« stand dafür, dass Mick nicht ausfällig geworden war.

Bald rief Rita nur noch vormittags unter der Woche an, wenn sie wusste, dass Sallyanne mit Gretel allein war. Bei einem dieser Telefonate berichtete Rita, dass Della nach Texas heimgekehrt sei und keine Ahnung habe, ob sie je zurückkommen würde. Da Sallyanne wusste, dass einer von Micks Freunden Arbeit suchte, erzählte sie ihm am Abend, dass auf Ghost River eine Stelle frei geworden sei.

»Woher hast du das?«, fragte er so barsch, dass ihr sofort klar war, dass sie einen Fehler begangen hatte.

»Ich …«

»Hat diese Krankenschwester wieder angerufen?« Er sprang auf, rannte in die Küche, riss den Kühlschrank auf und holte sich ein Bier.

»Du musst einkaufen gehen«, erklärte er, als er sich wieder gesetzt hatte, während Sallyanne noch nach einer Ausrede suchte, die Rita aus dem Spiel ließ.

»Warum?«, fragte sie, um Zeit zu gewinnen.

»Es sind nur noch fünf Bier da. Morgen werde ich auf dem Trockenen sitzen.«

»Okay.« Sie nahm die Stickarbeit, die in ihrem Schoß lag, und fragte sich unwillkürlich, ob es klug sei, ein Hobby zu haben, für das man Nadeln benötigte. Mick war unberechenbar – irgendwann würde ihn nichts mehr davon abhalten, ihr mit den Nadeln wer weiß was zuzufügen. Sie hasste sich selbst für solche Gedanken: Vielleicht würde er so etwas nie tun oder aber doch, mit schrecklichen Folgen. Es war diese Ungewissheit – diese Angst –, mit der sie nur schwer zurechtkam.

»Du hast meine Frage nicht beantwortet«, sagte er, nachdem er die halbe Dose in einem Zug geleert hatte.

»Sybil hat es mir geschrieben«, sagte sie.

»Ach ja? Und wo ist der Brief?«

Sie dachte schnell nach. »Ich habe ihn schon weggeworfen. Du weißt doch, wie sehr ich es hasse, alles zu horten.«

Sie warf ihm einen schnellen Blick zu und sah, dass er sie wie ein Krokodil anstarrte: die Augen nur noch Schlitze, die Miene reglos. Ihr lief ein Schauer über den Rücken, und sie versuchte, sich nicht zu schütteln.

In der darauffolgenden Woche kam er eines Abends später als gewöhnlich von der Arbeit nach Hause. Die Kinder hatte sie bereits ins Bett gebracht. Sie spürte sofort, dass er anders war als sonst. Er bewegte sich nicht so schwer, seine Schultern waren gerade, sein Blick war nicht so finster.

»Hattest du einen guten Tag?«, fragte sie, als er am Kühlschrank vorbeiging, ohne ihn zu öffnen. Auch das war nicht normal, und sie verspürte einen Funken Hoffnung. Sie hatte nie aufgehört, sich den alten Mick zurückzuwünschen, auch wenn sie den Glauben daran längst aufgegeben hatte.

Er lächelte sie an. Sie konnte sich nicht erinnern, wann sie ihn zum letzten Mal hatte lächeln sehen. Dann zog er einen Mundwinkel hoch, was aussah, als würde er die Zähne fletschen, und im nächsten Moment war ihre Hoffnung der üblichen Angst gewichen.

»Ich habe diese Stelle auf Ghost River«, sagte er.

»Was meinst du damit?«, fragte sie. »Welche Stelle?«

»Du sagtest doch, dass dieses Mädchen weggegangen sei«, antwortete er. »Ich war heute draußen, um mit den Leuten über den Job zu reden.«

»Aber …« Sie versuchte, einen klaren Gedanken zu fassen, aber ihr Gehirn ließ sie im Stich. Sie mochte sich herbeigesehnt haben, dass er verschwand – nachts hatte sie manchmal sogar dafür gebetet, obwohl sie nicht gläubig war –, doch das änderte nichts an der Tatsache, dass sie keine Vorstellung hatte, was sie ohne ihn tun sollte.

»Aber du hast noch nie mit Rindern gearbeitet«, brachte sie schließlich hervor.

Er zuckte mit den Achseln. Dann lehnte er sich an die Wand und stellte ein Bein vor das andere.

»Kannst du überhaupt reiten?«

»Ja«, sagte er. »Ist schon eine Weile her, aber das lässt sich schnell wieder auffrischen.«

»Du bist doch Klempner.« Sie gab sich immer noch Mühe, es zu verstehen. Warum sollte er derjenige sein, der ging, nicht sie? Sie war es doch, die keine Macht hatte, keine Kontrolle, keine Aussicht auf Besserung.

»Jetzt bin ich keiner mehr«, sagte er, und sie hatte den Eindruck, dass er über sie lachte.

»Warum?«, fragte sie.

»Warum was?«

»Warum tust du das?«

Mick schaute sich im Wohnzimmer um und stieß einen Laut der Verzweiflung aus. »Warum sollte ich bleiben?«, fragte er, und sein Blick traf den ihren. Sie erwartete, die übliche Verachtung darin zu sehen, erkannte aber nur Traurigkeit. »Deine Aufmerksamkeit gilt ausschließlich den Kindern. Ich zähle doch gar nichts mehr.« Er stieß sich von der Wand ab und kam auf sie zu. »Warum, denkst du, trinke ich?«, fragte er mit finsterem Blick. »Du hast mich einfach links liegen lassen.«

»Das stimmt nicht«, sagte sie.

Sein Lachen klang hohl, als er vor ihr stehen blieb, die Fäuste in die Hüften gestemmt.

»Nach Tims Geburt dachte ich, du würdest dich schon daran gewöhnen, ein Kind zu haben. All die Zeit, die du mit ihm verbracht hast. Er …«

»Ich hatte dir vorher gesagt, dass ein Baby für eine Weile meine ganze Aufmerksamkeit brauchen wird. Ich hatte dich gewarnt«, sagte Sallyanne so schnell, dass sie sich selbst kaum verstand.

»Ich weiß, was du gesagt hast!«

Sie zuckte zusammen, und er riss die Augen auf. Als er sich zurücklehnte, ließ sie den Atem entweichen, von dem sie nicht gewusst hatte, dass sie ihn anhielt.

»Nach dem ersten Kind hätte dir doch klar sein müssen, was zu tun ist«, fuhr Mick fort und klang plötzlich erschöpft. »Aber dann kam Billy, und du richtetest all deine Aufmerksamkeit auf ihn.« Er schaute sie mit zusammengekniffenen Augen an. »Wie kann das sein? Warum hat er deine ganze Zeit beansprucht, obwohl du dich auch mal um mich hättest kümmern können?«

Sallyanne dachte an die frühen Jahre zurück. Sie hatte immer gewusst, was zu tun war – aber es einfach genossen, die Kinder zu haben. Diese wunderbaren Monate, wenn sie noch so winzig und zart waren und nach Baby rochen. Die Zeit, die sie mit ihnen verbracht hatte, war notwendig gewesen, weil sie abhängig von ihr waren. Erst jetzt wurde ihr bewusst, dass Mick das anders gesehen hatte. Offenbar hatten sie jahrelang zwei vollkommen verschiedene Ehen geführt: In seiner wurde die gesamte Zeit den Kindern geopfert; in ihrer hatte sie versucht, ganz und gar Mutter und dann auch noch eine gute Ehefrau zu sein.

»Sie haben mich gebraucht«, erwiderte sie, weil es die einfachste Antwort war, die sie ihm anbieten konnte.

»Ich habe dich auch gebraucht«, sagte er.

»Ich weiß«, gab sie zu. »Aber sie waren hilflos. Ich musste alles für sie tun.«

»Und was war mit mir?« Sein Tonfall war klagend.

Was war mit ihm gewesen, in der Tat – und mit ihr? Niemand hatte sich um sie gekümmert, aber sie hatte sich nie beschwert. Sie hatte nicht jeden Abend zehn Dosen Bier getrunken und Mick angebrüllt, weil er ihr nicht im Haushalt half. Das würde sie auch nie tun, weil sie Mutter und Ehefrau war und genau darin ihre Bestimmung lag. Die Bestimmung aller Frauen, die sie kannte. Daraus gab es für sie kein Entkommen – während Mick nun für sein eigenes Entkommen gesorgt hatte.

»Es tut mir leid«, sagte sie. »Das war mir nicht klar.«

Sie schloss die Augen und verspürte ein tiefes Verlangen, sich hinzulegen. Wenn sie sich nicht sofort hinlegte, dann würde die Verantwortung – für die Kinder, für Mick, dafür, offenbar sein Leben ruiniert zu haben – sie niederdrücken.

»Und was willst du jetzt tun?«, fragte er. Seine Stimme hatte einen feindlichen Unterton.

Sallyanne öffnete die Augen.

»Vermutlich ist es das Beste, wenn du eine Weile fortgehst«, sagte sie. »Offenbar … kommen wir nicht miteinander aus.« Sie rang sich ein Lächeln ab, um ihn zu besänftigen. So lief das doch, oder? Man musste immer dafür sorgen, dass der Mann glücklich war. All ihre Liebesromane hatten sie das gelehrt. »Eine kleine Auszeit wird mir die Möglichkeit geben, darüber nachzudenken, wie ich das alles wiedergutmachen kann.«

Fast erstickte sie an dieser Lüge. Vielleicht würde sie nie in der Lage sein, ihm die gewünschte Aufmerksamkeit zu schenken – nicht bevor die Kinder erwachsen waren und das Haus verlassen hatten. Und sie war sich auch gar nicht sicher, ob sie es überhaupt wollte.

»Wann fängst du an?«, fragte sie.

»Nächste Woche. Du könntest mitkommen.« Mit einem Mal klang er erstaunlich sanft.

Sie konnte ihre Reaktion nicht schnell genug verbergen. Sie sah nicht erfreut, sondern erschrocken aus, das erkannte sie an seiner Miene.

»Das hatte ich mir gedacht«, sagte er und wandte sich von ihr ab. »Du möchtest mit den Kindern zusammen sein. Nicht mit mir.«

Sie beobachtete, wie er die Schultern kreisen ließ wie ein Boxer, der in den Ring steigt. Er ballte die Fäuste und öffnete sie wieder. Er hatte sie noch nie geschlagen, aber vielleicht würde sich das heute ändern. Er wusste, dass er bald fort sein würde – was konnte ihn jetzt noch davon abhalten, ihr ein Andenken zu hinterlassen? Sie war selbst überrascht, wie ruhig sie sich fühlte, als würde sie auf das Unausweichliche warten.

Er drehte sich wieder zu ihr um. Seine Miene war starr, seine Augen funkelten, und seine Schultern kreisten immer noch. Sie schluckte, als er einen Schritt auf sie zu machte.

Vor ihr inneres Auge trat das Bild von Scarlett O'Hara, wie sie auf den zerstörten Feldern von Tara stand, Erde in der Hand, und Gott als Zeugen dafür anrief, dass sie sich selbst versprach, nie wieder im Leben Hunger leiden zu müssen. Die Szene hatte Sallyanne stets geliebt. So hatte sie immer sein wollen – fähig, mit einer solchen Überzeugung ein Versprechen abzulegen und dieses dann konsequent einzuhalten. Das war einer der Gründe, warum sie

Bücher las und Filme sah: um etwas zu lernen, das sie im Leben gebrauchen konnte. Wenn sie schon keine Vorbilder in ihrem Umfeld hatte, gab es immer noch die Bibliothek, die sie in ihrem Kopf gespeichert hatte.

Obwohl, das realisierte Sallyanne jetzt, es sogar Vorbilder in ihrem Umfeld gab. Sie hatte Sybil, die tausend Dinge gleichzeitig erledigte und dabei den Eindruck erweckte, als wäre das ein Kinderspiel. Ihr Verlobter war gestorben – Rita hatte ihr davon erzählt –, und doch hatte sie ihr Leben in den Griff bekommen. Und sie hatte Rita, die bei ihrer Arbeit schreckliche Dinge zu Gesicht bekam und trotzdem noch an das Gute im Menschen und die Schönheit des Lebens glaubte. Sallyanne konnte förmlich hören, was ihr die beiden in diesem Moment raten würden.

Sie schaute Mick an und spürte selbst, wie die Entschlossenheit in ihr wuchs. »Das stimmt nicht«, sagte sie so klar und bestimmt, wie sie nur vermochte. »Aber wir sollten uns eine Weile nicht sehen, Mick. Ich glaube, dir wird es auf der Farm gefallen. So wie Della.«

»Du wirfst mich raus?«, fragte er mit leiser Stimme.

»Ich werfe dich nicht raus«, sagte sie ruhig. Es könnten ihre letzten an ihn gerichteten Worte sein, und sie wollte ihnen den nötigen Nachdruck verleihen. »Du gehst freiwillig.«

Er hielt ihrem Blick stand.

»Eigentlich«, sagte sie, »kannst du jetzt sofort gehen.«

Er machte den Mund auf, als wollte er etwas erwidern.

Sie reckte das Kinn nach vorn und verschränkte die Arme vor der Brust.

»Ohne dich bin ich sowieso besser dran«, murmelte er.

»Gut«, sagte sie.

Sie wandte sich von ihm ab und eilte zu den Kinderzimmern. Dort würde sie bleiben, bis er verschwunden war, und ihre beiden Söhne und ihre Tochter beschützen. Ihr Herz hämmerte in ihrer Brust, und ihr Mund war trocken. Plötzlich besaß sie einen Panzer und hatte das deutliche Gefühl, dass ihr zwar nicht klar war, wie ihr Leben fortan aussehen würde, es aber nur besser sein konnte als ein Leben mit Mick.

# 32

»Wir fahren nicht in die Stadt, oder?«, fragte Kate, als sie zu Sybil trat, die aus dem Wohnzimmerfenster in den Regen schaute, der zu heftig und zu früh fiel.

Die Regenzeit hätte erst in einem Monat beginnen sollen. Sybil wusste, was das bedeutete. Sie hatte das schon einmal erlebt: eine intensive Trockenzeit, eine früh einsetzende Regenzeit. Diese würde auch zu früh enden, und sie würden nicht genug Wasser haben, um die Monate bis zur nächsten zu überstehen. Die Rinder würden dehydriert und mager sein – unverkäuflich.

»Der Fluss dürfte schon zu stark angeschwollen sein«, erklärte Sybil mit einem Anflug von Resignation. »Kein Buch ist es wert, sich von den Fluten mitreißen zu lassen.«

»Ich hatte die Hoffnung, es könnte wieder aufhören«, sagte Kate mit einem Seufzen und schaute in den Himmel.

Ben war vor zwei Wochen aufgebrochen, und Kate bemühte sich auf bewundernswerte Weise darum, tapfer zu sein. Dennoch merkte Sybil, dass es ihr nicht gut ging. Wie sollte es auch? Ihr Ehemann würde viele Monate fort sein, und sie hatten nicht einmal eine eigene Telefonleitung, sollten sie miteinander sprechen wollen.

»Ich auch«, sagte Sybil leise. »Andererseits haben wir ein Funkgerät. Rita wird das der Flying Doctors benutzen können. Und wenn Sallyanne sich auch eins beschaffen würde, könnten wir wenigstens miteinander reden. Ich weiß, dass du dich gefreut hast, alle wiederzusehen«, fuhr Sybil fort. »Mir geht es genauso, aber es scheint, als müssten wir ein Treffen für einen anderen Zeitpunkt organisieren.«

»Eigentlich hätte ich gedacht, wir schaffen es noch einmal, bevor«, Kate zeigte in den Himmel, »das da beginnt. Ich muss mich immer noch daran gewöhnen, dass das Wetter das ganze Leben bestimmt.«

»Ich auch«, sagte Sybil trocken. Sie schenkte Kate ein angespanntes Lächeln und wandte sich vom Fenster ab. »Ich werde ein paar Anrufe machen«, fuhr sie fort. »Ich muss Rita davon abhalten, ins Flugzeug zu steigen. Aber wahrscheinlich hat ihr Pilot sowieso keine große Lust, bei diesem Wetter zu fliegen. Wenn ich fertig bin, komme ich wieder.«

Sybil begab sich ins Büro und freute sich, wie aufgeräumt es war, als sie zum Funkgerät griff. Kate war ein sorgfältiger Mensch, das musste man anerkennen. Die Papiere waren geordnet, wo Joe früher eher Chaos hinterlassen hatte.

Das Telefon konnte sie nicht benutzen, um die Flying Doctors in Alice Springs anzurufen. Rita und sie verwendeten daher oft das Funkgerät, allerdings nie lange, da Rita wollte, dass die Flying Doctors immer erreichbar waren. Sybil hatte zu würdigen gelernt, wie bedeutsam kurze, regelmäßige Gespräche sein konnten.

»RFDS Alice. Bitte sprechen Sie«, sagte eine Stimme im Äther, und Sybil machte sich daran, den Tag zu organisieren.

Vor dem geplanten Treffen war keine Zeit geblieben, Dellas Bücher an alle zu verteilen. Sybil hatte gehofft, die Exemplare persönlich überreichen zu können, damit jeder die Geschichten für das nächste Treffen lesen konnte. Aber der Regen hatte ihr einen Strich durch die Rechnung gemacht, und auch das Versenden per Postweg würde eine Weile nicht mehr möglich sein. Vielleicht wäre Della schon wieder zurück im Northern Territory, bevor sie das Buch lesen würden – und vielleicht sollte es genau so sein.

Stattdessen sprachen sie über *Palast der Winde* von Mary M. Kaye, ein Vorschlag von Sallyanne, die von einer Freundin davon gehört hatte. Sie hatte sie bei der CWA kennengelernt, deren Treffen sie nun regelmäßig besuchte. Immer buk sie vorher Scones, auf die sich alle stürzten. Sybil freute sich sehr, weil Sallyanne jedes Mal lockerer wurde. Allerdings war Sybil nur allzu klar, dass Sallyanne auch ihren Kummer und ihre Eheprobleme hinter ihrer strahlenden Maske verbarg. Es war ein ständiger Kraftakt, die Fassade aufrechtzuerhalten und fröhlich zu sein, um die anderen nicht mit den eigenen Sorgen zu behelligen. Was würde eigentlich passieren, fragte sich Sybil, wenn niemand mehr so tun würde, als wäre nichts?

Kate und sie saßen dicht nebeneinander im Büro und beugten sich über das Funkgerät. Barney hatte sich wie üblich auf ihren Füßen ausgestreckt.

Sallyanne hatte die Leute von der Feuerwache in Katherine davon überzeugen können, ihr das dortige Funkgerät zu überlassen. Sie habe den Feuerwehrmännern erklärt, hatte sie ihren Freundinnen zu Beginn der Sitzung erzählt, dass während der Regenzeit wohl kaum mit Bränden zu rechnen sei, weshalb man das Funkgerät auch nicht brauche.

»Ist es nicht ein unglaublich romantisches Buch?«, fragte

Sallyanne. »Und so dramatisch. Die beiden sind doch wie Romeo und Julia, oder?«

»Bei Romeo und Julia war nichts romantisch«, erwiderte Kate, und Sybil vermeinte zu sehen, wie sie die Augen verdrehte. »Sie sind gestorben.«

»Ja, ich weiß«, erwiderte Sallyanne fast gereizt. Kate und Sybil wechselten einen erstaunten Blick.

»Du klingst verärgert, Sal«, sagte Rita.

»Bin ich aber nicht«, antwortete die knisternde Stimme. »Es ist nur ... Ich mag solche Geschichten eben. Es steht so viel zwischen ihnen, aber sie suchen trotzdem nach einem Weg, um zusammen zu sein.«

Alle wussten, dass Mick auf die Ghost River Station gezogen war, und Sybil hoffte, dass Sallyanne nicht ihr eigenes Melodram schaffen wollte. Nach allem, was sie erzählt hatte, war Mick kein romantischer Held. Sybil war nicht überzeugt davon, dass die Geschichte so enden würde, wie Sallyanne sich das vielleicht wünschte.

»Ein berechtigter Hinweis«, sagte Kate.

»Allerdings hatte ich manchmal das Gefühl, die beiden sollten gar nicht zusammen sein«, gab Rita zu bedenken, und Sybil ahnte, dass sie ihnen damit eigentlich etwas viel Wichtigeres mitteilen wollte. »Es ist nicht immer klar, ob die Beziehung gut für sie ist.«

»Aber wäre es nicht schön, wenn sie zusammen sein könnten?«, fragte Sallyanne.

»Du liest zu viele Liebesromane, Sal«, sagte Rita. »Ich hatte dir doch vorgeschlagen, es mal mit etwas anderem zu probieren.«

»Das ist kein Liebesroman!«, protestierte Sallyanne. »Es ist ein Historiendrama.«

»Okay«, sagte Rita. »Sybil, hilf mir bitte. Ich trete irgendwie ständig ins Fettnäpfchen.«

»Tust du nicht«, erwiderte Sallyanne in einem besänftigenden Tonfall. »Ich mag diese Bücher einfach, das ist alles.«

»Eine Minute noch, Darryl!«, rief Rita.

»Was ist denn los?«, fragte Sybil.

»Daz braucht das Funkgerät«, sagte Rita. Sie klang verärgert. »Ein Kumpel von ihm wettet bei einem Pferderennen in Brisbane, und den muss er offenbar sofort erreichen.«

»Ist ihm nicht klar, dass Bücher wichtiger sind als Pferderennen?«, fragte Sybil.

»Er ist halt eher ein einfacher Mensch, der nicht einmal Zeitung liest«, sagte Rita, worauf Sybil eine Männerstimme im Hintergrund vernahm.

»Was hat er gesagt?«, fragte Sybil.

»Er meint, ich wäre eine Spießerin, die keine Achtung vor dem Sport der Könige hat.«

»Kannst du ihm nicht das Funkgerät geben und dich später noch mal melden?«, fragte Sybil.

»Gute Idee. Bin gleich wieder da.«

»Sallyanne, wie geht es den Kindern?«, erkundigte sich Sybil.

»Oh, bestens«, sagte Sallyanne mit gespielter Fröhlichkeit, wie Sybil sofort erkannte.

»Macht ihnen die Schule Spaß?«, fragte Kate.

»Soweit das möglich ist.« Die anderen hörten ein Geräusch im Hintergrund. »Moment, da ist jemand, der mir mitteilen will, dass ich hier nichts zu suchen habe … Aber man hat mir gesagt, das wäre in Ordnung.« Ihre Stimme klang nun gedämpft. »Nein, ich verstoße gegen keine Vorschriften.«

»Da bin ich wieder«, verkündete Rita. Dann legte sie sofort los und erklärte, Ashok sei ein schwacher Held, während Sallyanne auf dem Gegenteil beharrte.

»Ich mag ihn«, sagte Kate, »obwohl ich nicht weiß, ob ich mich in ihn verlieben würde. Aber erwartet man nicht genau das von uns? Ist es nicht schwer, von einer Geschichte überzeugt zu sein, wenn man den Helden nicht mag?«

»Vielleicht ist das der springende Punkt«, sagte Rita. »Es ist nicht gerade offensichtlich, dass er ein Held ist, aber das ist mit Männern im wahren Leben doch genauso. Wir können also unsere eigenen Erfahrungen in dem Buch wiederfinden.«

»Oje, wer will das schon?«, sagte Sallyanne. »Ich möchte der Welt lieber entfliehen.«

Sybil lächelte Kate an. »Daran ist auch nichts auszusetzen. Nun, mir hat der Roman gefallen, Sallyanne. Ich habe vollstes Vertrauen, dass du uns noch mehr gute Bücher empfehlen wirst.«

»Ich auch«, sagte Kate. »Obwohl ich mich nicht in den Helden verliebt habe, war es eine interessante Geschichte. Komischerweise habe ich beim Lesen sogar ein bisschen Heimweh bekommen.«

Nachdem sie sich noch ein paar Minuten unterhalten hatten, beendeten sie ihr Gespräch.

»Das war unser kürzestes Treffen bislang«, stellte Kate fest.

»Es ist nicht dasselbe, wie wenn man an einem Ort ist«, sagte Sybil mit einem traurigen Lächeln. »Ich freue mich immer, die anderen zu sehen. Mittlerweile ist das zu einer schönen Gewohnheit geworden.«

»Und das werden wir auch bald wieder tun.« Kate erhob

sich und weckte den schlafenden Hund auf, der ein kurzes Bellen von sich gab. »Der Vorteil ist, dass wir zu Hause sind und uns einen frühen Drink genehmigen können. Was hältst du davon?«

Sybil und Kate hatten es sich angewöhnt, abends etwas gemeinsam zu trinken. Sybil genoss die Gesellschaft ihrer Schwiegertochter. Sie drängte Kate, ihr Geschichten aus ihrer Heimat zu erzählen, aus ihrem früheren Leben. Offenbar kannte ein Freund eines Freundes Prinzessin Anne, was in Sybil eine lächerliche Begeisterung dafür weckte, um ein paar Ecken mit der königlichen Familie in Verbindung zu stehen.

»Das halte ich für eine sehr gute Idee«, sagte Sybil. »Komm, Barney!« Sie pfiff nach dem trägen Hund.

Als die beiden Frauen Richtung Wohnzimmer gingen, merkte Sybil, dass Kate sich bei ihr einhakte.

»Du hast also ein bisschen Heimweh?«, fragte Sybil.

Kate nickte und gähnte. »Außerdem bin ich müde.«

»Wir arbeiten zu viel.« Sybil beobachtete Kates Reaktion.

Sie schüttelte den Kopf. »Das ist schon in Ordnung.« Sie entzog ihr dcn Arm wieder. »Ich werde uns jetzt einen Drink machen.«

Nachdem die nächste Stunde aufs Angenehmste vergangen war, wurde Sybil bewusst, dass ihr Bens Abwesenheit ein unerwartetes Geschenk bereitet hatte: Sie hatte eine Freundin gewonnen, wo sie es am wenigsten erwartet hatte – zu Hause.

# 33

Die Luftfeuchtigkeit war so hoch, dass Kate das Gefühl hatte, den Teig beim Gehen beaufsichtigen zu müssen, damit er nicht explodierte. Schon beim Kneten spürte sie, wie er sich unter ihren Fingern verwandelte. Er quoll auf und wurde heiß, und wenn sie auch nur ein paar Sekunden innehielt, fühlte er sich gleich anders an. Für sie grenzte das immer noch an Alchemie – Backen hatte eine ganz eigene Magie. Mittlerweile war sie zu einer Meisterin darin geworden, das erkannte sie an Rubys stolzem Lächeln, wann immer sie einen Kuchen aus dem Ofen holte.

In den Wochen nach dem Unfall von Rose war Ruby nur sporadisch nach Fairvale zurückgekehrt – vor allem, weil Felicity »kein weiteres hungriges Maul« durchfüttern wollte, wie Sybil erzählte. In erster Linie hatte sich Kate um die Küche gekümmert, unterstützt von einem der Mädchen aus dem Camp. Gelegentlich ereigneten sich kleine Katastrophen. Einmal war viel zu viel Curry im Eintopf, weil Kate nicht aufgehört hatte zu reden und darüber vergessen hatte, dass sie ihn bereits gewürzt hatte, ein andermal vergaß sie das Salz im Brot. Aber meist lief alles glatt, alle wurden satt, und abends war Kate erschöpft, aber zufrieden.

Mittlerweile war Rose genesen, aber noch schwach. Vor ein paar Tagen hatte Ruby sie nach Fairvale mitgebracht, damit sie sich in Ruhe erholen konnte, ohne zum Arbeiten genötigt zu werden. Kate hatte die Köchin noch nie so glücklich gesehen.

»Wahnsinn«, sagte Ruby, als sie zu Kate herübergewatschelt kam und stirnrunzelnd die geformten Kugeln betrachtete. »Der Teig sieht aus, als wollte er platzen.« Dann ließ sie ihr keckerndes Lachen hören.

»Ich weiß. Ich habe fast Angst, ihn sich selbst zu überlassen.«

»Müssen Sie denn weg, Katie?« Ruby wirkte besorgt.

»Nur ins Haus, um ein paar Rechnungen zu überprüfen. Joe hat mich darum gebeten.«

»Kann er das nicht selbst machen?«

Kate hätte am liebsten gelacht. Ruby war oft geradeheraus, wenn sie allein in der Küche waren, aber Kate wusste, dass sie Joe so etwas nie ins Gesicht sagen würde. Erstens war er der Chef, und zweitens verehrte Ruby ihn viel zu sehr.

»Er hat mir ein Zuhause gegeben, als niemand sonst es tun wollte«, hatte Ruby ihr mal anvertraut. Über eine Frau mit Kind, aber ohne Ehemann, hatte man sich nur das Maul zerrissen, und so hatte sie ihr eigentliches Zuhause, eine Farm am Gulf of Carpentaria, direkt nach der Geburt von Rose verlassen müssen. Nachdem sie es auf zwei anderen Farmen versucht hatte, riet ihr ein Cousin, nach Fairvale zu fahren, das »Joe junior« soeben übernommen hatte. Mit dem Auto lag die Farm einen guten Tag vom Gulf Country entfernt – wenn man per Anhalter fuhr, wie sie es getan hatte, eine Woche.

Als sie mit ihrem Baby dort aufkreuzte, kam Sybil aus dem großen Haus und sprach sie an. Ruby fragte nach »Mister Joe«, und Sybil holte ihn.

»Wissen Sie, was er gesagt hat?«, hatte sie Kate erzählt. »Er sagte: ›Sie kommen genau zur rechten Zeit! Ich brauche eine Köchin. Können Sie kochen?‹« Ruby stieß ihr typisches Lachen aus und hielt sich die Augen zu. »Konnte ich nicht. Aber ich habe es gelernt!« Noch ein keckerndes Lachen. »Er hat mir eine Bleibe und eine Stelle gegeben. Er ist ein guter Mann. Und sein Junge auch.«

Sie lächelte. Kate wusste, dass sie mit dem Jungen Ben meinte. Ihre Meinung über Lachie hatte Ruby mal kundgetan, als sie Kate mit der Bemerkung schockiert hatte, Sybils und Joes ältester Sohn »hätte nie geboren werden dürfen«.

»Was um Himmels willen meinen Sie damit?«

Ruby hatte heftig den Kopf geschüttelt. »Er ist ein schlechter Kerl«, sagte sie. »Ein Unruhestifter. All die Jahre über hatte er immer etwas zu meckern – das Essen mochte er nicht, die Pferde mochte er nicht, den Regen mochte er nicht, und die Trockenzeit mochte er auch nicht.« Wieder schüttelte sie den Kopf. »Natürlich mochte er auch seinen Bruder und seine Eltern nicht. Hat Ben ständig verprügelt.«

Das hatte Ben ihr bereits erzählt, aber Kate tat es immer noch weh, es zu hören – und erfahren zu müssen, dass alle anderen davon gewusst hatten.

»Als er ins Internat ging«, fuhr Ruby fort, »waren alle froh. An dem Tag, an dem Mister und Missus mit ihm aufbrachen, haben wir ein Fest gefeiert!« Sie kicherte. »Ein fettes Rind in der Kohlegrube. Die ganze Nacht haben wir gesungen.« Sie zwinkerte. »Sogar ein bisschen Grog ist geflossen.«

»Und es ist nichts vorgefallen, das ihn zu so einem Menschen gemacht hat?«, fragte Kate, die sich kaum vorstellen konnte, dass sich Lachie ohne jeden Grund so destruktiv verhalten hatte.

»In ihm sitzt der böse Geist«, erklärte Ruby ernst und nickte langsam.

Kate war versucht zu lachen – die Antwort kam ihr zu einfach vor. Auch im Katholizismus gab es schlichte Erklärungen: Jemand war vom Teufel besessen, oder Gott hatte ein Wunder gewirkt. Sie hatte nie an so etwas geglaubt, und sie glaubte auch jetzt nicht daran.

»Was …«, begann Kate und hielt dann inne. Sie wollte nicht respektlos klingen, daher musste sie ihre Worte sorgfältig abwägen. »Warum glauben Sie das?«

»Ich *glaube* es nicht, mein Kind«, erwiderte Ruby bestimmt, »ich *weiß* es.« Wieder nickte sie. »Der Dad von Mister Joe hat einen Mann getötet.«

Kate verschlug es den Atem. Davon hatte ihr noch niemand erzählt.

»Es gab keinen Grund dafür«, fuhr Ruby fort. »Mister Joes Dad ertappte einen Mann dabei, wie er ein Rind stehlen wollte. Er gab einen Schuss ab. Angeblich einen Warnschuss, aber der Mann wurde mitten in den Rücken getroffen.« Rubys Augen blitzten, als sie Kates Blick standhielten. »Was soll das für eine Warnung sein?«

»Sie denken also, Lachie wurde wegen dieser Geschichte … böse geboren? Sozusagen als Vergeltung?«

Ruby presste die Lippen aufeinander, bis sie fast verschwanden, und blies gleichzeitig die Wangen auf.

»Der Mann, der getötet wurde«, sagte sie, »wohnt jetzt in Mister Lachie.«

Als Rubys Augenlider sich ein wenig senkten, hatte Kate aus Erfahrung gewusst, dass das Gespräch damit beendet war. Das Gefühl eines Schauders aber, der ihr über den Rücken lief, hatte sie noch lange gespürt.

Seither hatten Ruby und sie viele Tage zusammen in der Küche verbracht und Geschichten über ihr Leben und ihre Herkunft ausgetauscht. Manchmal kam es Kate so vor, als wüsste Ruby mehr über sie als Ben.

»Natürlich könnte Joe das selbst erledigen«, antwortete Kate nun, warf einen Blick auf den Teig und dachte an das, was sie im Büro erwartete. »Aber er muss mit Stan besprechen, was jetzt mit den Rindern passiert.«

»Nur gut, dass Stan vor dem Regen zurückgekommen ist«, sagte Ruby und nahm eine Kartoffel. »Es hätte schlimmer kommen können!« Sie lachte. »Er hätte aufgehalten werden können! Monatelang.«

Kate lächelte matt, weil Ruby fast in jeder Situation in Lachen ausbrach. »Da der Regen so früh eingesetzt hat, müssen sie einen Weg finden, wie sie die Rinder schnell zusammentreiben und zu den Schlachthöfen transportieren können.« Sie runzelte die Stirn. »Das gestaltet sich alles ziemlich schwierig.«

Ruby wurde wieder ernst und schüttelte langsam den Kopf. »Es ist nicht gut, dass der Regen schon da ist.«

»Was meinen Sie damit?«

»Kommt der Regen früh, hört er auch früh auf, dann werden wir eine sehr lange Trockenzeit haben.« Wieder schüttelte sie den Kopf. »Kein Wasser. Dann haben die Tiere nichts zu fressen. Das ist nicht gut.«

Kate hatte bisher nie eine Abweichung im Wetterzyklus erlebt, obwohl sie schon oft davon gehört hatte. Das Wetter war regelmäßig Thema bei den abendlichen Gesprächen, wenn sie alle zusammen im Wohnzimmer saßen.

»Vermutlich müssen wir abwarten, wie es sich entwickelt«, sagte sie. »Würde es Ihnen etwas ausmachen, ein Auge auf den Teig zu haben, während ich schnell ins Haus flitze?«

»Sausen Sie los, Katie.« Ruby nickte ernst.

»Danke.« Sie lächelte und legte ihre Schürze ab, damit sie nicht nass wurde, wenn sie von einem Gebäude ins nächste lief.

Sie drückte sich den Hut auf den Kopf – ihr einziger Schutz gegen den Regen –, öffnete die Fliegengittertür und lief los.

Ihre Stiefel rutschten auf dem matschigen Boden, als sie so schnell wie möglich rannte, durch das Gartentor und den Pfad entlang. An der Tür zog sie sie aus. Den Matsch konnte sie nicht ins Haus tragen, auch wenn das hieß, die Stiefel später, wenn sie sie wieder anzog, auf Schlangen überprüfen zu müssen. Solche Dinge waren ihr mittlerweile in Fleisch und Blut übergegangen.

Sie eilte ins Büro und hängte ihren Hut zum Trocknen an die Rückenlehne eines Stuhls. Auf dem Schreibtisch herrschte das reinste Chaos. Joe hatte offensichtlich mit der Arbeit begonnen und dann beschlossen, sie ihr zu überlassen.

Als sie den Stuhl zurückzog, um sich zu setzen, vernahm sie vor der Haustür eine Art Tumult. Lärm war zu hören, so als würde jemand schreien, aber bei dem Regen konnte sie die Stimme niemandem zuordnen.

Sie war schon auf dem Weg ins Wohnzimmer, als sie plötzlich an der Haustür ein lautes Pochen hörte. Sybil oder Joe konnten es nicht sein, sie kamen immer durch die Hintertür.

»Hallo! Hallo! Hallo!«

Sie erkannte Stans Stimme und eilte ihm entgegen. Als sie die Tür öffnete, stand er vor ihr, vollkommen durchnässt, keuchend, den Hut in der Hand.

»Ist etwas passiert?«, fragte sie.

»Mister Joe«, sagte er und schnappte nach Luft, während er sich gleichzeitig umdrehte und auf die Ställe zeigte. Sein Blick war verzweifelt. Kate spürte, wie ihre Kehle sich zusammenzog.

»Missus Sybil«, keuchte er. »Wo ist sie?«

Kate dachte schnell nach. Am Morgen hatte Sybil angekündigt, nach einer Familie im Camp der Aborigines schauen zu wollen. Bis dorthin waren es gut fünfhundert Meter.

»Geh zurück zu Joe. Ich hole Sybil.«

»Kate, er ist …« Seine Augen verrieten, was sie nicht wissen wollte.

»Los«, befahl sie. Dann rannte sie durch die Küche und zur Hintertür hinaus, ohne sich um ihre Stiefel zu kümmern. Der Regen war ihr egal. Der Schlamm war ihr egal. Die Äste und alles andere, was im Weg lag, waren ihr egal.

Als sie zum Gartentor lief, überlegte sie kurz hinüberzuspringen, stieß es aber stattdessen auf.

Dann rannte sie weiter und versuchte, nicht auszurutschen. Sie lief und spürte den Regen auf dem Kopf, auf ihrem Hals, auf ihrer Kleidung, die am Körper klebte.

»Sybil!«, rief sie, als sie die ersten Hütten erreichte. Sie hoffte, ihre Stimme wäre laut genug, um ihre Schwiegermutter herbeizurufen, wo auch immer sie sich aufhalten mochte.

»Sybil!«, schrie sie noch einmal. Ihre Stimme brach.

Sie war fast am dritten Haus, da trat Sybil aus der Tür, ein Kind auf der Hüfte.

»Setz das Kind ab«, sagte Kate.

»Was?« Sybil runzelte die Stirn, als Kate vor ihr stehen blieb.

Kate hatte das Gefühl, keine Luft mehr zu bekommen. Ihre Kleidung war klatschnass, die Haare hingen ihr in die Augen. »Joe«, stieß sie hervor.

Die Mutter des Kindes erschien hinter Sybil.

»Joe ist …«, versuchte sie es noch einmal. Wortlos nahm die Frau Sybil den Jungen ab, während diese Kate mit aufgerissenen Augen anstarrte. Ihr Mund klappte auf, ohne dass ein Laut daraus hervordrang.

»Komm.« Kate hielt ihr die Hand hin und riss sie mit in den Regen.

Sie war sich nicht sicher, ob sie Sybil zog oder Sybil sie, aber sie kamen gemeinsam bei den Ställen an. Stan stand neben einem Stuhl; Joe war darauf zusammengesackt. Sein Hut saß schräg auf dem Kopf, seine Augen waren geschlossen, und sein Mund … Kate wusste, dass sie nie vergessen würde, wie verzerrt er war. Oder wie fahl Joe aussah. Oder wie fest Sybil ihre Hand umklammerte, bevor sie sie schließlich losließ.

»Missus Sybil«, hörte sie Stan sagen, dann beobachtete sie, wie Sybil zu ihrem Ehemann eilte und ihm sofort zwei Finger an den Hals legte.

Kate verspürte einen Funken Hoffnung. Wenn Sybil seinen Puls kontrollierte, dann bestand vielleicht noch …

»Es ist zwecklos«, sagte Stan mit so trauriger Stimme, dass Kate am liebsten geweint hätte. Dabei weinte sie bereits. Sie hatte schon zu weinen begonnen, als Sybil ihre Hand nahm, es aber erst bei den Ställen gemerkt.

»Ich weiß, Stan«, murmelte Sybil. »Aber ich musste mich trotzdem vergewissern.«

Stan senkte den Kopf.

»Was ist passiert?«, fragte Sybil und legte ihm eine Hand auf den Arm. Kate bewunderte ihre Gabe, sich in diesem Moment um Stan zu kümmern, obwohl Kate und er doch eigentlich für Sybil da sein sollten. Wenn sie doch nur nicht das Gefühl hätte, an Ort und Stelle festzukleben.

»Er …« Stan zog die Nase hoch und rieb sich die Augen. »Er hat gesagt, es gehe ihm nicht gut. Dann hat er den Sattel da genommen.« Er nickte zu einem Sattel hinüber, der auf dem Boden lag, die Steigbügel zu beiden Seiten ausgebreitet. »Er war aschfahl im Gesicht, Missus, und klagte über Schmerzen. Ich …« Stan schniefte wieder. »Ich hab nach dem Sattel gegriffen, und er hat sich zu diesem Stuhl geschleppt. Er bekam keine Luft und bat mich, Sie zu holen.«

Stan war kaum wiederzuerkennen. Seine Augenbrauen waren zusammengezogen, sein Mund zuckte wild, als er versuchte weiterzureden.

»Ich habe es nicht bis zu Ihnen geschafft, Missus«, sagte er. Sein Atem ging nun keuchend. »Ich war schon an der Stalltür, aber Mister Joe rief nach mir. Da bin ich zu ihm zurückgelaufen.« Stan schüttelte den Kopf und schlug sich die Hände vors Gesicht.

Sybil legte einen Arm um seine Schultern. Kate begriff nicht, wie sie so ruhig sein konnte.

»Es ist nicht dein Fehler, Stan«, sagte Sybil. Dann schaute sie Kate an, und Kate wusste, wieso sie sich so verhielt: all die aufwühlenden Empfindungen, die Ungläubigkeit, der Schock lagen in ihrem Blick. Sybils Lippen begannen zu zittern. Schnell schaute sie weg und ließ Stans Schulter los.

»Ich brauche dich, um ihn nach Hause zu bringen«, sagte sie zu ihm. »Hilfst du mir?«

Stan nickte langsam und wischte sich mit dem Handrücken die Nase ab.

»Danke«, sagte Sybil.

Sie legte die Hände an Joes Wangen und küsste ihn auf die Stirn. Als Joes Augen geschlossen blieben, durchfuhr Kate ein Stoß, als würden Erdplatten aufeinanderprallen.

Stan holte einen der Viehtreiber, damit sie gemeinsam Joe ins Haus tragen konnten. Sybil kam zu Kate und nahm ihre Hand. Schweigend gingen sie heim – aber nicht zur Haustür, die näher war, sondern an der Hausseite vorbei in den Garten, wo Sybil stehen blieb und das Gesicht gen Himmel hob.

Regen strömte über ihr Gesicht. Kate tat es ihr nach und spürte das warme Nass auf ihrer Haut. Ihre Bluse klebte an ihrem Körper, ihre Haare lagen eng am Schädel an. Es war ihr egal.

Nachdem viele Minuten – vielleicht Stunden – verstrichen waren, wandte sich Sybil ihr zu.

»Jetzt beginnt es«, sagte sie.

# 34

In den ersten Tagen nach Joes Tod wühlte Sybil in ihrer Erinnerung nach Anzeichen, die sie übersehen hatte. Joe hatte sich schon eine ganze Weile müde gefühlt, aber das hatte sie aufs Alter geschoben. Gelegentlich war er blass gewesen, hatte aber erklärt, einfach nur nicht gut zu schlafen. Soweit sie es beurteilen konnte, hatte er ganz normal gegessen. Aber vielleicht stimmte das nicht, und sie hatte es nur nicht mitbekommen, weil sie so oft nicht mitgegessen hatte.

Doch selbst wenn sie deutliche Anzeichen bemerkt hätte, war es alles andere als klar, ob sie Joe dazu hätte bewegen können, einen Arzt aufzusuchen – er hatte nach der Devise gelebt, dass es nichts gab, was Sonne und ein Tag auf dem Rücken eines Pferdes nicht heilen konnten. Außerdem hatten sie Fairvale schon Wochen nicht mehr verlassen können; sie konnten ja nicht einmal jetzt einen Arzt holen, um Joes Leiche untersuchen zu lassen. Also hatte sie dem Arzt über Funk erzählt, was sie als Todesursache vermutete: einen Herzinfarkt. Ihre Diagnose beruhte auf dem, was Stan berichtet hatte, und der Arzt hatte ihr zugestimmt. Er hatte versprochen, ihr die Todesurkunde zukommen zu lassen, sobald sich das Wetter ein wenig besserte.

Es war nicht der geringste Trost, dass ihr der Arzt versichert hatte, die Nähe einer Stadt beziehungsweise von ärztlicher Hilfe hätte keinen Unterschied gemacht – Joe wäre trotzdem nicht mehr am Leben. Nein, nichts davon war ein Trost. Ihr war bewusst, dass sie vermutlich gar nicht getröstet werden wollte. Sie wollte sich schuldig fühlen, wollte sich fühlen, als wäre sie ihrem Mann nicht gerecht geworden. Sie wollte überhaupt etwas fühlen, statt in dieser Blase zu leben, die sie von der Welt um sie herum abschirmte und in diesen lähmenden Zustand versetzte. Selbst die Luft schien sich zu verändern, wenn Sybil sich durch sie hindurchbewegte; sie umhüllte sie nicht, sondern zog sich vor ihr zurück.

Sie begruben Joe in der Nähe der Ställe, bei einem Hain aus Eukalyptusbäumen, die schon dort gestanden hatten, als er ein kleiner Junge gewesen war. Sämtliche Bewohner von Fairvale hatten sich versammelt. Der Regen drückte ihre Hutkrempen nieder. Ein Schwarm schwarzer Kakadus flog vorbei; Sybil hatte noch nie so viele auf einem Haufen gesehen. Prompt schaute Ruby sie an und hob die Augenbrauen. Sybil wusste, was sie ihr mitteilen wollte: dass Joe sich in die Lüfte erhoben hatte. Ein tröstlicher Gedanke, aber Sybil glaubte nicht an so etwas, nicht wirklich.

Nun war sie für Fairvale verantwortlich. Ben würde die Leitung sicher übernehmen wollen, wenn er irgendwann zurückkehrte, aber sie wollte nicht, dass sein Name auf den Dokumenten der Bank erschien. Das hatte sie ihm gesagt, als es ihr endlich gelungen war, mit ihm zu sprechen. Er war mehrere Tage mit dem Pferd unterwegs gewesen, hatte keine

Ahnung davon gehabt, dass sein Vater gestorben war. Natürlich wollte er sofort nach Fairvale kommen, aber sie hielt ihn davon ab: Die Straßen waren unpassierbar, und er sollte seine Aufgabe, derentwegen er fortgegangen war, erst zu Ende bringen. Warum sollte er zurückkommen und sich eine Verantwortung aufbürden, die noch nicht seine war. Eines Tages würde er die Schulden erben, wenn es sie dann noch gab. Aber für den Moment sollte er seine Jugend genießen und Fehler machen dürfen, während er sich in alles einarbeitete.

Sie war diejenige, die wissen sollte, was nun zu tun war. Aber all die Jahre über hatte sie sich nur mit dem Haushalt und den Dingen drum herum beschäftigt: der Küche, der Schule, den Frauen und den Kindern, die auf Fairvale lebten, während die Männer arbeiteten. Joe hatte versucht, ihr ein bisschen von deren Aufgaben zu vermitteln, aber sie verstand nichts von der Viehhaltung. Sie wusste nicht einmal, wie viele Rinder man zur selben Zeit zusammentreiben konnte oder wie fett oder mager sie sein mussten, um mit ihnen einen guten Preis zu erzielen. Sie wusste nicht, wie all die Pferde hießen oder woher sie das Sattel- und Zaumzeug bezogen, und sie hatte auch keine Ahnung, ob Joe ihre Hunde selbst züchtete oder sie irgendwo kaufte. Woher die Viehtreiber von Fairvale das Futter für die Tiere bekamen, war ihr schleierhaft, und sie kannte weder die Namen noch die Lage der Brunnenlöcher, von jenem in der Nähe des Hauses mal abgesehen, und von dem wusste sie auch nur, weil sie Joe darüber hatte reden hören.

Sich all dieses Wissen anzueignen, den Betrieb am Laufen zu halten und den Kummer der Leute zu ertragen, die zu ihr kamen und erzählten, wie sehr sie Joe vermissten, zermürbte sie. Obwohl sie abends vollkommen ausgelaugt ins Bett fiel, schlief sie nicht viel. Sie sank sofort in einen tiefen Schlaf, aber wenn sie zwei Stunden später aufwachte, war die Nacht für sie vorbei.

Einmal hatte sie einen Albtraum. Lachie drückte seinen Vater unter Wasser, und Joe akzeptierte sein Schicksal und lächelte seinen Sohn dabei noch an. Sie fuhr auf und merkte, dass sich die Laken um ihre Füße gewickelt hatten. Sie zitterte am ganzen Leib. Sybil war klar, dass sie in dem Schlafzimmer nicht bleiben konnte, wenn sie noch unter dem Eindruck des Traums stand, zumal sie darunter litt, dass sie Joes ältesten Sohn nicht über Tod seines Vaters hatte in Kenntnis setzen können. Er sollte es erfahren. Sie würde es ihm so gerne sagen. Aber sie hatte ihn immer noch nicht aufgespürt.

In der Küche füllte sie die Teekanne und trug sie zusammen mit ihrer Lieblingstasse zum Tisch. Als der Tee gezogen war, schenkte sie sich vorsichtig ein. Sie trank ihn immer schwarz und stark – vermutlich keine gute Idee, wenn sie wieder einschlafen wollte. Aber eigentlich wollte sie das sowieso nicht. Im Moment hielt die Nacht nur Schrecken und Einsamkeit für sie bereit.

Als sie ein Geräusch im Flur hörte, schaute sie auf. Kate kam herein und umarmte sie.

»Die Nächte sind immer am schlimmsten«, sagte sie. Dann setzte sie sich und legte zwei Bücher auf den Tisch.

Sybil lächelte dankbar. Kate hatte ihr in den letzten Tagen so viel geholfen; mehr als das. Sie hatte darauf bestanden, sich um die Buchhaltung zu kümmern, auch um die Aufgaben, die Joe übernommen hatte, bis Sybil irgendwann bereit sein würde, sich einzuarbeiten. Sie buk Kuchen für Sybil und vollbrachte angesichts der kargen

Vorräte wahre Wunder. Sybil hatte keinen Appetit, aber sie gab sich Mühe, weil Kate sich Mühe gab – was vielleicht genau Kates Absicht war.

»Was ist das?« Sybil nickte zu den Büchern hinüber.

»Nun«, Kate wirkte zufrieden mit sich, »Ben hat angerufen und mich gebeten, sie aus eurem Regal zu holen. Ich wollte sie dir schon heute Vormittag geben, habe es aber ganz vergessen. Als ich dich jetzt hörte …« Sie lächelte, obwohl man in ihren Augen die gleichen roten Kapillargefäße und darunter die gleichen Schatten sah, die Sybil beim Blick in den Spiegel entdeckte. Sie waren beide zu Nachtwesen mutiert.

Kate schob ihr die Bücher hin. »Ben hat gesagt, du wüsstest schon, was es mit ihnen auf sich hat.«

Sybil nahm sie in die Hand: die gesammelten Gedichte von Banjo Paterson und *We of the Never Never* von Jeannie Gunn. »Dieser Schlingel«, murmelte sie.

»Warum?« Kate runzelte die Stirn. »Was sind das für Bücher?«

Sybil schüttelte den Kopf. »Das ist seine Art und Weise, mir zu verstehen zu geben, dass ich weitermachen soll.« Sie hielt den Gedichtband hoch. »Als die Kinder klein waren, sagte Joe gerne das Gedicht *The Geebung Polo Club* auf. Er fand es köstlich und drohte damit, auf den Viehweiden Polo zu spielen. Ben wollte immer, dass er das wirklich tat.«

»Ich kenne das Gedicht leider nicht.«

»Oh, du wirst es kennenlernen. Ben möchte sicher, dass ich es dir vorlese. Und dir das Buch dann gebe, damit du auch die anderen Gedichte lesen kannst. Als Einführung ins Australische sozusagen.«

Ihr Sohn mochte weit weg sein, aber plötzlich verspürte

sie große Dankbarkeit, weil er sich daran erinnert hatte, dass die Gedichte sie einander nähergebracht hatten. Er wusste, dass es sie aufmuntern und glückliche Erinnerungen an seinen Vater wecken würde, wenn sie sie las.

»Auch mein Dad hat Banjo Paterson geliebt«, sagte sie und dachte an den großen, barschen Mann, der am Abend seine Pfeife herausgeholt und daran gezogen hatte, während er ihr vorlas. Erst später, als sie schon nicht mehr zu Hause wohnte, wurde ihr klar, was ihr diese Zeit bedeutete. Ihr Vater war kein Mann der Worte; er sagte ihr nie, dass er sie liebte. Aber er zeigte es ihr. Nachdem sie ins Northern Territory gegangen war, schickte er ihr Zeitungsausschnitte aus *The Bulletin* und die Kolumne aus dem *Sydney Morning Herald.* Ihre Mutter wiederum, die auch nicht viele Worte verlor, sandte ihr Hefte der *Australian Women's Weekly*, zwischen deren Seiten sie gepresste Rosen aus dem Garten fand. Jetzt waren sie beide tot, und Sybil war nicht bei ihnen gewesen, um Abschied zu nehmen. Auch von Joe hatte sie sich nicht verabschieden können. Im Moment flößte ihr das ein Gefühl der Taubheit ein. Später – in ein paar Monaten vielleicht – würde es sie quälen, so wie es sie auch im Fall ihrer Eltern gequält hatte.

»Und das andere Buch?«, fragte Kate sanft.

»Entschuldigung. War ich in Gedanken woanders?«

Kate strich ihr kurz über ihre Hand. »Ein wenig. Aber das macht nichts.«

Sybil lächelte dankbar. »Das andere Buch ist für dich, würde ich sagen. Die Geschichte handelt von einer jungen Frau aus Melbourne, die nach ihrer Heirat im Northern Territory lebt – dem Never Never, wie es früher genannt wurde. Manche sagen heute noch so dazu – ich nicht.«

»Warum nicht?« Kate nahm das Buch und schlug es auf, um den Klappentext zu lesen.

»Lass uns einfach sagen, dass es eine Wendung aus einer vergangenen Zeit ist. Aber egal, viel Spaß bei der Lektüre. Ich hätte es dir gleich bei deiner Ankunft hier geben sollen, aber ich war einfach nicht …« Sie unterbrach sich. Ein Anflug von Reue machte sich in ihr breit. »Ich habe nicht nachgedacht. Es ist schon so lange her, dass ich hierhergezogen bin, und ich hatte ganz vergessen, wie es ist. Dieses Buch hat mir geholfen, sehr sogar. Und ich denke, dir wird es damit genauso gehen.«

»Du glaubst, ich brauche Hilfe?«, fragte Kate. Aus ihrer Miene sprach Verunsicherung.

»Nein«, antwortete Sybil schnell. »Ich wollte damit nur sagen, dass es einem nützlich sein kann, diese Gegend zu verstehen. Ich lebe nun schon Jahrzehnte hier, und vieles ist mir immer noch ein Rätsel. Joe hat das, denke ich, auch so empfunden. So viel im Northern Territory wird uns für immer verborgen oder unverständlich bleiben. Sogar auf Fairvale. Klingt albern, wenn ich das laut sage, oder?«

Kate und sie saßen da und schauten sich an. Die Weite von Fairvale bestand in dieser Nachtzeit nur aus Schweigen.

»Aber egal, dieses Buch hat mir klargemacht, dass es nicht an mir liegt, wenn ich die Gegend nicht sofort verstehe. Und ich bin mir sicher, dass du genauso verwirrt bist wie ich in meinen ersten Jahren hier.«

Kate blickte verloren ins Leere. »Ist das nicht komisch?«, fragte sie. »Dass wir manchmal mehr aus Büchern lernen als vom Leben?«

Sybil dachte an die Romane und Geschichten, die sie im

Laufe ihres Lebens gelesen hatte: zunächst als Kind, später in den Stunden, die sie sich zwischen den Schichten im Krankenhaus hatte freischaufeln können; dann spätabends, als ihre Jungen noch Babys gewesen waren und sie nicht hatte schlafen können, weil sie so viel Angst um diese kostbaren neuen Leben gehabt hatte. Die Bücher waren für sie Rettungsanker und Trost gewesen; sie hatten sie gelehrt, was es hieß, eine Frau, eine Gattin und eine Mutter zu sein, mehr als andere Menschen es vermocht hatten.

»Bücher lassen uns an den Erfahrungen vieler Figuren teilhaben«, sagte sie langsam. »Sie zeigen uns mehr Entscheidungsmöglichkeiten und Lebensentwürfe auf, als wir uns selbst je vorstellen könnten.«

Kate schien sich das durch den Kopf gehen zu lassen.

»Dann sollten wir uns jetzt den Büchern widmen«, sagte sie nach einer Weile. »Schlafen können wir ja sowieso nicht.«

»Soll ich dir das Gedicht vorlesen?«, fragte Sybil, nur um sich im selben Moment zu wünschen, es nicht vorgeschlagen zu haben. Selbst wenn sie für den Rest der Nacht nicht mehr einschlafen könnte, war sie zu müde, um Joes Lieblingsgedicht gerecht zu werden.

»Ich bin mir sicher«, sagte Kate, »dass es Ben lieber wäre, wenn du es erst selbst liest. Ich lese es dann später.«

Sybil lächelte, obwohl sie das Gefühl hatte, als wollten ihre Mundwinkel nach unten sacken.

»Könnte ich wohl etwas Tee bekommen?«, fragte Kate leise.

»Natürlich.« Sybil stand auf, holte noch eine Tasse aus dem Schrank und reichte sie Kate.

Nachdem sie sich wieder hingesetzt hatte, schlug sie das

Buch auf, suchte aber nicht nach *The Geebung Polo Club*, sondern nach ihrem eigenen Lieblingsgedicht: *Clancy of the Overflow*. Als Teenager hatte sie Clancy für eine romantische Figur gehalten: der wilde Mann aus dem Busch, der sich nicht für das Stadtleben interessierte. Später auf Fairvale ging ihr dann zu ihrer großen Überraschung auf, dass sie ihren ganz eigenen Clancy geheiratet hatte. Während sie sich daran erinnerte, blätterte sie zu der richtigen Seite vor und begann zu lesen.

Die Teekanne war leer, als die Sonne aufging. Sybil las weiter, Kate neben sich, bis die Küchenuhr sechs schlug und der Tag begann.

# 1980

| | |
|---|---|
| **1. Januar** | Prinzessin Viktoria von Schweden wird durch eine Änderung im Erbfolgerecht zur Thronerbin ernannt |
| **29. Januar** | Der Zauberwürfel wird der Öffentlichkeit vorgestellt |
| **13. Februar** | In Lake Placid, New York, beginnen die Olympischen Winterspiele |
| **19. Februar** | Bon Scott, der Leadsänger von AC/DC, stirbt |
| **3. März** | Pierre Trudeau wird erneut Premierminister von Kanada |
| **4. März** | Robert Mugabe wird zum Premierminister von Simbabwe gewählt |
| **21. März** | US-Präsident Jimmy Carter verkündet den Boykott der Olympiade in Moskau |
| **30. April** | Juliana, Königin der Niederlande, dankt ab; ihre Tochter Beatrix folgt ihr auf den Thron |
| **18. Mai** | Der Mount St. Helens im US-Staat Washington bricht aus |
| **21. Mai** | *Das Imperium schlägt zurück* kommt in die Kinos |
| **17. August** | Aus einem Zelt am Fuße des Ulurus wird das Baby Azaria Chamberlain von einem Dingo verschleppt |

| | |
|---|---|
| **18. Oktober** | Malcolm Fraser wird als Premierminister von Australien wiedergewählt |
| **4. November** | Ronald Reagan gewinnt die Wahl zum Präsidenten der Vereinigten Staaten von Amerika |
| **8. Dezember** | John Lennon wird in New York ermordet |

# 35

Rita stützte die Ellbogen auf den obersten Balken des Weidezauns. Er war ein bisschen zu hoch, aber sie mochte das Gefühl, sich dagegenzulehnen. Am liebsten würde sie sich auf den Zaun schwingen, wie sie es bei den jungen Männern beobachtet hatte, aber so gelenkig war sie nicht. Und jetzt war auch nicht der Moment in ihrem Leben, um mit so etwas zu beginnen.

Sybil stand neben ihr und ließ den Blick über die Weiten von Fairvale schweifen.

»Du hättest nicht den ganzen Weg hierherfahren sollen«, sagte sie geistesabwesend. »Wo hast du die letzte Nacht geschlafen?«

»In Daly Waters.«

Sobald der Regen lange genug aufgehört hatte und der Stuart Highway nach Katherine wieder geöffnet worden war, hatte sich Rita Hamishs Wagen geliehen und war nach Fairvale aufgebrochen.

Sybil nickte langsam. Rita musterte ihr Gesicht. Sie wirkte verändert – als wäre sie aus einem anderen Land gekommen und würde sich hier nicht auskennen.

»Kannst du ein paar Tage bleiben?« Sybil lächelte jetzt,

aber Rita erkannte sie auch in diesem Lächeln nicht wieder; es war der Ausdruck einer Person, die höflich sein wollte. Rita hatte das deutliche Gefühl, dass sie nicht hätte kommen sollen.

»Ja«, sagte Rita. »Wenn das in Ordnung ist.«

Sybil blinzelte, und Rita sah, dass sich etwas veränderte. Sich ein Schalter umlegte.

»Natürlich«, sagte sie. »Es ist schön, dich zu sehen.«

»Sicher?«

Sybil runzelte die Stirn. »Warum sollte es das nicht sein?«

»Ich bin einfach vorbeigekommen. Und du hast viel zu tun.«

»Ben wird bald wieder hier sein.« Sybils Tonfall machte klar, dass für sie das Thema beendet war. »Er muss auf der anderen Farm noch ein paar Dinge erledigen, dann kommt er zurück. Alles wird gut. Es wird nicht mehr lange dauern.«

Wieder schaute sie über die Weiden, an den Ställen vorbei, hinunter zum Fluss. Sie hatte Rita erzählt, dass Joe dort begraben lag, aber nicht vorgeschlagen hinzugehen.

»Möchtest du reden? Über Joe?«, fragte Rita.

Sybils Augen glänzten, als sich ihre Blicke trafen. Rita hatte das unbehagliche Gefühl, Sybil verärgert zu haben.

»Das könnten wir natürlich«, sagte Sybil leicht gereizt.

Sie war also tatsächlich verärgert. Oder aufgebracht. Doch Rita kannte sie lange genug, um offen mit ihr reden zu können.

»Es geht nicht darum, was wir sollten oder könnten«, sagte Rita. »Es geht darum, was du möchtest, Syb.«

Sybils Kiefermuskeln spannten sich an. »Was ich möchte,

ist …«, verkündete sie, »dass mein Ehemann nicht tot ist. Was ich möchte, ist, dass meine Söhne hier sind. Beide.« Sie holte tief Luft und stieß sie gen Himmel wieder aus. »Ich bin so wütend, Rita. Ich weiß nicht, was ich mit mir anfangen soll. Die arme Kate muss ertragen, dass ich praktisch stumm geworden bin. Aber das ist nur, damit ich sie nicht anbrülle, schließlich hat sie mit nichts davon etwas zu tun. Ich muss jetzt mit dem Ganzen hier zurechtkommen …«, sie ließ den Arm in einem großen Bogen über den Horizont schweifen, »und habe nicht die geringste Vorstellung, was ich damit anfangen soll. Lachie ist der Einzige, dem Joe etwas gezeigt hat. Ben ist genauso wie ich kaum im Bilde. Und jetzt ist Joe fort.« Sie stützte die Hände in die Hüften und schaute zu Boden.

Rita fiel auf, dass ihr Haar fast vollständig ergraut war; außerdem war es länger, als sie es je an ihr gesehen hatte. Für gewöhnlich ließ sie es sich alle sechs Wochen von Ruby schneiden. Vielleicht hatte sie es in der Folge von Joes Tod einfach vergessen.

»Ein Herzinfarkt«, sagte Sybil und fixierte die Erde. »Wie konnte mir nur entgehen, dass es ihm nicht gut ging?«

»Sybil«, sagte Rita bestimmt, und Sybil hob den Kopf. »Du darfst dir keine Vorwürfe machen.«

»Warum nicht?«

»Weil du seine Frau warst und nicht seine verdammte Ärztin.«

»Aber er ist nicht zum Arzt gegangen.«

»Genau!«

»Ich hätte ihn dazu zwingen sollen.« Sybils Atem ging plötzlich schneller.

»Und ich hätte Kerry Packer heiraten sollen, damit ich

mein Leben in einer schönen Villa in einem Vorort von Sydney verbringen kann. Aber den Zug habe ich verpasst.«

Sybil wandte sich ab und stampfte mit dem Fuß auf. »Ich bin wütend«, sagte sie noch einmal.

»Ja, das bist du, und das ist ganz normal.«

»Ich wollte nie normal sein«, sagte Sybil und bohrte mit dem Stiefelabsatz ein Loch in den Boden. »Ich wollte ungewöhnlich sein.«

Rita lächelte. »Das bist du auch.« Sie spürte eine feuchte Zunge am Bein und vergewisserte sich mit einem schnellen Blick, dass Sybils Hund den Weg zu ihr gefunden hatte.

»Barney!«, sagte sie. »Hör auf damit.« Sie schüttelte ihr Bein, um ihn zu verscheuchen, aber er leckte einfach weiter.

»Er mag dich«, sagte Sybil. Ihre Stimme klang jetzt entspannter.

»Ein bisschen zu sehr.« Rita wollte ihn wegschieben.

»Ich mag dich auch«, sagte Sybil.

Ihre Blicke begegneten sich, und sie lächelten einander an.

Sybil schaute auf ihre Uhr. »Ist es zu früh für einen Drink?«

»Na ja, es ist zwei.«

»Ich denke, das ist vollkommen okay.«

Sybil bot ihrer Freundin den Arm, und nachdem Rita sich eingehakt hatte, führte Sybil sie zum Haus. Barney tobte um ihre Füße herum.

Sybil schob das Gartentor mit der Hüfte auf, und Barney schlüpfte vor ihnen hindurch. Als sie Sybils Wirkungsbereich betraten, fielen Rita auch hier die Spuren der Verwahrlosung auf. Normalerweise war alles penibel gepflegt, und man konnte kein herabgefallenes Blatt oder Unkraut entdecken. Jetzt wirkten die Pflanzen und Büsche genauso gerupft wie Sybils Frisur.

»Was ist denn hier los?«, fragte Rita und ließ Sybils Arm los.

»Was meinst du?«, fragte Sybil müde.

Rita machte eine Geste. »Der Garten ist ja vollkommen heruntergekommen, Sybil.«

Ihr war klar, dass Sybils schockierte Miene der Preis für ihre Unverschämtheit war, aber sie würde nicht einfach darüber hinweggehen.

»Ich … ich war mit anderen Dingen beschäftigt«, sagte Sybil.

»Ich weiß«, sagte Rita, »aber das ist kein Grund, sich nicht um den Garten zu kümmern. Oder um dich selbst.«

»Fairvale verschlingt eine Menge Zeit.« Sybils Lippen wurden schmal.

»Und die Trauer auch, das ist mir vollkommen bewusst. Aber du brauchst diesen Garten. Du hast ihn immer gebraucht. Weißt du noch, warum du ihn angelegt hast? Damit du einen Ort nur für dich hast. Einen Ort zum Nachdenken. Zum Träumen vielleicht.« Rita wagte ein Lächeln. »Das hast du mir damals jedenfalls erzählt, wenn ich mich recht entsinne.«

»Vielleicht will ich gar nicht allein sein oder nachdenken«, sagte Sybil, und Rita fand es schon wieder schwer, ihren Tonfall zu deuten. War sie wütend auf sie? Traurig?

»Seit Joe tot ist, habe ich so viel nachgedacht, dass es für den Rest meines Leben reicht«, fuhr Sybil fort. »Ich habe das Denken satt. Es führt zu nichts.«

»Und was hast du getan, um deinen Kopf auszuschalten? Getrunken?« Rita runzelte die Stirn.

»Ich hab's versucht«, sagte Sybil mit einem tiefen Seufzer. »Aber das ist nicht meins.« Sie verzog das Gesicht. »Ein paar Gläser Whisky und schon löse ich mich in sämtliche Bestandteile auf.«

Die Ellbogen umklammert und den Kopf gesenkt, wandte sie sich von Rita ab und schaute in Richtung des größten Baums im Garten, eines hohen Frangipani.

»Und was nun?«, fragte Rita sanfter, streckte den Arm aus und zupfte an Sybils Bluse. »Hey«, sagt sie, »jetzt dreh dich doch mal um.«

Sybil tat es und wirkte niedergeschlagen. »Nichts«, sagte sie. »Es gibt nichts, was ich tun will. Ich glaube, ich werde einfach still und leise verrückt.«

»Hast du mit Kate darüber geredet?«

Sybil sah an den Bäumen vorbei zu den Ställen hinüber. »Nein. Sie hat schon so viel um die Ohren, da soll sie sich nicht auch noch Sorgen um mich machen.«

»Aber vielleicht möchte sie sich ja Sorgen um dich machen.«

Sybil schüttelte den Kopf, biss sich auf die Unterlippe und schloss die Augen. Weinen wäre gut, dachte Rita, wusste aber, dass Sybil das nur selten tat. Nach Rays Tod und den Tränen, die täglich geflossen waren, hatte Sybil ihr irgendwann erklärt, weinen bedeute nur, die Kontrolle zu verlieren. Rita hatte gedacht, dass es nicht so schlecht gewesen wäre, kurz die Kontrolle zu verlieren. Andererseits war ihr klar, wovor Sybil jetzt Angst hatte: Es hatte sie unendlich viel Zeit gekostet, über Rays Tod hinwegzukommen, und den Luxus von Zeit hatte sie jetzt nicht mehr – nicht so wie damals, als sie keinerlei Verantwortung getragen hatte.

»Wie soll ich das nur schaffen?«, flüsterte Sybil heiser.

»Was meinst du?«

»Das alles hier.« Sybil zeigte auf das Haus, dann drehte sie sich um und umfasste mit einer Geste die Viehweiden. »Wie soll ich nur ohne ihn zurechtkommen?«

Ihre Blicke begegneten sich, und Rita erkannte, was das eigentliche Problem war: Angst. Stärker als Trauer und erschütternder als Einsamkeit stand sie ihrer Freundin ins Gesicht geschrieben.

»Das tust du doch längst«, sagte Rita. »Merkst du das nicht?«

Sybil lachte auf, doch es lag keine Freude darin. »Aber wie soll ich es schaffen, es auch zu *wollen*?«

Rita schaute sich im Garten in der Hoffnung um, dort irgendwo die Antwort zu finden – irgendetwas Geistreiches oder Inspirierendes.

»Nun, meine alte Freundin, das ist die Frage, nicht wahr?« Sie trat zu Sybil und schloss sie in die Arme.

Sybil ließ es geschehen, und zum ersten Mal in ihrer Freundschaft hatte Rita das Gefühl, dass sie Sybil stärker unterstützte als Sybil sie.

»Aber ich denke, wir sollten mit dem Garten anfangen«, sagte Rita in Sybils Haar, bevor sie ihre Ellbogen umfasste. »Dies hier …«, sie nickte zu einem der mit Unkraut überwucherten Beete hinüber, »passt nicht zu dir. Deine Welt mag aus den Fugen geraten sein, weil Joe fort ist, aber es gibt Mittel und Wege, wieder Kontrolle über sie zu erlangen. Wenn du es nicht schaffst, diesen Garten in Schuss zu halten, überrascht es mich nicht, dass dir die Motivation zu anderen Dingen fehlt. Alles fühlt sich chaotisch an. Nicht richtig. Also …« Sie ließ Sybils Arme los. »Wir werden diesen Garten auf Vordermann bringen, und dann erstellen wir eine Liste von Dingen, die du gerne tust. Vielleicht sogar von Dingen, die dich glücklich machen könnten. Du wirst mir versprechen, dass du jeden Tag in diesen Garten gehst und ihn pflegst und du genug Zeit in ihm verbringst, um dich an ihm zu erfreuen. Und auch, dass du jeden Tag wenigstens eines der Dinge von der Liste tust. Ich werde Kate davon erzählen, dann kann sie ein Auge darauf haben.«

Sybil stieß einen widerwilligen Laut aus.

»Keine Widerrede«, sagte Rita. »Wenn ich nicht hier bin, wird Kate auf dich aufpassen. Ich werde mich bei ihr erkundigen, ob es klappt, und wenn du Glück hast, werde ich auch dich gelegentlich anrufen.« Sie grinste.

»Barney!« Rita pfiff nach dem Hund, der auf sie zugetrottet kam. Seine Zunge hing ihm aus dem Maul, und sein Auge mit dem großen schwarzen Fleck drum herum war auf sie gerichtet. Rita bückte sich und kraulte ihn hinter den Ohren. »Kannst du bitte für mich auf Sybil aufpassen? Würdest du das tun?« Sie lachte, als er sich auf die Hinterbeine setzte, und sah zu ihrer großen Freude, wie Sybil lächelte.

»Hast du einen Eimer?«, fragte Rita. »Ich fang dann mal mit diesem Unkraut da an. Und du holst dir eine Heckenschere, damit du die Büsche stutzen kannst.«

Sybil neigte den Kopf zur Seite. »Wo hast du eigentlich gelernt, dich so aufzuführen?«, fragte sie mit einem schwachen Lächeln.

»*Wie* aufzuführen? So herrisch?« Rita zwinkerte. »Wo wohl, Schwester?«

Sybil nickte und ging langsam auf Rita zu, die sich neben ein Beet gehockt hatte.

Rita lächelte zu ihr auf, und Sybil küsste sie auf den Kopf.

»Mein Leben ist noch nicht zu Ende«, sagte sie, »solange ich dich habe.«

Als Sybil auf sie herabschaute, hielt Rita ihren Blick fest und war sich sicher – oder zumindest fast sicher –, Tränen in ihren Augen zu sehen.

Dann blinzelte Sybil, zog einmal die Nase hoch, und sie waren wieder verschwunden.

# 36

Della schloss die Bürotür und ging über den Hof zum Haus zurück, die Augen leicht gegen die Sonne zusammengekniffen. Die versank soeben hinter dem Felsgrat, einer der Grenzmarkierungen ihrer Ranch. Als Kind hatte sie diese Felsen immer erklimmen wollen, es aber nie getan – sie waren viel steiler und gefährlicher, als man dachte. Nicht einmal ihre Brüder hatten es gewagt.

Als sie durch die Küchentür ins Haus trat, blieb sie wie angewurzelt stehen.

»Daddy, was tust du denn hier?«, rief sie mit schriller Stimme.

Ihr Vater saß am Küchentisch, die Ellbogen aufgestützt. Seit sie vor fünf Monaten zurückgekommen war, hatte er das Gästezimmer kaum verlassen; sie war sich nicht sicher gewesen, ob er es je wieder in den Hausflur schaffen würde. Als sie nun auf ihn zukam, strahlte er sie an. Sie legte ihm die Hand auf die Schulter. Er nahm sie und drückte sie.

»Es tut mir außerordentlich gut, dass du daheim bist«, sagte er und drückte ihre Hand noch einmal. »Ich war dieses schreckliche Zimmer leid, da dachte ich, ich komm mal runter und schaue, was ihr so treibt.«

»Das ist schön«, sagte Della.

»Setz dich, mein Schatz«, sagte ihre Mutter. »Dein Dad möchte einen Kaffee. Hättest du auch gerne einen?«

»Klar«, sagte Della und lächelte verhalten. Sie hatte noch eine Menge zu tun, aber einen Moment konnte sie sicher bleiben.

»Bekomme ich auch einen?«

Beim Klang der Stimme ihres Bruders schaute Della zur Tür.

»Natürlich, Teddy«, erwiderte ihre Mutter mit einem derart breiten Lächeln, dass es schon fast ihr Gesicht zu spalten schien. »Setz dich.«

Ted war Dellas ältester Bruder, den sie am wenigsten mochte, zumal er sich als Wortführer hervorgetan hatte, als ihre Brüder sich aus der Verantwortung gestohlen und alle lästigen Pflichten auf Della abgewälzt hatten. Außerdem fasste ihre Mutter ihn mit Samthandschuhen an und fand immer eine Entschuldigung für ihn. Er konnte sehr witzig sein, aber in ihrer Kindheit hatte man ihm so viel durchgehen lassen, dass sie seine sorglose Art darauf schob, dass er nie Ärger bekommen und auf der Ranch nie seinen gerechten Anteil an Arbeit hatte leisten müssen. Ihr Vater hatte versucht, ihn härter ranzunehmen, aber Ted war immer zu seiner Mutter gerannt, um sich zu beschweren.

»Solltest du nicht Heu reinholen, Della?«, fragte Teddy mit einem spöttischen Grinsen. »Es liegt da draußen rum und wartet auf dich.«

»Das ist deine Aufgabe, Ted«, sagte ihr Vater streng. »Della hat genug zu tun.«

»Mhm.« Ted runzelte die Stirn. »Della war so lange fort, dass ich dachte, sie hätte ein bisschen nachzuholen.«

»Sie leistet genug«, wiederholte ihr Vater. »Wo sind deine Brüder? Vielleicht können sie ja die Arbeit übernehmen.«

»Die sind in die Stadt gefahren.« Ted schenkte seiner Mutter ein liebenswürdiges Lächeln, als sie ihm eine Tasse Kaffee hinstellte.

»Und du bist nicht mit?«, fragte sie.

»Ich habe eine Verabredung«, sagte Ted und wirkte ziemlich selbstzufrieden. »Vorher muss ich mich noch ein bisschen hübsch machen.«

Della wusste, dass man sie kaum noch bemerkte. Ihr ganzes Leben lang war das schon so gewesen: Wenn Ted im Raum war, war sie unsichtbar.

»Also, Della – was ist nun mit dem Heu?«, fragte Ted und trank einen Schluck Kaffee. »Schön stark, danke, Momma.«

»Ted«, sagte ihr Vater warnend und handelte sich einen finsteren Blick von seinem Sohn ein, »Della schmeißt die Ranch, seit sie zurück ist. Sie hilft eurer Mutter im Haus und kümmert sich um Gran. Ihr Jungs könntet euch ruhig auch mal nützlich machen.«

»Einer Frau geht die Arbeit nie aus – sagt man das nicht so?« Ted zwinkerte seinem Vater zu. Della schaute ihre Mutter an und sah, dass sie für einen Moment erbleichte. Manchmal fragte sie sich, ob ihr nicht vollkommen klar war, zu was für einem Menschen ihr Sohn sich entwickelt hatte. Vielleicht hielt sie nur den Mund, um den Frieden zu wahren.

»Es reicht jetzt, Ted!«, bellte ihr Vater. »Gut, ich fühle mich besser, aber ich bin noch nicht kräftig genug, um wieder zu arbeiten, und Della ist vollkommen erschöpft. Du und deine Brüder, ihr müsst mehr helfen, statt ständig in den verdammten Sonnenuntergang zu reiten.«

Ted warf seinem Vater einen wütenden Blick zu. Della hielt die Luft an. Trotz seiner Krankheit war ihr Vater immer noch das Familienoberhaupt. Sie glaubte nicht, dass Ted sich gegen ihn auflehnen würde, aber sie wollte keine Szene. Ihre Mutter wäre todunglücklich, und ihr Vater hätte nicht die nötige Kraft dazu.

»Schön«, sagte Ted, schob seinen Stuhl zurück und stand auf. »Wunderbar. Ich gehe jetzt zu meiner Verabredung, und morgen beginne ich mit meiner Schicht im Salzbergwerk.«

»Es besteht kein Grund, so theatralisch zu werden, Teddy«, sagte ihre Mutter versöhnlich.

Ted schaute Della an, dann seine Eltern. »Sieht wohl so aus, als sollte ich eine Weile weggehen. Scheint der einzige Weg zu sein, wie man hier ein wenig Anerkennung bekommt.«

»Ted«, sagte ihre Mutter flehentlich, aber ihr Sohn war schon verschwunden.

»Wir haben den Jungen verzogen«, murmelte ihr Vater, und Della war schockiert, das aus seinem Mund zu hören.

»Er braucht einfach eine gute Frau«, sagte ihre Mutter, »dann wird er schon häuslich werden.« Sie schaute Della an. »Ich weiß sehr zu schätzen, was du alles tust, Della. Wir brauchen dich hier.«

Della fixierte den Tisch und schluckte. All diese Nächte, die sie wach lag und an Ghost River dachte, an Fairvale, an die Menschen und das Land, das sie so vermisste – all das Heimweh, denn genau das war es. Sie konnte nicht hierbleiben, aber sie hatte auch keine Vorstellung, wie sie sich wieder loseisen sollte.

»Das Mädchen könnte andere Pläne haben, mein Schatz«, sagte ihr Vater und zog die Kaffeetasse zu sich herüber. »Wir können sie hier nicht einsperren. Sie ist ziemlich gut ohne uns zurechtgekommen.«

Della begegnete dem Blick ihrer Mutter und erkannte Unsicherheit darin. Und Traurigkeit.

»Vermutlich können wir das nicht«, flüsterte sie. »Della, warum setzt du dich nicht?« Mit einem versuchten Lächeln nickte sie zu Dellas Kaffee hinüber.

Della nahm Platz, griff nach ihrer Kaffeetasse und spürte die Wärme. Dann saßen sie eine Weile schweigend da.

Die Morgen waren so still. Wenn Della die Augen schloss, konnte sie sich fast vorstellen, wieder auf Ghost River zu sein, in der Zeit zwischen dem Sonnenaufgang und dem Moment, wenn Tiere und Menschen zum Leben erwachten, Männer sich etwas zuschrien, Pferde wieherten, Rinder brüllten. Manche Geräusche hier im Val Verde Country waren genau dieselben. Aber sobald sie die Augen öffnete, war die Illusion zerstört. Sie trank ihren Kaffee und wünschte, es wäre süßer schwarzer Tee aus dem Kessel; dazu aß sie die Pfannkuchen, die ihre Mutter ihr machte, und stellte sich vor, sie wären nicht so trocken. Aber sie wollte nicht undankbar sein.

Im Northern Territory würde die Regenzeit nun vorbei sein. Ein Treffen des Buchclubs hatte sie bereits verpasst. Sie hatte sich vorgenommen, das Buch zu lesen, das sie diskutiert hatten, um den Anschluss nicht zu verlieren, aber im Ort gab es keinen Buchladen. Obwohl es an der Oberfläche ähnlich aussah, war ihr Leben hier ganz anders. Keine Freundinnen, keine Bücher. Kein Stan.

Sie sah auf, als sich die Tür des Seiteneingangs öffnete. Ihre Mutter trat ein, Briefe in der Hand.

»Ich hatte gestern ganz vergessen, die Post zu holen«, sagte sie mit entschuldigender Miene.

»Ist schon in Ordnung«, erwiderte Della und stand auf, um Tasse und Teller in die Spüle zu stellen. Sie sollte sie sofort abwaschen, bevor ihre Mutter das mit dem Kommentar übernahm, das sei schließlich ihre Aufgabe. Della hingegen versuchte immer, sie dazu zu bewegen, sich ein paar Minuten hinzusetzen und sich von den Strapazen dieses nicht gerade kleinen Haushalts zu erholen. Es war nicht zu übersehen, wie ausgelaugt ihre Mutter war. Sie war genauso alt wie Sybil, wirkte aber wesentlich älter.

»Hier ist auch ein Brief für dich.« Ihre Mutter hielt ihr einen Umschlag hin, der mit Briefmarken und Stempeln übersät war.

Dellas Herz tat einen Satz, so wie jedes Mal, wenn sie einen Brief aus Australien erblickte. Schnell drehte sie ihn um und konnte sich der Enttäuschung nicht erwehren, als sie den Absender sah: *Sybil Baxter, Fairvale Station, Near Katherine, NT, Australia.*

»Danke, Momma.« Sie bemühte sich um einen neutralen Tonfall. Ihre Mutter wusste nichts von Stan, und sie hatte auch nicht die Absicht, ihr von ihm zu erzählen.

»Deine Freunde sind ja fleißige Briefeschreiber«, sagte ihre Mutter, als sie sich auf einen Stuhl sinken ließ. »Fleißiger als du, als du fort warst.«

»Ich weiß«, sagte Della. Sie hatte sich schon so oft entschuldigt, dass sie es nicht wieder tun konnte, wenn es nicht wie eine Floskel klingen sollte.

»Hier sind noch ein paar Briefe für deinen Dad.« Ihre Mutter legte einige Umschläge auf einen Stapel. »Ich werde sie ihm bringen.«

»Es scheint ihm besser zu gehen, oder?«

Das Lächeln ihrer Mutter war hoffnungsvoll. »Das denke ich auch. Dein Dad war immer schon stark. So wie du.«

Noch nie in ihrem Leben hatte ihre Mutter das gesagt. Sie hatte ihr auch sonst keine Komplimente gemacht. Nicht dass sie unfreundlich war, aber das war einfach ihre Art. Della war sich nicht sicher, was sie antworten sollte.

»Lies deinen Brief, ich bin gleich zurück«, sagte ihre Mutter und rettete damit die Situation.

Della nickte und setzte sich. Auf einen weiteren Kaffee würde sie vorerst verzichten. Selbst wenn Sybil nicht Stan war, war sie auf den Brief gespannt.

Dem Zwiebelschalenpapier der Luftpost fehlte jede Substanz, aber von der ersten Zeile an war klar, dass man das von den Nachrichten nicht behaupten konnte.

*Joe ist tot*, las Della schockiert. Sie hatte Joe kaum gekannt, aber er hatte immer so gesund gewirkt, und Sybil hatte nie etwas Gegenteiliges gesagt.

*Er ist an einem Herzinfarkt gestorben. Er war schon seit Jahren nicht mehr beim Arzt, daher wissen wir nicht, ob es Anzeichen gab, die wir übersehen haben.*

Della las weiter, all die kleinen Details, was auf Fairvale passierte. Dann: *Kate hat dir vielleicht geschrieben, dass Ben einen Job in New South Wales angenommen hat. Er wird bald zurückkehren, aber ich muss trotzdem jetzt schon ein paar Entscheidungen für unsere Zukunft treffen. Ich weiß, dass du familiäre Verpflichtungen hast*, hieß es im Brief weiter, *aber ich brauche wirklich Hilfe. Stan hat mir erzählt, dass du großartig mit Pferden und auch gut mit Rindern umgehen kannst. Könntest du dir vorstellen, ins Northern Territory zurückzukehren und auf Fairvale zu arbeiten?*

Della las die letzten Zeilen noch einmal. In ihrem Kopf herrschte eine wilde Mischung aus Ungläubigkeit und freudiger Aufgeregtheit.

Sie sah sich in der Küche um. Sie konnte ihre Eltern reden hören; das Geräusch wurde von irgendwo hinter dem Haus zu ihr getragen. Dann vernahm sie, wie ihre Großmutter nach ihrer Mutter rief. Diese ewige Betriebsamkeit in ihrem Zuhause hatte sie gut auf das Leben auf Ghost River vorbereitet, auch wenn ihr das nicht klar gewesen war. Sie liebte ihre Familie, selbst ihre Brüder – manchmal sogar besonders ihre Brüder, weil sie überzeugt davon war, dass sie sich erst durch sie zu der Frau entwickelt hatte, die sie jetzt war.

An Schicksal, Vorherbestimmung oder Kismet, was auch immer man heutzutage sagte, hatte sie nie wirklich geglaubt. Menschen, die in der Natur lebten, taten das selten. Tiere lebten und starben. Menschen lebten und starben. Die Natur veränderte sich in festen Zyklen, und jedes Jahr ging alles von vorn los. Schicksal war eine Idee für Leute, die einen Grund für alles brauchten, etwas, das größer war als sie, obwohl es doch für vieles weder Grund noch Absicht gab.

Dennoch hatte Sybils Brief etwas Schicksalhaftes, und das Schicksal lag nun in Dellas Händen. Sie konnte die Jahreszeiten ihres Lebens ändern. Sie konnte in eine andere Hemisphäre wechseln. Sie würde Mut brauchen, um ihre Eltern zu enttäuschen, und Kraft, um sie noch einmal zu verlassen. Kraft hatte sie. Und vielleicht auch die nötige Entschlossenheit.

Aber sie wusste nicht, ob jetzt der richtige Zeitpunkt war – ob es nicht zu früh für einen erneuten Abschied war. So glücklich sie die Vorstellung machte, ins Northern Territory zurückzukehren, sie musste eine Weile darüber nachdenken. Sie würde ein Pferd satteln, ein paar Stunden ausreiten und sich das Land ansehen, das sie wieder verlassen müsste. Dann würde sie sich fragen, ob sie das konnte. Denn wenn sie ging, würde sie vielleicht für eine sehr lange Zeit nicht mehr zurückkehren. Und damit leben müssen.

# 37

Die Monate ohne Mick waren für Sallyanne eine Offenbarung. Sie fühlte sich wie eine Blüte, die sich entfaltete, das Gesicht zur Sonne gereckt, ihren Duft verströmend. Auch die Kinder waren glücklicher. Finanziell kamen sie nicht gut über die Runden, weil Mick nur sporadisch Geld schickte, aber das fand sie nicht weiter schlimm, weil sie sich auf jeden neuen Tag freute, statt sich vor ihm zu fürchten.

An diesem Abend fand ein Treffen der CWA statt; sie würde mit anderen Frauen reden, gute Gespräche führen. Das letzte Treffen hatte sie verpasst, weil ihr Vater keine Zeit gehabt hatte, sich um Gretel zu kümmern. Eine der Frauen hatte sie angerufen und sich erkundigt, wo sie denn gewesen sei.

Als sie den Grund erfahren hatte, hatte sie Sallyanne angeboten, ihre achtzehnjährige Tochter könne beim nächsten Mal als Babysitter einspringen.

»Nach ihr habe ich noch fünf Kinder bekommen«, hatte die Frau gesagt. »Sie hat viel Erfahrung.«

Sallyanne hatte Gretel also bei ihrer neuen Babysitterin gelassen, und ihre Tochter schien von der Aussicht, in einem Haus voller Mädchenspielzeug und Feenkleider Zeit zu verbringen, begeistert zu sein.

Vorsichtig balancierte Sallyanne den Teller mit den frisch gebackenen Scones in der Hand, als sie die Hintertür zum Saal der CWA aufzog, um in die übliche Geräuschkulisse einzutauchen. Sie konzentrierte sich darauf, den Tisch zu erreichen, wurde aber aufgehalten, weil ihr jemand den Weg versperrte.

»Kann ich dir helfen?«, fragte eine Stimme, die sie sofort erkannte. Als sie aufschaute, strahlte Sybil sie an, als wäre Sallyanne das Beste, was ihr je über den Weg gelaufen war.

»Sybil!« rief sie, dankbar, dass Sybil den Teller ergriff, bevor er auf dem Boden landete. Sie befürchtete, gleich in Tränen ausbrechen zu müssen, weil sie so mit Sybil und Kate mitgelitten hatte, und auch mit Ben, obwohl sie den gar nicht wirklich kannte. Aber es war sein Vater, der gestorben war, und das tat Sallyanne furchtbar leid.

Als Sybil sie umarmte, konnte sich Sallyanne nicht länger beherrschen und schluchzte auf, zumal sie nun auch noch Kate auf sich zukommen sah.

»Es tut mir ja so leid«, flüsterte sie Sybil zu. »Das mit Joe tut mir so leid.«

Sybil trat zurück, als Kate Sallyanne auf die Wange küsste. Ihre Augen füllten sich ebenfalls mit Tränen.

»Es ist so schön, dich zu sehen«, sagte Kate. »Wir haben dich vermisst.«

Sallyanne schniefte. Ihr war klar, dass ihre Wangen ganz fleckig sein mussten, weil das immer so war, wenn sie weinte.

»Das stimmt«, sagte Sybil, die so aufrecht und stoisch wie immer dastand, was Sallyanne als tröstlich empfand. »Telefonieren ist einfach nicht dasselbe.«

Seit Mick weg war – selbst in der Zeit unmittelbar nach Joes Tod –, hatte Sybil sie jede Woche angerufen, um sich zu erkundigen, ob sie allein zurechtkam. Sallyanne hatte darunter gelitten, dass sie nicht nach Fairvale fahren konnte, auch wenn es die Regenzeit war, die das verhindert und die auch Sybil und Kate den Weg in die Stadt versperrt hatte.

Die Vorsitzende der CWA von Katherine erklärte das Treffen für eröffnet, und Sallyanne warf ihren Freundinnen schnell einen Blick zu.

»Habt ihr vielleicht Zeit, nachher noch zu mir zu kommen?«, fragte sie leise. »Dann könnten wir richtig reden.«

»Darauf hatte ich gehofft«, sagte Sybil, und Sallyanne hätte am liebsten schon wieder geweint.

Nach der Versammlung fuhren sie hintereinander die kurze Strecke zu Sallyannes Haus. Sallyanne konnte Sybil und Kate in deren Wagen im Rückspiegel sehen. Sybil saß am Steuer.

Als sie sich ihrer Straße näherten, setzte sie den Blinker, um anzuzeigen, dass es nicht mehr weit war. Normalerweise tat sie das nie, weil nur selten Autos durch die Straße fuhren. Sie bog auf die Einfahrt ein und ging ins Haus, um dort auf die beiden zu warten.

Sie hatte schon so lange keinen Besuch mehr gehabt, dass sie unschlüssig in der Küche stehen blieb. Sollte sie sofort Teewasser aufsetzen? Oder damit warten, bis das Gespräch in Gang gekommen war? Wie hielt es Sybil, wenn sie auf Fairvale waren? Sallyanne war sich sicher, dass sie zuerst etwas Zeit vergehen ließ, bevor sie Tee kochte. Andererseits war sie immer derartig in ihre Gespräche vertieft, dass sie kaum darauf geachtet hatte.

»Hallo?«, erklang Sybils Stimme vor dem Fliegengitter, und Sallyanne öffnete die Tür.

»Kommt herein!« Ihr blieb fast die Luft weg vor Aufregung, weil sie tatsächlich Gäste hatte. »Bitte … setzt euch.« Sie zeigte auf das Sofa im Wohnzimmer. »Ich werde, äh …« Sie zerbrach sich immer noch den Kopf wegen der richtigen Zeit für den Tee.

»Wir sind wunschlos glücklich«, sagte Sybil, die natürlich zu wissen schien, was ihr im Kopf herumging.

»Nicht einmal Wasser?«, fragte Sallyanne.

»Wir brauchen nichts, wirklich nicht«, sagte Kate.

»Nun«, sagte Sybil. »Wir haben eine Menge erlebt, seit wir uns das letzte Mal gesehen haben.« Sie bedachte Kate mit einem kurzen Lächeln. »Ich glaube, wir alle haben schwere Zeiten hinter uns. Obwohl ich sagen muss, dass du, Sallyanne, jetzt glücklicher wirkst.«

Sallyanne wünschte, dasselbe von Sybil sagen zu können, die plötzlich Falten hatte, wo zuvor keine gewesen waren. Allerdings glänzten ihre Augen wie immer. Kates Augen hingegen wirkten klein, so als wären sie halb geschlossen. Beide sahen müde aus, das war es.

»Das Haus ist jetzt ganz anders«, sagte Sallyanne. »Auf positive Weise. Mir war gar nicht bewusst, dass die Kinder auch um Mick herumgeschlichen sind. Aber jetzt …« Sie musste unwillkürlich lachen, als sie an ihre ungestümen Jungen dachte, die nicht mehr befürchten mussten, ihren verkaterten Vater aufzuregen. »Keine Spur mehr davon.«

»Das freut mich wirklich sehr«, sagte Sybil.

»Und wie geht es euch?« Sallyanne ließ den Blick von Sybil zu Kate und wieder zurück schweifen. »Wie geht es euch … da draußen?«

*Seit Joe tot ist*, hatte sie sagen wollen, aber das hätte so direkt geklungen, und sie wollte ihnen nicht zu nahe treten.

Sybils Mundwinkel fielen für einen Moment nach unten, dann zuckte sie mit den Achseln. Sallyanne sah den Blick, den sie mit Kate wechselte, und bemerkte, dass die beiden eine engere Verbindung als zuvor hatten.

»Es war … ziemlich hart«, sagte Kate. Jedes Mal, wenn Sallyanne ihr begegnete, klang sie mehr wie eine Australierin. »Zumal Ben nicht da war.« Sie schaute Sybil an. »Aber wir kommen zurecht. Sybil weiß so viel.«

»Und Kate hat sich selbst übertroffen.« Das Lächeln, das Sybil ihrer Schwiegertochter zuwarf, ließ darauf schließen, dass Kate sich tatsächlich wunderbar schlug. »Sie arbeitet mindestens für zwei.«

»Es muss trotzdem komisch sein.« Sallyanne schaute Sybil an.

»Man könnte einfach sagen, dass jetzt alles anders ist«, sagte Sybil erschöpft. »Wir werden uns eine Weile arrangieren müssen, etwas anderes bleibt uns nicht übrig. In all den Jahren, in denen ich schon auf Fairvale lebe, hat sich die Farm ständig verändert. Sie wird größer. Sie schrumpft. Menschen werden geboren.« Ein Anflug von Schmerz huschte über ihr Gesicht. »Menschen sterben.«

Dann begegneten sich ihre Blicke, und Sallyanne sah, dass sich in Sybils Augen etwas veränderte.

»Wie ist es eigentlich mit Geld?«, fragte Sybil. »Ein schneller Themenwechsel, nicht wahr? Zumal man eigentlich nicht über Geld redet.« Sie winkte ab. »Aber du bist allein mit drei Kindern. Mick könnte da draußen auf seinem Lohn sitzen, und du würdest es niemandem erzählen. Daher frage ich lieber nach.«

Sallyanne war sich nicht sicher, wie viel sie preisgeben sollte. Andererseits hatte sie das Gefühl, dass Sybil sich mit nichts als der Wahrheit zufriedengeben würde.

»Dad hilft ein wenig aus, aber es ist schon ... eng«, gab sie zu.

»Darauf würde ich wetten«, sagte Sybil. Sie warf Kate einen Blick zu, und die nickte.

»Wir hätten da eine Idee«, fuhr Sybil fort. »Auf Fairvale leben ein paar Kinder, die im nächsten Jahr schulreif werden«, sagte Sybil. »Wir müssen für sie Fernunterricht organisieren – School of the Air. Und es gibt noch einige kleinere, auf die das bald auch zukommen wird.«

»Eigentlich wollte ich mich darum kümmern«, fuhr Sybil fort. »Aber jetzt ... Ich muss Joes Aufgaben übernehmen. Ben und ich werden Fairvale gemeinsam führen. Mit Kates Hilfe natürlich.« Sie nickte ihrer Schwiegertochter zu. »Daher brauchen wir jemanden, der für die Schule verantwortlich ist. Wir können ein Cottage zur Verfügung stellen, und natürlich wären sämtliche Mahlzeiten gratis. Obwohl wir vielleicht ...«

Sie schaute Kate an.

»Vielleicht könnten wir deine Hilfe gelegentlich auch in der Küche brauchen, wenn es dir nichts ausmacht. Deine Kinder könnten reiten lernen. Und für Babysitter wäre auch gesorgt, weil es immer eine Menge Leute gibt, die gerade auf ihre eigenen oder andere Kinder aufpassen. Die Schule beginnt im Februar. Bis dahin sind es noch Monate, aber es wäre ideal, wenn du vor Beginn der nächsten Regenzeit kommen könntest. Alles muss zeitgerecht fertig sein. Du kannst also umziehen, wann immer du magst.« Aus Sybils Miene sprach große Hoffnung.

»Ich?«, fragte Sallyanne, immer noch verwirrt. Sie hatte keinerlei Lehrerfahrung, geschweige denn Erfahrung in der Organisation von Fernunterricht. Sybil konnte *ihr* nicht ernsthaft die Aufgabe übertragen wollen.

»Du.« Sybil grinste.

»Aber ich … ich kann nicht unterrichten.«

»Natürlich kannst du das«, sagte Sybil. »Du bringst doch deinen Kindern jeden Tag etwas Neues bei, oder?«

Sallyanne runzelte die Stirn. Ihre Gedanken überschlugen sich. Stimmte das? War sie längst eine Art Lehrerin? Aber das war etwas anderes, als die Kinder fremder Leute zu unterrichten, oder? Und was würde es heißen, auf Fairvale zu leben? Würde Mick etwas dagegen haben? Durfte er überhaupt etwas dagegen haben, wo er doch selbst auf eine Farm gezogen war?

»Tim und Billy würden auch Schüler dieser Schule sein«, unterbrach Sybil ihre Gedanken. »So wie Gretel später. Obwohl ich mir vorstellen könnte, dass sie ebenfalls schon im Frühjahr bereit dafür wäre.«

Sallyanne merkte, dass sie mit offenem Mund dasaß. Sie sah zu Kate hinüber, die ihr ein aufmunterndes Lächeln zuwarf.

»Wir wären glücklich, wenn du in unserer Nähe leben würdest«, sagte Kate.

»Wirklich?«

»Natürlich.« Kate lächelte immer noch. »Ich kannte noch nie jemanden wie dich, Sallyanne. Du kommst mit so vielem klar und hast immer ein Lächeln auf den Lippen. Und du bist so interessiert an allem. Du weißt mehr über Bücher und Filme und Musik als irgendjemand sonst. Okay, vielleicht die Bücher mal ausgenommen – auf dem

Gebiet ist Sybil unschlagbar.« Ihr Lachen war unbeschwert. »Wir würden sicher eine Menge Spaß zusammen haben«, fügte sie hinzu.

»Und wir würden uns auch nicht auf die Nerven gehen«, merkte Sybil an. »Dein Cottage wäre nicht direkt am Haupthaus, für Privatsphäre wäre also gesorgt.«

Sie schauten sie erwartungsvoll an, aber Sallyanne fühlte sich noch nicht bereit für eine Antwort. Sie würde es Mick erzählen müssen. Vielleicht würde er nicht zulassen, dass sie Katherine verließ. Vielleicht würde er sogar zurückkommen, nur um sie zu ärgern. Damit sie hierbliebe.

»Lass dir Zeit, um darüber nachzudenken«, sagte Sybil. »Immerhin wäre es eine gewaltige Veränderung.«

Sallyanne schaute Sybil an, dann Kate, dann wieder Sybil. Sie spürte, wie Wärme ihren Körper durchströmte.

»Ihr könnt euch wirklich vorstellen, dass ich mit euch auf Fairvale lebe?« Sie fragte sich immer noch, ob sie richtig gehört hatte.

»Du weißt, dass ich nicht zu Scherzen neige, Sallyanne«, sagte Sybil mit ernster Miene.

Sallyanne blinzelte. »Oh«, sagte sie. Dann lächelte sie, als sie sah, dass sich Sybils Gesicht entspannte.

»Mir ist auch klar, dass du zuerst mit deinem Dad reden musst«, fuhr Sybil fort.

»Und du musst daran denken, dass du nicht mehr in deinem Haus leben wirst«, sagte Kate und nickte. »Uns ist natürlich bewusst, dass Fairvale nicht so attraktiv ist wie eine Stadt.«

Sallyanne dachte an all den Platz für ihre Kinder, die frische Luft, die Bäume und Vögel, die netten Menschen, denen sie bei jedem Besuch auf der großen Rinderfarm begegnet war.

»Möglicherweise finde ich es sogar attraktiver«, sagte sie leise und sah Kate verhalten lächeln. »Aber ich muss erst ein paar Dinge klären. Und mich mit Mick unterhalten.«

Sybil nickte. Ihre Miene war unergründlich. »Wir sollten jetzt zurückfahren«, sagte sie und erhob sich.

»Ich muss das Abendessen kochen«, erklärte Kate. »Ruby hat beschlossen, in den Ruhestand zu treten, die Küche ist nun also ganz allein mein Reich.« Sie lächelte entschuldigend, als sie zu Sallyanne ging und sie umarmte. »Es war wirklich schön, dich zu sehen«, murmelte sie.

Sybils Umarmung war weniger stürmisch, aber nicht minder herzlich.

»Fühl dich nicht unter Druck gesetzt«, sagte sie, als sie den Autoschlüssel aus der Handtasche nahm. »Die Einladung steht, falls du sie annehmen willst. Und falls nicht, freuen wir uns, dich bei der CWA zu treffen oder uns mit dir über Bücher zu unterhalten.«

Sallyanne nickte schnell. »Wir sehen uns bald.«

Als die beiden davonfuhren und Sybil zum Abschied hupte, wurde Sallyanne von den unterschiedlichsten Gefühlen übermannt: Traurigkeit, weil sie sich wieder eine Weile nicht sehen würden; Aufregung beim Gedanken an die Zukunft, die Sybil ihr in Aussicht gestellt hatte; Angst, Mick von dem Angebot zu berichten, und Zweifel, ob sie überhaupt fähig war, Kinder zu unterrichten. Im Moment hatte sie keine Ahnung, was davon die Oberhand gewinnen würde.

# 38

Die Zutaten für den Eintopf lagen auf der Arbeitsplatte: ein Berg Kartoffeln, ein großer Kürbis, ein paar Zwiebeln, Salz, Pfeffer und ein großes Stück Rindfleisch – das Standardgericht auf Fairvale. Als Ruby es ihr beigebracht hatte, hatte sie ihr erklärt, dass das Geheimnis für sein Gelingen das richtige Timing war.

»Gib den Kürbis zu früh hinzu – und da hast Brei!«, hatte sie verkündet, und ihr Gesicht hatte sich in verschmitzte Falten gelegt. »Er darf erst hinein, wenn die Kartoffeln schon schwitzen.«

Kate hatte gelernt, dass Ruby unter einer schwitzenden Kartoffel eine verstand, die bereits fünf Minuten kochte.

Die Zubereitung des Eintopfes hatte sie gelernt, indem sie ihn immer wieder gekocht hatte. Allerdings wünschte sie sich, sich mehr Notizen gemacht zu haben, bevor Ruby beschlossen hatte, nicht mehr in der Küche zu arbeiten.

»Es ist wegen meiner Füße, meine Liebe«, hatte sie mit einem lauten Seufzer erklärt, um dann zwei Mal die Augen zu verdrehen. »Ich werde langsam alt. Ich kann nicht mehr den ganzen Tag stehen. Meine Füße tun weh.« Wieder verdrehte sie die Augen. »Und dann mein Rücken! Mein

Rücken!« Mit einem keckernden Lachen beugte sie sich vor und tat so, als würde sie durch die Küche humpeln.

Dagegen war jeder Einwand zwecklos: Wenn eine Köchin beim Arbeiten nicht mehr stehen konnte, konnte sie keine Köchin mehr sein. Nicht dass Ruby allzu betrübt darüber zu sein schien, zumal Sybil ihr zugesagt hatte, bis an ihr Lebensende im Cottage wohnen zu können und sie jederzeit, wenn sie Rose besuchen wollte, nach Ghost River zu bringen.

»Das ist jetzt Ihr Reich, meine Liebe«, hatte Ruby an ihrem letzten Tag gesagt, und Kate war einfach davon ausgegangen, dass sie sich schon an alles erinnern würde, was Ruby ihr beigebracht hatte. Aber es gab so viele Kleinigkeiten, die Ruby einfach getan und Kate sich nicht im Einzelnen gemerkt hatte. Fragen wollte sie nicht, und um eigene Ideen einzubringen, wie Sybil angeregt hatte, fehlte ihr noch die Erfahrung.

Obwohl es keinerlei Beschwerden über das Essen gab und ihre Kuchen sich großer Beliebtheit erfreuten, fühlte sich Kate immer noch wie ein Lehrling. Aber das war auch ein schöner Anreiz: Jeden Tag stand sie mit dem Wunsch auf, es besser zu machen. Die Einstellung hatte ihr durch die Monate nach Joes Tod geholfen. Es war gut, ein Ziel vor Augen zu haben, vor allem eines, dessen Erreichen fast den gesamten Tag in Anspruch nahm.

»Da bin ich«, sagte Sybil, als sie zur Tür hereinstürzte.

Bei ihrem Anblick verspürte Kate sofort Erleichterung. Die Arbeit, die sie sich immer mit Ruby geteilt hatte, drohte ihr über den Kopf zu wachsen. Sie war weder so schnell noch so fähig wie Ruby; alles schien doppelt so lange zu dauern. Daher half Sybil aus, wenn sie es schaffte und kein

Mädchen aus dem Camp Zeit dafür hatte. Schälen, hacken, klein schneiden – mittlerweile hatten sie einen ganz eigenen Rhythmus gefunden.

»Danke, dass du gekommen bist«, sagte Kate.

»Wage es ja nicht, dich zu bedanken.« Sybil band sich eine Schürze vor die robuste Arbeitshose und stopfte energisch die Bluse in deren Saum. »Ohne dich würden wir verhungern. Mir wird ganz schwindelig, wenn ich sehe, wie du hier herumwirbelst und dich nebenbei auch noch um Büro und Haushalt kümmerst.«

»Den Haushalt machen wir zusammen«, sagte Kate und gab sich Mühe, fröhlich zu klingen, obwohl sie vollkommen erschöpft war. Die Bewohner von Fairvale sollten nicht das Gefühl haben, dass es an irgendetwas mangelte – einschließlich anständiger Mahlzeiten –, aber es blieb an Sybil und ihr hängen, für geregelte Abläufe zu sorgen. Sie waren fast am Ende ihrer Kräfte und konnten nur hoffen, dass Ben bald zurückkam. Er hatte seine Abreise ein paarmal verschieben müssen, weil sich sein Bekannter als weniger freundlich und entgegenkommend als erwartet erwiesen hatte. Am Ende der Regenzeit, als Ben sich eigentlich verabschieden wollte, hatte er erfahren, dass man noch bis Mitte des Jahres mit ihm rechnete. Die Verhandlungen hatten sich über Wochen hingezogen, und Kate war sich nicht sicher, ob sie mittlerweile abgeschlossen waren.

Sie krempelte die Ärmel ihres alten Hauskleids bis zu den Schultern hoch. Sobald sie den Ofen öffnete, würde sie in einer Dampfwolke stehen, und je mehr Haut der Luft ausgesetzt war, umso besser. Das Kleid hatte schon bessere Tage gesehen – es war mal leuchtend gelb gewesen, während man die jetzige Farbe bestenfalls als blasses Zitronengelb bezeichnen konnte –, aber für die Küche war es ideal, weil der Stoff angenehm kühl war und sich leicht waschen ließ.

»Also …«, Kate schob Sybil die Kartoffeln, ein kleines Messer und ein Schneidebrett hin, »wenn du die hier schälen würdest, kümmere ich mich um den Kürbis.«

»Der Kürbis ist anstrengend, soll ich den nicht lieber übernehmen?«, fragte Sybil. »Du hast dir eine leichtere Arbeit verdient.«

Kate lächelte dankbar. Sie hatte immer Angst, sich einen Finger abzuhacken, wenn sie die harte Schale abschnitt.

Als sich hinter ihnen die Tür öffnete, fragte sich Kate, wer um Himmels willen sie gerade jetzt in der Küche stören mochte. Sie bekam nur selten Besuch.

»Meine Damen«, sagte eine Stimme, und Kate hatte das Gefühl, als würde ihr Herz aussetzen.

Sie schoss herum, und ihr Ehemann stand in der Tür. Er war dünner und blasser als bei seiner Abreise, aber seine großen Augen leuchteten wie eh und je, und sein Grinsen war immer noch verschmitzt.

»Ben!« Sie atmete laut ein.

»Hast du mich vermisst?«, fragte er. Neben sich hörte sie ein Messer zu Boden fallen.

Sie flog auf ihn zu.

»Mein Schatz«, sagte er, streckte einen Arm nach ihr aus und küsste sie stürmisch auf die Lippen. Er hielt sie fest, während er den anderen Arm nach Sybil ausstreckte.

»Mum«, murmelte er, gab Sybil einen Kuss auf die Stirn und zog sie an sich. »Nicht weinen, Mum, ich bin ja wieder da«, witzelte Ben. »Das dürfte der schönste Tag deines Lebens sein, oder?«

Sybils Schultern zuckten. Kate merkte, dass sie lachte.

»Hat ja auch lange genug gedauert.« Sybil küsste ihren Sohn auf die Wange und entzog sich ihm.

»Das kann man wohl sagen«, bestätigte er mit einem Zwinkern und wandte sich dann wieder Kate zu.

Sie hätte ihn am liebsten in die Wange gekniffen, um sich davon zu überzeugen, dass er echt war. Er roch gar nicht wie er selbst. Seine Kleidung war mit einem anderen Mittel gewaschen worden, und er hatte mit anderen Bäumen und anderer Erde gearbeitet, hatte in anderen Zelten geschlafen. Sie vermisste den Geruch, den sie mit ihm verband – den, der ganz Fairvale in sich vereinigte, wie ihr jetzt klar wurde. Aber sie war zuversichtlich, dass auch Ben wieder so riechen würde.

»Du siehst wunderbar aus«, sagte er und nahm sie in die Arme. Seine Miene war ausnahmsweise einmal ernst. »Wie ich dieses unglaubliche Lächeln vermisst habe.«

Sie umarmte ihn so fest, dass sie schon Sorge hatte, er würde sich beschweren. Was er aber nicht tat. Er küsste die Spitzen ihrer Ohren und strich ihr mit dem Finger über die Wange, und während er sie so hielt und sie ihn, spürte sie, dass sich ihre Haut wieder an seinen Körper erinnerte.

»Du bist zurück«, sagte sie lachend.

»Darauf kannst du wetten«, erwiderte er.

Den Arm um ihre Schulter gelegt drehte er sich zu Sybil um. »Es tut mir leid.«

Sybil wirkte überrascht. »Was denn?«

Seine Mundwinkel sackten nach unten. »Dass ich nicht hier war.«

Kate hatte Ben nie zuvor so traurig erlebt. Wütend, ja,

und manchmal auch frustriert. Aber niemals traurig – so wie jetzt.

»Wir alle können immer noch nicht glauben, dass er fort ist, mein Liebling«, sagte Sybil. »Aber dir muss nichts leidtun.«

Ben sah seine Mutter an. »Danke«, sagte er, »dass du dich um alles gekümmert hast.«

Sybil nickte zu Kate hinüber. »Du solltest auch deiner Frau danken. Sie hat mindestens die Hälfte der Arbeit erledigt, oft sogar mehr.«

»Und Stan«, sagte Kate, den Kopf an Bens Hals gelegt. »Ohne Stan wären wir nicht zurechtgekommen.«

»Bei dem habe ich mich bereits bedankt«, sagte Ben mit einem Zwinkern. »Ich habe ihm einen neuen Akubra-Hut mitgebracht.«

Kate zwickte Ben in die Seite, und er jaulte auf. »Dann solltest du besser Diamanten für mich im Gepäck haben.«

»*Ich* bin der Diamant, Baby«, sagte er.

»Einen Augenblick«, sagte Kate, »wann hast du Stan eigentlich gesehen?«

»Ihr habt also wirklich nicht mitbekommen, dass er sich heute Morgen heimlich den Truck ausgeborgt hat?« Ben wirkte erfreut. »Er hat mir gesagt, dass er glaubt, dass niemand etwas gemerkt hat.«

»Sollte er nicht Rinder zusammentreiben?« Sybil war leicht empört.

»Er ist mein erster Viehtreiber«, sagte Ben. »Er hat zu tun, was ich sage. Und ich habe ihm gesagt, dass er mich am Flughafen abholen soll.«

»Ich wusste gar nicht, dass ihm Heimlichkeiten liegen«, sagte Kate.

»Ich schon«, erwiderte Sybil. »Beobachte ihn mal, wenn er Jagd auf Schlangen macht, dann siehst du, wie heimlich er sich anschleichen kann.«

Sie seufzte, ein Laut der Entspannung und Erleichterung.

»Ich lass euch zwei dann mal allein«, sagte Sybil und strich ihrem Sohn über die Wange. »Viel Zeit kann ich euch aber nicht geben, Ben. Kate und ich müssen dafür sorgen, dass das Abendessen bald auf dem Herd steht.«

Sie warf Kate ein Lächeln zu und verschwand.

»Wo ist eigentlich Ruby?«, fragte Ben und blickte sich in der Küche um.

»Hier jedenfalls nicht«, sagte Kate und hätte beinahe gekichert. Ihr war schwindelig vor Freude darüber, dass er wieder zu Hause war. »Sie hat sich aufs Altenteil zurückgezogen.«

Ben nahm sie bei den Armen und schaute sie besorgt an. »Du hast hier alles allein gestemmt?«, fragte er.

Kate nickte. »Sybil hat mir geholfen«, sagte sie. »Wir stehen morgens auf und fangen einfach an zu arbeiten, bis wir abends umfallen.«

Er umarmte sie und küsste sie auf den Kopf. »Es tut mir so leid, dass ich nicht da war«, sagte er wieder. »So hart sollte keine von euch beiden schuften müssen.«

Kate fühlte, wie sich ihr Körper an seinem entspannte. Am liebsten wäre sie auf der Stelle eingeschlafen, im Stehen. Vielleicht weil sie wusste, dass er sie auffangen würde, sollte sie umkippen.

»Ich liebe dich«, sagte er und schaute ihr in die Augen. »Ich kann dir gar nicht sagen, wie sehr ich dich vermisst habe. Es war …« Er atmete zitternd ein. »Es war so verdammt schwer ohne dich.«

Er strich ihr mit dem Daumen über die Wange, wie er es gerne tat. Doch es fiel ihr nicht leicht, ihn anzuschauen. Züge von Joe blitzten bei seinem Anblick vor ihrem geistigen Auge auf, Erinnerungen an das, was sie verloren hatten. Aber das war nichts im Vergleich zu dem, was Ben empfinden musste: heimzukehren und zu wissen, dass er seinen Vater nie wiedersehen würde.

»Küss mich«, flüsterte sie, die einzige mögliche Heilung, die sie sich vorstellen konnte.

»Das habe ich doch bereits getan.« Seine Lippen umspielte ein Lächeln. »Als ich in die Küche gekommen bin, erinnerst du dich?«

Sie verdrehte die Augen.

»Wie wär's, wenn *du* mich küsst?«, sagte er.

Sie lächelte zu ihm auf und legte eine Hand an seine Taille; die andere ließ sie unter sein Hemd gleiten. Er steckte sein Hemd nie in den Hosenbund.

Ihre Hand erinnerte sich an seine Haut, den leichten Flaum auf seinem Oberkörper, dass er es mochte, sanft gekitzelt zu werden. Sie legte ihre Lippen an seinen Mund und genoss die Berührung.

Er nahm ihren Kopf in die Hände und beugte ihn zurück. Sein Mund öffnete den ihren, sein Körper presste sich an sie. Kate hatte ihn mehr vermisst, als sie es sich eingestanden hatte. In all den Monaten hatte sie sich beherrscht und einfach gewartet. Und nun, da er hier war, überließ sie sich ihm bedingungslos.

Die Zubereitung des Abendessens konnte noch eine kleine Weile warten.

# 39

Die Zeitung war verblichen und ziemlich zerknittert, aber es waren die ersten Nachrichten der Außenwelt, die Sybil seit über drei Wochen erreichten.

Der Tierarzt hatte sie am Morgen liegen lassen, bevor er zu den Pferden gegangen war. Sybil hatte noch ein paar Aufgaben erledigt und sich dann hingesetzt, um hineinzuschauen.

»Was gibt's Neues?«, fragte Ben, als er die Fliegengittertür öffnete und seinen Hut an den Haken hängte, den er auf Kates Wunsch hin angebracht hatte, damit er den Akubra nicht immer auf die Möbel warf.

»Pierre Trudeau wurde zum Premierminister von Kanada wiedergewählt«, sagte sie und schaute von dem Artikel auf. »Außerdem«, sie schlug die Zeitung zu und hielt ihm das Titelblatt hin, »boykottieren die Vereinigten Staaten die Olympiade in Moskau, wir aber nicht.«

»Aha.« Er nahm die Zeitung und überflog den Text. »Fraser ist nicht glücklich mit der Entscheidung.«

»Das Australische Olympische Komitee scheint sich nicht darum zu scheren, was der Premierminister denkt.«

»Und Premierminister scheren sich nicht darum, was

man im Northern Territory denkt.« Ben zuckte mit den Achseln. »Tja, alles rächt sich irgendwann.«

Sybil lachte. Bens Liebe für seine Heimat wuchs mit jedem Tag, sodass Sybil ihn schon damit aufzog, doch als Abgeordneter des Northern Territory fürs Parlament zu kandidieren.

»Die Post liegt hier«, sagte Ben und nahm einen Stapel von der Küchenbank.

»Die hat auch der Tierarzt mitgebracht, aber ich habe sie noch nicht durchgeschaut.«

Ben runzelte die Stirn, als er die Umschläge betrachtete. »Ein Brief von Geoffrey ist dabei.«

Er fing den Blick seiner Mutter auf. Nach Joes Tod hatte Geoffrey nochmals versucht, Lachie aufzuspüren, wie Sybil ihm erzählt hatte.

»Möchtest du ihn nicht lesen?«, fragte Ben und hielt ihn ihr hin, sodass ihr kaum eine Wahl blieb.

Ihr Herz schlug schneller, als sie den Umschlag entgegennahm und ihn vorsichtig öffnete. Sie überflog den ersten Absatz, hielt dann inne und sah zu Ben auf.

»Keine Neuigkeiten über Lachie«, sagte sie. »Aber ...« Sie las die nächsten Zeilen und spürte, dass sie von Erleichterung, vermischt mit Traurigkeit, übermannt wurde. »Er hat Amelia gefunden«, berichtete Sybil; ihre Hände zitterten. »Und ihren Sohn. Lachies Sohn.«

Sie schaute Ben an, ihren wunderbaren Jungen, der sich so sehr nach eigenen Kindern sehnte. Es war nicht gerecht, dass Lachie ein Kind bekam und Ben nicht. Nicht dass das Leben ihrer Erfahrung nach gerecht war.

»Und du bist sicher, dass es sein Kind ist, Mum?«, fragte Ben leise.

Sie betrachtete den Brief und las weiter. »Geoffrey hat ein Foto gesehen.« Sie sog Luft ein. »Er schreibt: *Wenn du ihn sehen könntest, Syb, dann würdest du mir vermutlich zustimmen, dass er Joe wie aus dem Gesicht geschnitten ist. Es ist fast unheimlich. Außerdem hat er Bens Locken. Ich habe nicht den geringsten Zweifel, dass er Lachies Sohn ist.*«

Sie legte das Papier auf den Tisch und rieb sich die Nasenwurzel, um die Tränen zurückzuhalten. Dann las sie den Brief schnell zu Ende, und Ben kam zu ihr und legte ihr die Hand auf die Schulter.

»Sie sind in Riverina«, sagte sie. »In einer Stadt namens Coolamon. Amelia hat dort eine Cousine, steht hier.«

»Wie hat Geoffrey das alles herausgefunden?«

»Da frage ich ihn lieber nicht«, sagte Sybil. »Aber ich muss hinfahren. Ich muss sie finden.«

»Mum«, sagte Ben mit warnender Stimme.

»Es geht nicht mehr um Lachlan.« Sie schob den Stuhl zurück und stand auf.

»Und um wen dann?«

»Um das Kind«, sagte sie und wusste selbst, dass sie leicht hysterisch klang, so als würde sie sich verteidigen.

»Aber was ist, wenn Amelia gar nicht gefunden werden will?« Ben stützte die Hände in die Hüften, wie er es immer tat, wenn er jemand anderem etwas klarmachen wollte.

»Dann kann sie mir das selbst sagen. Ich muss doch wenigstens versuchen, mit ihr zu reden, oder? Gehört sich das nicht so?«

Ben schaute sie wütend an. Das hatte er in seinem ganzen Leben noch nie getan. »Wenn Dad noch leben würde«, sagte er langsam, »wärst du dann auch so scharf darauf, diesem Kind nachzurennen?«

Die Frage war berechtigt – und sie hatte keine Antwort darauf. Aber Spekulationen erschienen ihr sinnlos in einer Welt, die sie innerhalb kürzester Zeit eines Sohns und ihres Ehemanns beraubt hatte. Sie wollte Sicherheiten, etwas Greifbares – und Lachies Sohn existierte.

»Ich fahre nach Sydney«, sagte sie so bestimmt wie möglich. »Ich hole Geoffrey ab und mache mich dann auf die Suche nach den beiden. Du musst das nicht gut finden, Ben, aber du solltest versuchen, es zu verstehen.«

Er blinzelte und ließ seine Arme hängen. »Ich mache mir nur Sorgen, Mum«, murmelte er.

Sie runzelte die Stirn. »Weshalb?«

»Dass die Sache in einer Katastrophe endet. Dass du dorthin kommst und nicht mehr in der Lage bist, wenn du das Kind erst einmal gesehen hast …« Er schaute beiseite und kratzte sich am Kopf.

»Ich kann selbst auf mich aufpassen«, sagte sie. »Und du musst dich um Fairvale kümmern.«

»Das ist kein Problem«, sagte er.

»Ich weiß, dass du das schaffst«, sagte sie. »Und jetzt muss ich ein paar Vorbereitungen treffen.«

Er nickte. »Wann brichst du auf?«

»So bald wie möglich. Dann bin ich auch schneller wieder zurück. In Ordnung?«

»Hauptsache, du kommst überhaupt zurück«, brummte er.

Gerührt stellte Sybil fest, dass sich ein besorgter Ausdruck in seine Miene eingegraben hatte. »Natürlich werde ich das«, sagte sie, obwohl sie keine Ahnung hatte, wohin dieser neue Weg sie führen würde.

# 40

Alles unter dem Flugzeug war orangerot und grün – wie endlose Kilometer flachen Lands sah das aus, obwohl Della wusste, dass die Ebene tausend Geheimnisse barg. Nichts war wirklich flach oder beständig.

Ein Stück weiter leuchtete das Opalblau der Timorsee. Land und Wasser schufen eine absolut einzigartige Farbpalette. Als sie von Darwin losgeflogen war, ihrer ersten Station auf der langen Rückreise in die Vereinigten Staaten, hatte sie gehofft – geträumt –, irgendwann zurückkehren zu können. Ihr war bewusst gewesen, dass es nicht sicher war. Doch jetzt war es so – sicher.

Sie hatte viele Tage über Sybils Brief nachgedacht. Jeden Abend war sie ausgeritten und hatte sich das Angebot durch den Kopf gehen lassen, obwohl sie bereits wusste, dass sie es annehmen würde. Aber sie brauchte die Zeit, weil sie keine Ahnung hatte, wie sie ihren Eltern die Nachricht unterbreiten sollte. Vermutlich wartete sie darauf, dass sich auf wundersame Weise eine Möglichkeit eröffnen würde, dass damit der Weg für sie frei sein würde, Texas noch einmal zu verlassen. Streng genommen fehlte ihr nur der Satz, mit dem sie das Gespräch beginnen sollte. Immer wieder schreckte sie davor zurück und fühlte sich so feige, wie sie es eigentlich nicht sein wollte. Irgendwann erklärte ihr Vater, sein Arzt habe gesagt, er sei in der Verfassung, um für ein paar Untersuchungen nach San Antonio zu fahren, und Della wusste, dass sie mit ihrer Eröffnung nicht herausrücken konnte, während sie auf die Ergebnisse warteten. Sie hatte Angst, die Gelegenheit verpasst zu haben. Wenn er wirklich krank war und vielleicht sogar sterben würde, könnte sie kaum zurück ans andere Ende der Welt gehen.

Als sie ein paar Wochen später zum Mittagessen nach Hause kam, saßen ihre Eltern da und warteten auf sie.

»Wir haben gute Nachrichten«, verkündete ihre Mutter mit einem strahlenden Lächeln. »Dein Daddy ist nicht so krank, wie unser Arzt gedacht hat.«

Ihr Vater nickte und zwinkerte ihr zu. »Es war sehr gut, dass wir nach San Antonio gefahren sind. Wie sich herausgestellt hat, ist der Mediziner hier im Ort nicht ganz so brillant, wie er immer tut.«

»Und … was hast du dann?«, fragte sie und konnte es kaum glauben, dass sich eine derart ernste Diagnose wie Krebs so mir nichts, dir nichts in etwas Harmloses verwandelt haben sollte.

»Ich muss mir die Gallenblase herausnehmen lassen«, sagte ihr Vater. »Dann wird es mir wieder besser gehen. Bald sollte ich euch wieder bei der Arbeit unterstützen können.«

Della war klar, dass sie jetzt lächeln und Sybils Brief verschweigen könnte, damit ihre Eltern dachten, sie bliebe zu Hause. Aber was würde dann geschehen? Sie würde weitere Wochen verstreichen lassen, in denen sich ihre Eltern und Brüder noch stärker daran gewöhnen würden, dass sie bei ihnen war und bestimmte Aufgaben erledigte – nur um dann zu verkünden, dass sie wieder ging? Es würde nie den richtigen Moment geben, um es ihnen zu sagen. Der aktuelle schien nicht weniger gut als jeder andere auch.

»Das ist großartig, Daddy«, sagte sie. »Ich freue mich so für dich.« Sie schluckte. Obwohl sie es ernst meinte, hatten die Worte nicht wie von ihr gewünscht geklungen.

»Was ist los?«, fragte ihr Vater.

»Was meinst du?«

»Ich sehe es dir doch an, mein Schatz. Irgendetwas macht dir zu schaffen.«

Und so erzählte sie es ihnen und wurde von Schuldgefühlen gepackt, weil die Fröhlichkeit ihrer Mutter sofort verflog. Aber ihre eigene Fröhlichkeit war genauso wichtig, und deshalb musste sie an diesen Ort zurückkehren, zu den Menschen, die sie liebte. Zu Stan, auch wenn ihre Eltern nichts von ihm wussten.

Ihr Dad verstand, mehr als ihre Mum.

»Das ist in Ordnung, Della«, sagte er. »Mir ist klar, dass wir dir nicht viel bieten können. Du arbeitest so verdammt hart, und ich kann dir nicht einmal die Ranch vermachen. Ich wünschte, es wäre anders.«

In Wahrheit könnte er es, wenn er es nur wirklich wollte. Aber die Familientradition und der gesellschaftliche Druck verlangten, dass er die Ranch an Ted weitergab. Ted war das natürlich klar, weshalb er auch wusste, dass er sich sein Erbe nicht durch harte Arbeit verdienen musste. Della arbeitete auf der Ranch, weil sie es als ihre Pflicht ansah; aus demselben Grund, aus dem sie auch zurückgekommen war. Doch mittlerweile war sie alt genug, um die Verpflichtungen sich selbst gegenüber an erste Stelle zu setzen.

Am nächsten Tag besorgte sie sich ein Flugticket, und zwei Wochen später gab sie ihren Eltern einen Abschiedskuss.

Sie kehrte auf demselben Weg zurück, den sie auch beim ersten Mal genommen hatte: Sie flog nach Sydney – eine andere Möglichkeit gab es nicht –, um von dort nach Darwin zu reisen. In Sydney machte sie einen Zwischenstopp von ein paar Tagen, übernachtete in einem kleinen Hotel in der Innenstadt. Sie lief den Circular Quay entlang zum Botanischen Garten, am Opernhaus vorbei. Jenseits des Hafens erblickte sie Kirribilli mit den dicht an dicht gebauten Apartmenthäusern und dachte, dass sie nie an einem solchen Ort leben könnte. Sie würde sich nicht frei fühlen, wenn ihre Nachbarn alles mitbekämen. Wo sie aufgewachsen war, hatte sie Raum im Überfluss um sich gehabt, und den würde sie auch immer brauchen.

Der Hafen war da schon etwas anderes, wie er im Sonnenlicht glitzerte. Sie konnte sich gut vorstellen, dass man sich in diese Stadt verlieben konnte, wenn man jeden Tag auf einen solchen Hafen schaute. Er strahlte Größe und Pracht aus. Und trotzdem würde er nie so schön sein wie das staubige Rot und die schwarzen Ebenen, die sie im Norden erwarteten.

Als sie damals zum ersten Mal auf Ghost River eingetroffen war, hatte der Anblick all der verschiedenen Pflanzen und merkwürdigen Tiere sie schier überwältigt. Es gab Vögel, wie man sie sich im Traum nicht hätte vorstellen können: schwarze Kakadus mit roten Schwanzfedern etwa; wenn sie im Sonnenuntergang zu den Bäumen am Fluss zurückflogen, kreischten sie so laut, dass man seine eigenen Gedanken nicht mehr verstand. Dann Schwarzmilane mit ihren typisch gegabelten Schwanzfedern; einer hatte mal einen Viehtreiber aufgeschreckt, als er ihn am großen Haus hatte vorbeifliegen sehen.

»Feuer«, hatte der Mann mit weit aufgerissenen Augen geflüstert.

Della schnüffelte, konnte aber nichts Bedrohliches riechen. »Was meinst du?«

Er zeigte auf den Vogel. »Der Bursche bringt immer Feuer mit sich.«

Im nächsten Moment rannte der Viehtreiber zu der Stelle, wo die Pferde auf einer Weide angebunden waren; eine Minute später sah Della nur noch Hufe, die am Flussufer davongaloppierten. Am Nachmittag erzählte Felicity, ein Blitzeinschlag habe ein paar Hektar Land in Brand gesetzt. Sie hatten etliche Rinder verloren, und der Viehtreiber war gerade noch rechtzeitig gekommen, um den Rest der Herde zu befreien.

An jenem Tag hatte Della eine erste Ahnung davon bekommen, dass Bäume und Vögel und andere Dinge etwas zu erzählen hatten – wenn man denn aufmerksam war. Seither war sie immer um Aufmerksamkeit bemüht.

Sie wünschte sich diese Geschichten zurück, und weit unter diesem Flugzeug wartete auch noch eine ganz andere Geschichte darauf, sich zu entfalten: ihre eigene. Ihre und Stans. Sie wusste, dass er auf sie wartete. Sybil hatte es ihr geschrieben.

Bei der Landung verspürte sie dieselbe Nervosität wie immer, wenn sie wusste, dass sie ihn bald sehen würde. Diesmal war das Gefühl allerdings noch stärker – es fühlte sich an, als hätte die Anspannung von ihrem ganzen Körper Besitz ergriffen.

Als sie die Treppenstufen der Gangway zur Landebahn hinabstieg, traute sie sich kaum, zum Terminal zu schauen – falls er vielleicht doch nicht da sein würde. Die Liebe zu ihm machte sie ängstlich. Als sie schließlich aufblickte, entdeckte sie ihn. Sein Lächeln war noch breiter als sonst. Er hatte die Hände in die Hüften gestützt und den Kopf zur Seite geneigt. Es sah aus, als würde er lachen, und das hätte sie auch am liebsten getan. Sie konnte kaum glauben, dass sie hier war, und doch schien es das Natürlichste auf der Welt zu sein.

»Kleine Della«, sagte er leise, als sie ihn erreichte. Sie merkte, dass er sich beherrschen musste, um nicht den Arm um sie zu legen. Aber so konnten sie sich hier nicht zusammen zeigen, das Risiko durften sie nicht eingehen.

»Hallo«, sagte sie lächelnd und hoffte, dass er alles sehen konnte, was ihr Herz erfüllte.

Er nahm ihren Koffer und begleitete sie zum Truck. Sie sahen sich an, sprachen aber kein Wort. Das konnte warten. Zwischen ihnen und Fairvale lagen viele Kilometer. Zwischen jetzt und dem Ende ihres Lebens Jahre.

Sobald sie im Truck saßen, konnte sie nicht mehr an sich halten. »Ich bin so glücklich, dich zu sehen«, sagte sie.

Stan lächelte das breite Grinsen, das sie so liebte. »Du bist zu Hause«, sagte er und umarmte sie endlich.

Sie küsste ihn, aber nicht lange. Denn bald würde sie ihn wieder küssen können. Jetzt wollte sie einfach nur den Kopf an seine Brust legen und ihn atmen hören, so wie sie es früher getan hatte und hoffentlich von jetzt an immer tun würde. Schließlich ließ er den Motor an, und das nächste Abenteuer begann.

## 41

Sybil war schon so viele Jahre nicht mehr in Sydney gewesen, dass sie das mittlerweile berühmte Opernhaus noch nie im vollendeten Zustand gesehen hatte. Gespannt schaute sie aus dem Fenster, als Geoffreys Wagen über den Cahill Expressway und dann auf die Sydney Harbour Bridge fuhr. Bei ihrem letzten Besuch 1971, zu Bens Schulabschluss, war das Opernprojekt in die Kritik geraten, und die Vollendung hatte in den Sternen gestanden.

Die Schuljahre der Jungen – diese wilden Jahre, in denen sie auf Fairvale hart gearbeitet und die beiden schmerzlich vermisst hatte, ständig nach Darwin unterwegs gewesen war, um sie in den Flieger zu setzen oder wieder abzuholen, während sie selbst nur selten nach Sydney kam, weshalb Sybils Eltern ein Auge auf die Jungen hatten, ihre schulischen Leistungen verfolgten und ihnen bei kleineren Sportunfällen zur Seite standen – gingen Sybil durch den Kopf, als Geoffrey über die Brücke fuhr und sie dorthin brachte, wo sie beide aufgewachsen waren, in die Gordon Street in Mosman.

»Fahren wir gleich morgen hin?«, fragte sie, als sie an dem markanten Greenway Building in Kirribilli vorbeiglitten. Alles war hier so nah: Gebäude, Menschen, eng zusammengepfercht. Das war sie nicht mehr gewohnt. Sydney wirkte laut und hell, verglichen mit der Stille und dem sich ständig verändernden Licht im Northern Territory.

»Übermorgen«, antwortete Geoffrey, während sich sein alter Sportwagen beschwerte, als sie zur Military Road hochratterten. »Morgen muss ich noch einen Fall an Land ziehen. Ich hoffe, dir macht die kleine Verzögerung nichts aus.«

»Kein Problem«, sagte Sybil und gab sich Mühe, ihre Enttäuschung hinunterzuschlucken. Am liebsten wäre sie sofort hingefahren. Wer wusste schon, ob Amelia mit ihrem kleinen Jungen überhaupt noch in Coolamon war? Was, wenn sie heute aufbrechen würde, um woandershin zu gehen? Andererseits wollte Sybil nicht undankbar sein. Geoffrey hatte schon so viel für sie getan.

»Roger kommt zum Dinner vorbei. Das macht dir doch nichts aus, oder?«, sagte Geoffrey, den Blick auf die Straße gerichtet.

»Natürlich nicht. Ich freue mich, ihn zu sehen. Es ist schon … Wie lange ist es her, dass ihr uns besucht habt? Vier Jahre?«

Geoffrey lächelte angespannt, so wie immer. Sybil hatte ihren Bruder noch nie in ein richtiges Lachen ausbrechen sehen. »Ja, vier Jahre.«

Roger war Geoffreys »Bekannter«, wie ihre Eltern ihn hartnäckig genannt hatten. Sybil hatte immer gewusst, dass Roger viel mehr als das war, aber wenn es ihren Eltern half, ein neutrales Wort zu benutzen, stand es ihr nicht zu, sie zu korrigieren. Wie Geoffrey ihr gegenüber einmal gesagt hatte, musste man ihnen zugutehalten, dass sie ihn schon kurz nach seiner Begegnung mit Roger nicht mehr gefragt hatten, wann er denn endlich heirate. Mehr hatte er von ihnen nicht erwartet. Überdies hatte ihre Mutter erklärt, dass sie mit Lachie und Ben mehr als genug Enkel habe und es ihr egal sei, ob noch welche hinzukämen. Das war ihre Art und Weise gewesen zu akzeptieren, wie sich Geoffreys Leben entwickelt hatte.

»Ich möchte dir keine großen Hoffnungen machen«, sagte Geoffrey. »Selbst wenn Amelia sich bereit erklärt, sich mit dir zu unterhalten, könnte es gut sein, dass sie eigentlich nichts mit dir zu tun haben will. Sie ist ziemlich sauer auf Lachlan.«

»Das kann man ihr nicht verdenken«, sagte Sybil und schaute aus dem Fenster, während der Wagen im Stop-and-go über die Military Road kroch, an Gebäuden vorbei, die ihr zum Teil vertraut, zum Teil fremd waren. »Ich bin es auch.«

»Wird aber auch Zeit«, murmelte Geoffrey.

»Was?«, fragte Sybil und schaute ihn an. Wie er da am Steuer saß, hätte er fast ihr Vater sein können: dichtes, welliges, graues Haar, etwas länger; sorgfältig gestutzte Koteletten; leicht eingefallene Wangen; die große Nase, die Sybil zum Glück nicht geerbt hatte.

»Man könnte behaupten«, erklärte Geoffrey, als ein Schild mit der Aufschrift »Taronga Zoo« vor ihnen auftauchte, »dass Lachlan dir oft Anlass gegeben hat, sauer auf ihn zu sein. Aber du bist es nie geworden.«

Geoffrey hatte sich noch nie in ihren Erziehungsstil eingemischt, und Sybil wusste nicht, ob sie jetzt schockiert oder verärgert sein sollte.

»Kannst du dich noch erinnern, wie er einfach nicht in

der Gordon Street erschien, obwohl er das Wochenende bei Mum und Dad verbringen sollte? Ben musste allein herkommen.« Geoffrey schüttelte den Kopf.

»Natürlich kann ich mich erinnern«, blaffte Sybil. Sie hatten hektisch herumtelefoniert, um herauszufinden, wo Lachie abgeblieben war. In Situationen wie dieser hatte sie sich vollkommen hilflos gefühlt, so weit entfernt. Meist war Lachie im Strand- oder Landhaus eines Freundes aufgetaucht, absolut unbeschwert und sich nicht darum kümmernd, dass er so vielen Menschen Sorgen bereitet hatte.

»In der Schule hat er sich nicht die geringste Mühe gegeben«, fuhr Geoffrey fort. »Er war ein kluger Kopf, schien aber wild entschlossen, ihn nicht zu benutzen.«

»Worauf willst du hinaus?«, fragte Sybil, immer noch verärgert.

Geoffrey bog in die Middle Head Road ein. Bald wären sie zu Hause.

»Du hast ihm immer alles nachgesehen, Sybil. Du hast ihn nie bestraft.«

»Also ist das jetzt alles mein Fehler, oder wie?«

»Überhaupt nicht«, sagte Geoffrey. »Was ich auf meine unbeholfene Art nur sagen will, ist: Du hast dem Jungen alles gegeben, auch dein Verständnis, und es hat dich nicht ein einziges Mal gewurmt, dass er sich einen Dreck darum scherte.«

Er hielt vor dem hübschen Zweifamilienhaus, in dem sie beide aufgewachsen waren. Sie hatten ein einfaches, lustiges Leben dort gehabt, ein sorgloses. Manchmal sehnte sie sich danach zurück, wie man sich nur nach einer wohlbehüteten Kindheit sehnen konnte.

»Andererseits bin ich jetzt froh, dass du anscheinend

auch nur ein Mensch bist«, sagte er und lächelte ihr zu. »In all den Jahren habe ich dich immer für eine Heilige gehalten.«

Sie konnte kaum glauben, dass er das wirklich so meinte, wollte das Gespräch aber auch nicht vertiefen. Übermorgen hatten sie eine lange Fahrt in den Südwesten vor sich, da sollten sie gut miteinander auskommen.

Als sie durch die so vertraute Haustür trat, spürte sie, dass ihr die Erschöpfung in den Knochen saß. Sie war viele Stunden unterwegs gewesen, um eine Reise fortzusetzen, die schon vor Jahren begonnen hatte – als Lachie sie verließ. Plötzlich verstand sie den wahren Grund, warum Geoffrey nicht sofort aufbrechen wollte. Er wusste, dass sie Zeit brauchte, um sich zu erholen und sich auf das vorzubereiten, was ihr bevorstand.

Aus der Nähe war das Opernhaus noch eindrucksvoller, als es vor der dramatischen Kulisse des Hafens schon vom Auto aus gewirkt hatte. Die glänzenden milchig weißen Kacheln reflektierten die Sonne und das Wasser. Die anmutigen Bogen des Gebäudes erinnerten an die Segel der vorbeifahrenden Schiffe. Schön und majestätisch war es – eine moderne Kathedrale. Und es flößte Sybil Sehnsucht nach Fairvale ein, das beeindruckender war als alles, was eine Stadt zu bieten hatte.

Da sie nun einen Tag Zeit hatte, wollte sie mit der Fähre in die Stadt übersetzen. Sie war bereits bei David Jones in der Elizabeth Street gewesen, hatte in dem Kaufhaus aber absolut nichts gefunden, das sie in ihrem gegenwärtigen Leben gebrauchen könnte; trotzdem hatte es Spaß gemacht, sich all den schönen, nutzlosen Kram anzuschauen.

Langsam schritt sie durch die Menschenmenge, die sich um das Opernhaus herum versammelt hatte, und beobachtete die Möwen, die geduldig darauf warteten, dass man ihnen etwas zu fressen zuwarf. Seit ihrem letzten Besuch in Sydney hatte sie keine Möwen mehr gesehen; im Territory gab es keine. Ihr Flügelschlagen und ihre Schreie wirkten fast mitleiderregend gegenüber den Geräuschen der oft aggressiven Vögel des Nordens.

Ihr Weg führte sie schließlich in den Botanischen Garten. Sie erkannte die Stelle, wo Joe und sie mit den Jungen ein Picknick veranstaltet hatten, vor Bens erstem Highschooljahr. Es war ihr letzter gemeinsamer Tag gewesen, am Nachmittag sollte er sich im Internat einfinden. Lachie hatte erklärt, er langweile sich, und war im Garten verschwunden. Eine Weile hatten sie ihn nicht mehr gesehen, aber damals war er zurückgekommen. Ben war bei ihnen geblieben, mit strahlenden Augen, gut gelaunt. Auch aus Rücksicht auf die Gefühle seiner Eltern, das hatte sie deutlich gespürt.

Eine riesige Fähre passierte auf ihrem Weg zum Circular Quay die Farm Cove. So viele Fähren und Boote kreuzten im Hafen – das Wasser war hier in ständiger Bewegung.

Sybil merkte, dass sie umkehren sollte. Ihre eigene Fähre würde bald ablegen, um sie zur Anlegestelle an der Mosman Bay zu bringen, wo sie Geoffreys Wagen geparkt hatte.

Auf dem Weg zum Kai beschleunigte sie den Schritt und schaute erneut auf die Uhr: ihr blieben fünf Minuten. Da sie noch eine Fahrkarte kaufen musste, steuerte sie einen Schalter an Kai vier an.

Als sie in ihrer Handtasche nach ihrem Portemonnaie kramte, ging ein Mann so dicht an ihr vorbei, dass sie eine Berührung spürte und sich umdrehte.

»Entschuldigung«, sagte sie, aber er lief schnell weiter. Das dunkle Haar lockte sich im Nacken, unter der Anzugjacke zeichneten sich breite Schultern ab. Der Gang war Sybil so vertraut, dass sie im ersten Moment dachte, Joes Geist habe sie fast umgerannt.

Dann begriff sie. Mit eiskalter Überzeugung und heißem Schmerz begriff sie.

»Lachlan!«, schrie sie.

Sie sah, wie er langsamer wurde und stehen blieb. Sie war sich sicher, dass sie das Atmen eingestellt hatte. Sie war sich sicher, dass die Zeit von einer Erdspalte verschluckt wurde und sie selbst gar nicht wirklich hier war, in diesem Moment. Er konnte es nicht sein. Wie könnte er – nach all der Zeit?

Als der Mann sich umdrehte, sah sie die Augen und die Nase und das Kinn und die Brauen, die ihr so vertraut waren, die sie so liebte. Menschen gingen zwischen ihnen hindurch, aber sie sah nur ihn.

Seine Augen blickten in die ihren, aber sie sah nichts darin: kein Erkennen, keine Angst, keine Abneigung, keine Liebe. Und doch war er es. Dieser Mann, der sie anschaute, als würde er sie nicht kennen, war ihr Sohn.

»Lachie?«, rief sie und wagte sich einen Schritt vor, als wäre er ein Hund, den sie nicht reizen durfte. Oder eine gefährliche Schlange, die mitten auf dem Weg lag.

Lachies Augen wurden schmaler. Sein Mund presste sich zu einer Linie zusammen. Sybil hatte das Gefühl, als raste die Zeit so schnell, dass sie ihr bald ausgehen würde. Dabei gab es etwas, das er wissen musste.

»Lachlan, dein Dad ist tot«, sagte sie. Ein Fremder ging an ihr vorbei, sodass sie Lachies Miene nicht sehen konnte.

»Lachie, bitte.« Ihr war klar, dass es so klang, als würde sie betteln. Und sie bettelte ja auch wirklich.

Er schaute sie an, und sie erkannte keinerlei Gefühl in seinen Augen, in seinem Gesicht, egal wo. »Für mich ist er schon lange tot«, sagte er tonlos. Im Raum zwischen ihnen hingen die Worte, die er nicht gesagt hatte: *und du auch*.

Aber das konnte sie nicht akzeptieren. Er war immer noch ihr Sohn.

Sie streckte die Hand nach ihm aus, wollte ihn noch einmal berühren, ihr Kind fühlen, das sie mit so viel Liebe aufgezogen hatte, auch wenn Lachie sie nicht erwidert hatte.

Jemand rempelte sie an und stieß sie fort von ihm. Einen Moment lang dachte sie, Lachie sei verschwunden, aber dann sah sie ihn. Er eilte zum nahe gelegenen Bahnhof, seine langen Beine trugen ihn fort von ihr.

Sie rannte hinter ihm her und hielt immer nach seinen dunklen Haaren Ausschau. Bei seiner Größe konnte man ihn nicht leicht aus dem Blick verlieren. Ihr Atem ging nun schnell, und ihr Kopf schien leer zu sein. Sie dachte nicht mehr, wurde nur noch von ihrem Instinkt geleitet.

Als sie die Bahnsteigsperren erreichte, sah sie sich hektisch um. Sie brauchte eine Fahrkarte, musste durch die Schranke. Hatte er ein Ticket? War er bereits hindurchgegangen?

Hektisch musterte sie die Aufgänge, die steil zu den verschiedenen Bahnsteigen hinaufführten. Ein Zug fuhr ein, aber sie wusste immer noch nicht, wo die Fahrkarten verkauft wurden.

Wieder schaute sie zu den Treppen, konnte aber Lachie nicht entdecken.

Als ihr Atem sich noch einmal beschleunigte, fühlten

sich ihre Augen an, als würde sich das Innere nach außen stülpen. Ihre Armbeugen waren feucht, während ihr Mund ausgetrocknet schien. Als ihre Gedanken zurückkehrten, sagten sie ihr nur eins: Er war fort. Schlimmer noch: Er wollte fort sein.

Sie beugte sich vornüber und presste die Hände in den Unterleib, als hätte sie Seitenstiche. Ihr Atem ging abgehackt und keuchend. Sie befürchtete, ohnmächtig zu werden. Vielleicht wollte sie es sogar. Dann könnte sie erwachen und so tun, als hätte das alles gar nicht stattgefunden.

»Alles in Ordnung mit Ihnen?«

Sybil fühlte eine Hand auf ihrem Arm und richtete sich auf. Sie schaute in das freundliche, besorgte, wettergegerbte Gesicht eines alten Mannes.

Sie atmete tief durch und nickte. »Ja«, sagte sie. »Danke.« Dann rang sie sich ein Lächeln ab. »Ich bin zu schnell gerannt, weil ich den Zug erwischen wollte. Aber er ist sowieso schon weg.«

Er wirkte nicht überzeugt von ihrer Erklärung, tätschelte aber ihren Arm. »Dann ist es ja gut«, sagte er. »Ich hoffe, Sie bekommen den nächsten.«

»Danke. Ich weiß Ihre Sorge zu schätzen.«

Er nickte und winkte ihr im Fortgehen zu, während sie noch einmal zu den Bahnsteigen hochschaute, so als könnte sie Lachie auf diese Weise zurückholen. Aber selbst wenn er ihr nicht entwischt wäre, selbst wenn sie rechtzeitig eine Fahrkarte gekauft hätte, selbst wenn sie es geschafft hätte, in denselben Zug einzusteigen, er würde ihr immer noch aus dem Weg gehen, so wie er es schon seit vielen Jahren tat. So wie er sie an jenem Tag im Botanischen Garten verlassen hatte. Und dieses Mal würde er nicht zurückkehren. Das wusste sie jetzt. Er würde nie wieder zurückkehren.

Der Kai, die Stadt, die Welt versanken in Schweigen. Sie stand vor den Bahnsteigsperren inmitten der Menschen, die an ihr vorbeieilten, um das zu tun, was sie als Nächstes in ihrem Leben tun mussten, und spürte nur die Gewissheit dieses Moments, diesen Atem, diesen Gedanken: Sie musste Lachie loslassen.

Sybil wandte sich vom Bahnhof ab. Ihr Kai war direkt nebenan. Es hatte nicht viel gefehlt, und sie hätte ihre Fähre bestiegen und Lachie nicht gesehen. Ein paar Sekunden früher oder später und sie hätte ihn verfehlt. Sie hätte nicht mit ansehen müssen, wie er praktisch vor ihr davonrannte.

Das letzte Jahr hatte ihr mehr Trauer beschert, als sie es sich je hätte vorstellen können. Aber sie hatte überlebt. Sie litt immer noch, aber mit jedem Tag wurde der Schmerz ein wenig erträglicher. Sie hatte bewiesen, dass sie ohne Joe leben konnte, auch wenn sie es nicht wollte. Sie würde auch ohne Lachie leben können. Ohne ihn leben müssen.

Sie hatte eindringlich erfahren, wie stark sie war. Und wie sehr sie geliebt wurde. Obwohl so viel Liebe aus ihrem Leben verschwunden war, war doch noch so viel übrig geblieben. Mit diesem Wissen konnte sie den Rest ihres Lebens überstehen. Sie war entschlossener denn je, den Sohn zu finden, den Lachie verlassen hatte, so wie er sie verlassen hatte.

# 42

In einer halben Stunde würden Kate und Della von ihrem Ausritt zurückkehren, und auch Sallyanne sollte bald eintreffen. Es blieb also nicht viel Zeit, in der Sybil ihre Freundin für sich haben würde, da Rita später nach Alice Springs zurückkehren musste. Darryl hatte ihr nur ein paar Stunden gegeben, während er in Darwin erledigte, was auch immer er dort zu erledigen hatte.

Rita half ihr, das Geschirr für den morgendlichen Tee zusammenzusuchen, weil ihr aufgefallen war, dass Sybil mit den Vorbereitungen hinterherhinkte. Normalerweise stellte sie alles gleich morgens bereit, wenn nicht sogar schon am Abend zuvor. Aber als Rita eingetroffen war, hatte sie noch nicht einmal damit begonnen. Einen guten Grund dafür hatte sie nicht, außer dass sie mit ihren Gedanken noch in Sydney war.

»Syb, du bist schon wieder ganz woanders«, beschwerte sich Rita. Sybil blinzelte und merkte, dass sie mit einem Geschirrtuch in den Händen am Fenster stand.

»Bin ich das denn so oft?«, fragte sie erschöpft.

Rita trat zu ihr und nahm das Geschirrtuch. »Was ist los?«, fragte sie.

Sybil atmete aus. »Ich …« Wie sollte sie beginnen? *Wo* sollte sie beginnen?

»Sybil! Diese zögerliche Art passt nicht zu dir. Wenn du so weitermachst, hetze ich dir einen Arzt auf den Hals. Oder untersuche dich selbst.«

Rita wirkte wütender als damals, als Sybil ihr befohlen hatte, ein paar Bettpfannen zu reinigen. Unwillkürlich musste sie lachen. »Schon gut«, sagte sie. »Es tut mir leid. Ich suche nur nach den richtigen Worten.«

Rita runzelte die Stirn. »Nun, vielleicht können wir ja über etwas anderes reden, während du noch suchst. Was hältst du von der Sache mit dem Chamberlain-Baby?«

Die Geschichte von Azaria Chamberlain hielt das Northern Territory seit Mitte August in Atem. Sybil hatte damit gerechnet, dass die Sprache noch darauf kommen würde, wenn später alle beisammensaßen. Sie selbst empfand vor allem große Trauer über den Vorfall, aber die meisten Menschen waren davon überzeugt, dass Azarias Eltern dem Baby etwas angetan hatten, und ließen sich auch nicht davon abbringen.

»Ich fürchte«, sagte Sybil, »dass man die Geschichte in Alice Springs noch stärker aufgebauscht hat als hier.«

»So leicht kommst du mir nicht davon. Nun sag schon: Hat ein Dingo das Baby verschleppt oder nicht?«

»Ich denke, es war ein Dingo, ja«, antwortete Sybil. »Dingos holen sich Kälber – warum also nicht auch ein Baby? Das ist doch viel kleiner.«

»Aber ist das nicht alles ein bisschen komisch?« Rita zog die Brauen zusammen. »Die Eltern müssen doch …«

»Okay, deine Taktik ist aufgegangen«, sagte Sybil mit einem lauten Seufzer. »Ich werde dir alles erzählen. Die nackte Wahrheit.«

Rita lächelte.

Sybil holte tief Luft. Ihre Lunge fühlte sich an wie zusammengepresst und sie selbst sich seltsam nervös. »Ich habe Lachie gesehen.« Sie beobachtete, wie in die Augen und Brauen ihrer Freundin Bewegung kam.

»Wie das?«, fragte Rita, setzte sich an den Küchentisch und legte das Geschirrtuch zur Seite.

»Du weißt doch, dass ich Geoffrey gebeten hatte, nach Lachie zu suchen, oder?«

Rita nickte.

»Ich bin … Das ist alles sehr kompliziert«, sagte Sybil. »Ich bin nach Sydney gefahren …«

»Warum hast du mir nichts erzählt? Ich hätte doch mitkommen können.«

»Es ging alles sehr schnell. Geoffrey hatte herausgefunden, dass … Wir glauben, Lachie hat einen Sohn«, fuhr Sybil fort. »Wir glauben, dass er sich mit … Amelia eingelassen hat. Sie hat mal als Köchin bei Felicity gearbeitet.«

»Wie um Himmels willen …?« Rita hielt inne und runzelte wieder die Stirn. »Egal, erzähl weiter.«

»Geoffrey teilte mir mit, dass Amelia und der Junge seines Erachtens in Riverina wohnen. In der Nähe von Wagga. Bei einer Cousine.«

Sie holte tief Luft, als Rita nichts sagte.

»Also habe ich mich auf den Weg nach Sydney gemacht. Geoffrey und ich wollten zusammen nach Riverina fahren. Vor der Abfahrt hatte ich noch einen halben Tag Zeit und bin im Hafen spazieren gegangen. Am Circular Quay.«

Sybil hatte Schmerzen in der Brust, als würde ihr Herz versuchen, die Sache zurückzuhalten. Aber sie selbst hatte der Wahrheit bereits ins Gesicht geschaut, warum also sollte nicht auch Rita wissen, was passiert war?

»Ich bin ihm über den Weg gelaufen«, fuhr sie fort. »Buchstäblich. Er ist mir fast auf die Füße getreten. Als er an mir vorbeiging, habe ich ihn erkannt und seinen Namen gerufen.«

Als sie Rita anschaute, sah sie die Unruhe und Sorge in ihrem Blick. Offenbar wusste sie, wie die Geschichte enden würde. Vielleicht hatte sie es immer schon gewusst.

»Hat er dich auch gesehen?«

Sybil nickte.

»Aber er wollte nicht reden«, stellte Rita fest.

Es tat weh, es laut ausgesprochen zu hören.

»Genau«, sagte sie.

»Was ist mit dem Kind?«

»Wir sind hingefahren. Sechs Stunden lang.« Sybil erinnerte sich. Sie war vollkommen in Gedanken versunken gewesen und hatte auf dem gesamten Weg fast kein Wort gesagt.

Rita nickte. »Ja?«

»Wir kamen zu dem Haus. Amelias Cousine …« Sie hielt inne. Die Enttäuschung schmerzte immer noch, sie war noch zu frisch. »Sie sagte, Amelia und ihr Sohn seien einen Tag zuvor abgereist. Sie habe keine Ahnung, wohin.«

»Und du hast ihr das abgenommen?«

»Ich hatte keine Wahl.« Sie hatte gedacht, der Lösung so nahe zu sein, und wieder eine Niederlage erlitten. »Sie erzählte, Amelia ziehe häufiger in der Gegend herum. Und dass sie vielleicht wiederkomme, aber wann, könne sie nicht sagen.«

»Und warum hat sie dich nicht vorher schon angerufen?«

»Keine Ahnung.« Sybil sah die wohlmeinende junge Frau noch vor sich. Amelias Weggang schien sie innerlich aufgewühlt zu haben, und Sybil hatte sie mit Fragen nicht noch mehr aufregen wollen.

»O Syb.« Rita schaute sie mitleidig an, und Sybil spürte selbst, wie sie von ihren Sorgen übermannt wurde: Sorgen, dass sie ihren Sohn nicht wiedersehen würde, Sorgen, dass sie dessen Sohn nie kennenlernen würde, dazu noch die Trauer um ihren Ehemann – all die Dinge, die sie nicht ändern konnte, waren in diesem Raum, wirbelten um sie herum, stürzten auf sie ein.

Sybil stützte die Hände in die Hüften und fühlte sich wie zusammengedrückt. Der Atem wollte tiefer in ihre Lunge eindringen, schaffte es aber nicht.

Im nächsten Moment hatten Ritas starke Hände ihre Unterarme gepackt, und ihre Freundin schaute ihr direkt in die Augen.

»Ganz langsam und ruhig atmen«, befahl Rita.

Sybil versuchte, die Luft tief in ihre Lunge zu ziehen, und hustete.

»Nicht tief«, sagte Rita. »Langsam.«

Sybil hielt Ritas Blick fest. »Das ist … das ist mir noch nie passiert«, keuchte sie und hasste das grauenvolle Gefühl, als würde ihr Körper ihr davonrennen.

»Das wundert mich nicht«, sagte Rita sachlich. »Eine solche Abfolge von Ereignissen hast du schließlich noch nie erlebt.« Sie strich über Sybils Arm. »Lass uns das Treffen des Buchclubs absagen.«

»Nein!«, widersprach Sybil bestimmt. »Darauf freue ich mich schon die ganze Woche.«

»Syb«, sagte Rita warnend. »Du brauchst Ruhe.«

Sybil schüttelte den Kopf. »Vielmehr brauche ich etwas, das mich von meinen Grübeleien ablenkt.«

»Juhu!«, erklang eine Stimme aus dem Garten, und Sybil sah, wie Sallyannes Kopf am Fenster auftauchte.

»Tja«, sagte Rita und zog eine Augenbraue hoch, »Sal kommt wie gerufen.«

Sybil verzog das Gesicht. »Sag nichts, bitte.«

»Natürlich nicht.«

»Danke.« Sybil stand auf.

»Wann wird Sallyanne herziehen?«, erkundigte sich Rita, als sie beide zur Tür gingen.

»Noch vor der Regenzeit«, sagte Sybil. »Ich bin gerade dabei, eines der Cottages für sie und die Kinder herzurichten.« Sybil hustete und atmete flach. »Hast du eigentlich Anteil daran, dass sie sich zu dieser Entscheidung durchgerungen hat?«

Rita setzte eine Unschuldsmiene auf, die auf Sybil nicht sehr überzeugend wirkte.

»Danke.« Sybil öffnete die Tür. »Sallyanne, herzlich willkommen.«

Sallyanne trat durch die Tür und lächelte, als sie Rita erblickte.

»Hallo!«, rief sie und warf sich fast in Ritas ausgestreckte Arme. »Ich bin so froh, dich zu sehen.«

»Deine neue Frisur steht dir, Sal«, sagte Rita und nickte in ihre Richtung.

»Findest du wirklich?« Sallyanne strahlte, während sie die Haarspitzen ihres Bobs befingerte, der auf Höhe der Ohren endete. »Ich dachte, es wäre an der Zeit für etwas Neues.«

»Mum!«, rief Kate aus dem Vorderhaus.

Rita warf Sybil einen fragenden Blick zu.

»Kate nennt mich jetzt Mum«, erklärte Sybil leise und lächelte kurz. »Eines Tages hat sie einfach damit angefangen. Vermutlich vermisst sie ihre Mutter.«

»Das Buch war großartig«, sagte Sallyanne und hielt ihr Exemplar von *The Harp in the South* hoch. »Kam der Vorschlag von dir, Rita?«

»Ja«, sagte Rita. »Es ist eins meiner Lieblingsbücher. Es geht um schwere Schicksale und Liebe und darum, wie man beides überleben kann. Nicht wahr, Sybil?«

»Könnte man so sagen«, bestätigte Sybil leise.

Rita legte Sybil die Hand auf die Schulter, nur eine Sekunde lang, und Sybil atmete langsam aus.

Zu dritt begaben sie sich ins Wohnzimmer, wo Kate und Della beieinanderstanden und lachten.

Als Kate sich zu ihnen umschaute, wirkte sie auf einmal besorgt. »Alles in Ordnung, Mum?«

»Ja, es geht mir gut.« Sybil fühlte sich eigentümlich befangen.

Kate wirkte nicht überzeugt. Sybil sah, dass sie schnell zu Rita hinüberblickte, die unmerklich den Kopf schüttelte.

»Dann kümmere ich mich mal um den Tee«, verkündete Kate. »Sallyanne, hast du Lust, mir zu helfen? Du musst dich mit der Küche vertraut machen, damit du jederzeit kommen und dir etwas Warmes zubereiten kannst.«

»Oh … ja.« Sallyannes Gesicht leuchtete auf. »Darauf freue ich mich schon.«

Della sah ihnen nach. »Vielleicht sollte ich auch helfen«, sagte sie und war schon fort.

Sybil und Rita schauten sich an, und als sie beide in lautes Lachen ausbrachen, spürte Sybil, wie sich etwas in ihrem Innern löste.

»Und schon wieder allein«, sagte Rita.

»Scheint so.« Sybil schenkte ihrer ältesten Freundin ein Lächeln.

»Komm, wir setzen uns.« Rita nickte zum Sofa hinüber. »Dann kannst du für einen Moment deine Augen schließen.«

Sybil fügte sich. »Du möchtest, dass ich mich sammele, oder?«

»Ja.«

Sybil lehnte den Kopf ans Polster und spürte Ritas Hand auf ihrer. Sie seufzte so schwer, dass es sich anfühlte, als würde sie im Sofa und dann im Boden versinken.

»Du hattest eine schreckliche Zeit, Syb«, murmelte Rita. »Aber ich bin bei dir, und es gibt noch andere Menschen, die dich lieben.«

»Ich bin ein glücklicher Mensch«, murmelte Sybil und wusste, dass es stimmte.

»Auch wir sind glücklich.«

Sybil spürte, dass ihre Freundin ihre Hand drückte.

»Alles wird sich fügen«, sagte Rita sanft.

Und für ein paar Sekunden glaubte Sybil ihr.

# 43

Die einmotorige Maschine wurde von den Luftströmungen hin und her geschleudert, und Rita versuchte gewohnheitsgemäß, ruhig zu wirken. Sie wollte nicht, dass ihre junge Patientin merkte, dass sie nervös war. Nun flog sie schon so lange mit diesem kleinen Flugzeug, und dennoch jagten ihr die Turbulenzen noch immer Angst ein, ein bisschen wenigstens. Das Kind lag mit geschlossenen Augen auf der Trage, todkrank. Es registrierte wohl ohnehin nichts.

Der Anruf hatte sie vor zwei Stunden erreicht, von einer Farm, die eine halbe Flugstunde entfernt lag. Das Mädchen hatte Fieber, aber die Mutter hatte kein Thermometer, daher hatte sie ihnen nicht sagen können, wie krank ihre Tochter war.

Als sie eintrafen, hatte Rita nur einen kurzen Blick auf das Kind werfen müssen, um sofort wieder hinauszumarschieren und Kevin anzuweisen, den Motor laufen zu lassen.

Das Mädchen hatte eine Sepsis, das war klar; vierzig Grad Körpertemperatur und eine Schnittwunde am Bein, das daran angrenzende Fleisch hellrot. Sie mussten das

Kind nach Alice Springs bringen, oder die Kleine würde ihr Bein verlieren, wenn nicht sogar ihr Leben. Man hätte sie bereits vor Tagen anrufen sollen, jetzt war es vielleicht schon zu spät. Aber sie würden versuchen, sie zu retten. Sie versuchten es immer.

Die Luft riss erneut am Flugzeug, heftiger diesmal.

»Was ist los, Kev?«, fragte Rita über den Motorenlärm hinweg.

»Nur ein kleiner Wirbelsturm!«, rief er zurück.

»Hier oben?« Wirbelstürme fegten in dieser Gegend normalerweise über den Boden, nicht durch die Luft.

»Nein. Aber es fühlt sich so an.«

Sie sah, dass seine Fingerknöchel weiß waren, weil er sich an die Steuerung klammerte.

Bei diesem Flug war kein Arzt dabei. Hamish hatte keinen Dienst, und der neue Arzt war nicht pünktlich zu seiner Schicht erschienen, schon den dritten Tag in Folge. Nach der Rückkehr würde Rita mit der Organisationsleitung sprechen müssen. Heute Morgen hatten sie nicht auf ihn warten können, und Rita hatte hinreichendes Vertrauen in ihre Fähigkeiten, dass sie glaubte, auch ohne ihn gut zurechtzukommen. Für die Diagnose hatte sie ihn jedenfalls nicht gebraucht.

Bei dem Gedanken an Ärzte kam ihr Hamish in den Sinn, und sie schämte sich ein bisschen. Am Morgen hatte sie einen Streit vom Zaun gebrochen, weil er ihr erzählt hatte, dass er für ein paar Tage nach Brisbane fahre, um seine Kinder zu besuchen. Sein Geburtstag stand an, und sie wollten ihn sehen.

»Sind sie denn nicht schon erwachsen?«, fragte sie ein bisschen schnippisch und verstand den Grund dafür erst beim Anblick seiner Miene: Sie war eifersüchtig. Aber er konnte ja nicht wissen, dass sie ebenfalls Pläne für seinen Geburtstag gemacht hatte. Sie hatte dafür gesorgt, dass ihr Dienst so gelegt worden war, dass sie beide drei Tage am Stück freihatten. Dann hätten sie zum Ayers Rock fahren können. Er hatte ihr mal erzählt, dass er gerne dort campen würde, und sie hatte es sich gemerkt. Sie stellte es sich romantisch vor, mit Hamish den Sonnenuntergang am Ayers Rock zu erleben.

»Sie freuen sich trotzdem, mich zu sehen«, antwortete er. Sein Tonfall war nachsichtig.

»Dann solltest du wohl hinfahren«, erklärte sie, und diesmal war sie schnippisch, weil sie sich schämte, dass sie beim ersten Mal schon so schnippisch gewesen war. Sie kam sich regelrecht bockig vor, nicht wie ein Teenager, sondern wie ein Kleinkind, aber sie schien keine Kontrolle über ihre Reaktion zu haben – was sie am meisten erschreckte. Offenbar waren ihre Gefühle für diesen Mann so stark, dass sie sich darüber fast vergaß.

»Ich werde ja nicht lange fort sein, Rita«, sagte er und klang so verständnisvoll und vernünftig, dass sie ihm am liebsten ins Gesicht geschrien hätte: *Siehst du nicht, dass ich dich mit niemandem teilen will?* Aber sie tat es nicht. Stattdessen packte sie pikiert ihre Tasche, küsste ihn förmlich auf die Wange und wünschte ihm viel Erfolg beim Buchen der Flugtickets, um dann zur Tür hinauszumarschieren.

Was für eine selbstsüchtige, egozentrische Idiotin sie doch war. Und jetzt steckte sie in einem Flugzeug, das wie ein Tennisball auf einem trockenen Rasenplatz auf und ab hopste, und wünschte, sie hätte sich anders benommen.

Plötzlich sackte das Flugzeug stärker ab, und Rita legte

einen Arm über ihre Patientin, weil die Gurte, die die Trage halten sollten, ihre Funktion nicht erfüllten, sodass das Mädchen in Schieflage geraten war. Mit der anderen Hand zog sie ihren eigenen Sicherheitsgurt straff.

»Herrgott, Kev, was ist denn nur los?«

»Mhm ...«

Rita hörte Kevin fluchen. Sie sollte ihn nicht ansprechen; er musste sich konzentrieren, während das Flugzeug von einer Seite zur anderen rumpelte und schaukelte. Die kleinen Maschinen waren wendig, aber sie schützten die Passagiere nicht so wie große Flugzeuge vor den Unbilden des Wetters. Dies waren die schlimmsten Turbulenzen, die Rita je erlebt hatte, und zum ersten Mal in ihrer Zeit bei den Flying Doctors fühlte sie sich unbehaglich.

Sie schaute auf das Mädchen hinab, das die Augen geschlossen hielt. Sie atmete, das sah man, aber ihr gelblich grauer Teint verhieß nichts Gutes. Das arme Ding – vielleicht würden sie diesen grässlichen Flug überstehen und sie ins Krankenhaus von Alice Springs bringen, wo sie mit sämtlichen verfügbaren Antibiotika vollgestopft wurde, nur um dann trotzdem zu sterben. Es war sogar wahrscheinlich, dass es so kommen würde. Und das nur, weil die Eltern die Flying Doctors »nicht hatten belästigen wollen« und deshalb nicht eher angerufen hatten.

Rita sollte es Hamish wirklich nicht verübeln, dass er die Gelegenheit nutzte, um seine Kinder zu sehen. Und das würde sie ihm auch sagen und sich für ihr Verhalten entschuldigen, sobald diese verdammte fliegende Blechbüchse gelandet war.

»Festhalten!«, brüllte Kev.

Was meinte er damit? Wer sollte wen festhalten?

»Was? Warum?«, rief sie zurück. Aber der Lärm war so gewaltig, dass er sie vermutlich gar nicht hören konnte.

Sie blickte auf ihre Patientin hinab. Es gab nichts, woran sich das Mädchen klammern konnte, wenn es das war, was Kevin wollte. Was sollte sie nur mit ihr anfangen?

»Ich gehe ein bisschen runter!«, rief er. »Wir müssen aus diesem Mistwetter raus.«

Rita spähte aus dem Fenster und erblickte die Wüste unter sich, näher als sonst auf ihren Flügen. Wollte Kevin die Maschine in den Sand setzen, ohne es ihr anzukündigen?

Plötzlich verstummte der Lärm und machte Stille Platz. Es war, als würden sie auf einem Luftstrom gleiten. Waren die Turbulenzen vorbei?

Dann begann das Flugzeug zu sinken.

»Kevin?«, rief sie. Keine Antwort.

Ein blubberndes Geräusch, dann wieder Stille. Die Nase des Flugzeugs schoss nach unten, und Rita verstand plötzlich, was es hieß, wenn einem das Herz bis zum Halse schlug. Die Schwerkraft zog sie rasend schnell zur Erde hinab. Im nächsten Moment begriff sie, was passierte, und weigerte sich gleichzeitig, es zu glauben.

Als sich der metallische Geschmack von Adrenalin in ihrem Mund ausbreitete, glaubte sie immer noch, dass Kevin es schaffen würde. Sie glaubte, dass er das Flugzeug wieder unter Kontrolle bringen und jeden Moment hochreißen würde. Später würden sie darüber lachen, und er würde die Geschichte erzählen, wie sie fast nähere Bekanntschaft mit der Simpsonwüste gemacht hätten.

Das alles glaubte Rita in den wenigen Sekunden, die das Flugzeug brauchte, um auf die Erde zuzustürzen; die sie selbst brauchte, um sich auf ihre Patientin zu legen und sie festzuhalten; die ihr Bewusstsein brauchte, um zu einem Nichts zu werden, als das Flugzeug auf dem Boden aufprallte.

# 44

Sybil sah aus dem Wagenfenster, nahm aber kaum etwas wahr. Dabei war sie noch nie in Alice Springs gewesen. Bislang hatte es nie einen Grund dafür gegeben. Sie lebte im hohen Norden, und Alice Springs lag im Zentrum Australiens, und obwohl beides zum Northern Territory gehörte, bedeutete das noch nicht, dass sie mit den Leuten hier Gemeinsamkeiten hatte.

Sie atmete scharf aus und schaute durch die Windschutzscheibe auf die Straße.

»Ist nicht mehr weit, meine Liebe«, sagte Darryl mit grimmiger Miene.

Es war lustig, dass sie sich noch nie begegnet waren und Sybil trotzdem das Gefühl hatte, ihn zu kennen. Nein, nicht lustig, sondern einfach sonderbar. Rita hatte so viel von ihm erzählt, dass Sybil ihn sofort erkannte, als er in Tindal aus seinem Flugzeug gesprungen und auf sie zugekommen war. Unwillkürlich hatte sie auf einen Witz gewartet, weil sie wusste, dass er ständig Witze riss.

Aber jetzt war nicht die Zeit für Witze, das war ihnen beiden klar.

Am Nachmittag zuvor war sie in der Küche gewesen,

als sie hörte, wie im Büro das Funktelefon klingelte. Kate nahm ab.

»Mum, komm schnell!«, rief sie aus dem Flur. Ihre Stimme klang ruhig, daher nahm sich Sybil noch die Zeit, sich die Hände am Geschirrtuch abzutrocknen und es aufzuhängen.

»Wer ist es denn?«, fragte sie leise, als sie ins Büro trat.

Kate schaute sie mit großen Augen an. »Darryl«, flüsterte sie.

»Darryl?« Sybils erster Gedanke war, dass er eine Überraschung für Rita organisieren wollte und ihre Hilfe brauchte. Auch wenn das nicht logisch gewesen wäre.

Sybil nahm den Hörer. »Hallo?«

»Ja, Darryl hier«, sagte er und verstummte dann.

»Was gibt es, Darryl?«, fragte Sybil, da ihr ein »Was kann ich für Sie tun« zu steif vorkam.

»Es hat einen Unfall gegeben«, sagte er schnell.

In Sybils Gehirn rotierten die Gedanken.

Wenn es einen Unfall gegeben hatte, konnte das nur bedeuten, dass …

»Geht es ihr gut?«, platzte es aus ihr heraus, während sich in ihren Eingeweiden ein Gefühl der Übelkeit breitmachte. *Nicht Rita.*

»Sie ist einigermaßen weich gelandet.«

Sybil brauchte einen Moment, um die Nachricht zu verdauen, dann hätte sie vor Erleichterung am liebsten aufgeheult. Keine angemessene Reaktion, das wusste sie, aber ihr kam sie genau richtig vor.

»Das Flugzeug ist abgestürzt, nicht weit weg von hier. Der andere Pilot, er …« Darryl atmete stoßweise aus. Es klang, als hätte er einen Schluckauf. »Egal«, fuhr er fort.

»Ich weiß, dass Rita Sie gerne sehen würde. Sie redet sonst die ganze verdammte Zeit von Ihnen.«

»Wie haben Sie mich ausfindig gemacht?«, fragte Sybil.

»Den Namen Fairvale habe ich tausend beschissene Male in der Woche gehört«, sagte er. »Allzu schwer war es also nicht. Ich könnte Sie morgen abholen. Jetzt ist es schon zu spät, die Sonne wird bald untergehen. Können Sie nach Tindal kommen?«

»Natürlich«, sagte sie. »Aber bitte sagen Sie erst noch: Was hat sie für Verletzungen?«

»Mhm … irgendetwas mit der Milz. Und ich glaube, sie hat sich ein Bein gebrochen. Vielleicht auch beide. Nachdem ich erfahren hatte, dass sie lebt, habe ich ehrlich gesagt nicht mehr so genau zugehört.« Er lachte trocken. »Sie wird mich umbringen, wenn sie das erfährt. Sie schimpft immer, weil ich nicht hinhöre.«

»Verständlich«, sagte Sybil. »Dann sehen wir uns morgen?«

»Um neun Uhr, in Ordnung?«

»Ja. Vielen Dank, Darryl. Ich weiß das sehr zu würdigen.«

»Klaro. Bis morgen.«

Nach dem Anruf packte Sybil schnell eine Tasche und verfiel dann in eine Art Schockstarre, weil sie nicht sofort zu ihrer Freundin konnte. In der darauffolgenden Nacht waren ihr Gedanken über Gedanken durch den Kopf gewirbelt.

Jetzt saß Sybil in Darryls altem Valiant, und ihre Erleichterung, dass Rita lebte, wich großer Sorge, weil sie seit dem Absturz noch nicht wieder zu Bewusstsein gekommen war.

»Dieser Typ ist bei ihr, dieser Arzt«, sagte Darryl.

»Hamish?«

»Ja.« Darryl verzog eine Miene.

»Sie mögen ihn nicht?«, fragte Sybil. Es wäre albern, nicht geradeheraus zu jemandem zu sein, der Rita häufiger sah als sie.

Darryl zuckte mit den Achseln. »Er ist schon in Ordnung.«

Sie verstummten, da der Wagen das Krankenhausgelände erreichte.

»Wir sind da«, sagte Darryl, als er auf den Parkplatz einbog.

Sybil eilte mit schnellen Schritten durch das Gebäude, gefolgt von Darryl. Als junge Schwester hatte sie gelernt, in Krankenhausfluren nie zu rennen, weil den Patienten die Hektik Angst machte. Das würde sie auch jetzt nicht tun, zumal es Rita war, die sie besuchte.

An der Tür zu Ritas Zimmer blieb Darryl stehen. »Ich lasse Sie dann mal allein«, erklärte er.

»Möchten Sie nicht auch reinkommen? Haben Sie sie schon gesehen?«

Er schüttelte den Kopf. »Da gehöre ich nicht hin.«

»Darryl«, sagte Sybil, und ihr Gesichtsausdruck wurde weich. »Natürlich tun Sie das.«

Er wies mit dem Kinn auf die Tür. »Ihr Doc ist drinnen. Wir sehen uns später.«

Sybil blickte ihm hinterher, als er mit durchgedrückten Schultern den Flur entlangmarschierte. Der Stolz der Menschen zeigt sich in kleinen Gesten, dachte sie. Darryl wollte nicht, dass Hamish sah, wie sehr Rita ihm am Herzen lag – und vermutlich sollte auch Rita es nicht sehen. Diese Blöße wollte er sich nicht geben. Sybil konnte es ihm nicht verdenken.

Sie öffnete die Tür und sah Rita im Bett liegen, Kanülen in beiden Armen, das reglose Gesicht mit Blutergüssen übersät, der Körper still – Rita, die sonst so lebhaft und temperamentvoll war. Sybil hatte das Gefühl, als würde Strom durch ihren Körper hindurchfließen.

Neben dem Bett saß ein Mann mit dichtem dunkelblondem Haar auf der Kante eines Krankenhausstuhls, der nicht für Menschen seiner Größe gemacht schien.

»Hamish?«, fragte sie.

Sein Kopf schoss herum, und sie sah, dass er verzweifelt war. Sein Unterkiefer hing herunter, seine Augen lagen tief in ihren Höhlen, sein Gesicht war von Sorgenfalten zerfurcht.

»Ja?«, sagte er und stand auf.

»Ich bin Sybil.« Sie streckte die Hand aus. Statt sie zu ergreifen, trat er auf sie zu und legte seine Hand auf ihren Arm. Sein Blick schien Verstehen zu signalisieren. Dann umarmte er sie steif. Sie erwiderte seine Umarmung und spürte, dass sich sein Körper entspannte.

»Danke, dass Sie gekommen sind.« Er zog die Nase hoch und wischte sich mit dem Handrücken über die Augen. »Darryl hat gesagt, er würde versuchen, Sie ausfindig zu machen.«

»Das ist ihm gelungen.«

Ein Geräusch vom Bett her ließ sie beide herumfahren. Rita bewegte den Mund, als versuchte sie, etwas zu schmecken.

»Schatz?«, fragte Hamish und berührte Rita am Bein, während Sybil auf die andere Bettseite ging.

Rita stöhnte und wollte einen Arm bewegen, der sich aber nur in dem Schlauch vom Tropf verfing. Sybil merkte, wie alle Sorgen von ihr abfielen. Sie verspürte das überwältigende Bedürfnis, sich hinzusetzen, zwang sich aber, stehen zu bleiben. Sie konnte jetzt stark sein. Musste es sein.

»Rita«, sagte Sybil und nahm ihre Hand. »Du bist im Krankenhaus.«

Rita seufzte, drehte ihren Kopf zur Seite und zuckte bei der Bewegung zusammen. Ihr Mund bewegte sich immer noch wie der Schnabel eines Jungvogels.

»Schatz? Schatz, ich bin da. Und Sybil auch.«

Ritas Augenlider flatterten. Hamish fuhr mit dem Daumen über ihre Brauen. Seine Liebe zu ihr sprach aus jeder seiner fürsorglichen Gesten.

Und dann schlug Rita die Augen auf und blinzelte in das Neonlicht über ihr.

»Rita, weißt du, wo du bist?«, fragte Hamish.

Sybil registrierte, dass er nun den Tonfall eines Arztes anschlug.

Rita versuchte wieder, ihren Arm zu bewegen, und verzog das Gesicht. »Wenn ich raten darf«, sagte sie dann mit rauer, aber unverkennbar ihrer Stimme, »wahrscheinlich im Krankenhaus.«

Hamishs Gesicht entspannte sich. »Genau«, sagte er und küsste sie auf die Stirn. »Ich habe mir solche Sorgen um dich gemacht.«

»Es war doch klar, dass sie es schaffen würde«, sagte Sybil und beugte sich hinab, um Rita ebenfalls einen Kuss auf die Stirn zu geben. »Nicht wahr?« Sie lächelte so zuversichtlich, wie sie nur konnte.

»Syb«, krächzte Rita und erwiderte das Lächeln mit einer Gesichtshälfte, »was zum Teufel machst du hier?« Ihr Blick verfinsterte sich. »Autsch. Warum tut mein Gesicht so weh?«

Hamish warf Sybil einen besorgten Blick zu. Vermutlich fragte er sich, ob sich Rita an irgendetwas erinnerte und, falls nicht, wie viel sie ihr erzählen sollten. Es waren die Gedanken eines Mediziners und zugleich einer Person, die tiefe Zuneigung zu der Patientin empfand.

»Du hast uns einen großen Schrecken eingejagt«, sagte Sybil und entschied sich dafür, nicht auf die Verletzungen einzugehen. »Darryl hat mich heute Morgen abgeholt.«

»Darryl«, murmelte Rita. Dann konnte man an ihrer Miene ablesen, dass die Erinnerung allmählich wiederkehrte. »Kevin?«, fragte sie. »Was ist mit ihm?« Sie schaute sie nacheinander an.

Hamish blickte fragend zu Sybil hinüber, die nickte.

»Mein Schatz …«, sagte er langsam und nahm ihre Hand.

Rita keuchte und sah aus, als wollte sie sich aufsetzen.

»Nein, Rita«, sagte Sybil und drückte sie sanft ins Kissen zurück. »Du musst liegen bleiben.«

»Aber mir ist übel«, sagte sie. »Ich brauche eine Schale.«

Sybil berührte ihre Schulter. »Alles ist gut«, sagte sie, drehte sich dann aber um und nahm eine Schale vom Nachtschränkchen.

»Das Mädchen?«, fragte Rita. Ihre Augen waren riesig und blinzelten schnell.

Hamish schüttelte den Kopf. Sybil hätte am liebsten weggeschaut.

»Warum bin ich noch hier?«, fragte Rita. Tränen liefen über ihre Wangen, ihre Lider senkten sich.

»Du bist im Wrack geblieben«, antwortete Hamish traurig. »Die anderen wurden hinausgeschleudert.«

»Wie … wie hat man uns gefunden?« Rita drehte sich wieder zur Seite. Ihre Finger spielten mit einer Kanüle.

»Rita, versuch, dich zu beruhigen«, sagte Sybil sanft. »Deine Milz ist bei dem Aufprall gerissen, und ich möchte nicht, dass das noch einmal passiert.« Sie hatte häufiger Patienten in Ritas Zustand erlebt: Menschen, die klar wirkten, obwohl sie noch unter Schock standen, Menschen, die zu verstehen schienen, was man ihnen sagte, und dann doch etwas Irrationales taten.

»Ich war im Büro und habe auf dich gewartet, als es geschehen ist«, sagte Hamish, »Kevin hat noch einen Notruf absetzen können. Wir sind sofort los … Man hat dich bald nach dem Unfall gefunden. Du warst …« Sein Gesicht schien in sich zusammenzufallen. »Du warst nur fünfzig Kilometer von uns entfernt.«

Rita schaute an Sybil vorbei aus dem Fenster.

»Sie sind da draußen gestorben«, murmelte Rita.

»Und du nicht«, sagte Sybil.

Ihre Blicke begegneten sich, aber Ritas Augen waren vor Tränen kaum zu sehen.

»Ich möchte nicht hierbleiben«, sagte sie leise und warf Sybil einen flehenden Blick zu.

»Das musst du aber«, sagte Hamish. »Dir geht es nicht gut genug, um schon entlassen zu werden.«

Rita drehte ihm den Kopf zu. »Ich möchte nicht in Alice Springs bleiben, das meinte ich.«

Hamish runzelte die Stirn und schaute Sybil an.

»Du brauchst jetzt erst mal Ruhe«, sagte Sybil und tätschelte ihren Arm. »Über alle anderen Fragen reden wir wann anders.«

»Lass mich nicht allein, Syb.« Rita versagte die Stimme.

Sybil hatte sie noch nie so verletzlich gesehen, so gebrochen. Am liebsten hätte sie sie hochgehoben und nach Fairvale mitgenommen. Dort könnte sie sich so lange um sie kümmern, bis sie wieder vollständig genesen wäre.

»Natürlich nicht.« Sybil schaute zu Hamish hinüber und hoffte, er würde nichts dagegen haben, wenn sie blieb. »Hamish und ich sind bei dir.«

Er nickte und hockte sich auf die Fensterbank, um Sybil den Stuhl zu überlassen.

Sie zog ihn ans Bett, nahm Ritas Hand und sah zu, wie sich ihre Augenlider flatternd schlossen.

# 45

Das Hotel an der Esplanade in Darwin war nicht mit denen zu vergleichen, die Kate aus London kannte, bot allerdings Annehmlichkeiten, von denen man auf Fairvale nur träumen konnte: Wasser, das nicht aus einem Brunnen kam, und Angestellte, die für einen putzten. Sie hätte es genießen sollen, da sie nur zwei Nächte hier sein würde, aber stattdessen erging sie sich in Grübeleien über das, was sie erwartete.

Der Termin bei dem Gynäkologen war in einer halben Stunde – bei einem »Damenarzt«, wie ihre Mutter vielleicht gesagt hätte. Zum ersten Mal, seit sie nicht mehr ein kleines Mädchen war, wünschte sie sich, ihre Mutter wäre bei ihr, könnte ihre Hand halten und ihr sagen, dass alles gut werden würde.

Immerhin würde sie bis zur Praxis nur zehn Minuten brauchen, was absolut ungewohnt für sie war. Von Fairvale nach Ghost River, dem nächstgelegenen Ort, benötigte man eine Stunde, und nach Darwin dauerte es noch länger. Sie war schon am Vortag gekommen, um nicht in der Dunkelheit von Fairvale aufbrechen zu müssen, und alle hatten sie darin bestärkt, eine Nacht länger zu bleiben, weil sie schon so lange nicht mehr fort gewesen war.

»Du könntest dir ein bisschen Zeit für dich nehmen«, hatte Sybil mit einem Lächeln erklärt, »und dich von uns erholen.«

Aber sie wollte sich gar nicht von ihnen erholen. Schon nach der ersten Nacht vermisste sie die Stille des frühen Morgens, die irgendwann vom Wiehern der Pferde durchbrochen wurde, dicht gefolgt vom Bellen der Hunde, die kundtaten, dass sie nun auch wach waren. Sie vermisste Ben, der seine Beine mit ihren verschlang und sie mit seinem kratzigen Morgenbart wach küsste. Sie vermisste die Gewissheit, dass Della nur einen kurzen Spaziergang von ihr entfernt war, sodass sie spätestens nach dem Abendessen mit ihr plaudern konnte. Und sie vermisste das nunmehr tägliche Erfolgserlebnis, für alle zu kochen.

Und doch war ihre Anwesenheit in Darwin notwendig. Es hatte keinerlei Anzeichen für eine weitere Schwangerschaft gegeben, obwohl Ben und sie sich alle Mühe gaben. Im Tumult der Veränderungen auf Fairvale hatte Kate das schon fast nicht mehr registriert, aber ein Brief von ihrer Cousine Georgia hatte ihr dann doch den Anstoß zum Handeln gegeben. Georgia und Charlie bekamen noch ein Baby, obwohl das erste gerade erst geboren war. Ein Teil der Familie war also sichtbar mit Fruchtbarkeit gesegnet, und Kate wollte herausfinden, warum es bei ihr anders war. Auch wenn nun andere Dinge ihrem Leben einen Sinn gaben, war ihre Sehnsucht, Mutter zu werden, nicht kleiner geworden – zumal Ben immer noch wild darauf war, überall »kleine Baxters« herumlaufen zu sehen.

Sie schaute auf die Uhr und kaute auf ihrer Unterlippe.

Noch fünfundzwanzig Minuten. Aber sie konnte hier einfach nicht länger rumhocken. Lieber zu früh als zu spät, hatte sie gelernt. Dann würde sie eben eine Weile im Wartezimmer sitzen.

Der Arzt wirkte kompetent, aber nicht besonders herzlich. Was Kate seltsam vorkam. Sollte nicht jemand, der sich mit den intimsten Regionen einer Frau befasste, freundlicher sein? Oder hatte er Angst, seine Patientinnen würden das dann vielleicht falsch auffassen? Oder es vielleicht unheimlich finden? Die Vorstellung war in der Tat einen Gedanken wert: Sie wollte schließlich auch nicht, dass er Witze erzählte, während er in ihr herumstocherte.

»Entspannen Sie sich einfach, Mrs Baxter«, sagte er, als er seine Hand auf ihren Unterleib legte.

Kate atmete durch den Mund aus. Ihr war gar nicht aufgefallen, dass sie sich verkrampfte. Vermutlich war es normal, in einer solchen Situation nicht entspannt zu sein. Sie konzentrierte sich darauf, gleichmäßig zu atmen.

Unvermittelt nahm der Arzt beide Hände weg. »Danke, Mrs Baxter«, sagte er. »Sie können sich jetzt wieder ankleiden.«

Er öffnete und schloss den Vorhang, der die Behandlungsliege vom übrigen Raum trennte, und hatte sie im nächsten Moment schon wieder sich selbst überlassen. War das alles, was er tun würde? Sie abtasten und sich ein paar Notizen machen? Wie sollte er da erkennen, was mit ihr nicht stimmte?

Kate zog sich gehorsam an, schob zaghaft den Vorhang zur Seite und setzte sich auf den Stuhl vor dem Schreibtisch. Der Arzt lächelte – endlich eine menschliche Reaktion.

»Wir können also festhalten, dass Ihre Menstruation normal verläuft?« Er schaute auf das Blatt vor sich. »Keine allzu starken Blutungen. Einigermaßen regelmäßiger Zyklus. Keine heftigen Schmerzen. Sie haben sich gut von Ihrer Fehlgeburt erholt.«

Sie nickte langsam und verspürte eine vage Enttäuschung, weil er nicht sagte, dass sie unter etwas Schrecklichem litt – der bislang unentdeckten Ursache für ihre Kinderlosigkeit.

»Das stimmt«, sagte sie mit dünner Stimme.

»Bei meiner Untersuchung des Beckenbereichs konnte ich nichts Ungewöhnliches feststellen. Also …« Sein Lächeln war kurz und knapp. »Mir scheint kein Grund vorzuliegen, warum Sie nicht wieder schwanger werden sollten.«

Was war sie nur für eine komische Person, dass sie sich über diese Neuigkeit nicht freute, dachte Kate. Aber sie hatte sich so sehr gewünscht, dass es einen Grund gab – etwas, das man identifizieren und behandeln konnte.

Der Arzt verschränkte die Finger und legte die Hände auf den Schreibtisch. »Vielleicht sollte sich Ihr Ehemann mal untersuchen lassen, Mrs Baxter.«

Kate blinzelte. »O nein, das glaube ich nicht.« Sie wurde rot vor Scham bei dem Gedanken, mit Ben über ein solches Thema reden zu müssen.

Der Arzt warf ihr einen merkwürdigen Blick zu. »Warum nicht?«

»Weil *ich* die Fehlgeburt hatte.« Die Worte sprudelten nur so aus ihr heraus, und das Gefühl, versagt zu haben, kehrte mit aller Wucht zurück. Dabei hatte sie gedacht, es in einer kleinen Nische in ihrem Innern weggesperrt zu haben.

»Sie sind ja auch die Einzige von Ihnen beiden, die schwanger werden kann.« Der Arzt neigte den Kopf zur

Seite. »Die Ursache für die Fehlgeburt muss trotzdem nicht bei Ihnen liegen.«

Sie versuchte, den Gedanken nachzuvollziehen, aber er passte nicht zu dem, was sie über Schwangerschaften wusste. Wenn die Freundinnen ihrer Mutter Fehlgeburten gehabt hatten, waren, wenn man ihrer Mutter Glauben schenken durfte, immer sie selbst schuld daran gewesen. Es lag doch an den Frauen, oder?

»Woher wollen Sie das wissen?«, fragte sie.

»Das tue ich nicht«, antwortete er schnell. »Man weiß es fast nie. Aber für gewöhnlich liegt ein Problem mit dem Fötus vor, nicht mit dem Körper der Mutter. Und da ein Fötus immer von Mutter und Vater gemeinsam geschaffen wird, gibt es keine Möglichkeit herauszufinden, an wem genau es liegt.«

»Ich verstehe.« Kate betrachtete stirnrunzelnd ihren Schoß; ihre Hände klammerten sich an die Handtasche, die sie sich von Sybil ausgeliehen hatte. »Und was soll ich jetzt tun?«

»Es weiterhin versuchen«, sagte er munter. »Was womöglich nicht das ist, was Sie hören wollen, weil Sie diese ewigen Versuche vielleicht schon satthaben.«

»Nein, so ist es nicht!«, sagte sie vehement.

Er wirkte amüsiert. »Ihr Ehemann wäre sicher erfreut, das zu hören, Mrs Baxter. Also, versuchen Sie es weiter und bemühen Sie sich, nicht allzu besorgt zu sein. Sorgen sind Ihr größter Feind. Hatten Sie in letzter Zeit häufig Anlass, sich zu sorgen?«

Kate dachte an die letzten Jahre mit ihren folgenschweren Begebenheiten und damit verbundenen Änderungen in ihrem Leben.

»Ja, schon«, sagte sie.

»Besteht Hoffnung, dass sich das ändert?«

»Ja, ich denke schon.« Kate lächelte verhalten. Sie hatte keine Ahnung, was das Leben für sie bereithielt, aber immerhin hatte sie sich auf Fairvale mittlerweile eingelebt. Die Belastung der Eingewöhnung fiel also weg.

»Na also«, sagte er fröhlich. »Machen Sie sich einfach nicht zu viele Sorgen, dann wird es schon klappen.«

Kate verspürte eine gewisse Irritation, dass er sie mit einem derart banalen Rat abspeisen wollte. Andererseits hatte sie ihm nicht viel über ihr Leben erzählt, sodass er auch kaum darauf eingehen konnte.

»Danke, Doktor.« Sie schob ihren Stuhl zurück und stand auf.

»Danke, Mrs Baxter.«

Er trat um den Schreibtisch herum, um ihr die Tür zu öffnen.

»Und rufen Sie mich an, wenn Sie schwanger sind«, sagte er. »Dann können wir darüber sprechen, wo Sie das Kind bekommen, ob hier oder in Katherine.«

Kate war verblüfft, wie er sich ihrer Aussichten so sicher sein konnte, bedankte sich aber trotzdem.

Im Auto blieb sie minutenlang hinter dem Steuer sitzen und versuchte, mit der Tatsache klarzukommen, dass ihr absolut nichts fehlte. All die Zeit über hatte sie die Schuld bei sich gesucht, dabei gab es keinen Grund dazu. Antworten hatte sie dennoch nicht erhalten.

Mit einem Seufzer legte sie den Sicherheitsgurt an und beschloss, vorzeitig aus dem Hotel auszuchecken und noch am Abend nach Fairvale zurückzufahren. Dort wartete ihr Leben auf sie.

# 46

Das Cottage war kleiner als das Haus in Katherine, aber das war Sallyanne egal. Sobald sie nach der Ankunft auf Fairvale ihre Koffer abgestellt hatten, waren die Jungen nach draußen gerannt, genau wie von Sybil vorhergesagt. Und wenn sie draußen waren, war Platz genug im Haus.

Auch Gretel war fasziniert von der Welt, die plötzlich vor ihrer Tür lag. Sie hatte sich angewöhnt, auf den Stufen zu sitzen, die zu dem kleinen Garten hinabführten, und zuzusehen, wie Tim und Billy vorbeirannten, weil sie entweder den Kindern aus dem Camp hinterherjagten oder von ihnen gejagt wurden, schreiend und johlend und lachend. Zu Hause hatten sie nie so herumtoben können. Es hatte nur ein einziges anderes Kind in ihrem Alter gegeben, und das war von seiner Mutter selten herausgelassen worden.

An diesem Morgen waren die Jungen bereits draußen und trieben sich wer weiß wo herum. In Katherine hätte Sallyanne sich Sorgen gemacht, aber hier gab es überall wachsame Augen. Sie ruhten auch auf Gretel – vor allem die von Ruby. Die hatte sich zwar aus der Küche zurückgezogen, betätigte sich aber gerne als Babysitterin und widmete Gretel, da sie noch keine Enkelkinder hatte, ihre besondere Aufmerksamkeit.

Sallyanne hatte ein paar Wochen gebraucht, um sich daran zu gewöhnen, was Gemeinschaft auf Fairvale bedeutete. Alle schenkten ihr Zeit und Aufmerksamkeit, und niemand schien etwas dafür zu verlangen. Sie konnte es immer noch nicht fassen, dass sich so viele Leute für sie interessierten, nachdem sie in ihrer Straße ziemlich anonym gelebt hatte. Sie hatte sich auch noch nicht an die Stille gewöhnt, die einen Großteil des Tages hier herrschte, wenn alle beim Vieh waren. Sie mochte es eher, wenn die Menschen zurückkamen und ein ewiges Fest zu feiern schienen, mit angeregten Gesprächen bei den Mahlzeiten und abendlichem Gesang am Lagerfeuer.

Zu Beginn war es ein komisches Gefühl, dass sie nicht einfach in ein Geschäft gehen konnte, wenn sie etwas vergessen hatte. Andererseits war das auch gar nicht nötig. Sämtliche Mahlzeiten wurden für sie zubereitet – manchmal sogar mit ihrer Hilfe. Als Sybil erwähnt hatte, dass Kate Hilfe in der Küche brauchen könnte, war Sallyanne nicht klar gewesen, auf was sie sich da einließ, aber mittlerweile waren sie ein eingespieltes Team.

Das Einzige, was ihr zu schaffen machte, war, dass sie Rita nicht besuchen konnte. Nach ihrer Entlassung aus dem Krankenhaus hatte Sallyanne sie öfter angerufen, aber die ersten Male war immer Hamish am Apparat gewesen und hatte erklärt, Rita könne nicht ans Telefon kommen. Als sie dann endlich mit ihr reden konnte, klang Rita abwesend und geschwächt. Gar nicht wie sie selbst. Nicht im Mindesten wie damals, als sie Sallyanne dazu überredet hatte, nach Fairvale zu ziehen.

»Sybil hat dir also ein Angebot gemacht«, hatte Rita fröhlich kurz nach Sybils und Kates Besuch gesagt.

»Ja«, hatte sie geantwortet und sich gefragt, wie viel Rita wusste.

»Und wirst du es annehmen?«

»Soll ich?« Zu dem Zeitpunkt hatte sich Sallyanne schon etliche Gründe zurechtgelegt, warum sie nicht umziehen sollte – etwa die Tatsache, dass sie noch nie im Busch gelebt hatte –, während sie die Vorteile nicht einmal erwogen hatte. Nicht weil die Idee sie nicht reizte, aber sie hatte keine Vorstellung, wie sich ihr Leben auf Fairvale gestalten würde.

»Es würde dir sicher dort gefallen«, sagte Rita. »Und wenn du einfach nur Angst davor hast, dein Leben zu verändern, nun …«

»Ich weiß nicht, ob es das ist. Vielleicht … vielleicht habe ich noch nicht genug Veränderungen erlebt, um das beurteilen zu können.«

Rita lachte. »Zu heiraten und drei Kinder zu bekommen sind also keine Veränderungen?«

Sallyanne war klar, dass Rita gleichzeitig recht und unrecht hatte. Sie hatte immer in derselben Stadt gelebt und wohnte auch jetzt nicht weit entfernt von ihrem Elternhaus, weil nichts in Katherine weit entfernt lag. Abenteuerlustig konnte sie sich wohl kaum nennen. Waren Abenteuer aber nicht Teil des Lebens im Busch? Katherine war eine ländliche Stadt, aber immerhin eine Stadt. Sallyanne hatte keine Ahnung, ob sie für ein Leben mit Tieren geschaffen war, für eine Gegend, in der sich in jeder Ritze Dreck festsetzte, mehr noch als bei ihr daheim.

»Ich glaube nicht, dass du ein großes Risiko eingehst«, sagte Rita. »Die Kinder sind noch jung und anpassungsfähig. Und das Haus gehört euch ja, Mick und dir. Sucht euch einen Mieter oder lasst es leer stehen – oder sag Mick, dass er wieder einziehen kann –, dann kannst du jederzeit dorthin zurückkehren, solltest du feststellen, dass Fairvale nichts für dich ist.«

»Mag sein«, sagte Sallyanne unentschlossen.

»Sal!«, mahnte Rita. »Nun sei doch nicht so zögerlich. Mick ist fort. Du bist frei und kannst Entscheidungen wie diese selbst treffen.«

»Aber was, wenn er zurückkommen möchte?« Die Worte waren ausgesprochen, bevor sie darüber nachgedacht hatte. Sofort war ihr klar, was der eigentliche Grund für ihr Zögern war. Sie hegte immer noch die Hoffnung, vage, aber hartnäckig, dass Mick nüchtern und vielleicht sogar verwandelt zurückkehren könnte, um noch einmal von vorn anzufangen.

Rita schwieg eine Weile. »Möchtest du das denn?«, fragte sie dann.

»Ich …« Sallyanne dachte darüber nach, wie sie es ausdrücken sollte. »Was, wenn er sich verändert hat, seit er auf der Station arbeitet?«

»Hat er sich bei dir gemeldet?«

Sallyanne verspürte eine dumpfe Enttäuschung. »Nicht wirklich. Er hat den Kindern ein paarmal geschrieben.«

Längeres Schweigen.

»Wenn er sich geändert hat und dich finden will«, sagte Rita schließlich, »dann findet er dich auch. Das heißt aber nicht, dass du in der Zwischenzeit untätig herumsitzen musst. Wenn das so wäre, wärst du vielleicht jahrelang zur Warterei verdammt.«

Am Ende des Gesprächs war Sallyanne immer noch

nicht überzeugt. Nach einer weiteren Woche allerdings, in der ihr Leben in den immer gleichen Bahnen verlief – die Jungen zur Schule bringen, den Haushalt erledigen, Einkäufe tätigen, sich um Gretel kümmern – mit der Aussicht, dass es in den nächsten Jahren immer so weitergehen würde, für sie und auch für die Kinder, war ihr plötzlich bewusst geworden, dass Veränderungen weniger furchteinflößend waren als Stillstand. Außerdem kannte sie Fairvale – und Sybil und Kate und Della. Sie würde also weniger ein Zuhause verlieren als zu ihren Freundinnen ziehen.

»Klopf, klopf!«, erklang Rubys Stimme jetzt an der geöffneten Eingangstür.

»Kommen Sie herein«, sagte Sallyanne und ging ihr entgegen, während Gretel auf den Eingangsstufen herumhüpfte.

»Ruby! Ruby! Ruby!«, kreischte sie.

Sallyanne lächelte, als sie die Begeisterung ihrer Tochter sah. Die Kinder waren deutlich fröhlicher, seit Mick nicht mehr bei ihnen lebte, aber seit dem Umzug nach Fairvale waren sie regelrecht glücklich.

»Schon gut, Schätzchen.« Ruby kicherte, als Gretel an ihrem Kleid zog, und sah zu Sallyanne. »Ich nehme sie jetzt mit. Sie kann es kaum erwarten, was?«

»Gretel freut sich immer, Sie zu sehen.« Sallyanne schenkte dieser Frau, die sie kaum kannte, die aber so nett zu ihrer Familie war, ein breites Lächeln.

»Oh, sie ist ein süßes kleines Ding. Ich freue mich auch immer, wenn ich dich sehe, kleine Gretel. Dann komm mal her, mein Schatz.« Sie nahm das Mädchen an der Hand.

Sallyanne sah ihnen hinterher, als sie zu Rubys Haus gingen, Ruby mit ihrem watschelnden Gang, den sie immer auf ihre »komischen Füße« schob. Sallyanne war erstaunt, dass sich Gretel, die sonst immer so an ihr geklebt hatte, kaum nach ihr umdrehte.

Sie zog die Haustür hinter sich zu und begab sich in die Küche. Ein paar Stunden würde sie mit Kate verbringen, dann ein paar mit den Jungen, um sie zu unterrichten – als Vorbereitung auf ihre Arbeit im nächsten Jahr. Danach würde sie noch einige Besuche machen, zu Abend essen und früh zu Bett gehen. Obwohl die Abläufe jeden Tag dieselben waren, wusste Sallyanne nie, was sie konkret erwartete – weshalb sie sich lebendiger fühlte als je zuvor in ihrem Leben. Als sie noch mit Mick zusammengewohnt hatte, war Unsicherheit ihr ständiger Begleiter gewesen. Sie hatte darunter gelitten und wusste, warum sie sich jetzt anders fühlte: Die Leute auf Fairvale strahlten Beständigkeit aus. Nur die Arbeit und die Natur veränderten sich. Endlich lebte Sallyanne inmitten von Menschen, denen sie wichtig war. Das Leben könnte ihr Knüppel zwischen die Beine werfen, nun wäre sie vorbereitet.

# 47

Gelegentlich hatte Rita das Gefühl, als würden Ameisen durch ihren Körper krabbeln; dann musste sie kräftig ihre Arme und Beine schütteln, um sie zu verscheuchen. Sie war sich ziemlich sicher, dass es sich nicht um ein physisches Problem handelte. Sie schob es eher auf Vorgänge ihrer Psyche. Hamish erzählte sie nichts davon, denn er würde nach einer medizinischen Erklärung suchen, und wenn er keine fände, sicherlich denken, dass irgendetwas mit ihrem Gehirn nicht stimmte. Aber Rita wusste, dass ihr Gehirn funktionierte. Es war ihr Herz, das gebrochen war.

Die abgrundtiefe Trauer, die die Tage nach dem Flugzeugabsturz erfüllt hatte – diese Qual, dass Kevin gestorben war, diese Schuldgefühle, dass ihre Patientin gestorben war, obwohl sie selbst keine Schuld traf –, war einer nagenden Ruhelosigkeit gewichen. Diese Ameisen. Es war, als wären sie aus dem Riss in ihrem Herzen gekrochen und hätten die Kontrolle über ihren Körper übernommen. So etwas hatte sie noch nie erlebt. Als ihre Eltern gestorben waren, war sie niedergeschmettert gewesen, hatte sich aber nicht verantwortlich gefühlt, nicht schuldig wie jetzt. Dem

Flugzeug war sie entkommen, aber über den Tod dieser zwei Menschen kam sie einfach nicht hinweg.

»Was steht heute drin?«, fragte Hamish und riss sie in die Gegenwart zurück. Sie hatte minutenlang vor der Zeitung gesessen, ohne ein Wort zu lesen.

»Nichts Besonderes«, flunkerte sie und zwang sich zu einem Lächeln. Sie wollte ihn anlächeln – sie liebte ihn ja –, aber in den letzten Wochen musste sie sich immer dazu überwinden. Hamish hatte gesagt, sie werde eine Weile brauchen, um sich zu erholen und wieder an das Leben zu gewöhnen. Wie lange die Weile dauern würde, hatte er nicht gesagt, dabei dachte sie, es selbst eigentlich wissen zu müssen. All diese Gelegenheiten, bei denen sie Menschen nonchalant erklärt hatte, ihre Traurigkeit werde sich *mit der Zeit* schon legen, kamen ihr wieder in den Sinn. Was für eine Idiotin war sie nur gewesen. Eine ignorante, gedankenlose Idiotin.

»Du hast nicht wirklich gelesen, oder?«, fragte er und sah so aus, als müsste er sich wie sie zu seinem Lächeln zwingen.

Rita schüttelte den Kopf.

»Was sollen wir nur mit dir anstellen?« Hamish nahm ihre Hand.

Sie bemerkte, wie ein Ausdruck der Trauer über sein Gesicht huschte, und fühlte sich auch daran schuldig. Stattdessen hustete sie kurz und sagte zögerlich: »Ich weiß es nicht.«

Er wollte etwas sagen.

»Mir ist bewusst, dass du dir Sorgen machst«, erklärte sie schnell, da sie nicht wollte, dass er es zum tausendsten Mal wiederholte. »Ich tue das auch. Sybil macht sich Sorgen. Sallyanne macht sich Sorgen. Alle machen sich Sorgen.«

Hamish seufzte. »Du musst nächste Woche nicht wieder beginnen zu arbeiten.« Seine Miene wirkte beunruhigt. »Es ist erst sechs Wochen her.«

Ihre Rückkehr in den Job war bereits mehrfach verschoben worden, aber eine weitere Verschiebung war unmöglich. Die Flying Doctors brauchten eine Krankenschwester, die immer da war. Außerdem hatte Rita nicht vergessen, was sie instinktiv gedacht hatte, als sie im Krankenhaus aufgewacht war: Sie wollte Alice Springs verlassen. Für sie würde dieser Ort immer mit einer Tragödie verbunden sein.

»Ich habe nachgedacht.« Sie holte Luft und verspürte eine gewisse Nervosität, weil sie nicht wusste, wie er auf ihre Eröffnung reagieren würde. »Vermutlich sollte ich gar nicht mehr zu den Flying Doctors zurückkehren.«

Hamish senkte den Blick. Dann schaute er sie wieder an und nickte langsam. »Damit hatte ich schon fast gerechnet.«

»Dann willst du es mir also nicht ausreden?«

Nun schüttelte er den Kopf, ein Mal, zwei Mal. »Wenn du das partout so willst, nein.«

Sie hatte sich die Frage immer wieder selbst gestellt, weil sie die Entscheidung mit einem möglichst klaren Kopf treffen wollte.

»Ich weiß nicht, was ich eigentlich will«, sagte sie langsam. »Vielleicht werde ich es nie wissen.«

»Lass dir einfach Zeit«, sagte er.

Sie versuchte sich wieder an einem Lächeln, wusste aber, dass es eher zu einer Grimasse geriet.

»Ich fühle mich hier eingesperrt«, sagte sie. »Wenn ich mir noch mehr Zeit lasse, wird es nur noch schlimmer.«

»Was hast du vor?«, fragte er unsicher.

Die Frage hatte sie sich natürlich auch gestellt und nur eine Antwort darauf gefunden.

»Ich werde mich um eine Stelle in Sydney bewerben«, sagte sie. »Ich möchte zurück nach Hause.«

In den Wochen nach dem Absturz hatte sie nachts oft wach gelegen und an den tröstlichen Glanz ihrer Geburtsstadt gedacht. Sie hatte daran gedacht, wie sie zum Lärm der Elstern und der Kookaburras aufgewacht war; hatte an die grünen Rasenflächen im Sommer gedacht, an den Weihnachtsbaum auf dem Martin Place und an die Strände, wo man stundenlang liegen, in der Nachmittagssonne dösen und immer wieder ins allgegenwärtige Wasser springen konnte; an den Hafen, die Küstenlinie und die Flussarme, die sich tief in die Stadt hineinzogen. Sie fand Alice Springs immer noch schön, aber es war genau das Gegenteil von dem, was sie jetzt brauchte.

Hamish zuckte zusammen und zog seine Hand fort.

»Sydney«, sagte er leise.

»Ich kann hier nicht bleiben, Hamish. Ich werde nie wieder in ein Flugzeug der Flying Doctors steigen können. Und eine andere Arbeit finde ich in dieser Gegend auch nicht.«

»Was ist mit dem Krankenhaus? Jemanden deines Kalibers würden sie mit Kusshand nehmen.«

»Nein«, sagte sie bestimmt. »Ich muss raus aus Alice Springs.«

»Aber«, er seufzte schwer, »ich bin hier.«

Ihr Wunsch war egoistisch, aber sie wusste, dass sie sich nie erholen würde, wenn sie sich nach den Wünschen anderer richtete. Sie könnte ihren Job behalten, weil sie sich dazu verpflichtet hatte; sie könnte in Alice Springs bleiben, weil

Hamish es wollte und weil sie so näher bei Sybil wäre, bei den Freundinnen, die sie durch Sybil kennengelernt hatte. Aber nichts davon würde heißen, sich selbst an erste Stelle zu setzen. Ihr ganzes Leben lang war sie pflichtbewusst gewesen: eine gute Tochter, eine gute Krankenschwester, eine gute Angestellte, eine gute Freundin. Dabei hätte sie manchmal gerne laut geschrien, weil ihre Pflichten ihren eigentlichen Wünschen im Wege standen. Nach Alice Springs zu gehen war ihre erste wirklich eigene Entscheidung gewesen, und jetzt hatte diese Entscheidung sie fast zerstört.

»Ich liebe dich«, sagte sie, weil er das wissen sollte, bevor sie weiterredete. »Aber ich muss mich um mich selbst kümmern.«

»Ich würde mich um dich kümmern«, sagte er flehentlich.

»Das tust du doch schon«, sagte sie. »Ich möchte dich auch nicht verlassen, aber ich kann hier nicht bleiben. Ich hoffe, du verstehst das. Ich *muss* einfach nach Hause.«

Hamish schien die Luft anzuhalten, als er ihr in die Augen schaute.

»Ich möchte nicht ohne dich leben«, sagte er. »Mein Leben ist … um so vieles besser, wenn du ein Teil davon bist. Du bist eine so außergewöhnliche Frau.«

Sie legte die Hände auf den Tisch, mit den Innenflächen nach oben. Er legte seine hinein.

»Ich glaube nicht, dass dies das Ende unserer Geschichte ist«, sagte Rita sanft. »Aber ich muss aus eigener Kraft für mich eine neue beginnen. Ich hoffe, das ergibt Sinn.«

Er schaute sie irritiert an, dann sah sie, wie seine Stirn wieder glatt wurde. Er zog eine von ihren Händen an die Lippen und küsste sie.

»Ja, das ergibt Sinn«, sagte er.

Rita beugte sich über den Tisch und küsste Hamish. Sie konnte sich in diesen Küssen verlieren, in ihren Umarmungen. Aber jetzt wollte sie das nicht. Sosehr sie ihn auch liebte, diese Liebe war nicht genug, um sie an diesem Ort wieder zu sich selbst kommen zu lassen. Es war nicht klar, was für eine Wendung ihre Geschichte nehmen würde. Alles, was Rita hatte, war eine ungewisse Zukunft. Und seltsamerweise gab ihr das mehr Sicherheit als all die Gewissheiten ihres bisherigen Lebens.

# 48

Die Pferde wirbelten Staub auf und hüllten alles in eine große Wolke; die Reiter husteten und drückten ihr Kinn an die Brust.

Della musste lachen, weil sie noch nie in ihrem Leben so froh gewesen war, Staub zu sehen. Die roten Schwaden sagten ihr genau, wo sie war: zu Hause.

»Wie geht es dir, Della?«, rief Ben ihr von seiner Position an der Spitze des Reitertrupps zu.

»Gut«, antwortete sie. »Um mich musst du dir keine Sorgen machen.«

»Das mache ich nicht.« Sie konnte sein Lächeln durch den roten Dunst sehen. »Ich wollte nur höflich sein.«

Stan ritt ein Stück vor ihr. Sie betrachtete seinen geraden Rücken, die Haare, die seinen Nacken streiften, an den Kopf gedrückt von seinem alten Hut. Er hielt die Zügel wie immer in einer Hand, sein Körper in völligem Einklang mit dem Pferd.

Sie ritt ein neues Tier, mit dem sie sich vertraut machen musste. Arthur war noch auf Ghost River. Sosehr sie sich anfangs über ihn geärgert haben mochte, so sehr hatte sie sich an ihn gewöhnt. Er war robust und ruhig und wurde, anders als andere Pferde, nie müde. Mit ihrem jetzigen Tier war sie allerdings auch zufrieden, einem schokoladenbraunen Quarter Horse namens Phoenix. Es war nicht so groß wie Arthur mit seinem Anteil Clydesdale, aber sie schätzte sein Temperament.

Sie waren auf der Suche nach wilden Rindern, die nach Bens Ansicht wenigstens einen Tagesritt entfernt waren. Della liebte das Gefühl der Freiheit, das sie überkam, wenn sie sich unter diesem gewaltigen Himmel auf dem Rücken eines Pferdes bewegte, inmitten von so viel spektakulärem Land. Womit sie nicht gerechnet hatte, war die Freude, Stan jeden Tag sehen zu können. Sie verdankte sie auch Ben, der nichts gegen Beziehungen zwischen Mitarbeitern hatte – nicht dass das ein großes Thema war, da es außer ihr keine weiblichen Viehtreiber gab.

»Nennt einfach euer erstes Kind nach mir, okay?«, hatte er mit einem Augenzwinkern gesagt, als das Thema bei ihrem ersten Abendessen auf Fairvale aufgekommen war. »Benjamina, wenn es ein Mädchen wird.«

Della war rot geworden, aber Stan hatte sich sichtlich gefreut. Kate, die den Wortwechsel mitbekommen hatte, hatte nur eine Augenbraue gehoben und rätselhaft gelächelt.

Della trieb Phoenix an und schloss zu Stan auf, der sie seltsam ansah, statt wie sonst breit zu grinsen.

»Wird lang heute«, sagte er.

»Ich freue mich darauf.« Sie lächelte ihn an. »Ich kenne das Land ja noch nicht so gut wie du. Es ist überwältigend.«

Stans Lachen kam aus der Tiefe seiner Brust. »Es gibt nicht viele Leute, die das sagen würden. Manche halten es für langweilig.«

»Absolut nicht«, sagte sie. »Ich jedenfalls nicht. Es ist«, sie holte tief Luft, während sie nach dem richtigen Wort suchte, »spcktakulär.«

Sie warf ihm einen Seitenblick zu, und er schaute sie neugierig an.

»Du möchtest also hierbleiben?«, fragte er.

»Natürlich!«, sagte sie und wunderte sich, dass er noch fragen musste. Sie war doch zurückgekommen, oder?

»Mit mir?« Er klang unsicher.

»Ja, mit dir«, sagte sie entschieden, da sie wusste, dass es genau das war, was sie wollte.

Als er ihren Blick mied, fragte sie sich, ob ihre Antwort zu direkt gewesen war. Wäre es Stan lieber, sie würde zögern und ihre Begeisterung nicht zeigen? Schulfreundinnen von ihr hatten behauptet, dass Jungen es nicht mochten, wenn Mädchen zu direkt waren. Dann wirkten sie zu leicht zu haben, und kein Junge wollte etwas von einem Mädchen, das allzu bereitwillig mit einem anderen mitging.

»Uns wird es gut gehen, solange wir hier sind«, sagte er und wies mit dem Kinn auf den Hügel in der Ferne. »Aber ich mache mir Sorgen, kleine Della.« Seine Augen wurden dunkel, als er sie anschaute. »Ich mache mir Sorgen, was passiert, wenn wir nicht hier sind.«

»Wovon redest du?«, fragte sie.

Stans Augen huschten zur Seite, dann ließ er das Kinn sinken.

»Hat es mit dem zu tun, was dieser dumme Typ gesagt hat?«, drängte ihn Della. Ben hatte widerwillig einen neuen Viehtreiber eingestellt, weil er der jüngere Bruder seines Freundes aus Tamworth war, jenes Freundes, der ihm den Job gegeben hatte. Als sie gestern die Sachen für ihr Lager vorbereitet hatten, hatte er Stan ein Zelt zugeworfen und ihn dabei an der Brust getroffen.

»He«, hatte Stan leicht verwirrt gesagt. »Was soll das?«

»Das ist doch deine Aufgabe, oder?«, sagte Mark. »Unsere Zelte zusammenzupacken.«

»Das hast du wohl falsch verstanden, Kumpel«, sagte Stan und legte das Zelt auf den Boden. »Jeder packt sein eigenes Zelt. Außerdem bin ich hier der erste Viehtreiber. Wenn jemand für andere ein Zelt packt, dann du für mich.«

Marks Lachen war spröde. »Erster Viehtreiber? Du träumst wohl, Kumpel. Niemand, der aussieht wie du, wird je mein Boss sein.«

Della, die dabeistand, spürte die angespannte Stimmung. Stans Miene war neutral, ihrer Erfahrung nach ein gefährliches Zeichen. Wenn er seine Gefühle nicht zeigen wollte, bedeutete das für gewöhnlich, dass er sie zurückhielt, um sie zur rechten Zeit gebündelt herauszulassen.

»Nun, *mein* Boss ist er jedenfalls«, sagte sie in der Hoffnung, damit die aufgeladene Situation zu zerstreuen.

»Klar, und nicht nur das, was?« Mark musterte sie von oben bis unten. »Perlen vor die Säue, wenn man mich fragt.«

»Dich fragt aber niemand«, erklang eine scharfe Stimme von der Stalltür her. Della drehte sich um und erblickte Ben. Er hatte die Hände in die Hüften gestützt, seine Miene war finster. Sein Auftauchen hatte dem aufkommenden Streit schnell ein Ende bereitet, aber in Della hatte die Szene trotzdem das Gefühl hinterlassen, dass sie sich besser vor Mark hüten sollte. Vielleicht ging es Stan genauso.

Mark ritt weiter vorn, in der Nähe von Ben. Seit gestern versuchte er, sich bei ihm wieder lieb Kind zu machen, aber soweit Della das beurteilen konnte, war Ben davon nicht beeindruckt. Was aber noch lange nicht bedeutete, dass man das Geschehene einfach vergessen konnte.

Sie sah, dass Stan nach vorn schaute und mit seinem Blick Marks Rücken durchbohrte.

»Viele Menschen da draußen – außerhalb unserer Gemeinschaft – wollen einen Typen wie mich nicht mit einem Mädchen wie dir zusammen sehen«, sagte er. »Sie halten das für widernatürlich.«

Darüber hatte sich Della auch schon Gedanken gemacht, natürlich hatte sie das. Vor allem, als ihr klar geworden war, dass sie sich in ihn verliebte. Es war ja nicht so, dass es in ihrem eigenen Land keine Probleme gab, wenn schwarze Männer und weiße Frauen zusammen sein wollten. Aber es passierte trotzdem, und die Paare schafften es irgendwie. Sie mussten einfach dazu stehen und es unbedingt wollen. Vielleicht mehr wollen als alle anderen. Sie, Della, war dazu bereit. Und auf die Meinung einer Laus wie Mark gab sie gar nichts.

»Ich weiß«, sagte sie und sog die Luft dieser Landschaft in ihre Lunge, bevor sie ihn anlächelte. »Aber ich habe keine Angst.«

Stans Pferd warf den Kopf zurück und zog an den Zügeln.

»Er möchte zu den anderen aufschließen«, sagte Stan.

Wieder fragte sich Della, ob Stan ihr etwas verschwieg. Er hatte nichts erwidert, und zum ersten Mal, seit sie ihm begegnet war, nagten Zweifel an ihr. Vielleicht hatte er seine Meinung über sie geändert, seit sie zurückgekehrt war; vielleicht dachte er daran, den Vorfall von gestern als Vorwand zu nehmen, um sich schmerzlos von ihr trennen zu können. Logisch war das nicht, aber ihr war deutlich bewusst, wie viel für sie auf dem Spiel stand.

»Stan?«, fragte sie zögernd.

Seine Miene war absolut ausdruckslos.

»Ich möchte nicht, dass man dich verletzt«, sagte er nach ein paar Sekunden, die viel zu langsam verstrichen. Beim letzten Wort brach seine Stimme.

Sie schluckte und wusste, dass sie all ihre Überzeugungskraft in den nächsten Satz legen musste.

»Mich würde nur verletzen, wenn du erklären würdest, dass du nicht mehr mit mir zusammen sein möchtest«, sagte sie.

Stan kaute auf seiner Unterlippe. »Ich liebe dich«, sagte er, und sie wäre vor Erleichterung fast in Tränen ausgebrochen. »Aber wir …« Er schüttelte so schnell den Kopf, dass er fast seinen Hut verlor. »Ich muss darüber nachdenken. Darüber, was passieren könnte.«

Della wusste, dass sie darauf reagieren musste – Stan schien ihr mitteilen zu wollen, dass er eine Zeit lang allein sein wollte –, aber sie fühlte sich so weich wie Brei. Ihr Gehirn arbeitete zu langsam, ihre Lippen bewegten sich nicht schnell genug, und ihr Herz schien gar nicht mehr zu schlagen.

»Was sollen wir also tun?«, fragte sie so leise, dass sie nicht sicher war, ob er sie überhaupt hören konnte.

Eine Weile ritten sie schweigend weiter.

»Gibst du mir ein wenig Zeit?«, fragte er, ohne sie anzuschauen.

Ihr ganzes Leben – die Vergangenheit, die Zukunft – war nichts als Zeit, die bereits verbraucht war oder noch auf sie wartete. Natürlich würde sie ihm Zeit geben. Aber vermutlich sollte die Frage eigentlich lauten: *Wollte* sie das?

»In Ordnung«, sagte sie, obwohl das gelogen war. All die Monate, in denen sie fort gewesen war, hatte sie auf ihn gewartet, hatte nichts von ihm gehört, hatte ihn vermisst. Andererseits wusste sie nicht, was er tun würde, wenn sie ihn jetzt zu einer Entscheidung zwang. Dann könnte sie morgen aufwachen und feststellen, dass er ins große Haus gegangen war und seine Kündigung eingereicht hatte.

»Geh du voran«, sagte er leise.

Im ersten Moment wusste sie nicht, was er meinte. Dann, als eine Wolke der Unsicherheit sich in ihr zu bilden begann, gab sie Phoenix die Sporen und ließ Stan hinter sich.

# 49

Die Frage, ob sie ein weiteres Treffen ihres Buchclubs organisieren sollte, beschäftigte Sybil seit Tagen. Keine von ihnen hatte viel Zeit zum Lesen, und Rita hatte sich immer noch nicht vollständig von ihren Verletzungen erholt. Und obwohl so vieles gegen eine Zusammenkunft sprach, hatte Sybil doch das Gefühl, dass sie ihnen allen guttun würde. Sie war die Einzige, die Rita seit ihrem Unfall gesehen hatte; vor allem für Sallyanne wäre es wichtig, sich mit eigenen Augen davon zu überzeugen, dass Rita noch aus einem Stück bestand.

Als Sybil sich erkundigt hatte, ob sie sich imstande fühle, nach Fairvale zu kommen, hatte Rita nonchalant wie immer erklärt, sie werde einfach ein Flugzeug nehmen.

»Bist du sicher?«, fragte Sybil zögerlich.

Ein paar Sekunden lang herrschte Schweigen.

»Nein«, sagte Rita schließlich. »Aber wenn ich es nicht schaffe, in ein Flugzeug zu steigen, werde ich Alice Springs nie verlassen. Mit dem Auto komme ich ja nicht weit.«

»Das ist wahr«, sagte Sybil.

»Darryl wird mich fliegen«, sagte Rita mit einem Unterton gezwungener Unbeschwertheit in der Stimme. »Mit seinem eigenen Flugzeug. Das ist etwas ganz anderes als das der Flying Doctors.« Sybil vernahm einen Laut, der wie ein Hicksen klang. »Nichts, worüber man sich Sorgen machen muss.«

»Wunderbar«, sagte Sybil. »Dann hole ich dich in Tindal ab.«

Und das hatte sie auch getan, während Kate und Sally-anne die Vorbereitungen für den morgendlichen Tee trafen.

Langsam war Rita die kurze Gangway herabgestiegen, von Darryl am Ellbogen gestützt. Sybil hatte sofort erkannt, dass sich ihre gespielte Tapferkeit in Luft aufgelöst hatte, falls sie denn je existiert hatte. Dann hatte ihr Rita allerdings ein breites Lächeln geschenkt, und Sybil hatte beschlossen, sich lieber nicht nach dem Flug zu erkundigen.

Als sie nun im Wohnzimmer von Fairvale saßen, vor der Teekanne und den Tassen und einem von Kates Kuchen, hatte Sybil endlich das Gefühl, sich entspannen zu können. Sie sah zu Della hinüber, die finster dreinblickte.

In letzter Zeit war Della sehr still. Zwar war sie auch sonst nicht besonders laut gewesen, aber in ihrem Kreis hatten sie einen Grad an Vertrautheit erreicht, der die Gespräche unbeschwert dahinfließen ließ. Doch heute hatte sich Kate nach Stan erkundigt, und Della war ziemlich wortkarg gewesen. Sybil wusste nichts über ihre Beziehung; das ging sie auch nichts an, solange sie nicht eine von ihnen unglücklich machte und sie daran etwas ändern könnte. Sybil hegte die Befürchtung, dass dieser Punkt schon erreicht sein könnte, aber vielleicht würde sie nie etwas darüber erfahren.

Das Einzige, wozu Della sich äußerte, war das Buch. Es hatte ihr sehr gut gefallen, weil sie Parallelen zu ihren eigenen Erfahrungen darin erkannt hatte. Sybil hatte *Meine brillante Karriere* von Miles Franklin ausgewählt, um die Organisation dieses Buchclubtreffens möglichst einfach zu gestalten. Sie selbst hatte den Roman bereits vor Jahren gelesen, Sallyanne und Rita ebenfalls. Da das Buch kurz war, hatten Kate und Della es schnell lesen können, indem sie Sybils Exemplar weitergereicht hatten. In Wahrheit war das Buch nur Mittel zum Zweck gewesen, um alle zusammenzubringen – eine Art Huldigung an den offiziellen Anlass ihrer Treffen. Sybil hatte nicht damit gerechnet, dass es eine wilde Diskussion auslösen könnte.

»Ich verstehe immer noch nicht, warum die Autorin ihren Namen ändern musste«, sagte Della, während Sybil wieder einmal zu Rita hinüberschaute, die blass, aber einigermaßen gut gelaunt aussah.

»Weil Frauen damals nicht unter ihrem Namen schreiben durften«, sagte Sallyanne.

»Wieso?«, fragte Della.

»Das ist nicht ganz richtig, Sal«, wandte Rita ein und rückte das Kissen in ihrem Rücken zurecht. »Sie dachte einfach, sie hätte mit einem Männernamen bessere Chancen, einen Verleger zu finden.«

»Womit sie ja auch recht hatte«, stellte Sybil fest.

»Wie Henry Handel Richardson«, sagte Rita. »Erinnert ihr euch an sie?«

»An sie?«, fragte Della stirnrunzelnd.

»Das war eine andere Zeit«, sagte Sybil.

»Mich überrascht, dass Jane Austen keinen falschen Namen benutzen musste«, sagte Kate, die an ihrem Tee nippte und prompt das Gesicht verzog. Sybil probierte ebenfalls und verstand den Grund: Er hatte zu lange gezogen.

»Sallyanne, könnte ich etwas Zucker bekommen?«, fragte Sybil.

Die Zuckerdose landete mit einem leisen Knall auf dem Tisch, und im nächsten Moment brach Sallyanne in Tränen aus.

»Sal, was ist denn los?«, fragte Rita.

»Es ist alles so schrecklich«, jammerte Sallyanne.

»Sallyanne«, sagte Sybil und beugte sich zu ihr vor. »Was soll denn schrecklich sein? Wir sind doch alle sehr zufrieden hier.«

»Na ja, ich habe Schmerzen«, sagte Rita und zuckte teilnahmslos mit den Schultern. »Und dein Sohn ist immer noch verschollen.«

Sybil verzog das Gesicht, als hätte sie auf etwas Saures gebissen. »Das tut hier nichts zur Sache«, sagte sie.

Wieder zuckte Rita mit den Achseln. »Ich dachte, man könnte es ja mal erwähnen. Das ist wie eine Art konstanter Schmerz, und du findest dich einfach damit ab. So wie«, sie schaute weg, »mit allem anderen auch.«

Sybil wusste, dass sie über Joe redete, aber dieses Thema war für sie tabu. Die beste Methode, mit seiner Abwesenheit klarzukommen, war, immer an ihn zu denken und selten über ihn zu reden.

Sallyanne schniefte. »Das ist genau das, was ich meine. Alles ist falsch. Ich war so glücklich auf Fairvale, aber dann hatte Rita … Rita …«, ihr Gesicht verzog sich zu einer Grimasse, »Rita diesen grausamen Flugzeugabsturz.« Sie zeigte in Ritas Richtung. »Dabei sind Menschen gestorben.«

Sybil schaute schnell zu Rita hinüber, die bleich geworden war.

»Wir wissen, dass Menschen dabei zu Tode gekommen sind«, sagte Sybil leise.

»Habe ich etwas Falsches gesagt?« Sallyanne atmete durch den Mund ein und aus.

Kate stand auf, setzte sich neben Sallyanne aufs Sofa und legte den Arm um sie.

»Heute ist einfach nicht dein Tag«, sagte sie. »Davon hat es in deinem Leben schon so einige gegeben, aber jetzt bist du auf Fairvale. Und wir lieben dich alle.«

»He«, sagte Rita scharf. »Und was ist mit mir? Ich bin es doch, deren Milz gerissen ist. Und die sich das Bein gebrochen hat.«

»Und im anderen hast du eine Knochenfraktur, nicht wahr, Rita?«, sagte Sybil.

Rita funkelte sie an. Dann zwinkerte sie, und Sybil wurde von einer Welle der Erleichterung erfasst, weil sie wusste, dass ihre langjährige Freundin wieder ein wenig sie selbst war.

»Ich mag dich so«, sagte Sallyanne, zog ein Taschentuch aus der Brusttasche ihres Kleids und schnäuzte hinein. »Und euch andere auch.«

Unerwartet entfuhr Sybil ein Lachen. »Vielleicht hätte ich ein etwas leichteres Buch auswählen sollen. Scheint so, als hätten wir eher Ablenkung nötig.«

Vier Frauen schauten sie erwartungsvoll an.

»Oh, ich werde keins vorschlagen«, sagte Sybil. »Etwas Leichtes habe ich nicht mehr gelesen, seit …« Sie hielt inne. Sie hatte immer eher Bücher gelesen, die nachdenklich machten oder lehrreich waren. Sie war sich nicht sicher, ob sie überhaupt je nur zum Spaß gelesen hatte.

»Seit der Grundschule, was, Syb?«, sagte Rita.

»Ach, vergiss es.« Sybil schaute ihre Freundin mit zusammengekniffenen Augen an. »Obwohl du damit recht haben könntest.«

»Vielleicht können wir ja nächstes Mal etwas nicht ganz so Ernstes lesen«, schlug Sallyanne vor.

»Dafür wäre ich auch«, sagte Della mit einem eher verkniffenen Lächeln. »Aber keinen Liebesroman, okay?«

»Magst du keine Liebesromane?« Sallyanne wirkte verletzt.

»Im Moment nicht«, sagte Della, ohne jemanden anzusehen.

Sybil und Kate wechselten einen Blick, aber Sybil schaute schnell wieder weg, damit Della es nicht mitbekam.

»In Ordnung, Sallyanne«, sagte Sybil. »Dann suchst du etwas Amüsantes für uns aus. Du hast ja eine Weile Zeit, weil uns die Regenzeit mal wieder zu einer Pause zwingen wird.«

Sie sah, dass Rita einen Schluck Tee nahm und eine Grimasse zog.

»Ist glaube, wir können alle einen Drink vertragen«, sagte Rita.

»Es ist Mittag«, sagte Kate belustigt.

»Perfekt«, sagte Rita.

Sybil nickte und hievte sich vom Sofa hoch. »Komm mit und hilf mir, Sallyanne. Ich hab schon so lange nichts mehr getrunken, dass es sein könnte, dass du für mich den Whisky suchen musst.«

Als sie Sallyanne in die Küche zog, konnte sie Gretel aus einem anderen Raum rufen hören.

»Ich hol sie«, sagte Sybil. »Sie hat wohl schon Mittagshunger.«

Sallyanne lächelte dankbar. Sybil wandte sich zum Gehen und ließ Sallyanne im Schrank stöbern, während aus dem Wohnzimmer Ritas Lachen erklang.

# 50

Die Sonne war untergegangen wie ein Stein, der in einen Teich fällt. Kate sah noch die letzten Strahlen, als sie aus dem Bürofenster schaute und gähnte. Sie stand auf, reckte sich, drückte den Rücken durch und beugte sich wieder vor. Ihr Körper war steif vom stundenlangen Sitzen.

Die Tage schienen immer länger und anstrengender zu werden, obwohl ihr nicht klar war, warum. Im Büro war sie später fertig als sonst, manchmal sogar so spät, dass sie es nicht mehr zum Abendessen schaffte, das sie für alle gekocht hatte. Ben sorgte sich schon, weil sie immer magerer wurde.

»Du weißt schon, dass ich deine Kurven damals, als wir uns kennengelernt haben, gemocht habe, oder?«, hatte er in der Nacht zuvor gesagt, während er ihr den Nacken küsste und seine Hand über ihre Hüfte gleiten ließ.

»Ich werde mich nicht dafür entschuldigen, dass ich mich auf *deiner* Farm abrackere«, entgegnete Kate so empört, dass sie selbst darüber überrascht war.

Ben lachte.

»Du wirst immer emotionaler, je länger du hier lebst«, sagte er, zog sie wieder an sich und gab ihr einen Kuss, der sich zu mehr entwickelte. Zu etwas, das sie schon eine Weile nicht mehr getan hatten, da sie beide am Ende des Tages so müde waren, dass sie oft einschliefen, sobald sie sich hinlegten. Jetzt war es kein Wunder mehr, dass Kate nicht schwanger wurde; es wäre eher eins, wenn es doch geschähe. Gelegentlich, wenn sie morgens vor Ben aufwachte, lag sie neben ihm und fragte sich, wie ihr kleiner Junge wohl aussehen würde. Wie er, hoffte sie. Aus irgendeinem Grund dachte sie nie an ein kleines Mädchen – vielleicht weil ein Baby für sie nicht bedeutete, sich selbst zu reproduzieren. Ihr Kind sollte eine Mischung aus Ben und ihr sein, eine lebendige Verkörperung ihrer beider Existenzen und ihrer Liebe, die unentwegt wuchs.

Als es jetzt an der Tür klopfte, fuhr sie herum.

»Hallo«, sagte Ben und lächelte, aber nicht so verschmitzt wie sonst.

»Hallo.« Sie grinste, als sie ihn sah, mit dem halb aufgestellten Hemdkragen und den Ärmeln, die unterschiedlich hochgekrempelt waren. Morgens verließ er das Haus immer tadellos, um am Abend etwas ramponiert zurückzukommen.

»Mum möchte mit uns reden.« Er kam herein und gab ihr einen schnellen Kuss.

»Wie ungewöhnlich«, sagte Kate und kitzelte ihn an der Taille. »Wie war dein Tag?«

Ben neigte den Kopf erst zur einen Seite, dann zur anderen, als sie langsam in den Flur traten. »Ich habe ein Problem mit Mark«, sagte er dann. »Er arbeitet hart, aber ich habe nicht den Eindruck, dass Stan ihn mag.«

Im Wohnzimmer erwartete sie Sybil mit nachdenklicher Miene, einen Brief in der Hand.

»Hallo«, sagte sie geistesabwesend und klang eigentümlich förmlich, wenn man bedachte, wie oft am Tag sie sich über den Weg liefen.

Als Kate und Ben ihre üblichen Plätze auf dem Sofa einnahmen, schaute Kate ihn fragend an, aber er zuckte nur mit den Schultern.

»Geoffrey hat geschrieben«, begann Sybil, und Kate fiel auf, dass der Brief in ihrer Hand leicht zitterte. »Er hat Amelia und den Jungen wiedergefunden. Dieses Mal hat er auch mit ihr gesprochen. Er hat, nun ja …« Sybil schloss kurz die Augen. »Er hat sie überredet, nach Sydney zu kommen, damit er … damit ich … mich mit ihr treffen kann. Und mit dem Jungen.«

Kate beobachtete das Mienenspiel in Bens Gesicht: Ungläubigkeit, Sorge, ein Funke von etwas, das wie Freude aussah, und dann wieder Sorge zeichneten sich ab. Sie verspürte genau dasselbe Gefühl wie schon damals, als Ben ihr erzählt hatte, dass Lachie tatsächlich ein Kind hatte. Ihr gefiel die Idee, einen Neffen zu haben, obwohl sie nicht davon ausging, ihn je kennenzulernen. Diese lange Suche nach Amelia und ihrem Jungen hatte etwas Surreales, als würde man ein Spielchen mit Sybil spielen. Mit ihnen allen.

»Woher willst du wissen, dass nicht wieder dasselbe passiert wie beim letzten Mal?«, fragte Ben. Seiner Stimme war die Sorge anzuhören.

»Ich weiß es nicht«, sagte Sybil mit einem Lächeln, das nicht ihre Augen erreichte. »Aber ich muss es versuchen.«

»Musst du?«, fragte er.

»Etwa nicht?« Sybils Nasenlöcher blähten sich. »Dieser Junge ist Teil unserer Familie. So wie übrigens auch Amelia. Ich kann sie nicht im Stich lassen, nur weil Lachie das tut. Das kommt für mich nicht infrage.«

Kate schluckte und wünschte, sie könnte etwas gegen die angespannte Stimmung zwischen Sybil und Ben tun, aber sie wusste, dass die beiden ihren Part zu Ende spielen mussten.

»Ich weiß, dass dir das verrückt vorkommt, Ben«, sagte Sybil, »aber ich bin egoistisch. Ich möchte sogar egoistisch sein. Ich möchte diesen Jungen sehen. Ich *muss* diesen Jungen sehen. Joe ist tot, Lachlan ist fort, und ich …« Sie holte Luft. »Ich habe das Gefühl, als wäre nicht mehr viel von dieser Familie übrig. Ich muss tun, was ich kann. Für mich. Und für dich auch.«

»Mir geht es eigentlich ganz gut«, murmelte Ben.

»Wirklich?«, fragte Sybil. »Du siehst einigermaßen glücklich aus, aber geht es dir wirklich gut?«

Ben lehnte sich zurück und reckte das Kinn. Er möchte seine Mutter aus seinen Gedanken aussperren, dachte Kate, aber das würde nicht funktionieren.

»Wie auch immer«, sagte Sybil, »der Grund, warum ich mit euch sprechen wollte, ist nicht, dass ihr mir die Sache ausreden sollt. Ich werde auf jeden Fall fahren.« Sie nickte bestimmt. »Aber wir müssen über die Optionen reden.«

»Optionen?«, fragte Ben.

Kate registrierte überrascht, dass Sybil ihre Aufmerksamkeit auf sie richtete. »Was, wenn wir die beiden zu uns holen würden? Vielleicht lebt Amelia ja nur dieses unstete Leben, weil sie Hilfe braucht.«

»Und wer sagt, dass sie hier sein möchte?«, fragte Ben erschöpft.

»Niemand. Aber denkbar wäre es. Kate, deine Meinung

würde mich wirklich interessieren. Immerhin wären wir dann zwei Personen mehr im Haus.«

Kate nahm sich Zeit für ihre Antwort. Sie hatte das Gefühl, in einer Zwickmühle zu stecken. Sie konnte Sybil verstehen, aber ihre eigene Rolle sollte eigentlich darin bestehen, ihren Ehemann zu unterstützen.

»Es ist ja nicht mein Haus«, sagte sie schließlich, weil das die einzige Antwort war, die ihr eingefallen und halbwegs neutral war.

»Natürlich ist es dein Haus«, sagte Sybil. »Jetzt und in Zukunft. Wir teilen es uns. Deine Meinung ist genauso wichtig wie meine.«

Kate dachte noch einmal nach. »Ich würde die beiden gerne hier aufnehmen«, sagte sie, »wenn das für Ben auch in Ordnung ist.« Sie wandte sich an ihren Ehemann, der sie anschaute.

»Für mich wäre das in Ordnung«, sagte er langsam. »Aber wir sollten vielleicht noch etwas anderes bedenken: Was, wenn sie das Kind gar nicht behalten will?«

»Warum sollten wir das als Möglichkeit in Erwägung ziehen, Ben?«, fragte Sybil mit einer gewissen Vehemenz.

»Wissen wir denn, ob sie das Kind überhaupt wollte? Und ob sie es jetzt immer noch will? Sie ist noch sehr jung. Und allein. Die Gesamtsituation dürfte für sie nicht gerade einfach sein.«

Sybil wirkte nachdenklich. Sie verschränkte ihre Finger und zog die Hände auseinander. Ihre Schultern spannten sich an.

»Ich kann mir einfach nicht vorstellen, dass eine Frau ihr Kind hergeben würde«, sagte sie leise.

Ben streckte den Arm aus und legte seine Hand auf ihre. »Manche Frauen haben keine Wahl, Mum«, sagte er sanft.

Kate konnte Sybils Reaktion gut nachvollziehen, aber tatsächlich wusste niemand von ihnen, wie Amelias Leben wirklich aussah. Ben hatte recht, man musste auch diese Möglichkeit bedenken.

»Ich wäre froh, wenn der Junge herkommen würde«, sagte Kate. »Ich würde mich gerne um ihn kümmern.« Sie schaute von Sybil zu Ben hinüber. »Es wäre eine große Ehre.«

Sybil lächelte sie dankbar an, während Ben auf dem Sofa gegen dessen Lehne sackte.

»Also steht nun fest, was wir zu tun bereit sind«, befand er. »Dann lasst uns jetzt über die praktischen Dinge reden.«

Sybil schenkte auch ihm ein Lächeln, und Kate sah, dass sich die beiden mit Blicken verständigten. Sie hatten es also geschafft, sich zu einigen. Jetzt galt es herauszufinden, wohin Sybils Suche sie führen würde.

# 51

Als sie in dem Wohnzimmer saß, das sie so gut kannte und in dem sie ihre gesamte Kindheit und Jugend verbracht hatte – lesend, träumend, mit ihren Eltern redend, sich über Geoffrey ärgernd –, verspürte sie nichts von der erhofften Sicherheit und Gewissheit. Sie hatte erwartet, dass die familiäre Umgebung ihr Ruhe einflößen würde; stattdessen war sie nervös und hatte das Gefühl, dass irgendetwas von der Größe eines Apfels in ihrer Brust steckte, direkt über dem Brustbein.

Mittlerweile war sie es gewohnt, sich allein um alles zu kümmern, ohne Joe, obwohl sie ihn im Geiste ständig um Rat fragte. Ihn bat, ihr den Weg zu weisen. Heute war nicht der erste Tag, an dem sie sich wünschte, dass er bei ihr wäre – dass sie seine Hand nehmen oder sich zu ihm umdrehen könnte, um ihn lächeln zu sehen –, aber es war der erste Tag, an dem sie das Gefühl hatte, dass er irgendwie nicht bei ihr war. Sie war ganz allein.

Geoffrey war keine große Hilfe; er lächelte gelassen, wann immer sie einander begegneten. Als es nun an der Tür klopfte, lächelte er wieder und ging in den Flur.

Sybil erhob sich. Ihr Magen rebellierte, und ihre Hände

strichen hektisch immer wieder über den zweckmäßigen Rock, den zu tragen sie beschlossen hatte. Sie hatte ihn am Vortag in der Nähe gekauft, nach der langen Reise in Richtung Süden, die von der Regenzeit fast verhindert worden wäre. Fast hätte sie verhindert, dass sie ihren Enkel kennenlernen würde.

Sie hörte, wie sich die Tür öffnete, dann Gemurmel und Schritte.

»Sybil«, verkündete Geoffreys sonore Stimme, »ich nehme an, du erinnerst dich noch an Amelia von der Ghost River Station.«

Amelia trat in den Raum, einen kleinen Jungen auf dem Arm. Sybil hatte zuerst sie anschauen wollen, aber ihre Augen huschten sofort zu dem Kind hinüber. Es war ihr Lachie und war es doch nicht. Es war dem Jungen, den sie behütet, geliebt und zur Schule geschickt hatte, wie aus dem Gesicht geschnitten, aber es war nicht dieser Junge. Natürlich nicht, auch wenn ihr Herz klopfte, als wäre es so.

»Hallo, Amelia«, sagte Sybil, nachdem sie den Blick von dem Jungen losgerissen hatte.

»Hallo, Sybil«, sagte Amelia. Man sah ihr ihre Erschöpfung an. Sie war blass, und ihr langes mausbraunes Haar, das sie zu einem Pferdeschwanz zusammengebunden hatte, schien schon seit Tagen nicht mehr gebürstet worden zu sein. Sybil erinnerte sich noch, wie sie Amelia auf Ghost River erlebt hatte: vor Kraft strotzend und lebhaft. Das war Lachies Werk, diese ausgelaugte Person, die er einfach verlassen hatte.

»Das ist Archie«, sagte Amelia und beugte sich hinab, um ihren Sohn auf seine beiden Füße zu stellen. »Archie, das ist deine Großmutter.«

Sybil riss entsetzt den Mund auf, als sie das Wort hörte. In Gedanken hatte sie es selbst benutzt, aber nicht erwartet, dass Amelia es tun oder sie überhaupt so betrachten würde.

»Hallo, Archie«, sagte Sybil und ging in die Hocke.

»Sag hallo, Archie«, forderte Amelia ihn auf und lächelte Sybil müde an. »Er ist Fremden gegenüber ein bisschen schüchtern.«

»Das ist verständlich«, sagte Sybil. »Vielen Dank, dass du gekommen bist. Bitte … nimm doch Platz. Möchtest du einen Tee? Ein Glas Wasser?«

Amelia schüttelte den Kopf. »Ich brauche nichts.«

Sie setzte sich, und Archie ließ sich zu ihren Füßen nieder. Sybil nahm die Bauklötze, die sie für ihn gekauft hatte, und schob sie ihm hin. »Ich dachte, vielleicht würde er gerne mit etwas spielen«, sagte sie und wartete auf Amelias Zustimmung. Amelia nickte.

Geoffrey setzte sich ebenfalls, schlug ein Bein über das andere und verschränkte die Arme vor der Brust. Er hatte angekündigt, dass er sich nach Möglichkeit aus dem Gespräch heraushalten würde – in diesem Szenario war er nur der Vermittler, kein Akteur.

»Es tut mir leid, dass Lachlan dich mit dieser Situation allein gelassen hat«, sagte Sybil, und Amelias Gesicht wurde hart. »Du hast nichts von ihm gehört?«

»In letzter Zeit nicht.« Amelia betrachtete ihren Sohn. »Er hat nicht einmal gewartet, bis Archie auf der Welt war, sondern ist einfach verschwunden.«

Sybil sah zu, wie Archie mit den schlichten Bauklötzen spielte. »Das tut mir leid«, sagte sie. »Ich wünschte, ich hätte es gewusst. Vielleicht hätte ich helfen können.«

Amelia zuckte mit den Achseln.

»Sie können mir jetzt helfen«, sagte sie und sah Sybil an, um dann sofort wieder wegzuschauen.

Geoffrey hatte Sybil gesagt, sie müsse sich auf so etwas einstellen – dass Amelia sie vermutlich um Geld bitten würde. Sie würde es ihr geben, bedenkenlos. Sie würde auch keine Bedingungen stellen, sondern nur den Wunsch äußern, Archie gelegentlich sehen zu dürfen.

»Ja, das kann ich«, sagte Sybil. »Was brauchst du?«

Irgendetwas in Amelia schien nachzugeben, fast als hätte sie sich auf einen Kampf eingestellt und würde jetzt, da er ausblieb, merken, wie schwer ihre Waffen eigentlich waren.

»Ich kann mich nicht um ihn kümmern«, sagte sie. Ihre Stimme war fest, trotz ihres desolaten Zustands.

»Was meinst du damit?«

»Ich bin einfach …« In Amelias Miene spiegelten sich Resignation, Trotz und Kummer. »Ich bin nicht zur Mutter geschaffen. Ich wollte das Kind nicht. Aber ich hatte ja keine Wahl.«

Sie blickte ihren Sohn an, der nur Augen für die Bauklötze in seiner Hand hatte.

»Niemand will uns bei sich haben.«

»Ihr könntet bei uns wohnen«, sagte Sybil, die froh war, das mit Ben und Kate schon geklärt zu haben. Am liebsten würde sie Amelia und Archie sofort mitnehmen.

Amelia lachte bissig. »Ich möchte nie wieder einen Fuß in dieses verdammte Northern Territory setzen«, sagte sie mit ausdrucksloser Miene. »Dort wurde mein Leben ruiniert. Von Ihrem Sohn.«

Sie atmete scharf aus und sah dann weg. »Sogar meine

Familie will mich nicht, weil sie Angst davor hat, was die Leute denken könnten. Aber ich kann nicht für unseren Lebensunterhalt sorgen, wenn ich keine Arbeit bekomme. Und wenn ich niemanden habe, der sich um Archie kümmert, bekomme ich keinen Job.« Sie schaute Sybil an; aus ihren Augen sprach Erschöpfung. »Ich habe es versucht. Zwei Jahre lang. Es hat nicht geklappt. Woanders würde es ihm besser gehen.«

Sybil dachte an das Zuhause, das sie geschaffen hatte, ein Zuhause voller Liebe, auch wenn Joe nicht mehr da war. Sie dachte an die Pferde, die Hunde, den weiten Raum, in dem sich ein Junge austoben konnte, so wie ihre Jungen es getan hatten, bevor sich die Unterschiede zwischen ihnen bemerkbar machten.

»Kann er nach Fairvale kommen?«, fragte Sybil. »Dürfen wir ihn … mitnehmen?«

Amelia starrte sie an.

»Du könntest ihn so oft besuchen, wie du willst«, fügte Sybil schnell hinzu. »Er bleibt dein Sohn.«

Amelias Gesicht wirkte plötzlich noch verhärmter.

Es gab Schlüsselmomente im Leben, in denen Entscheidungen in Sekundenschnelle getroffen werden mussten, obwohl sie die Gefahr bargen, alles unwiederbringlich zu verändern. Sybil hatte sie bereits erlebt. Sie wusste noch, wie sich diese Augenblicke anfühlten, wie still und eng die Welt dann wurde. Wie jeder Atemzug bedeutsam zu werden schien. Die Zeit veränderte ihre Form, und manchmal gewann sie die alte nie wieder zurück. Wenn Sybil in den Spalten ihrer Erinnerung gesucht hätte, hätte sie vermutlich feststellen müssen, dass sie diesen Moment vorhergesehen hatte. Sie konnte nur hoffen, dass es Ben mit dem, was er bei dem Gespräch vor ihrer Abreise gesagt hatte, ernst gewesen war.

»Mein Sohn«, sagte sie, »mein anderer Sohn – Ben – und seine Frau hätten gerne ein Kind. Bislang hatten sie kein … Glück. Ich weiß, dass sie sich um Archie kümmern würden, als wäre es ihr eigener Sohn. Und du müsstest ihn nicht ganz weggeben. Obwohl das natürlich auch möglich wäre.«

Sybil schaute zu Geoffrey hinüber, der mit undurchdringlicher Miene dasaß, dann wieder zu Amelia.

Die Zeit verlangsamte sich, das spürte Sybil. Und dann …

»Okay«, sagte Amelia. »Das klingt überzeugend. Und ich denke, ich möchte ihn weggeben. Für immer. Ich habe noch so viel vor, verstehen Sie? Dinge, die man mit einem Kind nicht tun kann.«

»Das verstehe ich«, sagte Sybil, denn auch ihr eigenes Leben hatte sich massiv verändert, als erst Lachie und dann Ben gekommen waren. Sie hatte sich darauf eingestellt, und doch war es ein Schock gewesen.

»Wir werden uns gut um ihn kümmern«, sagte sie.

Amelia nickte. Dann schaute sie aus dem Fenster. Sie wirkte jetzt weniger erschöpft. Sybil fragte sich, wie lange sie sich schon gewünscht hatte, keine Mutter mehr zu sein.

»Danke«, sagte Sybil. »Es ist vielleicht ein bisschen unpassend, aber trotzdem … danke.«

Amelia blickte sie wieder an. »Sie tun mir einen Gefallen«, sagte sie. »Ich dachte schon, ich müsste ihn dem Staat anvertrauen.«

Sie beugte sich zu ihrem Sohn, hob ihn hoch, ging zu Sybil und hielt ihn ihr hin.

»Archie, geh zu deiner Gran«, sagte sie.

Archie wand sich, als Sybil die Arme öffnete. Dann nahm sie ihn auf den Schoß, und er wurde ruhig und legte den Kopf an ihre Brust.

Sybil fühlte, wie alles um sie herum stehen blieb. Die Welt zog sich um sie zusammen und schloss sie ein. Dann weitete sie sich wieder. Farben, Geräusche, alles glänzte, explodierte. Aber selbst in diesem Moment wusste sie, dass sie sich von Lachie verabschieden musste, in ihrem Herzen, wo ihre Hoffnungen lebten. Ein Abschied für immer.

»Bist du ganz sicher?«, fragte sie zaghaft, weil sie es kaum glauben konnte, was für ein Geschenk Amelia ihr so bereitwillig überließ. Sie schenkte ihr das Kind, das Sybil sich nicht vorzustellen gewagt hatte, je in ihren Armen zu halten.

Amelia legte eine Hand auf Archies Kopf und streichelte ihn langsam. Sybil hielt die Luft an und verspürte Panik. Dachte, Amelia könnte ihre Meinung noch ändern.

»Das bin ich«, sagte Amelia leise. Als sie lächelte, sah Sybil das Mädchen, das sie von früher kannte. Von vor fünf Jahren, als sie als junge Köchin auf Ghost River angefangen hatte. »Ich liebe ihn. Würden Sie ihm sagen, dass ich ihn liebe?«

Sybil spürte, wie ihre Kehle eng wurde, und rang nach Luft. »Ja«, sagte sie, »natürlich.«

Amelia ließ ihre Hand sinken. »Sagen Sie ihm, dass ich ihn zu sehr liebe, um es ertragen zu können, dass ich nicht richtig für ihn sorgen kann.«

Ihre Blicke kreuzten sich, und Sybil erkannte keine Spur von Trauer darin. Stattdessen etwas, das einem großen Freiheitsbedürfnis ähnelte.

»Ich weiß, dass er es gut bei Ihnen haben wird«, sagte Amelia mit fester Stimme. »Und dass Sie ihn lieben werden. Vielleicht wird er mich eines Tages, wenn er groß ist, sehen wollen …« Sie lächelte. »Aber egal. Ich werde Ihnen gelegentlich schreiben. Vielleicht«, ihr Lächeln verblasste, »vielleicht antworten Sie mir dann?«

»Natürlich«, erwiderte Sybil schnell. »Das können wir nie wiedergutmachen.« Sie drückte Archie fest an sich, spürte, dass er sich wand, und es war immer noch unbegreiflich für sie, dass sie ihn mit nach Hause nehmen durfte, nach Fairvale.

»Das erwarte ich auch nicht«, sagte Amelia. »Archie wird glücklich sein.« Sie seufzte leise. »Und ich auch.«

Sybil spürte schon wieder den Druck an ihrer Kehle. Dieses Mal ließ sie ihren Tränen freien Lauf, ließ sie über ihre Wangen rinnen und auf ihr Schlüsselbein tropfen. All ihre Verluste, all ihre Liebe brachen sich Bahn.

»Und was geschieht jetzt?«, fragte Amelia und schaute Geoffrey an.

Als ihr Bruder übernahm, hatte Sybil schon nur noch Augen für den Jungen in ihren Armen. Sie spürte, dass ihr Herz aufriss, um Archie hineinzulassen.

# 52

Kate hörte den jaulenden Motor des Trucks und schaute Ben an. Dann erhoben sie sich gleichzeitig von dem Sofa, auf dem sie seit einer halben Stunde saßen und warteten, fast ohne ein Wort zu wechseln.

Sie gingen zur Haustür, wo Ben einen Schritt zurückmachte, um ihr den Vortritt zu lassen. Kate rieb mit den Fingerspitzen über ihre Handflächen und schluckte. Sie konnte sich nicht erinnern, je so nervös gewesen zu sein.

Als der Motor des Trucks verstummte, nahm Ben ihren Arm und küsste sie auf die Wange.

»Bereit?«, fragte er.

Kate nickte und öffnete die Tür.

Sie sah Sybil mit einem kleinen Jungen, der seinen Kopf an ihre Schulter gelegt hatte. Der Junge hatte sanft gelocktes dunkelbraunes Haar, braune Augen mit langen Wimpern und eine kräftige Nase. Sie erkannte Ben in diesem Kind, obwohl Sybil nur Lachie darin sah. Das hatte sie wenigstens behauptet.

»O mein Gott«, keuchte Ben.

»Was ist?«

»Er sieht tatsächlich aus wie Lachie«, sagte er.

Sie lächelte ihn an. »Ich finde, er sieht aus wie du.«

Seine Augen glänzten, als er ihren Blick auffing. Er streckte die Hand aus, und sie nahm sie, um Halt zu finden, während sie die Stufen hinunterstiegen, Sybil entgegen.

»Hallo, mein Schatz«, sagte Sybil und küsste Ben auf die Wange. »Hallo, auch du, mein Schatz.« Sie gab Kate einen Kuss, und Kate war sich sicher, dass Sybil sie plötzlich mit anderen Augen anschaute. Bislang hatte sie sie noch nie »Schatz« genannt.

»Das hier«, sagte Sybil und wippte mit dem Jungen auf und ab, was ihn zum Kichern brachte, »ist Archie.«

Kate vernahm Sybils Worte wie in einem Traum. Und vielleicht war es ja auch einer. In den letzten Nächten, seit Sybil ihre Rückkehr angekündigt hatte, hatte sie viel geträumt. Von Kindern, die sie noch nie vorher gesehen hatte, und von Ben mit grauem Haar, der sie mit glänzenden Augen über das Parkett wirbelte. Auch von Sybil hatte sie geträumt, einer älteren und faltigeren Sybil, die auf der Veranda saß und Geschichten erzählte. Und von ihren eigenen Eltern, die dabeisaßen und sich darüber ausließen, wie weit weg von allem Fairvale sei. Wenn sie wach war, dachte Kate nie an solche Dinge; solche Gedanken kamen ihr nur nachts, aber sie waren so lebendig, dass sie sich an alle erinnerte.

»Hallo, Archie«, sagte Ben und kitzelte das Kind unter dem Kinn. Archie zappelte und drehte den Kopf weg. Ben warf Kate einen entschuldigenden Blick zu. Normalerweise liebten Kinder ihn. Joe hatte ihn manchmal den »Rattenfänger von Hameln« genannt, weil ihm die Kinder aus dem Camp in Scharen nachliefen.

Kate war sich nicht sicher, wie sie sich verhalten sollte.

Sie hatte keine Ahnung, ob es Regeln für die erste Begegnung mit dem eigenen Kind gab. Sollte sie fragen, ob sie ihn Sybil abnehmen durfte? Oder musste Sybil das von sich aus anbieten?

Dann drehte Archie den Kopf und lächelte sie an. Ein verschmitztes Lächeln wie das von Ben, wenn er sie zum Lachen bringen oder eine freche Bemerkung machen wollte.

In diesem Moment geschah etwas mit ihr, auf das sie nicht vorbereitet war. Ihr Herz fühlte sich an, als würde es zusammengequetscht und wie ein Schwamm ausgedrückt. Das Gefühl war so stark, dass sie eine Hand auf die Brust legte und um Luft rang, obwohl sie ganz normal atmete.

Da war es schon wieder, ein Schmerz, aber auch wieder nicht. Es war, als würde sich das Innenleben ihres Brustkorbs neu sortieren. Archie grinste, und ihr Herz reagierte.

Sie öffnete den Mund, um Ben davon zu erzählen. Oder Sybil, die mehr darüber wissen dürfte, wie Körper funktionierten. Aber was sollte sie sagen? *Mein Herz fühlt sich an, als würde es eine andere Gestalt annehmen*?

Sybil wippte immer noch auf und ab, und Archie kicherte. Kate fühlte, wie ihr Tränen in die Augen schossen, und sie wollte sich abwenden. Sie hatte keine Ahnung, was mit ihr geschah, aber es ließ sich nicht mehr verbergen.

»Kate?«, fragte Sybil sanft, und sie spürte eine Hand an ihrem Arm.

Als sie Sybil anschaute, wurde sie von tausend Empfindungen erfüllt und konnte keine von ihnen benennen.

»Ben, warum nimmst du deinen Sohn nicht mal?«, fragte Sybil.

Ben öffnete die Arme, und Archies Augen leuchteten

auf. Bereitwillig ließ er sich weiterreichen, und Ben setzte ihn sich auf die Schultern und ließ ihn auf und ab hüpfen. Archie kicherte und vergrub eine Hand in Bens Haar.

»Autsch!«, sagte Ben und schaute Kate mit schmerzverzerrtem Blick an. Sie musste lachen. Das war ein vollkommen unwahrscheinlicher Tag. Vor einer Woche hatte es Archie noch nicht gegeben, nicht wirklich jedenfalls, und nun saß er auf Bens Schultern, der mit ihm zur Haustür ging. Kate blickte ihnen hinterher.

»Kommst du, Katie?«, rief Ben. Er hatte die oberste Stufe erreicht und schaute zu ihr hinab. So wie Archie. Und da war er wieder, dieser erlesene Schmerz in ihrer Brust.

»Was stimmt nicht mit mir?«, fragte sie Sybil heiser.

Sybils Lächeln war zärtlich. Wissend. »Ach, mein Schatz.« Sie legte Kate eine Hand an die Wange. »Du hast dich verliebt.«

Kate verstand nicht auf Anhieb.

»In Archie«, sagte Sybil und küsste sie schnell auf die andere Wange. »Jetzt ist es um dich geschehen, mein Mädchen. Willkommen in der Welt der Mütter.«

Sybil zwinkerte ihr zu.

»Aber ich …« Kate schüttelte den Kopf. »Ich hätte nicht gedacht, dass es sich *so* anfühlt.«

Sybil lächelte trocken. »O doch. Und es wird noch besser und schlimmer werden als das.«

Sie wusste nicht, wie die Dinge funktionierten. Ob es Gott wirklich gab. Ob Gebete etwas bewirkten. Ob etwas, wenn man es sich nicht mehr wünschte, umso eher geschah. Sie hatte aufgehört, sich etwas zu wünschen – hatte sich von dem Leben abgewandt, das sie wollte –, und plötzlich stand es vor ihr.

Wenn all der Schmerz, den Lachie Ben, Sybil und Joe zugefügt hatte, zu so etwas geführt hatte – zu der Existenz eines Jungen, den sie alle lieben konnten –, dann war es das vielleicht wert gewesen. Für den Rest ihres Lebens würde sie jeden Tag dankbar sein, selbst wenn sie ihren Dank in die Dunkelheit hinausrufen musste, ins Unbekannte, ins Mysterium dieser großen, gewaltigen Welt, die nie heller und lebendiger war als jetzt.

Als Kate ins Haus trat, drehte Ben sich um.

»Und das ist deine neue Mummy«, sagte er zu Archie, dessen Augen durch den Raum wanderten.

»Wahrscheinlich wird er eine Weile brauchen, um sich an eine andere Mummy zu gewöhnen«, sagte Kate. Sie hatte sich darauf eingestellt, aber nicht damit gerechnet, wie schwer es ihr fallen würde.

»Ja, könnte sein.« Ben trat auf sie zu und übergab ihr Archie. »Vielleicht aber auch nicht.«

Er grinste und küsste sie, und als Kate ihren Sohn in den Armen hielt und die sanften Lippen ihres Ehemanns auf ihrem Mund spürte, wusste sie, dass es sich nicht um einen Traum handelte. Kein Traum konnte sich so erfüllt und gewaltig und freudig anfühlen wie ihr wirkliches Leben in diesem Moment.

# 1981

| | |
|---|---|
| 24. Februar | Die Verlobung des Prinzen von Wales mit Lady Diana Spencer wird verkündet |
| 30. März | John Hinckley jr. verübt ein Attentat auf den amerikanischen Präsidenten Ronald Reagan |
| 11. April | In Brixton im Londoner Süden kommt es drei Tage lang zu Kämpfen zwischen Demonstranten und der Polizei |
| 12. April | Die erste Raumfähre Columbia startet zu ihrem Jungfernflug |
| 11. Mai | Reggae-Legende Bob Marley stirbt |
| 21. Mai | François Mitterrand wird Präsident von Frankreich |
| 13. Juni | Während der alljährlichen Militärparade in London werden Platzpatronen auf Elisabeth II. abgefeuert |
| 7. Juli | Ronald Reagan ernennt Sandra Day O'Connor zur Richterin des Supreme Court |
| 29. Juli | Der Prinz von Wales heiratet Lady Diana Spencer; über 700 Millionen Menschen auf der ganzen Welt verfolgen die Hochzeit im Fernsehen |

# 53

Ein neuer Morgen und dieselben Abläufe wie immer erwarteten Sallyanne in der Küche. Sie hatte Kate voller Tatendrang begrüßt und knetete nun fröhlich den Teig.

»Ich habe noch nie jemanden erlebt, der sich so begeistert wie du aufs Brotbacken stürzt«, sagte Kate, und Sallyanne stellte wieder einmal fest, wie sehr sich ihr Akzent verändert hatte. Kate zog die Vokale jetzt in die Länge und bewegte beim Reden kaum noch den Mund, eben wie eine richtige Australierin.

»Wie geht es Archie?«, fragte Sallyanne. Sie erschien bewusst nicht allzu oft im großen Haus, während Archie sich noch eingewöhnte; es gab schon genug Menschen, die er kennenlernen musste. Dass Kate und Ben jetzt ein Kind hatten, freute sie aber, und sie konnte es kaum erwarten, dass Archie mit ihren Kindern herumtoben würde. Sie würden ihre eigene kleine Welt auf Fairvale haben.

Kate sah auf, übers ganze Gesicht strahlend. »Ganz wunderbar«, sagte sie. »Im Moment ist er bei Sybil. Sie kümmert sich um ihn, während ich hier bin. Wenn ich im Büro arbeite, kann ich selbst ein Auge auf ihn haben. Gelegentlich werden wir vielleicht auch Ruby einspannen müssen – so viel zu ihrem Rückzug aus dem Arbeitsleben!« Ihr Gelächter erfüllte die Küche.

»Es ist toll, wie Ruby mit Gretel umgeht. Ich bin so froh, dass sie sich um sie kümmert«, sagte Sallyanne.

»Ich glaube eher, Gretel hat sie gut im Griff.« Kate zwinkerte. »Und wie war dein Ausflug in die Stadt? Warst du bei deinem Dad?«

Tags zuvor hatte Sallyanne darum gebeten, nach Katherine fahren zu dürfen. Ihr Vater hatte sie eingeladen, und sie hatte schon die Befürchtung gehabt, er könne krank sein, da er sonst nie darauf drängte, dass sie ihn besuchte. Sybil hatte angeboten, sie zu fahren, weil sie ohnehin noch Besorgungen machen musste und eine Freundin besuchen wollte. Sybil wusste also, was los war, konnte im Gegensatz zu Kate aber Geheimnisse für sich behalten.

»Das war ich«, bestätigte Sallyanne und achtete darauf, unbeschwert zu klingen. Das Vorgefallene war so unglaublich, dass sie nüchtern davon erzählen wollte. Dramen mochte sie im Roman, nicht im wahren Leben – was sonderbar war, wenn man bedachte, was aus ihrer Ehe geworden war.

Kate, die Kartoffeln schälte, hielt inne. »Und damit willst du mich abspeisen?«, fragte sie. »Du warst in der Stadt und hast keine Neuigkeiten für mich?«

Sallyanne wollte lachen, musste aber stattdessen husten. Sie war nicht gut darin, sich zu verstellen, das war sie noch nie gewesen. Ihre Mutter hatte ihre Lügen immer durchschaut.

»Er will mir Geld geben«, sprudelte es aus ihr hervor.

Kate runzelte die Stirn. »Geld?«

»Dad hatte mal einen Pub. Früher.« Wieder wollte sie

lachen, weil ihr die ganze Entwicklung plötzlich unheimlich vorkam, und wieder endete es in einem Hustenanfall.

»Nach dem Verkauf des Pubs behielt er das Geld einfach. Es war die ganze Zeit auf der Bank, fest angelegt.« Sallyanne musste daran denken, wie ihr Vater die Summe genannt hatte. Ihr war fast die Luft weggeblieben. »Jedenfalls möchte er, dass ich es bekomme.«

»Was hat er denn gesagt?« Kates Augen waren weit aufgerissen. »Ganz genau?«

»Er, nun …« Sie schloss die Augen und sah das Gesicht ihres Vaters vor sich. Er war ein ernster Mann und war seit dem Tod ihrer Mutter noch ernster geworden. Doch gestern war sein Gesichtsausdruck anders gewesen, voller Anteilnahme und Sorge, aber ohne die gewohnte Schwere darin. Als Sallyanne die Augen wieder aufschlug, sah sie, dass Kate noch immer auf eine Antwort wartete.

»Er sagte, er sei der Meinung, ich solle es bekommen«, fuhr sie fort, »damit ich mit meinem Leben anfangen kann, was ich wirklich will.« Ihre Stimme brach. »Er sagte, er sei der Meinung, dass ich das nie wirklich tun konnte. Das Geld reicht …« Sie zögerte. »Das Geld reicht wirklich für alles, wovon ich träumen könnte.«

Kate legte das Schälmesser auf die Arbeitsplatte. »Und was willst du jetzt machen?«, fragte sie neugierig.

Auf dem Rückweg, nachdem Sybil und sie aufgehört hatten, ungläubig darüber zu lachen, was passiert war, hatte Sallyanne nachgedacht, ob sie eine lange Reise nach Übersee machen oder ihre Jungen auf ein Internat schicken sollte, so wie jeder es tat, der es sich leisten konnte. Sie hatte sich gefragt, ob sie nach Darwin ziehen solle oder noch weiter weg. Aber ihre Gedanken waren immer wieder zu einer einzigen Erkenntnis zurückgekehrt: Sie wollte auf Fairvale bleiben und in der Gemeinschaft leben, die sie hier gefunden hatte. Sie wollte arbeiten. Und ihre Kinder bei sich haben.

»Ich möchte hierbleiben«, vertraute sie Kate an, während sie den Teig in die Brotbackformen stopfte. »Und jetzt kann ich es mir auch leisten, mich von Mick scheiden zu lassen.«

»Oh.« Kate riss die Augen noch weiter auf. »Mir war gar nicht klar, dass es nur das Geld ist, was dich daran hindert.«

»Das war Teil des Problems. Ich hätte mir gar keine eigene Unterkunft leisten können. Oder einen Anwalt. Mick war Alleinverdiener. Deshalb war es ja auch so …« Sie hielt inne, weil sämtliche Gefühle der letzten Monate über sie hereinbrachen, Gefühle, die sie nicht zugelassen hatte, weil sie sich vor den Kindern nicht gehen lassen wollte.

»Deshalb war es so nett von Sybil und dir, mich hierher einzuladen«, beendete Sallyanne den Satz. »Das hat mir sehr geholfen.«

»Quatsch«, sagte Kate. »Du bist es, die uns hilft.« Sie zeigte auf das Brot. »Mach dir nur mal klar, wie viel Arbeit du mir abnimmst.« Sie grinste.

Sallyanne biss sich auf die Unterlippe, als sie daran dachte, mit was für einem Gefühl der Erleichterung sie nach Fairvale gekommen war.

»Mick bekommt also den Laufpass«, sagte Kate, und Sallyanne holte tief Luft.

»Ich denke schon«, sagte sie. Bei Kate klang das so leicht. Sie wünschte, es wäre so, aber irgendwann würde sie von Angesicht zu Angesicht mit ihm reden müssen. Wenn er sich nicht von Ghost River herbequemen würde, würde sie zu ihm fahren, das hätte sie sich schon vorgenommen.

»Er hat uns nicht ein einziges Mal besucht«, sagte sie. Sie war deshalb nicht besonders traurig, im Gegensatz zu ihren Kindern.

»Das ist mir auch aufgefallen.« Kate zog die Augenbrauen hoch. »Den Orden für den besten Dad hat er wohl kaum verdient, was?«

»Nein.« Doch Sallyanne erinnerte sich auch an den jungen Mann, den sie geheiratet hatte, und an die Hoffnungen, die sie damit verknüpft hatte. Es hatte lange gedauert, bis sie sie aufgegeben hatte, und selbst jetzt noch blitzten sie immer wieder in ihr auf. Sie müsste deren kleine Wurzel aus ihrem Herzen reißen, um dem eine Ende zu machen. Aber sie waren schon so lange verheiratet, da war es nicht leicht, sich einfach zu verabschieden.

»Ich kenne niemanden, der geschieden ist«, fuhr Sallyanne fort. »Die Leute in der Stadt werden sich bestimmt das Maul zerreißen.«

»Aber du lebst nicht mehr in der Stadt«, sagte Kate. »Sondern hier. Und wir werden uns nicht das Maul zerreißen. Niemand hier wird ein böses Wort verlieren.«

»Meinst du, Sybil hilft mir, einen Anwalt zu finden?«

»Bestimmt. Aber jetzt lass uns nicht mehr über Mick reden«, verkündete Kate munter. »Es gibt ja auch noch andere Themen. Seit Kurzem haben die Vereinigten Staaten doch einen neuen Präsidenten, den Schauspieler Ronald Reagan.«

Sallyanne wischte sich die Hände an der Schürze ab und sah sich nach ihrer nächsten Aufgabe um, während Kate fröhlich drauflosplapperte. Sie war dankbar für den

Themenwechsel, dachte aber trotzdem über die nächsten Schritte in ihrem Leben nach: Sie musste mit Sybil über einen Anwalt reden, sich mit diesem treffen und sich scheiden lassen. Und schließlich: ein Leben führen, das ganz ihr eigenes war.

# 54

Die Regenzeit begann und ließ die Menschen trübsinnig werden. Die Rinder liefen frei auf dem Gelände herum, die jüngeren Viehtreiber waren nach Hause geschickt worden, und die verbliebenen hatten zu viel Zeit oder verbrachten sie damit, Sättel und Ausrüstung zu flicken.

Zu Dellas Überraschung war Mark nach Beginn der Regenzeit dageblieben. Kate zufolge hatte Marks Bruder – Bens Schulfreund – erklärt, es könne für den jungen Mann nur gut sein, wenn er im Northern Territory beides erlebe, Regen- und Trockenzeit; vielleicht würde er sich dann nicht mehr so über die Stürme daheim beschweren. Irgendetwas an Kates Miene hatte sie spüren lassen, dass noch etwas anderes dahintersteckte, aber Della hatte nicht nachgefragt.

Die Sache mochte gut für Mark sein, für Stan und sie war sie es nicht. Nach dem anfänglichen Zusammenstoß hatte Mark sich zwar zusammengerissen, aber Della merkte selbst, dass sie ständig auf einen weiteren seiner Ausfälle Stan gegenüber gefasst war. Außerdem war ihr klar, dass Stan auf der Lauer lag und nur auf die Gelegenheit wartete zurückzuschlagen. Bislang hatte er keine gefunden, weil Mark seinen Rassismus im Zaum hielt und nur gelegentlich mit diesem höhnischen Grinsen in Stans Richtung schaute. Worte fielen nicht. Nichts, was Ben sehen oder hören könnte.

Della hatte Stan noch nie so erlebt, aber bislang hatte es auf Fairvale auch noch nie jemanden gegeben, der ihn provozierte. Vermutlich sollte sie auf der Hut vor ihm sein, sollte sich Sorgen machen, weil er eine solche Wut in sich trug und sie ihn doch immer als die Ruhe in Person erlebt hatte. Stattdessen respektierte sie ihn dafür – und liebte ihn umso mehr. Nicht dass sie eine Gelegenheit gehabt hätte, ihm das mitzuteilen. Stans Zeit zum Nachdenken hielt nun schon Monate an. Della hatte gedacht, es würde irgendwann leichter werden, täglich in seiner Nähe zu sein und ihn nicht anlächeln zu dürfen, wie sie es früher getan hatte. Tatsächlich aber wurde es immer schwerer. Was der Grund war, warum sie beschlossen hatte, mit ihm zu reden, mochte er auch noch so viel Zeit zum Nachdenken brauchen.

Sie suchte ihn kurz vor dem Abendessen auf, wenn er normalerweise im Stall war und rauchte. Alle Menschen auf Fairvale respektierten sein Ritual und ließen ihn dann in Ruhe.

»Hallo«, sagte sie, als sie ihn entdeckt hatte. Sein langer Oberkörper beugte sich über den Rand einer Box; er machte ein wieherndes Geräusch in Richtung des Pferdes, eine Zigarette in der Hand. Sie überließ sich der Freude an seinem Anblick, etwas, das ihr bei der Arbeit nicht möglich war.

Er richtete sich auf und drehte sich zu ihr um. In seinen Augen sah sie, was er für sie empfand – bis sich ein Schatten darüberlegte und sie nur noch Schwermut erkannte.

»Hallo, kleine Della.«

Immerhin nannte er sie noch so.

»Es ist lange her, dass wir miteinander geredet haben.« Sie schob die Daumen in die Taschen ihrer Jeans und wippte auf ihren Hacken auf und ab.

»Das stimmt«, sagte er und zog an seiner Zigarette. »Aber ich habe an dich gedacht.«

»Warum bist du dann nicht zu mir gekommen?«, fragte sie schnell. Die Frage hatte sie sich schon so lange gestellt.

Stan schürzte die Lippen. »Dieser Typ ist immer noch hier.« Sein Blick huschte zur Seite, fort von ihr.

»Es ist wegen *Mark*?«

Er schaute ihr kurz in die Augen. »Ja«, sagte er.

Sie hatte es schon vermutet, allerdings nicht geahnt, wie enttäuscht sie sein würde, dass er es zuließ, dass ein Mann, den sie kaum kannten, zwischen sie trat.

»Er ist ein Niemand«, sagte sie. »Und er bleibt nicht hier. Sobald die Regenzeit vorbei ist, wird er …«

»Aber er kann mir etwas antun«, sagte Stan mit schmerzverzerrtem Gesicht. »Und er kann dir etwas antun. Uns.«

»Das tut er längst, weil du nicht mehr mit mir zusammen sein willst!« Sie schrie jetzt fast, aber es war ihr egal, ob jemand sie hörte.

Stan warf seine Zigarette auf den Zement und trat sie aus. Dann kam er einen Schritt auf sie zu. Della verspürte die lang entbehrte Erregung, die seine Nähe in ihr auslöste, die Erwartung, er würde sie in die Arme schließen, und sie würden zusammen sein.

»Ich möchte, dass alles so ist wie vorher«, sagte er leise, und in seinen Augen brannte ein Feuer. »Aber es geht nicht.«

»Ich liebe dich, verdammt!«, sagte sie und hätte fast mit dem Fuß aufgestampft. »Wieso sollte es nicht gehen?«

Er nahm ihre Arme, und sie genoss seine Berührung, obwohl sie ihn noch nie so grimmig gesehen hatte. »Weil es zu viel gibt, das schiefgehen kann, Della«, sagte er. »Was wird aus uns, wenn wir von hier fortgehen? Wenn andere Menschen uns Ärger machen?«

»Liebst du mich denn nicht?«, fragte sie und wünschte sich, nicht so verzweifelt zu klingen. Aber so fühlte sie sich, und sie hatte beschlossen, sich nicht dafür zu schämen, wie sehr sie ihn begehrte.

Er kam mit dem Gesicht ganz nah an sie heran, und sie hörte ihn schwer atmen. »Du weißt, dass ich das tue«, sagte er.

»Dann verstehe ich dich nicht«, flüsterte sie. »Reicht das denn nicht?«

Sie schaute ihm in die Augen, bis er sie an seine Brust zog. Nach so langer Zeit wurde sie wieder von seiner Wärme eingehüllt. Am liebsten hätte sie die Hände auf seinen Körper gelegt, um seine Haut zu fühlen. Aber dies war nicht der richtige Ort dafür.

»Das ist nicht genug, Della«, flüsterte er, und sie stieß ihn zurück, so als hätte er ihr gestanden, sie in Wahrheit nicht mehr zu lieben.

»Das darfst du nicht sagen!«, rief sie. »Dass das nicht genug ist!« Sie war keine Träumerin. Die Überzeugung, dass ihre Liebe füreinander stark genug war, um all das zu überstehen, wovor Stan Angst hatte, kam aus der Tiefe ihres Herzens. Es war eine Überzeugung, die sie an seiner Seite gewonnen hatte. Seinetwegen. Wenn seine Empfindungen für sie so waren wie ihre für ihn, dann gab es nichts, was sie nicht zusammen schaffen könnten. Die Liebe hatte sie, Della, mutiger gemacht denn je, und sie weigerte sich zu glauben, dass mit ihm nicht das Gleiche geschehen war.

»Es geht nicht um dich, Della!«, sagte er und erhob zum ersten Mal, seit sie ihn kannte, die Stimme. »Ich bin es, der die Folgen tragen muss. Wenn uns jemand zusammen sieht – jemand, dem das nicht passt –, bin *ich* es, der mit dem Stiefel eins übergebraten kriegt, nicht du.« Er stieß wie ein verletztes Tier einen Schrei aus. »Nicht du.«

Sein Brustkorb hob und senkte sich, und ihr wurde schmerzlich bewusst, wie naiv sie gewesen war. Stan hatte sie, im Schutz des Buschs, vor der Realität abgeschirmt. Aber nun war sie nicht mehr zu ignorieren, und er konnte es nicht ändern. So wenig wie sie. Und indem sie darauf bestand, dass sie es konnte, dass sie beide es konnten, dass er es versuchen sollte, machte sie alles nur noch schlimmer.

Die entscheidende Frage für die Zukunft, das sah sie jetzt mit derselben Klarheit, die sie überhaupt erst nach Australien geführt hatte, war die, ob sie ihn genug liebte, um ihn verlassen zu können. Egal was für einen Preis sie dafür zahlen müsste.

»Ich verstehe«, sagte sie leise.

Sie legte eine Hand an seine Wange und küsste ihn sanft auf die Lippen.

»Aber für den Fall, dass sich die Dinge ändern«, sagte sie, »sollst du wissen, dass ich dich immer noch lieben werde. Dann komm und such nach mir.«

Er umfasste ihre Ellbogen und legte seine Stirn an ihre. »Ich möchte das nicht, aber ich …« Wieder hob und senkte sich sein Brustkorb.

»Nicht du tust das hier und jetzt.« Sie trat zurück und

nahm all ihren Mut zusammen, den sie seit der Abreise aus ihrer Heimat erworben hatte. »Ich tue es.«

Sie wandte sich um und ließ ihn im Stall stehen, die Arme an den Seiten herabhängend, die Schultern schlaff. So schnell sie konnte, kehrte sie zum großen Haus zurück, aber nicht in ihr eigenes Zimmer. Sie wollte Kate sehen. Und Sybil. Vielleicht würde sie sogar Sallyanne fragen, ob sie sich nicht eine Weile zu ihnen setzen wollte.

Da sich das Leben, das sie sich gewünscht hatte, hinter ihr in Luft auflöste, entschied sie, fürs Erste Wünsche Wünsche sein zu lassen. Aber sie war wild entschlossen, das Leben in Angriff zu nehmen, das sie sich schaffen würde, Tag für Tag.

# 55

Der Lärm im Wohnzimmer hatte die Grenze vom dumpfen Poltern zum regelrechten Krawall überschritten. Seit Archies Ankunft neigte Ben dazu, alles in maximaler Lautstärke zu tun, sodass Sybils friedliches Heim kaum mehr existierte.

»Kate!«, rief sie, bekam aber keine Antwort.

»Kate!«

Im Flur waren schwere Schritte zu hören, dann erschien Kate, etwas derangiert, aber strahlend. Sie war nie schöner gewesen als in den letzten Wochen.

»Was macht mein Sohn mit deinem Sohn, dass sie einen derartigen Lärm veranstalten?«, fragte Sybil, während sie versuchte, eine störrische Blechbüchse mit Kuchen darin zu öffnen. Archie war noch nicht offiziell Kates und Bens Kind, aber Geoffrey hatte das Prozedere eingeleitet und Amelia hatte versichert, dass sie ihre Meinung nicht ändern würde. Sybil war also dazu übergegangen, Kate und Ben vor Archie »Mummy« und »Daddy« zu nennen. Und sehr zu Sybils Freude tat er es ebenfalls.

»Er, na ja …« Kate lächelte. »Er kitzelt ihn.«

»Hat Ben denn nichts zu tun?« Die Kuchenbüchse

wollte sich immer noch nicht öffnen lassen, also hielt Sybil sie Kate hin. Schließlich war sie es, die den Kuchen gebacken hatte, vielleicht hatte sie mehr Glück.

»Er möchte übrigens bei unserem nächsten Buchclubtreffen dabei sein«, sagte Kate, hebelte die Büchse auf und gab sie Sybil zurück, die sofort die Nase hineinhielt.

»Das riecht köstlich! Was meint er damit, er will dabei sein? Er hat bei unseren Treffen nichts verloren. Außerdem habe ich Ruby angeheuert, um auf Archie aufzupassen. Euren Sohn kann er also nicht als Grund vorschieben, in deiner Nähe sein zu wollen.«

»Er ist offenbar neugierig, was da so passiert.«

Sybil zog eine Augenbraue hoch. »Dann soll er halt neugierig bleiben. Ben!«

Sie ging ins Wohnzimmer und erblickte nur einen Berg Kissen. Von Archie keine Spur, allerdings schaute ihr Sohn wie die Grinsekatze drein.

»Du wirst das Kind unter den Kissen noch ersticken«, schimpfte Sybil. Ben ging in seiner Vaterrolle auf, schien aber manchmal zu vergessen, dass Archie ein kleiner Junge war und nicht die Größe und Statur hatte, um mit Erwachsenen herumzutoben.

»Er ist ein zäher Bursche«, sagte Ben, während aus dem Kissenberg ein Kichern drang. »Nicht wahr, Kumpel?«

»Du kannst nicht hierbleiben, wenn die anderen eintreffen«, sagte Sybil.

»Warum denn nicht?« Ben zog Archie zwischen den Kissen hervor und stand mit ihm auf.

Sybil lächelte ihren Enkel an. Sie hatten ihm vor Kurzem die Locken abschneiden lassen, aber alles andere an ihm schien mit jedem Tag zu wachsen.

»Weil du alles ruinieren wirst.«

Ben wirkte entgeistert. »Ruinieren?«

»Du wirst dich nur über uns lustig machen«, erklärte Sybil ungeduldig.

»Bestimmt nicht. Ich möchte einfach dabeisitzen und mich unterhalten.« Er kitzelte Archie am Bauch. »Wir beide möchten das, nicht wahr?«

»Dann bleib halt ein paar Minuten. Aber wenn Ruby kommt, um Archie zu nehmen, damit Kate sich eine Weile entspannen kann, verschwindest du.«

Ben bekundete sein Einverständnis und setzte Archie auf den Boden. »Los, such Mum, Arch«, sagte er und zeigte in Richtung Küche. »Erzählt ihr euch bei den Treffen etwa lauter Geheimnisse?«, fragte er dann, Schalk in den Augen.

»Nein. Wir reden über Bücher. Aber es handelt sich um Bücher, die dich nicht interessieren dürften, und ich möchte nicht, dass du deine Meinung dazu äußerst. Und jetzt muss ich mich wieder den Vorbereitungen widmen.« Sybil wollte sich auf den Hacken umdrehen, aber Ben hielt sie fest.

»Danke«, sagte er leise.

Sybil wandte sich wieder um. »Wofür?« Er wirkte ernst, und ihr war klar, dass er sie nicht mehr aufzog.

»Für … das alles hier.« Er zeigte in den Raum. »Dieser Buchclub … er hat Kate so gutgetan. Schon von Beginn an hat sie sich wahnsinnig auf die Treffen gefreut. Vermutlich haben sie ihr das Gefühl gegeben, nicht so … allein zu sein. Und jetzt leben Della und Sallyanne hier. Sie hat Freundinnen, Mum. Und dann Archie …« Er verstummte. Sybil hätte ihn am liebsten in den Arm genommen, so wie damals, als er noch ein kleiner Junge gewesen war. Er würde immer ihr Sohn bleiben; sie würde immer den Wunsch verspüren, ihm das Leben zu erleichtern.

»Du hast so viel für uns getan«, sagte er und senkte den Kopf, sodass sie seine Miene nicht erkennen konnte.

»Ihr habt so viel für *mich* getan«, sagte sie und umarmte ihn.

»Wir kommen ganz gut zurecht, oder?«, murmelte Ben.

»Mehr als das«, sagte Sybil und küsste ihn auf die Schläfe. »Dein Dad würde sich freuen.«

Ben stieß ein kurzes Lachen aus. »Das glaube ich auch.«

»Sybil?« Das war Dellas Stimme.

»Komm rein, Della. War Kate in der Küche?«

»Sie zieht Archie um, damit er draußen spielen kann. Hallo, Ben.«

»Del«, sagte er. Sybil sah den Blick, den er ihr zuwarf: Sorge, vermischt mit Zurückhaltung. Er wusste, dass Stan und Della nicht mehr zusammen waren – er hatte es Sybil selbst erzählt –, aber mit Della selbst noch nicht darüber geredet. Sybil sah, dass sein fürsorglicher Instinkt ihn eigentlich dazu trieb, aber sie hatte ihm geraten, das Thema nicht anzusprechen. Della würde schon darüber reden, wenn sie wollte.

Della hielt das Buch hoch, das sie diskutieren würden. »Jetzt weiß ich, was es heißt, eine Frau von Format zu sein«, sagte sie und grinste etwas gezwungen.

Ben wandte sich entsetzt an Sybil. »Seid ihr jetzt auf dem Selbstverwirklichungstrip, oder was?«

»Nein, Benjamin, es handelt sich um einen Roman. *Des Lebens bittere Süße* von Barbara Taylor Bradford. Der Auftakt einer dramatischen Saga um eine Frau, die ein

Geschäft gründet und zu großem Erfolg führt, trotz aller Herausforderungen und Widrigkeiten.«

Er lächelte sie an. Seine Augen waren dunkel und spiegelten all seine Liebe. »Dann ist es ja fast ein Buch über dich, Mum, oder?«

Sybil dachte darüber nach. Natürlich hatte sie schon ein paar Herausforderungen in ihrem Leben bewältigen müssen. Aber die Farm hatte sie nicht gegründet, und ein überragender Erfolg war sie auch nicht. Noch nicht.

»Wir werden sehen«, sagte sie. »Ich höre einen Wagen.«

Durchs Fenster sah sie, dass Stan vorfuhr, Rita auf dem Beifahrersitz.

»Wenn du schon hier herumlungerst«, sagte sie zu Ben, »könntest du uns wenigstens Tee kochen. Und würde es dir etwas ausmachen, Sallyanne Bescheid zu sagen, dass wir bald anfangen?«

»In Ordnung, Mum«, erwiderte er mit einem Grinsen.

Della nahm ihren Lieblingsplatz auf dem Sofa ein, als Sybil zur Haustür ging, um sie zu öffnen, während nun auch Kate erschien, übers ganze Gesicht strahlend.

»Herzlich willkommen zum siebten Treffen vom Fairvale Ladies Buchclub«, sagte Sybil, als Rita an der Tür erschien.

»Syb.« Rita umarmte Sybil und küsste sie dann auf die Wange. Sie wechselten einen Blick – nur Sybil wusste, dass Rita Neuigkeiten zu verkünden hatte, von denen ganz besonders Sallyanne nicht begeistert sein würde.

»Schön, dich zu sehen«, sagte Sybil leise.

Sallyanne eilte durch den Raum und warf Rita die Arme um den Hals. »Ich habe dich vermisst«, sagte sie.

»Ich dich auch, Sal«, erwiderte Rita.

Tee wurde eingeschenkt, und Rita erkundigte sich nach

Archie. Sybil hatte ihr von Della und Stan erzählt, weil sie wusste, dass Rita diskret genug war, das Thema nicht von sich aus anzuschneiden. Della wirkte noch kleiner als sonst, in ihre Sofaecke gekuschelt, während Kate redete. Sybil hatte bisher nie erlebt, dass Della weinte oder ein böses Wort über Stan verlor, aber sie konnte sich nicht vorstellen, dass die Sache sie kaltließ. Stan wiederum sah absolut elend aus, aber auch ihm gegenüber würde sie das Thema nicht ansprechen.

»Also, ich muss euch etwas mitteilen«, sagte Rita.

»Ja?« Sallyanne wirkte aufgeregt. Sicher ging sie davon aus, Rita würde ihre baldige Hochzeit mit Hamish verkünden. Sybil hatte ein schlechtes Gewissen, weil sie ihr die Wahrheit verschwiegen hatte.

»Ich habe die Absicht, nach Sydney zurückzugehen«, sagte Rita. Ihr Lächeln erlosch im selben Moment, als Sallyannes Gesichtszüge entgleisten. »Ich habe mich schon nach einer geeigneten Stelle umgeschaut.« Sie verzog das Gesicht. »Scheint so, als wäre es für eine Frau Ende vierzig nicht ganz leicht, einen neuen Job zu finden.«

»Aber … warum?«, fragte Sallyanne. Ihre Mundwinkel waren nach unten gefallen.

»O Sal.« Rita kniff sie sanft in die Wange. »Ich kann nicht in Alice Springs bleiben. Nicht nach allem, was passiert ist.« Nun war es an Rita, traurig auszusehen. »Ich kann diese Arbeit nicht mehr machen. Und ich kann Hamish nicht bitten, mich finanziell zu unterstützen.«

»Aber wieso nicht?«, fragte Sallyanne.

»Ich möchte nach Hause«, sagte Rita. »Das ist eine Entscheidung, die ich ganz allein treffen musste.«

»Und was … was sagt Hamish dazu?«

»Glücklich ist er damit nicht, aber er versteht mich. Und

eine Stelle habe ich dann doch noch gefunden. In sechs Wochen fange ich an. Ein Job bei der Regierung, da mahlen die Mühlen langsam.«

»Du wirst nicht mehr als Krankenschwester arbeiten?«, fragte Kate.

Rita schüttelte den Kopf. »In der Verwaltung. Ich denke, das wird mir gefallen.« Sie grinste schnell. »Eine Zeit lang jedenfalls.«

Als Sybil Ritas Pläne laut ausgesprochen hörte, wurde ihr klar, wie wenig Zeit ihnen noch blieb. Zum ersten Mal begriff sie auch, wie real das Ganze war. Sie hatte es für selbstverständlich gehalten, dass Rita in der Nähe wohnte, vergleichsweise zumindest, aber bald würde sie wieder ohne sie leben müssen.

Sybil holte tief Luft. »Also werden wir noch genau ein Buchclubtreffen haben – an dem alle teilnehmen, meine ich. Danach …« Sie schaute in vier betroffene Mienen. »Danach müssen wir weitersehen.«

»Mir war gar nicht klar, wie passend das Buch ist«, klagte Sallyanne.

»Was meinst du damit, Sal?«, fragte Rita und brachte ein Lachen zustande.

»Du gehst weg, um einen Job anzunehmen.« Sallyanne faltete die Hände im Schoß. »Wie Emma im Buch.«

»Ich denke, wir richten doch alle unser Leben auf unsere Weise nach unserer Arbeit aus, oder?«, sagte Rita. »Und für meine muss ich eben wegziehen.«

»Ich möchte nicht, dass du gehst«, sagte Sallyanne.

»O Sal.« Rita seufzte.

Sybil beschloss, das Treffen wieder auf Kurs zu bringen, bevor noch alle Trübsinn bliesen.

»Du wirst Rita ja noch einmal sehen, bevor sie geht«, sagte Sybil. »Und jetzt lasst uns darüber reden, ob über dieses dicke, großartige Buch schon alles gesagt wurde.«

Sie fing Ritas Blick auf und hoffte, ihre Freundin würde in ihren Augen erkennen, was sie fühlte: dass auch sie nicht wollte, dass sie ging. Nicht dass sie versuchen würde, sie davon abzuhalten. Nein, sie würde sie mit all ihrer Liebe verabschieden und immer vermissen. Rita hatte ihre Entscheidung getroffen. Sie hatte die Wahl gehabt, und das war die Freiheit, deren Wert man in Sybils Augen nie unterschätzen durfte.

# 56

Während der letzten beiden Wochen wohnte Rita bei Hamish. Den Mietvertrag für ihr Haus hatte sie gekündigt. Da sie nicht arbeitete, hatte sie auch kein Einkommen und hielt es nicht länger für angemessen, dass er weiterhin für ihre Miete aufkam. Als er ihr das Geld anfangs angeboten hatte, war sie davon ausgegangen, dass ihre Situation nur eine vorübergehende sein würde. Sie hatte erwartet, mit ihren Qualifikationen problemlos eine Stelle in Sydney zu finden. In den Krankenhäusern hatte sie allerdings keinen Erfolg gehabt, selbst ihre Beziehungen zu ehemaligen Kollegen hatten ihr nichts gebracht; alle waren jünger als sie und hatten die Jahre harter Arbeit noch vor sich. Bis zu diesem Moment hatte sie noch nie von sich als alt gedacht.

Der Job bei der Regierung war das Letzte, wovon sie geträumt hatte, aber jetzt ihre Rettung. Die Stundenzahl war absolut zivil, und Rita war froh, dabei nicht von kranken oder sterbenden Menschen umgeben zu sein. Nachdem sie selbst fast gestorben wäre, hatte sie den Gefallen daran verloren.

Seit ihrem Unfall hatte sie ihre Zeit damit verbracht,

sich zu bewerben, mit Leuten in Sydney zu telefonieren und zu schlafen. Sie redete sich ein, dass der jahrelange Schichtdienst jetzt seinen Tribut forderte, aber im Prinzip kannte sie die Wahrheit: Sie wollte einfach nicht wach sein. Immer wieder blitzten Erinnerungsfragmente vor ihrem geistigen Auge auf: das Mädchen auf der Trage, Kevin im Cockpit. Auch an den Schmerz erinnerte sie sich, nicht an das Gefühl, sondern an ihre Reaktion darauf. Manchmal waren die Eindrücke so stark, dass sie am liebsten eingeschlafen und nie wieder aufgewacht wäre.

»Ich habe die letzten Kisten zur Post gebracht«, sagte Hamish jetzt, als er nach Hause kam. Nach seinen Schichten hatte er ihr geholfen, ihre Sachen zusammenzupacken. Viel war es nicht gewesen, da sie ein möbliertes Haus gemietet hatte, nur Kleidung, Bücher und ein paar Fotos.

»Danke.« Sie war damit beschäftigt, Mittagessen für ihn zu kochen. Das war das Mindeste, was sie tun konnte, wo er sie doch so großzügig unterstützte.

In den letzten Wochen war ihr Umgang miteinander betont freundlich gewesen. Rita war sich durchaus bewusst, dass sie Hamish großen Schmerz zufügte, aber für sie wäre es noch schmerzhafter, in Alice Springs zu bleiben. Er schien das zu akzeptieren und hatte schon erklärt, sie so bald wie möglich in Sydney zu besuchen.

»Willst du immer noch nach Brisbane fahren?«, fragte sie. Er hatte wieder davon geredet, bei seinen Kindern vorbeischauen zu wollen, nachdem ihr Unfall seine ursprünglichen Pläne erst mal vereitelt hatte. Sie dachte, dass es nur angemessen wäre, wenn er erst seine Kinder besuchte, bevor er zu ihr kam, obwohl sie überrascht feststellte, dass sie immer noch eine gewisse Eifersucht verspürte.

»Ja«, sagte er. Sein Lächeln war so zärtlich wie immer, obwohl der Ausdruck in seinen Augen in letzter Zeit selten dazu zu passen schien. Sie war der Grund dafür, aber sie würde ihre Pläne trotzdem nicht ändern. Ihr Bedürfnis, sich um sich selbst zu kümmern, hatte die Oberhand gewonnen.

»Ich werde sofort nach deiner Abreise aufbrechen.« Er trat hinter sie, legte eine Hand an ihre Taille und küsste die Rückseite ihres Ohrs. Sie erschauerte vor Verlangen und wünschte, sie könnte das Gefühl bewahren und es auch in Sydney noch spüren.

»Und dann dachte ich«, sagte er und trat neben sie, damit sie sein Gesicht sehen konnte, »dass ich auch nach Sydney ziehen könnte.«

Sie pellte gerade ein gekochtes Ei und hielt mitten in der Bewegung inne.

»Was hast du gesagt?« Sie legte das Ei hin.

Seine Augen leuchteten wie schon lange nicht mehr.

»Ich wollte nichts sagen, bevor ich eine offizielle Bestätigung habe«, sagte er. »Man hat mir eine Stelle in der Notaufnahme des Royal North Shore Hospital angeboten.«

Rita konnte sich nicht erinnern, in ihrem Leben je um Worte verlegen gewesen zu sein. Ihr fiel immer etwas ein, das sie sagen konnte. Aber in diesem Moment war ihr Kopf leer.

Er lachte. Es klang entspannt; auch das hatte sie seit Ewigkeiten nicht mehr erlebt.

»Jetzt bist du platt, was?«, sagte er.

»In der Tat«, bekam Rita gerade so heraus.

»Ist dir das überhaupt recht?«, fragte er.

Sie hatten darüber geredet, ob er nicht auch nach Sydney gehen solle, aber er hatte immer erklärt, wegen seiner Kinder eher Brisbane in Betracht zu ziehen. Rita hatte sich also keine großen Hoffnungen gemacht, trotz seiner Beteuerungen, wie sehr er sie liebe und wie gern er mit ihr zusammen sein wolle. Sie hatte nicht so anmaßend sein wollen, von ihm zu erwarten, dass er sprang, wenn sie eine eigennützige Entscheidung traf.

»Ganz im Gegenteil.« Sie drehte sich ihm zu, damit sie die Arme um seinen Hals legen konnte. »Warum tust du das? Was ist mit Brisbane?«

Er streichelte ihr Haar. Das liebte sie; er vermochte sie so regelrecht in den Schlaf zu streicheln. Jetzt im Stehen hatte sie das Gefühl, durch die Berührung hypnotisiert zu werden.

»Meine Kinder haben ihr eigenes Leben«, sagte er. »Sie kommen sehr gut ohne mich zurecht. Wenn ich zu ihnen ginge, würde ich in mein altes Leben zurückkehren, was vollkommen in Ordnung wäre. Aber ohne dich wäre es nicht das Leben, das ich mir wünsche.«

Aus der Nähe konnte sie seine feinen Fältchen im Gesicht erkennen. Hamish wirkte nicht verbraucht, aber ausgelaugt. So wie sie sich fühlte.

»Ich bin so froh«, sagte sie und küsste ihn aufs Kinn. »Nein, eigentlich bin ich sogar unendlich glücklich. Ich wollte dich nicht zum Umzug drängen, weil ich dachte, das wäre zu viel verlangt.«

»Das hättest du ruhig tun können«, sagte er und streichelte die andere Seite ihres Kopfes. »Ich hätte mich nicht beschwert.«

Er streichelte sie weiter, als sie ihn küsste und sich freute, dass sie die Erinnerung nun doch nicht speichern musste, um später davon zu zehren. Nun bestand Aussicht auf unzählige weitere Küsse in nächster Zukunft.

»Ich habe nur eine Bitte«, sagte er nach dem Kuss.

»Mhm?«, fragte sie, mit ihren Gedanken noch ganz woanders.

»Ich bin ziemlich altmodisch«, sagte er. »In Sydney möchte ich nicht mit dir zusammenleben.«

Sie entzog sich ihm und schaute ihn an. Ihr Zusammenleben war ziemlich glücklich und harmonisch, und sie sah keinen Grund, warum das in Sydney ein Problem sein sollte.

»Wenn wir ein gemeinsames Leben planen, Rita«, er griff hinter seinen Nacken nach ihren Händen, bog sie auf und hielt sie fest, »dann richtig. Ich möchte, dass du mich heiratest. Und ich möchte dich natürlich auch gerne heiraten.«

Sie fühlte sich eigentümlich schwerelos und doch geerdet; schwindelig und doch ernst; geliebt und liebend.

»Das möchte ich auch.« Sie lächelte so breit, dass sie spürte, wie sich ihre Wangen in Falten legten.

Hamish stieß einen langen Atemzug aus. »Ich habe seit Wochen die Luft angehalten«, sagte er und begann dann zu lachen.

»Dann atme jetzt besser weiter.« Sie drückte ihn schnell an sich. »Ich brauche dich noch.«

Sie küsste ihn noch einmal und gab sich diesem Kuss hin. Sie spürte, wie sich die Erinnerungen an ihren Schmerz in Höhlen verzogen, von deren Existenz sie bislang nichts gewusst hatte. Vor ihnen lagen hellere Tage; sie hatten bereits begonnen.

# 57

Die Erstellung der Lehrpläne hatte sie fast den gesamten Samstag gekostet, aber Sallyanne war froh, alles so weit im Voraus organisiert zu haben. Die Kinder spielten in Sybils Garten; man hörte, wie sie Stan beknieten, sie huckepack zu nehmen. Stan begann zu lachen, und dann fiel auch Ben ein, während beide so taten, als würden sie sich weigern. Schließlich ertönten laute Jauchzer, als die beiden offenbar nachgaben und sich die Kinder auf den Rücken hievten.

Lächelnd griff sie wieder nach ihrem Stift. Die Liste mit den Büchern, die alle lesen mussten, war fast fertig; man würde sie in der Stadt besorgen müssen, wenn mal wieder jemand hinfuhr. Mittlerweile hatte Sallyanne sich an das Tempo hier draußen gewöhnt: Man schrieb eine Liste, wartete darauf, dass jemand in die Stadt fuhr, fand sich damit ab, dass er ein paar Tage fortblieb, und übte sich währenddessen in Geduld. In der Küche war das Tempo ähnlich, aber sie arbeitete jetzt nicht mehr oft dort, weil die Schule den Großteil ihrer Zeit verschlang. Während Kate nach einer neuen Hilfe suchte, sprang Sybil ein.

»Hallo?«, rief eine Stimme mit britischem Akzent vor der Fliegengittertür des Schulzimmers.

»Wartest du auf eine Einladung?«, fragte Sallyanne munter und ging zur Tür. »Du weißt doch, dass du keine brauchst.«

»Ich möchte nicht einfach hereinplatzen«, sagte Kate, als sie eintrat, Archie auf der Hüfte.

»Du platzt nicht herein.« Sallyanne lächelte Archie an, der kicherte und sein Gesicht dann an Kates Schulter barg.

»Ich wollte dich um einen Gefallen bitten«, sagte Kate mit Blick auf Archie.

»Ja?«

»Vermutlich ist dir schon aufgefallen, dass Archie immer dorthin will, wo Tim und Billy sind.«

Sallyanne nickte. »Kleine Kinder lieben ältere Jungen. Das hat meine Mum schon immer gesagt.«

»Hättest du etwas dagegen, wenn …« Kate schaute sich im Schulzimmer um. »Würde es dir etwas ausmachen, wenn er jeden Tag ein bisschen hier sein könnte, während sie Unterricht haben? Nicht die ganze Zeit natürlich. Nur so lange, dass er nicht das Gefühl hat, etwas zu verpassen.«

»Natürlich«, sagte Sallyanne. »Gretel wird begeistert sein, wenn sie nicht immer die Jüngste ist.« Sie lächelte. »Außerdem mag sie Archie.«

»Er ist ja auch liebenswert.« Kate lächelte.

»Mummy«, sagte Archie und streichelte Kates Wange.

»Hat Sybil dir von dem Fernseher erzählt?«, fragte Kate, den Blick immer noch auf ihren Sohn gerichtet.

»Nein. Was denn?«

»Weil sie unbedingt die königliche Hochzeit sehen will,

soll Ben wie auch immer einen Fernseher beschaffen und eine Antenne errichten.«

»Wann ist die Hochzeit?«

Kate sah sie irritiert an. »Am neunundzwanzigsten Juli. Ich dachte, gerade du weißt das. Das ist doch eine der ganz großen Liebesgeschichten.«

»Oh … Darauf bin ich gar nicht mehr so wild«, sagte Sallyanne und dachte an all die Liebesromane, die sie an Frauen von der CWA verschenkt hatte. Seit ihrem Umzug nach Fairvale schien sie sie nicht mehr zu brauchen.

»Was? Nun, für meine Nation ist es eine große Sache«, erklärte Kate mit einem Grinsen. »Wir dachten schon, Charles würde keine mehr abbekommen.«

»Und erst recht nicht eine so wunderbare Frau wie Diana.«

»Ich überlasse ihn ihr gern.« Kate setzte Archie ab und hielt ihn am Handgelenk fest, während er um ihre Beine lief.

»Du wolltest nie Prinzessin werden?«

»Jedes Mädchen in England wollte vermutlich mal Prinzessin von Wales werden. Mit Ausnahme von denen, die hofften, dass Paul McCartney Linda verlassen würde.« Kate grinste. »Aber nein, ich bin sehr glücklich, wo ich bin.« Sie ging neben Archie in die Hocke und schaute zu Sallyanne auf. »Mehr als glücklich«, sagte sie.

Sallyanne nickte.

»Und du?«, fragte Kate.

Sallyanne ließ den Blick durch den Klassenraum schweifen, dann sah sie zum Fenster hinaus auf die Szenerie, die sich dahinter ausbreitete: Sybils Garten, der nach der langen Regenzeit üppig wucherte; die Viehweiden; zwei

Viehtreiber, die sich unterhielten, die Zügel ihrer Pferde in den Händen; Barney, der durch den Staub trottete.

»Doch, ich bin glücklich«, antwortete Sallyanne. »Ich hätte nie gedacht, dass ich das mal sagen könnte, aber ich bin es.«

Kate stand auf und hob Archie hoch.

»Das freut mich«, sagte sie.

»Mummy«, sagte Archie wieder und zog Kate an den Haaren.

»Aha, Zeit für eine kleine Zwischenmahlzeit.« Sie lächelte Sallyanne an. »Bis später. Und danke.«

Sallyanne winkte Archie zum Abschied. Vermutlich wäre er im Klassenraum nicht leicht zu bändigen, aber sie würde schon einen Weg finden. Es überraschte sie selbst, was für eine praktische Begabung sie hier draußen entwickelt hatte.

Sie verstaute ihre Papiere in Schubladen und steckte Stifte und Radiergummis in eine Tasse. Jetzt war alles für Montag vorbereitet.

Wieder öffnete sich die Fliegengittertür, und sie musste lachen.

»Hast du etwas vergessen?«, fragte sie. Aber als sie sich umdrehte, stand Mick an der Tür.

»Oh«, sagte sie.

Es war über ein Jahr her, dass sie ihn zuletzt gesehen hatte. Er hatte keine Anstalten unternommen, sie oder die Kinder zu besuchen, die schon gar nicht mehr nach ihm fragten. Sie wollte sich auch gar nicht danach erkundigen, ob sie ihn vermissten, weil sie Angst davor hatte, wie glücklich sie ein Nein als Antwort machen würde.

Der Mick, der vor ihr stand, war ein anderer als der, der

sie verlassen hatte. Er wirkte verändert. Besser. Gesünder. Das Gesicht war nicht mehr aufgedunsen vom Alkohol, und seine Haut war braun gebrannt. Auch seine Haltung war aufrechter. Er sah gut aus, so wie früher.

»Willst du mich nicht begrüßen?«, fragte er und trat näher.

»Hallo«, sagte sie, um einen munteren Tonfall bemüht.

»Du hast dein Haar geschnitten«, stellte er fest und klang dabei unsicher.

»Das hatte ich schon Jahre vor.«

Er starrte sie an, und sie starrte zurück.

»Was tust du hier?«

»Dein Anwalt hat mir die Papiere geschickt«, sagte er. Sie hatte die Scheidung schon fast vergessen. Der Besuch in der Anwaltskanzlei lag Wochen zurück; seither hatte das Leben auf Fairvale sie voll beansprucht. Vielleicht auch, weil sie ihre Ehe innerlich schon abgehakt hatte.

»Du musst sie nur noch unterschreiben.«

»Das möchte ich nicht«, sagte er. »Ich dachte, wir könnten es noch einmal versuchen.«

Sie konnte es kaum glauben und konnte es wieder doch. Er hatte sich jahrelang etwas vorgemacht: was die Kinder für einen Einfluss auf ihre Ehe hatten, wie sehr er selbst vernachlässigt worden war. Die Geschichten waren ein Teufelskreis, in dem er sich verfangen hatte. Aber es war nicht ihr Teufelskreis.

»Das werden wir nicht tun, Mick.« Sie versuchte, mitfühlend zu klingen, obwohl sie eigentlich nur wollte, dass er ging. »Den Kindern und mir geht es gut hier.«

»Ich könnte herziehen«, sagte er, und sie widerstand dem Impuls, ihm ein »Nein!« ins Gesicht zu schreien.

»Hier gibt es keine Arbeit für dich«, sagte sie. »Außerdem … möchte ich nicht, dass du hier bist.«

»Was ist mit den Kindern?« Er jammerte fast.

»Die waren dir doch auch egal, als du ständig betrunken warst.« Sie klang so bissig, wie es ihr überhaupt nur möglich war.

»Liebst du mich denn nicht mehr?« Er hörte sich wie ein kleiner Junge an, der von seiner Mutter ausgeschimpft worden war.

Liebte sie ihn noch, oder liebte sie ihn nicht mehr? Wenn sie daran dachte, wie er früher gewesen war, liebte sie ihn. Aber das Gefühl war nur ein schwaches Echo aus der Vergangenheit. Jetzt liebte sie ihn nicht mehr. Das wusste sie, weil sie fast nie an ihn dachte.

»Ich habe immer etwas für dich empfunden«, sagte sie wahrheitsgemäß. »Aber ich kann nicht mehr mit dir verheiratet sein, Mick. Wir müssen beide von vorn anfangen. Jeder für sich.«

Er schaute weg und senkte den Blick. Die Spitzen seiner Stiefel schabten über den Boden. »Tja«, sagte er, und als sie sich ansahen, spürte sie, wie fremd er ihr geworden war. »Das müssen wir wohl.«

»Du wirst die Papiere also unterschreiben?«, fragte sie und gab sich Mühe, nicht so zu wirken, als wäre sie sich seiner Antwort nicht sicher. Er sollte denken, dass sie stark war.

»Ja«, sagte er und kratzte sich am Kopf. »Kann ich die Kinder noch mal sehen, bevor ich wieder fahre?«

»Natürlich«, sagte sie. »Vermutlich hörst du, wo sie sind.« Das Jauchzen schallte noch immer aus dem Garten herüber.

»Darf ich gelegentlich zu Besuch kommen?«, fragte er.

»Ja. Ruf aber vorher an«, sagte sie. »Hier ist immer viel los.«

Er nickte. »Für eine Weile war es schön, oder?«, fragte er.

Sie lächelte und dachte an ihre erste Begegnung zurück. Sie war so unglaublich beeindruckt von ihm gewesen. »Das war es«, antwortete sie. »Mach's gut, Mick.«

Sie nickte zur Tür hinüber und sah ihm hinterher, als er ging, ohne sich noch einmal umzudrehen. Sein Hinterkopf verschwand in der Ferne, und sie fühlte sich, als würden sich zwei verschiedene Ebenen ihres Lebens überschneiden und dann voneinander trennen, fast so, als hätte die Zeit sich aufgespalten. Das Gespräch hätte sich auch anders entwickeln können, sodass jetzt eine mögliche Zukunft im Äther verschwand, während die andere real wurde.

Mick war wirklich fort. Ihre Vergangenheit war wirklich vergangen. Als sie sich an ihren Schreibtisch setzte, fühlte sie, wie all die letzten Jahre von ihr abfielen, all ihre Sorgen um ihn, um ihr eigenes Leben, darum, was aus ihnen werden sollte. Tränen schossen ihr in die Augen und tropften auf ihre Lippen. Alles, was sie spürte, war Erleichterung. Und Freiheit. Und dass die Zukunft vor ihr lag, so grenzenlos wie der Himmel von Fairvale.

# 58

Die Übelkeitsanfälle hatten vor zwei Wochen begonnen, und Kate hatte sie auf den für die Jahreszeit untypischen Regen geschoben. Der Luftdruck war nicht normal, das musste der Grund sein. Während ihres ersten Build-up war ihr auch ständig übel gewesen. Dieses Mal musste es genauso sein, obwohl sie sich doch mitten in der Trockenzeit befanden.

Jetzt hatte der Regen allerdings wieder aufgehört, und ihr war immer noch übel. Vielleicht hatte es auch etwas mit der Müdigkeit zu tun. Sie war ständig erschöpft, weil Archie sie auf Trab hielt. Das musste es sein.

Ben hatte schon eine Bemerkung fallen lassen: Sie sei so blass, und er habe sie im Badezimmer würgen hören.

»Ich muss mir von einem Besucher etwas eingefangen haben«, hatte sie erklärt.

Eines Morgens weckte die Übelkeit sie vor dem Morgengrauen, und sie stürzte ins Badezimmer. Es war eine grauenhafte Vorstellung, dass alle in dem stillen Haus hören konnten, wie sie sich zu übergeben versuchte, Sybil, Ben und Archie.

Anschließend schleppte sie sich in die Küche, um sich

einen Tee zu kochen. Das Einzige, was sie trinken konnte. Selbst das Wasser schmeckte faulig, wenn sie es nicht abkochte. Sie kam sich schon neurotisch vor, weil sie das mit all ihrem Trinkwasser tat und es dann in Krüge füllte. Die ersten Male hatte Ben sie komisch angeschaut, sich aber nicht nach dem Grund erkundigt.

Zu dieser frühen Tageszeit war auch das Geräusch des Wasserkessels nicht zu überhören, und so war es kein Wunder, dass Sybil erschien. Sie trug noch ihr Nachthemd.

»Du bist früh wach«, sagte sie und musterte Kate.

»Tut mir leid, wenn ich dich aufgeweckt habe.« Kate presste die Lippen zusammen, als sie erneut von einer Welle der Übelkeit überrollt wurde.

»Kein Problem. Darf ich?« Sie nickte zu dem Kessel hinüber.

»Natürlich.«

Schweigend bereitete sich Sybil eine Tasse Tee und setzte sich neben Kate an den Tisch.

»Milch?«, fragte sie, und Kate hätte sich am liebsten sofort übergeben.

»Mhm … Nein danke.« Kate nahm ihren schwarzen Tee und trank einen kleinen Schluck. Sybil beobachtete sie.

»Wie lange ist dir schon übel?«, fragte Sybil mit neutraler Miene.

Kate hatte ein schlechtes Gewissen. Wenn sie zu einem Arzt in die Stadt fahren würde, müsste sie Sybil bitten, auf Archie aufzupassen. Und wenn die Übelkeit auch anschließend nicht besser werden würde, müsste sich Sybil für eine Weile ganz um den Kleinen kümmern. Nicht dass Sybil sich beklagen würde, aber sie hatte schon so viel um die Ohren. Und da Stan bald für längere Zeit aufbrechen würde, um Vieh zusammenzutreiben, würde Ben seine Aufgaben übernehmen und hätte auch keine Zeit, um für Archie da zu sein.

»Hör auf, darüber nachzugrübeln, was auch immer dich plagt«, forderte Sybil sie auf. »Sag mir einfach, seit wann das schon geht.«

»Seit ungefähr zwei Wochen«, sagte Kate. »Und es wird einfach nicht besser. Allmählich habe ich schon Angst, es könnte etwas Schlimmes sein.«

»Oh, das ist es bestimmt nicht«, sagte Sybil schlicht, sehr zu Kates Erstaunen.

Sybil hatte einen Blick aufgesetzt, als hätte sie das dritte Auge.

»Du bist schwanger, Kate«, sagte sie schließlich mit einem sanften Lächeln.

Nein, das konnte nicht sein. Seit der Fehlgeburt waren Jahre vergangen, und es hatte nicht das geringste Anzeichen für eine erneute Schwangerschaft gegeben; nicht einmal den kleinsten Hinweis darauf. Nicht eine einzige Periode war ausgeblieben, und seit Archie bei ihnen war, hatten Ben und sie keinen Gedanken mehr an ein Baby verschwendet. Sie hatten den Versuch aufgegeben und waren in der Folge sehr viel glücklicher gewesen – was sicher auch mit Archie zu tun hatte, davon war sie überzeugt.

»Wann hattest du deine letzte Periode?«, fragte Sybil.

»Das ist erst …« Kate hielt inne. Wie lange war das eigentlich her? Sie wurde so von ihren täglichen Pflichten in Anspruch genommen, dass sie sich kaum noch daran erinnern konnte.

Sie rechnete zurück, überzeugt davon, dass ihre letzte

Menstruation bestenfalls eine gute Woche zurücklag. Aber nein, das stimmte nicht. Sie hatte direkt nach dem letzten Treffen des Buchclubs angefangen, und das war …

»Vor sechs Wochen«, sagte sie und registrierte Sybils leicht triumphierenden Gesichtsausdruck.

»Na also«, sagte Sybil.

»Aber ich kann nicht schwanger werden. Und beim letzten Mal war mir überhaupt nicht übel.« Sosehr sie sich auch wünschte, dass Sybil recht hatte, so viel Angst hatte sie, es besser zu wissen. Sie konnte keinerlei Begeisterung empfinden.

»Ein und dieselbe Frau kann bei der einen Schwangerschaft morgendliche Übelkeitsanfälle haben und bei der anderen nicht. Das bedeutet gar nichts.« Lächelnd führte Sybil die Tasse an den Mund.

»Woher hast du es gewusst?«, fragte Kate, fast flüsternd vor Erstaunen.

»Dein Hintern ist abgesackt.«

»Was?«

»Bei schwangeren Frauen sackt fast sofort zu Beginn der Schwangerschaft der Po ab. Ich habe einen Blick dafür bekommen, als ich als Krankenschwester gearbeitet habe. Natürlich habe ich bei dir nicht danach Ausschau gehalten – mir ist es zufällig aufgefallen.«

Kate war verblüfft, dass Sybil ein solches Detail wahrgenommen hatte, während sie selbst nicht die leiseste Ahnung gehabt hatte. Wer weiß, was ihre Schwiegermutter in all den Jahren noch gesehen hatte.

»Ich könnte mir vorstellen, dass es dir nicht leichtfällt, in der Küche mit Fleisch zu arbeiten.« Sie schaute sie fragend an.

Kate wurde schon schlecht, wenn sie nur daran dachte. »Ja«, sagte sie schwach.

»Gut, in Ordnung. Ruby kann für eine Weile übernehmen. Dann muss sie sich einfach zwischendurch hinsetzen.« Ihre Miene war sonderbar, als würde sie ihr etwas verheimlichen.

»Weiß Ruby es auch schon?«

Wieder dieser triumphierende Gesichtsausdruck. »Könnte sein, dass wir uns mal über unsere Theorie ausgetauscht haben.«

In Kate regte sich der Drang zu kichern. Wenn Sybil dachte, dass sie schwanger war, und Ruby auch, dann war sie es vielleicht wirklich. Das Kichern brach sich Bahn. »Ich kann es kaum glauben«, sagte sie. »Oder sollte ich?«

»Doch, du solltest. Und ab dem vierten Monat kannst du dir absolut sicher sein. Dann kannst du es womöglich sogar genießen.«

Ab dem vierten Monat. Noch vor wenigen Monaten hatte sie nicht einmal an die ersten drei gedacht. Eine Weile schon hatte sie gar nicht mehr an Babys gedacht.

»Wenn ich es so weit schaffe«, sagte Kate. Ihre Miene verdüsterte sich, als ihr in den Sinn kam, was beim letzten Mal geschehen war. Mit dieser Erinnerung kehrte auch die an den damit verbundenen Schmerz zurück. Sie schaute Sybil an und wusste, dass sie ebenfalls daran dachte. Es war ihnen unmöglich, es nicht zu tun.

»Wenn du es nicht schaffst, wirst du auch damit fertigwerden«, sagte Sybil leise, aber bestimmt. »Zunächst einmal müssen wir dafür sorgen, dass du dich nicht übernimmst. Du backst weiterhin Brot und Kuchen, und Ruby kümmert sich um alles andere. Ich frage Sallyanne, ob sie Archie gelegentlich in ihre Sippschaft aufnehmen kann.«

»Oh, das ist nicht …«

»Kate«, sagte Sybil sanft. »Du musst das nicht alles allein bewältigen. Du hast ein Kind und erwartest das nächste. Das ist der Moment, in dem du dich von einer alten Glucke wie mir an die Hand nehmen lassen, einfach nicken und sagen solltest: ›Gut.‹ Genau das ist in den nächsten Wochen deine einzige Aufgabe, in Ordnung?«

Es war in Ordnung. Und eine Erleichterung. Am liebsten hätte sie geweint. Tatsächlich weinte sie bereits, und zwar an Sybils Schulter, obwohl sie sich nicht daran erinnerte, ihren Kopf dorthin gelegt zu haben. Aber sie war froh darum, da sie von einem Strudel der Hoffnung und Liebe, des Zweifels, des Unbehagens und des Erstaunens mitgerissen wurde.

»Tränen«, sagte Sybil und tätschelte ihren Arm, »sind etwas Gutes. Und es werden noch einige fließen, weil dein Hormonhaushalt gründlich durcheinandergewirbelt wird.«

Kate nickte und merkte, dass sie die Tränen in Sybils Nachthemd rieb.

»Alles wird wunderbar«, sagte Sybil in einem besänftigenden Tonfall. Und als das Licht in der Küche sich mit der Morgendämmerung zu verändern begann, war Kate bereit, ihr zu glauben.

# 59

Es war komisch, etwas anzuschauen und gleichzeitig zu wissen, dass es vielleicht das letzte Mal sein würde. So hatte sich Della gefühlt, als sie zu Hause gewesen war und ihrer Mutter beim Kaffeekochen zugeschaut hatte. Sie hatte sich nicht sicher sein können, dass sie es nie wiedersehen würde, hatte es aber auch nicht ausgeschlossen. So wie sie sich jetzt nicht sicher sein konnte, zum letzten Mal zu sehen, wie Stan mit Ben redete – es aber nicht ausschließen konnte.

Vor einer Woche war Stan zu ihr gekommen, um ihr mitzuteilen, er werde für eine Weile in sein Land zurückgehen, weil seine Familie ihn brauche; was er danach tue, wisse er nicht. Sie waren freundschaftlich miteinander umgegangen, seit sie förmlich beschlossen hatten, nicht mehr zusammen zu sein. Della hatte versucht, nicht allzu angespannt zu wirken, weil ihr bewusst war, dass die Leute sie beide beobachteten. Ben sollte sich in ihrer Gegenwart nicht unbehaglich fühlen. Es war nicht seine Schuld, dass sie nicht zusammen sein konnten, und ihre Situation sollte ihre Arbeit nicht beeinträchtigen.

Aber das tat sie, das wusste Della. Stan und sie waren still geworden, wenn sie sonst gescherzt hatten. Und während Della nun neben Ben ritt, blieb Stan für sich, als Schlusslicht der Gruppe. Della gefiel das nicht, und sie war sich sicher, dass Stan das nicht anders sah. Aber sie waren nun getrennt, in jeder Hinsicht.

Es hatte sie also nicht überrascht, als er an ihre Tür geklopft und ihr die Nachricht überbracht hatte. Erschüttert hatte es sie trotzdem.

»Ich wollte es dir selbst erzählen«, sagte er. Sie merkte ihm an, dass er sich am liebsten wie immer an den Türrahmen gelehnt und sich Zeit gelassen hätte, bis das Verlangen sie praktisch dazu trieb, ihn hereinzuzerren.

»Wann brichst du auf?« Sie hatte das Gefühl, als wäre es ihre Schuld – dass er ging, um sie nicht mehr sehen zu müssen. Auch sie hatte schon darüber nachgedacht, das zu tun.

Aber dann war sie zu dem Schluss gelangt, dass sie vor einer zentralen Wahrheit ihres Lebens davonlaufen würde: Sie liebte ihn und hatte entschieden, ihn freizulassen. Der Schmerz, ihn jeden Tag sehen zu müssen, fühlte sich wie Buße an.

»In wenigen Wochen«, antwortete er. Im Dämmerlicht konnte sie kaum seine Augen sehen, daher wusste sie nicht, ob er glücklich oder traurig war. Sie hatte ohnehin kein Anrecht mehr darauf, darüber Bescheid zu wissen.

»Gut. Danke, dass du es mir gesagt hast.« Sie hatte sich um einen tapferen Tonfall bemüht, dann die Tür hinter ihm geschlossen und sich in den Schlaf geweint.

Nun war der Tag der Abreise gekommen, und Stan verabschiedete sich von Ben. Sie blieb in der Nähe stehen, entschlossen, noch ein paar Worte mit ihm zu wechseln.

Ben und er schüttelten sich mit ernsten Gesichtern die Hände.

»Dein Job hier wird dir immer sicher sein«, hörte sie Ben sagen, und Stan nickte, bevor er sich an den Hut tippte und umdrehte. Della erwartete, dass er zum großen Haus ging. Stattdessen machte er einen Schlenker und kam direkt auf sie zu.

Sie trat aus der Tür.

»Ich hätte nicht gedacht, dass du mich siehst«, sagte sie, und ihre Hände fuhren nervös durch die Luft, als er vor ihr stehen blieb.

Er lächelte traurig. »Ich würde dich überall sehen, kleine Della«, sagte er.

»Ich werde dich vermissen«, sagte sie, ohne ihm in die Augen zu schauen. Sie hatte beschlossen, die Wahrheit zu sagen, was aber nicht hieß, dass es einfach war.

»Ich werde dich auch vermissen.« Seine Miene war nun ernst.

Sie konnte ihn riechen: Erde, Regen und Feuer. Das war der Geruch, den sie mit ihm verband. In zwanzig Jahren, in fünfzig Jahren, am Ende ihres Lebens, diesen Geruch würde sie immer wiedererkennen.

»Pass auf dich auf«, sagte sie und wusste selbst, wie floskelhaft das klang. Aber wie hätte sie sagen können, was sie wirklich meinte? *Sorge für dich. Bleib gesund. Ich kann die Vorstellung, dir könnte etwas zustoßen, kaum ertragen.*

»Wirst du hierbleiben, kleine Della?« Er nahm ihre Hand; sie musste tief einatmen und fühlte, wie die Luft in ihrer Lunge erstarrte.

Sie nickte schnell. »Im Moment habe ich nicht vor zu gehen.«

»Dann sehen wir uns vielleicht wieder. Irgendwann.«

War das ein Versprechen? Oder nur seine Weise, sich zu verabschieden? Seine Miene war unergründlich. Aber wenn er ihr einen Weg eröffnete, zu ihm zurückzukehren, würde sie ihn gehen.

»Vielleicht«, sagte sie.

Er ließ ihre Hand los.

»Stan!«, rief Ben, der ein paar Meter entfernt stand. »Der Truck wartet.«

Er tippte sich an den Hut. »Dann bis irgendwann, kleine Della.«

»Auf Wiedersehen, Stan«, flüsterte sie.

Sie sah ihn zu dem Truck gehen, der vor dem großen Haus stand. Sie beobachtete, wie er Sybil und Kate umarmte und dann auf die Sitzbank stieg, zu dem Viehtreiber, der ihn in die Stadt bringen würde.

Sie wartete, während der Truck einen Kreis fuhr, um auf den Kiesweg zu gelangen. Sie sah, wie Stan seine Hand aus dem Fenster hielt und kurz seine Finger bewegte, so als würde er winken, und wusste, dass niemand außer ihr es bemerkte.

Nun war er fort. Und sie nicht. Das war die einzige Wahrheit, die sie im Moment kannte.

# 60

Rita hatte Darryl soeben gefragt, ob er sie ein letztes Mal nach Katherine fliegen könne, und ihm auch den Grund erklärt: Sie wolle noch einmal an einem Treffen des Buchclubs teilnehmen und sich von Fairvale verabschieden. Von Sybil natürlich nicht, obwohl sie nicht wusste, wann sie ihre Freundin wiedersehen würde. Und von den anderen auch nicht, weil sie generell keine Abschiede mochte.

»Du gehst«, sagte er, eine Bierdose in der einen und eine Benson & Hedges in der anderen Hand. Sie hatte ihn am Ende seiner Schicht aufgesucht, die er mit dem üblichen Ritual beschloss.

»Ja«, sagte sie. »Und ich werde dich vermissen, Daz.«

»Das will ich dir auch geraten haben.« Er nahm einen Schluck aus der Dose. »Ich hätte nie gedacht, dass du der Typ dafür bist.«

»Wofür?«

Er schaute sie an und kniff ein Auge zu. »Der Typ, der einem Mann hinterherrennt.«

»Ich renne ihm nicht hinterher. Ich habe beschlossen wegzuziehen, und er kommt mit.«

»Wie auch immer«, knurrte er, und sie verspürte eine

leichte Irritation, dass er ihre Pläne so nonchalant abwertete.

»Jeder Mensch verdient es, geliebt zu werden, Darryl«, sagte sie. »Manchmal kommt die Liebe nicht in der Form, in der wir sie erwarten.«

»Tja, schön.« Er trank sein Bier aus. »Er soll sich ja gut um dich kümmern. Kommt nicht oft vor, dass man im Sumpf auf Gold stößt.«

Sie stieß ein perlendes Lachen aus. Seine Sicht auf die Welt würde sie wirklich vermissen.

»Ich werde es ihn wissen lassen«, sagte sie.

»Keine Sorge, ich werde es ihm noch mal verdammt deutlich persönlich klarmachen.« Er drückte seine Zigarette aus.

»Ich muss am Samstag hin und am Sonntag zurück. Ist das in Ordnung?«

»Klar.« Er stand auf und schlängelte sich durch die überall herumstehenden Stühle.

»Darryl?«

Er salutierte nur und verschwand, ohne ihr sein Gesicht zugewendet zu haben. Ihr war nicht klar, ob er verärgert war, weil sie wegzog oder weil sie ihn gebeten hatte, sie nach Katherine zu fliegen. Vermutlich würde sie es nie erfahren.

Das war das letzte Versatzstück ihrer Umzugsplanung. Nach der Begegnung mit Sybil würde ihr Leben im Northern Territory der Vergangenheit angehören und ihr neues Leben in Sydney beginnen.

Das Gästezimmer auf Fairvale hatte sich nicht groß verändert, seit Rita nach Sybils Hochzeit zum ersten Mal zu Besuch gekommen war. Sybil hatte neue Bettwäsche gekauft, aber Kommode und Spiegel waren noch dieselben. So wie das Bett. Vielleicht hingen andere Vorhänge vor den Fenstern, nach all den Jahren konnte sich Rita an die alten nicht mehr erinnern.

Sie packte ihre Sachen aus und betrachtete sich dann im Spiegel. Alles an ihr wurde ein wenig schlaff, das ließ sich nicht ändern. Ihr Haar ergraute allmählich, und sie sollte unbedingt über eine neue Frisur nachdenken. Der Pony stand ihr nicht, sie war ja kein Teenie mehr. Aber Hamish liebte sie trotzdem.

»Tee?«, fragte Sybil, die den Kopf zur Tür hereinsteckte.

»Lieber etwas Stärkeres«, sagte Rita mit einem angespannten Lächeln. Sie verspürte jetzt schon Abschiedsschmerz, dabei musste sie erst morgen wieder abreisen.

»Besser nicht«, sagte Sybil und kehrte etwas später mit zwei Tassen zurück.

Rita zog fragend eine Augenbraue hoch.

»Das ist Whisky«, sagte Sybil. »Geschickt getarnt.« Sie stieß einen Pfiff aus, worauf Barney erschien. Dann gingen sie durch den Garten in Richtung Viehweiden.

»Ich liebe diese Tageszeit«, sagte Sybil, als sie sich an einen Weidezaun lehnten, die Tassen in den Händen, wie sie es in den vergangenen Jahren so oft getan hatten. »Die Sonne steht hoch, jeder ist geschäftig. Hunde bellen, Kinder schreien.« Sie nahm einen Schluck aus ihrer Tasse. »Freunde verschwinden«, fuhr sie fort, und Rita vermeinte zu sehen, dass ihr Kiefer sich anspannte.

»Alles in Ordnung?«, fragte Rita.

»Ich möchte einfach nicht, dass du nach Sydney gehst.« Sybil schniefte. »Die Vorstellung, dass du so weit weg bist, ist grauenhaft.«

»Syb.« Rita streckte die Hand aus, um Sybil kurz über den Arm zu streichen. »Wir haben schon so oft weit weg voneinander gewohnt.«

»Es hat mir nie gefallen, und mittlerweile habe ich mich an deine regelmäßigen Besuche gewöhnt. Eine kluge Taktik, um mich jetzt leiden zu lassen.« Sie schniefte noch lauter und hielt die Tasse an ihr Gesicht. Rita hätte fast gelacht. In ihrer Gegenwart hatte sich Sybil noch nie kindisch benommen, und sie konnte kaum glauben, dass ihre Freundin jetzt damit anfangen sollte.

»Gibt es noch einen anderen Grund?«, fragte Rita und wünschte, Sybil würde ihr in die Augen schauen.

»Ich weiß nicht. Gibt es einen?«

»Sei nicht so widerborstig.«

»Geh nicht nach Sydney!« Sybil klang leicht angefressen.

»Ich habe dich damals auch nicht gebeten, nicht zu gehen, als du Sydney mit Joe verlassen hast«, erwiderte Rita und registrierte, dass sich zum ersten Mal in ihrem Leben eine Art Streit zwischen Sybil und ihr anbahnte.

Sybils Miene entspannte sich wieder. »Ich weiß«, sagte sie schließlich. »Aber ich bin egoistisch. Egoistischer als du.«

»Und du denkst, ich mache einen Fehler«, sagte Rita geradeheraus und wollte gar nicht wissen, ob Sybil Sydney oder Hamish für den Fehler hielt.

»Das weiß ich nicht.«

»Aber du *denkst* es.«

Sybil drehte sich um, lehnte sich mit dem Rücken an den Zaun und blickte an der Sonne vorbei. »Ich denke vieles«, sagte sie. »Ich denke, dass mein ältester Sohn ein grässlicher Mensch ist. Ich denke, dass mein zweiter Sohn ein besserer ist als sein Bruder – selbst als sein Dad. Ich denke, dass ich ein glücklicher Mensch wäre, wenn ich ihn, Kate und Archie für immer hierbehalten könnte, aber es ist keineswegs unwahrscheinlich, dass ich allein sterben werde. Vielleicht schleift mich ja einer der Hunde in den Garten und verbuddelt mich dort.«

»Sybil.« Rita musste sich ein Lachen verkneifen. »Sei nicht albern.«

»Findest du mich wirklich albern? Liegt nicht ein Körnchen Wahrheit in dieser Vorstellung?«

Sie schauten sich an.

»Kann sein, dass ein Körnchen Wahrheit darin liegt …«, sagte Rita schließlich. »Oder auch nicht. Niemand von uns weiß, was passieren wird. Vielleicht ziehe ich zurück nach Sydney, fühle mich dort absolut nicht wohl und bitte dich, mir bis an mein Lebensende ein Zimmer zur Verfügung zu stellen.«

»Unwahrscheinlich.«

»Aber möglich. Wie so vieles.«

Rita versuchte zu erkennen, wo Sybil hinsah, aber ihr Blick war ins Leere gerichtet.

»Findest du?«, fragte Sybil schließlich. »Ich denke immer, unsere Möglichkeiten sind begrenzt, und wir haben so wenig Zeit, wirklich gute Entscheidungen zu treffen.«

»Du treibst dich noch selbst in den Wahnsinn, wenn du so denkst«, sagte Rita. »Diese ewigen Was-wenn-Fragen sind tödlich.«

»Ich werde dich vermissen«, sagte Sybil.

»Und ich dich. Aber ich werde dich anrufen. Und dich besuchen, wenn ich es schaffe.«

»Ich würde Hamish gerne ermahnen, gut zu dir zu sein.

Aber da er mich nur einmal gesehen hat, würde er vielleicht nicht auf mich hören.« Sybils Stimme klang unbekümmert, aber sie lächelte nicht. Keine von ihnen tat es.

»Das hat Darryl auch schon angedroht.« Rita bemühte sich ebenfalls um einen lockeren Tonfall, dabei war dies das letzte Gespräch unter vier Augen, das Sybil und sie für eine lange Zeit führen würden.

»Ich bin ein Risiko eingegangen, als ich mit Joe hierherkam.« Sybils Stimme klang heiser. »Aber ich habe es nie bereut. Nach all dieser Zeit ist die Vorstellung, dass du heiratest, durchaus gewöhnungsbedürftig. Aber Hamish liebt dich. Ich hätte nicht zugelassen, dass du seinen Antrag annimmst, wenn ich anderer Meinung wäre. Auch das ist egoistisch, oder nicht?«

Sybil trat näher an sie heran. »Du wirst immer meine beste Freundin bleiben. Und ich werde immer deine Zuflucht sein, wenn du eine brauchst. Du kannst kommen, wann immer du magst. Wenn du uns brauchst oder irgendwelche Zweifel oder einfach nur eine Auszeit nötig hast – pack deine Sachen, und Ben wird dich in Tindal abholen.«

Sie blinzelte ein Mal. Zwei Mal. Rita sah Tränen am unteren Augenlid hängen.

»Ich könnte sagen«, fuhr Sybil fort, »dass ich mir wünsche, dass du glücklich bist. Aber das wäre zu banal. Wir wissen beide, wie komplex das Leben ist. Ich möchte nur, dass du weißt, wie sehr ich dich liebe – wir alle hier. Das ist deine Garantie für die Zukunft. Ganz gleich, ob sich die Dinge gut entwickeln oder schieflaufen, diese Garantie wird Bestand haben. Wenn du von deinem neuen Leben verschluckt wirst und dich monatelang nicht meldest, werde ich beleidigt sein, aber meine Liebe zu dir wird sich dadurch nicht ändern.« Sybil stellte ihre Tasse auf den Zaun. »Und jetzt nimm mich bitte in den Arm.«

Während Rita ihre Freundin fest umschlungen hielt, ließ sie den Blick über die weite Ebene hinter ihr schweifen. Sie sah zwei junge Männer auf Pferden; vor ihnen erblickte sie mit ziemlicher Sicherheit Della, die zusammen mit ihnen zum Stall galoppierte. Sie sah Ben mit dem Viehinspektor reden und Kate mit einem Becher auf ihn zugehen, Archie im Schlepptau. Sallyannes Kinder rannten vom Camp zum Haus, während ihre Mutter ihnen langsam folgte.

Fairvale war nicht ihr Zuhause, das würde es vermutlich niemals sein. Aber Sybil war es. Und all diese Menschen auch, die Freundinnen, die sie genau hier kennengelernt hatte, an einem Tag im Jahr 1978. Sie würde sie in ihr neues Leben mitnehmen und keinen von ihnen vergessen.

# 61

Als Sybil an diesem Morgen erwachte, fühlten sich ihre Glieder schwer an. Sie beschloss, im Bett zu bleiben. Wenn sie nicht aufstand, würde sie das Treffen des Buchclubs verpassen, aber sie würde sich auch nicht von Rita verabschieden müssen. Das war es, was sie sich eigentlich ersparen wollte.

Sybil war klar, dass sie sich mittlerweile an Trennungen gewöhnt haben sollte. Lachie war schon lange fort; sie kam damit zurecht, indem sie versuchte, gar nicht mehr an ihn zu denken. Gelegentlich kam er ihr in den Sinn – natürlich tat er das –, und sie hatte keinen Einfluss darauf, wann und in welcher Form er das auch in Zukunft tun würde. Also versuchte sie, in Liebe an ihn zu denken und den Gedanken dann wieder zu verdrängen. Und sie konzentrierte sich auf Archie, das Kind, das durch seine bloße Existenz ihrer aller Leben verändert hatte.

Als es klopfte, setzte sie sich auf.

»Ja?«

Der Türgriff drehte sich, und Kates lächelndes Gesicht erschien in der Tür.

»Archie möchte seiner Gran einen guten Morgen wünschen«, sagte sie und trat in den Raum. Archie klammerte sich an ihre Hand.

Als er Sybil sah, lachte er, ließ ihre Hand los und sprang aufs Bett. »Gran-Gran!«, quiekte er und hüpfte über das Bett auf seine Großmutter zu. Sie umarmte ihn und drückte ihre Wange an seine, bis er sich ihr wieder entwand. Kinder entwanden sich immer.

»Haben wir dich geweckt?«, fragte Kate.

»Nein, ich war schon wach. Und jetzt muss ich auch aufstehen.« Sie lächelte und versuchte, sich zu motivieren. »Es ist ein besonderer Tag.« Sie nahm Archies Hand. »Würdest du mir helfen, aus dem Bett zu kommen?«, fragte sie, und er nickte mit ernster Miene. »Du musst mich hochziehen.« Sie hielt ihm beide Hände hin.

Er kicherte, nahm sie und lehnte sich mit aller Kraft nach hinten. Sybil tat so, als wäre er stark genug, um sie unter den Decken hervorzuziehen. Dann war sie auf den Beinen, Kate nahm Archie wieder mit, um ihm sein Frühstück zuzubereiten, und Sybil war erneut allein mit ihren Gedanken, was nun werden sollte.

Sallyanne traf als Letzte ein und entschuldigte sich umständlich für ihr Zuspätkommen.

»Billy hat sich geweigert, zu Ruby zu gehen«, erklärte sie genervt. »Offenbar ist er der Meinung, zu alt für einen Babysitter zu sein. Er hat vorgeschlagen, Tim könne ja auf ihn aufpassen. Wirklich … Kinder!«

Sie nahm mit einem Schnauben Platz, und Sybil lächelte, weil ihr das bekannt vorkam. Ben hatte sich in dem Alter auch so aufgeführt – nur dass er damals nicht von Lachie beaufsichtigt werden wollte, sondern von Rubys Tochter Rose.

»Vermutlich kann ich mich schon einmal darauf einstellen, dass Archie bald derselben Ansicht sein wird«, sagte Kate, der diese Vorstellung aber keine Sorgen zu bereiten schien.

»Das Kind ist ein Engel«, sagte Sallyanne. »Können wir nicht tauschen?«

»Nie im Leben«, sagte Kate lachend.

»Also dann«, sagte Sybil, »lasst uns anfangen.«

Sie warf Rita einen Blick zu, die kerzengerade dasaß und ihre Tasse so fest umklammert hielt, dass es so aussah, als würde gleich der Henkel abbrechen.

»Rita verlässt uns«, begann Sybil, »wie wir alle wissen. Deshalb habe ich für dieses Treffen auch kein Buch vorgeschlagen. Ich dachte, wir könnten einfach … reden. Wie alte Freudinnen.«

»Herrgott, Sybil. Das klingt ja so, als hätten wir uns zur Totenwache versammelt«, erklärte Rita.

Sybil war bewusst, dass sie recht hatte, da sie sich genau so fühlte. Keine Totenwache für Rita und ihre Freundschaft, sondern für die Gruppe, die sie gegründet und die ihnen allen geholfen hatte, die letzten drei Jahre zu überstehen. In dieser Form würden sie nie wieder zusammenkommen, dessen war sie sich sicher.

»Ich werde dich vermissen«, sagte Sallyanne mit zittriger Stimme.

»Sal, fang du nicht auch noch an.« Rita beugte sich vor und drückte ihr die Hand. »Ich bin doch nicht aus der Welt.«

»Aber wir wissen nicht, wann du zurückkommst.« Sallyanne biss sich auf die Unterlippe und zupfte an ihrem Rock.

»Ihr könnt mich ja besuchen«, sagte Rita und schaute die Anwesenden nacheinander an. »Ich werde mich immer freuen. Selbst wenn wir uns ein paar Jahre nicht sehen sollten, werde ich immer an euch denken.«

Ihr Blick begegnete dem von Sybil, und Sybil erkannte darin die junge Frau, der sie damals im Krankenhaus begegnet war, so scharfsinnig und eifrig. Sie waren beide älter geworden, hatten sich verändert, aber im Wesentlichen waren sie dieselben geblieben. Wenn sie Rita jahrelang nicht sehen würde, wenn niemand von ihnen sie besuchte, dann würde es vielleicht sein, als wäre keinerlei Zeit vergangen.

»Und jetzt Schluss damit«, sagte Rita und ließ Sallyannes Hand los. »Ich möchte, dass ihr mir erzählt, welches euer Lieblingsbuch ist und warum. Sal, du fängst an.«

Sybil versuchte, sich darauf zu konzentrieren, was jede von ihnen sagte, merkte aber selbst, dass ihre Gedanken abschweiften. Sie war müde. Und erleichtert. Dieser Buchclub war zunächst nur eine Idee gewesen, dann eine Wirklichkeit, und nun würde er zu einer Erinnerung werden. Sie hatte das Gefühl, ihren Beitrag geleistet zu haben und sich jetzt ein wenig entspannen zu können. Sie musste sich nicht immer für alle verantwortlich fühlen. Sie konnte zulassen, dass Ben und Kate diese Bürde auf sich nahmen. Zumindest für eine Weile.

## 62

Die Sonne stand bereits tief am Himmel, und Kakadus flogen kreischend zu den Bäumen am Fluss. Auf den Weiden standen Rinder. Sybil lauschte auf die Geräusche, die sie machten, wenn sie sich an den Zäunen rieben und schnaubten und mit ihren Hufen scharrten.

Dann hörte sie ein anderes Schnaufen und schaute nach unten. Barney kam mit wedelndem Schwanz auf sie zu.

»Hast du mich vermisst?«, fragte sie und bückte sich, um ihn hinter den Ohren zu kraulen. Er setzte sich auf ihre Füße, als wollte er sie davon abhalten, irgendwohin zu gehen. Das tat er oft.

Sie nahm sich normalerweise nicht genug Zeit, um hier zu stehen, in ihrem Garten, vor ihrem Haus, um darüber nachzudenken, was für ein reiches Leben sie hinter sich hatte – wie groß diese Farm war und wie viel Joe mit ihr erreicht hatte. Wie viel sie zusammen erreicht hatten. Es gab so viel, das sie nicht gewusst hatte, bevor er gestorben war.

Jetzt war sie klüger. Jetzt war Fairvale ein Zuhause und ein Arbeitsplatz für sie. Und etwas Lebendiges. Die Farm veränderte ihre Gestalt mit den Leuten, die kamen und gingen, mit den Jahreszeiten. Wenn man sie fragen würde, wo das Herz und das Gehirn von Fairvale waren, könnte sie eine Antwort geben, aber auch die würde sich ändern. Manchmal war das Herz der ferne Hügel, auf den Joe immer bei Sonnenuntergang geschaut hatte, die Augen halb geschlossen, seine Miene ein Ausdruck des Staunens.

»Ich habe immer gedacht«, hatte er ihr einst erzählt, zu Beginn ihrer Ehe, »dass ich an einem einzigen Tag zu dem Hügel laufen und wieder zurückkommen könnte. Als Junge habe ich mir vorgenommen, das irgendwann einmal zu tun.«

»Und? Hast du es getan?«, hatte Sybil gefragt, mit ihrem Blick dem seinen folgend.

»Syb«, hatte er gesagt und sie angeschaut, ein Lachen in den blauen Augen, »das ist ein Ritt von zwei Tagen.«

Vor diesem Augenblick hatte sie geglaubt, die Grenzen von Fairvale zu kennen. Joe hatte ihr Zahlen genannt – Quadratkilometer –, die einen Sinn zu ergeben schienen. Sie hatte nur einfach nicht darüber nachgedacht, was das in der Praxis bedeutete. Sie war nicht auf die Idee gekommen, Entfernungen anders zu berechnen.

Hier draußen wurden sie in Tagen gemessen, die man im Sattel saß und Rinder zusammentrieb. Zeit maß man anhand von Niederschlägen, Ewigkeiten anhand der Phasen zwischen den Regenzeiten. Man konnte nicht behaupten, dass ein solcher Ort den üblichen Gesetzen der Biologie und Physik unterlag. Fairvale war lebendig, und wenn die Farm auch in mancher Hinsicht stärker war als sie – als alle Menschen –, dann war sie in anderer auch gefährdet und brauchte ihren Schutz.

Keine Frage, wenn sie das alles jemandem erzählen

würde, der nicht hier lebte, würde er zweifellos loben, dass sie sich »in Gedenken an Joe« um Fairvale kümmerte. Eine berechtigte Sichtweise – nur dass es so etwas wie das Gedenken an Joe nicht gab. Joe war in dem Boden und den Bäumen, in jenem Hügel und den Zäunen, die die Viehweiden umsäumten; in dem Fluss, in dem er als Junge geschwommen war; in Bens schiefem Grinsen und seinem Charme; in Archies Liebe zur Erde von Fairvale. Joe lebte, auch wenn man ihn nicht sah. Sie konnte jeden Tag mit ihm reden, und er antwortete ihr.

Sie erwähnte ihn nicht häufig – sie wollte nicht, dass Ben dachte, sie würde ihn mit seinem Vater vergleichen –, aber er war da. Ab und an hörte sie ein tiefes Lachen und war sich sicher, dass ein Mann ihren Namen rief. Sie drehte sich nie nach ihm um, weil sie wusste, dass sie ihn nicht sehen konnte. Er war durch einen minimalen Zeitsprung von ihr getrennt – stets knapp jenseits ihrer Reichweite –, und dort würde er für immer bleiben.

Natürlich vermisste sie es, ihn berühren zu können. Sie vermisste seine Augen. Sie vermisste seine Haare. Sie vermisste seinen Geruch, wenn er aus der Dusche kam. Sie vermisste das Gefühl, wie er sie hinter dem Ohr kitzelte, wenn sie irgendetwas zu ernst nahm. Aber er war immer noch da, würde es immer sein, und sie würde sich um Fairvale kümmern, als wäre die Farm Joe, bis die Zeit käme, wenn auch sie ihren Platz unter den Bäumen fand.

# Dank

Das vorliegende Buch würde es ohne zwei Mitarbeiter des Verlags Hachette Australia nicht geben: Daniel Pilkington und Rebecca Saunders. Dank an euch beide, dass ihr ihm Leben eingehaucht habt. Rebecca ist die Verlegerin und größte Heldin dieses Romans; sie ist alles, was man sich von einer guten Verlagsfrau erträumt: leidenschaftlich, kreativ, klug, erfahren, immer ansprechbar, unermüdlich und energisch, wenn es denn sein muss.

Großen Dank an alle Mitarbeiter von Hachette Australia – was für fähige, engagierte und großartige Menschen –, ganz besonders an Fiona Hazard, Louise Sherwin-Stark, Justin Ratcliffe, Vanessa Radnidge, Ashleigh Barton, Sophie Mayfield, Sarah Brooks, Laura Boon und Anna Egelstaff. Vielen Dank auch an Manpreet Grewal, Andy Hine und das gesamte Team von Sphere and Little, Brown in Großbritannien, weil sie an die Frauen von Fairvale geglaubt haben.

Ich hatte das Glück, dass mein Buch von zwei der besten Lektoren Australiens betreut wurde. Ein Dankeschön ist nicht hinreichend, um meine Verbundenheit gegenüber Alex Craig und Fiona Daniels zum Ausdruck zu bringen. Außerdem war es ein großes Privileg, dass Karen Ward an dem Projekt auf Verlagsseite mitgearbeitet und ihren scharfen Blick auf den Text geworfen hat. Nathan Grice hat mit viel Humor und schrecklichen Rocksongs dafür gesorgt, dass der Produktionszeitplan eingehalten wurde.

Dies ist nicht mein erster Roman. Ohne die Veröffentlichungen durch Rod Morrison, Jon MacDonald und Joel Naoum würde ich nicht schreiben – danke sehr.

Christa Moffitt hat schon so viele wunderbare Buchcover gestaltet – und zu meiner großen Freude auch das der vorliegenden Ausgabe.

Dank an Jen Bradley, die mich mit Tennismatches, ihrer fröhlichen Art und ihrer unfassbaren Freundschaft bei Laune gehalten hat; außerdem an Isabelle Benton für unsere Freundschaft, die sich der Liebe zu Büchern verdankt, und für ihre Unterstützung und Ermutigung. Kylie Mason war immer eine geduldige und einfühlsame Zuhörerin – danke.

Dank an Toni Tapp Coutts, weil sie mich an ihrer Liebe zum Northern Territory hat teilhaben lassen und sie im gesamten Land mit ihren Büchern verbreitet hat.

An meine Eltern David und Robbie Hamley und meinen Bruder Nicholas: Danke für alles in der Vergangenheit. Ich liebe euch.

Ich wäre nicht hier und hätte nie dieses Buch geschrieben, wenn es Anfang Juli 2011 nicht die Ärzte und Schwestern in der Notaufnahme und auf der Intensivstation des Royal North Shore Hospital gegeben hätte.